『ガリヴァー旅行記』徹底注釈

注釈篇

JN159038

『ガリヴァー旅行記』徹底注釈

注釈篇

原田範行／服部典之／武田将明

TRAVELS
INTO SEVERAL
Remote Nations
OF THE
WORLD

岩波書店

はじめに

『ガリヴァー旅行記』は、一七二六年にロンドンで刊行されて以来、今日に至るまで、世界中の読者を魅了し続けてきた。周知の通り、この作品は、リリパット(小人国)やブロブディンナグ(大人国)、ラピュータ(空飛ぶ島)、バルニバービ(その下の島)、日本、そしてフウイヌムとヤフーの島といった場所を訪れる主人公ガリヴァーが、その見聞や体験を綴った冒険譚である。想像力を強く刺激する奇抜な舞台設定は、読者を瞬く間に非現実の世界へいざなうが、それぞれの場所にせよ主人公の言動にせよ、描写は明快にして具体性に富んでおり、それゆえ、読者はその非現実を決して荒唐無稽とは思わない。むしろ、旅を続けて新たな経験を重ねるガリヴァーの勇気と知恵に、自らを重ね合わせることになる。この作品が、初版刊行直後から、英語でも各国語への翻訳でも、子供から大人に至るまで多くの読者に愛読されてきた理由の一つは間違いなくそこにある。

だがそれと同時に、この作品は、つねに難題をもちかけては読者を困惑させ、物議をかもし、苛立たせ、ときには絶望させてもきた。ガリヴァーと小人とのやり取りに心を和ませた読者は、しかし、彼がやがては弾劾され、生命の危険にさらされることを知る。彼の勇気や知恵は、結局、この国では実を結ばないのである。ブロブディンナグでは、立場が逆転し、ガリヴァーは小人として見世物に甘んじることになる。彼を救い出したのは王妃だが、彼女は、こんなちっぽけな動物にも知恵と分別があるのか、と半ば呆れる始末。もちろん、矮小化されているのはガリヴァーだけでなく、実は人間そのものなのだから、読者は、小人になったガリヴァーを笑っているだけではすまされない。

第三篇に登場するラピュータとバルニバービという二つの島の関係は、さらに読者を困惑させるものだ。なにしろラピュータはバルニバービから税金を搾り取り、これを壊滅させることもできるというのだから、この関係は、イギリスとアイルランド、もしくは植民地における支配国と被支配国の姿をそのまま反映したものと言ってよい。そして第四篇。権力も政府も法律も戦争も、その実体のみならず概念も言葉もない、良識をもって暮らしているかに見えた馬たちの国でガリヴァーは一生を送りたいと願うのだが、そこは必ずしも理想郷ではなかった。実は馬の中にも階級が存在するし、何といっても、奴隷として労役に服する、人間に酷似した醜悪なヤフーがいるのだから。結局、戦争を繰り返し、良識だけでは社会を構成しえず、法律や政府に依拠せざるをえない人間ガリヴァーは、おまえもヤフーだろう、と言われてフウイヌムを放逐され、イギリスに戻るのだが、作品を締めくくる彼の言葉は、呪詛に満ちている。ヤフーがもつ愚劣な悪徳を、人間は克服できないのか。馬の国にひたすら憧れる語り手ガリヴァーとは何者か。その語りは、実はあてにならないのではないか。読者は、彼が語るストーリーそのものに、不信の念を抱くようになる。

だが、不信の念を抱くからこそ、読者はまた、作品に込められた作者のメッセージの重さを意識することになる。スウィフトに傾倒してその全集を編纂した一九世紀初頭の文豪ウォルター・スコットや、やはりスウィフト作品を愛読して『動物農場』や『一九八四年』を著した二〇世紀の作家ジョージ・オーウェルを始め、『ガリヴァー旅行記』が多くの文学者・知識人を惹きつけ、新たな創造の糧となってきたもう一つの理由はここにある。この作品は、およそ三世紀にわたって、絶えず問題を提起しては読者を挑発してきたのである。

奇想天外な旅行記としての面白さと、横溢する苛立たしさ——なぜこの二つの相反するような性格が一つの作品の中に共存しうるのか。そしてそこから生まれるこの作品の魅力が、今日に至るまで、強く読者に訴えかけてくるのはなぜか。その答えの重要な一部を構成しているのは、おそらく、この作品の根底に横たわる透徹した現実認識と卓越した想像力であろう。小人国も大人国も空飛ぶ島も、一見、あまりにも非現実的な空想の産物に見えなくもない。だがわれわれは、しばしば、「あいつは小粒だ」とか「大物だ」とか「浮ついている」などと言って人物やその業績を形容する。否、それは単なる形容ではなく、きわめて身近なものに託して、人物や社会、国家といった、本来、大小や優劣を目に見える形では把握しにくい対象を理解しているのである。国家と言って、具体的な国境や国会議事堂を思い浮かべてみたところで、それだけでは国家の全体像を把握したことにはならない。同時代のイギリス国内政治から国際関係、各種の陰謀、宗教論争などに至るまで、批判すべきもろもろの事象を内包してそれを、例えば、小人国に圧縮する——諷刺的表現にあって必ず生じるこのような置換において重要なことは、それが単に表現上の問題にとどまるものではなく、人間が自らを取り巻くもろもろの現実を認識する際に不可欠な手法にほかならない、という点である。すなわちこの小人国の描写は、透徹した現実認識が生み出した想像力であり、また卓越した想像力によって初めて得られた現実認識と言うべきものなのである。ラピュータとバルニバービの描写も、実は植民地支配の構図のみならず、社会のさまざまな局面に存在する抑圧、抵抗、盲従、軽信といった関係性を、見事に凝縮して描いているところにこそ真骨頂がある。これが、魅力的な冒険譚であることと読者を苛立たせることとが共存している理由であろう。そしてこの種の置換は、もちろんスウィフトのみならず、古今東西さまざまな言語表現の中に見られるものであって、スウィフトがそういう事例を参照している場合も少なくないのだが、しかしそれだからこそ、この『ガリヴァー旅行記』が発するメッセージは、スウィフトが参照した古典古代やルネサンス期の作品と共鳴しつつ、今日の物質文明に翻弄される人間の愚かさにもそのまま接続し、確かな普遍性をもって現代の読者の心に強く響くのである。否、今後も、人類がこの作品に接する機会が失われない限り、この響き合いは絶えることがないであろう。

本「注釈篇」は、『ガリヴァー旅行記』の有するこの豊饒な響き合いの、少なくともその一角でも明らかにすることを目的とし、作品の細部、それこそ一つの単語や文のレヴェルで、そこに宿る現実認識と想像力の機能について考察を加え、その成果を、史実考証やスウィフトの伝記的調査とともに、注釈の形でまとめたものである。できるかぎり最新の学術的・批評的知見を踏まえつつ、単なる注釈の集成ではなく、通読に供することを念頭に、全体的な体裁をととのえ、記述の統一をはかった。なお、「注釈篇」は、原田、服部、武田の三名による共同執筆であるが、各人がもちよった注釈を相互に精読し、意見交換を行い、加筆修正を加えているので、すべての注釈は原則として三人の合議の上になされたものである。ただし、各人の分担責任を特に示す必要がある場合に限り、注釈文中に個人名を記した。

『ガリヴァー旅行記』の読者諸氏は、本「注釈篇」によって、冒険譚の魅力を味わうだけでなく、ひょっとすると、困惑し、苛立ち、あるいは絶望を感じたりされるかもしれない。しかしそれこそ、これまでも、そしてこれからも、この作品が世界的名作として存在し続ける理由であり、この「注釈篇」が少しでも、そうした作品の真の姿を読者にお伝えできているとすれば、望外の幸せである。

凡例

一、本書には「注釈篇」のほかに「本文篇」がある。

二、各注の冒頭の135-9などの数字は、「本文篇」のページ数・行数を示す。

三、文中における[156]などの[ ]で括られた数字は、「本文篇」のページ数を示す。

四、注釈の中で言及される著作・研究文献の原題および書誌などの情報は、巻末の「文献表」に示されている。文中で例えば、(Barchas 30)とある場合は、「文献表」中のBarchasの著作 *Graphic Design, Print Culture, and the Eighteenth-Century Novel* の三〇ページが出典であることを示す。複数巻にまたがる著作の場合は、(Ehrenpreis, *Swift* iii. 529)というように巻数をローマ数字で示した。

五、既訳書を引用や典拠に用いた場合には、訳者名を掲出することによってそれを示した。なお、引用の際に漢字・仮名などの表記に変更を加えた場合がある。

六、古典古代の作品の出典箇所は、慣用に従い、巻・節数や行数で示した。

七、出典を示す際に使用した略記は以下の通り。

Companion　Paul J. Degategno and R. Jay Stubblefield. *Critical Companion to Jonathan Swift: A Literary Reference to His Life and Works*. New York: Facts on File, 2006.

Correspondence　*The Correspondence of Jonathan Swift, D.D.* Ed. David Woolley. 4 vols. Frankfurt am Main: Peter Lang, 1999–2007.

Higgins　Ian Higgins. Explanatory Notes. *Gulliver's Travels*. By Jonathan Swift. Ed. Claude Rawson and Ian Higgins. Oxford: Oxford UP, 2005.

Key	Corolini(Signor). *A Key, Being Observations and Explanatory Notes, upon the Travels of Lemuel Gulliver.* 4 parts. London, 1726.
Library	Dirk F. Passmann and Heinz J. Vinken. *The Library and Reading of Jonathan Swift: A Bio-Bibliographical Handbook, Part I: Swift's Library in Four Volumes.* Frankfurt am Main: Peter Lang, 2003.
Memoirs	*The Memoirs of the Extraordinary Life, Works, and Discoveries of Martinus Scriblerus.* London, 1741. Ed. Charles Kerby-Miller. Oxford: Oxford UP, 1988.
Poems	*The Poems of Jonathan Swift.* Ed. Harold Williams. 3 vols. Oxford: Clarendon, 1958.
PW	*The Prose Writings of Jonathan Swift.* Ed. Herbert Davis, et al. 16 vols. Oxford: Blackwell, 1939–74.
Works	*The Cambridge Edition of the Works of Jonathan Swift.* Ed. Claude Rawson, et al. 18 vols. Cambridge: Cambridge UP, 2010– .

『ガリヴァー旅行記』の二つの版――モット版(一七二六年)とフォークナー版(一七三五年)

『ガリヴァー旅行記』について知るときに、避けて通れないのが版ごとの異同の問題である。

『ガリヴァー旅行記』は、一七二六年にロンドンのベンジャミン・モット(一六九三〜一七三八年)という出版者が最初に刊行したが、この版(以下、「モット版」あるいは「初版」と呼ぶ)には作者スウィフトの意向を無視した内容の改変が多数見られたため、当時アイルランドのダブリンに住んでいたスウィフトは、修正の指示をロンドンに住む友人チャールズ・フォード(一六八二〜一七四一年)に送った。この指示に基づいてフォードがモット版に修正を書き込んだ書物が、現在、ロンドンのヴィクトリア・アンド・アルバート博物館の付属図書館(ナショナル・アート・ライブラリー)に所蔵されている。

早くからモット版を修正する意図をもっていたスウィフトだが(それは、「ガリヴァー船長から従兄シンプソンへの手紙」の末尾に記された日付けが「一七二七年四月二日」[11]、つまり初版刊行の翌年であることからもうかがえる)、全面的な改訂版が実際に刊行されたのは、一七三五年のことだった。すなわちこの年、ダブリンのジョージ・フォークナー(一七〇三頃〜七五年)という出版者が刊行したスウィフト著作集(全四巻)の中の一冊(第三巻)として、本文を改訂し、「ガリヴァー船長から従兄シンプソンへの手紙」などの新たな要素を付け加えた『ガリヴァー旅行記』が世にあらわれたのである(以下、「フォークナー版」と呼ぶ)。今日、私たちが『ガリヴァー旅行記』として読んでいるのは、このフォークナー版であることが多い。

しかし、フォークナー版を決定版とするか否かは研究者によって意見が分かれており、ブラックウェル社のスウィフト著作全集版(ハーバート・デイヴィス編)とオックスフォード・ワールズ・クラシックス版(クロード・ローソン、イアン・ヒギンズ編)、さらに現在ケンブリッジ大学出版局から刊行中の新しいスウィフト著作集版(デイヴィッド・ウーマズリー編)が、いずれもフォークナー版を採用しているのに対し、ペンギン・クラシックス版(ロバート・デマリア編)やノートン版(アルバート・J・リヴェロ編)のように、広く読まれている版でモット版を採用しているものも存在する(ただし、どの版でも重要な異同は注記されている)。さらには、右述のフォードの書き記した修正のうちフォークナー版に反映されていない箇所もあるなど、『ガリヴァー旅行記』の本文は韜晦趣味のスウィフトらしい捉えどころのなさを示しているが、本「注釈篇」を読むうえでは、「モット版」と「フォークナー版」の違いさえ押さえていれば、まず問題ないであろう。なお、現在入手可能な邦訳のうち、「本文篇」の富山太佳夫訳を始め、岩波文庫版の平井正穂訳などはフォークナー版を底本とし、新潮文庫版の中野好夫訳はモット版を底本としている。

注釈篇・目次

フロント・マター

タイトル・ページおよび口絵

告

ガリヴァー船長から従兄シンプソンへの手紙

刊行の言葉

『ガリヴァー旅行記』が刊行された一八世紀イギリスの書物においては、表紙をめくると、左に口絵、右にタイトル・ページ(著作の表題、著者、版元などを記したページ)が載るように綴じられていた。「本文篇」でも、扉をめくると、右にガリヴァーの肖像画が口絵として置かれ、左にタイトル・ページが置かれている。さらにめくると、本文が始まる前に、まず「告」と名づけられた注意書きがあり[5]、次に「ガリヴァー船長から従兄シンプソンへの手紙」[7〜11]、そして(そのシンプソンの名義で書かれた)「刊行の言葉」[13〜14]が掲載されている。本「注釈篇」では、本文より前にあるこれらの絵や文章をまとめてフロント・マター(front matter)と呼ぶことにする。

さて、「本文篇」に掲載されている口絵は初版(モット版)の口絵であり(厳密に言えば、初版刊行直後の追加印刷時に多少の修正が加えられた口絵)、タイトル・ページも初版から訳されている。それに対して、「告」と「ガリヴァー船長から従兄シンプソンへの手紙」の二つは、一七三五年のフォークナー版で初めて登場したものである。「刊行の言葉」だけは、モット版とフォークナー版で異同がない。

タイトル・ページおよび口絵

一七二六年一〇月二八日にモットが出版した初版のタイトル・ページ(**図0-1**)を直訳すると、「遠い世界のさまざまな国への旅行記。(中略)初め医師、後にさまざまな船の船長となったレミュエル・ガリヴァー著」と書かれている。真の著者がスウィフトであることは、ここを含め作品のどこにも示されていない。なお、『ガリヴァー旅行記』(*Gulliver's Travels*)という広く用いられている題名も、本書の中には見られない通称にすぎないが、この通称の起源は古く、スウィフト自身が詩人アレグザンダー・ポウプ(一六八八〜一七四四年)に宛てた一七二六年一一月一七日付の書簡中で、『ガリヴァー旅行記』と呼ばれている本」という表現を早くも使用している(Rawson, Introduction xi; *Correspondence* iii. 56)。

口絵(**図0‐2**)には、二重の楕円形の枠に嵌められたガリヴァーの肖像画が用いられ、下に「レミュエル・ガリヴァー船長、レッドリフ在、齢五八」(Captain Lemuel Gulliver, of Redriff Ætat. suæ 58)という言葉が添えられている。五八歳というのは初版出版時のスウィフトの年齢と同じだが、ガリヴァーの年齢ではありえない(Rawson 前掲 xi–xii)。『ガリヴァー旅行記』の本篇冒頭の記述に従い、ガリヴァーが一四歳でケンブリッジに入学してからの歳月を計算してみると、一六九九年に第一篇の航海に出たとき、すでに三八歳にはなっている[18](Barchas 30 および 225 の注 31)。ゆえに、初版の出た一七二六年には少なくとも六五歳でなければならない。ちなみにこのガリヴァーの肖像はスウィフト自身と容貌を似せて作られている(Halsband 84; Wagner 46)。

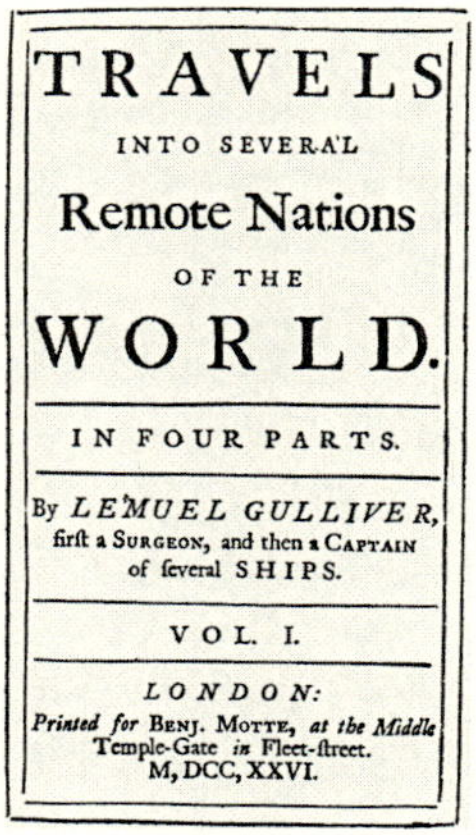
TRAVELS
INTO SEVERAL
Remote Nations
OF THE
WORLD.
IN FOUR PARTS.
By LEMUEL GULLIVER,
first a SURGEON, and then a CAPTAIN
of several SHIPS.
VOL. I.
LONDON:
Printed for BENJ. MOTTE, at the Middle
Temple-Gate in Fleet-street.
M, DCC, XXVI.

図0‒1 初版(モット版)(1726年)のタイトル・ページ.

図0‒2 初版(モット版)(1726年)の口絵.

タイトル・ページからうかがえるように、フィクションではなく本物の旅行記の体裁で刊行された『ガリヴァー旅行記』だが、旅行記文学という文脈で見た場合、このような格式ばった肖像画を口絵に用いるのは異例だった。例えばダニエル・デフォー(一六六〇〜一七三一年)の『ロビンソン・クルーソー』(一七一九年)の口絵は、物語の一場面を題材に、無人島を歩くクルーソーの姿が描かれている(**図0‐3**)。『ガリヴァー旅行記』以前に、お堅い肖像画が旅行記文学で用いられた例はないかもしれない(Rawson 前掲 xi)。

もっとも、デフォーの著作集(一七〇三年)やイライザ・ヘイウッド(一六九三?～一七五六年)の著作集(一七二四年)には、『ガリヴァー旅行記』と同様の肖像画が見られる(**図0-4**、**図0-5**)。イライザ・ヘイウッドの小説デビュー作『愛しすぎて』(一七一九～二〇年)の場合には、口絵こそないものの、タイトル・ページ下段に女性と思われる横向きの肖像画が掲載されており、本篇の前に置かれた出版者・作家のウィリアム・チェトウッドによる献辞では、「以下の文章の作者は若い女性です」とわざわざ断られている。しかも、話題となった第一篇に続けて出版された第二篇からはタイトル・ページに「ヘイウッド夫人著」と明記され、作家色を強く打ち出している。

これに対し、『愛しすぎて』と同時期に刊行されたデフォー『ロビンソン・クルーソー』の場合、真の著者名は明らかにされず、タイトル・ページにはあくまでも「彼〔クルーソー〕自身の著作」(Written by himself)と記され、本物の遭難者の自伝であることが主張されている。政治パンフレットを中心とした著作集では作家性を前に出したデフォーが、リアリズムを追究した『ロビンソン・クルーソー』ではあえて作者の存在を隠したことになる。『ロビンソン・クルーソー』の口絵が作家然とした姿ではなく、無人島に暮らすクルーソーを描いているのも、遭難者・冒険家のクルーソーを前面に出した趣向である。

以上の事例と比較した場合、『ガリヴァー旅行記』は、一方で『ロビ

図0-3　ダニエル・デフォー『ロビンソン・クルーソー』(1719年)の口絵.

図0-4　デフォーの著作集(1703年)の肖像画.

図0-5　イライザ・ヘイウッドの著作集(1724年)の肖像画.

ンソン・クルーソー』と同様に真の作者を隠しながらも、語り手であるガリヴァーについて冒険家というより著述家の側面を強く押し出したものだと言える。素人の「ガリヴァー船長」に、一人前の文士然とした装いを与えることの意味は何か。その答えは、本文の最後にある[316〜317]。そこで繰り返し批判されているのは、ヤフーすなわち人間の「高慢さ」(Pride)である。いわば終わりから始まりに立ち返る形で、語り手ガリヴァーの「高慢さ」が、言動の矛盾とともにあばかれていることになる。この文脈から見れば、ガリヴァーの肖像をスウィフトと似せた点も単なる作者の自己満足で片づく問題ではなく、『ガリヴァー旅行記』を出版しようとするスウィフトの抑圧された功名心を自嘲的に諷刺しているのかもしれない。

しかし、相手を斬り、自分を斬り、さらに傍観者をきめこむ者にまで斬りかかるのがスウィフトの諷刺の恐ろしさである。ガリヴァーの肖像画には楕円形の枠がつけられているが、これは鏡を意味するとの説がある(Rawson 前掲 xvi–xvii; Holly 149)。ここからガリヴァーとスウィフトとの鏡映しの関係を指摘することもできるが、それ以上に興味深いのは、もしもこの楕円形の枠が本物の鏡ならば、そこに映るのは読者になることである。本文の第四篇第一〇章には、ガリヴァーが湖や泉に映る自分の姿を見て、それが野蛮な生物ヤフーと違わないことに怖気をふるう場面がある[296]。しかしながら、この肖像画のガリヴァー船長には、自らのヤフー的な姿への嫌悪は微塵も感じられない。もしもこの姿が読者をも映したものであるとするならば、彼・彼女もまたヤフーであり、『ガリヴァー旅行記』の語り手ガリヴァーに他の人間を笑う資格がないのと同様、本書の滑稽な場面に向けられる哄笑はすべて彼・彼女の身に返ってくるものであることが、それに無自覚な高慢さとともに批判されていることになる。巻頭の口絵の段階で、すでにこの作品は読者を幾重にも挑発している。一見して単純な肖像画の中に、著者スウィフト、語り手ガリヴァー、さらには読者のすべてを疑い、揶揄する要素が見出せる。単純な外観と錯綜した含意の組み合わせ、これは『ガリヴァー旅行記』本篇の特徴そのものであり、この不穏な肖像画は、『ガリヴァー旅行記』という作品全体を象徴していると言えよう。

なお、スウィフトはこの肖像画にこだわっていた模様で、初版(モット版)のうち、後に追加印刷したもの(先述の通り、「本文篇」に掲載されている肖像画はこれである)については、肖像画そのものは変更していないものの、「レミュエル・ガリヴァー船長、レッドリフ在、齢五八」という言葉を楕円の枠内に移動させ、「五八」という数字の表記をアラビア数字からローマ数字に変更している(なお、この追加印刷された本には二種類あるのだが、デザインそのものに変更はない(Barchas 225 の注 28))。移動させたあとの下の欄には、古代ローマの詩人ペルシウスからのラテン語引用文が載せられ、衒学趣味がいっそう増している。ロバート・デマリアの注によると、これはペルシウス『諷刺詩』第二歌七三〜七四行で、人間の願望のむなしさが詠まれたあと、富や名声のかわりに私たちの願うべきものが述べられている箇所である(DeMaria 272)。ラテン語の原文は、「神と人とにふさわしく向けられた心、奥深きところまで清らかな精神、気高さと名誉の沁みわたった魂」の意。ここまで立派な言葉を自分の肖像に添えることは、ガリヴァーの「高慢さ」あるいは「うぬぼれ」(どちらも英語では Pride)をいっそう強く印象づける。

この肖像画は一七三五年のフォークナー版では変更された。実はこのフォークナー版の肖像画も二種類存在し、一枚は八折判に掲載されたもの(**図 0–6**)、もう一枚は一二折判に掲載されたもの(**図 0–7**)である。このうち、前者は、同時に刊行された著作集第一巻の口絵をなすスウィフト自身の肖像画(**図 0–8**)と表情・姿勢など瓜二つである。なぜ八折判と一二折判で肖像画を変えたのかは不明である。高価な八折判の方に、より出来のいい肖像画を用いることで商品価値の差異化を図ったのかもし

図 0–6　フォークナー版(八折判)(1735 年)の口絵.

図 0–7　フォークナー版(一二折判)(1735 年)の口絵.

図 0–8　フォークナー版スウィフト著作集第 1 巻のスウィフト肖像画.

れない。バーチャスの指摘するように(Barchas 31)、一二折判の肖像画は明らかに質が劣るし、CAPT. LEMUEL GULLIVER とあるべき箇所が、CAPT. LEMIUEL GULLIVER とスペルを間違えられている(Mの次に余分なIがある。しかも最後のRの入るスペースがなくなり、Eの上に小さく印刷されている)。

モット版、フォークナー版ともに、ガリヴァーの肖像画は作者スウィフトの面影を湛えているものの、肖像画そのものが与える印象はかなり異なっている。モット版のガリヴァーは、古代人風に襞のついたトーガを身にまとうことで、文豪的な権威を演出している。このような古典趣味は、一八世紀に制作された偉人の肖像画や彫刻にしばしば見られる。

翻って八折判のフォークナー版を見ると、こちらのガリヴァーは、上着と下の胴衣がともにボタンを外されて寛いだ感じを与え(一二折判では胴衣のボタンが掛けられている)、さらに年齢表記が消され、それに応じてか、容貌が若々しくなっている。つまり、こちらのガリヴァーの格好は、旅行記作家となった現在のガリヴァーというより、作中の航海者としての姿を示している。モット版の肖像画が作者としてのガリヴァーを前面に押し出したのに対し、フォークナー版の肖像画は登場人物としてのガリヴァーに読者の注意を向けているのだ。

これは、フォークナー版の出版形態を考えれば自然な変化ではなかったか、と注釈者(武田)は考える。独立した作品として刊行されたモット版と異なり、この版はスウィフト著作集の一冊(第三巻)として出版された。つまり、「レミュエル・ガリヴァー船長著」と本篇に書かれていても、実際の作者がスウィフトであることはフォークナー版の読者には自明だった。これでは、『ガリヴァー旅行記』の著者としてのガリヴァーのうぬぼれを諷刺しても、効果は薄れてしまう。そこで今度は、(モット版では分かる人にだけ分かる演出だった)作者スウィフトと主人公ガリヴァーとの同一性へと(**図0-6**と**図0-8**の露骨な類似によって)読者の注意を喚起しつつ、別のメッセージを発しようとしたのだ。

そのメッセージもまた、スウィフト流に二重三重の仕掛けが施されている。フォークナー版の肖像には、*Splendide Mendax. Hor.* と記されている。Splendide Mendax とはラテン語で、「立派に嘘をついた」の意味なので、本当の話のふりをして荒唐無稽な旅行記を書いたガリヴァー／スウィフトに対し、ここまで法螺を吹ければ大したものだ、と自嘲する意図が隠されているように、まずは思える。もう一歩進んで、ガリヴァーは第四篇に出てくる理性ある馬フウイヌムを信奉し、また真実のみを語るフウイヌムの言葉には「嘘をつくとか、嘘にあたる単語が存在しない」[248]と報告していながら、その本人が「嘘をつい」ているという矛盾に、彼の道徳感覚の欠如を見ることも可能だろう。実際、バーチャスはそう解している(Barchas 31)。しかし、これらの解釈は、「嘘」の一語にとらわれすぎて、その次にあるHor.という三文字を見落としてはいないか。これは古代ローマの詩人ホラティウスを示唆する略号で、「立派に嘘をついた」という言葉がホラティウスの作品から取られたことを意味する。そして、この言葉は、『歌章』第三巻第一一番三五行に見られる(Higgins 281; DeMaria 272)。原詩の文脈を確認すると、「立派に嘘をついた」という語句は、夫を救うために父の命に背いた女性を讃える箇所で用いられている。すなわち、この一節は、正しい目的のために嘘をつく人を肯定する詩句なのだ。

ここで参照されるべきは、フォークナー版から追加された「ガリヴァー船長から従兄シンプソンへの手紙」である。そこでガリヴァーは、周囲の慫慂もあり、ヤフーすなわち人間の「悪徳と愚行を是正する」ことを期待して本旅行記を出版した旨を記している[8〜9]。この意図と先ほどの引用とを見比べれば、ガリヴァーの語る壮大な法螺話は、人間を改悛させるという正しい目的のためになされているのだ、というガリヴァー／スウィフトの主張が込められているようにも思える。いまや「立派に嘘をついた」のうち「立派」という部分が主張を強め、著者の自嘲どころか、むしろ嘘をついたおのれを讃えるニュアンスさえ感じることができる。

潑剌としたガリヴァーの肖像画の下にSplendideという単語を見つけた英語の読者は、まず似た意味をもつ英単語splendid(素晴らしい、立派な)を連想し、「ああ、この人は立派なのか」と思うだろう。しかしその隣にMendaxという、日常的な英語からは意味の連想が難しいラテン語を目にして、一部の人は解釈を諦めるだろうが、ラテン語(あるいはフランス語などラテン語系の言語)をかじった人間ならば「ああ、これはスウィフトらしい諷刺だ」と笑うだろう。しかし、三文字で控えめに記された出典のヒントに注目し、しかもホラティウスに親しんでいる読者がいれば、この肖像画の意味が再び引っくり返ることになる。モット版では、ガリヴァーの肖像画を囲む楕円は、ガリヴァー／スウィフト／読者のうぬぼれを戒める鏡だった。フォークナー版の楕円もまた鏡を意味するのだろうが、今度は読者の理解力を(知ったかぶりもそのままに)映し出してしまう、知性の鏡とでもいうべき仕掛けが施されているのだ。

しかし、スウィフトの仕掛けはまだ終わらない。こちらも一新されているフォークナー版のタイトル・ページを見ると(図0-9)、そこにはラテン語のエピグラフ(*Retroq;/Vulgus abhorret ab his*)が加えられている。これも古代ローマの詩人ルクレティウスの長篇思想詩『物の本質について』第四巻一九~二〇行の引用であり(DeMaria 272)、その意味は「世人はこれに尻込みする」である。またしても思わせぶりに提示された、「これ」とは何か。原詩によれば、それはルクレティウスの信奉したエピクロス派の哲学であり、その内容は因襲的な宗教によって縛られている人間の精神を、唯物論的な宇宙観を用いて解放しようという大胆なものである。原詩の同じ箇所でルクレティウスは、「医師が子供たちに嫌なにがよもぎを服用させるのに、前もって杯のまわりの縁に甘い黄色い蜜をつけ」るのと同様、自分は「いわば詩という甘味なる蜜を効かし」、読者を新しい認識へと導くのだ、と宣言する。さらに彼は、先述の医師のやり口を擁護して、子供は「欺かれたといっても、裏切られたということにはならず、むしろかくして本復し、健康を恢復できることになる」と主張している(樋口訳159)。

ここでガリヴァーの肖像画の方のエピグラフを思い出してほしい。正しいとおのれの信じることを世に広め、世間を改善するためにあえて読者を騙すという点で、ルクレティウスもまた「立派な嘘つき」である。そして過激な哲学者ルクレティウスが読者の感覚を欺いて導く先にあるのは、無神論的な世界観だった。ここから類推すれば、ガリヴァー/スウィフトの口から飛び出す「立派な嘘」に包まれた核もまた、常識的な教訓であるわけはないと期待せずにはいられないし、本「注釈篇」を通読すればその期待は裏切られないだろう。

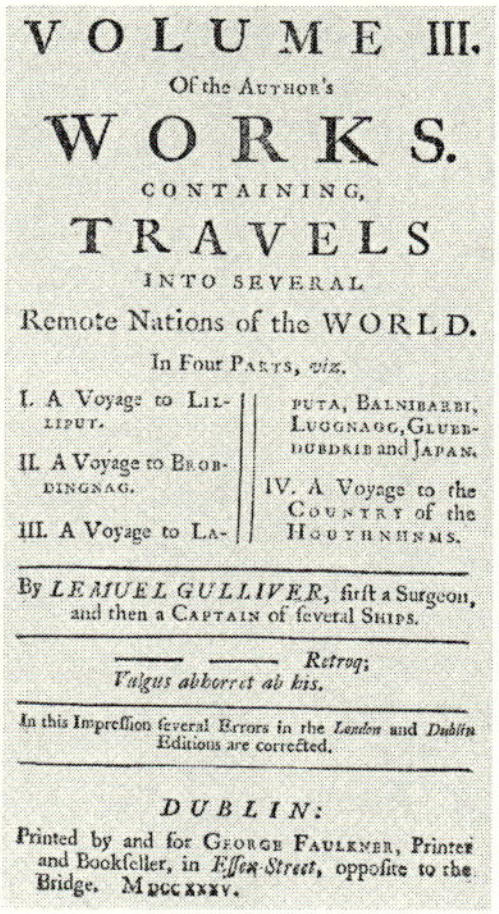
VOLUME III.
Of the AUTHOR's
WORKS.
CONTAINING,
TRAVELS
INTO SEVERAL
Remote Nations of the WORLD.
In Four PARTS, *viz.*

I. A Voyage to LILLIPUT.
II. A Voyage to BROBDINGNAG.
III. A Voyage to LAPUTA, BALNIBARBI, LUGGNAGG, GLUBBDUBDRIB and JAPAN.
IV. A Voyage to the COUNTRY of the HOUYHNHNMS.

By *LEMUEL GULLIVER*, first a Surgeon, and then a CAPTAIN of several SHIPS.

Retroq;
Vulgus abhorret ab his.

In this Impression several Errors in the *London* and *Dublin* Editions are corrected.

DUBLIN:
Printed by and for GEORGE FAULKNER, Printer and Bookseller, in *Essex-Street*, opposite to the Bridge. M DCC XXXV.

図0-9　フォークナー版(1735年)のタイトル・ページ.

告

この短い断り書きは、一七三五年のフォークナー版で初めて登場した。

5–2 シンプソン氏のガリヴァー船長宛の書簡

もちろん正しくはその逆で、ガリヴァー船長のシンプソン氏宛の書簡。

5–2 船長が非難している挿入部分の責任を負うべき人物はすでに故人であるが

複数の書簡において、スウィフトはモット版における改竄が聖職者のアンドリュー・トゥック(?～一七三二年)の手でなされたと主張している(*Correspondence* iii. 57, 66–69, 693, 708; Higgins 282)。

5–7 その原稿はロンドン在住の高邁なるジェントルマンにして、原作者たちの刎頸の友でもある人物の手中にあるということ。氏は製本前のものを入手され、原稿と照合の上、白紙を挟んで、そこに訂正を記入された

この人物は、スウィフトの友人チャールズ・フォードである。「『ガリヴァー旅行記』の二つの版」参照。「氏は製本前のものを入手され」の原文は he had bought the Book in Sheets. つまり、綴じる前の紙束の状態で本を買ったということ。当時の本は多くの場合綴じられないまま売られ、綴じていない本を購入した者は、しばしば装丁屋で綴じてもらった(Barchas 14)。本注釈箇所で言及されている書物と思しき、フォードの手で訂正が記入されたモット版『ガリヴァー旅行記』は、一時期、文豪チャールズ・ディケンズの友人ジョン・フォースター(一八一二～七六年)が保管していた

が、現在ではロンドンのヴィクトリア・アンド・アルバート博物館内のナショナル・アート・ライブラリーに収められている。

ガリヴァー船長から従兄シンプソンへの手紙

この「手紙」も、一七三五年のフォークナー版で初めて登場した。

7-1 ガリヴァー船長

Gulliver という名前が gullible(「騙されやすい」の意)を連想させることはつとに知られているが、この単語を gull(騙される人)+ ver(verus はラテン語で「真実」の意)に分解し、「真実によって騙される者」と解き、そこからガリヴァーは「真実を語る諷刺家」なのだ、と論じる研究もある(Seronsy 471; Higgins 283)。『ガリヴァー旅行記』のドイツ語訳者ヘルマン・J・レアルとハインツ・J・フィーンケンもこれとほぼ同じ解釈をしている(Real and Vienken, Anmerkungen 382; Real, "Gullible Lemuel Gulliver's *Banbury Relatives*" 8)。この二人は同時に、スウィフトのステラ宛書簡(一七一〇～一三年執筆)に見られる独特の子供らしい言語の規則を適用すれば、Gulliver→Gullibel→gullible と単純に読み替えることも可能だと主張している(Real and Vienken 前掲 382)。他方、フランス語版に付されたジャック・ポンスの解釈はより多言語的で、Gull をドイツ語の lügen(嘘をつく)の前半を逆さまにしたものとし、i をスペイン語の y(英語の and にあたる)、そして ver をやはり「真実」と解き、Gulliver とは「嘘と真実」を意味し、フォークナー版のガリヴァーの肖像画に記された標語「立派に嘘をついた」と対応しているのだという(Jacques Pons 425)。また「「ガリヴァー」辞典」という論考で「ガリヴァー語」のすべてを独自に分析したポール・オデル・クラークは、Lemuel Gulliver

という名前が、当時の旅行家ウィリアム・ダンピア(一六五一〜一七一五年)の冒険仲間ライオネル・ウェイファー(一六四〇〜一七〇五年)や詩人アレグザンダー・ポウプの著作を出版したロートン・ガリヴァーに似ていることを指摘している(Paul Odell Clark 599)。

以下、このガリヴァーという姓について、ポール・ターナーの注釈をもとに(Turner 291)、嘘のような本当らしい話を紹介しよう。「刊行の言葉」[13〜14]に出てくるガリヴァー一家の出身地バンベリーには聖メアリ教会があり、その墓地には実際にガリヴァーという姓の墓がいくつも確認できる。なかでも一七二八年に埋葬されたサミュエル・ガリヴァーは、この地で宿屋を営んでいた人物で、その屋号は航海を連想させる「イルカ亭」だった。しかも第一篇の終わりを読むと、『ガリヴァー旅行記』の主人公も「フェタ―横町の黒牛亭」なる宿屋を所有しているのだ[81]。さらに類似点を挙げると、右のサミュエル・ガリヴァーの娘はエリザベスだったが、『ガリヴァー旅行記』の主人公も第一篇の終わりで自分の娘をベティー(エリザベスの愛称)と呼んでいる[81]。実際のところ、スウィフトがこの地域に止宿したという地元の伝承さえある、とターナーは述べたあと、その時期は一七二六年の夏ではなかったかと推測している(同291)。以上の推測は、ヒギンズが注を付した新しいオックスフォード・ワールズ・クラシックス版でも紹介されている(Higgins 286)。しかしレアルによると、一七二六年の夏には『ガリヴァー旅行記』はすでに印刷に回っていたから、実際にスウィフトがバンベリーを訪ねたのは一六八九年から一七一〇年の間だと考えられる(Real 前掲6)。レアルは右のサミュエル・ガリヴァーだけでなく、ガリヴァー姓の人物が何人もバンベリーで旅館を経営していたことも指摘している(同7-8)。わざわざ「刊行の言葉」でバンベリーの名前を出していることからして、スウィフトが現実のバンベリーのガリヴァー家について知っていたのは確実と言えそうだが、この事実をどう「解釈」すべきなのか。将来の研究者の混乱を予期してほくそ笑んでいたスウィフトの顔が脳裏に浮かんでくる。

なお、サミュエルという名は、主人公ガリヴァーの名レミュエルと類似しているが、現実にレミュエルという名をもつ人はほとんどいない。旧約聖書『箴言』第三一章第一〜九節にレムエル王なる人物が登場するが、あまりに言及が少ないため、これが何者なのか意見が分かれている。レアル(およびフィーンケン)は、このレムエルは有名な賢王ソロモン(『箴言』の作者とも言われている)であると主張する聖書の解説書をスウィフトが所有していたことに注目する。一六六九〜七六年に刊行された、五巻に及ぶこのラテン語の解説書(マシュー・プール『聖書の批評的解釈者たちの梗概』)によれば、レムエルとはソロモンの母バテシバが息子ソロモンをたしなめる際に用いた愛称だという。そこからレアルとフィーンケンは、主人公のレミュエルという名には愚かな賢者あるいは賢い愚者という意味が込められているかもしれないと推測している(Real 前掲 8–9; Real and Vienken 前掲 382)。

これとは別に、レミュエルという名前がスウィフトの知る実在の人物から取られたという説も存在する。またしてもレアルによれば、一七一四年七月一〇日にチャールズ・フォードからスウィフトに宛てられた手紙の裏書き部分に、「レミュエルを使いに出しました」と記されていて、このレミュエルは、スウィフトの著作「国家の現状に関する自由な考察」(一七一四年執筆、一七四一年出版)の原稿を出版者に届けた使い走りの少年だという。レアルは、このレミュエルという名と、すでに知っていたバンベリーのガリヴァーという姓を組み合わせて、レミュエル・ガリヴァーという主人公のフルネームが作成された可能性がある、と述べている(Real 前掲 11; *Correspondence* i. 645)。

ちなみに、このレミュエルという名は本文中では一度も言及されていない。いや、私たちになじみ深いガリヴァーという姓でさえ、本篇に入るとまったく出てこない。

7–1 従兄シンプソン

このシンプソンは、「刊行の言葉」の末尾にも筆者の署名として登場する(「編者リチャード・シンプソン」[14]、ただし原語は *Richard Sympson* のみ)。しかし、少なくとも『ガリヴァー旅行記』の出版者の名がシンプソンではないことは、タイトル・ページを見れば明らかである。「本文篇」の訳文は、この「手紙」や「刊行の言葉」の内容を踏まえ、リチャード・シンプソンを「編者」としている。リチャード・シンプソンなる名前は、スウィフトが本名を隠して『ガリヴァー旅行記』の出版交渉を行った際に用いた変名でもあるが、ヒギンズによれば同姓同名の人物が実在し、政治家ウィリアム・テンプル(一六二八〜九九年)の著作権所有者の一人だったという(Higgins 284)。スウィフトは青年時代にテンプルの秘書を務め、没後その著作集を編纂しているから、このリチャード・シンプソンを個人的に知っていてもおかしくはない。また、R・W・フランツによれば、シンプソンという名前は、『東インド最新旅行記』(一七一五年)という著作(本物の旅行記として書かれているが、実際には過去の旅行記を盗作して作ったでっちあげ)の架空の著者ウィリアム・シムソンを想起させる(Frantz, "Gulliver's 'Cousin Sympson'" 329-34)。なお、Gulliver を gullible(騙されやすい)と結びつけるのであれば(前注参照)、Sympson も simpleton(間抜け)と結びつけて考えてもよさそうに注釈者(武田)には思われる。

7-2 かつて従兄ダンピアが私の忠告を容れて『世界周航記』の出版に踏み切ったときのように

ウィリアム・ダンピアが出版した航海記の名は正確には『最新世界周航記』(一六九七年)である。この著名人とガリヴァーが親類であることは『ガリヴァー旅行記』本篇ではまったく触れられていないが、たしかに『最新世界周航記』を意識したパロディーが少なからず盛り込まれている。

7-5 しかしながら、いずれかの内容の省略、ましてや挿入に同意する権限を貴方に認めた記憶はありません

「告」にもあった著作の改竄への抗議がここでも展開されている。実際、一七二六年の初版(モット版)はスウィフトの原稿を改竄して出版されたものだった(原稿が現存しないので確認できないが、スウィフト本人はそう証言している)。しかし、スウィフトが編集に関わったとされる一七三五年のフォークナー版にしても、スウィフトの意図を完全に再現しているかどうかあやしい。例えば、第三篇第三章にある「王国第二の都市リンダリーノ」の住民がラピュータ国王に

反乱を起こすエピソード［180〜182］は、チャールズ・フォードの手になる修正本には見られるものの、フォークナー版にはない。もっとも、同エピソード中の、「市民側は（中略）国王とその家来をすべて殺戮し、政府を取り替えてしまう決断をしていた」［181〜182］というような記述は、たしかにあまりに不穏当だったろう。

正確さへの執拗なこだわりは、スウィフトの性格も反映している。アイルランド、イギリス、アメリカのさまざまな図書館には、かつての彼の蔵書が収められており、その多くにはスウィフトによる書き込みが見られるが、そこでも非常に細かく誤記を修正している。句読点の打ち方には独自のこだわりがあったようで、例えばスウィフト自身が長年司祭を務めたダブリンの聖パトリック大聖堂に併設されたマーシュ図書館には、クラレンドン伯爵エドワード・ハイド（一六〇九〜七四年）の浩瀚な『内乱記』（一七〇二〜〇四年）にスウィフトが書き込みをした本が所蔵されているが、そこでは毎ページのようにコンマの位置が手書きで直されている。

7-9

陛下の治世のある期間は私もイングランドにおりましたが、その私の知るかぎりでは、陛下の治世には宰相がおられました、一人どころか、続けて二人も、つまり最初がゴドルフィン卿で、次がオックスフォード卿

ゴドルフィン卿とは当時の有力政治家で、一時期はスウィフトを援助していたシドニー・ゴドルフィン（一六四五〜一七一二年）のこと。スウィフトの政治パンフレット『アテネとローマにおける貴族・平民間の不和抗争』（一七〇一年）は、当時政府を率いていたゴドルフィンを擁護する目的で書かれたものである。このとき庶民院を動かしてゴドルフィン政権を揺さぶったのが、後のオックスフォード卿、ロバート・ハーリー（一六六一〜一七二四年）だった。チャールズ二世、ジェイムズ二世、名誉革命後のウィリアム三世、アン女王の四代を第一線で渡り歩いてきたゴドルフィンが決定的に失脚したのが一七一〇年。国粋主義的な国教会の司祭ヘンリー・サッシャヴァレル（一六七四〜一七二四年）が、イングランド国教会以外に属するプロテスタント（当時の用語では Dissenter すなわち「反対者」だが、一般に「非国教徒」と和

訳される)に寛容なゴドルフィン政権を弾劾したあと、サッシャヴァレルの裁判と処罰で世論を敵に回したことが大きな要因だった。このとき首相の地位に就いたのが、やはりハーリーだった。ハーリーはアン女王の没する一七一四年までトーリー党(保守党)を母体とする政権の中枢にあったが(だからガリヴァーの言う通り、アン女王の治世には「ゴドルフィン卿」と「オックスフォード卿」という二人の宰相がいたことになる)、ゴドルフィンが躓いた世論への対策として、スウィフト、デフォー、デラリヴィエール・マンリー(一六六三?/七〇?〜一七二四年)といった有能な文人を次々に登用したことで知られる。スウィフトがハーリー政権のために活躍した時期の様子は、ステラ宛の一連の書簡に見ることができるが、貴族でも政治家でもないスウィフトが、ときの首相のハーリーと「六日続けて食事を共にする」など、親しく交際していた様子がうかがえる(自分より年下の女性に対して強がっていたのでなければ、の話だが)(*Journal to Stella* ii. 640)。しかし、このとき重用された恩義をスウィフトは決して忘れず、ハーリー政権の崩壊によってロンドンを自主的に去ってから一二年後の一七二六年に初版の出た『ガリヴァー旅行記』においても、第三篇第四章に登場する良心的な貴族ムノーディ卿の人物像に[184〜188]、ハーリーの姿が投影されているとする見方もある(ムノーディ卿については、**184-7**「ムノーディという……」の注参照)。

7-11　貴方は私にありもしないことを言わせたことになる。

傍点部分は原文ではイタリック体。これは、第四篇第三章にある、「嘘をつくとか、嘘にあたる単語が存在しない」[248]理性ある馬フウイヌムの社会で、「嘘」のかわりに用いられていた表現を引用したもの。本注釈箇所の直前には「我が主フウイヌム」と記され、あとでは何度も人間が「ヤフー」(フウイヌムの島に住む、人間の姿をした野獣)と呼ばれるなど、この「手紙」には随所に第四篇の内容を知らないと分からない表現が出てくる。ゆえに本篇を読まずにこの「手紙」を読む読者は困惑するはずで、果たしてこれを本篇の前に載せたのは得策だろうかと心配になるが、逆に考えれば、おそらくこの「手紙」が収録された一七三五年の時点で『ガリヴァー旅行記』のあらすじが一般読者に知られていたことを示すのだろう。さらに、一七三五年のフォークナー版はスウィフト著作集の一冊として出版されたわけだから、この「手紙」を含む『ガリヴァー旅行記』全体がフィクションであることは当時の読者には前提とされていたはずである。ゆえに、いきなりこの風変わりな「手紙」を読まされても、それほど混乱はなかったと想像できる。他方、「手紙」を本篇の前に置いたことにより、巻の終わりが冒頭に続くという、いわば円環状の構造がもたらされたことは重要である。これは、近代文明を諷刺するなかで、直線的な進歩・発展の幻想を痛烈に批判した『ガリヴァー旅行記』の時間意識と通じているように思われる。

8-6　私が当地に隠栖した最大の動機でした。

「刊行の言葉」の初めにあるように、ガリヴァーは「郷里ノッティンガムシャのニューアークの近く」[13]で隠遁生活を送っている。

8-15　スミスフィールドで山と積まれた法律書の焼かれる日が来たら

スミスフィールドはロンドン北西、市街地の壁の外にある広場で、かつては魔女や異端者の焚刑が実施されていた(Real and Vienken, Anmerkungen 381)。法律書を焼くというのは焚刑からの連想であろう。

9-4　七ケ月というのは十分な時間であると言わざるを得ないにもかかわらず

自分の著作が刊行されたにもかかわらず、人間がいっこうに改悛の様子を見せないとガリヴァーは言う。この「手紙」の末尾には「一七二七年四月二日」とあるので[11]、『ガリヴァー旅行記』の刊行された一七二六年一〇月二八日から数えれば、期間としては七カ月ではなく五カ月が正しい(Real and Vienken, Anmerkungen 381)。

9–6　中傷、解説、非難、そして私の関知しない回想や続篇といった類

『ガリヴァー旅行記』は刊行当初から大いに話題となり、解説書や諷刺詩、さらにはスウィフトの与り知らない続編など、関連書籍が続々と世にあらわれた。その全容はジャンヌ・K・ウェルチャーの編纂した『ガリヴェリアーナ』第八巻「ガリヴァー風作品の注釈付きリスト　一七二一～一八〇〇年」に示されている。「ガリヴァー風作品」の一例としては、『リリパット宮廷の回想』という作品が刊行翌年の一七二七年に出版されている。作者名を隠し「ガリヴァー船長著」と銘打たれた(もっとも『ガリヴァー旅行記』もこの点では同じだが)この贋作は、当時の著名なロマンス作者イライザ・ヘイウッドの著作とも言われている。実際、内容の大半はリリパット宮廷における、ガリヴァーを巻き込んだ愛と策謀のメロドラマである。それぞれの登場人物が当時のイギリスの政治家を意識して書かれているので、スウィフトの知人でもあったデラリヴィエール・マンリーの得意とした「鍵小説」に近い作品である(もっとも、マンリーは『ガリヴァー旅行記』刊行前に亡くなっているので、『リリパット宮廷の回想』がマンリーの作品である可能性はない)。

「鍵小説」とは、架空の物語にかこつけて、実在の人々の言動を諷刺する寓意的な小説のことである。roman à clef という原語から分かるように、もとは一七世紀のフランスでさかんになった文学様式だが、一八世紀イギリスでも政治ジャーナリズム勃興を背景に数多くの作品が出版され、一七〇九年出版のマンリー作『ニュー・アタランティス』がその代表とされる。スウィフトにも「日本の宮廷および帝国について」(一七二八年執筆)のような鍵小説風の短篇があるし、『ガリヴァー旅行記』第一篇には、リリパットの政治家フリムナップが当時のイギリスの政治家ロバート・ウォルポールに対応するなど、鍵小説の要素が取り込まれている(38–5「大蔵大臣のフリムナップ……」の注参照)。

「鍵」といえば、文字通り、『鍵――レミュエル・ガリヴァーの旅行記に関する考察と注解』という便乗本も『ガリヴァー旅行記』と同じ一七二六年に出版された。著者は「コロリーニ氏」と名乗り、ヴェネツィア出身でロンドン在住の貴族とされている(*Key* タイトル・ページ)。また、この著作自体、イタリア語で書かれたスウィフト宛の公開書簡を英訳

したものだと断られている(同)。このわざとらしい設定は、おそらく当時のロマンス読者の好みに当てこんだものである。イライザ・ヘイウッドの『愛しすぎて』を始め、当時のロマンスはしばしばイタリアやフランスを舞台にしていたし、さらに外国語からの翻訳という設定もロマンスにしばしば見られた。この「コロリーニ氏」の正体は、当時悪評の高かった出版者エドマンド・カール(一六七五〜一七四七年)だとされている。

『鍵』は、同時代の読者がどのように『ガリヴァー旅行記』を解釈していたのかを知るうえで貴重な資料ではあるが、読者の低俗な趣味をくすぐって儲けることをもくろんだ書き手の姿が随所にうかがえる。第一篇に関する記述こそ、ガリヴァーの遭難を一七二〇年の南海泡沫事件の喩えと見るなど、「鍵」らしい内容になっているものの(19-2「十一月五日」の注参照)、第二篇については、ほとんどあらすじを伝えるだけで、秘密はいっこうに解明されない。それどころか、実際の作者であるカールが訳した本の宣伝が挿入される始末(*Key* 2: 16)。第三篇以降も内容は推して知るべし。つまり、初めの方だけ少し真面目に解説をして、あとは急いでページを埋めたのが明らかなのだ。

ところでガリヴァーは、本注釈箇所で「回想や続編」を非難しているものの、こうした反応は『ガリヴァー旅行記』自体が誘引したところもある。現に第一篇を見ると、リリパットの国情の詳細については、近々別の書物が刊行されると繰り返し述べられている[47、57]。スウィフト自身は、予想通りの反応を引き起こしたことに皮肉な冷笑を浮かべたのではないか。また、先述の『リリパット宮廷の回想』も、明らかに第一篇第六章中の次の一節にインスピレーションを受けている。「ここで、私のために罪もないのに気の毒な目にあったある立派な女性の名誉のためにも言っておかねばならないことがある。何人かの口さがない連中が大蔵大臣に、奥方が私にぞっこんであると告げ口をし、なんと大臣が自分の奥方に嫉妬してしまい、おまけに奥方が一度ひそかにわが家を訪ねたという醜聞まで宮廷に流れたのである」[65]。

9-10 印刷屋は注意が行き届かないとみえて、日付けを混同し

『ガリヴァー旅行記』中の日付けの誤りは、初版以後、何度も修正の試みがなされてきたが、フォークナー版でも矛盾は残っている(85-11「四月の十九日に……」の注参照)。そもそも、この「手紙」にも月日の混乱が見られる(9-4「七ケ月というのは……」の注参照)。『ガリヴァー旅行記』のテクストの異同を調査したマイケル・トレッドウェルは、日付けの混同を批判したこの部分は、スウィフトがガリヴァーの口を借りて瑣末なことにこだわる出版者をからかったものではないかと述べている(Treadwell 71)。出版者への諷刺かどうかはともかく、ガリヴァーの細かい性格が滑稽に示されていることはたしかであるし、それを主張する「手紙」で日付けを誤っている点からは、彼自身も不注意であることが示唆されていると考えられる。つまり、『ガリヴァー旅行記』における日付けの誤りは、ガリヴァーという語り手の信憑性を疑わせるために、わざと残されたように思われる。

9-14 海洋性のヤフーの中に、私の海事用語に適切を欠くものが多々ある、廃語が含まれていると難癖をつける者があるとか。

86-5「大荒れに……」の注参照。

9-17 陸生ヤフーの言葉は年々歳々改まるようで、祖国に戻ってくる毎に昔日の言葉にはその面影もなくなっており、新しい言葉にはついてゆけなかったのを記憶しています。好奇心旺盛なヤフーがロンドンから拙宅を訪ねてくれることもありますが、お互いに話が通じるように想いを言い表わすことも儘なりません。

この一節は、第三篇第一〇章における不死人間ストラルドブラグの逸話と対応している。「この国の言語はたえず流動していますから、ある時代のストラルドブラグが別の時代のストラルドブラグを理解できなくなり(中略)故国にありて異邦人の如しという情ない目にあうのです」[225]。すなわち、隠遁生活を送るガリヴァーが、ストラルドブラグのような老いの苦しみに見舞われつつあることを暗示している。実際、ガリヴァーの狷介孤高な生活ぶりは、同じ箇所で否定的に描かれたストラルドブラグのそれと似たものを含んでいないか。「頑固で、怒りっぽくて、強欲で、暗くて、自惚れが強くて、話が長い、それでいて人づきあいが悪くなり（中略）嫉妬と手にあまる欲望だけがむき出しになる」[224]。なお、スウィフトは『英語を正し、改め、定めるための提案』(一七一二年)で英語が始終変化することを批判し、これを食い止めるための英語アカデミー創設を訴えている。

10-3

この旅行記は私の頭の中から紡ぎ出されたフィクションに過ぎないと断じ、フウイヌムもヤフーも、ユートピアの住民と同じで、何処にも実在するわけがないと臭わせる者までいるということで、これには大いに文句を言いたくなる。

『ガリヴァー旅行記』の最終章の第四篇第一二章で示される「ひたすら真実につく」[311]という著者ガリヴァーの信念が、ここでも表明されている。本注釈箇所の次の行に見られる一節「ブロブディンラグ(これが正しい名称で、ブロブディンナグは誤植です)」[10]も、虚飾を交えず事実のみを描くという本書の表向きの特徴を強調するものだろう。フィクションをあくまでも事実と言い張ることは、デフォーやサミュエル・リチャードソン(一六八九～一七六一年)といった一八世紀作家の小説によく見られるが、この点でスウィフトが特に意識した作品があるとすれば、それはデフォーの『ロビンソン・クルーソー』であろう。この作品は、『ガリヴァー旅行記』と同様、実際の航海者の回想録として出版され世評を集めたが、すぐにチャールズ・ギルドン(一六六五～一七二四年)によって、デフォーの書いたフィクションであることが暴露されてしまった。それに対しデフォーは、三部作をなす「ロビンソン・クルーソーもの」の最終巻『ロビンソン・クルーソーの敬虔な省察』(一七二〇年)の「ロビンソン・クルーソーによる序」で、苦し紛れともとれる反論を行い、そこに「ロビンソン・クルーソー」(正確には"Rob. Crusoe")と署名している。あくまでも自作をフィクションではないと言い張るデフォーの神経質な反応が、スウィフトには滑稽に見えていたのかもしれない。

10-8 真実がただちにすべての読者を納得させる

この主張は、第四篇でフウイヌムの理性を論じた箇所と対応している。「彼ら〔フウイヌム〕にとっての理性とは、ひとつの問題をめぐってああでもない、こうでもないともっともらしく議論できるわれわれ人間の場合と違って、それ自体が問題となるようなものではなく、直截にひとを得心させるものなのである」〔283〕。しかしこれは、自分の本が正しいことは、まともな理性をもつ生き物なら議論抜きで分かるはずだ、というずいぶん傲慢な物言いである。そもそも、第四篇第三章および第九章にあるように〔248、290〕、フウイヌムは文字をもたないのだから、『ガリヴァー旅行記』のような著作を出版すること自体が、実は非人間的ならぬ非フウイヌム的行為なのである。

11-3 そうでなければ、この王国のヤフー族を改良しようなどという馬鹿げた計画にどうして手などつけましょうか。

「計画」の原語は Project。同じ単語は第三篇第四章にも出てきて、「本文篇」の訳語では「ベンチャー事業」〔188〕。同じ箇所では、ガリヴァーが「若い頃の私はある種のベンチャー事業屋ではあったわけだから」〔188〕とも述べているが、この「ベンチャー事業屋」の原語も Projector である。デフォーの『企画論』(一六九七年)に典型的に見られるように、一七世紀末から一八世紀初めとは、有象無象の「企画屋《プロジェクター》」が登場し、社会改良のための(しばしばあやしげな)提案が出される時代だった(そのうちもっともドラマティックな成功と没落を味わったのは、スコットランド出身でありながら、その才覚によってフランスの財務大臣にまで昇りつめ、しかし「ミシシッピ・バブル」と呼ばれるバブル経済の崩壊を招いて一七二〇年に失脚したジョン・ロー(一六七一〜一七二九年)であろう)。ゆえにこの一節が示唆するのは、老境に入ったガリヴァーが若き日の企画熱を思い出し、人との交流を断って「夢幻」〔11〕に没頭しながら『ガリヴァー旅行記』を執筆する姿である。事実、ガリヴァーは「公益のため」(Motive of *publick Good*)と説得されて本書の筆を執ったと述べているが[8]、この「公益」とは企画屋のお気に入りの決まり文句だった(詳しくは、312-5「しかし私の唯一……」の注参照)。

ヤフーという醜悪な人間的生物を介して同時代のヨーロッパ文明を根底から否定したガリヴァーが、自分の正しさを主張すればするほど、かえって「ベンチャー事業屋」的ないかがわしさが感じられ、彼もまた典型的な近代人のように見えてしまう。近代を批判することの難しさは、批判する者が容易に批判の対象に取りこまれてしまうことにある。この困難を意識したとき、『ガリヴァー旅行記』という作品において、スウィフトがガリヴァーという信頼できない語り手を用いた理由に迫ることができる。彼はおそらく、単に名誉革命(一六八八～八九年)以降のイギリスの近代化を批判したかっただけでなく、近代化を批判することの難しさをも、作品を通じて示そうとしたのだろう。『ガリヴァー旅行記』刊行時には五九歳、激変する社会を十分観察してきたスウィフトには、近代化への素朴な批判が通用するとは到底信じられなかったのではないか。『ガリヴァー旅行記』の三年後、一七二九年に刊行された問題作『慎ましやかな提案』では、アイルランドの貧困問題を解決するには貧民の生んだ幼児を食用にするしかない、と狂った提案を示しながら、語り手にこう言わせている。「数年来空しい無駄な空想的な意見を提出することに疲れ、ついに成功の望みはまったく絶つに至ったのだが、幸いにも上に述べた私案を思いついた次第」(深町訳 107)。幼児を食用にするという提案そのものはブラック・ジョークでこそあれ、この深い絶望はスウィフトの本心を吐露したものだろう。彼の違和感を覚える世界に対し、どのような方法で有効な批判が可能なのか。一読して平明な『ガリヴァー旅行記』の語りには、こうしたコミュニケーションの根本にかかわる問いがつねに意識されていることに、読み手も注意深くあるべきだろう。

11-6　一七二七年四月二日

この日付けについて、トレッドウェルはスウィフトが実際にこの「手紙」を書き終えた日もちょうどこの頃だろうと推定している(Treadwell 70)。またヒギンズは、この前日が四月一日、すなわちエイプリル・フールであることに注目して、本篇である旅行記が贋物だったことを暗に示しているのかもしれないと述べている(Higgins 284)。

刊行の言葉

この文章[13〜14]は、初版(モット版)から事実上の序文として掲載されている。

ここにはいくつも実在の地名が出てくるので、まとめて解説しておこう。「レッドリフ」はロザーハイズとも呼ばれ、テムズ川の南岸に位置するロンドンの地域名である。一六二〇年、後にピルグリム・ファーザーズと呼ばれるピューリタン信徒たちを乗せ、アメリカに向けてメイフラワー号が出発したのは、この地からだった。「ニューアーク」という地名はイギリス、アメリカに複数存在するが、ここではイングランド中部の州ノッティンガムシャのトレント川沿いの町を指す。ピューリタン革命期に王党派の牙城となり、革命軍に激しく抵抗したことで知られる。ちなみに、この革命で命を落とすチャールズ一世(一六〇〇〜四九年)が挙兵したのは、ノッティンガムシャの州都ノッティンガムだった。また、ガリヴァー家の出身地とされるオックスフォードシャの「バンベリー」については、この地にサミュエル・ガリヴァーなる人物が実在し、墓所も存在することはすでに述べた(7-1「ガリヴァー船長」の注参照)。

なお、ピューリタン革命期に革命側の首班オリヴァー・クロムウェル(一五九九〜一六五八年)が、このバンベリーの宿屋レインディア(トナカイの意)亭で戦略を立てたと伝えられている。そして『ガリヴァー旅行記』への注釈の多くは、バンベリーがピューリタニズムと縁の深い町であることを指摘しているが、スウィフトの時代のバンベリーは別段ピューリタン的な雰囲気の町ではなかったらしい。それでもバンベリーがピューリタニズムと結びつけられたのは、レアルによると、劇作家ベン・ジョンソンの『バーソロミューの市』(一六一四年初演、一六三一年出版)に登場するジール・オヴ・ザ・ランド・ビジー(日本語に訳せば「忙我《いそが》士《し》国士《こくど》之熱狂《のねっきょう》」)という風変わりな名前の偽善的なピューリタンがバンベリー出身であることが大きいらしい(Real, "Gullible Lemuel Gulliver's *Banbury Relatives*" 4-5)。スウィフトはまた「人工神憑の説」(一七〇四年)でも、狂信を諷刺する文脈で「バンベリーのある聖者」という表現を使用している(深町訳 214; Higgins 286)。しかしながら他方、ガリヴァー本人の出身地であるノッティンガムシャは、一七世紀の内乱でピューリタン陣営と戦った王党派にゆかりのある州である。さらに、成長したガリヴァーはケンブリッジ大学でもピューリタン色の強いエマニュエル・コレッジに進学するも卒業できていない[17]。そして、この「刊行の言葉」によれば、帰国後ピューリタンゆかりのレッドリフに住んでいたものの、そこに「押し寄せる輩に嫌気がさし」、王党派の牙城だったニューアークに隠棲する[13]。このように、イングランド内においてガリヴァーは、ピューリタン(革新)的な記憶と結びつく土地と王党派(保守)的な記憶をもつ土地の間を何度も揺れ動いている。この事実は、ガリヴァーという人物が近代化に対して抱いている肯定・否定の両義的な感情を反映しているようにも思われる。そして、「ガリヴァー船長から従兄シンプソンへの手紙」に見られる通り、「この王国のヤフー族を改良しようなどという馬鹿げた計画」に「永久に訣別」したガリヴァーは[11]、革新と保守の間でのもう一つの旅路を終え、保守的なニューアークで堅物を決め込むのを選択したといえよう(初版刊行の「三年ほど前」[13]、すなわち一七二三年に「隠遁生活を始め」たのであれば、このときガリヴァーは六二歳のはず)。

13-11　全体としては真実味にあふれ

「真実味」の原語は Veracity だが、同じ単語は「ガリヴァー船長から従兄シンプソンへの手紙」でも、「この哀れな動物どもは、私が退化を極めて、みずから語った真実(my Veracity)を弁明するような挙に出るとでも思っているのでしょうか」[10]のように使用されている。本篇に入ってからも、第一篇第八章「私の話は嘘ではないと(of my Veracity)信じてくれた」[80]、第二篇第八章「私が正直に真実を(of my Candor and Veracity)語っていることを信じてくれた」[152]、第四篇第一一章「最後には私が本当のことを(of my Veracity)言っているのだと認め始めた」[306]というように、全四篇中の三篇において、帰国途上のガリヴァーが自分の体験談の Veracity を主張している。さらに、全体の最終章である第四篇第一二章の冒頭に置かれた「あらすじ」も、「筆者の誠実さ」(*The Author's Veracity*)という表現で始められている[310]。このように繰り返し「真実味」を強調するのは、かえってあやしい印象を読者に与える。文学史的にも、古代の作家ルキアノスに『本当の話』という題の奇想天外なる嘘八百を並べた作品があり、古典文学に精通するスウィフトがこの作品を意識しなかったとは考えにくい。

13–13　作者の了解を得て、何人かの識者の方に原稿をご覧戴き、かつ助言を戴いて、この書を世に送り出すことになりましたが

この「刊行の言葉」が初版(モット版)から付されていたことを考えると、スウィフトは「識者」に「助言を戴」くことについては了解していたようだ。しかし、おそらくその結果として、「ガリヴァー船長から従兄シンプソンへの手紙」の冒頭で怒りとともに指摘される改竄が生じたのだろう。

14–2　それぞれの航海のさいの風向きや潮流、偏差や方角についての夥しい記述のほか、船乗り用語で書かれた暴風時の船の操作の細かな解説、さらには経度、緯度の説明などを思い切って削除しないことにすると、少なくともこの二倍の長さになってしまったでしょう。

これはポール・ターナーの指摘するように、航海用語を省く言い訳をしばしば記している『最新世界周航記』の著者ダンピアへの諷刺である(Turner 291; Higgins 286–87)。同時に、『ガリヴァー旅行記』の本文が一部削除されているという指摘は、作品の失われた部分への関心を高め、出版者に関連作品を作成する欲望を起こさせたと思われる(9–6「中傷、解説……」の注参照)。

地図

第一篇の地図
第二篇の地図
第三篇の地図
第四篇の地図

『ガリヴァー旅行記』の各篇の冒頭には、それぞれの旅でガリヴァーの訪れる国々を描いた地図が挿入されている。この地図の製作者は誰か、またスウィフト本人も製作に関わっていたのかについては、決定的な答えが出されていない。ただし、いくつか明白な事実もある。まず、これらの地図はしばしば本文の記述と合致しないこと。もっともこれは、本文の地理上の記述が不正確なので、やむをえないところもある。また、一七二六年のモット版にも、一七三五年のフォークナー版にも類似の地図が掲載されているが、まったく同一ではなく、一七三五年の時点で新しく版が作り直されていること。ただし、本文の場合と異なり、フォークナー版の地図はモット版のそれを修正したものではなく、むしろフォークナー版の地図製作者による再現時の読み間違いによって異同が生じている。最後に、おそらく最も重要な事実として、これら四枚の地図がいずれも、有名な地図製作者ハーマン・モル(一六五四?~一七三二年)が一七一九年に出版した世界地図『全世界の新しく正確な地図――主要な各部の領域を示す。すなわち海洋、王国、河川、岬、港、山、森、貿易風、モンスーン、羅針盤の変化、気候、その他』の一部を模写して作られていること。この点は、フレデリック・ブラッチャーが一九四四年に論文「『ガリヴァー旅行記』の地図」で指摘して初めて明らかになった(Bracher 61)。

このように四枚の地図には関連する問題があるので、ここでは、決定的ともいえるブラッチャーの論文を紹介しながら、四枚の地図についてまとめて考察を行いたい。なお、「本文篇」に収録されている地図はフォークナー版の地図であるが、モット版の地図との主な違いは、右述の通り、再現時の文字の読み間違いによるスペルミスなので、二つの版の異同については基本的に触れないことにする(例えば、第一篇の地図[16]では、Blefuscu(ブレフスキュ)がBlefuscutと誤って記されている。ただし、sがſに見えるのは、この時代の「長いエス」(ſ)を用いる習慣によるもの)。

まずは、ブラッチャーが地図のオリジナルと同定したモルの『全世界の新しく正確な地図』の全体を見ていただきたい(**図0-10**)。これだけではピンと来ないかもしれないが、例えば右下のスマトラ島のあたりが第一篇の地図[16]とそっくりで

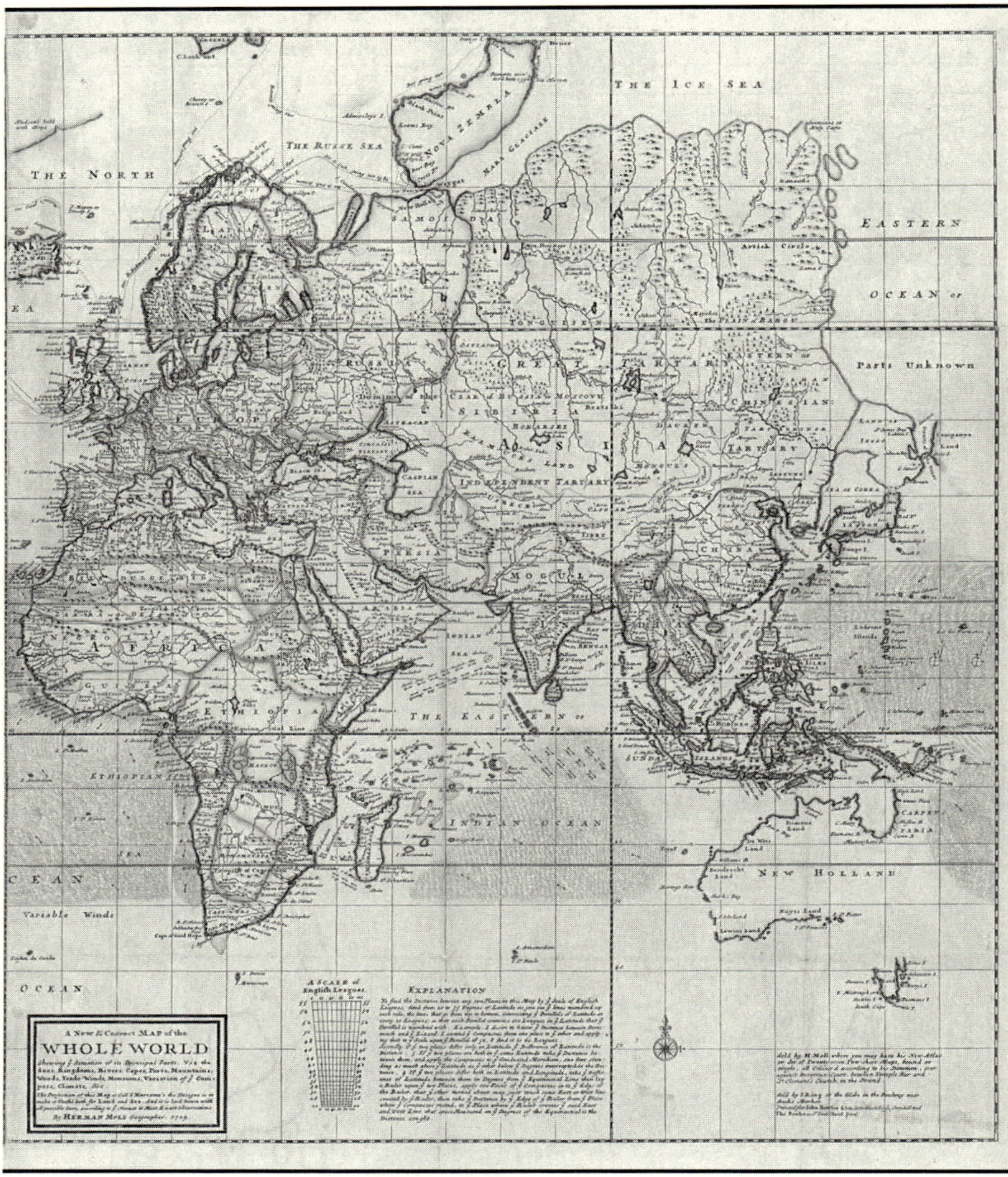

図 0–10　ハーマン・モル『全世界の新しく正確な地図』(1719 年).

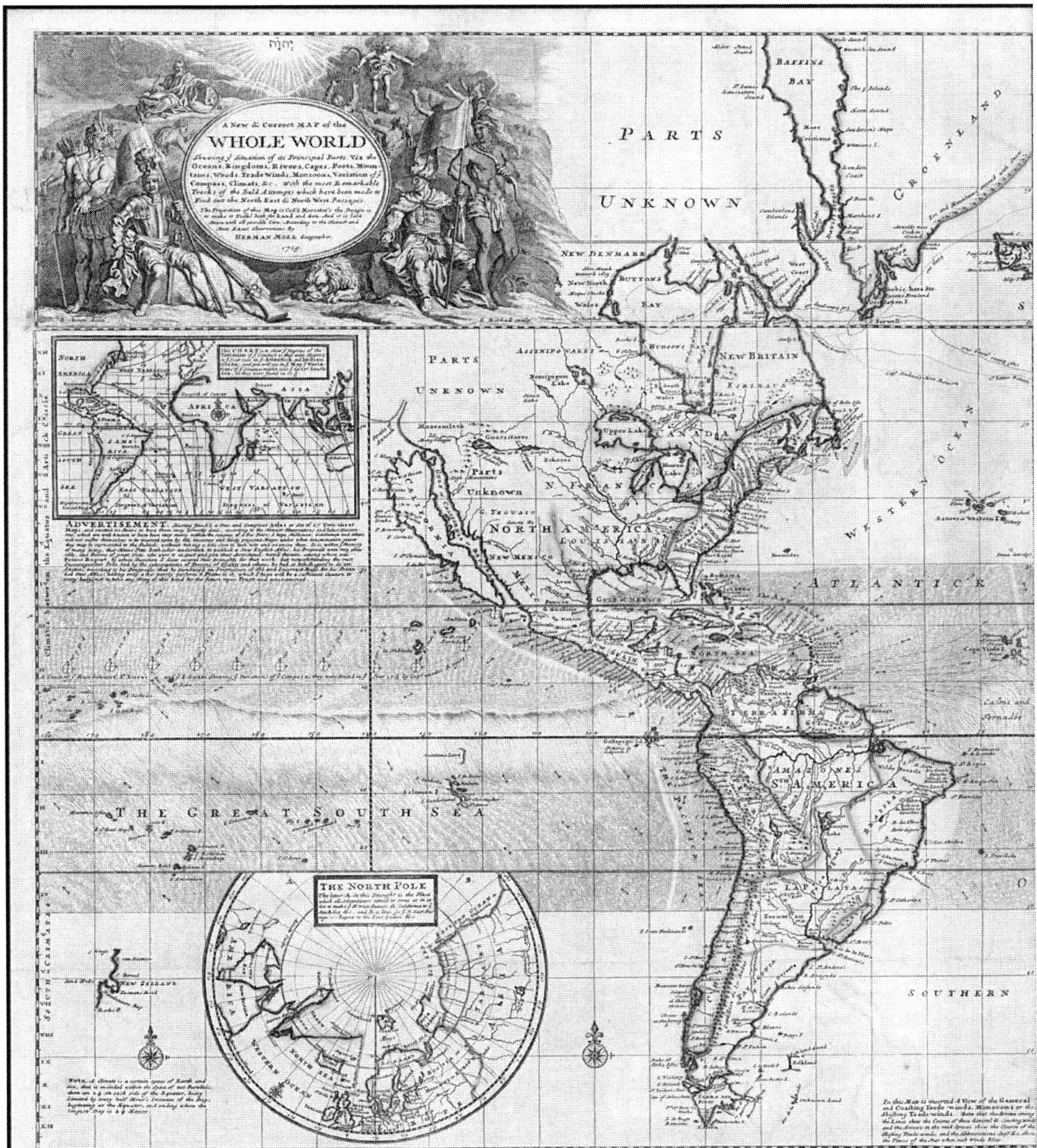
A New & Correct MAP of the
WHOLE WORLD
HERMAN MOLL Geographer
PARTS UNKNOWN
BAFFINS BAY
GROENLAND
NEW DENMARK
HUDSONS BAY
NEW BRITAIN
CANADA
NORTH AMERICA
NEW MEXICO
WESTERN OCEAN
ATLANTICK
NORTH SEA
AMAZONES
S.T AMERICA
LA PLATA
THE GREAT SOUTH SEA
SOUTHERN
ADVERTISEMENT
THE NORTH POLE
NEW ZEELAND

33　地　図

ある。また、今度は地図の左側に目を移し、北米大陸の西岸、カリフォルニアの北を眺めれば、第二篇の地図[84]と酷似した地形が認められる。日本を含む第三篇の地図[158]については、地図の右端を探せば対応箇所を見つけるのに困難はないだろう。第四篇の地図[232]はやや分かりにくいが、地図の右下、オーストラリアの南海岸に同一の地形を見出すことができる。

ブラッチャーによると、このうち第一篇、第二篇、第四篇の地図は、モルの地図を直接トレースしたもので、大きさも輪郭線もまったく同一だが、第三篇のみはモルの地図を約三分の二に縮小した写しなので、他と比べると不正確な再現になっている(Bracher 61)。直接トレースしたことの証拠としてブラッチャーが挙げているのが、第一篇の地図におけるSUNDAという文字の存在である(同 62)。モルの元の地図によれば、これは実はSUNDA ISLANDS(スンダ諸島)という地名の一部にすぎず、SUNDAだけでは意味をなさない。つまり、『ガリヴァー旅行記』の地図は、世界地理にあまり詳しくない人物がモルの地図を写しながら原画を作成し、それと同じ人物か別人が銅版に彫って印刷したものと想定できる。ブラッチャーは別人説をとり、その証拠として、第三篇の地図におけるLUGNAGG(ラグナグ)の左側に書かれた地名を挙げている。第三篇第一一章で、日本へ向かう船に乗るためにガリヴァーはラグナグ島の南西部の港グラングエンスタルド(Glanguenstald)に行くが[228]、この港の名が地図上ではGlangurnとSialoという二つの地名になっている(同 63–64)。これは原画に手書きで記された文字を彫版工が読み間違えたからだ、というのがブラッチャーの説である。

第一篇の地図

第一篇について、ガリヴァーの説明するリリパットの位置が不合理であることは、各種の注釈で指摘されている。ガリヴァーの一行は「東インドに向う途中で、猛烈な暴風のためにヴァン・ディーメンズ・ランドの北西にまで」流され、「南緯三〇度二分」のあたりで船が岩礁にぶつかって遭難し、ガリヴァーのみがリリパットに漂着するのだが[18~19]、ここで

「ヴァン・ディーメンズ・ランド」と呼ばれるのは現在のタスマニア(南緯四二度)のことであり、その北西南緯三〇度二分を実際に地図で探すと、オーストラリア大陸の内側になってしまう(Turner 292)。これは出版当時にも知られていた事実で、モルの地図でもヴァン・ディーメンズ・ランドの北西南緯三〇度付近は、ニューホランドすなわちオーストラリア大陸の南岸(Nuyts Land と記されているあたり)の内側にあたる。ここから、アーサー・ケースのように、リリパットはヴァン・ディーメンズ・ランドの北東にあるはずが、何かの間違いで北西と誤って記されてしまったのだと考える研究者もいる(Case, Notes 351)。こう想定すればたしかに地図上の不合理が取り除かれるが、地図製作者はあくまでも原文に忠実に、しかし海に浮かぶ島としてリリパットを描かねばならなかったため、意図的にヴァン・ディーメンズ・ランドをはるか西に移動させ、スマトラの南方海域にリリパットを描いたのである、とケースは推定している(同 351; Bracher 68 にも同様の指摘)。

注釈者(武田)はこれに基本的に賛同するが、補足的に指摘したいのが、のちに第四篇第一一章において、フウイヌムの島を追放されたガリヴァーが、カヌーで「ニューホランドの南東の端」に到達しており、その経験から「各種の地図と海図がこの国を実際よりも三度は東に置いている」という自説に確信を抱いていることである[302]。しかも同じ箇所では、まるでモルの地図との比較を誘導するかのように、「もう何年も前に畏友ハーマン・モルにこの考え方を話し、その理由まで説明したのだが、彼は他の著述家たちの意見を今もって採用している」とまで述べているのである[302]。オーストラリアの南東沖にあるタスマニアにもこの主張をあてはめるならば、『ガリヴァー旅行記』の地図がタスマニアの位置をモルの地図よりも西に描くこと自体は必ずしも不合理ではなくなる。いや、第四篇の地図についての注釈で記すように、右述の場面における「ニューホランド」、すなわち「各種の地図と海図がこの国を実際よりも三度は東に置いている」という引用における「この国」を、ほかならぬケースがタスマニアと同定しているのだから(Case, *Four Essays* 60-61; Turner 366)、ますますタスマニアの西への移動は正当化できるのかもしれない。

なお、オーストラリアの実際の位置が当時の地図よりも西にあるという見解は、そもそもウィリアム・ダンピアが『最新世界周航記』(一六九七年)で提唱したものであることを各種の注釈が指摘しているが(Turner 367; Higgins 358; Real and Vienken, Anmerkungen 443)、これは正確ではなく、『最新世界周航記』に書かれているのは、現実のオーストラリアが地図よりも四〇リーグ(約一九二キロ)南にあるという主張である(平野訳 ii. 266)。

話を元に戻すと、第一篇の地図におけるタスマニアの位置が西寄りになるのには、テクスト上の根拠がないわけではない。しかし問題は位置の変更があまりに大きいことで、第四篇第一一章に出てくる「三度」[302]どころか、三〇度も西に移動している。これはいくらなんでも滅茶苦茶である。ひょっとしたら、本文における地理的説明の欠陥は、ガリヴァーという語り手の信頼を失わせるためにスウィフトが施した仕掛けの一つかもしれない。しかし、スウィフトが地図の作製に関わったことを示す証拠は何も残っていない。唯一言えるのは、一七三五年に、スウィフト本人の意向を汲んで本文を全面的に改訂した『ガリヴァー旅行記』が出版された際、この決して正確ではない地図は削られもしなければ、修正も施されなかったということである。これが黙認なのか放置なのかについては、議論が分かれるだろう。

果たして私たちが『ガリヴァー旅行記』という作品を読む際、この消極的に権威づけられた地図をどの程度参照すべきなのか、確実なことは言いがたい。しかし、あえてスマトラ島をオーストラリアの真上にもってくるという大胆な操作によって、第一篇の地図が『ガリヴァー旅行記』と植民地問題との関連を示唆することになった点は、指摘しておきたい。というのも、スマトラ島を含む今日のインドネシア一帯は、一七世紀にイギリスとオランダが香辛料貿易の権益をめぐって激しい植民地争奪戦を繰り広げた地域だったからだ。それを象徴するのが、一六二三年にオランダ統治下のアンボイナ島で一人の日本人(当時、東南アジアには多くの日本人が移り住んでいた)がスパイ容疑で捕まったことをきっかけに生じた、オランダ側によるイギリス人への迫害事件(「アンボイナ虐殺」)である。このとき、イギリス人一〇名、日本人九名、ポルトガル人一名が処刑された。翌一六二四年の初めにイギリスが平戸の商館を閉ざしたことを考えれば、この事件は、徳川幕府の鎖国体制の成立にも少なからぬ影響を与えたと言えるだろう。しかも、スウィフトはこの事件の記憶を喚起するかのように、第三篇第一一章に「アンボイナ号」[229]というオランダ船を登場させている(229-13「そしてすぐに……」の注参照)。

『ガリヴァー旅行記』で植民地問題が明確に批判されるのは第四篇第一二章、すなわち全篇の最後の章においてだが[313〜

315〕、植民地支配と帝国主義的な拡張主義への批判というテーマは第一篇から第四篇まで一貫してあらわれている。例えば、第一篇第五章で「全世界の唯一の君主」になろうとするリリパット皇帝の野心が諷刺され〔53〕、第二篇では第一章に植民地発見を暗示する一節のほか（87-3「一七〇三年六月十六日……」の注参照）、第七章に巨人国の王がヨーロッパの火器を用いた残酷な戦争に嫌悪感をあらわす場面があり〔139〕、第三篇ではラピュータとバルニバービの関係〔179〜182〕を宗主国による被支配地域の搾取と捉えることが可能である。この両国の関係はイングランドによるアイルランド支配の文脈で解釈されることが多いが（179-3「いずれかの町が……」の注参照）、ヨーロッパ内とはいえ、二国の関係は植民地支配に近い。第四篇についても、先述の箇所のほか、第五章では（植民地の話ではないが）侵略戦争の愚かさが諷刺され〔259〜260〕、第六章では「贅沢と不節制、牝〔女性〕どもの虚栄心」を満たすための世界貿易が批判されているのである〔266〕。

第二篇の地図

第二篇でガリヴァーが訪れるブロブディンナグの地理について、本文中で参考になるのは第四章の冒頭付近にある「この王の領国は長さ約六千マイル、幅は三千から五千マイル。そこから結論せざるを得ないのは、日本とカリフォルニアの間には海しかないとヨーロッパの地図製作者が想定したのは重大なミスであり、私見によれば、韃靼大陸と釣合いをとるための陸地があってしかるべきもので、ゆえに彼らはこの広大な地域をアメリカの北西部に接合して、その地図、海図を修正すべきである」〔114〕という記述である。地図製作者はこの示唆に基づいて、モルの地図では「未知の領域」(Parts Unknown)とされるだけでまともな記載のないカリフォルニア以北の北米大陸を描き加え、そこに「半島」〔114〕と明記されたブロブディンナグを描き加えている〔84〕。

「日本とカリフォルニアの間」にあるというブロブディンナグは、したがって、今日のカナダ西海岸からアラスカ付近に広がる半島ということになる。興味深いのは、スウィフトが架空の巨人国を設けた現実の場所であるアラスカが、まるで『ガリヴァー旅行記』に影響されたかのように、一九世紀後半に至るまで、しばしば巨大さ、壮大さと重ねられてきたことだ(Campbell 5)。ただし、スウィフトの時代にはアラスカにあたる地域はまだ「未知の領域」でしかなかった。なにしろ、モルの地図にもあるように、当時は少なくない地理学者がカリフォルニアを島と見なしていたほど、北米大陸の北西部の探査は進んでいなかった。ヴィトゥス・ベーリング(一六八一～一七四一年)がアジアとアメリカを隔てる海峡(ベーリング海峡)を通過し、アラスカを探検したのも(一七二五～三〇、三三～四一年)、まさに『ガリヴァー旅行記』の刊行された時期だった。

そこで再び本文に戻ると、「この王の領国は長さ約六千マイル、幅は三千から五千マイル」という記述は、東西一四八〇マイル(二三六八キロ)、南北八一〇マイル(一二九六キロ)のアラスカ州よりはるかに広いのに気づく。なおターナーの注によれば、「六千マイル」(九六〇〇キロ)という長さは、ブロブディンナグの緯度を考えると、地球の全周の三分の一以上になるという(Turner 315)。この途方もない巨大さは(そもそも、これは半島と呼べるのだろうか？　もはや大陸ではないのか？)、当然かもしれないが第二篇の地図には反映されていない。しかし本文には「日本とカリフォルニア」を結ぶ陸地と記述されていることから、この地図の与える印象とは異なり、ブロブディンナグはその東端において北米大陸と接し、その西端は日本(おそらくは第三篇の地図に描かれたLand of Iessoすなわち蝦夷地、今日の北海道)付近にまで伸びていると考えるべきだろう。現代の地理上の知識を参照することは必ずしも有効ではないかもしれないが、宗谷岬から緯度の近いシアトルまでの距離がおよそ九〇〇〇キロだから、ブロブディンナグが北米大陸から日本まで続いていてもまったく不思議ではない。

さらに驚くべきは、第二篇の終わり近くで、ガリヴァーが籠ごと巨鳥にさらわれた結果、海上に漂着してイングランド船に救助されたとき、この船が「北緯四十四度、東経百四十三度」にいたと記されていることだ[155]。現在の地図でこの地点を探すと、北海道の北東、サロマ湖から二五キロほど内陸に入った場所となる。信じ難いことだが、やはりブロブディンナグは北海道付近まで続く広大な領土をもっていたのだ。

このように、ブロブディンナグがアジアの北東部にまで及んでいるのだとすれば、これまた厳密な地理上の位置や大小を無視した想像にすぎないものの、この巨大な半島とカムチャッカ半島とを比べてみたくなる。モルの地図からも分かるように、アジアの北方は未知の領域ではあったが、一七世紀にロシアの探検家がカムチャッカ半島を探索し、少なくとも西洋世界にその存在は知られていた。しかも、そこには北半球最大の活火山であるクリュチェフスカヤ山(海抜四七五〇メートル)を始め、活火山が二九も存在し、「火山が連なる」[114]という第四章の記述とも重なっている。

また、第二篇の地図の右端、やや下寄りにはNEW ALBION(ニュー・アルビオン)という文字が見えるが、これはかつてイングランドの高名な航海者フランシス・ドレイク(一五四〇〜九六年)が上陸した北西アメリカの地名である。その正確な位置については、今日のカリフォルニア州やオレゴン州など諸説あるが、ドレイクの航海とエリザベス一世への報告からのち、カリフォルニア州以北の広大な地域をニュー・アルビオンと称し、イングランドが所有権を主張することとなった。なおアルビオンとは、イングランド(あるいはブリテン島)の古名である(ヨーロッパ大陸からドーヴァー海峡を渡ってイングランド南岸に上陸すると白亜の断崖が見えることから、ラテン語で「白い」を意味するalbusをもとにAlbionと呼ばれた)。いま、ブロブディンナグはニュー・アルビオンの上にあるので、今日のカナダ、ブリティッシュ・コロンビア州にあることになる。もっとも、右述のごとく、カリフォルニアよりも北側の北米大陸は当時まだ十分に探査がなされておらず、「未知の地域」だった。ゆえに、第四章の「日本とカリフォルニアの間には海しかないとヨーロッパの地図製作者が想定したのは重大なミスであり(中略)地図、海図を修正すべきである」[114]という提案を、ガリヴァーはもっともらしくできるのだ。

なお、第二篇の地図でNEW ALBIONの上にあるStreights of Annian(アニアン海峡)は、当時、北米大陸の北西にあると信じられていた太平洋と大西洋を結ぶ海路の入口の名称である。この海峡を見つけることは、ヨーロッパからアジアへの最短航路の発見を意味したので、一六世紀以来、ヨーロッパ諸国が争うように探索を続けた(Norris 7-8)。その位置については、今日のベーリング海峡にあたる海域を示唆したものもあれば、カリフォルニア付近を示すものもあった。モルの地図は、北米大陸のカリフォルニアよりも北の海域にStreights of Annianを想定している。なお、**141-2**「印刷術は……」の注には、アニアン海峡の位置を示す別の地図が掲載されている(**図2-5**)。また、この問題を扱ったジョン・ノリスの論文は図版を多く使用しており、地理的なイメージをつかむのに役立つ。

モルの地図では、このアニアン海峡よりも北の地域がほとんど描かれていない。『ガリヴァー旅行記』の地図は、無理やり海岸線を北に延ばし、その最上部に、実に不自然な形でブロブディンナグ半島を書き足している。この形状は、可能な範囲で本文の記述を図像化しようとした地図製作者の苦心のあらわれだろう。まず、「この王国は半島をなし」[114]と本文にあるので、大陸から突き出した形にしなければならない。次に「その北東部は標高三十マイルの山脈となっており、しかも火山が連なるので、そこを越えるのはまったく不可能」[114]とあるのを踏まえ、大陸と半島の境界に複数の山を描き、なおかつその山で大陸との交通が遮断されている様子を示すために、妙にくびれた形状にする。

だが、先ほど述べた通り、この図は実際のブロブディンナグ国の巨大さをまったく無視している。さらに言えば、境界をなす山々は「標高三十マイル」すなわち四万八〇〇〇メートルの高さを誇るのだ。もちろん、これは第二篇が想定している巨人サイズ、すなわち人間の一二倍であることを考えれば、人間界の四〇〇〇メートルに対応し、だいたい富士山くらいの高さとなる。ちなみに、アイザック・アシモフはこの箇所について、SF作家らしい注釈を加えている。彼によれば、四万八〇〇〇メートルの山であれば、火山であろうとなかろうと、三分の一も行かないうちに成層圏に達してしまうのだから、宇宙船を使わなければ越えることなど不可能だという(Asimov 100)。なお、アシモフはブロブディンナグの国土の尋常ではない巨大さを認めつつも、これを人間界のサイズに換算すれば、長さ約五〇〇マイルで総面積は約一二万五〇〇〇平方マイルとなり、だいたいイタリアの大きさに対応するとも指摘している(同 88)。

最後に、顰蹙を買うのを承知で、右のアニアン海峡に関する珍説を紹介しておこう。ペンギン・クラシックス版『ガリヴァー旅行記』の編者ロバート・デマリアは、アニアン(Annian)海峡という名称に「スカトロジー的な暗示」を読む(DeMaria 280)。言われてみれば、この地形は巨大な尻と肛門を描いたものと取れなくもない(英語 anus と Annian との類似も、この連想の根拠である)。もしもスウィフトが、巨大な尻を描きたいがゆえに、想像の海岸線をいまある形に描かせたのだとしたら？　先述の通り、この地図の作製にスウィフトが関わった証拠はないのだが(関わらなかったという決定的な証拠もない)、仮にこのような空想をした場合、巨大な尻は第二篇の内容とマッチしているようにも思える。というのも、第二篇には(他の篇以上に)スカトロジー的な場面が頻出する。第一章でガリヴァー自身の排泄が描かれるのはもちろん(「二枚のスカンポの葉の間に身を隠し、そこにて自然の求むるところを大放出」[96])、第五章には女官たちの放尿を見物させられる場面[122]や巨大な牛の糞を飛び越えるのに失敗する場面[127〜128]も登場する。なかでも、「容量三トンを越える器に少なくとも酒樽二杯分」の尿を「何もためらわずに放流」[122]する女官の巨大な尻を目撃したときのガリヴァーの恐怖あるいはトラウマが、この地理上の大臀部に表出されているのではないか。ならば、その尻の下に描かれた「ニュー・アルビオン」とは巨人の糞であろうか。先述の通りアルビオンとはイングランドを指すので、これは「新しいイングランド」が糞だといっていることになり、近代化を推し進める名誉革命後のイングランドに批判的な眼差しを投げかける本書の主題と合致する。

すると、ブロブディンナグも人体の一部をあらわしたものではないかという疑念が湧く。尻ほど明瞭ではないが、この形状は女性の乳房をデフォルメしたものかもしれない。下方には乳首状の突起が付いている。この突起については、ブロブディンナグの「南側には小さい首のような陸地が海に突き出して」いる様子が第一章で書かれているので[87]、本文に対応する描写が存在する。そして第二篇第一章に巨人の乳母が幼児に授乳する場面があり(「あの怪物的な乳房ほど胸の悪くなったものはなく、その巨怪さ、形状、色合いを読者に伝えようとしても、私はたとえるべきものを知らない」[94])、第四章では胸に巨大な腫瘍のできた女乞食が登場するし(「ある女は胸に腫瘍ができて、それが巨怪な大きさに脹れあがり、しかも穴だらけで、私など簡単に這い入って全身を隠してしまえそうなものまで二つや三つはあった」[115])、第五章では「女官たちの中でもいちばん可愛いい、お茶目な十六歳の娘がときどき小生を乳首にまたがらせたり、その他いろいろと悪戯をやらかす」のを嫌がっている[122]。このように、ほとんど強迫観念と化した、女性の乳房に対するガリヴァーの恐怖心も、この地図に表現されているのかもしれない(94-5「あの怪物的な乳房……」の注参照)。そしてこうしたグロテスクな身体性の強調は、第二篇にしばしば感じられる民衆の見世物文化の雰囲気(第二章で見世物にされるガリヴァー[99〜102]、宮廷でも芸を披露するガリヴァー[123〜124、130]、見世物としての処刑を見物に行くガリヴァー[122〜123]など)とも合致し、ラブレーの衣鉢を継いだカーニバル文学(バフチン)としての本書の側面を強調している。

ただし第二篇では、カーニバル的(carnivalesque)なものは、肉体的(carnal)なものへの嫌悪とともに表象され、カーニバル性がもたらす既存の価値観の転倒は、第二篇でしばしば登場する吐き気(消化物の逆流)と結びつけられているように思われる〔94、109、126〕。ラブレーとスウィフトとの違いは、既存の価値の転倒が封建的因襲に対する人文主義的な啓蒙の勝利を意味した時代と、同じものが伝統的な秩序に対する近代的な商業主義・拝金主義の勝利をあらわした時代との差であるように思われる。

第三篇の地図

第三篇には『ガリヴァー旅行記』全篇の中でも一番多くの国々が登場する。そのためこの篇の地図〔158〕にも解決し難い問題が生じている。ブラッチャーも指摘する通り、バルニバービの位置を探るヒントとして、第一章で海賊に襲撃される一時間前にガリヴァーが測量した結果、彼らは「北緯四十六度、経度百八十三度」〔162〕の海上にいたとある。ここからあまり遠くない場所にバルニバービおよびラピュータがあるといってよいが、そう考えたときに不合理が生じてしまう。第七章を見ると、ラグナグがバルニバービの「北西の方向、およそ北緯二十九度、東経百四十度に位置する大きな島」〔203〕であるとの記述があるのだが、どう考えても「北緯四十六度」の土地から北西に向かって「北緯二十九度」には到達できないのだ。

この点に関してケースは、バルニバービの位置は正しくは「北緯一九度、西経一四五度」付近であると断定している(Case, Notes 160)。つまり、第一章でのガリヴァーの測量は誤っていたと解釈していることになる。

これを紹介しつつ異説を立てたのがブラッチャーである。彼は第七章冒頭におけるバルニバービの記述に注目する――「この王国〔バルニバービ〕がその一部となっている大陸というのは、私の推定では、東に伸びて、アメリカの未知の領域たるカリフォルニアの西部に接し、北に伸びて太平洋に達するようであった」[203]。ここからブラッチャーは、バルニバービとは「神話的な地域であるイェッソ」(mythical territory of Iesso)のことではないかと述べている(Bracher 68)。この推定をもとに、彼はむしろラグナグの位置が「バルニバービの南西」にあるのが正しいのだ、との判断を下している(同69)。これは大胆な説であるが、残念ながらブラッチャーは「イェッソ」が神話の土地どころか「蝦夷」すなわち北海道を指すことを知らなかったようだ。日本地図を記憶している者なら誰でも、第三篇の地図のLAND OF IESSOの位置を見て、今日の北海道にあたることが分かるはずなのに。

だから、ブラッチャー説を修正し、バルニバービを北海道の一部と同定することも不可能ではない。果たして北海道を「大陸」(Continent)と呼びうるかは疑問だが、*OED*をひもといてみると、一七四五年の用例としてShe cried out we were on the continent of Summatra(私たちがいるのはスマトラの地です、と彼女は叫んだ)が挙げられている。スマトラ島と北海道では広さが相当異なるが、一八世紀の地理上の知識の不足を考えれば、Land of Iessoを大陸と呼ぶことは必ずしも不自然ではない。さらに言えば、第一章でバルニバービに上陸したとき、この土地をガリヴァー自身が「島」と呼んでいることからも[162]、この「大陸」が必ずしも五大陸のような規模の陸地を指してはいないように思われる。

その前提で話を進めれば、北緯四六度、西経一七七度付近というバルニバービ付近の位置情報と矛盾させないなら、この大陸は現実の北海道(緯度はおよそ北緯四二〜四六度、経度はおよそ東経一四〇〜一四六度)よりもかなり東に膨らんでいると予想できる。そして、このバルニバービを含む想像上の「蝦夷」大陸が「東に伸びて(中略)カリフォルニアの西部に接し」ている[203]というガリヴァーの推定が正しければ、カリフォルニアの北西に広がるブロブディンナグとこの大陸とは近接していることになる。第二篇の地図についての注釈で指摘したように、ブロブディンナグ半島は北米大陸の西海岸から日本までをゆうに結ぶ長さをもっていた。つまり、「カリフォルニアの西部」が「ブロブディンナグ半島」の西端を指し、そこと「蝦夷」大陸とが接していてもまったく不思議ではないのだ。

ちなみに、ガリヴァーはラグナグ島が「日本の南東、約百リーグの位置」にある[203]、とも記している。「百リーグ」は約四八〇キロなので、東京から測れば青森や広島にも届かない距離であり、東京から約九〇〇キロ南東に位置する小笠原諸島よりも本州に近い国ということになる。また、この直前でラグナグ島の位置として示される「北緯二十九度、東経百四十度」の海域にしても、日本から一〇〇リーグ以上離れているけれども、いまだ小笠原諸島には届かない。

この第三篇の地図には、他にもおかしな点がある。ラグナグの港 Glanguenstald(グラングエンスタルド)が Glangurn と Sialo という二つの地名に分解してしまったことは、すでに述べた。他にも例えば、第一章で、ひとり漂流するガリヴァーが五つの島をめぐって最後にバルニバービに達するとき、ガリヴァーの移動方向が「南東」や「南南東」である[162]にもかかわらず、地図はまるでガリヴァーが北東方向に移動したように島々を配置している。また、ブラッチャーも指摘する通り、バルニバービの港であるはずのマルドナーダが、地図ではなぜかラグナグ南西の港に変わっており、その影響でマルドナーダから「南西に五リーグほどのところにあるグラブダブドリッブという小さな島」[204]さえも、ラグナグの南西に描かれてしまっている(Bracher 69)。これは地図製作者が本文を読み間違えたことによる単なるミスだろう。実際、第七章は冒頭にラグナグの説明があってから、そのラグナグに行く船が一カ月先までないのでグラブダブドリッブを見に行く、という具合に話が進むので[203〜204]、勘違いしやすい。

第四篇の地図

第四篇の地図[232]の中央上方に Nuyts Land の文字が見られるが、これはオーストラリア南岸の旧称である。よってフウイヌム国はオーストラリアのさらに南に浮かぶ島ということになる。そしてこの地図もまたモルの地図をトレースしたものであり、転記の際のミスが見受けられる。例えば、右の Nuyts Land の下に I St. Francot と書かれている。「本文篇」に収録されている図版は、地図も含めてすべて、底本であるオックスフォード・ワールズ・クラシックス旧版(ポール・ターナー編)と同じ、フォークナー版のものを使用している。試しにモット版(初版)で同じ箇所を見ると、I. St. Francoi とわずかに表記が異なっている。ブラッチャーによれば、モット版の表記は、オリジナルであるモルの地図に I. St. Francois (I. は Island の省略なので、聖フランソワ島)と書かれていたものを、最後の s がにじんでいたために転記者が誤って写したものである(Bracher 63)。ブラッチャーはフォークナー版の地図についてはほとんど言及していないが、注釈者(武田)が考えるにフォークナー版の I St. Francot という誤記は、モット版の誤記をさらに読み違えて、あるいは Francoi という奇妙なスペルの単語を勝手に修正して、Francot と書いてしまったのだろう。もう一つ、右側に I Madsuyker と見える島も、モット版では I. Maelsuyker となっており、やはりどちらもモルの地図にある島名 I. Maetsuyker から次第に逸脱している。

こうした誤記の他に、この第四篇の地図について不思議なのは、なぜ作品の主な舞台となるフウイヌムの島をもっと目立つ場所に置かないのかという点である。同じ傾向は全篇の地図に見られ、リリパット、ブロブディンナグ、ラピュータ(バルニバービ)は、ともにみな地図の隅に追いやられている。ただし、この三つの場合は、スマトラ島、「ニュー・アルビオン」、日本など、一般に知られた土地とともに架空の国々を収めるために必要であるかのように配置されている。これらに比べると、オーストラリアの南の沖合に浮かぶフウイヌムの島が、ここまで左に描かれる必然性は感じられない。モルの地図を見ても分かるように、ジェイムズ・クック(一七二八〜七九年)の探検以前のオーストラリアは、東側よりも西側、すなわち第四篇の地図より左側の方が地理的に解明されていたので、トレース不可能だったわけではない(クックのオーストラリア探検については、原田「「旅立ち」の言語表現」、一八世紀にオーストラリアのもった未知の領域としての魅力については、西山「未知の南方大陸を求めて」を参照)。

では、第四篇の地図において、なぜフウイヌムの島が地図の中心に置かれていないのか。その直接の理由は、本文に求められるだろう。フウイヌムの島が決して絶海の孤島ではないことは、作中の記述からうかがえる。ガリヴァーが高所から見渡すと北東五リーグのところに「小さな島影」を発見し、懐中望遠鏡で「はっきりと確認」[299]もしているし(なぜかこの島は以後出てこないのだが)、第一一章でフウイヌムの島を追放されたガリヴァーは、カヌーに乗って東に向かい、約一八リーグ半進むと小さな島に上陸し、その翌日、さらに七時間航海して「ニューホランドの南東の端に辿り着い」ている[302]。ターナーの注によれば、この記述の矛盾をJ・R・ムーアが指摘している。というのも、出発当初は「針路を東に取ることにして、ニューホランドの南西岸、もしくはその西に位置する、私の望むような島に着ければいい」[302]と思っているので、フウイヌムの島はオーストラリアの西に浮かんでいなければならないのに、ガリヴァーはカヌーで簡単にオーストラリアの南岸を横断し、たかだか二日で大陸の南東の端まで辿り着いているように思えるからだ(Moore, "Geography" 220; Turner 366)。異様に高速のカヌーでなければ、これは不可能である。これに反論を試みたのがケースで、ここでは「ニューホランド」という単語がオーストラリアではなくタスマニアを指すと読むべきだ、と主張し、フウイヌムの島の位置も(第四篇の地図の位置ではなく)タスマニアの南端から西に出た沖合、南緯四四度、東経一四〇度付近にあったのだ、と断じている(Case, Notes 60–61; Turner 366)。

ここであらためて地図を見返すと、ケースの主張が正しいかどうかはともかく、フウイヌムの島はオーストラリアの南西岸の沖合に描かれている。しかし同時に、この絵の右端には、Siveers I や I Madsuyker や De Wits I といった地名が見受けられ、これをモルの地図で照合すると(先述の転記ミスは無視する)、この一帯が実はディーメンズ・ランド(Diemens Land)、第四篇の地図にこの地名は記載されていない)、すなわちタスマニアを描いていることに気づく。地図製作者は、第四篇の内容にまったく不案内だったわけではなく、少なくともフウイヌムの島とタスマニアとを一緒に収めないといけないという意識をもっていたように思われる。しかし同時に、地図製作者は第一篇の地図で「ディーメンズ・ランド」を無理に西に動かすという離れ業をやってのけている。第四篇の地図でも「ディーメンズ・ランド」と記してしまっては、第一篇の地図との矛盾があまりに明確になってしまう。この地図製作者の気持ちになって、いま一度、第一篇と第四篇の地図を見返していただきたい。実に巧妙に(むしろ苦し紛れか?)ディーメンズ・ランドの別々の部分をそれぞれの地図に載せているのではないか。そう考えれば、第四篇のフウイヌムの島の位置は、これ以上左にもっていくこともできないし(それではディーメンズ・ランドが入らない)、右にもっていくこともできない(それでは第一篇の地図と一部が重なってしまう)ことが理解されるだろう。

また、先ほどJ・R・ムーアの意見として紹介した、第一一章の記述に見られる矛盾について、ケースとは少し異なる解決案を提示しておこう。当初は「ニューホランドの南西岸」の孤島に「着けばいい」と望んでいたガリヴァーが、結果として「ニューホランドの南東の端」に辿り着いたあと、「このことは、各種の地図と海図がこの国を実際よりも三度は東に置いているという年来の私見を裏書きしてくれる」[302]と言っていることに、注釈者(武田)は注目したい。つまりガリヴァーは、(この直後に言及のある)「畏友ハーマン・モル」[302]の地図を信じて、自分はオーストラリアの西側にいると思っていたら、実際はもっと東にいて、南西岸どころか南東の端に着いてしまった。ということは、(自分が測量を間違えたのではなく)モルの地図の方がオーストラリアを実際よりも東に置いてしまっていたに違いない、と独りよがりにも強弁しているのではないか。フウイヌムのもとで人間を軽蔑することを覚えた彼なら、なおさらありそうなことだ。ただし、ガリヴァーの到達した「ニューホランドの南東の端」が現在のタスマニアの南端を指すというケースの指摘については、「南緯四十五度くらい」というガリヴァーの測量と、当時はディーメンズ・ランドことタスマニアが島であるとは確証されていなかった事実を合わせて考えると自然な推測だと思われる。

ともあれ、先に述べた通り、第一篇の地図はこのディーメンズ・ランドの位置をひどく間違えている。なるほど、モルの地図より西に動かしているが、三度どころの距離ではないし、しかもオーストラリア大陸が丸ごと消えている。これでは自慢の発見もすこぶるあやしい。さらに言えば、第一篇の地図と第四篇の地図とでディーメンズ・ランドの位置を合わせてみると、リリパットがフウイヌムの島のごく近くにあることになる。実際に描かれてはいないが、フウイヌムの島の右上に、リリパットとブレフスキュはあるはずなのだ。ガリヴァーは、自分でも気づかぬまま、最後の航海で小人国の近くに戻っていたのかもしれない。

第一篇　リリパット渡航記

第一章～第八章

第一章

17-2 リリパット国

「小さな人」を意味する一般名詞とすでに化した「リリパット」(Lilliput)という造語の成り立ちについて、中野好夫は次のように説明する。「'lilli' は Swift 独特の「甘え言葉」で 'little' の意。同じく 'put' は当時子供に対する侮蔑の言葉として用いられたもの（中略）で、これを結びつけたと解釈する人(Prof. Henry Morley)もあるが、確実でない」(中野 i. 103)。ここにある Prof. Henry Morley とは、ロンドンのユニヴァーシティ・コレッジで教鞭を執った英文学者ヘンリー・モーリー(一八二二〜九四年)のことであり、リリパットについての解釈は、彼の編纂した『「ガリヴァー旅行記」初版の正確な復刻、その他スウィフト著作集』の序文に見られる(Morley 17–18)。ポール・オデル・クラークは、このモーリーの説のうち lilli が little である点に同意しつつも、put には他に pretty の隠語の意味もあると指摘する。このとき pretty は形容詞で「繊細で優雅な」といった意味をもち、さらには副詞として little を強調するニュアンスももつ(Paul Odell Clark 606)。また、アナトリー・リバーマンはその語源学に関する入門書の中で、リリパットの語源をスウェーデン語であるとする珍説を紹介している(Liberman 130, 277)。ここでは、リバーマンが参照した元の論文の概要を紹介しておこう。

この論文の著者ヨハンネス・ゼダーリントは、リリパットの語源をアイルランドのゲール語に求める説も、右述のクラークの説も否定する。さらにはモーリーが唱えてから定説となっていた「lilli は little である」という解釈にも疑問を付し、根拠としてスウィフトのステラ宛書簡を挙げている。手紙では、little language と呼ばれるスウィフト独自の幼児的な表現が、恋人同士がじゃれ合う符牒としてしばしば用いられているのだが、その中で little の変化形が lilli にはなっていないというのである(Söderlind 76)。このゼダーリントの指摘は、シェリダン・ベイカーの論考に基づいたもので、そのベイカーは古代ローマの詩人カトゥッルスの詩篇第五三番に登場する salaputium(跳びはねる小人)というラテン語を引き合いに出してリリパットの語源を説明しているが(Baker 478)、これもゼダーリントは退ける。その上で、Lilliput はスウェーデン語の lille Putte と綴りも発音も酷似しているとする(Söderlind 77)。この場合、lille は英語の little、Putte は「少年」を可愛らしく呼ぶ名詞であるから、結果的にはモーリーと同じ意味になる。

　このゼダーリントはさらにスウィフトとスウェーデン(語)との関係に触れ、例えば、スウィフトの『英語を正し、改め、定めるための提案』(一七一二年)にスウェーデン語の話題が出ていること、またジョン・ロビンソンというスウィフトの知人がスウェーデンのイギリス大使館付き司祭として二五年間スウェーデンに滞在したこと、カール・イレンボリィ伯爵というスウェーデン大使とスウィフトが親交を結んでいたこと、このイレンボリィと親交を結ぶ前からスウィフトはスウェーデン宮廷からの招待状を受け取っていたことを指摘し、さらには政治的に窮地に立たされた一七一四年にスウィフトが心ひそかにスウェーデンに亡命しようとしていたという大胆とも強引ともとれる推測をめぐらして、これらの根拠からスウィフトはスウェーデン語を知っていても不思議はない、と主張している(同 79)。

　リバーマンが紹介したこの珍説は、スウィフト研究の世界ではまともに扱われた形跡がないが、第三篇(第五〜六章)で珍説を振りかざすラガードの大研究院の学者たちを扱き下ろす『ガリヴァー旅行記』が、実は研究者の探究心をマニアックなまでに高揚させることを示す好例としてここに紹介した。実際、初版の刊行直後から、この作品の謎を解明しようとする書物は、同時代の注釈書であるコロリーニの『鍵』から始まって枚挙にいとまがない。なお、『ガリヴァー旅行記』発表直後の一七二六年一一月五日付のジョン・アーバスノット(一六六七〜一七三五年)によるスウィフト宛の手紙には、アーバスノットから『ガリヴァー旅行記』を借りるや否や地図を広げ、リリパットの場所を探し始めた老紳士の逸話が記されている(*Correspondence* iii. 45)。

17–4　父はノッティンガムシャにわずかの土地を持っていて、私は五人兄弟の三番目。

E・A・ブロックが論考「レミュエル・ガリヴァー――中産階級のイングランド人」で指摘して以来、ほぼすべての注釈で継承されている説によれば、ガリヴァーは当時の平均的なイングランド人として描かれている(Block 474–75; Turner 292; Higgins 287; 富山『ガリヴァー旅行記』を読む』61)。彼は中産階級の家に生まれ、子供たちのちょうど真ん中の存在であり、イングランド中部に生まれ、中産階級の宗派であるピューリタニズムの影響が強いケンブリッジ大学のエマニュエル・コレッジに進学しているのである。

さて、この文章は、『ガリヴァー旅行記』という文学史に残る傑作の書き出しとしては、あまりに味気ないものとも読める。直前の「刊行の言葉」では、ガリヴァーの文章が「多少まわりくどすぎる」と注文をつけられていたのだが[13]、少なくともこの箇所にそうした問題は見られない。むしろこのぶっきらぼうな書き方にこそ、ガリヴァー本人が明確にしていない感情があらわれているのではなかろうか。すなわち、彼が出生以降、「ジェイムズ・ベイツ氏」と出会って医師の道を選ぶまでの人生は、ガリヴァー自身にとってしみじみと回顧できるほど面白くはないものだったように思われるのだ。親兄弟についても、彼はほとんど何も書かない。ダニエル・デフォーの『ロビンソン・クルーソー』の場合には、ドイツのブレーメン出身の父が商売で財産を築いてからヨークに引退したことや、そこで母と結婚したことなどが記されているし、何よりも航海に出る前にクルーソーが父親に反対される場面が印象深く書かれているが、これと比較すればガリヴァーの家族への無関心ぶりは顕著である。これはガリヴァー本人が後に夫となり父となってからの家族愛の薄さへの伏線でもあるのかもしれない。また、一七三五年版スウィフト著作集の口絵において酷似した姿で描かれているガリヴァーとスウィフトとの共通点を探るならば(「フロント・マター」の注、**図0–6**、**図0–8**参照)、スウィフトもまた家族愛とは縁の薄い人物だった。アーヴィン・エーレンプライスの浩瀚な『スウィフト伝』によると、彼は出生前に父を亡くし、自伝的な断片の中で自分の父母の結婚を「思慮に欠ける」と批判している(Ehrenpreis, *Swift* i.

27–28)。しかも、真偽のほどは定かではないが、スウィフトは幼少期に乳母に誘拐され、およそ三年も母のもとを離れて育てられたという説もある(94–5「あの怪物的な乳房……」の注参照)。その後も、六歳にしてキルケニーのグラマー・スクールに送られ、今度は一人暮らしを余儀なくされた(同31–32)。このような家庭環境も影響したのか、彼は成人した後も家庭をもたず、生涯独身を通している。ちなみにデフォーの方は、ロンドンの有力商人を父にもち、聖職者になることを期待されながらも商人兼業作家となって借金まみれの生活を送り、子供たちとはさまざまな葛藤を演じるなど、かなり複雑な家族関係を実人生でも経験している。

他方、家族の問題に関する『ロビンソン・クルーソー』との温度差を、デフォーとスウィフトの政治観の違いから説明することも可能である。デフォーは、政党に関しては右顧左眄していたが、名誉革命の支持者として人民に主権を置く点では思想的に一貫していた。スウィフトも、政党を渡り歩いた点では同じだが、デフォーとは信条を異にし、政治を民衆の権利の問題として考えるよりも身分間の均衡の問題として考える傾向が強かった。親や権威への反抗という主題は、スウィフトよりデフォーにとって身近なものだったと言える。

さらに忘れてはならないのは、『ガリヴァー旅行記』が「著者」であるレミュエル・ガリヴァーによって第四篇の馬(フウヌイム)の国から帰還後にまとめられた著作だという設定である。フウイヌムにとっては、「友愛と善意」が「二大美徳」なのであり、それは「特定の相手に限定されるものではなく、種族の全体に万遍なく向けられ」ている[284]。すなわち、家族愛は種族(人間風にいえば民族)愛の前で否定されている。プラトンの『国家』を想起させるこの思想に影響を受け、フウイヌムの美徳を人間界に広めようとするガリヴァーがもし家族の絆を語ればその方がおかしいと言える。むしろ『ガリヴァー旅行記』は、家族関係の解消を秘かなテーマの一つとしてもっており、このテーマは第二篇、第三編、第四篇にも散見することになるのである。第一篇第六章に記された、「両親になぞ子どもの教育をまかせられるものではない」[61]という思想も、この傾向を裏づけるものと言えよう。

17-4　十四のときにケンブリッジのエマニュエル・コレッジにやられて、学寮暮らしをしながら三年間勉学に精を出したのだが、なにしろ貧しい身代には学費の負担が大きすぎて

一四歳で大学進学というのは当時珍しくはなく、スウィフト自身がダブリンのトリニティ・コレッジに入学したのも一四歳だった。なお、エマニュエル・コレッジとピューリタニズムの関係や、ガリヴァーの入学時には王政復古後のピューリタニズムへの逆風によって学校の地位が揺らいでいた点については、ブロックの論考がある(Block 475–76)。しかしガリヴァーは、ケンブリッジ大学で学位を取ることなく退学したようである。それを明確に書かないのは、ガリヴァーのプライドの高さを示している。ケンブリッジ大学を退学した理由として、「貧しい身代には学費の負担が大きすぎて」とあるが、果たして真相はどうか。次いでベイツ氏のもとで修業したときには、父親からの仕送りをやりくりして航海術などを学んだとあるのだから[17]、そこまで金銭的に困っていたわけでもなさそうだ。ひょっとすると、ケンブリッジでは学業以外のこと、例えば賭博に金を浪費したのかもしれない。そう考えると、「貧しい身代」の原文 a narrow Fortune は、裏で「ツキがなくて」という意味をももつように思えてくる。その証拠に、どうにかベイツ氏のもとで修業を終えたガリヴァーは、改心したと認められたのか、親戚からの援助も受け、オランダのライデン大学留学を果たしている[17]。もっとも、ここでも博士号をとった形跡はない。なお、先述の通り、生まれる前に父親を亡くしていたスウィフトは、学費について伯父から援助を受けた時期もあった。

17-6　ロンドンの有名な医者ジェイムズ・ベイツ氏

「医者」の原語は Surgeon。現代では通例、「外科医」の意で用いられるが、この時代は主に外傷の治療を行う医師を指した。*OED* にはこの意味の surgeon の用例として、『ガリヴァー旅行記』第四篇第四章の「私は外科医として育ったが、事故や暴力でうけた体の怪我や傷を治すのが仕事である」[256]という箇所が挙げられている。「医者」を意味す

るもう一つの単語physicianも今日の「内科医」という意味ではなく、surgeonが行う治療行為の他に、薬を処方する資格ももっている医師を意味した。だから当時の認識としては、surgeonはphysicianよりも医師としての権威が低く、実際、surgeonになるには大学で医学を修める必要はなかった。原文でも「ジェイムズ・ベイツ氏」はMr *James Bates*であり、Dr *James Bates*とはなっていない。

17-8　航海術やその他いろいろの数学

航海術が数学に含まれるという認識は今日の読者にはないだろうが、この「数学」(Mathematics)という単語は、*OED*の定義のうち、「抽象的な学説を具体的なデータに応用することからなる、自然科学その他の研究諸分野」という広い方の意味で用いられていると言えよう。これを日本語にあてはめるなら、「学問」とでもするしかない。当時、航海に際して四分儀などの器具を用いて海洋上の位置を測定・計算することは重要な技術だった。第二篇の冒頭は、サミュエル・スターミーの『航海者の宝典』(一六六九年)という浩瀚な書物からの引用(あるいは盗用)を含んでいるが(86-5「大荒れになりそうなので……」の注参照)、この『航海者の宝典』を実際に読んでみると、そのページの多くは幾何学的な問題や対数表を扱っている。しかも、一六八四年に刊行された同書の第三版のタイトル・ページには、改訂者ジョン・コルソンの名前の後に「ロンドンの数学教師」とある。一七世紀から一八世紀のイギリスで航海術が数学と結びついていたのはたしかなようだ。

17-8　いつかは旅に出るのが自分の運命だと思っていたからだ。

この「運命」の原語はFortuneである。きわめて注意深い書き手だったスウィフトが、作品冒頭の一つの段落内でFortuneという単語を二回も記したことには(17-4「十四のときに……」の注参照)、特定の意図を感じずにはいられない。しかも、この単語は第一章を通じて頻出する。Fortune(ラテン語ではFortuna)は、運命の女神として古代以来しばしば擬人化されている。東洋には「禍福はあざなえる縄のごとし」という表現があるが、西洋世界でFortunaは車輪をもった女神としてしばしば寓意化される。ガリヴァーはリリパット人によって地面に縛りつけられた後、「二十二個の車輪」をもつ機械に乗せられて首都に運ばれているが[25]、ここには、運命の車輪の回るままに生きるガリヴァーの境遇が重ねられている。第一篇で最終的に皇帝の寵愛を失うという運命の転変ぶりも、この解釈と整合性があるように思える。

これと比較して興味深いのは、第四篇に登場する理性のある馬フウイヌムが車輪を知らないという事実である。第四篇では、ガリヴァーがフウイヌムの主人に「車輪の形と使い方」を説明する場面があるが[254]、彼らは車輪つきの乗り物をもたず、足を怪我したり足腰の衰えたフウイヌムはヤフーの引く橇に乗って移動する[244、292]。理性に支配されるフウイヌムの国は、生活環境や身分に変化の生じない静的な社会である。つまりここには転変する運命は存在せず(もっとも、最後に追放されるガリヴァー自身は例外であるが)、その寓意たる運命の車輪も存在しないのだろう。

回転という主題は第三篇にも見られる。天空の島ラピュータを動かす飛行石ならぬ磁石は、垂直方向と水平方向に設置された環の中をグルグル回転することで島の飛ぶ方向を変える[175〜178]。このとき興味深いのは、「本文篇」一七七ページの図版にあるように、島が小刻みに上下しながら横に移動していることで、このジグザグ運動は西山徹の指摘によれば、近代経済の不安定さに対応している(西山『ジョナサン・スウィフトと重商主義』201–20とりわけ212–14)。つまり、運命としてのFortuneが富としてのFortuneに結びついているというわけだ。

さらに、この寓意としての車輪は、第一篇、第二篇、第三篇に登場する「水車」とも通じている(車輪の存在しない第四篇には、もちろん水車も出てこない)。第一篇ではリリパット人が彼らの知らない時計をガリヴァーのポケットに見て、「絶え間なく水車の如き音が」したと述べる[34]。ここでは時間と運命とが結びつけられているのだろう。第二篇では、初めにガリヴァーが巨人の声を聞いたとき、「その音量たるやわが耳をつんざく水車の如く」と述べている[91]。第二篇に多数書き込まれた、第一篇との対照を示す表現の一つであり、それと同時に自分の先行きや運命に不安を感じているガリヴァーの様子が、回転する車輪のイメージと重ね合わされているともとれる。しかし、水車について最も詳しく語られるのが第三篇である。ここでは、ラピュータおよびバルニバービにおける異端的な貴族ムノーディ卿が、自分の水車小屋を企画者《プロジェクター》たちに壊され、かわりに彼らが設計した最新式の水車小屋は結局機能せず、元も子もなくなったことが記される[187〜188](**187-10**「三マイルほどの……」の注も参照)。アーサー・ケースおよびパット・ロジャーズは、ムノーディ卿にスウィフトの庇護者ロバート・ハーリーの面影を認め、水車小屋の破壊されるエピソードは、ハーリーの率いるトーリー党内閣の時代に設立された南海会社の株価がホイッグ政権時代の一七二〇年に急落し、過熱した市場にバブル崩壊を引き起こした事件、すなわち南海泡沫事件(South Sea Bubble)の寓意であるとしている(Case, *Four Essays* 87–89; Rogers, "Gulliver and Engineers" 261)。これこそ転変する運命の歯車を彷彿とさせる出来事であろう。そしてこの指摘は、この第一章に「南海」(*South-Sea*)という単語が出てくること[18]、さらにはガリヴァーが遭難する一一月五日がまさに南海泡沫事件発生の日だったことを思えば、あたかも「運命の車輪」の寓意によって『ガリヴァー旅行記』全体の統一が図られているかのごとき印象さえ抱かせるのである。

17-10　ライデンに向った。そしてそこで、長い航海に出たときに役立つはずの医学を二年と七ケ月の間勉強した。

ベイツ氏のもとで医師の修業を終えたはずのガリヴァーが、なぜ医学をまたライデンで学ばねばならないのか。この疑問もまた、すでに述べたsurgeonとphysicianの違いが関連している(**17-6**「ロンドンの有名な医者……」の注参照)。surgeonのベイツ氏のもとで「事故や暴力でうけた体の怪我や傷を治す」[256]技術を学んだガリヴァーは、おそらくphysicianの資格を得るためにオランダのライデン大学に入学したのだ。その証拠に、ここで「医学」と訳されている原語はPhysickである。ヒギンズは、ここでPhysickが「薬学」という意味で用いられていると指摘していて(Higgins 287)、それは間違いではないが、要するにガリヴァーは自分の地位をphysicianに格上げし、ドクターの称号を手に入れたかったのだ。ところが、本文には一度もDr Gulliverという記述はなく、第四篇でも自らを「外科医」(surgeon)と名乗っている[256]。たしかにイギリスでは一般に外科医をドクターとは呼ばない。しかし、仮にライデン大学で博士号を取っているならば、自己顕示欲の強いガリヴァーが自分の名前にドクターをつけないことがありえるだろうか。本文のみならず、モット版、フォークナー版のどの肖像画にもDr Gulliverという記述は見られない。他方で、スウィフトは一七〇二年にダブリンのトリニティ・コレッジから神学博士号を授与されているので、スウィフト本人の肖像には、Dr. J. SWIFTと記されている(**図0–8**参照)。つまりガリヴァーは、ケンブリッジで三年学んで中退し、さらにライデンにもやはり約三年滞在して学位を得ずに終わったことになる。ベイツ先生の没後、ガリヴァーの仕事がうまく行かなくなったと書かれているが[18]、その原因の一つは、留学で箔をつけているとはいえ、ガリヴァーが特別な資格をもたない医師だったことにもよるのではないか。いずれにせよ、プライドの高い彼は、ここでも真相を書こうとしない。

17–12 スワロー号

当時の記録によれば、第三篇に登場するオランダ船「アンボイナ号」[229]を除くすべてについて、ガリヴァーの乗る船と同じ名称の船が実在した(Quinlan 412–17; Real and Vienken, "Lemuel Gulliver's Ships" 518–19; Higgins 287)。なかでもこの「スワロー号」と同名の船はギニア(西アフリカ沿岸)行き、すなわち奴隷貿易に使われている。後述のガリヴァーと奴隷貿易との関連性を傍証する事実と言える(**18–7**「六年間で東インド……」の注参照)。

18–1 レヴァント

原語 Levant はフランス語で「昇る」を意味する動詞 lever の現在分詞を語源とし、「太陽の昇るところ」という意味。すなわち、ヨーロッパ世界にとっては地中海東部とその沿岸地域を指した。またレヴァントはヨーロッパと西アジアを仲介する交易の要衝であり、イギリスは一五八一年にレヴァント会社を設立し、この地域で活発な経済活動を行った。このレヴァント会社こそ、東インド会社の前身の一つである。

『ガリヴァー旅行記』には、アジアへの言及が少なくない。第一篇第二章では、リリパット国王が「アジア風ともヨーロッパ風ともつか」ない服装をしていたとある[29]。ここにヒギンズは注を付し、すなわちリリパット皇帝はトルコ風の格好をしていたのだと述べている(Higgins 290)。他には、第二篇第三章で巨人国の服が「ペルシャ風かつ中国風」と書かれ[108]、第三篇第九章に出てくるラグナグ王国は架空とはいえ典型的な専制君主の国であり[214〜219]、さらに同第一一章では日本の踏み絵が取り上げられている[228〜229]。もっとも、ここから『ガリヴァー旅行記』が東洋の専制政治を批判した書物であると結論づけるのは短絡的で、むしろスウィフトはイギリスとヨーロッパを相対化して諷刺の対象とするために、アジアという他者を必要としたのだろう。その意味で『ガリヴァー旅行記』は、同時代のモンテスキューの『ペルシャ人の手紙』(一七二一年)などとも共通していると言える。

18-3 オールド・ジュリー

ロンドンの金融・行政の中心シティ地区にある街路の名称。原文にはOld Jury とあるが、今日では普通Old Jewryと綴る。後者の綴りにはJewすなわちユダヤ人という単語が組み込まれているが、実際この通りは、古くはユダヤ人の居住区だった。しかし一八世紀には非国教徒がここで影響力を強め、一七〇一年には長老派(カルヴァン派)の大きな教会が建てられている。

18-3 ニューゲイト街のメリヤス商人エドモンド・バートンの次女メアリ・バートンを貰うことになった、そのときの持参金は四百ポンド。

ジョン・ロバート・ムアは、ここにダニエル・デフォーへのあてこすりを見た(Moor, "A Defoe Allusion" 79-80; 富山

『『ガリヴァー旅行記』を読む』62–66)。まず、「ニューゲイト街」は前注の「オールド・ジュリー」と同じくシティ地区の街路の名だが、何よりもニューゲイト監獄があったことで名高い。この監獄には、かつてデフォーが五カ月間投獄されていたので、それをからかっているというのである。さらには、妻の実家が「メリヤス商人」(hosier)だったとあるが、これはデフォーが最初に従事した商売と同じである。この hosier という単語は、『ロビンソン・クルーソー』の出版直後に出たパロディー的な諷刺作品、チャールズ・ギルドン著『ロンドンのメリヤス商人ダ〇〇〇・デフ〇〇氏の奇妙で驚くべき冒険』(一七一九年)のタイトルにも見られるので、中産階級出身の作家デフォーをからかうときに用いられる符牒のようなものだったと推察される。

さらに、一六八四年にデフォーはメアリ・タフリーという女性と結婚しているが、四〇〇〇ポンド(ただしムアによれば三七〇〇ポンド(Moor 前掲 79))という高額の持参金を受け取ったにもかかわらず、一六九二年には破産宣告をし、短期間ではあったが債務者監獄にも入れられている。このとき彼が申告した借金の総額は一万七〇〇〇ポンド。しかしこの借金を、一七〇五年には五〇〇〇ポンドまで減らしたというから、近代資本主義の先駆的なテクストと呼ばれることもある『ロビンソン・クルーソー』の著者が、経済的にどれだけ大きな浮き沈みを味わったか、想像できよう(Richetti 9, 16–17)。ともあれ、「メアリ」という妻の名前と持参金に言及していることは、デフォーへのあてこすりのように思われる。なお、現代作家のJ・M・クッツェーは、『ロビンソン・クルーソー』を批判的に書き換えた小説『敵あるいはフォー』(一九八六年)の女性主人公の名前をスーザン・バートン(Susan Barton)としている。このうちスーザンはデフォーの『ロクサーナ』(一七二四年)の女性主人公の名前だが、バートンはひょっとするとガリヴァーの妻メアリ・バートン(Burton)への暗示かもしれない。だとすればクッツェーは、この箇所でスウィフトがデフォーをからかったことを念頭に置いていたことになる。ちなみに、一九世紀にはエリザベス・ギャスケルが『メアリ・バートン』というヒロインの名をタイトルにした小説を書いているが、『ガリヴァー旅行記』との関係は不明である。

ガリヴァーが結婚で受け取った持参金の四〇〇ポンドという金額について、デマリアは二〇〇一年の相場で少なくとも六万ポンドあるいは一〇万ドルと言っている(DeMaria 275)。もっとも、リケッティは二〇〇五年に刊行された『デフォー伝』で、当時の一ポンドをだいたい一〇〇ポンドとして計算しているので、これに従えば持参金の現在の価値は四万ポンドとなるだろう。いずれにしても、昔の貨幣価値を現在のそれに正確に置き換えるのは不可能である。ヒギンズは現代の価値に換算するかわりに当時の金銭感覚として、三五〇ポンドもあれば商人の家族と使用人が余裕をもって一年過ごせたと指摘している(Higgins 288)。ちなみに、一八世紀の貨幣価値については、ライザ・ピカード『一八世紀ロンドンの私生活』の巻末に収められた物の値段の一覧が参考になる。

18-5　ところがその二年後にベイツ先生が亡くなられ

原文は、But, my good Master *Bates* dying in two Years after(下線は引用者)。この付近では、繰り返しMasterと*Bates*の組み合わせが用いられており、そこにガリヴァーの自慰(masturbation)への強迫観念を読みとるクリストファー・フォックスの解釈がある(Fox 18–19)。それによれば、*OED*はmasturbationという単語の初出を一七六六年としているが、実際には『蜂の寓話』(一七〇五〜二八年)の著者バーナード・マンデヴィル(一六七〇〜一七三三年)が一七二四年(すなわち『ガリヴァー旅行記』の二年前)に出版した『売春の控え目な擁護』にもこの単語は見られる。フォックスは他の事例も挙げているが、特に注目すべきは、『オナニア、自辱の恥ずべき罪』という、一七〇九〜一〇年頃に出版された書物である。これは一七二四年には第一〇版が出て、この時点で一万五〇〇〇部が売れていたという。当時としてはかなりのベストセラーあるいはロングセラーと言うべきだろう。フォックスは、マスターベーションとガリヴァーの関係を、水に映る自分の姿に焦がれて溺死したナルキッソスの神話につなげ、社会から隔離された孤独な書き手としてのガリヴァーの姿を浮かび上がらせている(同21)。たしかに、人間嫌いであり、女性嫌いの気もある男性の語り手が、オナニスト的想像力を働かせて書いた架空旅行記として『ガリヴァー旅行記』を読むならば、この解釈はもっともらしくも聞こえるし、早くもこの時点でスウィフトは本書の真実性を疑わせるための「種」を撒いたと言えるのかもしれない。
もっとも、厳密に言えば、フォックスの挙げた例のほとんどはmasturbationという名詞であり、masturbateという動詞ではない。一カ所、一七二四年版の『オナニア』にあるlicentious Masturbaters(ほしいままに自慰に耽る者)という例はmasturbateに近いが、本当にMaster *Bates*という音が当時の読者に自慰を連想させたのだろうか。もしもそうだとすれば、一八三八年に出版されたチャールズ・ディケンズの『オリヴァー・ツイスト』にも、少年盗賊団の一員としてMaster Bates(「ベイツの若旦那」)というあだ名の人物が登場しているが、これも深い意味をもつのだろうか。疑念は残るものの、『ガリヴァー旅行記』において、さらには『ロビンソン・クルーソー』など当時の旅行記文学全般において、自慰という問題が暗黙のうちに入り込んでいる可能性は否定できない。

また、このベイツ(Bates)という名前はベイズ(Bayes)すなわちバッキンガム公爵ジョージ・ヴィリアー(一六二八〜八七年)が諷刺劇『舞台稽古』(一六七一年初演)でジョン・ドライデン(一六三一〜一七〇〇年)につけた綽名を想起させる。Bayesとは月桂冠をつくる月桂樹の葉(bay leaf)をもじったもので、桂冠詩人だったドライデンへのあてこすりである。スウィフトは母方を通じてドライデンと遠い縁戚関係にあり、若き日のスウィフトがこの高名な親類に自作の詩を見せたところ、「スウィフト君、君は詩人に向かないよ」と一蹴されてしまった、という逸話がサミュエル・ジョンソンの『イギリス詩人伝』中の「ジョナサン・スウィフト」の章で紹介されている(渡邊訳480)。後年の『書物戦争』(一七〇四年)において、スウィフトはドライデンを痛烈に諷刺することになる。

こちらの「師匠《マスター》ベイズ」とスウィフトはまったく相性が合わずに終わってしまったが、より親しくスウィフトと関係をもった師《マスター》として、政治家・外交官・文筆家のウィリアム・テンプル(一六二八〜九九年)の名を挙げるべきだろう。名誉革命後の混乱したアイルランドを脱出し、ロンドンで雄飛しようとしたスウィフトが頼ったのが、これまた母を介した知人のテンプルだった。彼の青年時代は、テンプルの庇護を受けたり、そこから飛び出したりしながら過ぎているが、これはいったん修業を終え、離れてからも再度ベイツ氏の世話になっているガリヴァーの境遇と類似する。

18-6　同業者が軒並やっているイカサマ

ここで「イカサマ」と訳されている bad Practice とは何だろうか。まず、practice という単語に医師の業務、すなわち「治療」の意味があることに注意すべきである。ガリヴァーが医学の学位をもたないらしいことを念頭に置きつつ、「悪い治療」が何を意味するのか考えると、当時 quack doctor と呼ばれる藪医者が多数存在し、あやしい治療を行っていたことが想起される。例えば一八世紀を代表する諷刺画家ウィリアム・ホガース（一六九七〜一七六四年）の連作絵画『当世風の結婚』（一七四三〜四五年）の一枚では、貴族の男が藪医者を訪ね、梅毒治療のために渡された水銀の丸薬に文句を言っている。男の隣に立っているのは若い娼婦で、やはり梅毒を患っている。『ガリヴァー旅行記』のこの箇所においても、性病や堕胎など、あまり表に出したくない「治療」がほのめかされているのかもしれない。ちなみに、貴族と性病の関係は、第三篇でも第四篇でも指摘されている〔209、271〕。

当時の紳士にとって、性病がどれだけ深刻で、また一般的な問題だったかを知るには、同時代の新聞広告を見ればよい。たとえばデフォーが執筆していた『レヴュー』誌の広告欄（一七〇六年四月九日号、五月七日号など）を見ると、育毛剤の広告（頭髪だけでなくカツラの毛にもよい、というのがいかにも一八世紀らしい）の下に「医学博士が、症状の軽重を問わず、いかなる症状でも、性病の方を治療いたします」という広告が見られる。薄毛と性病、この二つの問題を一八世紀の英国紳士たちはたいへん気にしていたようだ。この広告で、わざわざ「医学博士」と断っていることは、当時一般に性病の治療があやしげな医師によって行われていたことを示している。

『ガリヴァー旅行記』本文に話を戻すと、もしも「イカサマ」が性病治療をほのめかすのならば、前注で紹介した、ガリヴァーと自慰の関係を指摘する説の信憑性がより高まるかもしれない。なぜならば、フォックスが紹介している通り（Fox 18）、一八世紀初めに自慰は人間の成長にとって危険なものと見なされ、医師でもあったバーナード・マンデヴィルは青年が「自らを凌辱する」のを防ぐために売春を公認しなければならないと主張しているからだ。やはり医師だったジョン・アームストロングも、「器の小さく、自分勝手で、孤独な楽しみ」に耽るよりも「毎晩性の秘儀の行われている、淫らなる売春宿か酒場へ急ぎ赴け」と青年に助言している。ここで「性の秘儀」と訳したのはVenereal Ritesであり、「性病の儀式」とも訳すことが可能な表現である。一人寂しく自慰に耽るくらいなら、病気の危険を冒してでも女性と交われ、ということか。イヴ・セジウィックは『男同士の絆』において、同性愛嫌悪《ホモフォビア》が英米文学に大きな影を落としていることを指摘したが（上原・亀沢訳 23, 26）、それに劣らぬ「自慰パニック」が、少なくとも一八世紀のイギリスには見られるようだ。そこでは異性愛と同性愛との対立のかわりに、性病と自慰との対立が問題となるだろう。この観点からすると、オナニスト的想像力の持ち主であるガリヴァーが性病にかかわるのを忌避するのは自然だと言える。

また、『ガリヴァー旅行記』を始めとする著作に見られる、スウィフトの政治・経済についての考え方からも、性病の蔓延は近代における人間性の堕落を物語るものと彼が見なしていたことが分かる。というのも、大航海時代にアメリカ大陸からもたらされた性病は、外国貿易の悪を象徴しているからだ。スウィフトは、グローバルな交易によって富を殖やすよりも、自国の土地を開発して豊かな生活を手に入れることを重視していた。第二篇で大人国の王が述べる有名な言葉、「それまでは麦の穂が一本、草の葉が一枚しかはえなかった土地に二本、二枚育つようにした者は誰であれ、政治家全部を束にしたのよりも人類の恩人であり、国のために大事な貢献をしたことになる」[140]は、土地に国富の基礎を置く考えを端的に示している。これとほぼ同じ文章が、『ガリヴァー旅行記』第一篇、第二篇、第四篇を執筆した後に書かれたと推定される『ドレイピア書簡』にも見られるし(PW x. 141)、その後、『ガリヴァー旅行記』のうちで最後に完成された第三篇でも、近代的なラガード研究院の学者に反対し、古い土地経営を続け、堅実に作物を栽培するムノーディ卿が肯定的に描かれている[185〜186]。他方、第四篇のやはり有名な一節、「上流の牝のヤフーが一匹朝食をとるのにも、それを入れる器ひとつを入手するのにも、この地球全体を最低三周しなくてはならない」[266]では、外国貿易が贅沢を生む過程が批判されている。

しかし当のガリヴァーは、外国貿易に反対するどころか自ら海外に飛び出しているので、ここでもガリヴァーという人物の矛盾した性格、すなわち本人の気づかないうちに自分の批判するものと一致してしまう特徴を見てとることができる。

18–7　六年間で東インド、西インドに数回航海し、おかげで財産も多少は増えることになった。

ヒギンズは、船医となったガリヴァーが、「ほぼ間違いなく西インド諸島での奴隷と砂糖の交易に従事していた」と指摘する(Higgins 288)。これは一七世紀から一八世紀にかけてヨーロッパ諸国の行っていた三角貿易への言及である。ヨーロッパから持参した武器などを西アフリカ沿岸で黒人奴隷と交換し、その奴隷を西インド諸島やブラジルのプランテーションに売り、その金で砂糖を入手して本国に持ち帰ることで、当時ヨーロッパの商人は莫大な利益を上げていた。ヒギンズによれば、健康な奴隷を選別するために、医師は奴隷貿易において重要な存在だった。つまり、「イカサマ」を忌避して乗り込んだ船において、ガリヴァーは奴隷貿易という悪と不均等な交易というイカサマに身を投じたということになる。

もっともガリヴァーは、いかにも彼らしく、自分の名誉にとって不都合な奴隷貿易については明確に語っていない。これに対し、同時代のもう一人のヒーロー、ロビンソン・クルーソーの場合は、自分が三角貿易に従事していたことを明らかにしている。『ロビンソン・クルーソー』の初めの方には、「ギニア沿岸」や「ギニア貿易商」という表現が出てくるが(武田訳 30–31)、「ギニア」(Guinea)とは西アフリカの沿岸地域を指し、「ギニア貿易」とは奴隷貿易の隠語だったからだ。さらに、クルーソーが無人島に遭難するきっかけとなった航海は、ブラジルで農園を経営していた彼が、秘かに奴隷を手に入れようとして乗り出した航海にほかならなかった(同 58–59)。

18–12　フェター横町に引越し、さらにウォピングに移って

「フェター横町」の原語は*Fetter-Lane*。現在のロンドンではかなり広い通りで、シティの西側を南北に走り、フリート街とホーボーンを結んでいる。牧師としてオリヴァー・クロムウェルに仕えたトマス・グッドウィン（一六〇〇〜八〇年）は、一六六〇年に王政が復古するとオックスフォード大学を追われたが、その後亡くなるまでこの通りの教会で説教をしていた。ガリヴァーがここに引っ越す前のオールド・ジュリー同様、非国教徒と縁のある地域と言えよう。またこの通りには、『リヴァイアサン』（一六五一年）の著者トマス・ホッブズ（一五八八〜一六七九年）が一時期居住していた。『リヴァイアサン』についてスウィフトは、『桶物語』の中で、国家の安泰を揺るがしかねない書と非難しており、しかも彼が非国教徒にも批判的だったことを考えると、ロンドンにおけるガリヴァーの環境はおよそ反スウィフト的といえる。そもそも、ロンドンのシティ地区こそイギリスの金融と商業の中心であり、土地を政治経済の中心に置くスウィフトが本来抱いている考えからすれば、敵の本丸に等しかった。

ウォピング（*Wapping*）は、テムズ川北岸、シティ地区の東隣にある波止場の周辺地域。**17-2**「リリパット国」の注でも触れた一七二六年一一月五日付のアーバスノットからスウィフトに宛てられた書簡によれば、当時ガリヴァー本人をよく知っていると語る船長が実在したという。この船長は、ガリヴァーがテムズ川南岸のロザハイズ（レッドリフのこと）在住だと「刊行の言葉」にあるのは印刷屋の間違いで、実際はその対岸のウォピングに住んでいた、と主張していた（*Correspondence* iii. 45）。ただし、本注釈箇所を見ても分かるように、第一篇の航海に出るときにはウォピングに住んでいたと記されているので、この船長は本文までは読んでいなかったのかもしれない。さらに、第一篇の終わりを見ると、リリパットから帰国後に「妻には千五百ポンドの金を渡し、レッドリフに立派な家も用意してやった」[81]とあり、また第二篇から第四篇までは一貫してレッドリフに家があることになっているのだから[155、230、308]、この期間レッドリフに住んでいたことも印刷屋の間違いではなく、ガリヴァー本人の記述に見られることである。**81-2**「イングランドに腰を……」の注も参照。

18-13 南海

西山徹が指摘するように、ガリヴァーの旅行には「南海」(*South-Sea*)を目指すものが多い(西山「未知の南方大陸を求めて」70-71)。第二篇でもインドを目指して、当時としては珍しい東回り航路を取っている[85]。第三篇も同じく東インドを東回りで目指し、「フォート・セント・ジョージ」すなわちインドのマドラスに寄港している[160]。第四篇でもガリヴァーに下された命令は、「南海のインディアンと交易をする、できる限りの発見をする」ということであった[234]。

一八世紀において「南海」とは太平洋(の一部)を指した。というのも、スペイン人バスコ・ヌーニェス・デ・バルボア(一四七五〜一五一九年)らがダリエン地峡(パナマ地峡の旧称)を北から南に渡った際、発見した「南の海」が太平洋だったからである。したがって一七二〇年代に南海と言えば、カリブ海からダリエン地峡を越えた南側から南アメリカ西岸一帯を指すのが普通だった(服部「南方へ」6)。ところがスウィフトは、どうやら一七七〇年代にクック船長がオーストラリアなど南太平洋航海を行った後に形成された意味での「南海」、つまり「南太平洋」を念頭に置いていたように思われる。太平洋の知識がほとんどなかったこの時代に、スウィフトの想像力の中では、ダリエン地峡南側という意味での南海が、ユーラシア大陸と接近して想像されていたのかもしれない。もっとも、*OED* の用例にもある通り、一七一九年に刊行されたデフォーの『ロビンソン・クルーソーのその後の冒険』にも「フィリピン群島からさらに南海へ行きたい」という表現があり(平井訳 407)、オーストラリア近海の意味で「南海」の語を使ったのは、スウィフトだけではなかったようだ。

19-2 十一月五日

ヒギンズも指摘する通り、この日付けはイギリスのプロテスタント勢力および革新勢力にとって特別な意味をもつ

(Higgins 288-89)。一六〇五年の同日、カトリック勢力が火薬によって国王ジェイムズ一世もろとも国会を爆破し、親カトリックの政権の樹立をもくろんだとされる火薬陰謀事件が未然に発覚し、一味のガイ・フォークスという男が国会の地下室に潜んでいるところを発見されたのである。イギリスでは今でも一一月五日を「ガイ・フォークスの日」と呼び、夜には花火をあげ、かがり火をたいて陰謀が防がれたことを祝う。それと同時にこの日はまた、一六八八年、名誉革命によってウィリアム三世となるオランダ総督オラニエ公ウィレムが、カトリックを奉じるジェイムズ二世を王位から追放するために、イングランドに上陸した日でもある。

果たしてリリパットに上陸した外国人ガリヴァーは、ウィリアム三世のようにこの国の歴史に革命的な変化を起こすことになるのだろうか。しかし、いわゆる「神風」が吹いて順調に上陸したとされるウィリアム三世に比べると、暴風雨によって難船し、かろうじて泳ぎ着いたわれらが英雄の前途は明るくないようだ。しかも、同時代の注釈書である『鍵』によれば、この日は一七二〇年に南海泡沫事件によって南海会社の株式が急落し、イギリス経済が大打撃を受けた日であり、ガリヴァーの遭難はこの一八世紀におけるバブル崩壊騒ぎとも関係しているという(*Key* 1: 7)。つまりガリヴァーは、上陸の日付けによって、初めから国情を乱すお騒がせ者の烙印を押されているとも言えそうだ。

なお、一一月五日を意識的に扱った一八世紀の有名な作品がもう一つある。ローレンス・スターン(一七一三〜六八年)の奇書『トリストラム・シャンディ』(一七五九〜六七年)がそれで、ほかでもないこの主人公の誕生日が一一月五日に設定されているのである(朱牟田訳 1: 48)。スターンが『ガリヴァー旅行記』を読んでいたのはまず間違いないので、この日付けの一致は偶然とも思えない。ならば、彼はどのような意図でこの日付けを使ったのか。一つ考えられるのは、「私、紳士トリストラム・シャンディは、この浅ましくも禍の多い世の中に生み出されました」とあることから(同 48)、トリストラムの子宮からの脱出が、いわば自分を受け入れてくれない異世界への漂着として捉えられているのではないか、ということだ。しかも、彼は難産の果てに、似非医者の開発したあやしげな道具で母胎から引きずり出され、その際に「鼻」(これが鼻そのものか、男性器の比喩なのかは、曖昧にされている)を潰したことになっている(同 386)。このつらい経験をガリヴァーの海上での遭難と重ね合わせたとしても、何ら不思議ではない。

19-12 ○・五マイルほど前進してみたが、家ひとつ、人影ひとつ発見できはしない

ようやく岸に辿り着いたガリヴァーは内陸に歩み入る。「○・五マイル」は約八○○メートルだから、すべてが一二分の一になるリリパット人[44]にとって九・六キロメートルにあたる。沿岸から一○キロ近く家もなく人もいないというのはいささか考えにくく、直後の「衰弱しきっていて眼にとまらなかった」という表現が暗示するように、小人たちやその家屋に気づかぬまま、彼らの土地をノシノシ歩いていったのではないか。ガリヴァーの漂着はリリパット人にとって、ゴジラのような怪獣の襲来にも似た、不気味で恐ろしい災害だったのかもしれない。

19-15 短かく柔い草の上に横になり、我が人生でも記憶のないくらいにぐっすりと眠り込んでしまったのである。

まだ小人が登場する前の段階だが、草がリリパットの寸法であることがさりげなく示されている。これがスウィフトの意図的な演出であることは、大人国の物語である第二篇の初めでも、巨人に出会うよりも先にガリヴァーを巨大な草に遭遇させていることからも分かる(87-16「最初にビックリした……」の注参照)。

眠りが荒唐無稽な物語と結びつけられる文学作品は、ウィリアム・ラングランドの『農夫ピアズの夢』(一四世紀後半)から、一八世紀によく読まれていたジョン・バニヤンの『天路歴程』(第一部一六七八年、第二部一六八四年)、さらに『ガリヴァー旅行記』より後の時代の例えばルイス・キャロルの『不思議の国のアリス』(一八六五年)など多数あるが、眠りから覚めたら悪夢とも冗談ともつかない現実が待っていたという『ガリヴァー旅行記』の物語の始まり方には、ある朝起きたら巨大な虫になっていたという、カフカの『変身』に近い不条理文学の雰囲気もある。ちなみに、アーバスノットからスウィフト宛の一七二六年一一月五日付の手紙には、『ガリヴァー旅行記』は『天路歴程』と同じくらい人気を

博すだろう、と予言した箇所がある(*Correspondence* iii. 44)。

19-17 私は仰むけになっていたらしいが、両手両足とも左右の大地にしっかりと固定され、長くふさふさとした髪までが同じようにつなぎ留められていたのだ。

ヒギンズは、ガリヴァーがリリパット人に捕えられた場面の原型として、ローマ帝政時代のギリシャ人フィロストラトスの著作に登場する、ヘラクレスがピグミー族に襲われる場面や、旧約聖書『士師記』に出てくる、怪力の士サムソンが縛られる場面を指摘している(Higgins 289)。リヴェロはガリヴァーの長い頭髪と怪力との関係にも、サムソンへの言及を見出している(Rivero 17)。また、リヴェロおよびウィリアム・A・エディによれば、フィロストラトスの記述と『ガリヴァー旅行記』との類似を最初に指摘したのは、文豪ウォルター・スコットであったという(Rivero 17; Eddy 58)。他にも、古典古代の文学における「ピグミー帝国」の表象の伝統がいかに『ガリヴァー旅行記』第一篇につながっているかを、エディは詳細に語っている(Eddy 74–98)。

20-4 六インチもない人の形をした生き物だ、しかも手には弓と矢、背中には箙《えびら》。そのうちに同類が少なくとも四十は(それくらいの数はいただろう)、そのあとに続いてきた。

以前、注釈者(武田)が大学一年生の英語授業でこの箇所を読んだ際、次のようなコメントをした理系の学生がいて感心したので、ほぼそのまま引用しよう。「六インチとは約一五センチである。この身長の人間の標準体重を計算すると四五〇~六〇〇グラム程度だから、リリパット人をイメージするには、五〇〇ミリリットルのペットボトルより少し小さい姿の人間を想像すればよい。となると、果たして本当に四〇人(あるいは四〇本?)も人間の胸に乗るだろうか。しかもそれがゾロゾロと列をなし、蠢いているのだ。ガリヴァーは自分の巨大さを誇張しているのではないか」。

ここでガリヴァーは「人の形をした生き物」(a human Creature)とリリパット人を呼んでいるが、この言い方は、

第二篇で巨人がガリヴァーを形容する際にも用いられる(「どの部分も人間(a human Creature)とそっくり同じ」[98])。「人の形をした」という言い方は、本物の「人間」ではないかもしれないという含みをもつ。ただし、第一篇においては、ガリヴァーもリリパット人も初めから互いを少なくとも「人間」の一種として認めている点が、しばしばガリヴァーを動物と同一視する第二篇のブロブディンナグ人や、同じくガリヴァーを下等生物と見なす第四篇のフウイヌムとは異なっている。

20-9　金切声で、ヘキナー・ディーガルとやり

この章における異国語の描かれ方は明らかに他とは異なっている。というのも他の場所での異国語は、地名を除けばほとんどの場合、意味が説明されているが、この章だけは意味の定かでない表現が頻出するのである。これはおそらく、全篇の冒頭にあたる本章において、読者が遭難時のガリヴァーの感覚をありのままに追体験できるよう工夫したためではないか。こうすることで、いかに荒唐無稽に見えてもこの作品は本物の旅行記なのだ、と読者を納得させる効果を狙っているのではあるまいか。だから、この「ヘキナー・ディーガル」(*Hekinah Degul*)という表現や、第一章のその他のリリパット語について解読不可能と述べたところで、さして問題はないだろう(Case, Notes 5, 331; Rivero 18)。ちなみにドイツ語訳者のレアルとフィーンケンは、「すべてが無意味だとも、すべてに意味があるとも言えない」と中間の立場を取っている(Real and Vienken, Anmerkungen 385)。他方で、無意味に思えればそれだけ解読に熱意を燃やす研究者もいて、例えばフランス語訳者でもあるポンスによれば、「ヘキナー・ディーガル」は Hé, qu'il a de gueule!(おい、なんて口だ!)というフランス語を書き直したものだという(Émile Pons 225–26; Jacques Pons 425)。また、ポール・オデル・クラークは、独自に編み出したガリヴァー語の解読法に基づいて、What in the Devil(なんだこりゃ?)と言い換えている(Paul Odell Clark 600)。

20-14　トルゴ・フォナック

ジャック・ポンスのフランス語訳(これは基本的にエミール・ポンスのフランス語訳および注釈を引き継いだものである)に付された解釈では、*Tolgo Phonac* はラテン語の語幹 tolle(掲げる)と英語の go、さらにギリシャ語の φον(殺害)と ἀχ(鋭い武器)が組み合わされた表現で、まとめると「行くぞ、奴を殺そう!」となるという(Jacques Pons 432)。ポール・オデル・クラークは、規則的な言い換えはできないが Let go! Vomit!(発射! ぶちまけろ!)という意味だろうと述べている(Paul Odell Clark 600)。

20-16　ヨーロッパなら爆弾を発射するところだろうが、また矢を空に放つ。

リリパットには銃などの火器が存在しない。ガリヴァーの訪れるその他の架空の国でも、火器を使いこなしている様子は見られない。外国との交渉のあるラピュータやバルニバービ、ラグナグといった第三篇の国々には間違いなく火器が存在するはずだが、ほとんど描かれることはない。唯一の例外がラガード研究院で遭遇する「氷を焼いて火薬を作る仕事をしている男」[189]だが、これもいたって平和なものだ。しかも第二篇第七章と第四篇第五章では、いずれも火器や火薬が人道に反するものとして否定的に描かれる[138〜139、261]。火器もまた近代文明の負の側面として、『ガリヴァー旅行記』では一貫して否定されている。『ロビンソン・クルーソー』の主人公が、無人島での食糧の調達やいわゆる野蛮人との戦闘において銃を巧みに用いていることと著しい対照をなすものと言えよう。

21-11　ラングロ・デフル・サン

文脈から、「拘束を解け」といった意味だと推測される。ポンスのフランス語訳に付された解釈によると、*Langro Dehul San* の Langro はギリシャ語の λαγχάζω すなわち「解き放す」、Dehul は「ヘキナー・ディーガル」の「ディーガル」(*Degul*)と同じでフランス語のgueuleすなわち「口」あるいは「顔」、Sanはフランス語のêtre(be動詞にあたる)の接続法の崩れた形だという。それをまとめて「あいつの頭を解き放つぞ」となるというが、かなり苦しい解釈ではある(Jacques Pons 427, 432)。ポール・オデル・クラークは、実はまだリリパット語を学んでいないガリヴァーは意味を誤解していて、「拘束を解け」ではなく、言い換えの規則に従うならRun from the wild man!(野蛮人から逃げろ!・)となると主張している(Paul Odell Clark 601)。

22-4　ハーゴ

原文は*Hurgo*。本文にある通り「高官」を指すリリパット語だが、ドイツ語訳の注でレアルとフィーンケンはこれがRogue(英語で「悪党」)の綴り変えであると指摘し(Real and Vienken, Anmerkungen 385)、フランス語訳の解説でジャック・ポンスはフランス語の(h)ogreすなわち「食人鬼」(この単語は英語にも取り入れられている)の綴り変えではないかと述べている(Jacques Pons 426)。ポール・オデル・クラークは、Willfulか Will goの言い換え、つまり「わがまま」という意味だと記している(Paul Odell Clark 601)。

22-9　マスケット銃

マスケット銃とは先込め式の火縄銃で、スペイン人による南アメリカ征服時に用いられた。しかし、一八世紀初頭には(特に悪天候で)火のつきにくい火縄ではなく火打石によって発火する銃に取って代わられた(Keymer and Kelly 294)。ちなみに第一篇第二章にもピストルが出てくるが[35]、こちらは石打銃であるようだ。

22-14　バーガンディ酒

バーガンディとは、フランスのブルゴーニュ地方のことで、バーガンディ酒とは、ブルゴーニュ産の赤ワインを指す。

22-17　ボラック・ミヴォラ

原文 *Borach Mivola* の Borach はスペイン語の boracho(酔っ払い)、Mivola は英語の may(……だろう)とスペイン語の volar(破裂する、飛ぶ)の組み合わせであり、まとめると「酔っ払いが破裂するかもしれない」、すなわち「樽が飛ぶかもしれない」の意になる、としたのはジャック・ポンスだが(Jacques Pons 421)、ポール・オデル・クラークはこの説を否定し、volat cibora というラテン語の書き換えだと主張する(Paul Odell Clark 601–02)。volat cibora は、クラークの英訳によれば「彼は杯を投げる」という意味であり、この cibora という単語はホラティウス『歌章』第二巻第七番の二一〜二二行に登場するという。さらには、一六六六年に出されたこの詩の英訳で cibora が hogshead と訳されていることを突きとめ、『ガリヴァー旅行記』のこの箇所で、まさにガリヴァーの飲み干した「大樽」(Hogshead)と同じ単語であることを指摘している。

23-7　私の片手が自由に動くことを承知の上で堂々と体の上によじ登って歩きまわる、その大胆不敵さには舌を巻くしかなかった。

この「大胆不敵さ」は、後先を考えない熱狂の危険を示唆しているようにも思われる。南海泡沫事件が発生した日に海の泡とともに漂着したガリヴァーが、いわばリリパットでバブル的熱狂を引き起こしているわけである。これは決して一過性の騒ぎではなく、実際ガリヴァーの漂着はリリパットの政治経済に大きな影響を与えることになる。彼は一方でブレフスキュの艦隊を全滅させ[51〜52]、リリパットの軍事力を高めるのだが、他方で彼に食糧を供給することは国庫に多大な負担をかけ、政敵フリムナップはこの点につけこんでガリヴァーを貶める。第六章にある通り、フリムナップは「皇帝に国庫の窮状を訴え、思い切り割引きをしなければ資金の借入れもままならないこと、大蔵証券も額面の九%割引きでないと流通しないこと」などを訴えている[65]。

ここで想起されるのがジョン・ブリュアの「財政＝軍事国家」という概念である(『財政＝軍事国家の衝撃』)。ブリュアによれば、『ガリヴァー旅行記』の書かれた名誉革命後のイギリスは、「大蔵証券」こと国債を大量に発行することで財政の規模を拡張し、軍拡に邁進した(大久保訳 122–32)。無理に経済を巨大化させることは、当然ながらバブル経済の危険性を招くことになる。ならばリリパットにとってガリヴァーはバブルの象徴でもあるのかもしれない。他方、浜辺に打ち上げられた巨人ガリヴァーは鯨、すなわち海の怪物リヴァイアサンと見なすこともできる。この「リヴァイアサン」という単語には、ホッブズの同名の書物が一六五一年に刊行されて以来、国家という意味があることを思えば、膨大な食料を食い尽くす巨人ガリヴァーは、莫大な税金を要求する財政＝軍事国家の寓意であるようにも思われる。

24–4 ペプロム・セラン

レアルとフィーンケンは、この *Peplom Selan* とは lom (l'homme) plans pee(この男はおしっこするつもりだ)というフランス語と英語の混在した表現を綴り変えたものではないか、と指摘している(Real and Vienken, Anmerkungen 386)。ポンスは Peplom がフランス語の pipi(おしっこ)と pluie(雨)の中間であり、Selan の Sel(発音は「セル」)は laisser(……させる。発音は「レッセ」)の音を逆にしたものだとし、これをまとめて「奴におしっこさせろ」の意になるという(Jacques Pons 430)。ポール・オデル・クラークは、Flee from the rain!(雨から逃げろ！)の言い換えだとしている(Paul Odell Clark 602–03)。

24–5 体を右に向けて、やっと小便をすることができた

リリパット人はガリヴァーの一挙一動に強く反応しているが、そのクライマックスとも言えるのがこの放尿である。これときわめて類似した場面が、ラブレーの『ガルガンチュアとパンタグリュエル物語』(一五三二〜六四年)にも見られる。ロシアの文芸理論家ミハイル・バフチンが『フランソワ・ラブレーの作品と中世・ルネサンスの民衆文化』で指摘

した、卑俗なものをカーニバル的に享楽する民衆的想像力が、この箇所でも働いていると言える。しかし『ガリヴァー旅行記』におけるスカトロジーは、享楽のみをもたらしてくれるものではない。第一篇第五章における、宮殿の火事を放尿によって鎮める有名な場面では、皇妃を激怒させてしまう〔55〜56〕。カーニバル性が体現する卑俗なものと高貴なものとの価値転倒は、必ずしも肯定されていないのである。「地図」の注(「第二篇の地図」)において記した通り、これは「既存の価値の転倒が封建的因襲に対する人文主義的な啓蒙の勝利を意味した時代と、同じものが伝統的な秩序に対する近代的な商業主義・拝金主義の勝利をあらわした時代との差」ではなかろうか。なお、スカトロジーについては、28-12「この清潔さに……」の注、56-2「尿への……」の注も参照。

25-14 以上は、すべてあとで聞かされた話。なにしろこの作業の間中、私は例の酒に混入された催眠薬のおかげをもって泥酔していたわけだから。

自分が寝ているときの様子をガリヴァーが書いていることへの言い訳がなされているが、このあたりには第一篇でリアリズム色を強く出し、フィクションではなく事実の記録として本書を読ませようという作者の意図がうかがえる。後出の「突然眼の覚めた理由を私が知ったのは、それから三週間後のことである」〔26〕もそうだ。「三週間」という具体的な数字を挙げていることに、作者の意図が感じられる。「鎖を九十一本も運び入れ、三十六個の錠前を使って」〔26〕なども、リアルな記録を求める書き手ガリヴァーによる、正確な数へのこだわりが感じられる。もっとも計算間違いもあるので要注意(39-12「私はまず九本の……」の注参照)。

26-10 王国最大とされる古い神殿があったが、何年か前におぞましい殺人があって汚れたとかで

同時代の注釈書『鍵』が指摘しているように(*Key* 1: 7-8)、これはピューリタン革命の際、ホワイトホール宮殿でチャールズ一世が斬首されたことへの言及である。この出来事の生じた場所を「神殿」と設定したことにヒギンズは注目

し、非業の死を遂げたチャールズ一世を殉教者として祀るトーリー党右派と一致する思想をここに読もうとする(Higgins 289)。たしかにスウィフトはピューリタン革命と共和政時代をまったく評価しなかったので、殺人によって神殿が「汚れた」というのをピューリタン革命への否定的な言及と読むことはできるだろう。しかし他方で、殺害された人物(チャールズ一世)を悼んだり神聖視したりする記述は見あたらないので、ヒギンズの解釈はやや行き過ぎであろう。しかも次の第二章を見れば、ガリヴァーがこの神殿内で排便しているではないか[28]。『ガリヴァー旅行記』を、トーリー党右派およびジャコバイトの文脈でのみ読もうとする研究者や批評家の硬直した読みを笑いとばすかのようなスウィフトの筆さばきがうかがえる(ジャコバイトについては、29-9「皇帝は宮廷の……」の注参照)。なお、ホワイトホール宮殿は一六九一年、九八年の火事でほぼ焼失しているが、バンケティング・ホールのみが焼け残り、ルーベンスの天井画で有名なこの建物は現在でも観光名所になっている。

第二章

28-1 立ちあがってあたりを見回してみると、正直なところ、何とも面白い光景であった。まわりの国全体がひと続きの庭園のようなもので、囲い込みのしてある畑はおおむね四十フィート四方、まるで花壇だ。

首都に連れてこられたガリヴァーが仮住まいすることになった「古い神殿」[26]は、ロンドンの政治の中心地ホワイトホール宮殿を想起させる(前注参照)。そして、第二章冒頭のこの「古い神殿」からの眺めについては、ホワイトホール宮殿からセント・ジェイムズ・パークを見渡した眺めにそっくりであるとの証言がある(*Key* 1: 8)。ちなみにガリヴァーの記述には、「畑の間に半スタングくらいの広さの森が点在」ともあるが[28]、単位の考え方に地域と時代による相違はあるものの、スタングは一エーカーの四分の一ほどの面積のことなので、「半スタング」とは約一〇〇〇平方メートルほどの広さを示す(Higgins 290)。

28-12 この清潔さに関して、世の人々に我が人格を弁明しておく必要がないのなら、こんな一見下らないと見えかねないことを長々と云々することもないのだが、聞くところによれば、私に対して含むところのある連中が何かにつけてこの点を衝くということなので。

仮住まいを始めるにあたって、それまで体を縛りつけていた紐はすべて断ち切られたが、そのかわり左脚にはおびただしい数の鎖が巻きつけられたため、ガリヴァーはその鎖の長さ(二ヤード＝約一・八メートル)の範囲しか歩き回ることができない。この束縛の中でガリヴァーがまず初めに感じるのが、便意である。鮮烈なスカトロジー的描写は、さまざまな束縛の中にあっても抑えがたい人間の本性の発露の表現として、また邪悪なるものを排出する人間の行動のアナロジーとして頻出する。「私に対して含むところのある連中」とは、もちろんガリヴァーに批判的な連中の意だが、何とか家の外で用を足したガリヴァーが、しかし自分は決して糞まみれではない、清潔であると主張したこの一文には、実際には作者スウィフト自身の影が色濃く反映している。強烈なスカトロジーを含む『桶物語』のような彼の諷刺作品には、ウィリアム・キング(一六八五〜一七六三年)やウィリアム・ウットン(一六六六〜一七二七年)などから「不潔」、「淫ら」、「下品」、「風俗用語だらけ」などと非難が集中したが(Rawson, *Gulliver and the Gentle Reader* 7)、それにもかかわらず、あえてそうした表現を控えることはしないという作者の強い意志表明が含意されていると考えられるからだ。啓蒙的思想家・知識人の表層的な上品さを、スウィフトは嫌悪していた。

29–9

皇帝は宮廷の他の誰よりも私の爪の幅くらい背が高く、それだけで見る者に畏怖の念をかきたてる。その顔立ちは彫りが深くて男らしく、オーストリアの王家風に下唇が厚く、鷲鼻、顔色はオリーヴ色、背筋が伸び、胴体と手、足の均整がよくとれて、身のこなしは悉く優雅そのもの、威風堂々たる押し出しだ。

いよいよガリヴァーがリリパット国皇帝に謁見する場面。皇帝の容貌や衣装が描写される。「人生は、意識の始まりから終わりまでわれわれを取り巻いている半透明の膜のようなもので（中略）無縁で外部的なものをできるだけ交えずに描出することこそ小説家の務めではないか」とは二〇世紀イギリスの巨匠ヴァージニア・ウルフの評言だが(Woolf 9)、この箇所の描写は、徹頭徹尾、「外部的なもの」である。だが言うまでもなくその描写は、外部的に見えて、実は複雑で鋭利な諷刺を内包している。まず冒頭から注意を要する。「私の爪の幅くらい背が高く」というのは、「見る者に畏怖の念」を掻き立てるのだから、表面的には皇帝への賛辞と考えられよう。だが、それがそもそも「私の爪の幅」にすぎないものであると考えれば、これは矮小なるものへの皮肉でしかない。同様の皮肉は、例えば、ジョウゼフ・アディソン(一六七二〜一七一九年)の擬似英雄詩「ピグミーとツルの闘い」(一六九九年)にも見られる。ピグミー族の君主は臣下よりずば抜けて背が高く二フィートあまり(約六〇センチ)だというのだ(Higgins 290)。「見る者に」という表現も、語り手であるガリヴァー自身がその中に含まれているのか否か、定かではない。

次に、「オーストリアの王家風に下唇が厚く」は、これまでしばしば指摘されているように、オーストリア大公にして神聖ローマ皇帝の位を独占していたハプスブルク家の人々に典型的に見られる容貌、すなわち下唇が厚く顎がやや突き出した顔立ちに言及したものであろう(**図1-1**)。この箇所の原文は *Austrian Lip*。だが、どうやら一般のオーストリア人ではなさそうだ(同 290)。カトリックを奉じてヨーロッパの強国を率いるハプスブルク家は、言うまでもなくイギリスの宿敵である。この観点からすると、リリパット国皇帝の描写は、ガリヴァーにとってもスウィフトにとっても、到底好意的なものであったとは考えにくい。たとえ、「身のこなしは悉く優雅そのもの、威風堂々たる押し出し」であったとしても。

「鷲鼻」(arched Nose)はどうか。同時代の注釈書『鍵』によれば、鷲鼻で当時有名だったのは、オランダから呼ばれてジェイムズ二世の娘メアリと結婚していたウィリアム三世であるという(*Key* 1: 8–9)(**図1–2**)。義父であり実の叔父にあたるジェイムズ二世が追放された名誉革命後の一六八九年、彼はメアリとともに王位を継承する。だが妻のメアリ二世に比して、オランダからやってきたウィリアム三世は不人気であった。特に王権神授説を奉じてジェイムズ一世以来のステュアート家の正統性を主張するジャコバイトと呼ばれる保守派は、ウィリアムに対する宣誓を拒否し続けたという。このジャコバイト的傾向をスウィフトがどの程度まで有していたかについては多くの議論があるが、少なくとも『ガリヴァー旅行記』執筆当時は保守派であったスウィフトが、ホイッグ党系の人物を重用した外来のウィリアムに対して批判的であったことは否めない。もっともウィリアム三世は、アイルランドを支配していたカトリック勢力を制圧した人物でもあり、スウィフト自身、一六九九年、この国王に何らかの聖職禄を自分に授けるよう懇願してもいる。国王はキャンタベリーかウェストミンスターのそれを、スウィフトの庇護者であるウィリアム・テンプルを通じて約束したのだが、テンプルは同年亡くなり、約束は結局反故になってしまった。そう

図1–1　ハプスブルク家の神聖ローマ皇帝ルドルフ2世(ハンス・フォン・アーヘン画，1600～03年頃).

図1–2　ウィリアム3世(ゴッドフリー・ネラー画，1680年頃).「鷲鼻」の片鱗がうかがえる.

した私怨がスウィフトのウィリアム三世観に影響したこともまた事実であろう。いずれにしてもウィリアム三世に対するスウィフトの批判的言及は、この『ガリヴァー旅行記』や『ドレイピア書簡』のみならず、「イギリス国教会信徒の心情」、「一七〇八年予報」、「女王最晩年の四年間の記録」、「女王最晩年の治世への質問」、「兄弟愛について」、「チャールズ一世の殉教をめぐる説教」など、その生涯にわたって実に多い。そのことから考えればこの「鷲鼻」も、決して称賛の表現ではなさそうだ。

このあと、皇帝の描写はさらに続いている。「齢は二十八歳九ケ月で、血気盛んな時は過ぎたとはいうものの、その治世はすでに七年に及び、国は治まって武運また良しというところであった」[29]。これもまたしばしば指摘されるように、「血気盛んな時」を過ぎた皇帝の姿は、『ガリヴァー旅行記』が刊行された一七二六年、当時六六歳であったイギリス国王ジョージ一世のそれと重なりあう(Higgins 290)(**図1-3**)。ジョージ一世は翌年死去。彼は、ステュアート家の血を継ぐ最後の国王となったアン女王が亡くなった一七一四年、ドイツのハノーヴァーからイギリスの国王として迎えられた。ジェイムズ一世の曾孫とはいえ、英語も覚束なかったという。スウィフトが『ガリヴァー旅行記』を本格的に執筆し始めたのは一七二一年頃と推定されるので(同 290)、「その治世はすでに七年に及び」とは、ジョージ一世のそれとぴたり一致するというわけだ。それのみならず、ハノーヴァー出身のジョージが、実は、ハプスブルク家の影響を受けてカトリック寄りだったのではないかという、マシアス・イアベリーなど、同時代人の証言もある。そうだとすれば、先の「オーストリアの王家風に下唇が厚く」には、代々の神聖ローマ皇帝のみならず、ジョージ一世の姿も含意されていたのかもしれない。もっともジョージ一世は、背が低く、とても「威風堂々たる押し出し」などではなかったので、諷刺の対象を単一的に捉えるのはもちろん危険である。とはいえ、ジョージ一世を彷彿させる描写は、他にもある。

図1-3　ジョージ1世(同時代の未詳の画家によるもの).

「その服装はきわめて質素かつ簡略なもので、アジア風ともヨーロッパ風ともつかず、宝石をちりばめて、前立てには羽飾りという、黄金の軽目の冠が頭にのっていた」[29]というわけだが、ジョージ一世は、トルコ人従者を身辺にはべらせ、ヨーロッパ人だかアジア人だか分からないような調子で、少しもイギリス人を信用しないなどとして、反国王派フランシス・アタベリーらに揶揄されることもあったという(Worsley 78–80)。

少し整理してみよう。ここで展開されるリリパット国皇帝の描写には、表面的な皇帝らしさの記述の背後に、実はきわめて複雑な仕掛けが施されている。はっきり確認できるだけでも、ハプスブルク家、ウィリアム三世、ジョージ一世などの姿が、いずれも批判的な意味合いで投影されていることは間違いない。実際この皇帝は、やがて隣国ブレフスキュの支配に野心を燃やし、さらに第一篇後半に至ると、皮肉にも「寛容仁愛」をもって、ガリヴァーの両眼を損傷し、「漸次餓死に至らしめる」ことに同意するのである[72～73]。もちろん、ハプスブルク家やウィリアム三世、ジョージ一世が、外敵あるいは外来の国王であって、当時のロンドンに少なからず見られたいわゆる外国人嫌いの風潮に、アイルランド出身のスウィフトがある種の距離を置こうとしたとも読めないことはない。そうだとすれば、これらの外敵もしくは外来の国王に対して、スウィフトが自らの境遇を重ね合わせていささかの共感を抱いていたということになるのだが、しかしながらこの解釈は、やはり無理である。スウィフトは、ロンドンにあって自らが一種の異邦人であると感じるのと同時に、しかしそれ以上に強く保守派の心情を有し、外敵や外来の国王に対する嫌悪感を抱いていたと考えるべきであろう。

そしてこういう文脈で考えるならば、本注釈箇所のすぐあとに見える「武運また良し」[29]という記述にさえも、実は諷刺が込められていたのではないかと思われるのだ。この箇所の原文は generally victorious である。generally は今日、一般には「概して」という意味で使われる。言うまでもなく「概して」とは、「十中八九、おおむね」ということで、「多少失敗することもあるが」くらいの含意がある。しかしその程度のことは、皇帝であればごく普通のことだ。そういうリアリズムを排したところに作者スウィフト一流の諷刺が機能しているとすれば、この「概して」という副詞の使用は、いささか凡庸である。しかし、実はこの generally が、universally(あまねく、いつも)という意味で使われている用例もないわけではない。*OED* は、その語義がすでに「廃れた」としつつも、聖職者リチャード・バクスター(一六一五~九一年)の『キリスト教徒の融和』(一六五三年)の一節を用例として掲げている。『ガリヴァー旅行記』刊行の七〇年ほど前ということになるが、もしスウィフトが、この「あまねく、いつも」という意味で「武運また良し」と記しているならば、皇帝の無慈悲と強烈な領土欲、そしてリリパット国の強圧的で好戦的な政治に対する諷刺は、ますますその威力を増すと考えられるのである。

30-5

私の方も高地ドイツ語、低地ドイツ語、ラテン語、フランス語、スペイン語、イタリア語、リングア・フランカなどこちらが少しでも分かる語を総動員して話しかけてはみたものの、まったく駄目であった。

言葉に対するガリヴァーの強い関心とその優れた語学力については作品中、至る所で言及されるが、これは当時進行しつつあった英語改革への作者スウィフト自身の関心のあらわれでもある。実際、彼は一七一二年、『英語を正し、改め、定めるための提案』を執筆し、ときの大蔵大臣オックスフォード伯ロバート・ハーリーに英語改革アカデミー構想を建議するに至っている。彼はまた、当時の流行誌『タトラー』(一七〇九~一一年)に寄稿して次のように記してもいる。「最近七年あまりの間に出版された書物を合計百ポンドほど〔約三〇キロ〕集めてみたところで、普通の文法、普通の意味で記された文は合わせて一〇行もあるまい」(Addison and Steele, *Tatler* iii. 191)。だから英語を矯正すべきだというわけだが、そういう混乱の中で、英語が「ごつごつした北欧語に先祖返りしている」というのがスウィフトの見解であった(*PW* iv. 11; 永嶋 107)。

この観点からあらためてこの箇所の文章を読んでみると、高地ドイツ語(=ドイツ語)、低地ドイツ語(=オランダ語)から次第に北欧系を離れ、ついには商用共通語である「リングア・フランカ」(=フランス語、イタリア語、スペイン語、ギリシャ語、アラビア語などによる一種の混成語で、貿易商人を中心に地中海東部で使われていた)へという列挙の仕方の中にも、実は身近でぞんざいな言葉から洗練された言語へという流れを読み取ることもできる。もっともそれが結局は通じなかったわけだから、強い語学的関心の中にも一種の諦念をスウィフトが抱いていたと見ることもできよう。ちなみに第一章には、ガリヴァーが船医としてレヴァントへ出かけていたことが記されているが、ここはまさに「リングア・フランカ」がさかんに流通していた地域である(18-1「レヴァント」の注参照)。

30-12 私は全員を右手で摑み上げ、五人を上着のポケットに入れ、六人目には生きたまま喰ってやるという顔をしてみせた。

皇帝への謁見の後、「大人間山」[33]と呼ばれたガリヴァーを一目見ようという群衆が押しかけてくる。のちの第二篇の大人国ブロブディンナグでは小人ガリヴァー自身が見世物になり、そのことがリリパット国との対照的な光景として論じられることが多いのだが(例えば Bellamy 54-71)、実はリリパットにおいても、ガリヴァーは見世物になっている。ところで、押しかけた観衆の中にはガリヴァーに矢を射かけてくる者まであらわれ、その矢の一本が危うく彼の左眼に命中するところであった。視覚をつかさどる眼は、『ガリヴァー旅行記』全篇に共通する重要なアイテム。小人国、大人国という設定もまた、眼がふだん慣れ親しんでいる縮尺を変更することによって得られる仕掛けだ。そこでガリヴァーは、この狼藉者たちをつまみ上げ、怒りもあらわに食べてしまうかのようなそぶりを見せる。ヨーロッパからやってきた〈文明人〉であるはずのガリヴァーが、人肉食のような振る舞いを見せるこの場面は、〈文明と未開〉という一般的な図式を覆し、一瞬、人間の本質的な醜悪さを感じさせて緊張が走るのだが、次の瞬間、彼は「穏やかな顔をして」[30]彼らを解放してやる。このことが皇帝の耳に入り、ガリヴァーはしばらくの間、比較的厚遇されることになる。ちなみにここでガリヴァーが示した「寛容な扱い」[30]の原語は Clemency。第七章でガリヴァーを弾劾しようというというときに皇帝が実に皮肉な形で示す「寛大な態度」には Lenity が使われている(70-7「陛下は何度も……」の注参照)。

31–11

その間にも、皇帝は頻繁に御前会議を招集されて、私をどう処置すべきか協議されたのだが、とても身分の高い、誰よりも機密に通じているある友人に後日聞いたところでは、宮廷には私のことで難問が山積していたという。私が鎖を切りはしないか、食費がかさみ過ぎはしないか、飢饉につながりはしないかという心配だ。

リリパットの宮廷には、ガリヴァーの処遇をめぐってより厳しい意見をもつ者もいた。「餓死させるか、せめて両手と顔を毒矢で射て、さっさと殺してしまおう」といった提案もなされている[31]。もっとも「巨大な死骸の放つ悪臭で首都に悪疫が生じ」るという恐怖は[31]、当時の読者、特にロンドン市民にとっては現実的なものであった。実際、一七世紀にはおよそ二〇年に一度の割合でペストが流行し、そのたびにロンドンの人口の約五分の一が失われたとさえ言われる。なかでも、ジョン・ミルトン(一六〇八〜九四年)が『失楽園』の原稿を抱えてロンドンを離れたという一六六五年の大流行はすさまじく、七万五〇〇〇人あまりが死亡したという。このときの惨状をノンフィクション風に綴ったダニエル・デフォーの傑作『ペスト』が刊行されたのは、『ガリヴァー旅行記』刊行のわずか四年前の一七二二年のことである。

結局、ガリヴァーは当分の間、国の客人として遇されることになったが、そのための食料は、「毎朝牛六頭、羊四十頭他の食料、ならびにそれに見合うパン、葡萄酒他」といった具合[32]。リリパットが深刻な食糧不足に見舞われるのではないかという懸念ももっともである。一七世紀のイギリスでは食糧不足で餓死者が出ることがたびたびあったし、他のヨーロッパ諸国、例えばフィンランドでは、一六九六年から九七年にかけて飢餓のために人口の三分の一が死んだとか、その後一七六九年のフランスでは一〇〇万人近くが餓死したなどと、飢饉の記録は枚挙にいとまがないからだ。特にこの状況はスウィフトの故郷アイルランドではきわめて深刻であった。『ガリヴァー旅行記』刊行から三年後の一七二九年、スウィフトはダブリンの劣悪な食糧事情を嘆じて強烈な諷刺を込めたパンフレット『(貧民の子供が親や国の重荷にならぬようにするための)慎ましやかな提案』を刊行しているが、その内容を要約すれば次のようなものであった。――計算によれば、アイルランドでは毎年一二万人の貧しい子供が生まれている。私の知り合いのロンドンに住む物知りのアメリカ人によれば、一歳くらいの子供は、十分食事を与えて健康に育てれば、調理法を問わず、たいへんおいしく栄養価も高いものになるということなので、一二万人のうちの二万人だけは自国で育てることとし、残りの一〇万人は国中の貴顕の家の食糧として送り出してはどうか(深町訳 98–100)。何ともすさまじい限りである。大食漢ガリヴァーの様子は、しばしばラブレーの『ガルガンチュアとパンタグリュエル物語』を想起させるが、その滑稽さは、実はどちらの作品も深刻な現実と背中合わせであったことを銘記しておく必要がある。

ただし、それでも当時のイングランドは、アイルランドや他のヨーロッパ諸国に比べて農業生産力が安定し、それが国力の源泉となっていた。第二篇第七章において大人国ブロブディンナグの国王がガリヴァーに向かって語る言葉、「それまでは麦の穂が一本、草の葉が一枚しかはえなかった土地に二本、二枚育つようにした者は誰であれ、政治家全部を束にしたのよりも人類の恩人であり、国のために大事な貢献をしたことになる」[140]は、農業立国としてのイングランドの理念を代弁したものであろう。それゆえ、「毎朝牛六頭」の記述には、イングランドの豊かな食料供給と、飢餓にあえぐ祖国アイルランドとの間で引き裂かれた作者スウィフトの姿を読み取ることができる。

32–13　ルーモス・ケルミン・ペソ・デズマー・ロン・エンポソ

原文は *Lumos Kelmin pesso desmar lon Emposo*。直後に「皇帝及び王国に親睦を誓わなくてはならないということ」と訳語がついているので意味は明らかだが、スウィフトがいかにしてこのリリパット語を生み出したのかについて、ポンスは次のように推測する。pesso と Emposo はそれぞれ英語の peace(平和)と empire(帝国)がスペイン語風になったもの。Kelmin は、ギリシャ語の χαί、スペイン語の él、ギリシャ語の μιν が組み合わされ、「そして彼と共に」の意。desmar はスペイン語の demás すなわち「さらに」。Lumos はギリシャ語の λύω すなわち「解消する、撤回する」に架空の否定辞が組み合わさり、「撤回しない」という意味になる(Jacques Pons 428–29)。語学の知識を駆使した解釈ではあるが、lon については何も記されていないし、本文中の訳語を前提として無理に考えた嫌いがある。ポンスの解釈に対し、ポール・オデル・クラークは原文の解釈をそのまま繰り返すことの危うさを指摘するものの、彼の暗号解読にもかなり無理がある。例によって自由に本文の言葉を綴り変え、例えば「かくして陰鬱な平和が長く幅を利かせる」(so a dismal peace long impose)といった意味を見出しているからだ(Paul Odell Clark 603)。

33-1　この国の法律の定めるところによって二人の係官に身体検査をさせる

自由の身になるためにはまず持ち物検査を受けなければならないということで、クレフレン・フレロックとマーシ・フレロックなる二人の検査官[35]がガリヴァーのもとにやってくる。その検査記録は膨大なもの[33~35]。しかし、「大ポケット中には人の背丈ほどの中空の鉄柱があり、それより大なる硬い木材に固定され、その鉄柱の片側より奇怪な形状の鉄片が突出、その何たるか、了解不能」[34]とあっては、いかに「精確な目録」[35]とはいえ、実効性のほどはかなり疑わしい。近代政治システムが整備されるなかで著しく発展した宮廷や政府の文書文化を揶揄したものと、まずは考えられるのだが、何よりも奇妙なのは、ハンターが指摘するように、船が難破して九死に一生を得たガリヴァーが、ハンカチ、嗅ぎ煙草入れ、日記、櫛、髭そり、時計、ピストル、弾薬、ナイフなど、滑稽な目録に延々と記されるようなものをずぶ濡れであったはずの上着に中にもっていたということであろう(Hunter 65–69)。その点に注目すれば、この目録は、近代政治システムにおける膨大な文書文化への諷刺であるのみならず、一人称の語り手ガリヴァーの信憑性そのものに疑問を投げかける糸口ともなる。「精確な」描写がいかに脆いものであるか、旅行記文学そして近代小説の勃興期にあって、「精確な」描写という謳い文句がいかにイカサマであるか、その虚妄をあばくことにこそスウィフトの眼目があったのではあるまいか。ちなみに第六章冒頭にも、「この帝国のくわしい説明は別の論文にゆだねることにして、興味を抱かれた読者のために、とりあえず一般的な問題点をいくつか話してみることにしよう」[57]という皮肉めいた一文がある。

ガリヴァーのポケットの描写は、また当然のことながら、七年前の一七一九年に刊行された『ロビンソン・クルーソー』を想起させる。船が難破してやはり九死に一生を得たクルーソーが、浜辺に無残な姿をさらして座礁していた難破船に物資を取りに行く場面だ。太陽が照ってきて暑いので、彼は衣服を脱ぎ、船まで泳いでいく。船に着いた彼は、しかし、それにもかかわらずポケットにビスケットを詰め込み、それを食べながら船内の様子を見て回るというのである(武田訳 74-75)。デフォーが『ロビンソン・クルーソー』を構想したきっかけとしては、『イングリッシュマン』という雑誌の一七一三年一二月三日号に、当時の文人政治家リチャード・スティール(一六七二〜一七二九年)が報告した、実在の漂流者アレグザンダー・セルカーク(一六七六〜一七二一年)の無人島生活体験談があったと、しばしば指摘されている。しかし、ただ一人で生活しているところを救われてイギリスに帰国したセルカークとは異なり、クルーソーは、フライデーを始めとする従者を従えて意気揚々と故国に引き揚げてくる。つまり、実在のセルカークの帰国に関して言えば、それは『ロビンソン・クルーソー』よりも『ガリヴァー旅行記』四篇それぞれに見られるガリヴァーの帰国の状況の方が近似していると言えるのではあるまいか。一八世紀初頭のロンドンで近接していながらほとんど交わることがなかったと言われるこの二人の大作家は、架空の旅行者とイングランドの接点についても明らかに異なる捉え方をしていたと言えよう。

33-10　クインバス・フレストリン

原文は *Quinbus Flestrin*。ポンスは、この言葉をラテン語の quin(五つ)、ギリシャ語の βοῦς(牛肉)、英語の flesh(肉)、ドイツ語の drin(……の中に)の組み合わせと読み、「五頭の牛を一片の肉のように呑み込む者」の意味だと述べる(Jacgues Pons 430)。もちろん、皇帝の命令で「毎朝牛六頭、羊四十頭他の食料」などがガリヴァーに供出されることになったという直前の記述[32]を意識した解釈である(もっとも、なぜ六頭ではなく五頭なのかという点について、ポンスは「音の響きがいいから?」とトボけている)。他方、ポール・オデル・クラークは dressed in buffskin すなわち「牛革を着た者」と読み換えている(Paul Odell Clark 603)。これも第一章でガリヴァーが「革製のジャケットを着ていた」[21]とあるのを踏まえた読みである。

34–11

半分は銀、半分は透明な金属よりなる円球状の物体で、その透明な側には奇妙な文様が円形に配されており、触知を試みるも、指はその透明なる物質に阻止されて、不能。この器具を耳元につけられてみるに、絶え間なく水車の如き音が致しました。

身体検査を受けた末に没収された品々の中で興味深いものの一つは、この懐中時計だ。係官の推測では「未知の動物か、もしくは彼の拝む神」ということで、直接本人に問いただすと、ガリヴァーは「これに相談せずしては何事もなさず」という謎めいた言葉を発するばかりでいっこうに要領を得ない[34]。没収されたのちも皇帝がこの物体に関心をもち、しかも皇帝を含むリリパットの人々は、針の動きの細部まで見えてしまうので、かえって謎が謎を呼び、学者間でも意見が四分五裂となってしまう[36]。

時間とは何か、という思想史上の一大問題と、海洋航海にも耐えられる精密な時計をつくるという現実的な要請は、一八世紀初頭のイギリスにおける大きな話題であった。時間とは何かという問いに対して、それは、二つの観念が続いて心の中に生じる際、その間に私たちが感じる持続の感覚にほかならないとしたジョン・ロック(一六三二~一七〇四年)の『人間知性論』が刊行されたのは一六九〇年のこと。時間進行の扱いを工夫しなければならない文学作品の作家たち、特に近代小説の揺籃期である一八世紀イギリスの作家たちは、是非はともかく、一様にこのロックの考え方に影響を受けることになる(Walker 3-30; Gravil 20)。ローレンス・スターンが小説『トリストラム・シャンディ』(一七五九~六七年)において、こうしたロックの哲学的定義を強靭な日常的感覚によって笑い飛ばしたのも有名な話だ。他方、精密時計の開発は、探検航海の科学的・軍事的重要性の高まりとともに、当時、政府の喫緊の課題となっていた。洋上での精密な時間計測こそが経度確定に不可欠であり、経度が分からなければ精密な世界地図を描くこともできないからだ（原田「かなたに何かある」176-85）（222-4「経度……」の注参照）。一七一四年、イギリス議会は信頼に足る経度測定法を考案した者に莫大な賞金を授与することを議決。一八世紀前半から半ばにかけて、イギリスでは正確な時間計測を可能とする精密時計の製作に技術者が鎬を削ることになる。ちなみに当時の王立協会会長で、経度測定法に関する議論にも積極的に関わったのが、スウィフトの大嫌いなあのアイザック・ニュートン（一六四二〜一七二七年）だ。ニュートンへの諷刺は『ガリヴァー旅行記』にたびたび登場する。精密時計の開発という最新の科学的話題に関心をもちつつも、自ら実感することのできる日常的な感覚へのこだわりを捨てきれない作者スウィフトの姿が見え隠れする。

36-2 まず皇帝に心配無用と御注意申しあげたあとで、空に向けてズドンとやった。その驚愕たるや、偃月刀の比ではなかった。

示威行動としてピストルを撃った際の現地人の驚愕ぶりについては、当時の実録航海記にも多くの類似した描写がある。ただ『ガリヴァー旅行記』のこの場面の記述が興味深いのは、そうした同時代の言説を取り入れつつも、結局ガリヴァーは、この火器を手放してしまい、それに代わって、第七章の「石でこの首都を叩き潰すくらいのことは何でもない」［74］に見られるように、より素朴な日常的手段を引き合いに出していることであろう。それによって彼は、リリパットをより矮小化して見せようとしたのか、それとも、植民地支配に対する批判としたのか。一見、滑稽な場面だが、その含意は複雑だ。

36-14 彼らの検索を逃れた秘密のポケットがもうひとつあって、眼鏡と（私は眼が悪いので、ときどきお世話になる）、懐中望遠鏡と、その他役に立ちそうなものが幾つか入っていたが

時間の経過を可視化する時計の細かな針の動きまでがよく見えるというリリパットにあっては、ガリヴァー自身も感

度のよい視覚を確保しなければならない。捜索を逃れた眼鏡と望遠鏡。パット・ロジャーズは、「レミュエル・ガリヴァーはおそらく、イギリス文学において初めて眼鏡をかけた主人公ではあるまいか」と指摘しているが(Rogers, “Gulliver’s Glasses” 179)、眼鏡だけでなく望遠鏡も含め、この二つは言うまでもなく、『ガリヴァー旅行記』という作品そのものを規定する重要な道具となっている(渡邊 1–13)。ふだんは見えないような小さなものまで見えるリリパットの住人といい、普通の人間の一二倍の大きさがある第二篇のブロブディンナグの巨人たちといい、洋上をはるかに空高く飛翔する第三篇のラピュータ島といい、倒錯した視覚がもたらす非日常的視点から日常を見直すという手法は、『ガリヴァー旅行記』そのものの根幹をなす。それゆえ身体検査を逃れた眼鏡と望遠鏡は、いわば作者自身の眼であったと言えよう。しかしここで注意しなければならないのは、そうした眼が、結局は何らかの外的な、身体そのものではない道具によって支えられなければならなかったという点だ。実際、スウィフト自身、『ガリヴァー旅行記』刊行の前年、恋人ステラに宛てた詩の中で、自らの視力の減退と眼鏡を着用することの恥ずかしさに言及しているし(*Poems* ii. 134)、ガリヴァーが作品中で眼鏡や望遠鏡を利用する場面もかなり限られている。拡大縮小自由自在の眼鏡と望遠鏡を手にすることで、人間社会の誤謬を正すかのような斬新な仕掛けを有したガリヴァーには「秘密、プライヴァシー、所有感覚、アイデンティティ」(Rogers 前掲 179, 188)が感じられることはたしかだが、それと同時に、それらを剝ぎ取るように諷刺の矛先が容赦なくガリヴァー自身にも向いていることも注目すべきであろう。どこまでも透徹した作者スウィフトの視点がここにはある。

37-6 土地の者たちは次第に私を危険物扱いしなくなった。ときたま横になって、五、六人を手の上で踊らせてやることもあった。しまいには、男の子や女の子がやって来て、髪の中で隠れん坊をするまでになった。

『ガリヴァー旅行記』が現実の人間社会に対する強烈な諷刺に貫かれた作品であることは言を俟たないが、そこに展開する精巧な作品世界が、フィクションとしての統一性を保持していることには十分留意する必要がある。第二篇のブロブディンナグ国でのガリヴァーの描写の中に、「ロンドンの玩具屋で眼にする人形の家の家具のような大きさ」[108]という一節があるが、リリパット国での出来事はまさにこの人形の家の内外で起きた事柄なのであって、それを当時の現実的・具体的事象にのみ結びつけて詮索することには危険が伴う場合もある。子供たちがガリヴァーの「髪の中で隠れん坊をする」感覚と、そうした子供たちの世界を表現する描写の力、それがこの作品の基調の一つであり、そこにこの作品が多くの現代作家にもインスピレーションを与える理由がある。強烈な諷刺と児童文学的世界がいちおう破綻なく結びついたフィクションの構築という、『ガリヴァー旅行記』の全体像を鑑賞する必要があるとアースキン＝ヒルは指摘しているが(Erskine-Hill, *Gulliver's Travels* 22–36)、特に政治諷刺と考えられる描写が頻出する本章を考えるうえで、注意すべき指摘である。

37-9 ことに面白かったのは綱渡りで、床から十二インチの高さに長さ二フィートほどの細い白糸を張って、その上でやる。ここは読者にご辛抱をいただくことにして、少し詳しく説明してみたい。

「綱渡り」とは、Rope-Dancers の見世物、として原文に記されている。「綱渡り」といっても、むしろここでは、綱の上でできるだけ高く飛び跳ねるという縦の移動に重点を置いたもの。この種の曲芸は当時のロンドンではよく見られたものであり、スウィフトはそうした日常的風景のひとコマを巧みに作品中に取り込んでいるわけだ(Denis Todd,

Imagining Monsters 143)。

「綱渡り」を上手くこなした者が高位に就くという話[38]は、早い段階からスウィフトの著作に登場する。例えば、マシュー・ティンダル(一六五七〜一七三三年)というホイッグ派理神論者の『キリスト教会の権利擁護』(一七〇六年)という著作に対する反駁(一七〇八年頃執筆)がそれで、その中には次のように記されている。「例えばこんな状況を考えてみよう。聖職者になるために議会が定めたことはたった一つ、たるんだ綱の上を歩ければよいというような場合だ。それさえできれば、上院に議席を占め、官服法衣を身にまとって宮殿に伺候し、給金をもらってそれを使い尽くせる。信仰などとはほとんど無関係で、この人物は、軽業ゆえに以前よりましな聖職者になったとすっかり信じ込んでいる、というような場合だ」(*PW* ii. 75)。スウィフトのティンダル攻撃はその後も続き、例えば一七一一年五月三日号の『イグザミナー』誌などにも見られる。

38-5

大蔵大臣のフリムナップなどは細い綱の上で、帝国中の他のどの貴族よりも少なくとも一インチは高く跳びはねることができるとされる。私もこの眼で彼が、イングランドで言えば荷造り用の細紐くらいの太さの綱の上に皿を置いて、その上でトンボ返りをうつのを何度か目撃したことがある。依怙贔屓をするわけではないが、私見によれば、この大蔵大臣につぐのが私の友人で宮内大臣のレルドレサル、他の高官たちはどんぐりの背くらべというところか。

「大蔵大臣のフリムナップ」については、従来、多くの研究者・批評家が注目してきた。諷刺の対象の一人としてまず間違いないのが、ホイッグ党の大物政治家にしてイギリスの実質的な初代首相ロバート・ウォルポール(一六七六〜一七四五年)である(Higgins 291–92; Rivero 32)。ちなみに「首相」(prime minister)という語は当時公式には使われておらず、彼の正式な職名は「第一大蔵卿、財務長官、下院総務」(First Lord of the Treasury, Chancellor of the Exchequer and Leader of the House of Commons)であったが、この職権をもって初代首相と考えるのが一般的である。ジョージ一世を奉じてアン女王時代のトーリー党系政治家を一掃、一七一五年に起きたステュアート朝支持者による、いわゆる第一次ジャコバイト騒擾を鎮圧し、その後も多くの政治的危機を乗り切ってイギリス近代政治の基礎を固めた人物である。ところがスウィフトはこのウォルポールが大嫌い。最大の敵であったと言ってもよい。『ドレイピア書簡』に収められた「アイルランド全国民に寄せる書簡」を始め、『イグザミナー』誌やステラ宛の書簡に見られる多くの言及、さらには「サー・ロバート・ウォルポールの品性について」(一七三一年執筆)や、「ロ〇〇〇〇〇主〇〔ロチェスター主教〕のフランスの犬ハーレキンが明らかにした恐るべき策謀について」(一七二二年執筆)、「ウジ虫ウッド」(一七三五年刊、執筆は一七二五年)といった詩に至るまで、ともかくウォルポール批判の著作は多い。何がスウィフトをそこまで憤慨させたのか。賄賂と姑息な陰謀を駆使して政権を牛耳るその政治手法と倫理観、聖職の権威を軽視する低教会派的信仰、アイルランド搾取の強化、出版界の弾圧等々、煎じつめれば、近代社会構築にあたっての理念と実践に関して、伝統的な価値観と廉直、そして言論を重視するスウィフト的社会観や手法とはまったくそりが合わなかったということになる。ちなみにウォルポールと綱渡りの連想は、当時の一般的な反ウォルポール的パンフレットにも多く見られる(Higgins 292)。『ガリヴァー旅行記』を含め、「綱渡り」と結びついた当時のウォルポール表象の広がりがうかがえよう。

もっともこのフリムナップも、綱渡りには失敗したことがあった。「私が到着する一、二年前の話らしいが、フリムナップが墜落したことがあって、もし国王のクッションのひとつが床にあり、その衝撃を弱めるということがなかったら、間違いなく頸の骨を折っていただろうとのことであった」[38]とガリヴァーは記している。これは、ジョージ一世の愛人にして大きな政治的影響力を有したケンダル公爵夫人アーマンガード・メリュシーナ(ジョージ一世との間に少なくとも三人の庶子があった)が、一七二一年、ウォルポールの首相就任を後押ししたとされることへの揶揄である(Rivero 32)。ウォルポールは、アン女王が亡くなってジョージ一世が即位した一七一四年、すでに政府の最高諮問委員、次いで陸軍主計長官に就任していた。アン女王配下のトーリー党系有力貴族・政治家を嫌ったジョージ一世のホイッグ党重視による登用である。当時のホイッグ党の最大実力者は第二代子爵チャールズ・タウンゼンドでウォルポールの義兄。

ウォルポールは、翌一五年には、第一大蔵卿ならびに財務長官に昇進することになる。ところがここでホイッグ党内が内政・外交両面の政策対立から分裂、ウォルポールの後ろ盾となっていたタウンゼンドは、ホイッグ党内の反対派で内閣の中心であった初代伯爵ジェイムズ・スタナップと第三代サンダーランド伯爵チャールズ・スペンサーによって左遷されてしまう。ウォルポールも官職を辞して野に下り、タウンゼンドと合流。ここで彼は在野ホイッグとなって、政権中枢からはいったん離れることになる。しかし彼はそのままでは終わらない。スタナップやサンダーランドと和解し、ジョージ一世と当時の皇太子(後のジョージ二世)との深刻な王室内対立の仲裁に成功する。他方、一七二〇年の秋には、政府の肝いりで異様な投機熱を煽った南海会社が破綻し、政府はその責任を厳しく問われることとなった(いわゆる南海泡沫事件)。スタナップは翌年急死し、サンダーランド伯爵も引退。ここに至って、いよいよウォルポールにお鉢が回ってきたというわけだ。ケンダル公爵夫人が彼の後押しをしたと考えられるのはこの場面、すなわちスウィフトが『ガリヴァー旅行記』を本格的に執筆し始め、またウォルポールが南海泡沫事件の処理を巧みにこなして、実質的に初代の首相となった一七二一年のことである。もっとも翌二二年には、その後押しの一件が露見してしまう。アイルランド政策の一環として貨幣改鋳(実際には改悪)の特許をウォルポールから与えられたウィリアム・ウッドが、この特許を購入するのに支払った一万ポンドという大金が夫人の手に渡っていたというのである。現在の一万ポンドといえばせいぜい一五〇万円程度だが、当時は三〇〇ポンドもあれば紳士淑女が一年暮せたという時代である(Porter xv)。デフォーの『ロビンソン・クルーソー』の最後の場面に、クルーソーがたいへんな財産家になったことの表現として、「いまやぼくは、突然にして、五千ポンド以上の現金を使える身となり、しかもブラジルに誇張抜きで広大といえる土地を持つことになった。この土地は、イングランドの土地と同じくらい確実に、毎年一千ポンドの収入を見こめた。要するにぼくは、およそ理解を超え、理性も保てない状態に陥ったので、喜びを実感できなかった」という一節があるが(武田訳409)、それをはるかに上回る額である。

この「国王のクッション」[38]には他にも説がある。例えば、王室内不和を仲裁した折に彼が親しく交際したといわれる皇太子妃キャロラインだ。もっともこのキャロラインはスウィフトにも好意的で、『ガリヴァー旅行記』が刊行された一七二六年には、ジョン・アーバスノットを介してスウィフトを宮殿に招待し、この謁見は成功裏に終わったという(*Companion* 322)。ヒギンズはこうした特定の人物への同定を避け、不正を働いた判事を処刑するために退路をクッションで塞いだという『ドレイピア書簡』に見られる東洋の専制君主の逸話に言及している(Higgins 292)。

一方、「私の友人で宮内大臣のレルドレサル」は、政権の中枢にいながら、フリムナップとは違ってガリヴァーにいちおうは好意を示す人物で、第四章には、彼がガリヴァーにリリパット国の内政外交の実情をひそかに語るという場面がある［47〜50］。もっともこのレルドレサルは、第七章においてガリヴァーの弾劾が諮られた際、彼の両眼を潰すという減刑(?・)を申し出て処刑に反対するという態度を取るくらいだから、彼の好意や親切をどこまで額面通りに受け取ってよいかどうかははなはだ疑問である。額面通りに受け取っているガリヴァーの姿そのものが諷刺的に描かれているとも言えよう。ただいずれにしてもレルドレサルは、フリムナップと同じく政権中枢にいながら、彼とは何らかの緊張関係にあったわけで、フリムナップをウォルポールと考えるならば、同じホイッグ党で政権中枢にいながらウォルポールと対立し、ときには親トーリー党的とも考えられる行動を取った人物を、このレルドレサルのモデルと見ることはいちおう可能であろう。

そこでまず考えられるのが、ウォルポール政権下でアイルランド総督を長く務めた第二代男爵ジョン・カータレット(一六九〇〜一七六三年)である(Higgins 292; Rivero 32)。スウィフトとは一七一〇年頃からの旧知の間柄で、政治的には対立していたものの、彼の見識にスウィフトは一定の敬意を表していたという。「カータレット卿弁護」(一七三〇年)や「カータレット卿の軍隊について」(一七二七年執筆)などの詩文が残されている。カータレットは、一七二一年、国務長官に就任したものの、ウォルポールと対立し、アイルランド総督という中央からは離れた地位に追いやられている。ホイッグ党にあって反ウォルポール政権の中心的な存在であった。もっともこのカータレットは、第二篇に登場するブロブディンナグの国王に擬せられることもあるので、レルドレサルの人物像とカータレットとを全面的に同一視するのはもちろん危険である。もう一人、レルドレサルに近い人物として指摘されるのが、先ほど触れたジェイムズ・スタナップである。ホイッグ党が政策対立によって内紛を起こしウォルポールが下野した際、ホイッグ党政権を率いた人物だ。もちろん政治的にはスウィフトと対立していたが、彼がやはりその見識を高く評価した人物である。他方、同時代の注釈書である『鍵』では、レルドレサルに擬せられるのはタウンゼンドであるとされている(*Key* 1: 13; 実際にはもちろん直接言及するわけにはいかないので、'*T__d*' と記されている)。

なお、ウォルポール政権に対する諷刺として興味深いスウィフトの作品に、「日本の宮廷および帝国について」というものがある。刊行は一七六五年になるが、執筆されたのは一七二八年と推定される。これは、ジョージ一世が一七二七年に崩御し、ジョージ二世が即位する様子やそれに伴うウォルポール政権の動きを、日本の皇帝の代替わりになぞらえて諷刺したものである。皇帝のもとで実権を握る日本の宰相の名はレロップ＝アウ(Lelop-Aw)。ウォルポール(Walpole)の綴り変えである。言うまでもなくガリヴァーは、第三篇の最後で日本に立ち寄ることになるが、『ガリヴァー旅行記』とこの「日本の宮廷および帝国について」という作品との関連性については、特にウォルポールの表象をめぐって、なお研究の余地が残されている。

最後に、このような宮廷を舞台にした欲望のドラマは第一篇、第二篇に共通して見られる。これは、ロンドン政界で活躍していた頃のスウィフトが親交を結んでいたデラリヴィエール・マンリーなどが得意としていた宮廷人・政治家のスキャンダルを寓意物語として描く、いわゆる「鍵小説」の結構に類似したものとも言えるだろう(「鍵小説」については、**9-6**「中傷、解説……」の注参照)。しかし、『ガリヴァー旅行記』が宮廷のスキャンダルを暴露するだけの書物ではなく、そのようなスキャンダルを喜ぶ読者の欲望さえも容赦なくさらけだし、諷刺の対象としていることは言うまでもない。

38-15

もうひとつ、特別の場合に限って、皇帝、皇妃、宰相の前でのみ演じられる気晴らし芸がある。まず皇帝が六インチの長さの絹の細糸を三本、テーブルの上に置かれる。その色は青、赤、緑。これらの糸は、皇帝が特別に引き立ててやろうと思し召された者へのご褒美なのである。

ご褒美の絹糸が意味するものは、刊行当初からきわめて明快であった。「青、赤、緑」の三色はそれぞれ、イングランドの最高勲章であるガーター勲章(青)、もともと「バースの騎士」などと呼ばれていた称号を上級勲章の一つとしてジョージ一世が定めたバース勲章(赤)、そしてスコットランドの最高勲章としてアン女王が定めたシスル勲章(緑)である。ちなみにウォルポールは、一七二六年五月、ガーター勲章を授与されている。バース勲章制定をジョージ一世に進言したのも彼であると考えられる。あまりにも明らかな諷刺なので、一七二六年刊行の初版では、出版者ベンジャミン・モットの判断で、色を「紫、黄、白」に変えてあった。だがそれにもかかわらず、例えば『鍵』は、この三色が三つの勲章を意味するものであると喝破している(*Key* 1: 16)。一七三五年のフォークナー版でこれが元に戻っているのは、これだけはっきりとした諷刺表現でありながら、政府のさしたる弾圧がなかったことによるのであろう。

39-12

私はまず九本の棒をとって、二フィート半四方の正方形状に地面にしっかりと固定し、次の四本を地面から二フィートの高さに水平に置いて、四隅をゆわえ、そのあと直立している九本の棒にハンカチを結びつけ、太鼓の皮のようにまんべんなくピンと張ると、その四本の水平な棒がハンカチよりも五インチほど高い位置に来て、四方の横柵の代用となった。

皇帝から見世物を見せてもらった後で、今度はガリヴァーもお返しに曲芸を考案する。ハンカチの上でリリパットの兵士たちに模擬戦をやらせるというわけである。各種のこうした娯楽は、夏のロンドンのお決まり行事であったバーソロミュー・フェアなどでよく見られた大道芸にヒントを得たものであろう(Denis Todd, *Imagining Monsters* 145)(**図1-4**)。

ところで、九本の棒を正方形になるように立てるというのはいささか奇妙である。正方形の四隅なら四本、さらに各辺の中点に一本ずつ立てるならば合計八本である。中心に一本立ててしまってはハンカチを張ることができない。これが、単なる間違いもしくは誤記なのか、それとも意図的なものなのかは不明だが、ともかくこうした計算違いは『ガリヴァー旅行記』中に少なからずある。本章末尾の「私の容量は少なくとも彼らの一七二八人分」[44]もそうだし、第一篇の最後から第二篇の最初にかけては日数の計算違いもある(**44-10**「彼らとの比が……」の注および**85-11**「四月の十九日に……」の注参照)。そうかと思えば、第三篇第二章のように、数学を奉じつつ、身近な計算すら覚束ないラピュータ人の描写が登場するといった具合である。

40-12 地面に大きな黒い物が横たわっているのを発見した

これはガリヴァーが置き忘れた帽子のこと。巨大な帽子に驚くリリパット人を描いたこの滑稽な場面は、ジョン・ドライデンの『インディアン・エンペラー、もしくはスペイン人によるメキシコ征服』(一六六五年)を想起させるものだと『鍵』は指摘している(*Key* 1: 17)。

41-9 皇帝は何かとんでもない気晴らしを思いつかれたのか、首都の内外に駐屯している軍隊の一部に出動命令を出された。私には巨人像コロッサスの如くになるたけ大きく股を開いて立ってくれとの仰せである。

「見世物」の最後に登場するのが、この奇妙な「気晴らし」。仁王立ちになったガリヴァーの股の間を騎兵と歩兵が行

図1-4 バーソロミュー・フェアの大道芸.

進するというものである。「陛下は行進に際しては私に対して堅く礼節を守るべきことを厳命され、違反者は死罪に処すとされたにもかかわらず、若手の士官のうちには股間をくぐるときに眼を上に向ける奴がいた。正直なところ、その当時はズボンがひどい状態になっていたので、吹き出す奴、ほっほおと驚嘆する奴、いろいろいた」[41]というのだが、誰が何をどう楽しんだのか、一読したところではいま一つはっきりしない。ヒギンズによれば、これはジョージ一世が誇った強力な常備軍のこと、あるいは一七二二年、アタベリー陰謀事件に際して出動した軍隊がハイド・パークに陣営を張っていた様子などを下敷きにしているのではないかという(Higgins 292-93)。ロチェスター主教であったフランシス・アタベリー(一六六三～一七三二年)は、一貫して教会の権威を重視した高教会派の大物で、スウィフトの親友。スウィフトの『書物戦争』は彼の影響を受けて執筆されたものである。そのアタベリーが、一七二二年、ジャコバイトによる政府転覆計画に加担したのではないかとの嫌疑をかけられ、ロンドン塔に幽閉されたのちフランスに追放されてしまうという事件が起きた。これがアタベリー陰謀事件で、政府の強引な審問と罪の捏造に対する批判は、実は『ガリヴァー旅行記』の随所に隠されている。例えば、第一篇第七章の「陛下も、審判たる評議の面々も、その良心に照らして彼の者の有罪を確信しておられる、厳正なる法の文言の要求する正式の証拠などなくとも死刑に処す十分な論拠ではないか」[72]といった箇所もそうだ(同299)(また、201-17「そういう連中は……」の注も参照)。

ところで、「巨人像コロッサスの如く」股を開いて仁王立ちになっているガリヴァーは何を意味しているのだろうか。ターナーは関連表現として、シェイクスピアの『ジュリアス・シーザー』第一幕第二場、キャシアスがブルータスに向かって言う、「あいつはロードス島の巨人像のように世界狭しとばかり立ちはだかっているのだぞ。おれたちちっぽけな人間はその巨大な脚のあいだをうろつきまわり」(小田島訳)という一節に言及しているが(Turner 297)、果たしてスウィフトがこの台詞を念頭に置いていたかどうかは分からない。ただはっきりしていることは、見上げられたガリヴァーが必ずしも不快な思いをしてはいないということだ。いな、性器まで見られても逆に誇らしげでさえあるという点で、そのことに注目する研究者もいる(Monk 65-67)。ガリヴァーが小便によって皇妃宮殿の火災を鎮火するという話が本篇

第五章に登場するが[55〜56]、これもまた巨大さの誇示と見ることもできよう。こう考えてみると、ガリヴァーの股間をリリパット国の大隊が行進していくというこの場面、実は、皇帝にとってもガリヴァーにとっても、互いに誇らしげな、あるいは性質の異なる自尊心がぶつかり合う場面だったのではあるまいか。皇帝にとってはたいへんな数の騎兵や歩兵をパレードさせることによって、そしてガリヴァーにとっては性器も含め自らの身体の大きさを見せつけることによってである。なお、ガリヴァーならぬ「ガリヴェラ」という美人女性をヒロインとし、リリパットの小人たちが股間をくぐる快感を描いたイタリア人コミック作家ミロ・マナラの『ガリヴェラ』(一九九六年)というエロティカ作品もある。

42-1

それに反対したのは、これといういわれもないのに私の仇敵に回ることになったスカイレッシュ・ボルゴラム一人であった。しかし全員が彼の意見をしりぞけ、皇帝も裁可された。この大臣はガルベット、つまり海軍提督で、陛下の信任も篤く、諸事万般に通じてはいたが、なにしろ性格が陰気かつ険悪であった。

ガリヴァーに自由を認めることにただ一人強硬に反対した「スカイレッシュ・ボルゴラム」と目されるのは、第二代ノッティンガム伯爵ダニエル・フィンチ(一六四七〜一七三〇年)である(Higgins 293; Rivero 35; *Companion* 385)。彼は、一六八一年から八四年にかけて、海軍大臣の職にあった。スウィフトはともかくこの人物が大嫌いであったらしい。理由は簡単、多くの著作でスウィフト自身が述べているように、陰気で意地悪だったからだ(*PW* vi. 139; *Poems* i. 161–66)。もっともこのノッティンガム伯爵は、政治的・宗教的立場からすると、実はスウィフトに近く、トーリー党で高教会派である。「陛下の信任も篤く、諸事万般に通じて」いたとあるように、実際、バランスのとれた優れた政治家として、トーリー、ホイッグ両党から一定の尊敬を集めていたとされる。ただ、反対派ともときには協調するというその姿勢が、やはりスウィフトにはどうにも我慢ならない。「女王最晩年の四年間の記録」(一七一二〜一三年執筆)や「カーヴズヘッド・クラブでの晩餐へのト○ラ○ド〔トーランド〕から陰気氏への招待状」(一七一二年)など、スウィフトの著作に登場するノッティンガム伯爵は、ホイッグ党低教会派として人物造型されていることが多い。ちなみに、右の表題中のカーヴズヘッド・クラブ(直訳すれば「子牛の頭亭」)とは、一六四九年、市民革命によって処刑されたチャールズ一世の首をそう呼んだことにちなんだもの。すなわち、カーヴズヘッド・クラブとはチャールズ一世を処刑した革命派やピューリタンがその勝利の記念に集まるクラブのことで、ノッティンガムはその主賓として招かれた、というのがスウィフトの設定である。『ガリヴァー旅行記』に登場する人物像の同定には、これだから用心しなければならない。政治的・宗教的な大義だけでなく、スウィフトの個人的な好悪の念も強く反映しているからだ。

42-4

しまいには周りに説得されて賛成することにはなったのだが、私を自由にするための誓約条項ならびに条件の案文は自分に作らせろと言って、押し通してしまった。

さて、スカイレッシュ・ボルゴラムが自分に作らせろと言った「誓約条項ならびに条件」は九カ条に及んだ[42〜43]。その冒頭にある「リリパット国最高帝ゴルバスト・モマレン・エヴレイム・グルディロ・シェフィン・ムリ・ウリ・ギュー」云々という皇帝礼賛の祝詞の典拠としては、古代ローマの歴史家スエトニウスが皇帝ティトゥスに捧げたものから、ホイッグ党系パンフレットに見られるジョージ一世への賛辞に至るまで、実にさまざまに考えられるが(Higgins 293)、いずれも確証はない。また、リリパット国の北東に位置し、ほぼ同じくらいの大きさで同じように小人が住むブレフスキュについては次章以降で詳しく言及されるが、この敵国の艦隊を壊滅させることに協力するようにとの一文がすでに誓約条項に含まれている。「あまりうれしくないものが混じっていた」[44]のだが、いちおうガリヴァーはこの誓約に署名し、鎖を解かれてようやく自由の身を確保することとなる。

44-10

彼らとの比が十二対一であることをつきとめ、さらに身体が似ていることからして私の容量は少なくとも彼らの一七二八人分に違いない、従ってその数のリリパット人を養うのに必要な食物を要するであろうと結論した

数学者たちがガリヴァーの身長を測定した結果である。身長が一二倍でそこから容積を割り出すとすれば、それは一二の三乗であるから一七二八。事実、文中にもそうあるわけだが、実は、初版の段階では「一七二四」となっていた。『鍵』もこの誤記を指摘していない。これが訂正されたのは、一七二八年刊行のモットによる第三版からであるが、読者の進言によるものか、それともスウィフト自身による訂正なのかは謎である。ちなみに数学者の遠山啓は『無限と連続』において、スウィフトの数学的想像の正確さに「驚嘆のほかはない」と述べたうえで、「もっとも、スウィフトは計算があまりじょうずでなかったとみえて」、ガリヴァーへの食料配給量の計算を「$12^3=1728$ とすべきところを $12^3=1724$ と答を出している」としている(遠山143)。なお遠山は同書でさらに、「生物学者によると食料は身体の容積ではなく、表面積に比例する」とも指摘し、「$12^2=144$、すなわち小人の１４４倍で十分であったろう」とも指摘している(同188)。

第四章

45-4 首都ミルデンド

ガリヴァーは前章で、リリパット政府のいくつかの誓約条項を受諾することによって自由(Liberty)を獲得し、解放

される。自由になってまず望んだのが、リリパットの首都であるミルデンド市を訪れることであった。ポール・オデル・クラークは、Mildendoという首都の名前はロンドン(London)の綴り変えであるとしている(Paul Odell Clark 607)。イングランドの大都市ロンドンがリリパット国の首都になぞらえられているというのだ。市全体が都市城壁に囲われている様子や[45]、密集して建っている家屋が三階から五階建てである点は[46]、たしかに当時のロンドンのタウンハウスの建築基準とぴたりと一致する。一六六六年のロンドン大火以降、煉瓦を素材とするこうした住宅建設が進み、それが今日のロンドンの住宅の典型的な風景の一つともなった。ただし、正方形という都市の計画性に見られるリリパット文化の特徴は、むしろ、フランスに典型的な整形への志向に近いと言えるかもしれない。だがリリパットには、フランスを模したとおぼしき敵国ブレフスキュがある。そういうリリパット国の首都が英仏の特徴をあわせもっている可能性があるわけだから、話は複雑だ。のちの火事の場面でも、リリパット人はブレフスキュのものより「上質」の葡萄酒を飲むとされているから[55]、これもフランス的な特徴であろう。さらに、リリパットはブレフスキュの「亡命者」を受け入れているとされているが[49]、これは『ガリヴァー旅行記』当時のロンドンがフランスのプロテスタント(ユグノー)の亡命者を受け入れていたことに似ている。首都ミルデンドも、あるいはブレフスキュ移民の文化に影響を受けているということなのかもしれない。

なお、この都市名だが、現在に至るまで「ミルデンド」とする表記と「ミレンド」とする表記が混在している。これは初版のモット版が、この章の冒頭の「あらすじ」の中ではミレンド(Milendo)としながら本文中ではミルデンド(Mildendo)とした混乱に端を発している。実は、注釈者(服部)も長年この都市の名前をミレンドと思い込んでいた。ミレンドという単語の響きがロンドンの発音により近いことからくる錯覚だったのかもしれない。フォークナー版では、どちらもミルデンドとなっているので、基本的にフォークナー版に準拠している現代のテクストは当然そちらを採るように考えられるが、実はそうでもない。例えばオックスフォード・ワールズ・クラシックス版を見ると、ポール・ターナー編纂の一九九八年版ではミルデンドだが、この版を引き継いだはずの二〇〇五年のクロード・ローソン編纂版ではミレンドに戻っている。邦訳でも、中野好夫訳はミレンドウ、平井正穂訳ではミルデンドとなっている。『ガリヴァー旅行記』出版当時の校合の混乱が三〇〇年を経た今日でもなお収拾がついていないわけで、この事実を確認するだけでも、本作品の成り立ちと歴史の複雑さが垣間見られる。

45-11 旅先でもこれほどすし詰めの所は見たことがなかった。

群がる小人の群衆を傷つけないよう細心の注意を払いながら、ガリヴァーは首都に入る。自分を見物するすさまじい数の小人を見たガリヴァーは、世界で一番人口の多い都市だと思うのである。「町全体では五十万人の収容能力がある」[46]とあるが、これは当時のロンドンやパリの推定人口に一致する。イギリスの場合、およそ五〇〇万の人口の一割がロンドン在住であった。ちなみに日本の江戸は当時、すでに一〇〇万人に達していたとされる。

47-11 私が自由の身になったことを大いに喜び、自分も多少は尽力できたと思うとしたあとで、もっとも、宮廷内の今の事情がなかったならこんなに手早くはいかなかったろうとつけ加えた。

ガリヴァーとの極秘会談にやってきた宮内大臣レルドレサルは、このようにガリヴァーに述べる。表面的には、ガリヴァーへの友情から、リリパットの国内事情を話し、十分用心するようにとアドバイスしたということになるだろうが、しかし、前章に記されたガリヴァーの誓約条項の中には、第六条「人間山は我等と共にブレフスキュ島の仇敵にあたり、侵略を目論むその艦隊の壊滅に総力を投ずるものとす」[43]という一項があった。それを思い起こすならば、そもそも対ブレフスキュ戦争や内紛へ加勢させるためにガリヴァー釈放に加担したのだということを、ここでレルドレサルは遠回しに、しかし明白に表明しているのだと考えられよう(レルドレサルについては、38-5「大蔵大臣のフリムナップ……」の注参照)。

47-15 この帝国では、区別のために踵の高い靴をはくか、低い靴をはくかでトラメクサンとスラメクサンという名前の二派に分かれて抗争を続けてまいりました。

「トラメクサン」と「スラメクサン」がリリパット国の二大政党の名前であるが、これは当時のイギリスの二大政党であるトーリー党(高教会派)とホイッグ党(低教会派)の対立を踏まえている。ケリングは、この二つの名前トラメクサン(*Tramecksan*)とスラメクサン(*Slamecksan*)を逆から読み、疑似フランス語として解釈している。すなわち前者はnas camard(獅子鼻)、後者はnas camels(駱駝鼻)であるとするのである(Kelling 766–67)。

この解釈に従うと、高い靴を履いて「高踵派」と呼ばれるトラメクサンは低い小鼻のひろがった鼻(獅子鼻)をもち、低い靴を履いて「低踵派」と呼ばれるスラメクサンは、おそらくそれより不格好な鼻(駱駝鼻)をもつということになって、要するに両者の違いは五十歩百歩だということになる。それは、たかだか小人の政治家たちが二つに分裂して激烈な政争を行っていることへの批判的見解でもあるし、同時に、イギリスにおけるトーリー党とホイッグ党の政争そのものへの諷刺と考えることもできよう。しかし実際は、スウィフトを始め当時の多くの文人や政治家の信条は、必ずしもトーリー、ホイッグの二項対立に収束するものではなかったし、そもそもトーリー、ホイッグにしてからが一定不変の政治的見解を有する集団であったわけではなかった。「賢明なるトーリー派と賢明なるホイッグ派は、おそらく意見が一致するに違いない。両者の原理原則はまったく同じであり、ただ考え方の様式が異なるだけだ」と語ったのは、後にスウィフトの伝記を記すことになる一八世紀の文豪サミュエル・ジョンソン(一七〇九~八四年)である(Boswell iv. 117)。生涯を通じて二大政党のさまざまな政争を目のあたりにしていたジョンソンのこの言葉に、あるいは一八世紀の党派争いの本質を見ることもできよう。少なくとも、党派をめぐる一時的な離合集散をもって当時の文人や政治家の政治信条をただちに断定することは避けなければならない。

48—4　ところが皇位を継承される皇太子殿下が高踵派寄りではないかとの不安がありまして、殿下の一方の踵がもう一方よりも高く、そのために歩き方がぎこちないのは、少なくともこれは周知の事実。

リリパット国の宮廷の思想継承のあり方が歪んでいる、というのも、皇帝は低踵派支持であるのに対して、皇太子が高踵派寄りであるとされ、事実、皇太子は一方の踵がもう一方よりも高くて足を引きずっている、つまり姿勢が歪んでいるというのだ。これを当時のイギリスの政治とスウィフトの状況に置き換えると、国王ジョージ一世がホイッグ寄りなのに対して、トーリー贔屓の皇太子がジョージ二世として即位すればトーリーを優遇してくれるのではないかという期待をスウィフトが抱いていたことによるものだ、というのがヒギンズの見立てである(Higgins 293)。スウィフトがどれだけ新世代の皇太子に期待を抱いていたかはともかく、いずれにせよ、この父子の食い違いが、『ガリヴァー旅行記』では、皇太子のそれを始めとするさまざまな身体的歪みとして描写されていることは注目に値しよう。この「あまりうれしくない」[44]事態を了承する際、ガリヴァーは「左手で右の足首をつかみ、右手の中指を頭のてっぺんに置き、拇指で右の耳朶にさわる」[42]という奇妙な所作を余儀なくされた。この捻じれて歪んだ姿勢こそ、リリパット国一般の習慣なのであった。この国の内実は明らかに捻れているのである。

この捻れ、歪みという身体的特徴は、『ガリヴァー旅行記』の中で、人間社会の崩れたバランスや無理な妥協による捻れを表現するためにしばしば登場する。第三篇第六章のラガード研究院ではそれを正す方法が提案されているくらいだ。すなわち、党派争いは思想の偏りと捻れから来るものであるから、矯正するためには、双方の政党から一〇〇人ずつ選んでそれを似通った頭の大きさのペアにする、そしてその脳を二分割して半分ずつ交換すればよい、というのである[199]。もちろん、そんなことは現実には不可能だ。歪みの矯正が困難だというスウィフトの苦悩は深いと言える。

48-9 あなたは月か星から降って来たのだろうと推測しております

ガリヴァーと月、太陽、天とのつながりは、『ガリヴァー旅行記』という作品の冒頭から示唆されている。リリパット国で眠りから覚めた彼には太陽と空しか見えないし、リリパットの雄弁家に応える際には、太陽に呼びかけてもいる[20〜22]。ちなみに、ガリヴァーが自らを太陽につながるものとしている一方で、リリパット人が彼を月や星につながるものとして捉えているのは、次のような理由であろう。ガリヴァーが難破して浜辺に打ち上げられたのは夜であり（「岸に（中略）辿りついたのは夜の八時頃だったろう」[19]）、彼を発見したリリパット人たちは夜通しかかってガリヴァーを地面に固定した。つまりリリパット人にとってガリヴァーは、いわば夜に降ってきた謎の物体なのだ。それに対して、ガリヴァー自身は、目を覚ましたときはすでに「太陽が暑くなりだし」た頃で[20]、彼には空と太陽しか見えない。つまり、嵐から逃げのびて浜辺に上陸したときは夜、その後疲労困憊で長時間眠りこけ、目覚めてみると体はぴくとも動かない、夜はすでに明けており、見えるのはぎらぎら照りつける太陽のみだったというわけである。このような事態にガリヴァーは落胆するが、これは難破による沈没ではなく、はるか上に見える太陽から見捨てられた落下なのではあるまいか。「真昼の落下」と言ってもいいだろう。だから彼は、リリパット人とは異なり、自らを太陽に結びつけるのだ。

ところでリリパット人は、このように当初は巨大なガリヴァーを天から降臨した存在と捉えていたのだが、その理由について注目したい。ガリヴァーのような「図体の者が百人もいたら、陛下の領土の全作物、全家畜があっと言うまに喰い潰されてしま」うのだから彼と同じ大きさの人間が住む国が世の中にあるなどとは考えられない、そして、「六千月の永きを誇る我が国の歴史のどこにもリリパット、ブレフスキュ以外の大帝国とは違う地域の話は出てこない」、という二つの理由だ[48]。前者からはガリヴァーが巨大な神のような存在でありながら、想像を絶する食欲で国に飢餓をもたらすという認識、後者からはリリパット国の知識と考え方の偏狭さがうかがえる。ガリヴァーがリリパット国を訪れ、まだ神格化されていたごく初期の段階でさえも、いずれは彼が国の疲弊をもたらすという考えが示唆され、その後の彼の運命を予示していることになる。実はこうした展開は、探検航海を重ねて世界各地の「異邦人」と接した一八世紀のイギリス人に少なからず見受けられるものでもあった。

一八世紀後半の例になるが、クック船長ことジェイムズ・クック(一七二八〜七九年)の事例を考えてみよう。彼は歴史上最も優れた航海家の一人であり、一七六八年から七九年にかけて太平洋の探検航海を初めて本格的に行った。そのクックが第三回航海(一七七六〜七九年)でハワイ諸島を「発見」した際、現地人に神格化されながらも、そのあと神としては不適切な時期にハワイ島に戻ってきたため現地人の怒りをかい、抗争中に殺害されたという事実がある。ガリヴァーに対するリリパット人の考えの変化は、現代人が読むと、このクックの運命を強く連想させる。

48-16 時の皇帝は、臣民たる者、卵は小端より割るべし、これに違う者は厳罰に処すとの勅令を出された。

「勅令」の原語は Edict。『ガリヴァー旅行記』が出版された一七二六年当時、この単語で真っ先に連想されたのは、おそらく「ナントの勅令」(Edict of Nantes)だったと思われる。ナントの勅令はフランスのアンリ四世によって一五九八年に発布されたプロテスタント信者(ユグノー)への宗教寛容令だが、一六八五年にルイ一四世によって破棄された。それによって、フランスからヨーロッパ各国への新教徒の大量亡命が引き起されることになり、イギリスにも大量の亡命者が流入した。当時の文学作品でも、例えばデフォーの『ロクサーナ』(一七二四年)の女主人公の家庭は、フランス新教徒の一家でフランスからの移民という設定である。したがって、本来「宗教的寛容」と結びつくはずの「勅令」という語が、むしろ当時は、ナントの勅令の廃止によって生み出された「宗教的非寛容」を連想させるものとなっていたと考えられる。実際、『ガリヴァー旅行記』のこの箇所で発せられる布告は、「国民はすべからく卵を小さい端から割るべし」というきわめて狭量で非寛容なものにほかならない。

49-4 大端派

卵は大きな端で割るべきだと考えていた一派が「大端派」(原語は *Big-Endians*)。リリパット国では、卵の端を大きな端で割るか小さな端で割るかという大論争が起きていた。リリパットの現皇帝の祖父が幼少の頃、卵を大きな端で割ったことで怪我をしたため、その当時の皇帝(つまり少年の父)が、国民は必ず卵を小さな端で割るようにと勅令を出したことから、「大端派」と「小端派」の対立が生じていたのだ(ただし、Small-Endians という単語は作品中で使われていない)。イギリス史と重ね合わせてみるならば、ヘンリー八世の宗教改革によってカトリックから離脱したイングランドの新教徒、すなわち後のイギリス国教徒などのプロテスタントを、リリパットの「小端派」が象徴していることは明らかだ。

ここで少し、『ガリヴァー旅行記』出版前のイギリス史を振り返っておこう。一六六〇年の王政復古で共和制が潰えてチャールズ二世が返り咲いた後、チャールズ二世に嫡子がいなかったため、カトリックを信奉する弟がジェイムズ二世となって即位する。ところが国教がイギリス国教会というプロテスタンティズムであるイングランドで反発が高まり、一六八八年の名誉革命でジェイムズ二世が放逐され、オランダからジェイムズの娘婿オレンジ公ウィリアム(オラニエ公・ウィレム)が王として招かれ、プロテスタンティズム重視の社会が回復された。これらの一連の動きが、リリパットにおける党派間抗争の描写の背景にはあるのだ。特にリリパットにおいて、カトリックを表す「大端派」を小端派が駆逐したさまは、国教会派がカトリック重視政策を転覆させたことを象徴していると言える。通常、この箇所は、つまらない習慣や儀礼を遵守するかどうかが人の生き死にを決め(小さい端で割るよりは死を選んだ者が「一万一千」もいたとされる[49])、反乱や殉教者を生むことになったことへの批判であると解釈される。だが、人間は所詮このような些細な議論で大騒動を起こすものだ、というスウィフトの醒めた見解を読み込むこともできるだろう。

ところで、「大端派」の原語 *Big-Endians* の Endian という単語に注目されたい。卵の端という意味の End に人をあ

らわす接尾辞 -ian をつけたスウィフトの造語だが、実はこれは Indian との掛け言葉にもなっていると考えられる。インディアンは狭い意味では東インドおよび西インドの先住民という意味だが、*OED* が「以前は漠然とオリエント・アジアの住民を指す場合があった」と説明しているように、リリパット国があるとされるスマトラ島南西海周辺の人々をも指し示す言葉だった。すなわち、リリパット人もまた「インディアン」なのである。ガリヴァーの訪れる多くの国々は太平洋を取り囲む大きな海域の周辺に位置するとされているので、住民はいわば皆インディアンということになる。しかしその中で、Endian という婉曲的な言及によってインディアンが示唆されているのはリリパットのみである(逆に「インディアン」の語が頻出するのは第四篇)。その理由の一つとして考えられるのは、ガリヴァーが最終的に最も軽蔑したのがリリパット人であった、ということではないだろうか。リリパット国はちっぽけなくせに帝国を気取り、隣国への侵略をいとわず、そのためにはガリヴァーを道具扱いしても平気であり、ついにガリヴァーは彼らを嫌悪するに至る。Endian という表現の中に、そうしたガリヴァーの、あるいはスウィフトの嫌悪感を読み取ることができるように思われる。

リリパット国内は「高踵派」と「低踵派」の二大政党に分裂しているわけだが、宗教面では「小端派」を信奉しており、弾圧された「大端派」はブレフスキュへ亡命していると描かれている。「大端派」すなわちカトリックを奉じてリリパットと対立する島国ブレフスキュは、いちおうフランスやアイルランドを表象するものと考えられよう。ブレフスキュもまた小人国だが、嫌悪感をみなぎらせたリリパット国の描写とはだいぶ様相を異にしている。何しろガリヴァーは、後にブレフスキュ皇帝の厚意にすがり、ブレフスキュ経由でイギリスへの帰国を果たすのだから。

49-8

なぜなら、問題の言葉は、すべて正しき信仰を持てる者、その卵を便宜よき端より割るべし、というもので、私見によりますと、いずれが便宜よき端にあたるかは各人の良心にゆだねるべきこと、もしくはせめて最高権力者の裁量にゆだねるべきことでしょう。

レルドレサルが宗教や政治における偏狭さを批判し、宗教上の寛容の徳を説いている箇所である。彼は「良心」(Conscience)を重視している。リリパット国大臣であるレルドレサルは、ブレフスキュ側が「ブランドレカル(つまり、彼らのコーラン)」[49]の教義を曲解しているのであって、この問題は宗教や政治における良心の自由にゆだねるべきだと批判するのである。卵など各自好きに割ればいいではないかというのが彼の解釈で、一見至極まっとうなことを言っているかに思われる。

しかしこの良心の自由という概念には注意が必要であろう。デフォーの『ロビンソン・クルーソー』には、クルーソーがフライデーとその父、そしてフライデーの国に漂着したスペイン人の三人を前にして同じ言葉を使っている次のような場面がある。「ここで注目すべき点は、この国には三人の家臣しかいなかったけれど、三人とも別々の宗教を信じていたことだ。腹心のフライデーはプロテスタント、その父親は異教徒で食人種、そしてスペイン人はカトリックだった。しかし、ぼくは全土で信教の自由を認めていたのである」(武田訳 345)。この箇所で使われている「信教の自由」は、チャールズ二世とジェイムズ二世がそれぞれ一六七二年、一六八八年に発布した「信仰寛容宣言」(the Declarations of Indulgence)、特に後者のそれを強く想起させるものである。ジェイムズ二世は「愛するすべての臣民に良心の自由を宣言」し、「われわれの領土全体のすべての臣民においては、良心を抑圧することがあってはならない」と、すべての宗教への信仰を許すように見える宣言を出したわけだが、その実態は言うまでもなく、彼自身が、イギリス国教会の首長である国王という建前に反してひそかに信奉するカトリシズムをイギリスの中で躍進させるのが目的だった。良心の自由の言説の背後には、国家的利害と相反する個人の自由の主張が見え隠れしているのである。

ジェイムズはカトリシズムにあまりにも傾倒したことを主たる理由に、国外(フランス)への亡命を余儀なくされた。ガリヴァーもまた、最終的にはリリパットからいわば亡命して、カトリックを信奉するフランス、否、ブレフスキュに行かざるをえなくなる(第七章)。結局、フランスへ逃げたジェイムズ二世と同じ道を辿ってしまうわけだ。「各人の良心にゆだねるべき」というレルドレサルの「私見」は、したがって、それが表面的に示す宗教的寛容とは裏腹に、どうしても陥らざるをえない宗教的非寛容に言及したものとも言えるだろう。そしてもちろん、このレルドレサルの内部に潜む政治的策略さえも示唆しているのではあるまいか。

49-17　異国の者の身で党派の問題に干渉するのは身の程知らずと思えるが、一命を賭して侵略者の手から陛下とこの国を守護するつもりである旨伝えてほしいと頼んだ。

リリパットのために加勢を頼む宮内大臣の言葉に、ガリヴァーは内政不干渉という自分の立場を考えてためらいながらも同意する。仮にリリパットとブレフスキュが英仏両国をそれぞれ表象していると考えると、歴史的事実からしてこの巨人の介入はどうも解せない。むしろ、このリリパットとブレフスキュという二つの島の争いは、太平洋にある島という文脈で考えてみることはできないだろうか。

太平洋の島における植民地問題に置き換えた場合、圧倒的な武力(火器)の力をもって太平洋などの新世界を探検する西洋人たちが、上陸した土地における現地人同士の内紛に介入すべきかどうかはきわめて重大な問題だった。西洋人たちは、ここにあるように「異国の者」だから、本来不干渉を貫くべきであった。まして彼らは新世界には存在しない火器を所持しているのだから、紛争に介入すれば、加勢を得た側は間違いなく勝利するが、しかしたとえそこで一度は争いが決着しても、加勢したヨーロッパ人たちが立ち去れば、必ず問題が再燃し、後に続く報復合戦が、ヨーロッパ人が介入しなかった場合より激烈なものになる可能性が大であった。**48-9**「あなたは……」の注でも触れたクック船長は、一七七二～七五年に南太平洋の第二回航海を行ったが、訪れたタヒチにおいて同じ問題に直面している。タヒチは隣のモーレア島と対立関係にあり、この島が万全の戦闘準備に入っているところを見たとき、クック船長は加勢を提案した。この航海に同乗していた若き博物学者ゲオルゲ・フォルスターは、この状況を『世界周航記』(一七七七年)の中で次のように興味深い省察とともに記している。「クック船長は、冗談で、自分の船で彼らの艦隊についていって、オ＝トゥ〔タヒチの首長〕の敵を砲撃しようかと提案し、最初のうちは彼らはにこにこして賛成していたが、しかしすぐ後で、彼らの間で話し合いをし、それから声の調子を変えて、自分たちは船長の船が出発した五日後にエイメオ〔モーレア島のこと〕攻撃に出かけると決断したので、クック船長の助けを借りることはできないと告げた。（中略）これが思慮深い決断であったことは確かだ。われわれは同盟者として強力すぎて、われわれが助勢する人々に対しても非常な脅威になりえたからである。（中略）われわれが島を後にしてしまえば、戦闘の前に敵が相手に対して感じていた強力さの大部分を、勝利者側が即座に失ってしまうと思われる」（服部訳 ii. 289–90）。

植民地問題に関する限り、『ガリヴァー旅行記』には、はるかその後の歴史的経緯を予見したかのような描写が少ない。

第五章

50–5　ブレフスキュ帝国はリリパットの北北東に位置する島国で、両国をへだてるのは幅八百ヤードの海峡ひとつにすぎない。

リリパットがイギリスだとすると、ブレフスキュの寓意は、当時その敵国だったフランスであるとする解釈が一般的だ。たしかにヒギンズも指摘するように、第四章でこの二つの国が過去「三十六ケ月」［49］にわたり戦争を続けているとするのは、『ガリヴァー旅行記』の刊行が準備されていた一七二五年から起算するとちょうど三六年前に勃発した英仏戦争（アウクスブルク同盟戦争〔一六八九〜九七年〕およびスペイン継承戦争〔一七〇一〜一三年〕）を示唆するものだし（Higgins 294）、また、ドーヴァー海峡を隔てて対峙する両国の位置関係との類似や、リリパットとブレフスキュが貴族や富裕なジェントリー層の子弟を相互に留学させていたとする記述が当時の英仏間の民間交流を思わせることなどから、いちおう首肯できる。ただし、リリパットの北方にあるとされるブレフスキュはイギリスの南方にあるフランスと位置が逆であり、ここには英仏両国だけにとどまらない複層的な寓意が込められているものと思われる。

北方にあることを重視すると、同時代の注釈書『鍵』が、「ブレフスキュ島は（中略）ガリヴァー氏の地図によれば、スコットランドがイングランドに対するような形で近接している」(*Key* 1: 20)と書いているように、一七〇七年に締結された「イングランド・スコットランド合同」まで別の国で、歴史上イングランドと数多くの戦争を重ねてきたスコットランドがブレフスキュのモデルだとする考え方も可能である(ちなみにスウィフトはこの「合同」に反対だった(Higgins 310))。一六八八年、スウィフトが二一歳のときに起きた名誉革命でフランスに亡命したジェイムズ二世の家系が正当な王位継承者だとするジャコバイトたちと、スコットランドとの結びつきは強く(その意味で、ブレフスキュにはフランスとスコットランドの二国が合体したイメージがあるという言い方もできよう)、一七一五年には、スコットランドを中心にマー伯爵の指揮下にジャコバイトの反乱が起こっている。この反乱は失敗に終わるが、一七四五年には最大のジャコバイトの反乱が勃発していることを考えると、イギリスにとって、スコットランドとジャコバイトは、『ガリヴァー旅行記』出版当時においても、ちょうどリリパットに対するブレフスキュのように、深刻な脅威であったことが分かる。

また、アイルランド生まれでありながらイングランドでの栄達を夢見てかなわず、アン女王が亡くなってトーリー政権が瓦解した一七一四年にアイルランドに戻ったスウィフトは、「自らがアイルランドに住むことを一種の亡命であると見なしていた」(Rawson, Introduction ix)ことを考えると、リリパット政府によって厳罰が下されることを知ってブレフスキュに亡命するガリヴァーの幻滅のうちには(第八章)、スウィフトが自らの挫折を書き込んでいた可能性もある。とすると、ブレフスキュにはイングランドに虐げられていたアイルランドの影も見えることになる。

さらに、フランス、スコットランド、アイルランドに比べれば目立ちにくいが、一七世紀からイギリスと海上の覇権を争っていたライバル国であるオランダの姿をブレフスキュに読み込むことも可能なのではあるまいか。リリパットの地理的位置はスマトラ島とスンダ海峡近くに設定されており(「地図」の注参照)、この海域はアンボイナ事件によってオランダが圧倒的な優位を勝ち取ってイギリスが撤退せざるをえなくなった場所である。意識的にせよ無意識的にせよ、わざわざこの地に第一篇の舞台を据えたスウィフトは、虎視眈々とアジア奪還を狙うイギリスの野望を視野に入れているように思われる。

オランダ植民地近くに設定されている架空の国ブレフスキュが、スマトラ島などの現実の土地と同じようにオランダ領であったとまで想像するのは無理だが、イギリスの寓意であるリリパットが、オランダの寓意であるブレフスキュと長く戦闘状態にあったということを考慮するなら、失われた海域をオランダから奪回するイギリスの夢が何らかの形で表現されていると考えることはできよう。第三篇の地図に描かれる日本、第四篇の地図に登場するオーストラリアも、すべてオランダの航海者たちが押さえていた地域であり、『ガリヴァー旅行記』全体を通して、対オランダという意識を看取することができるからだ。スウィフトは、一七一一年に出版した『同盟諸国の行状』で、前述のスペイン継承戦争において、イギリス側で作戦をたてているホイッグがオランダと同盟して私腹を肥やしていることを激烈に攻撃している。敵国のフランスというよりも、政敵と同盟国のオランダを槍玉に挙げているこのパンフレットを読むと、スウィフトの反オランダ感情をリリパットとブレフスキュの対立の中に見出すことも可能であるように思われる。

しかし、フランス、スコットランド、アイルランド、オランダ、いずれの姿をブレフスキュに見るにせよ、スウィフトが決してリリパットに仮託したイングランドに全面的に与していないことは注意すべきである。アイルランドへの亡命者として自らを規定せざるをえなかったスウィフトが、絶対的強者であるイングランド(リリパット)を唯一の勝者として称揚するはずもない。この後に続くリリパット人たちのガリヴァーへの仕打ちも、この文脈で理解することができよう。

50-6 私のことをまったく知らないはずの敵船

原文は some of the Enemies ships, who had received no Intelligence of me.「知る」の意味で Intelligence(情報、諜報)という語が使用されていることに注目したい。リリパットではスパイが暗躍するが、外国との戦争においても、国内の政争においても、敵側の情報をいかに早くかつ多く取得するかが勝敗の鍵となっているのであり、Intelligence という語の使用はそのことを象徴的に示している。第一篇全体で「スパイ」、「情報」などの概念に着目すべきであると言えよう。なお、リリパット国がスパイ社会であることについては、58-9「この帝国の法と……」の注参照。

50-12 小型の懐中望遠鏡を取り出して、碇泊している敵の艦隊を観察してみると

情報戦において、発達した科学の道具を所有していることは断然有利だ。身体検査で見逃された秘密のポケットに秘匿していた小型の望遠鏡を、ガリヴァーは敵国観察に巧みに利用し、見られずに見る、知られずに知ることによって、敵艦拿捕作戦に勝利する。ブレフスキュ側を見晴らすことができる丘に登って望遠鏡で俯瞰しているのは、植民者の野望に満ちた視線であるとも言えよう。ヨーロッパ人は、危険を顧みずに未知の新世界に帆船で出かけていってさまざまな発見をすることで知識の増大を図ったわけだが、彼らの視線には、同時に植民地獲得の野心が秘められていたことが、ガリヴァーのこの姿勢に見て取れる。

51-10 いちばん心配したのは眼であるが、咄嗟の策を思いつかなかったら間違いなく失明していただろう。

ガリヴァーはブレフスキュ人たちに矢を放たれたとき、視覚を失うことを極端に恐れている。視覚は知の入口であり、また発見航海の根幹をなすものだからだ。後にガリヴァーがリリパットからの亡命を決意するのは、彼の眼を潰すという裁定がリリパット国の政府によって下されたからだろう。眼を奪うことは、死罪からの減刑という寛容さを装って決

定されたことだが、ガリヴァーにとっては、むしろその方が残酷な罰であると感じられた。「この宣告のどこが寛容で、どこが好意なのか見当がつかないし、(ひょっとすると誤解かもしれないが)穏便どころか苛酷だと思ってしまった」と、後にガリヴァー自身が述懐している[73]。そして彼は、「今でもこうして眼が見え、かつ自由でいられる」ことを何よりの幸せと感じるのだ[74]。

51–12 他のこまごまとした必要品と一緒に、眼鏡を隠してあったのだ。

ガリヴァーは英文学史上初めて眼鏡をかけた主人公であるが(36–14「彼らの検索を……」の注参照)、しかし彼の眼鏡の使い方は一風変わっている(「私は眼が悪いので、ときどきお世話になる」[36]と言い訳のように言ってはいるが)。眼鏡は、ブレフスキュ艦隊拿捕の際、雨あられと降ってくるブレフスキュ軍の矢の攻撃から眼を防御するためにかけたのであり、艦隊を引っ張って攻撃への恐れがなくなると、一休みしてから外すのだ。リリパットではすべてのものが一二分の一の割合で小さいので[44]、極小のものは見えず、女の子が針仕事をしているとその針も糸も見えないとガリヴァーは言う[57]。だが、眼鏡を使って小さい物を拡大して見ようという気は彼にはなさそうだ。たしかに小さなリリパットや大きなブロブディンナグを描き分けるスウィフトの描写は、「望遠鏡や顕微鏡などが前世紀に発明されたことによって獲得された近代科学的意識」(Rawson, Introduction xxx)に依っている。ただし、視覚の補助手段として眼鏡という光学機器に依存することはしない。第二篇で人間の巨大なホクロや肌の汚さを執拗に書き込むときのスウィフトの想像力は顕微鏡的であるが[115〜116、122]、このときもガリヴァーはあくまでも肉眼で見ているのである(第二篇に登場する眼鏡をかけた巨人は[98]、嘲りの対象でしかない)。

ジョンソンの『イギリス詩人伝』のスウィフトの章によると、スウィフトはなぜか「絶対に眼鏡をかけないことに決めていたため、晩年に近づくと好きな読書もほとんどできなくなった」という(渡邊訳 504)。元来スウィフトは眼鏡嫌いなのである。ただし、スウィフトが眼鏡を嫌った理由は、彼がメニエール病を患っていたことと関係があるかもしれない。激しい眩暈と耳鳴りを起こすこの病気の発作が起きると、世界がぐるぐる回って見えたり歪んで見えたりする視覚的失調を起こすため、眼鏡をかけているのが難しい。視覚の失調から、スウィフトは逆に視覚への執拗なこだわりを描いた可能性もある。

53-2 しかし私は正義と政策の一般論をふまえて論を立て、この野心を忘れていただくように努力し、自由かつ勇敢な国民を奴隷状態におくための道具にはなりたくありませんとはっきりと断言した

本章冒頭の注でも触れたように、リリパットとブレフスキュの戦争は、英仏が戦闘関係にあったスペイン継承戦争をその一つの寓意としている。この戦争では、イギリスがモールバラ公爵をリーダーとして初期は大勝利を収めたものの、やがて戦争は長期化。モールバラ始めホイッグ党は戦争継続を主張したが、一七一〇年に政権を奪取したトーリー党が巻き返し、終戦問題を含めてホイッグ党の方針に強烈に反対する。トーリー側は、モールバラ公爵批判のために雑誌やパンフレットなどでさかんにプロパガンダを展開し、最終的にはこれが功を奏することになる。その際の最強の論客が、実はわがスウィフトだった。先の注でも取り上げたスウィフトの『同盟諸国の行状』は、まさにこのときトーリーの領袖であった初代オックスフォード伯爵ロバート・ハーリーらの示唆で執筆されたものなのである。トーリーの思惑通り、一七一三年のユトレヒト講和条約で戦争は終結した。本注釈箇所で戦争を思いとどめさせようとするガリヴァーを描くスウィフトは、自分自身の勇姿を重ね合わせていたのではあるまいか。

独立国の権利侵害に加担しないと断言するガリヴァーの発言は、まことにもっともに聞こえる。ガリヴァーの人道主義とリリパット皇帝の浅ましい野心が対比され、その背後にスウィフト自身の姿も見え隠れしている。だが、物語の展開から考えると、ブレフスキュに向かうガリヴァーの眼は知の入口というよりは、植民者の貪欲な視線に近かったわけで、すでにリリパット国の植民活動に従事している彼がいまさら人道主義を声高に主張するのは無理があるとも言える。拿捕した敵艦を自慢げに見せびらかし、「天下無敵リリパット皇帝万歳」[52]と叫ぶ、けれんたっぷりのガリヴァーは、

自らの巨人性に酔っていたわけで、即座に皇帝がガリヴァーにこの国の最高の爵位であるナーダックに叙したことも[52]、彼のプライドをさらにくすぐることになっただろう。巨大な肉体だからこそ可能な技の数々を披露したからには、ガリヴァーは皇帝のさらなる技の要求にも応えざるをえない。この場面以降、巨人性を発揮するガリヴァーの肉体と、彼の人道主義的精神とが分裂していくことに着目したい。

54-6　フリムナップとボルゴラムが結託して、私と大使たちの接触を離反のしるしだと讒言した

「離反」の原語はDisaffection。*OED*によればこの語の意味は、「政治的孤立状態、政治への不満、現政府や体制への不忠誠」である。ヒギンズはオックスフォード・ワールズ・クラシックス版の注および自著の中で、この語をスウィフトに特徴的な概念を表すものであるとしている(Higgins 294; Higgins, *Swift's Politics: A Study in Disaffection*)。そのこと自体は正しく、スウィフト本人も自分の性質についてこの単語を使っている。ポウプ宛書簡に見られる次のような一節がそれだ。「権力志向を少しでももつ下劣な人間は、どの王国の人であれ大嫌いな私は、「離反者」(disaffected)と言われていますが、あなたも同じ性向の人であればよいのにと心から願っています」(*Correspondence* iv. 383)。政府への反抗者とされていたことを自ら認識していたわけで、その反骨精神を彼はガリヴァーに吹き込んでいると言えよう。

もっとも、本注釈箇所をヒギンズのように「ウォルポールのホイッグ政府がトーリー党の一派をジャコバイトであると疑うことに対して」スウィフトが批判を加えたもの、とのみ解釈するのは(Higgins 294)、いささかジャコバイト寄りに過ぎる見解だろう。むしろこの「讒言」は、当時のスウィフトにとって、より深刻で現実的な恐怖感をもたらすものだったと思われるからだ(58-9「この帝国の法と……」の注参照)。

なお、フリムナップは、ホイッグ党の指導者で一七一五年にイギリスの実質的な首相となったロバート・ウォルポールを指すと考えられている(38-5「大蔵大臣のフリムナップ……」の注参照)。ボルゴラムは、前政権のトーリー党の首班であったロバート・ハーリーの施策に反対した海軍大臣の第二代ノッティンガム伯爵ダニエル・フィンチであろう(*Com-*

panion 380)。一方、ガリヴァーと接触したブレフスキュの二人の大使が誰を指すかに関しては、研究者の間でも意見が分かれている。リヴェロは、ウォルポールの前に政権を握っていたハーリーとボリングブルック子爵ヘンリー・シンジョンが関係しているだろうと推測する(Rivero 45)。なるほど、二人ともアン女王亡き後ホイッグが政権を取ったのちに失脚し、前者はロンドン塔に幽閉され、後者はフランスに亡命しており、かつステュアート朝復活をもくろむジャコバイト寄りの姿勢をとっていたことから、ブレフスキュの大使としてはまことに適任である。

54-12

> こちらの皇帝が敵の艦隊の拿捕をかさにきて、リリパット語で信任状を出せ、リリパット語を喋れと要求したからである。

リリパット皇帝は自らの優位を誇示するために、ブレフスキュ使節団に対してリリパット語で話すように強いている。自国の言語を被支配国に押しつけることは、植民地主義の常だ。ガリヴァーは、リリパット人のような普通の征服者と違って、現地人に自国の言語である英語を押しつけることはしない。どの島を訪れても、優秀な言語習得能力でその土地の言葉をいち早く覚えてしまい、いつの間にか自由に現地語を駆使し、各種の情報を引き出すばかりか、イングランドの状況を現地人に教えている。こと言語習得に関しては、きわめて優秀な博物学者であると言える。博物学者はさまざまな科学の分野で新世界の情報を収集し分類するのが仕事だが、人類学的知見は現地人の言葉から引き出すことによってしか得られないからである。

ガリヴァーの現地語習得という特徴と対極をなすのがロビンソン・クルーソーだ。彼は島にやってきた現地人にイングランド風のフライデーという名前を与え、英語を教える。フライデーは喜んで学ぶが、当然ながら、リリパット人がブレフスキュ人に対するごとく、クルーソーは征服者、植民者として現地人フライデーに英語を押しつけていると言えるだろう。

55-8 皇妃の御座所が炎上中です。女官のひとりがロマンスを読んでいるうちに眠り込んでしまったための失火のようですと言う。

ある真夜中、周囲の騒ぎにガリヴァーが目を覚ますと、皇妃の御座所が炎上中だという。火事の原因は、女官の一人がロマンスを読んでいるうちに眠り込んでしまったためだった。デマリアはこの箇所について、「ロマンスを読む怠惰な読者としての女性を嘲笑する伝統は、ユウェナリス『諷刺詩集』の第六諷刺詩にまでさかのぼることができる」としている(DeMaria 278)。ヒギンズも、女性がロマンスを読むことをスウィフトが好ましくないと考えていたことを指摘し、スウィフト自身の文章を引用して、彼が推奨する話とは、「劇やロマンスにしか存在しない荒唐無稽なパッションが混じらない、思慮分別ある友情や親切に満ちた結婚」(*PW* ix. 89)なのであると記している(Higgins 295)。しかし、火事の危機から女官たちを救出した英雄が巨人ガリヴァーであったことを考えると、『ガリヴァー旅行記』のここまでの展開そのものがロマンス的であるとも言える。したがって、この箇所のロマンスへの言及も、単なる批判的言及とのみ捉えるなら、さまざまな要素が混じり合っているこの作品の本質を見そこなってしまうおそれがある。

実際、女官の読んでいたロマンスとはどんな物語だったのだろうか。それは例えば、危機に瀕した自国に突然怪力をもった巨人の騎士があらわれて、か弱い女性である自分と国を救ってくれる、といったような内容だった可能性はないだろうか。女官が読んでいたロマンスを、今まさに展開している『ガリヴァー旅行記』のような物語として想像してみることもできるのだ。それこそ女官が眠りこけてしまうまでの出来事自体が、巨人が突如あらわれて、宮殿を訪問したり、刀や銃の威力を見せたり、開いた巨大な股の間を軍隊が行進したり、敵国の艦隊を引っ張ってきたりという、まさにロマンス的世界なのだから。現実に皇帝のもとに伺候している女官は、こうしたすさまじい出来事の展開を見て(読んで)、驚嘆のあまり疲れてしまったのではなかろうか。つまり、ガリヴァーというロマンスを見せつけられた(読まされた)女官は、疲労困憊のあげくに眠りこけてしまったのだ。その間に、ガリヴァーをめぐって政治の世界ではきな臭い動きが出てくる。しかし、女官にとって政治の裏取引は自分と無縁の世界であり、彼女が眠っている間にまわりの世界では火事さながらの動乱が起こるのである。したがって女官に罪はなく、ガリヴァーというロマンスと現実とが擦れ合うことで必然的に発火したのが火事なのだ。以上のように解釈するなら、この場面を女性とロマンスへの単なる諷刺とは読めなくなる。火事は一つのエピソードでありながら、いま展開している混乱を象徴するものとも言えるのだ。

55-14 革のチョッキ一枚であった。

ガリヴァーはブレフスキュとの戦いで海を泳いで渡る際に「革のチョッキ」一枚の姿となったが[51]、火事を鎮めたときもこの「革のチョッキ」一枚である。前者においては水の中を渡ることで、戦争の勃発をいわば「鎮火」したわけだが、しかし、戦争の原因である憎しみを鎮めることはできずに、逆に煽り立ててしまったとも言える。後者においては、火事に遭遇して自らが水を大量発射することで鎮火した。だがこちらも決して事態が沈静化したわけではなく、逆に皇妃の憎しみを煽り立てることになるのであるから、この章での「革のチョッキ」にまつわる二つの出来事は、実は多くの共通点をもつことになる。

56-2 尿への働きかけを促進せしめることとなり、こちらはしかるべき場所に狙いを定めて一挙にジョビジョビと大量放出したものだから、三分後には完全鎮火

この箇所でまず印象的なことは、もちろん「汚い!」ということだ。ガリヴァーの小便から始まって、第二篇におけるブロブディンナグの女官の放尿や[122]、第三篇におけるラガード研究院での排泄物を食べ物に還元させる実験[189]、第四篇においてヤフーが木の上から糞尿をガリヴァーに浴びせること[236]など、『ガリヴァー旅行記』は鼻つまみもののエピソードに事欠かない。後世の「上品な」読者や編集者の中でこれらの表現に顔をしかめた人が多かったことは、この場面を描く挿絵本が今日に至るまで極端に少ないことからも容易に推察できる(ちなみに、クリス・リデル絵『ヴ

ィジュアル版 ガリヴァー旅行記』にはこの場面のガリヴァーを背後から描いた挿絵があるが、これは珍しい例である)。特に表向きの道徳性や上品さを重視した一九世紀には、原作が改変されることもしばしばあり、ガリヴァーが大樽によって消火する挿絵すら存在している(Smedman 75–77; Real, *Reception* xix–xxxii)(**図1–5**)。

この箇所の放尿による消火の場面は、ガリヴァーの巨人性が暴走を極めた出来事であると言える。彼は巨大であるがゆえに、人々にとって驚異であり脅威ともなる行動をしてきた。第一章で仰向けに横たわった状態で拘禁されたときの彼は、横向きに放尿し、リリパット人たちはこれを見て仰天した[24]。しかし今度はこれを立った状態で上から下に向けて行ったわけだ。巨人の大量放尿は、横たわって横向きに排出する分には驚異の的であろうが、自らの住居に上から降ってくる大量の尿の場合は暴力でしかない。ガリヴァーはこの事件に関して、「私の働きはまことに大なるものである」[56]と考えて自己弁護をしているが、この理屈は通らない。酔いにまかせて大量に排尿しただけなのであるから。さらに悪いことに、ガリヴァーは「この国の基本法によれば、いかに高位の者であっても宮殿内で放尿に及べば死罪」であることを知っていた[56]。したがって、禁止行為であると知りながら公然と放尿したことになる。案の定、罪の意識を感じているガリヴァーは、皇帝陛下の怒りをかったかもしれないと思い、その晩はこそこそと自分の家に引き返している。それともあるいは、敵国ブレフスキュの艦隊を拿捕するという巨大な偉業を行ってナーダックに取り立てられながらも、その後皇帝と政府に冷遇されているガリヴァーは、結局、巨人以外にはなしえない形で意趣返しを行ったのだと言えるかもしれない。

図1–5 大樽を使って消火するガリヴァー．児童向け『ガリヴァー旅行記』(フランス，19世紀末)の挿絵より．

57-5

住民の平均的な大きさは六インチ以下とみてよく、他の動物、草木の類もことごとくこの比率でできている。例えば一番大きい牛や馬でも四、五インチの間の高さ、羊は一インチ半を多少出るか出ないか、鵞鳥は雀くらいの大きさといった調子でどんどん小さくなって、最小のものまでくると、私の眼にはほとんど見えなくなってしまう

この箇所の記述は、背の高い馬や牛から始まって、羊、鵞鳥と徐々に小さいものを挙げていき、最後に微小な生き物は見えなくなると記されているが、「どんどん小さくなって」の箇所に原文ではGradations(グラデーション)という語が使われている。リヴェロが指摘するように、このグラデーションとは、〈存在の大いなる連鎖〉(Great Chain of Being)という概念の中の〈等級〉を示すきわめて特徴的な語である(Rivero 47)。アーサー・ラヴジョイが言うように、〈存在の大いなる連鎖〉とは、すべての存在は神を頂点として上下の等級が厳密に決められていて、生き物はそれがもつ〈魂〉と〈体〉の比率によってある特定の等級に位置づけられている、とする古典文学の時代の考えである(『存在の大いなる連鎖』)。たしかにこの部分の記述はその概念に従った描写となっていて、特にGradationsという語を使っていることから見れば、スウィフトが〈存在の大いなる連鎖〉を念頭に置いていることは間違いない。

しかし、スウィフトはこの鎖の中にリリパット人を、そしてその一二倍大きいガリヴァーを、さらにその一二倍大きい第二篇のブロブディンナグ人を、どのように位置づけていたのだろうか。ガリヴァーがリリパット人の一二倍分等級が上に位置づけられるのかというと、必ずしもそうとは思われない。また、ガリヴァーより道徳的には上位にあるように描かれるブロブディンナグ人だが、ガリヴァーを見世物にして大金をせしめる最初の主人[99〜102]やガリヴァーをも

てあそぶ女官[121〜122]のエピソードを読むと、すべてのブロブディンナグ人が彼より等級が勝った存在であるとは言えなくなる。

小人国や大人国を遍歴するガリヴァーの語りには、「比率」(Proportion)という語が頻出する。本注釈箇所の段落だけでも二度用いられている。明らかにガリヴァーは「比率」に拘泥しているのだ。にもかかわらず、『ガリヴァー旅行記』の根底に流れているのは、人間や動物の価値は体の大小や比率とは関係なく、むしろそれが転倒したときにこそ真の価値が見えてくる、という考えではあるまいか。だとすれば、「比率」に基づいた〈存在の大いなる連鎖〉に拘泥するガリヴァーは、規則に準拠した整然たる語り手であるように見えて、実は本質を踏み外しつつある危うさをも示唆していると考えられよう。

57–8

自然はリリパット人の眼を見るべき対象にふさわしいように調整していて、あまり遠くないところなら実に精確に見えるのだ。

リリパット人は小さい分、その比率で小さいものがはっきり見えるとされる。したがって、すべてが人間世界の一二分の一という比率で小さい社会においても、特に不自由はない。これは、われわれの実体験としても、例えば子供が大人の気づかないような小さなものに興味を示すことなどから容易に理解できることだ。だがここで注意しなければならないのは、だからといって子供は大人より、つまりリリパット人はガリヴァーより視力が優れている、ということにはならない点である。それが、「あまり遠くないところなら実に精確に見える」ということの意味である。同様のことは第二篇にもあてはまる。ブロブディンナグの人々の視力がガリヴァーに比べて劣っている、という記述はどこにもない。

58-2

ただその字の書き方が独特で、ヨーロッパ人のように左から右へ書くのでも、アラビア人のように右から左へ書くのでも、中国人のように上から下へ書くのでも、カスカジア人のように下から上へ式でもなく、紙の隅から隅へ向けて斜めに書くのだ、イングランドの女のようなものである。

リリパット人の字の書き方の異様さを説明するために、ガリヴァーは四種類の知られた書き方に言及しつつ、そのどれとも違って、「イングランドの女」のようだとする。ヨーロッパ人が左から右へ書くのはよいとして、右から左へ書くアラビア人については、ウィリアム・シムソンというペンネーム旅行記作家による『東インド最新旅行記』(一七一五年)あたりが典拠ではないかと思われる(Symson 35–36; Frantz, “Gulliver's ‘Cousin Sympson’” 331–33; Higgins 295)。「中国人のように上から下へ書く」というのは、スウィフトのパトロンであったウィリアム・テンプルの「英雄的美徳について」(一六九〇年)といった文章にも見られる(*The Works of Sir William Temple* ii. 201)。だが、「下から上へ」書くという「カスカジア人」はスウィフトの創作のようだ。リリパットのフィクション性を相対化する狙いがあったのかもしれない。

「イングランドの女」をただちにスウィフトの女性蔑視に結びつけるのはいささか性急に過ぎるようで、この「女」にはどうやら具体的な人物像があったらしい。というのも、「あるページでは右下へ斜めに書いたかと思うと、他のページでは右上に向かって書いている」という記述が、スウィフトからある女性に向けて実際に書かれた書簡に見られるからだ(*Correspondence* iii. 51, 54)。この女性は、ヘンリエッタ・ハワードといい、第九代ハワード伯爵夫人、というよりも、ジョージ二世の愛妾であった女性である。もっとも彼女とスウィフトが実際に知り合ったのは『ガリヴァー旅行記』刊行直前のことと推定されるので、この部分の記述をヘンリエッタ・ハワードに対するものとのみ扱うヒギンズの見解は危険であろう(Higgins 295)。ちなみに、「イングランドの女」の原文は Ladies in *England* であるから、該当するのはおおむね貴族階級に属する女性である。

58-6　死者の埋葬は頭を下にして逆さにするが

この埋葬様式の記述は、実際の旅行記や航海記に少なからず依拠しているようだ。パスマンはその典拠が、フランスの探検家ジャン・ド・テヴノ(一六三三〜六七年)の記すインドのスーラト近郊の墓場の説明にあるのではないかと推定している(Passmann, "Jean de Thevenot" 50–51)。実際、この他にも、オランダの旅行家リンスホーテン(一五六三〜一六一一年)やヨークシャーの地主貴族にして旅行家・歴史家であったトマス・ハーバート(一六〇六〜八二年)などの旅行記に同様の埋葬様式に関する記述が見られ、しかもこれらの旅行記をスウィフトがおそらくは所持ないし十分利用できる環境にあったことも推定されている(Higgins 296)。あるいはまた、ハーマン・モルの一七〇九年版『世界地図』には、直立のまま埋葬されるラップランド人(ノルウェー、スウェーデン、フィンランド、ロシアのコラ半島などの北部のおおむね北極圏に居住する民族)の様子が図示されており、こうしたものにスウィフトがヒントを得た可能性もあろう(Leyburn 74)。

ただこれらとともに、いわばリリパット人が有する上昇志向に注目することもできよう。大地が上下逆転するはるか未来に蘇ったときに「ちゃんと両足で立てるだろう」[58]という考えは、言うまでもなく、彼らの上昇志向のあらわれだ。これは無教養な俗人の迷信であるとリリパット国のインテリは馬鹿にしているが、その彼らも政界で出世するためには、綱渡りの曲芸をして、綱の上でいちばん高く跳びはねなくてはならない。死を賭して綱の上で見事に跳躍した者、つまりもっとも上昇して太陽に近づけた者、高さに対する憧れを身を挺して最もはっきりと表現できた者こそが、政界で上位の位階を手に入れることができるのである。

58–9　この帝国の法と習俗にはきわめて特異なものがいくつかあって、我が愛する祖国のそれと極端に矛盾するのでなければ多少なりとも弁護してよいかと思うのだが、惜しむらくは、その実施が同じようにうまくはいっていない。まず第一にあげたいのは告発者に関わること。

以下でガリヴァーはリリパット国の法制度を説明していくが、この第六章のみに、リリパットがユートピア的政治体制をもっているとして称賛の調子が読み取れる。信用取引の重視、賞罰の厳正化、人間の徳性重視、信仰重視などを描いていく点に、そのことが感じ取れる。これまでハロルド・ウィリアムズらの学者はこの突然の変化をいぶかしく思い、この章のみが独立して別の目的のために書かれたのではないかと推測していた(Harold Williams, Introduction xviii–xix)。だがローソンも言うように、このような衝撃的な反転によって読書過程を掻き乱すことこそ、まさにスウィフト的である(Rawson, Introduction xxvii–xxviii)。それと同時に念頭に置かなくてはならないのは、本章に叙述されるリリパット国の理想的な政治手法が、実は彼らが堕落する前の過去の遺物であるという点だ。現在のリリパット国は、第四章でレルドレサルが認めていたように、「外国の方の眼にはこの国は繁栄をきわめているように見えるかもしれませんが、我々は目下二つの巨悪の下で呻吟しており」[47]、国の堕落が始まったのは、「現陛下の祖父君がまだ幼少の頃」の時代だった[48〜49]。

ところで、この話題を導入する際のガリヴァーの口調はまことにもってまわっており、以下で述べてゆくリリパット社会の諸事実を彼が良いと思っているのか悪いと思っているのか、一読しただけでは判然としない。本心ではこの制度を弁護したいところだが、わが国の法とはかなり違うので、あまり弁護すると自国批判になって憚られる、かつ、リリパット国の法律は実効性を伴っていないザル法だ、とでも言いたいように思われる。リリパットのユートピア性は、実は最初から両義的な語りの中にある。

さて、リリパット国の法律として最初に挙げられるのが、告発者についてのそれである。リリパット国では情報戦とスパイの役割が重要である(50-6「私のことを……」の注参照)。この箇所でも、まず取り上げられるのは、スパイとも言うべき「告発者」(Informer)だ。告発された人物が自分の無実を証明できれば、逆に犯罪を告発したスパイが死罪を申し渡され、財産没収のうえ、告発された人物の受けた被害の四倍の賠償をしなくてはならないという。従来、この法は、ガリヴァーの語りが突然称賛の調子に変わる一例として捉えられてきたが、そもそも「その実施」があまりうまくいっていないのだから、必ずしも全面的な称賛というわけではなさそうだ。

なぜスウィフトのここでの記述はいささか曖昧なのであろうか。その理由の一つは、54-6「フリムナップとボルゴラムが……」の注で述べた「離反」ということと深く関わる。そこでは、フリムナップとボルゴラムが結託して、ガリヴァーがブレフスキュの大使たちと接触したことがその「離反」のしるしであるとして彼は讒言された、すなわち告発された。この事態を原作者スウィフトの実人生の中で考えてみよう。彼はロバート・ハーリーのもとで政治パンフレット作家として、一七一〇年から一四年にかけてすさまじい筆力で活躍した。『同盟諸国の行状』(一七一一年)もハーリーとボリングブルック子爵ヘンリー・シンジョンの指揮下で書き上げたものである。だが、ウォルポール率いるホイッグ党が実権を握ると、この二人と通じていたスウィフトの立場は危うくなる。特にボリングブルックは一七一五年のジャコバイトの反乱に参画したこともあって、イングランドにとっては危険人物であった。エーレンプライスは、先の「離反」の箇所を引用して、次のように述べている。「われわれがここで思い出さなければならないのは、一七一六年にキング大主教がスウィフトに警告して、「亡命中のボリングブルックが告発者(スパイ)となることで許しを得て故国のイギリスに帰り、スウィフトに関して「悪い噂」を伝えるかもしれない」と言ったことである」(Ehrenpreis, *Swift* iii. 447)。そのようなことが現実になれば、スウィフトには恐ろしく不都合なことになる、否、命に関わる事態を招く可能性さえあったと言えよう。告発者として諷刺を繰り出すスウィフトは、しかし一歩間違うと命を失いかねない。彼が「告発者」(スパイ)の恐ろしさを描くとき、われわれ読者は彼の感じた具体的・現実的な戦慄と恐怖を思うべきなのである。

自分を誤った形で告発するようなスパイは厳罰に処してもらいたい。スウィフトはいちおうこうした思いを込めてリリパット国の「告発者」に関する法を書いたのであろう。しかし、事実を精査されれば、自分が必ずしも現体制を支持していないことが白日のもとにさらされる。自分の告発者は厳重に処罰してもらいたいが、その反面、自分の言動にまでは踏み込んでもらいたくない——この矛盾した気持ちこそ、もってまわった曖昧な語りが生み出された理由なのではないだろうか。

59-7 われわれはよく賞罰こそすべての政治の二つの蝶番だという言い方をするものの、この格言が実際に行なわれている国はリリパット以外に見たことがない。

「格言」とあるが、それほど熟した言い方があるわけではない。ただし、スウィフトが秘書を務めたウィリアム・テンプルの「英雄的美徳について」という文章の中に似たような表現があることをヒギンズは指摘している(Higgins 296)。それは中国についての、「賞罰こそすべての政治の二つの蝶番であるが、〔この国以上に〕注意深く守られ、報酬と罰則によってうまく差配されているところはない」(*The Works of Sir William Temple* ii. 203)という文で、本注釈箇所はスウィフトがテンプルの文章を借用したものと思われる。

イギリスの法律では刑罰はあるが報酬の規定はないとガリヴァーが話すと、それは「ゆゆしき欠陥である」とリリパット人は言う[59]。リリパットでは、国の諸法を七三カ月にわたって遵守したという証拠を提出できれば、相当額の金がもらえるからだ。これはいわば飴と鞭の政策であり、遵法者への配慮を見せているように見える。しかしすでに見たように、スパイ社会で恐怖政治を敷き人民を徹底管理するリリパット国においては、結局、何もせずに官職に居座り惰眠を貪る政治家への優遇策にすぎないと言える。実際、リリパットでは、正義の女神は右手に「金貨袋」をもっていることになっている[59]。宰相ロバート・ウォルポールに典型的に見られるように、そしておそらくはリリパットにおいてもそうであるように、政治に巨大な賄賂が動いている社会にあってうまい汁を吸っていた連中は、言ってみれば正義の女神の右手から巨大な金貨をせしめていたわけである。フリムナップのモデルであるウォルポールは、合法的・非合法的に手にした巨万の富で豪邸ホートン・ハウスをノーフォークに建造し、すばらしい美術品のコレクションを築いた（ただし、そのコレクションは放蕩者の孫によってロシアに売り払われ、現在エルミタージュ美術館に所蔵されているのは、皮肉な結末である）。「二つの蝶番」のごとき賞罰政治は、このウォルポールの例を考えると、つまるところ当時の政治家の腐敗ということに行き着く。ちなみにウォルポールの実現した「財政革命」は、現代の歴史学の評価では、「イギリス人を二つのグループ、つまり戦争と植民地の拡大によって有利な商取引の機会をえたり、国債を所有してその利子収入を享受した大地主や貿易商・金融関係者と、重税にあえぐことになった中小地主や製造業者のグループに分裂させていった」（川北 228）させたとされる。

59-12　この国の裁判所にある正義の女神像には眼が六つ、前に二つ、後に二つ、左右にひとつずつあって、それがすべての方向への監視を意味し

本来、ローマ神話の正義の女神は手に秤と剣をもち、目隠しをしている。リリパットでは、イギリスと同じく裁判所に正義の女神像が据えられているが、右手に金貨袋、左手に剣をもっていて、しかも一番異なっているのは、目隠しをするどころか、眼を六つももっていることである。正義の女神が本来、目隠しされた姿で描かれるのは、分け隔てなく公平な裁きを下すとの意味だとされている。ところがリリパットで右往左往するガリヴァーの行動を裁く女神は、油断なく六つの眼で見張っている。この過剰な眼の存在は、やはりリリパット国に跳梁跋扈するスパイを表しているのではあるまいか。監視の眼であるスパイを絶えず張り巡らせて、人民、特に外国人であり巨人であるガリヴァーを見張らせる管理社会リリパットにおいて、司法の象徴である女神が多くの眼をもつのは似つかわしい。この正義の女神を戴くリリパットは、かつてはユートピア社会であったのだが、現在では堕落してしまったわけである。

60-11　人間の堕落した本性ゆえにこの国の人々が陥ってしまった呆れはてた腐敗状態

ガリヴァーはリリパット国の現在の状況を「腐敗状態」と述べているが、それは現皇帝の祖父の時代以降の堕落によるものだった。「堕落した」の原語はdegenerateで、この語にはもちろん「退化した」の意味もある。

第一篇のリリパット人や第二篇のブロブディンナグ人を「人間」と呼んでよいかどうかは微妙な問題だが、『ガリヴァー旅行記』では、近代の人間が堕落・退化している、またそれに伴って肉体も縮小しているという認識が何度も述べられる。例えば、堕落と体の矮小化との関連が、第二篇第七章に出てくる巨人国の書物の中で示唆されている。そこに記された、「近年の下り坂の時代にあっては、自然そのものも衰頽し」という認識は[142]、本注釈箇所の認識と同じであろう。つまり近代社会は堕落しているということ、そしてその結果、自然も衰頽しているということである。また、第三篇第八章にも、「退化」への言及がある。「呼び出された人物はすべて生前と寸分違わぬ姿で登場してくれたのだが、この数百年の間に人類がいかに退化してしまったのかを目のあたりにすると、何とも憂鬱ではあった。さまざまの呼び方をされ、さまざまの惨禍をもたらす梅毒がイングランド人の顔の線のひとつひとつを変えてしまい、体格を縮めてしまい、神経の張りを奪い、筋肉の力を衰弱させ、顔色を土色にし、肉体をぶんよりと腐敗したものに変えてしまったのだ」[213]。もちろん、第四篇に登場するヤフーも、人間が「退化」したものと考えられよう。

ところで、本注釈箇所の「腐敗状態」の原語はCorruptionsであり、これには「収賄」の意味もある。そのことを念頭に置くと、人間の堕落と腐敗が述べられた直後に、リリパット文化は「忘恩」を最も厭い、「恩人に仇をかえすような輩は他の人間にとっても共通の敵」とされると述べられているのであるが[60]、この「仇」(ill Returns)も、したがって、十分な金銭的お礼がなされないことでもあるということになる。「忘恩」とは、精神的恩義を生涯忘れないといった意味ではなく、ある一定の官職の世話をしてくれた上位の者に対してそれ相応の金銭的お返しをしなくてはいけないという金銭社会の倫理をうたったものでもあるのだ。

リリパット社会が退化したのは、上昇志向をもつ人間たちが贈収賄によって裏で通じ、それ以外の人間はスパイによって監視されて、強固な教育制度の中でがんじがらめにされて、這い上がるすべをもたないような社会になってしまったためだと思われる。実際、リリパット社会で特徴的なのは、人間と人間が温かい気持ちで結ばれることがないという点だ。第二篇のブロブディンナグ国では、世話係の女の子グラムダルクリッチとガリヴァーは気持ちを通わせることになるし[104]、第四篇のフウイヌムでは、主人と親友の栗毛の小馬はガリヴァーが国を離れるときに浜辺に見送りに来て、水平線のかなたにガリヴァーの姿が見えなくなるまで温かい言葉を叫び続ける[301]。しかし、リリパット国ではガリヴァーに友はいない。宮内大臣のレルドレサルにしても、ガリヴァーは「私の友人」と言っているが[38]、真の友人として考えることができるかといえばはなはだ疑わしい。本章ではこのあとに託児所の話が出てくるが[61]、ここでも男女の結びつきは単なる性欲によるものとされている。リリパット国が人間と人間の愛情の存在を否定し、親と子供が結ぶ優しい感情さえ認めない社会であることが分かる。人間的優しさや感情を圧殺することが生き延びるすべであり、堕落しないためには裏工作に走らなくてはならないような社会には、とうてい発展は望めないだろう。彼らが「人生の悲惨を考えるなら、生まれてくること自体は何の得にもならない」[61]という救いのない悲観的認識をもつ以上、その歴史は堕落せざるをえないのだ。

61-7

どの町にも公営の託児所があり、男の子も女の子も二十ケ月に達すると(この時期になると多少とも言うことを聞くようになるとみなすのだ)、小百姓と労務者以外は、子どもをそこに送って養育と教育をまかせなくてはならない。こうした学校は、地位と性別に応じて何種類かある。

ウォルポール下のイギリスで階級差が格段に拡がったことは、59-7「われわれはよく……」の注でも述べた通り。そのことがリリパット社会にもうかがえる。生まれて二〇カ月たった子供が公立の託児所で集団で養育されるという養育方法は、ヒギンズが指摘するように、プラトン『国家』やモア『ユートピア』などにも見られるものだが(Higgins

297)、格差社会であるリリパットでは、「名家名門の男児」、「一般のジェントルマン、商人、職人の子弟」、「女の子」、「身分が低い家の女の子」といった具合に[61〜63]、親の階級によってこの託児施設が分けられることになる。さらに低い階級の「小百姓や労務者」の子供には、教育の必要さえないとされる[63]。各階級にふさわしい教育を受けて、それなりの生活を送るようになるという説明によく使われる言葉が、「相応の」や「ふさわしい」である。身分制が厳格に定まり上下の階梯がはっきりしているさまは、当時のイギリス社会の状況にもふさわしいし、〈存在の大いなる連鎖〉に従って体の大きさが定まっているリリパット社会にも似つかわしい。なお、このリリパットの教育制度の描写は、一般に、スパルタの政治家リュクルゴスの制定した教育制度を念頭に置いて描かれたものと考えられている(例えば Higgins 297)。なるほど男の子が若い段階で家庭から離れて共同生活を送り肉体的訓練や教育を受ける点や、女子教育を男子と同じく重視する点などはその通りなのだが、身分に従って施設を変える点などは様相を異にしている。当時のイギリス社会をより現実的に映し出しているとも考えられよう。

66-7 私は大蔵大臣とその二人の密偵クラストリルとドランロウに抗議する

この第六章の最後の部分でガリヴァーは、大蔵大臣フリムナップ配下のスパイたちによってひどい目にあっている。フリムナップの命令で四六時中ガリヴァーの行動を見張っていた二人のスパイの告発=情報により、フリムナップの妻がガリヴァーと不貞を働いているとの噂が流されたというのだ。「奥方が私にぞっこんである」[65]という箇所の「私」の原文は my Person であるから、これはガリヴァーの外見、肉体のことを意味する。つまり二人に肉体関係ができ、奥方の方がガリヴァーとのセックスにのめり込んだというのだ。

このエピソードにはいくつかの解釈が可能だろう。

(1)スパイが横行した当時、情報を得ようと思うターゲットにはスパイをつけて逐一行動を偵察させたということは、当時の文献から(それこそダニエル・デフォーの『ロクサーナ』(一七二四年)やサミュエル・リチャードソンの『クラリッサ』(一七四八〜四九年)などの文学作品からも)分かる。スウィフト自身スパイに悩まされていて、誤った情報を流されかねない状況であったことは、**58-9**「この帝国の法と……」の注で指摘した通り。つまり、このエピソードは、悪意をもった人物の雇ったスパイが、ターゲットについてありもしない情報を得たとして、その事実無根の噂をばらまいていたことを非難している、という解釈である。

(2)フリムナップのモデルであるウォルポールはキャサリン・ショーターと結婚したが、この女性は派手好きで社交界で浮き名を流していた。首相時代の夫婦関係は冷え切っており、夫のウォルポールは複数の愛人を作ったが、妻のキャサリン・ショーターも複数の男性たちと性的関係をもっていたことはよく知られていた。したがって、この箇所はそのことへの揶揄であるという解釈(例えばRivero 54)。

(3)一二倍の大きさの体をもつガリヴァーとフリムナップ夫人が現実に肉体関係をもつことは不可能であり、それをあたかも実際にあったかのように描く滑稽さといかがわしさこそが眼目であるという解釈。

(4)ガリヴァーは自分とリリパット女性の密通という批判には明白な肉体的不条理があることをあえて見ようとしていないが、その点こそがガリヴァーの戦略であり、このエピソードはその一例であるとするデニス・トッドの解釈(Denis Todd, *Imagining Monsters* 164)。ガリヴァーは徐々にリリパットの眼でものを見るようになっているが、それはそのように見ることで自分の巨大さ、有利さをより明確に意識するためだとトッドは言う。このような視点を獲得したガリヴァーは、もはやリリパットの女性と自分との肉体関係を想像することがいかにばかげたことかが理解できなくなっているというわけだ。つまりこの解釈からすれば、第五章で巨人性に酔った行動を何度かとったガリヴァーは、ここにおいてさらに、自らの巨人性に耽溺するようになっていると考えられる。

「私のために罪もないのに気の毒な目にあったある立派な女性の名誉のために言っておかねばならないことがある」[65]と宣言するガリヴァーの語りには、実は二重三重の含意があるわけである。

第七章

67-3　この二ケ月来くすぶっていた私に対する陰謀のことを読者に説明しておくのが筋であろう。

すでに触れた通り、リリパットにおいては、情報をいかに早く多く取得するかが勝敗の鍵になる。ガリヴァーはスパイに見張られており、彼に関する情報は密かに政府側に伝えられている。しかし、政府内にも数々の思惑があり、宮廷内の情報がガリヴァーに密かに伝えられる場合もあった。レルドレサルがガリヴァーと密会した第四章は、その一例である〔47〜50〕。ただしその場合は、皇帝の秘密の訓令、つまりブレフスキュの艦隊を拿捕せよという指令を内々に報せるためでもあった。しかし今度は状況が少し違う。リリパット皇帝に「ひどい不興を買っていたときに」ガリヴァーが助けてやったことのある「宮廷の高位の人物」が「夜陰にまぎれて」、本当に隠密でやってきたというのだ〔67〕。

それにしてもリリパット国でのガリヴァーの物語で目立つのは、「秘密の」(private, secret)という概念に関連する一連の単語である。主な箇所を挙げてみよう。ガリヴァーが「秘密のポケット」をもつこと〔33〕、大端派のブレフスキュ亡命者がリリパットに残った仲間から「ひそかに支援」を受けていること〔49〕、ガリヴァーが実はブレフスキュの味方であることをブレフスキュの使節団が「ひそかに聞き知って」いたこと〔53〕、皇妃がガリヴァーの小便鎮火に激怒していることを「裏情報」で知ったこと〔56〕、皇帝が公式にガリヴァーと晩餐をすることでかえってガリヴァーを「誹謗する機会をフリムナップに与えてしまったらしい。そう信じる理由がいくつかある」ということ〔65〕、フリムナップの妻がガリヴァーを「ひそかに」訪ねたこと〔65〕、ガリヴァー訴追のための「極秘の調査委員会」が開かれたこと〔68〕、ガリヴァーのシャツやシーツに毒液をまくように召使に「ひそかに」命じる提案がなされたこと〔70〕、ブレフスキュに逃れた後にリリパットから急使が来なかった理由を「あとから裏で教えてもらった」こと〔77〕、などなどである。いかにリリパットが秘密社会であったかが分かる。しかもこれらの裏情報は、誰がもたらしたものか不明なものが多い。密かに何者かが誰かをスパイして別人にその情報をリークするのが日常茶飯事であったわけである。

そういえば、友人面をしてガリヴァーに近づく怪しげなレルドレサルの職務は宮内大臣であるが、原文は principal Secretary for private Affairs である。ちなみにレルドレサルのモデルに関してはいくつか説があるが(38-5「大蔵大臣のフリムナップ……」の注参照)、仮にチャールズ・タウンゼンドだとすると、彼の職務は国務大臣(Secretary of State)だった。Affairs of State(国事)という言い方はあり、それは例えば、『国事詩集』(*Poems on Affairs of State*)などといった表現にも見られる。一七世紀後半から一八世紀にかけて書かれた国事に関する膨大な諷刺詩のことである。だが、レルドレサルの職名となっている private Affairs という言葉は、一八世紀イギリスの政界には見あたらない。国王付きの秘書ということだろうが、右記のような private の概念の使用例を概観すると、レルドレサルの職は「秘密省第一秘書」といったところであろうか。Secretary にも秘密を管理する人の語源があることから、「情報管理省大臣」と言ってもよいかもしれない。リリパットで秘密を一手に握ってガリヴァーの運命を操作しているのは、ひょっとするとこのレルドレサルなのではないか、とも思えてくる。

68-8

こういうところが手を組んで、大逆罪等の重罪であなたを弾劾する文をでっちあげたのです。

後ほどガリヴァーはリリパットを逃れてブレフスキュに渡る。これはヒギンズも指摘するように、ボリングブルック子爵ヘンリー・シンジョンが一七一五年にフランスに亡命したことの寓意だが(Higgins 298)、彼が逃亡した理由は、ジャコバイトの密議という疑惑でウォルポールのホイッグ政権から「弾劾」されるのを逃れるためだった。一方、シンジョンとともにトーリー政権を支えていたオックスフォード伯爵ロバート・ハーリーは実際に弾劾を受け、ロンドン塔に幽閉されることになる。同時代の注釈書『鍵』も、「かわいそうなガリヴァーの過酷な運命のいくつかは、オックスフォード伯爵の苦難に似ている」(*Key* 1: 26)としており、ボリングブルック子爵とオックスフォード伯爵の苦境がこの場面に投影されていると考えていいだろう。もちろん、当時、「弾劾」を受けて亡命した人物の中で最も著名なのは、一六八八年に名誉革命に際してフランスに渡ったジェイムズ二世だが、ここでは、ボリングブルック子爵やオックスフォード伯爵への言及と考えた方が適切だろう。

70-3　陛下より口諾ありしにこと寄せ

「こと寄せ」の原文はunder Colour(口実に)。「弾劾文」には同様の表現が目につく。第一項には「火焰消火の名を借りて」(under Colour)、第二項には「良心を圧するを欲せずとして」(upon Pretence)、そして第四項が本注釈箇所である。すべてが「見せかけ」、つまり嘘だとする告発である。体制側にとって刃向かう者はみな嘘つきの反乱者であり、その弁明は虚偽でしかない。ガリヴァーにしてみれば、自分はたしかに宮殿の鎮火に貢献したのであり、ブレフスキュ軍壊滅を断ったのは人道的配慮によるものであったし、ブレフスキュ訪問についてはリリパット皇帝の口頭での許可をたしかに取っていたのであるが、ひとたび反逆者と見なされた以上、それらはすべて単なる口実と化してしまう。また、弾劾条項には同義語の副詞をたたみかけるように使用して感情的な表現となっている箇所がある。例えば、第一項の「非道逆道悪道」(maliciously, traitorously, and devilishly)、第四項の「背きて」(falsely and traitorously)である。法律的条項というよりは、弾劾する悪意の強烈なる発露だ。「教唆」(abet)という単語も第三項と第四項で使われている。どちらもリリパットに背くという犯罪をブレフスキュに唆すという意味であり、ガリヴァーが寝返り、リリパットの仇敵であるブレフスキュ側についたことを非難するのみならず、彼がブレフスキュの敵愾心を焚き付けているという弾劾であり、積極的に謀反を企てているかのような表現である。

一八世紀の政治論争では、論敵同士が互いを嘘つき呼ばわりするのが日常だった。政治家を幇助する文筆家たちはそれで生計を立てていたわけだから、いかに効果的に致命傷を与える文章を書けるかによって収入も格段に変わった。この箇所のような弾劾文を書く筆力をもつスウィフトが、政治家、特にロバート・ハーリーに重宝されたのもよく分かる。

ハーリーが倒れウォルポール政権になったあと、スウィフトは『ドレイピア書簡』などでウォルポール批判を行うが、それと同時に、政府批判によって誹謗中傷罪に問われないよう、痛烈な批判をフィクションでくるむのが効果的であることも、彼は十分に分かっていた。『ガリヴァー旅行記』はスウィフトを取り巻くこのような状況と、それに立ち向かう彼の筆力が生み出した傑作と言える。政治家同士が互いを嘘つき呼ばわりし、報じられる真実が何らかの政治的意図により歪められ虚構となるような虚実入り乱れた状況こそフィクション(小説)が生まれる素地であったとするのはレナード・デイヴィスだが(Davis 42–70)、このデイヴィスのフィクション成立説にあてはまる箇所が、『ガリヴァー旅行記』には少なくない。

70–7　陛下は何度も寛大な態度を示され

この章では、リリパット皇帝のガリヴァーへの沙汰に関して、「寛大」、「慈悲」、「寛容」、「好意」などの類語が何度も使われている。原文では、Lenity, Mercy, Tenderness, Favour などだ。しかし、「陛下の慈悲礼讃ほど国民を戦慄させるものはない、というのも、問題の刑罰が残忍の度を増し、受難者の無実が明らかなほど、その讃辞が大袈裟で執拗なものとなるからである」[73]とあるように、リリパット国における「寛大」は見せかけであって、実は「残酷」なのだ。残酷な処刑の決定後には、自らの寛容さを自画自賛する皇帝の演説が全国に流されるが、このことによって国民は「国王の憤怒もしくは寵臣の私怨」が晴らされたことを知る[73]。リリパットの腐敗した情報社会は、同時に恐怖政治が横行する闇なのである。処刑の前に演説を流す風習は現皇帝と大臣たちが導入したもので、昔はそのような習慣はなかったとされる[73]。

ここで思い出したいのは、第二章という早い段階で、食費がかさむためにガリヴァーの殺害が検討されていたことだ[31]。これをまぬがれたのは、ガリヴァーが自分の眼に向かって矢を射た狼藉者を食べるふりをしながらも解放してやった一件のためである。ガリヴァーの「この寛容な扱い」(this Mark of my Clemency)[30]と、第七章のこの箇所に登場した「寛大な態度」(great *Lenity*)との対比は何を意味するだろうか。第二章でのガリヴァーは食べるふりをすることで人々の恐怖心を煽り(そこにはカニバリズム=食人への恐怖も織り込まれている)、そしてこれを許すことで安堵の念を大きくしている。たしかにそれは一種の見せかけであり、いわば寛大さのポリティックスと言うべきものだろうが、しかしそれと同時に、ガリヴァーのこの「寛容な扱い」はリリパット皇帝の「寛大な態度」とはまったく異なる人間的な温かさでもあって、それがリリパットの宮廷や政治家の心をも動かしたのではないか。もちろん、見せかけだけの皮肉でしかない「寛大な態度」は、現皇帝とその臣下たちが導入したものであって、それはすでに第二章の段階でも横溢していたに違いない。しかしその第二章でのガリヴァーの「寛容な扱い」とそれに対する全体的な理解は、かつてリリパットにも存在した本当の寛容さや優しさを象徴しつつ、それがブレフスキュ攻略に見られる植民欲などによって腐敗してしまっていることへの痛烈な批判ともなっているのではあるまいか(「寛大さ」については、161-11「兄弟たる……」の注も参照)。

72-14 以上のような次第で、大臣の暖かい御配慮によって一件落着となりました。

皇帝の寛容なるはからいにより、ガリヴァーは死罪をまぬがれ、「両眼損傷」の罰のみで許されることになった。巨人の両眼を潰す、または巨人(強者)と盲目というテーマは古代からある。旧約聖書『士師記』に描かれる強力のサムソンは、ペリシテ人に捉えられて眼を抉られる。「ペリシテ人は彼を捕え、目を抉り出してガザに連れ下り、青銅の足枷をはめ、牢屋で粉をひかせた」(『士師記』第一六章第二一節)。リリパットに聖書が伝わっているはずもないが、彼らはまるでこの部分を念頭に置いてガリヴァー処罰を考えているようだ。『士師記』のサムソンに基づいて、ジョン・ミルトンは『闘士サムソン』(一六七一年)を書いている。ホメロス『オデュッセイア』にも、主人公オデュッセウスに眼を潰される巨人キュクロプスが登場する。ソフォクレス『オイディプス王』では、自らの父を殺し母と交わったことを知ったオイディプスが自らの眼を刺して盲目になる。狂乱したシェイクスピアのリア王も盲目となった。

両眼を潰す処罰が決定されたのは、サムソンと同じように、ガリヴァーは両眼を失っても体の力は変わらないのだから、依然として有益であるとの理由からだった[71]。リリパットはかつてブレフスキュとの抗争において、巨人ガリヴァーを利用しようとしたが、これからも道具として利用しようとつねに考えていることが分かる。最初にブレフスキュ艦隊を拿捕したとき、ガリヴァーにとっての最大の問題は矢を射られて眼を失うかもしれないことだった。盲目にしてしまえば、眼が見えない分、勇気も増すし危険も見えなくなるだろうから[71]、かえって自分たちにとって有利である、というのが今回の判断である。眼を潰すことの意味を考察する際、次のレルドレサルの言葉に着目すべきだろう。「代わりに大臣の皆様の眼で見ていただけば十分でございましょう。偉大なる王にして、みずからの眼に頼る方は、もうございません」[71]。ここで眼の比喩的意味に気がつく。眼をもつということは、自らの判断力をもつということであり、自らの意志をもつということなのだ。

もう一つ、このレルドレサルの言葉で注目したいのは、国の中枢の会議にあって、当の国王がいる前で、遠回しとはいえ国王の盲目さを公的に表明しているようにも解釈できる点だ。なにしろ、67-3「この二ケ月来くすぶっていた……」の注に記したように、「秘密省第一書記」という怪しげな面をもつ彼の言葉である。先に皇帝の「寛大な態度」について考察したが、皇帝の周囲に多くの政治家や官僚が集結して政治が行われるリリパット国にあっては、あるいは皇帝さえも象徴的意味しかもたず、その眼を失っているに等しいということなのかもしれない。その結果として、スパイや見張りがしきりに登場するのだ。

政治制度の発達した社会では、個人は、たとえ皇帝であってもしばしば一つの歯車ないしは機械の一部に堕す。その意味でリリパットは、退化し堕落した社会だと言うことができるだろう。ガリヴァーへの弾劾文の第二項で、彼が残りすべての艦隊を捕獲するようにとの皇帝の命令に従わなかったことが挙げられていたが、このように硬直した社会では、個人の思想や意志で皇帝の命令に異議を唱えることがまったく想定されていないことがあらためて認識される。言い換えれば、この社会では、ごく一部の政府高官を除いて全体を見渡す眼をもってはならず、盲従することが求められているのだ。サムソンに見られる伝統的な盲目の巨人のイメージが、トマス・ホッブズが『リヴァイアサン』において示した巨大な怪物としての機械国家の概念と結びつき、実に生々しい恐怖政治の実態をあばきだす表現を生んだとも考えられる。ホッブズの国家とは、自然権をおのおの個人が主権者に譲渡したときに成立するものであり、主権者である国王の施行する法には絶対的な服従が求められる。巨大化した国家は、絶対的権力をふるう巨人としてイメージされる。『リヴァイアサン』の口絵を参照されたい(**図1-6**)。

盲従することを拒否したガリヴァーは、ブレフスキュに亡命して難を逃れる。そのため、「今でもこうして眼が見え、かつ自由でいられる」[74]。眼を失わないということ、眼が見えることは、ガリヴァーにとって、一身の自由を意味するものにほかならない。

図1-6 トマス・ホッブズ『リヴァイアサン』(1651年)初版の口絵より.

74-1

一度は抵抗に強く気持ちが揺れたこともある。というのは、まだ自分の手足の自由がきくかぎり、この帝国が総力をふるっても私を押さえられるはずがないし、石でこの首都を叩き潰すくらいのことは何でもないが、皇帝にした誓約のこと、また受けた恩義の数々、授かったナーダックという高い称号のことを思い出すと、慄然としてこの計画を放棄するしかなかったのである。

恐怖政治が行われている社会で裏切り者の烙印を押された上で生き延びるためには、レジスタンスに走るか、従容として運命を受け入れるか、逃亡するしかない。一度は「首都を叩き潰す」ことまで考えるガリヴァーだが、皇帝への「誓約」を破ることができない。「誓約」(Oath)は、イギリスの歴史にしばしば登場する国王への忠誠の誓い(Oath of Allegiance)を強く示唆する。一六八八年の名誉革命で君主となったウィリアム三世は官職にあるすべての者に、この国王への忠誠の誓いを強いた。それを拒んだ国教会聖職者たちは宣誓拒否者(nonjuror)とされ、厳しい弾圧の対象となった。ガリヴァーは、現政権への批判をもちながらも、いったん立てた誓いに忠実だった名誉革命後の政治家や官僚たちの気質を引きずっているとも言える。このような「誓約」へのこだわりをガリヴァーの愚鈍さのあらわれと見ることもできるかもしれないが、神聖なるものとして、そして社会の要諦として、「誓約」にそれだけの意味が現実的にもあったことは念頭に置いておくべきだろう。

やがてブレフスキュに逃れたガリヴァーは、ブレフスキュの皇帝に対して、「我が皇帝の勅許も得て、大帝に拝謁するの名誉に浴し、我が主君への勤めにかなうよう微力ながらも御奉公致すべく参上致しました」と言う[75]。この「我が皇帝」と「我が主君」はリリパット皇帝のことであり、「大帝」はブレフスキュ皇帝を指している。つまりガリヴァーは、リリパット皇帝と交わした誓約を破らない範囲でブレフスキュ皇帝に仕えると言っている。言い換えれば、ブレフスキュに逃亡したとはいえ(表向きは「訪問」)、ブレフスキュ軍に手を貸してリリパットを攻撃するつもりはない、という意志の表明である。その意味でガリヴァーは、リリパットにかつてあったと言われる美風である「信用を裏切らないこと[59]」を体現している。ガリヴァーが眼を潰されそうになりながらも、そうしようとした相手に反撃をしないのは、かつて彼の眼を射ようとした狼藉者を許してやったことと同じであり、このことから、彼の「寛大さのポリティックス」は、単なる見せかけ以上のものであることが示される。第一章でリリパット人に食事を与えられた後、無数の小人が体の上をウロチョロし始めたときに、彼らを叩き潰して殺すことを思いとどまったのも、「盛大に歓迎してくれた人々に対してはそれだけの恩義があるだろう」と考えたからだった[23]。この第七章の最後で彼が暴力的抵抗によって、「石でこの首都を叩き潰す」ことを踏みとどまったのも同じ考えからだ。小便を放つことで宮廷権力へ下品な形で意趣返しをしたとも考えられるガリヴァーだが(56-2「尿への働きかけを……」の注参照)、その場合もリリパット人を殺傷するような過激さはもたなかったし(過激な汚さはあるが)、彼としては宮殿を焼失から救ったつもりだった。ガリヴァーは、基本的には義理堅く、かつてのリリパットが卑しいとした「忘恩」の対極にあり、寛大さをもつと思われる。

ガリヴァーが人間的感情を一貫して有していることも忘れてはなるまい。

第八章

77-8 私がずっと戻らないのにとうとうしびれを切らして、大蔵大臣や他の大臣と協議の結果、私への弾劾文をたずさえた高官が派遣されることになった。

ブレフスキュの沖合に漂流していた手頃なボートを見つけたガリヴァーは、皇帝の許可を得、イギリスへ戻るべく多くの人々の協力を得てこれを改修する。その作業をしている間に、リリパットから、ガリヴァーを直ちに送還せよとの訓令を携えた「高官」が派遣されてきた。ガリヴァーは、直接にはこの使節のことを知らない。あとで裏から教えてもらったところでは、ということであり、リリパットに頻出するスパイや秘密保持の文脈はブレフスキュにも存在する。ブレフスキュに逃れたガリヴァーの姿は、一般にはフランスへ逃れたフランシス・アタベリーをはじめとするジャコバイトのことを想起させるものであり(Higgins 300; Rivero 63)、このあたりから、ガリヴァー＝ジャコバイト、すなわちスウィフト＝ジャコバイトという解釈も生まれてくるわけだが、それでは例えば、実際にフランスに追放されたアタベリー＝ガリヴァーかというと、それはいささか無理があろう。ガリヴァーを実在の人物との関係で見るならば、やはりそれはスウィフト自身も含め、多くの顔をもつと言える。ちなみに『鍵』は、この場面に描かれているリリパット国皇帝とブレフスキュ国皇帝の関係を、「ブリテンの国王陛下」と「ルイ一五世」(一七一五年即位)との関係になぞらえている(*Key* 1: 27)。

77–15

捕縛、送還については、それをなしがたきことを御存知のはず、彼の者のために艦隊を失うことになりはしたものの、講和のおりには多大なる尽力を得て大いに恩義を感じている。しかしながら、我等の憂いはじきに消えるはず、彼の者はすでに海を渡るに十分の巨大な船を発見しており、その助力と指導をうけて艤装するよう指示も出してあることなので、この二、三週間のうちには両帝国とも耐えがたい重荷の厄介払いができるはず、云々と。

ここは、ブレフスキュ国皇帝の「慇懃と弁解だらけの返答」が長々と記される場面。こういう箇所は『ガリヴァー旅行記』全篇にわたって少なくないが、この作品には基本的に引用符というものが使われていない。つまり、引用符をつけて誰かの言葉を直接示したり引用したりするという直接話法ではなく、それを筆者の言葉として地の文の中で語るという間接話法のみで記述されているのだ。したがって、右に引用した本文も、翻訳では分かりやすさを念頭に「彼の者」となっているが、これはガリヴァー自身のことなので原文ではIであるし、「我等」の憂いは両国皇帝の憂いだから、原文では both their Majesties である。つまり原文は、徹底してガリヴァー本人による一人称の語りになっているというわけだ。この現象は、一七世紀後半から一八世紀にかけての、いわゆる近代小説の誕生期の傑作によく見られるもので、アフラ・ベーンの『オルーノウコウ』(一六八八年)やデフォーの『ロビンソン・クルーソー』(一七一九年)も同様である。それでは、中心的な語りが一人称であったというこの興味深い事実は、『ガリヴァー旅行記』の場合、作者スウィフトのどのような執筆意図と結びついてくるのだろうか。

一八世紀の初めから終わりまで、すなわちイギリス近代小説の誕生と発達の過程を散文の文体的変化から考察したケアリー・マッキントッシュは、初期散文の段階では著しく「話し言葉」的であったスウィフトが、その経歴の中期から後期にかけて、書き言葉としての整備された文体を身につけるようになっていったことを指摘している(McIntosh 53–58; Ehrenpreis, *Swift* ii. 655)。実際、ブレフスキュ皇帝が「返答」に記した言葉を伝えるこのようないささか複雑な場面にあっても、ガリヴァーの語りは、人称や時制などあらゆる点で微塵の狂いもない。多面的に声が響き合う世界をいかに一つの書き物、作品に収斂していくか、言い換えれば口承文化から書承文化への近代社会の大きな転回が、この諷刺的記述の背後に進行していたという事情を見て取れよう(Ong, *Orality and Literacy* 5; Kernan 225)。実際、この箇所の本文で注意したいのは、「彼の者」を私、「我等」を彼らと読み替えるならば、すなわち、ブレフスキュ皇帝の語りとして訳されている翻訳を原文に近いガリヴァーの語りとして捉えてみると、この記述全体に占めるガリヴァーの主体性が著しく濃厚なものになるということである。あくまでもガリヴァーは、自分で物を見、自分の耳で聞いたことを自ら語ろうとしているのだ。そして、それゆえに、ガリヴァー自身の語りの揺らぎが、本作品の至る所で浮き彫りになってくるのである。

もちろんここで急いで補足しなければならないのは、こうした多面的に響き合う声の文化が文字の文化へ収斂してくるというプロセスが、単一方向にしかも急激に進んだというわけではない、という点だ(Ong, *Rhetoric, Romance, and Technology* 25–26; McIntosh 36)。キース・トマスが明快に指摘しているように、声の文化は、議会であれ、法廷であれ、学校であれ、教会であれ、なお日常生活の中心に位置していたのであるし(Keith Thomas 113)、その状況は近代初頭であれ現在であれ、それほど大きく変わってはいないとも言えるだろう。しかし、それだからこその『ガリヴァー旅行記』は面白いと言えるのではあるまいか。すなわち、まさに第四篇に登場するフウイヌムが文字をもたない文化であると描写されているように、口承文化から書承文化への移行と一般に語られるような動向に、この作品は、そしてスウィフトは、いわば疑義を呈するかのような姿勢を示していると考えられるからだ。それは、『桶物語』や『書物戦争』において、書物に基づく出版文化を批判したスウィフトの姿とも重なり合うし、また、文字をもたないフウイヌムの文化に吸い寄せられるかのようなガリヴァーの言動にも象徴的に示されていると言えよう。

ともあれ、多面的に響き合う声の文化が一人称の語りに収斂していくという大きな流れは、さらに、演劇によって具現化されていた物語世界が散文小説一般に見られる一元的な語りの世界に収斂していく流れでもあると言えよう。『オルーノウコウ』にせよ、『ロビンソン・クルーソー』にせよ、そしてこの『ガリヴァー旅行記』にせよ、その肝心な語り手が、理解不可能な他者と、つまり対話を可能にする共通の言語をもたない異人種（第四篇では馬やヤフー）としばしば遭遇するのは、実はこうした表現文化の推移にあって生じた深刻な摩擦を意味するものであったのかもしれない。なお、261-15「考えてみれば……」の注、262-10「もしわれわれが……」の注も参照。

79-14 私が考えたのは、ヴァン・ディーメンズ・ランドの確か北東に位置するはずの群島のひとつに、できれば辿りつくということであった。

この記述と第一篇冒頭に付された地図との矛盾については「地図」の注で述べた通り。リリパットもブレフスキュもフィクションであることは、ここからも一目瞭然であろう。

もっとも、太平洋海域の地理に関する一八世紀初頭のイギリス人の一般的な理解から考えれば、ここで地理的フィクションを導入しているからと言って、それが直ちに諷刺的な含意であるとは言い切れないだろう。オーストラリアやニュージーランドを始めとする太平洋の島々の位置関係がヨーロッパにおいて正確に理解されるのは、一八世紀後半の、例えばジェイムズ・クックの探検航海の成果を待たなければならない。逆に言えばそこに、フィクションが機能する磁場があったとも言える（原田「かなたに何かある」209-14）。現代のフィクションが舞台としうる地理的・空間的な場との差異を考えることもできよう。

80-2 もう一度愛する祖国を見られる、そこに残してきた愛児たちに会えるという希望が湧いてきたときのあの喜びを言葉にするのは容易ではない。

一六九九年五月にブリストルを出港していたガリヴァーは、二年以上の歳月を小人国で過ごしたのち、ヴァン・ディーメンズ・ランド北東の群島の一つを目ざして航海している途中、日本から帰航する途中のイギリス商船によって救出されることになる。ガリヴァーは感慨もひとしお。そこで述べたのがこの言葉だ。帰郷の喜びをこれほど明確に記しているのは、この第一篇だけである。もちろん第二篇でも第三篇でも、家族を思う言葉は顔を出す。だが、帰郷の喜びを語る描写は次第に影を潜め、第四篇に至っては、「家に足を踏み入れた途端にうちの奥方が両腕で抱きついてきて、接吻して離れないので、もう何年もこんなおぞましい動物と接触していなかった私は、ばったり悶絶すること小一時間」[309]といった調子である。この変化は、ガリヴァーと人間社会の距離感の推移を考える上で重要な手がかりとなる。

80-5

それは北海と南海経由で日本から帰航する途中のイングランドの商船で、船長のジョン・ビデル氏はデットフォード生まれの礼儀正しい人物で、立派な海の男であった。

ガリヴァーを救出したイギリス商船は「日本から帰航する途中」だった。第三篇を待つことなく、この第一篇にも「日本」が登場することになる。これが第三篇第一一章の伏線になっているか否かは解釈の分かれるところである。ともあれ、フィクションの働く磁場としての謎めいた太平洋海域の描写に、実在の国が顔を出すという仕掛けだ。ちなみに「北海と南海経由」とあるのは太平洋の北部および南部海域の意。もちろん一八世紀初頭、鎖国下の日本とイギリスの間に交易があったはずはないのだが、日本に上陸した最初のイギリス人ウィリアム・アダムズ(一五六四〜一六二〇年)(上陸したのは一六〇〇年)の記録を始め、フィクションであるがサルマナザール(一六七九?〜一七六三年)の『台湾誌』(一七〇四年)、そしてひょっとすると刊行直前の実録であるケンペル(一六五一〜一七一六年)の『日本誌』(一七二七年)などに至るまで、スウィフトの周囲に日本の話題は少なからず存在したはずで、彼はそうした各種の情報を自在に駆使して筆を進めたと考えられる(スウィフトはサルマナザールのことを『控えめな提案』の中で嘲笑しているのだが、それは『ガリヴァー旅行記』の作者の視野に彼の姿があったことの証左でもある。ケンペルの『日本誌』と『ガリヴァー旅行記』との関係については、227-11「この文章を……」の注参照)。ちなみに島田孝右によれば、一七一〇年代だけで、日本への言及がある英語文献(出版地は主にロンドン)は、一五〇種類以上にのぼるという(島田 42-51)。

80—8

このジェントルマンは私にとても親切で、何処から来たのか、何処へ行く予定なのか教えてほしいということなので、手短かに説明したものの、気がふれている、惨々な危険をくぐり抜けて頭が混乱していると思ったらしいから、ポケットから黒い牛と羊を出してみせるとビックリ仰天して、私の話は嘘ではないと信じてくれた。

ビデル船長に対してガリヴァーは小人国での出来事を話すが、とても信じてもらえない。そこで、ブレフスキュから持ち帰った黒い牛や羊、さらには皇帝から贈られた肖像画などの実物を見せることになる。「もし私の話を信用しないなら、どうぞご自身で出かけて確かめてごらんなさい」と奇想天外な月世界旅行の話を締めくくる古代の諷刺作家ルキアノスの『本当の話』にも通じるくだりだ。現存するものだけでも八〇編あまりの機知と想像力に富む作品を残したルキアノスの影響は、トマス・モアやエラスムスといったルネサンスの人文主義者、『月世界旅行記』(一六五七年)を著した一七世紀フランスの作家シラノ・ド・ベルジュラックなどを経て、明らかにスウィフトに流れ込んでいる。

81—2

イングランドに腰を落着けていた期間は短かかったが、その間に私はこの家畜を地位のある人々などにたくさん見せてかなりの収益をあげ、二度目の航海に出る前に六百ポンドで売り渡した。この間帰国したときには、それが、とくに羊がかなり繁殖していたので、その羊毛の質の良さからしても、将来羊毛加工業に大いに資するのではないかと期待している。

ガリヴァーを乗せたビデル船長の船は順調に航海を続け、一七〇二年四月一三日、イギリスのダウンズに到着。ダウンズはドーヴァー海峡に臨む碇泊地だ。第一章の初めに、「オールド・ジュリーからフェター横町に引越し、さらにウォピングに移って」と記されているから[18]、当時ガリヴァー一家が住んでいたのはロンドン中央部のテムズ河北岸、船着き場として栄えていたウォピングである。なお、ブレフスキュから持ち帰った家畜を「無事に上陸させて、グリニッジのボーリング用芝生に放してやると、こちらの不安とは裏腹に、その細い草を心ゆくまで食べていた」[80]とあるが、これはもちろんローンボーリング(木球を転がして的に近づける娯楽)のための芝生のことで、グリニッジはやはりロンドン中央部のテムズ河南岸、ウォピングの少し東側である。世界標準時を刻む王立天文台(現在、天文台は移転)で有名だが、この王立天文台がチャールズ二世によって設置されたのは一六七五年のことである。ちなみにビデル船長が生まれたデットフォードはテムズ河南岸でグリニッジの西隣。一六世紀から一九世紀にかけて王立造船所があった場所である。そしてガリヴァーが家族のために「レッドリフに立派な家も用意」[81]したというレッドリフもそのすぐそば。ロンドンで船乗りに関係の深い地名が列挙されているというわけで、このあたりの地理的記述は、太平洋海域の場合とは違って正確である(**図1-7**)。

ちなみに、**18-12**「フェター横町に……」の注でも触れた通り、スウィフトの親友の一人ジョン・アーバスノットが一七二六年一一月五日付でスウィフトに宛てた書簡によれば、アーバスノットのある友人は、知り合いの船乗りからこんなことを言われたそうだ。「いやあ、ガリヴァーさんのことはよく知っているけれどね、彼が住んでいるのはロザハイズ(レッドリフのこと)ではなくてウォピングだよ、印刷屋が間違えたんだね」。この船乗りの言葉を聞いたアーバスノットの友人というのは「作り話をしたりはしない」人だという(*Correspondence* iii. 45)。『ガリヴァー旅行記』初版初

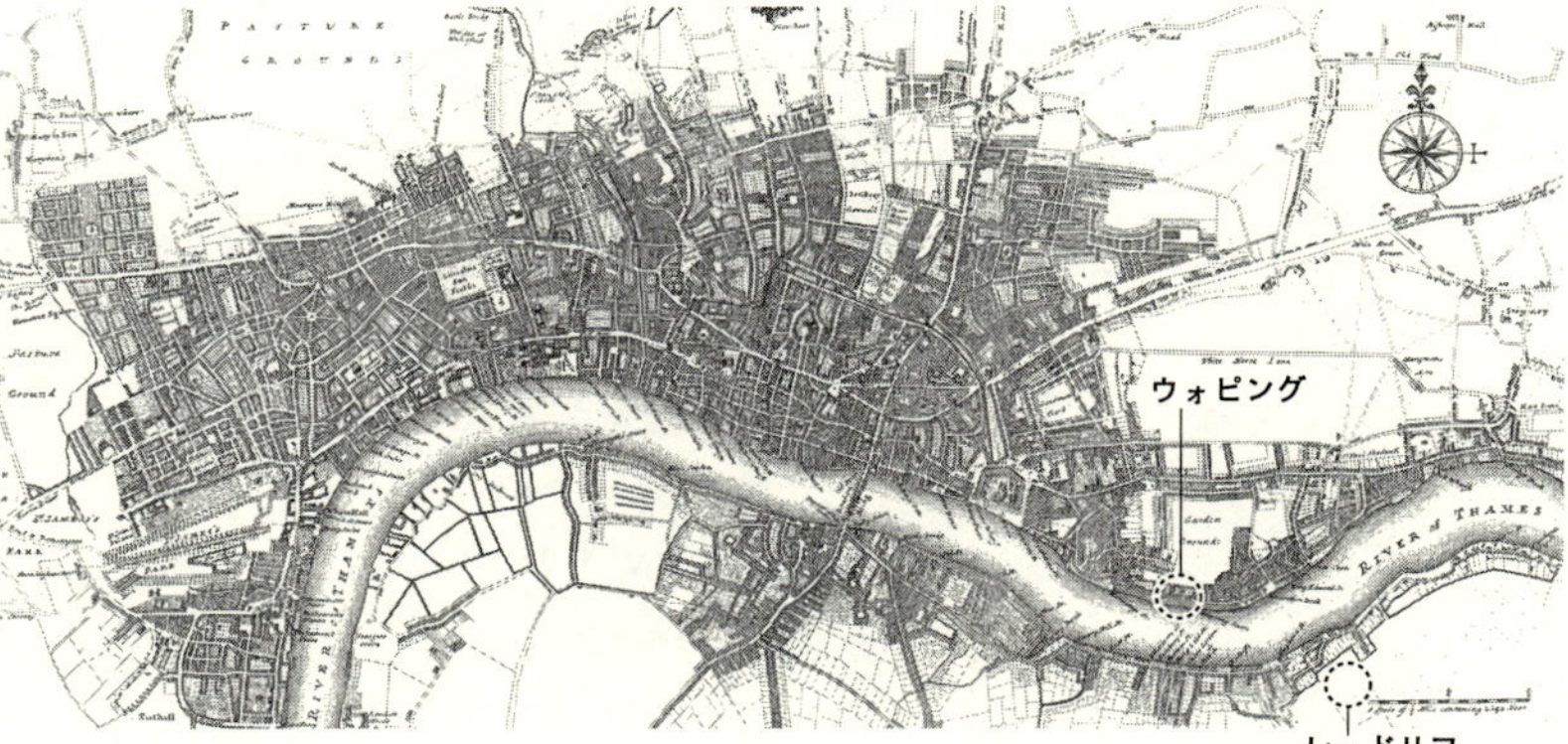

図1-7　18世紀のロンドン.

刷が刊行されてからわずか一週間後というタイミングで、もちろん冗談半分の報告ではあるが、こういう細部にこだわる読者の反応は実際にありえただろう。そしてこのような反応が来ること自体、荒唐無稽な空想の書とも思える『ガリヴァー旅行記』が、とりわけロンドンのような身近な場所の記述に関しては、当時の状況を正確に映していることを示すものと言えよう。

ブレフスキュから持ち帰った羊がみごとに繁殖し、「将来羊毛加工業に大いに資するのではないかと期待している」というのは、イギリスの有名な綿製品に触れたものであろう。もちろん、小人国から持ち帰ったちっぽけな羊が繁殖したところで「大いに」資するかどうかは疑わしい。そういう縮尺の錯綜と混乱への嘲笑を含みつつ、である。この「加工業」振興のための技術革新と海外進出は、実は産業革命に至る一八世紀イギリスの基調であった。もちろんここで注意しなければならないのは、イギリスといってもこれは特にイングランドのことであって、アイルランドの羊毛製品の素晴らしさを主張し、イングランドの産業保護のために発せられたアイルランド羊毛法(一六九九年に制定されたもので、アイルランド産の羊毛製品の海外輸出を禁止した)に反対するスウィフトの立場とはまったく相容れないものである。つまりガリヴァーは、この箇所にあっては、スウィフトの主張とは正反対の立場を、少なくとも表面上はしているということになる。ただし、織物の質の良さには価値を置かないというトマス・モアの『ユートピア』(一五一六年)に近い立場なのではないかとの指摘もある(Turner 307)。そうであるとすれば、「質の良さ」に拘泥するガリヴァーの姿そのものが嘲笑されているとも言えよう。

もう一つ注意したいのは、「この間帰国したときには」とあること。「この間」とは、文脈からして、この『ガリヴァー旅行記』四つの篇をまとめている今から見て、ということであろう。すなわち、第四篇でのフウイヌムの旅から帰国したときのことを指すと考えられるのだが、第四篇末尾にあるように、「もう何年もこんなおぞましい動物と接触していなかった」[309]という状況で帰国し、なんとか人間社会での付き合いにも慣れてきたと言うガリヴァーが、果たしてイングランドの羊毛加工業の将来を語ったりするであろうか。ガリヴァーのみならず、実はスウィフト自身も、『ガリヴァー旅行記』を書き進むにつれて、ある変容を遂げたと考えるべきであろう。いずれにしてもこの「将来羊毛加工業に大いに資するのではないかと期待している」という一文を、文字どおりに理解するのは危険である。

81-12 私は妻、息子、娘とお互いに涙を流しながら別れて、リヴァプールのジョン・ニコラスが船長として指揮をとる、スーラト行きの三百トンの商船アドヴェンチャー号に乗り組んだ。

結局、ガリヴァーが妻子とともにロンドンにいたのは二カ月あまり。スーラトはインド西岸、ムンバイ(ボンベイ)の北に位置し、イギリス東インド会社の拠点となった海港都市である(「アドヴェンチャー号」という船名については、**85-6**「コーンウォール出身の……」の注参照)。ガリヴァーが妻子のために確保しておいた財産として、まず「レッドリフに立派な家も用意」したのは前注で触れた通り。「一番上の伯父ジョンが、エッピングの近くに年に三十ポンドはあがる土地を残してくれていた」[81]とあるが、この伯父以外の人物は、「父とジョン伯父他の親戚」[17]としてしか登場しない。エッピングはロンドン北部。さらに「フェター横町の黒牛亭の長期の賃貸契約からも同額が見込めた」[81]とあるが、この「黒牛亭」(ブラック・ブル)はホーボーンのフェター横町近くに実際存在したインの名前であるという(Gough 362)。もっともこの名前のパブは多く、スウィフトが実在のパブを念頭に置いていたかどうかは定かでない(ちなみに二〇一三年の現在でもこの近くに「黒牛亭」というパブがある)。

第二篇　ブロブディンナグ渡航記

第一章〜第八章

第一章

85-2 同行した筆者がこの国を発見する。

「この国」の原語は the Country。なぜかブロブディンナグという国名は第二篇第四章の最後の方[118]になってようやく登場する。「ガリヴァー船長から従兄シンプソンへの手紙」にあった「ブロブディンラグ(これが正しい名称で、ブロブディンナグは誤植です)」[10]という一節といい、巨人国の名前に対するガリヴァーの言及の仕方はどこか不自然である。

ここでブロブディンナグ(Brobdingnag)という名前について、既存の研究を紹介しておこう。ヘンリー・モーリーによれば、この巨人国の名前は綴り変え(アナグラム)であり、grand(壮大な)、big(大きい)、noble(高貴な)の三単語のうち、noble の最後の le を省いたものからできている(Morley 18)。ポンスは、「ガリヴァー船長から従兄シンプソンへの手紙」にある右の一節を文字通りに受けて Brobdingrag の方を分析し、英語の broad(広い)と big にフランス語の gran(d)(大きい)を組み合わせたものと述べる(Jacques Pons 421)。しかし Brobdingrag から broad と big の文字を引くと grn になるので、これはやや苦しい。そもそも、(手紙の日付けは一七二七年四月二日となっているものの)一七三五年のフォークナー版で初めて公表された「ガリヴァー船長から従兄シンプソンへの手紙」における誤植の指摘をどこまで真に受けるべきなのか。「ブロブディンナグ」と「ブロブディンラグ」のような大きな間違い(しかも政治的な理由で出版社によって改竄されたとは思えない例)であれば、それまでに修正する機会はあったはずだ。ポール・オデル・クラークは、この地名が「イングランド」(England)を操作したもの、すなわち、England → Ingland → dinglan

→ladingna→radingra→Brabdingrag→Brobdingrag (Brobdingnag) と変換されたものだというが(Paul Odell Clark 611–12)、このような複雑な操作をスウィフトが行った根拠は稀薄だし、そもそもリリパット篇はともかく、「『ガリヴァー旅行記』のなかで最もポジティヴなヴィジョンが出てくるのはこの部分」(富山『『ガリヴァー旅行記』を読む』125)という意見もあるブロブディンナグ篇が、(スウィフトの諷刺の対象としか思えない)イングランドと重なるのは、内容的にも的外れではないだろうか。

85–2　筆者、海岸に取り残され、土地の住人にとらわれて、農家に連れてゆかれる。

冒頭の章のこの「あらすじ」には、国を「発見」したと述べられ、しかも巨人に出くわして恐怖したという肝心の内容がまったく出てこない。ターナーもヒギンズも、ここに「連れてゆかれる」(carried)という表現があることに注目している(Turner 308; Higgins 301)。たしかに、この単語は「(巨人に)運ばれた」という意味にも、「(普通に)連れてゆかれた」という意味にもなりうるので、巧妙な選択と言える。この章に巨人が出てくることを知らない読者がこの「あらすじ」を読んだとすれば、おそらく未開の地を「発見」したが、「原住民」(「土地の住人」の原語はNatives である)に捕えられて危機一髪という、植民地主義的ロマンスを想像するだろう。『ガリヴァー旅行記』が刊行された時代、何度も暗に言及されているウィリアム・ダンピアの航海記を筆頭に、そのような冒険の記録が人気を博していたことを思えば、ここで読者の期待を煽っておいて、予想とは必ずしも一致しない荒唐無稽な物語を提供するというスウィフトならではの戦略が透けて見えるだろう。

85–6　一七〇二年六月二十日

第二篇のガリヴァー旅立ちの日であるが、一六八五年の同月同日には、カトリックのジェイムズ二世に反対するモンマス公の軍勢が蜂起している。第一篇のガリヴァー遭難の日(一一月五日)が同じジェイムズを追放した名誉革命の日付

け と合致していたのに対し(19–2「十一月五日」の注参照)、第二篇ではジェイムズが鎮圧した反乱の日付けが旅立ちの日に選ばれているわけである。これは何を意味するのだろうか。一つの解釈として、第一篇がまさに名誉革命後の腐敗した議会政治の諷刺であったのに対し、第二篇では名誉革命前の旧体制へのノスタルジアが描かれていると見ることも可能である。たしかに、ブロブディンナグの農本主義的な国家の運営の仕方は、都市中心、金融中心の国家運営を目指した名誉革命後の政治体制とは一致しないし、国王夫妻と乳母のグラムダルクリッチを中心に、高貴で善良な人々の姿が目立っている。しかし、詳細に第二篇の世界を見れば、ブロブディンナグは必ずしも立派な人ばかりの登場するユートピアではなく、ガリヴァーを手に入れた農場主は拝金主義に走るし、宮廷の女官はガリヴァーに対して欲望を包み隠そうとしない。巨人たちもまた、人間としての腐敗、堕落からは自由ではないのだ。巨人と人間性の堕落との関係については、142–3「また近年の……」の注参照。

85–6　コーンウォール出身のジョン・ニコラスが船長をつとめる、スーラト行きのアドヴェンチャー号にダウンズから乗り込むことになった。

コーンウォールはイギリス南西に延びる細長い半島であり、同じく半島であるブロブディンナグの地勢と重なる。レアルとフィーンケンは、この記述が第一篇の最後でジョン・ニコラスの出身地がリヴァプールと記されていた[81]のと矛盾することを指摘し、これが単なるミスなのか意図的なものなのかは分からないとする(Real and Vienken, Anmerkungen 400)。意図があるとすれば、リヴァプールとコーンウォールの違いも分からないような地理音痴としてガリヴァーを示すことによって本書の記述が「事実」ではないことを暗示したのだろうか。あるいは次のような解釈も可能である。第一篇最終章で、奴隷貿易船出発地であるリヴァプール出身であったニコラス船長のもとで出帆したガリヴァーは、87–3「一七〇三年六月十六日……」の注で指摘するように、奴隷貿易に邁進する西洋的な侵略の尖兵という側面をもっていた。しかし第二篇に登場する巨人たちは、巨人伝説で有名なコーンウォールを連想させる(87–4「その南側には……」の注参照)。そこで、第二篇の最初で船長の出身地をコーンウォールに変更し、当初は「植民地的侵略」を目的とした旅がいつしか「巨人との遭遇」へと転換する経緯をスウィフトは暗示した、という解釈である。

スーラトはインド北西部の港湾都市。アドヴェンチャー号という船名は第四篇第一章でも登場する。ただし、そこで登場するのは「三百五十トンの頑丈な商船アドヴェンチャー号」であり[233]、「スーラト行きの三百トンの商船アドヴェンチャー号」と第一篇の最後で紹介された[81]この船とは別物であるようだ(この二隻の船の違いについては、233-5「三百五十トンの頑丈な……」の注も参照)。なお、クィンランによれば、アドヴェンチャー号という船名は当時最もありふれた船名の一つなので、ガリヴァーが二隻のアドヴェンチャー号に乗りこむことは不自然ではない(Quinlan 413)。

85-7 喜望峰

アフリカの南端にあるこの岬は、当時、東インドへの航海における重要な碇泊地だった。ダンピアの『最新世界周航記』には、粗悪な水のせいで船員が病気になったため、給水すべく喜望峰で碇泊し、そこで船長も健康を回復したとの記述があり、スウィフトはこれを参考にしたと思われる(Higgins 301)。なお、この直後のモンスーンの描写も『最新世界周航記』の記述との類似が指摘されている(同 301)。

85-9 瘧《おこり》

原語は Ague。通例は間歇的に高熱に襲われる病気を指す。現在は一般にマラリアと呼ばれているが、イタリア語で「悪い空気」を意味するこの病名は、『ガリヴァー旅行記』の時代には、英語圏で用いられていなかったようだ。*OED* によれば、最初の用例は一七四〇年に書かれたホラス・ウォルポールの手紙に見られ、その次の用例となると一気に一八〇一年まで下っている。ちなみに、ロビンソン・クルーソーも無人島で Ague に苦しめられ、そこから治癒したのをきっかけに信仰心をつちかっていく(武田訳 127-41)。

85–11 四月の十九日に普段よりも西寄りのいつにない暴風と化して、そのまま二十日間荒れ続け、五月二日の船長の観測で分かったかぎりでは

アーサー・ケースが指摘したように、四月一九日から暴風雨が「二十日間荒れ続け」たとあるのに、「五月二日」に船長が観測をするのは日付けの勘定がおかしい。実はモット版(初版)では、本章冒頭の一文の「戻って二ケ月もすると」の「二ケ月」が「一〇ケ月」とされる誤記もあった(Case, *Four Essays* 61–62)。ちなみに、第四篇でも第一章に「ポーツマスを出航したのは一七一〇年九月七日」とあるが[233]、これもモット版では「八月」となっていた。しかし第三篇の終わりに「一七一〇年四月十日、ダウンズに入港」とあり[230]、第四篇の初めに「およそ五ケ月にわたって」妻子のもとにいたとあるのだから[233]、「九月」が計算上は正しい。ただしリヴェロは、この変更はモット版に対してスウィフトが指示した修正の中に含まれていないと述べており(Rivero 187)、これがガリヴァーの信頼を損ねるための意図的な計算ミスだった可能性も否定できない。『ガリヴァー旅行記』における年代や日付けの問題は、ケースが詳しく論じており(Case 前掲 61–68)、また新しいスウィフト全集には、編者のウーマズリーによる「『ガリヴァー旅行記』年表」も載っている(Womersley xxi–xxiii)。

『ガリヴァー旅行記』はかなり詳細に出来事の年月日を記載しているが、ときおり本注釈箇所のようにあやしい点も見られる。例えば、第一篇第六章にはガリヴァーがリリパットに滞在した期間が「九ケ月と十三日」と細かく書いてある[63]。ガリヴァー一行は「一六九九年五月四日」にブリストルを出港し、「十一月五日」にリリパットに漂着した[18～19]。明記されてはいないが、普通に考えれば、これは一六九九年一一月五日のことである。そこでこれに「九ケ月と十三日」を足すと、一七〇〇年八月一八日までガリヴァーはリリパットに滞在したことになる。そのあと彼は隣国ブレフスキュに亡命し、結局、「一七〇一年九月二十四日」に自作のボートで出国した[79]。しかし、これではガリヴァーはブレフスキュに一年以上滞在したことになり、この期間は彼のリリパット滞在日数を越えてしまっているが、記述

[77〜78]を見る限り、ブレフスキュの滞在は一カ月を大きく越えるものではない。ということは、そもそもガリヴァーのリリパット到着が一七〇〇年一一月五日だったのだろう。ところがそうなると、今度はブリストルからリリパットまで、ガリヴァーたちは一年半もの長い船旅に出たことになって、これも自然さを欠く。どこまで信頼できるかは分からないが、第一篇冒頭に置かれた地図でも、リリパットの発見年は「一六九九年」とされている。ちなみにケースは、ガリヴァーのリリパット到着が一七〇〇年一一月五日だったという説をとっているが、それでもガリヴァーがリリパット皇帝と決裂した時期の記述に矛盾が生じてしまうという(Case 前掲 64-65)。

その他にも、第三篇の終わりには、「丸々五年と六ケ月ぶりに再び祖国を目のあたりにすることになった」とあるが[230]、ガリヴァーが出港した「一七〇六年八月五日」[160]から帰還した「一七一〇年四月十日」[230]までは、約三年八カ月にすぎない。第四篇についても、第二章に「こんな国のこんな住民の中で三年間も食料を調達」していたとあるが[246]、のちにこのフウイヌムの島を追われて漂流し、ポルトガル人船長に救われたときには、「或る国の海岸に置き去りにされ(中略)、そこで五年暮らした」[306]と説明している。しかし、「一七一一年五月九日」にフウイヌムの島に置き去りにされ[234]、一七一五年二月一五日に島を退去しているのだから[301]、これを信じるならば実際の滞在期間は三年九カ月となる。

86-1　われわれはその間にモルッカ諸島のやや東、赤道の北三度あたりの位置まで流されてしまい

レアルとフィーンケンによれば、その前に出てくる「マダガスカル」[85]との距離を考えれば、そこから「二十日間」[85]で「モルッカ諸島のやや東」に達するとは考えにくいという(Real and Vienken, Anmerkungen 400-01)。ブロブディンナグの位置については、**108-9**「仕上りはこの国……」の注参照。

86-5

大荒れになりそうなので、われわれは斜檣帆を取り込み、前檣帆もたためるように待機したが、天候はどんどん悪化するので、まず大砲を全部縛って固定し、後檣帆もたたんだ。

この一文から始まり「……ともかく水平に詰め開きで船を走らせた」で閉じられるこの一段落は、サミュエル・スターミー『航海者の宝典』(一六六九年)の一節を、時制・綴りを除いてほとんど字句を変えずに写したもので、事実上の剽窃である(Knowles 223; Eddy 143-44も剽窃の詳細を掲載)。これがE・H・ノウルズによって指摘されたのは一八六八年のことだが、「ガリヴァー船長から従兄シンプソンへの手紙」に見られる「私の海事用語に適切を欠くものが多々ある、廃語が含まれていると難癖をつける者がある」[9]という一節は、主にこの段落を意識したものと思われる。

一六六九年の著作をスウィフトが写した理由は不明だが、大英図書館のカタログを調べると、『航海者の宝典』は一六八四年に第三版、一七〇〇年に第四版が出版されており(それ以後は再刊されていない模様)、ガリヴァーが第二篇の航海に出発する一七〇二年において、必ずしも過去の遺物ではなかったことが想像できる。スウィフトが盗用したこの箇所に関して言えば、第四版における海事用語のほとんどは初版と変わっていない。しかし、『ガリヴァー旅行記』において「右舷」を意味する単語Starboardは Star-boardとハイフン入りで書かれているが、この書き方がなされているのは、(大英図書館で確認できる初版、第三版、第四版のうち)第四版のみである。ゆえに、スウィフトが参照したのは第四版である可能性が最も高い。また、ガリヴァーの用いる海事用語に「難癖」をつけた同時代の評論は具体的に同定されていない。以上から判断すると、「ガリヴァー船長から従兄シンプソンへの手紙」における「私の海事用語に(中略)難癖をつける者がある」という一節は、実際にあった批判を意識したものではなく、むしろ海事用語に読者の興味を向けることで、ガリヴァーの「盗作」に気づいてもらおうというスウィフトの意図を示すものではなかろうか。すべての真相が解き明かされるまで一四〇年以上もかかってしまったわけだが、もっとも、作家のウォルター・スコットがすでにこの部分を実際の航海記録を組み合わせたものと考えていたので(Scott, *The Works of Jonathan Swift* xi. 108)、スウィフトの種本自体は発見されなくとも、どこかから盗んできていることに勘づいた読者はある程度いたのかもしれない。

ではなぜここで専門書からの剽窃が行われ、しかも注意深い読者にはそれに気づいてもらえるようお膳立てまでされたのだろうか。まず、第一篇のガリヴァーが、岩礁に乗り上げた後ほとんどなす術もなく漂流したのと比べれば、この第二篇の冒頭でさまざまな操船技術を用いて嵐を克服するガリヴァーの姿は、一見すると(彼自身が船の操縦にどこまで関わったかは分からないものの)船乗りとしての彼の成長を示しているように思われる。しかしここでガリヴァーは、一般向けの読み物にしては過剰なほど船乗りの専門用語を用いているので、むしろ彼の気取りと虚栄心の方が強調されているようだ。このような大仰で訳の分からない専門用語満載の航海記のばかばかしさが諷刺されると同時に、同じぐらいのばかばかしさで猿まねをするガリヴァーの虚飾が読者に分かる形で示されたと考えられよう。さらに、この一節が実は盗作であるという事実が認識されるならば、彼は他人のふんどしで相撲をとっていることになり、ガリヴァーの虚栄心には何ら根拠がないことまで示されてしまう。そして巨人国でガリヴァーが、国王との会話などを通じ、自国とヨーロッパの文明に対する根拠のない虚栄心を破壊されていくことを思うと(第六章と第七章、とりわけ第六章の結語「おまえの国の住民の大半は、自然に許されてこの大地の表面を這いずりまわる邪悪を極めたおぞましい虫けらの族と結論するしかない」[136]を参照)、第二篇の冒頭で、すでにスウィフトはその後のガリヴァーの運命を暗示したようにも思える。

87-1 ここでもっと北寄りに進むとなると大韃靼の北西地域にぶつかって

各種の注釈にもある通り、これは「北東地域」でないと不合理である(Turner 309; Jacques Pons 441; Real and Vienken, Anmerkungen 401)。

87―3　一七〇三年六月十六日、中檣に昇っていた少年が陸地を発見した。

これは、実は第四篇第一二章に見られる「檣頭にのぼっていた水夫が陸地を発見」[314]という一節と原文がそっくりである(第二篇の文は a Boy on the Top-mast discovered Land であり、第四篇の文は a Boy discovers Land from the Top-mast)。ここで興味深いのは、第四篇の当該箇所において、「野蛮な偶像崇拝者たちを改宗させて文明化するために送り出される現代の植民者」が実は「呪うべき虐殺者の群れ」だと痛烈に批判されている点だ[314]。つまり、第二篇においてブロブディンナグを「発見」し、その地を探検しようとするガリヴァー一行は、植民地主義的な侵略者と同一視されていることになる。次いでガリヴァーは自ら志願してブロブディンナグへの上陸部隊に加わっているが、これは彼が植民地の征服者にあこがれていることを暗に示すものと言える。第一篇において、ガリヴァーが奴隷貿易に携わっていることが示唆されていたことを想起しても(18―7「六年間で東インド……」の注参照)、スウィフトは意図的に『ガリヴァー旅行記』の主人公を西洋的な侵略・搾取の尖兵(ただしその滑稽なパロディーでもある存在)として構想したことがうかがえる。

87―4　その南側には小さい首のような陸地が海に突き出していて、百トンを越える船にはきつい浅い入江ができていた。

第二篇冒頭の地図に見られるように、ブロブディンナグの南方には小さな陸地が飛び出して岬になっている。この陸地について、「地図」の注では(首は首でも)乳首との類似を指摘したが、いまはもう少し品のある解釈を補足したい。第二篇の初めに、「コーンウォール出身のジョン・ニコラス」船長への言及があるが[85]、イングランド南西に、まさに「小さい首のよう」に突き出したコーンウォール半島は巨人伝説の土地でもある。つまり、ガリヴァーたちはまさにブロブディンナグのコーンウォールにあたる地域に上陸した結果、巨人に遭遇したことになる。第二篇の記述とアイルランドの民間伝承との関連を指摘する研究があるが(Arthur C. L. Brown, "*Gulliver's Travels* and an Irish Folk-Tale"; Grennan, "Lilliput and Leprecan"; Eddy 118–20)、この部分に関してはコーンウォールの民話が意識されているのかもしれない。アイルランドとコーンウォールとの地理的な近さと民族的な親近性(どちらも伝統的にはケルト系の人たちが住んでいた)を考えれば、アイルランドにいたスウィフトがコーンウォールの民話を知っていても何ら不思議ではない。そう考えることで、**85-6**「コーンウォール出身の……」の注で示したような解釈、すなわち当初はリヴァプールが象徴する奴隷貿易を目的としていた第二篇の航海が、結果的にコーンウォールが象徴する巨人の物語へと変貌を遂げている、という読みも可能になる。なお、第二篇とコーンウォールの巨人伝説との関係については、エディが記述している(Eddy 120–22)。

また、第一篇ではリリパットの海岸付近は「ずっと遠浅が続いて」いて[19]、さらにブレフスキュとの間の海は「中央部の三十ヤードを泳い」だほかは[51]足がつくほどの深さだった。これは海の深さも小人の国のサイズになっていたためで、この両国が通商も行い艦隊も所持していたことは、作中にあった通りである。これに対し、ブロブディンナグではあらゆるものが人間サイズの一二倍であるので、海もその分深くなるかと思いきや、実際には人間の基準で一〇〇トンを超える大型船は近づけない。これは、ブロブディンナグが外国とまったく交易を行っていないという設定に合わせた描写だろう。

87-12　膝のあたりまでしかない海水を、途轍もない歩幅でバシャバシャやってゆく。

ガリヴァーが初めて遠目に巨人の姿を目撃した描写であるが、このあたりは、ウェルギリウスの『アエネイス』における一つ眼巨人の描写(第三巻六六四〜六六五行)をもとにしたものである。『アエネイス』には他にも、ガリヴァーのように仲間から見捨てられ、巨人の島に置き去りにされた男の描写(第三巻六一六〜六一七行)がある(Turner 303)。

87-16 なんと、見事に耕作してある。

海岸線は不毛の地だったのに対し、内陸を見渡せばとたんに「見事に耕作」された広大な土地が目に飛び込んでくる。この点に富山太佳夫は注目し、「大人国は基本的に農業国と設定されていて、しかも他の国とは交易がないということが書いてあります。小人国リリパットはブレフスキュと交易をやっていましたが、それに対して大人国は農業主体の国であるという設定になっている。スウィフトはきわめて明確にこのコントラストを意識しながら書いたはずです」と述べている(富山『『ガリヴァー旅行記』を読む』109)。つまり、重商主義か重農主義かという対立において、ブロブディンナグは明確に重農主義政策をとっていることになる。*OED* によれば、重商主義(mercantilism)および重農主義(physiocracy)という単語が用いられるようになったのは一九世紀以降だが、国家の富の根拠を外国との通商(および金融資本)に求めるか、国内の開発に求めるかという対立はスウィフトの時代にすでにあり、スウィフトが後者の立場に共感していたことはつとに知られている。この点で、ブロブディンナグは、フウイヌムと同じく、スウィフトの支持した政治体制に近い国家である。

87-16 最初にビックリしたのは草の長さで、干草用の土地なのだろうが、二十フィートは越えていた。

第二篇には明らかに第一篇と対をなす記述が見られるが、これはその一例である。どちらの国に迷いこんだときも、ガリヴァーは最初に草に触れている。第一篇では海上で遭難したガリヴァーがやっとたどり着いた陸地で、「家ひとつ、人影ひとつ発見できは」せず、くたびれ果てて「短かく柔い草の上に横になり」、「我が人生でも記憶のないくらいにぐっすりと眠り込んでしまった」とある[19]。「夜の八時頃」到着したガリヴァーの目には、小人もその家も見えなかったのだが、小人国のサイズの草が「短かく柔い」ことは感知できたのである。それに対し、第二篇の場合は「中檣に昇っていた少年が陸地を発見した」[87]とある以上、まだ日の出ているうちにガリヴァーたち先遣隊が上陸したことがうかがえる。その土地で「何か巨大な生き物」[87]を目撃したガリヴァーは、まだそれが巨人であると理解できないものの、草がビックリするほど長いことは認識している。このように、小人国・巨人国それぞれで、ガリヴァーが小人・巨人に気づく前に、彼が異世界に入ったことを暗示する道具立てとして、「草」が効果的に用いられている。

さらに第四篇を見れば、フウイヌムこと理性ある馬の国でガリヴァーはまさに草食化し、しかもその粗食を通じてヨーロッパの食生活の贅沢さと不健康さを反省している[245〜246]。ここでも草が異国を象徴しており、しかもそれを食べて同化することが、ガリヴァーにヨーロッパを批判する視点を与えている。もちろん、このように「草」に注目すること自体、前注で述べた重農主義的なスウィフトの考えの反映であるといえるし、「それまでは麦の穂が一本、草の葉が一枚しかはえなかった土地に二本、二枚育つようにした者は誰であれ、政治家全部を束にしたのよりも人類の恩人であり、国のために大事な貢献をしたことになるのだ」[140]という第二篇第七章での国王の言葉とも共鳴している。

なお、エディは巨人国に着いたガリヴァーが巨大な大麦を発見する場面と、日本の一八世紀の冒険物語である遊谷子の『和《わ》荘兵衛《そうびょうえ》』(一七七四年)で主人公(長崎の商人、四海屋荘兵衛)が巨人国に到着したときの記述とが類似することを指摘している(Eddy 131)。実際、荘兵衛が巨人国に着いてすぐに目にしたのは巨大な竹の茂みの間を走る広い道だったが、すぐにそれは麦畑の間のあぜ道だったことが判明している。『和荘兵衛』の作者が『ガリヴァー旅行記』を知っていたのか、もしそうであるならばどのようにして知ったのか、いまだ明らかではない。

88—7　目測では歩幅が大体十ヤードか。

二度目に目撃した巨人の描写である。エディも指摘しているが(Eddy 136)、これは巨人の身体の長さが人間の一二倍であることを示唆している。一〇ヤードとは、約九・一四メートルのことだから、これを一二で割ると約七六センチになり、成人男子の平均した歩幅に一致する。他方でリリパットの小人は人間の一二分の一の体長だった。スウィフトが小人と巨人のサイズを正確に考えていたことの証拠であるが、他方で工学の見地からは、これほど巨大な体軀をもつ生物が人間と同じ外見を保つことは不可能だとの指摘もある(Moog 52; Turner 309で言及)。

88-9　メガホンの何倍もあろうかという声で何やら怒鳴っていた

実際のところ、人間の一二倍の大きさをもつ巨人の声を聞き取るのは困難であるらしい。その声をムーグは「今にも止まりそうなレコードの、唸るようなくすんだ音」と表現しているが(Moog 54; Turner 310)、要は動画をスロー再生したときのくぐもった音を想起していただければよいだろう。

88-14　茎が絡まりあってすり抜けがきかないし、倒れた穂の芒《のぎ》が硬くてとがっているものだから、着ているものを貫いて体の肉にささる。

麦を刈る巨人から遠く離れようとガリヴァーは必死で逃げ回る。第一篇第一章では、寝ている間に小人たちに拘束され、ほとんど身体の自由の利かないガリヴァーの姿が描かれたあと、「百本を越える矢が私の左手にふりそそぎ、まるで針かなにかのようにチクチク刺した」と記されていた[20]。ここも第一篇と第二篇との対照を意識した箇所であろう。麦と矢という違いはあるが、異国に到着して間もないガリヴァーが皮膚に痛みを感じた点は同じである。あるいは大きすぎ、あるいは小さすぎるために、それぞれの世界を「肌に合わない」と感じるガリヴァーの不安と不快感が、まさに皮膚感覚を通じて象徴的に描き出されている。

88-17　女房はさぞかし淋しかろう、親なし子は哀れだなと嘆くとともに

絶望に打ちひしがれたガリヴァーの嘆き。『ガリヴァー旅行記』には珍しい家族愛の記述だが、これと、第二篇で帰国するガリヴァーと家族が演じる滑稽な一幕(「女房が抱きついてきたが、こちらは彼女の膝より下までかがんでしまう始末、そうでもしてやらないと口まで届かないと思ったのだ。娘は跪いて祝福を求めたが、なにしろ長いこと六十フィ

ートから上を見上げて直立する生活だったのだ、立ち上がるまでその姿が眼に入らないし、片手で腰をつかんでヒョイと持ち上げようとした」[155])、さらには第四篇で人間嫌悪を身につけて帰国するガリヴァーの妻への反応(「家に足を踏み入れた途端にうちの奥方が両腕で抱きついてきて、接吻して離れないので、もう何年もこんなおぞましい動物と接触していなかった私は、ばったり悶絶すること小一時間」[309])とを比べることで、『ガリヴァー旅行記』における人間嫌悪が家族への情愛をも奪う徹底性をもつことと、スウィフトが周到にそれを表現していることが了解されるだろう。

89-6　そもそも人間なんてのは図体の大きさに応じて野蛮、残忍になるものだ

これは、「ジャックと豆の木」の寓話や『オデュッセイア』の一つ眼巨人など、さまざまな物語に見られる巨人像である。ターナーとヒギンズは、イギリス文学でもシェイクスピアやミルトンにこの巨人像の影響が見られることを指摘した上で、『ガリヴァー旅行記』がこの巨人のイメージを裏切り、読者にショックを与えていると論じる(Turner 310; Higgins 303)。ちなみに、『ガリヴァー旅行記』から約三〇年後に出版されたサミュエル・ジョンソンの『英語辞典』(一七五五年)の「巨人」(giant)の定義には、「巨人の観念はつねにプライド、残忍さ、邪悪さと関連づけられるようだ」とある(DeMaria 280)。また、本注釈箇所に見られる省察は、小人国リリパットにおけるガリヴァー自身の経験に基づいたものとも考えられる。例えば第一篇第一章には、「今だから言えるのだが、彼らが私の体の上をウロチョロし始めたときには、最初に手の届くところに来たのを四、五十鷲摑みにして地面に叩きつけてやろうかと何度も思ったものである」[23]と、ガリヴァーは自身に野蛮・残忍な衝動を覚えているのである。

このように、『ガリヴァー旅行記』には、巨大な身体と野蛮さとが関連づけられる箇所があることはたしかだが、他方で第二篇第七章における巨人たちの「古い道徳書」の紹介に見られるように[141〜142]、身体の縮小を人間性の堕落と関連づける傾向もあることを忘れるべきではないだろう。その箇所では逆に、小さな身体が「下り坂の時代」(declining Ages)を象徴し、巨大な身体は堕落以前の幸福な時代に対応している。

また、これとは別に、中世以来、古代人を巨人として描き、現代人をその肩に乗る小人として表象することも少なからずあった。このイメージは、遡れば一一五九年にシャルトルのベルナルドが述べた言葉としてソールズベリーのジョンが記しているが、スウィフトと近い時代ではアイザック・ニュートン(一六四二〜一七二七年)がロバート・フック(一六三五〜一七〇三年)に送った書簡(一六七六年二月五日付)にも見られる。もっとも、ニュートンは必ずしも古代人のことを巨人と呼んだのではなく、自分が科学上の発見をできたのは偉大な先人たちの業績があってのことだという意味で、このイメージを用いている。

89—8 森羅万象、その大小はひとり比較によるのみという哲学者たちの言

このような哲学者の例として、ターナーもヒギンズもジョージ・バークリー(一六八五〜一七五三年)の名を挙げている(Turner 310; Higgins 303)。バークリーはスウィフトより二一歳年下だが、スウィフトと同じくアイルランド出身で、しかもキルケニー校とダブリンのトリニティ・コレッジを卒業している。早熟な思想家だった彼は、『視覚新論』(一七〇九年)、『人知原理論』(一七一〇年)といった代表作を若くして出版しているが、後者を一般向けに対話形式で書きなおした『ハイラスとフィロナスの三つの対話』(一七一三年)の中には、人間の視点とダニの視点、さらにダニより小さい生物の視点を取り上げて、物の見え方の相対性を論じた一節がある(Turner 310)。スウィフトは、同郷の後輩であり、英国教会の司祭という立場も同じで、なおかつ政治信条も比較的近いバークリー(彼にはトーリー党の主張を代弁した『受動的服従について』(一七一二年)という著作がある)と親交を結んでいた。ジャック・ポンスによるフランス語版の注は、この箇所に見られるような相対的なものの見方について、バークリーの他、ニュートンとフックによる新たな発見との思想的な関連も示唆している(Jacques Pons 441)。

89-16　私自身イングランドで鼬《いたち》を摑まえるときにやったことがあるが

ここを含め、第二篇の端々にうかがえることだが、巨人たちはガリヴァーを同類の人間というより珍しい動物と見なしているらしい。実は第四篇第八章にも鼬への言及があり、そこでは退化した人類であるヤフーの子供について、その身体が「ひどい悪臭を放っていたが、その異臭は鼬とも狐ともつかず、ただそれよりもずっと胸が悪くなる」と記されている[281]。つまり、第四篇でガリヴァーはもともと人間であるヤフーを動物扱いしており、その態度が第二篇における巨人のガリヴァーへの態度と呼応しているのだ。

なお、この場面についても、エディは一八世紀日本の物語、遊谷子の『和荘兵衛』にこれと酷似する記述があることを指摘している(Eddy 132)(87-16「最初にビックリした……」の注参照)。

91-1　ポケットから金貨の入った財布を取りだして恭しく献上した。

名誉革命後のいわゆる財政革命と一八世紀初頭の諷刺文学との関連を研究したコリン・ニコルソン『書くことと財政の勃興——一八世紀初頭の資本制諷刺』の『ガリヴァー旅行記』を扱った章には、この場面に言及しつつ、ガリヴァーが本質的に市場経済を反映した人間として描かれているという指摘がある(Nicholson 94-95)。しかし、すぐ次の文にあるように、巨人の無関心な様子を見ると、ここではむしろ、巨人国において貨幣よりも土地、すなわち都市・金融よりも地方・農業が重視されていることが暗示されているのだろう。ただしこのあと第二章にあるように、この農家の主人はガリヴァーを用いて都市に金儲けに出かけることになるので[101〜102]、ガリヴァーの財布を受け取るのを拒否したように見えて、実はガリヴァーという貨幣を丸ごと受け入れたと考えることも可能である。スウィフトが共感を覚えていた土地中心主義(landed interest)の観点からすれば、ガリヴァーによって巨人は堕落させられたと言える。

91-4　四ピストールのスペイン金貨

スペインで発行された金貨で、当時の英国の貨幣に換算すれば一六～一八シリングの価値があった。

91-9　その音量たるやわが耳をつんざく水車の如く

巨人がガリヴァーに話しかける音声の形容である。「水車」という単語は『ガリヴァー旅行記』の第四篇を除く各篇に登場する。第一篇第二章ではガリヴァーの時計を検分したリリパットの係官が「絶え間なく水車の如き音が致しました」と報告していた[34]。また、第三篇第四章では、ムノーディ卿の土地にあった「大きな河から引いた流れで廻るとても便利な水車」がラガードの大研究院から来たあやしげな連中によって破壊され、かわりに最新鋭の機械を用いた水車を建設しようとしたが失敗したと語られている[187～188]。第一篇と第三篇では、水車は機械文明に対する諷刺と関連づけて使用されている。これを踏まえて第二篇のこの箇所を読むと、怖ろしい巨人の声をガリヴァーが水車に喩えたことは、彼が近代的な機械文明に対する違和感を覚え始めた証拠とも捉えられる。本章では、のちに猫が咽喉を鳴らす音を「十人ほどの靴下職人が仕事をしているような物音」と記しているが[93]、その箇所の注で触れるように、「靴下職人」と訳された単語はそこでは「靴下編み機」、すなわち人ではなく機械を意味しているはずなので、この箇所も同じ文脈で解釈できるだろう。「水車」については、17-8「いつかは旅に出る……」の注も参照。

なお、ヒギンズはこの箇所をスウィフトが若いころから患っていた内耳の不調であるメニエール病の症状と結びつけている。実際、ヒギンズも(エーレンプライスの『スウィフト伝』に依拠して)述べている通り、一七二四年一〇月の書簡において、スウィフトは「耳の中で七台の水車が騒音を響かせている」と述べている(Higgins 303; *Correspondence* ii. 524; Ehrenpreis, *Swift* iii. 319-20)。同じ書簡に、「この症状が一カ月以上続きそうだ」とある。いかにひどい体調の中でスウィフトが『ガリヴァー旅行記』を執筆していたかがうかがえる。

91-11　彼は召使たちを仕事にゆかせ、そしてポケットからハンカチを取り出すと、二つに折って手の上にひろげ

ジーン・ワシントンは、一七三五年のフォークナー版で「手の上にひろげ」となっているこの箇所が、初版のモット版では「左手の上にひろげ」となっていることに注目している(Washington, "Bk. 2, Ch. 1" 8–9)。ワシントンによれば、モット版の農夫は左利きであるのに対し、フォークナー版の変更により、右利きである可能性も示されているという。さらにワシントンは、この場面と第四篇第一章の次の場面とを比較する。フウイヌムの島に置き去りにされて間もなく、のちにフウイヌムと分かる馬に遭遇したガリヴァーは、「口笛を吹きながら、その首を撫でてやろうとした。ところがこの動物は（中略）左の前足を穏やかにあげて、私の手を払いのけた」[237]。ワシントンによれば、フウイヌムが左の前足でガリヴァーの手を払いのけたということは、ガリヴァーが差し出した手は右手ということになる。すなわち、ガリヴァーは右利きとして描かれていることになる。ところが第四篇のこの場面は、モット版ではフウイヌムが出したのが「右の前足」となっている。ゆえに、モット版のガリヴァーは左利きだった、というのがワシントンの主張である。この二つの場面における記述の変更には、スウィフトの一貫した意図がうかがえるとワシントンは述べている。すなわち、フォークナー版ではガリヴァーも巨人の農夫も右利き(ノーマル)であるとわざわざ強調したのではないか、というのである。『ガリヴァー旅行記』の登場人物をスウィフトは「ノーマルな人間の表象」として描こうとしたので、フォークナー版

以上のモット版とフォークナー版との比較は、それ自体は興味深いが、この農夫がハンカチを広げる場面について、果たして左利きの人が左手の上にハンカチを広げるというのは普通のことだろうか。むしろ利き手である左手でハンカチをもつから、自然と右手の上に広げることになるのではないか。そうであれば、第二篇のこの場面の変更は、むしろモット版では右利きだった農家の主がフォークナー版ではどっちとも取れなくなったと解釈すべきであろう。まとめれば、モット版ではガリヴァーが左利きで農夫は右利き、フォークナー版ではガリヴァーが右利きで農夫は不明、となる。

すなわちモット版の場合、ブロブディンナグという農業中心の伝統的社会が正しい(right な)国の姿であり、闖入者ガリヴァーの体現する近代社会は正しくないという点が強調されるのに対し、フォークナー版の場合は、右利きのガリヴァーが一八世紀の一般的な人間を指す一方で、ブロブディンナグの農夫はこの時点ではまだ何者とも定まらない存在として登場することになる。この農夫は、もともと土地に根づいて立派な畑を耕していたはずが、ガリヴァーを手に入れると欲に目がくらんで都会に出ていくわけだから、このどっちつかずの描写は、物語のあとの展開に対応していると言える。

モット版には、当時の政治への諷刺を抑えるため、編集者が改竄した箇所があると言われているが、いま問題になっている場面については、何らかの処罰を怖れてモットが改竄したとは想定しがたい。そこで仮に、モット版とフォークナー版のそれぞれに刊行時のスウィフトの考えが反映されていると考えるならば、前者においては土地中心主義(landed interest)と貨幣中心主義(moneyed interest)との対立が強調され、スウィフト自身は前者を支持することが示唆されていたのに対し、後者ではむしろ貨幣中心主義が「普通」の考え方としてイングランド人全般に広まってしまったことと、土地中心主義であったはずの巨人の農夫の心さえも惑わすことが示されていると読める。モット版からフォークナー版までの一〇年足らずの間に、スウィフトの現状認識がより悲観的で諦念をはらんだものになったことを暗示するのかもしれない。

ちなみにモット版の刊行された一七二六年といえば、『ドレイピア書簡』(一七二四年)によってスウィフトがイングランドのアイルランド貨幣政策に反旗を翻し、結果的にイングランド政府に方針を撤回させた記憶もまだ新しい時期だった。もっとも、第二篇が執筆されたのは一七二一年から二二年頃と考えられるから(Ehrenpreis, *Swift* iii. 442)、『ドレイピア書簡』よりも前になる。それでも、すでに一七二〇年からスウィフトはアイルランド問題を批判的に論じるパンフレットを発表しているので、自分を追放したイングランドのホイッグ政権へのスウィフトの闘争心は、第二篇の執筆時にも燃えていたことだろう。他方で、初版の刊行時とフォークナー版の出た一七三五年の間には、あの絶望的な小品、貧民の幼児を食用にすることを説く『慎ましやかな提案』(一七二九年)が発表され(提案自体は本気ではない——おそらく——とはいえ)、もはやまともな手段ではアイルランド経済の窮状は打開できない、と悲観的な意見が展開されている。こうしたスウィフトの政治に対する絶望の深まりが、『ガリヴァー旅行記』本文における右記の微妙な変更に垣間見えるように思われる。

91-15　家まで連れて帰った。

第一篇・第三篇と第二篇・第四篇とを分かつ特徴の一つとして、後者のグループには家のような私的空間が多く登場することが挙げられる。もちろん、小人国のリリパットではガリヴァーが物理的に友人の私邸を訪問することは難しかっただろうが、同時にこの事実は第一篇と第二篇との内容の違いと対応している。第一篇でガリヴァーはリリパットの国事に関わり、最終的には危険人物として排除されるが、第二篇のガリヴァーはブロブディンナグの政治と無縁であり、基本的に公人ではなく私人として活動している。もちろん、第三章以降で宮廷に迎えられ国王夫妻と親交を結んでいる点で、国家の中枢に入り込んだとも言えるが、そのとき諷刺の対象になるのは、ブロブディンナグの政治というよりむしろガリヴァーが国王に自慢するイギリスやヨーロッパの政治・社会である。小人国では国王の征服欲や廷臣たちの出世欲が、強力な公人ガリヴァーによってあばかれていたが、巨人国ではガリヴァーの政治的な無力さゆえに、諷刺の眼差しが逆を向かざるをえないのだ。

ただし、私人であるがゆえに、ガリヴァーが巨人たちの私生活を諷刺する眼差しを獲得したことも重要である。すでに指摘した農夫の金銭欲のほか、王妃の食欲[109]、女官たちの性欲[122]と、ガリヴァーの批判的な眼差しは、より私的な欲望へと向かっている。また、社会的に下の身分である農夫とその家族や、公の場から排除されがちな女性・子供がしばしば諷刺の対象となる(子供に関しては「十歳くらいの悪ガキ」[92]の記述など参照)ことも第一篇との違いと言えよう。

92-1　直径二十四フィートの大皿に肉を盛っただけの料理である(農民の質素な生活には十分だ)。

前には「主人というのは裕福な農家」[90]とあるし、実際この農家には召使もいるのだが、ガリヴァーは農家の生活を蔑んでいるように思える。近代化と都市への権力・財力の集中の進むイングランドから来たガリヴァーにとって、地方の農家の生活はあまり興味深いものではなかったのだろう。ここにもブロブディンナグの土地中心主義(重農主義)とガリヴァーの貨幣中心主義(重商主義)との対立を見ることができる。なお第四篇に入ると、ガリヴァーは農民の質素な食事どころか、馬の食べる燕麦を主食とするようになる[245〜246]。フウイヌムの自給自足経済への適応は、やがてガリヴァーに近代社会そのものを否定させ、さらには人間への嫌悪感さえも抱かせることになる[272〜273、293〜295]。

92-8　この酒は弱い林檎酒のような味で、まずくはなかった。

イギリス人にとって、林檎酒は田舎風の飲み物であり、重農主義的な原則に合致する。これに対し、第一篇でガリヴァーが飲んでいたワインとは[22、55]、基本的にイングランド産ではなく、交易によって手に入る飲み物である点で、当時のイギリス人にとって重商主義と結びつく飲み物だった。つまり、第一篇の重商主義的な世界と第二篇の重農主義的な世界との対比は、酒の種類にもあらわれていることになる。ただし、スウィフト自身は「良質のフランス産ワイン」を愛飲し(Ehrenpreis, *Swift* iii. 328)、一七三三年一一月二〇日のチャールズ・フォード宛書簡では「毎日ワインを一壜飲んでいる」と述べているほどだ(同 753; *Correspondence* iii. 708)。もっとも、第一篇に登場するワインに関しては、「実は前の晩、〔私(=ガリヴァー)は〕グリミグリムという極上の葡萄酒をたらふく飲んでいて(ブレフスキュ人はこれをフルネックと呼んでいるが、この国のものの方が上質とされる)」[55]という記述からすると「国産」らしいので、本注釈箇所の記述と矛盾するようにも思えるが、これはワイン好きのスウィフトの願望が表現されているのかもしれない。

92-13　ところが、わが主(以降、こう呼ぶことにする)の隣りに坐っていた末の男の子が、この十歳くらいの悪ガキがいきなり私の両足を持って宙吊りにしてくれたので

子供は(私的空間のあまり描かれない)第一篇にはほとんど登場せず、皇帝夫妻の子供たちがわずかに登場したのみだった[29]。しかし、第二篇では幼児や子供が繰り返し登場し、その一人であるグラムダルクリッチはガリヴァーの最も親しい友人となる。第二篇では、すでに指摘したガリヴァーの動物化(89-16「私自身イングランドで……」の注参照)と同時に幼児化も進行している。この二つはともにガリヴァーという人間の退化を暗示し、まさに彼が人間を捨てて動物(馬)に同一化する第四篇につながっている。

93-3　後方で十人ほどの靴下職人が仕事をしているような物音がしたので、振り返ってみると、奥さんに餌をもらって撫でてもらっているこの動物の頭の大きさ、前足の片方の大きさから計算するに牡牛の三倍はあろうかという奴が咽喉を鳴らしているのだ。

巨人の国の猫の登場である。「靴下職人」の原語はStocking-Weaversだが、ターナーはこれが靴下職人ではなく、一五八九年にウィリアム・リー(一五五〇頃〜一六一〇年)が発明した靴下編み機のことだと注をつけている(Turner 310; Higgins 304)。たしかに、猫が「咽喉を鳴らしている」音としては、機械音の方がふさわしいかもしれない。なお、第一篇でガリヴァーの妻の実家は「ニューゲイト街のメリヤス商人」とあったが[18]、当該箇所の注に記した通り、このメリヤス商人の原語はhosierであり、主要な売り物の中に靴下もあった。となると、好奇心旺盛なガリヴァーが機械を用いた靴下製造の現場を見学したことがあってもおかしくはない。

また、この猫の大きさを、ガリヴァーは「牡牛の三倍はあろうか」と言うわけだが、もしもブロブディンナグの世界がすべて人間界の一二倍で成り立っているのだとすれば、猫が「牡牛の三倍」というのはいくら何でも大げさである。

ここでガリヴァーは意図的に自分が体験した「冒険」のすごさを誇張しているようにも思える。この段落の末尾で犬について「象四頭分の大きさのマスティフ種」と言っているのも同様である。

93-10 こちらとしては蛮勇をふるってこの猫の鼻先を五、六度も行きつ戻りつし、半ヤード以内まで接近してみたが、そうすると、こちらが恐いと言わんばかりに身を引いたりした。

この猫との対決場面は、セルバンテスの『ドン・キホーテ』後篇(一六一五年)における、ドン・キホーテとライオンの対決の模様を想起させる。そこでは、獰猛なライオンの檻を無理やり開けさせたドン・キホーテが大音声で名乗りをあげるものの、ライオンは意に介さず尻を向けて寝てしまう。それを見たドン・キホーテはライオンが彼の勇気の前に怖気づいたものと見なし、以後「ライオンの騎士」と名乗るようになる(牛島訳 iv. 271-85)。騎士道精神を諷刺したこの場面が、『ガリヴァー旅行記』において小人と化したガリヴァーと猫との対決に変換されることで、いっそう人間の矮小さ、滑稽さが強調されている。この箇所に限らず、第二篇では随所でガリヴァーがドン・キホーテ的な時代遅れの騎士道精神を形だけ発揮している。

なお、『ドン・キホーテ』について、スウィフトのパトロンだったウィリアム・テンプルは「古代と近代の学問について」(一六九〇年)の中で、「ブリュッセルに住む機知に富んだスペイン人」の説として、この物語が騎士道を諷刺の対象としたせいで名誉と愛が蔑まれるようになり、結果としてスペインの威信が凋落したという説を紹介している(Temple 73)。もっとも、テンプル自身は、ボッカッチョ、マキアヴェッリ、ラブレー、モンテーニュ、シドニー、ベーコンらと並んで、セルバンテスを「近代人における偉大な才人」に挙げているので、右の説はあくまでも冗談として記しただけであるようだ。ともあれ、テンプルによって近代を代表する物語と見なされていた『ドン・キホーテ』だが、スウィフトがテンプルの「古代と近代の学問について」を擁護する意図で執筆した『書物戦争』(一七〇四年)では、古代派の敵である近代派の群れにセルバンテスは入っていない。テンプル同様、古代の学問を支持する立場に立つスウィフトが、セルバンテスを近代派の軍団に入れなかったのは、むしろセルバンテスを評価していたからであろう。

次に、まぎれもなく近代的な文学作品であり、『ガリヴァー旅行記』の永遠のライバルともいえる『ロビンソン・クルーソー』における動物との戦闘場面を参照すると、無人島に漂着する前のクルーソーがライオンを仕留める場面は次のように描かれている。

ぼくは（中略）持ち物から、ほとんどマスケット銃くらいの、口径の一番大きな銃を取り出し、火薬をたっぷり詰めて、二発の散弾をこめ、甲板に置いた。次に別の銃に二発の弾丸を、三番目の銃（ぼくたちは三丁の銃をもっていた）には小さめの弾丸を五発装塡した。ぼくは一番目の銃で慎重に狙いを定め、頭に命中させるはずだったが、寝そべったライオンが脚を鼻の少し上に持ち上げたので、散弾は膝のまわりに当たって骨を砕いた。（中略）頭に当たらなかったのに少し驚いたが、すぐに二番目の銃を手にとり、立ち去ろうとするライオンにふたたび発射し、頭に命中させた。そいつが崩れ落ち、音こそあまり立てないが、死ぬまいともがくのを見るのはいい気分だった。

（中略）

これは実にたいした獲物だったが、食料にはならず、三発分の火薬と弾丸をなんの役にも立たない生き物のせいで失ったことは本当に残念だった。しかしジューリー〔クルーソーに同行するイスラム教徒の少年〕が手斧をせがむので、「なんに使うんだ、ジューリー」と訊ねると、「ぼくこいつの首を切り落とす」と答えた。だが、ジューリーは首を切ることはできず、脚を切り落として持ってきた。それは化物みたいなデカブツだった。

そうだ、こいつの皮は何かの役に立つかもしれない、とぼくは思い当たり、皮を剝ぎ取れるかやってみることにした。（中略）なんとこの作業は二人がかりで丸一日かかってしまったが、ついに皮を剝ぎ取り、船室の上に広げると、二日後には日光ですっかり乾き、以降は敷き布団のように用いた。（武田訳 45–46）

ドン・キホーテともガリヴァーとも異なり、クルーソーは離れたところから銃を撃ってライオンを仕留めようとしている。しかも興味深いことに、仕留めたあと喜びに耽るどころか、弾薬を無駄にしたことを後悔し、肉は食べられなくても皮は役に立つと気づいてようやく気をとり直している。ここで明らかなのは、『ロビンソン・クルーソー』がもはや騎士道精神の世界とは無縁の状況を(おそらく自覚的に)描こうとしていることだ。名誉を重んじる騎士のようにライオンを倒した印(象徴としての首や脚)を求めるイスラム教徒の少年とは異なり、クルーソーはあくまでも戦いから利益を生もうとする。ここまで徹底した功利主義は、『ガリヴァー旅行記』には登場しない。この差異には、ロンドン生まれの中産市民すなわち都市と交易の申し子たるデフォーと、ダブリンで貧富の格差を日々目撃していた保守派の国教徒であるスウィフトとの、性格の違いがよくあらわれている。

93-16 ロンドン橋からチェルシーまで届きそうな泣き声を発してくれた。

巨人の赤ん坊がガリヴァーを見るや、とたんに大声をあげる。ロンドン橋は、シティーと呼ばれるロンドンの経済・金融の中心地と、テムズ川を挟んで南に広がるサザークとを結ぶ橋。もとをたどれば西暦五〇年ごろ、すでに古代ローマ人がここに橋を架け、その後何度も改築が重ねられながら今日もロンドン市民に利用されている。テムズ川を渡る他の橋としては、一七二九年にパトニー橋、一七五〇年にウェストミンスター橋が開通したものの、『ガリヴァー旅行記』の出版された一七二六年にロンドンの中心部に架けられていたのはこのロンドン橋のみだった(**図1-7**参照)。一方、チェルシーはロンドンの南西にある高級住宅街で、かつては文士や芸術家が多く住んでいた。スウィフト自身、ロンドン時代にはチェルシーに住んでいたことがあり、ジョウゼフ・マクミンによれば「お気に入り」の土地だった(McMinn 115)。友人で医師・文人のジョン・アーバスノットもまたチェルシーに住んでいた。チェルシーの南側はテムズ川に面しているが、スウィフトは川べりからボートに乗って街に出ることもあったようだ。なお、ロンドン橋からチェルシーまでは、直線距離にして約六・二キロメートルである。

94-2 もし母親がエプロンを拡げてくれなかったら、私は間違いなく首を折っていただろう。

ここを読むと、第一篇第三章における次の一節を思い出さずにはいられない。「フリムナップが墜落したことがあって、もし国王のクッションのひとつが床にあり、その衝撃を弱めるということがなかったら、間違いなく頸の骨を折っていただろう」[38]。これはリリパット宮廷において廷臣たちが綱渡り芸によって地位を手に入れたり、保持しようとする場面である。リリパットの廷臣たちは危険な芸に挑み、見世物となることが求められたが、そんな廷臣たちの様子を冷ややかに見ていたガリヴァーが、ブロブディンナグに来ると子供の玩具のような扱いを受け、つねに身を危険にさらすようになる。興味深い見世物として卑屈な生き方を強いられたあげく、本章に続く第二章では珍獣か奇形の類として宮廷に身を売られてしまう。しかし悲しいことに、ガリヴァーはしばしば自分の惨めさを忘れ、嬉々として「冒険」に興じている。第一篇と第二篇を通じて、スウィフトが人間の視点の相対性を強調しているのは明らかだが、それに加え、いかに私たちが自分の立場を客観的に見続けることが困難であるかという点も、特に第二篇を読むときに重要な問題だと思われる。

94-5 あの怪物的な乳房ほど胸の悪くなったものはなく、その巨怪さ、形状、色合いを読者に伝えようとしても、私はたとえるべきものを知らない。聳え立つこと六フィート、その周囲は十六フィートを下らなかった。

スウィフトの伝記では必ず、彼が生後一年ほどで乳母に「誘拐」され、三年近くも出生地であるアイルランドのダブリンを離れ、イングランドのホワイトヘイヴンで暮らしていたことが触れられている。これが真実であれば、スウィフトの実母は三年もの間幼い息子を取り返そうとせず、乳母に世話を任せていたことになる。ほかならぬスウィフト自身の書き遺した自伝的断章「スウィフトの家系」(一七二七～二九年執筆)に基づいた情報だが(*PW* v. 192)、あまりに常識に反する内容であるため、スウィフト研究者の間では必ずしも信じられていない。エーレンプライスによると、仮にこの誘拐が真実だったとすれば、スウィフト少年がダブリンに戻ってから実母と暮らしたのは、六歳でキルケニーの寄宿学校に入れられるまでの一、二年に過ぎず、その後は母がイングランドのレスターに引っ越してしまったので、たまにアイルランドを訪ねて子供に会うくらいだったらしい(Ehrenpreis, *Swift* i. 31–32)。一六八九年に、名誉革命後のダブリンの不穏な空気を逃れるためにスウィフトがイングランドに渡ったとき、すでに二一歳となっていた彼はレスターに滞在し、久しぶりに母と長い時間を過ごしたようだ。なお、スウィフトの父は、彼の生まれる前に亡くなっている。

本注釈箇所において、ガリヴァーは、赤ん坊の母親の無思慮な行動によって身の危険にさらされ、その後やむなく乳母が乳房を露わにして赤ん坊に乳を飲ませるのを目の当たりに見させられて嫌悪感を覚えている。ここに、母に相手にされず、乳母の乳房を吸うことでしか母性を感じることができなかったスウィフトが、幼少期から抱えていた母性への屈折した感情を読み取ることもできるだろう。直後に「これほど吐き気のするものはなかった」とも評される巨人女の乳房だが、第二篇第四章でも腫瘍のできた女乞食の乳房が、「それが巨怪な大きさに脹れあがり、しかも穴だらけで、私など簡単に這い入って全身を隠してしまえそうなものまで二つや三つはあった」[115]とグロテスクに描かれ、さらに第五章で宮廷の女官たちに肉体的に弄ばれる有名な場面でも、「彼らは私をよく頭のてっぺんから爪先まですっぽんぽんにして胸の谷間にそのまま挟んでくれたりするのだが、たまったものじゃない、その肌より強烈な悪臭が漂うというのが実情」[121]だとか、「女官たちの中でもいちばん可愛いい、お茶目な十六歳の娘がときどき小生を乳首にまたがらせたり、その他いろいろと悪戯をやらかす」[122]と語られ、恐ろしい乳房のイメージが強迫的なまでに反復されているのを見ると、やはり何かのコンプレックスのあらわれと捉えたくなる(**115–13**「ある女は胸に腫瘍ができて」の注も参照)。

もっとも、第二篇では、第三章の「御妃様(胃は丈夫ではなかった)は、イングランドの農家の主十二人の一食分をひと口でほおばってしまわれるので、これにはしばらくは胸が悪くなってしまった」[109]や、第四章(先ほど引用した女乞食の場面の続き)に出てくる乞食たちの衣服を這い回る巨大な虱を見て「吐き気のしそうな光景ですっかり胃がおかしく」なる場面[116]のように、女性の乳房以外にもガリヴァーが気持ち悪いと思うものが登場する。それゆえ、ガリヴァーの吐き気を母性嫌悪だけで説明することはできない。「吐き気」については、109-1「御妃様(胃は丈夫ではなかった)は……」の注参照。

なお、「聳え立つこと六フィート、その周囲は十六フィートを下らなかった」とされる巨人の乳房をメートル法に換算すると、約一八三センチの高さと四八八センチの外周である。人間の女性であれば、一五センチの高さと四一センチ(直径は約一三センチ)周囲の乳房となる。また、すぐ次にある「乳首の大きさは私の頭の半分くらい」についても、大人の頭の長さはだいたい二四センチ前後であるから、その半分を一二分の一にした約一センチが、巨人の乳首を人間サイズに換算した値となる。

94-9 イングランドの女性方の肌の色があれだけ美しく見えるのは、ひとえに体の大きさが同じで、虫眼鏡でなければその欠陥が見えないからであって

「イングランドの女性方の肌の色があれだけ美しく見える」とあるのは、レアルとフィーンケンの注によれば、イギリス女性を褒めるときの決まり文句のようなもので、エドワード・チェンバレンによる『イギリス案内』(一六六九年)という、当時売れていた旅行案内にも見られる記述である(Real and Vienken, Anmerkungen 401)。

本注釈箇所について、ジャック・ポンスは、私たちが感覚に欺かれて「美」を錯覚しているという観念はスウィフトの好んだ主題であり、例えば『桶物語』(一七〇四年)の「狂気に関する脱線」にそれが見られるという(Jacques Pons 441)。おそらくポンスは、女性や気障な男を解剖して中身を見たらまったく美しくなかったという『桶物語』の一節(深町訳128)を意識しているのだろう。ターナーはこれと同様の、しかも「虫眼鏡」(magnifying Glass)を登場させた例として、あるスウィフトの詩に言及している(Turner 310; Higgins 304)。シーリアという美女の部屋に忍び込んだストレフォン青年が見た衝撃の真実を語る「貴婦人の化粧室」(一七三二年)の一節である。「シーリアの虫眼鏡のすばらしい力を/私た

ちは見過ごしてはいけない。／怯えるストレフォンがちらりと覗けば／そこには巨人の顔《かんばせ》が。／虫眼鏡はこの目に示してくれる、／シーリアの鼻に棲むいちばん小さな蛆までも」(*Poems* ii. 527)。

95-3 とりわけわが主の顔立ちなど、所詮は農家とはいうものの、六十フィートの高さから眺めると実によく整ったものに見えた。

六〇フィートとはおよそ一八メートル二九センチ、その一二分の一は約一五二センチで、これが人間のサイズに換算した値である。それはいいとして、この文章における「六十フィートの高さ」は何を意味するのだろうか。この農家のテーブルさえ「三十フィート」に過ぎないので[92]、日常においてガリヴァーが六〇フィートの高さから物を眺める機会があったようには思えない。ガリヴァーは最初に巨人に見つかってつまみ上げられたとき、「地上六十フィートを越えるところに吊されている」ので[90]、このとき観察していたということだろうか。そうであるならば、そのときガリヴァーはこの巨人の「眼の先三ヤードほど」まで近づいていたので、かなりの至近距離から眺めても「整った」顔立ちということになり、前に出てきた乳母や、リリパット人から見たガリヴァーとは異なり、同様に第二篇第五章に出てくる「肌はザラザラ」の女官たち[122]とも違って、例外的に端正な容貌をしていることになる。他にも王妃とグラムダルクリッチが例外に数えられているが[122]、はたして、この二人の女性とこの農家の主人は同列に見るべき人物だろうか。

これとは視点を変えて、ここでガリヴァーが念頭に置いているのが、自分と巨人の両方が地面に立った状態だと考えればどうなるだろうか。その場合、ガリヴァーは六〇フィート下から巨人の顔を見上げていることになり、巨人も遠目に見れば肌荒れなども目立たず、よい顔立ちに見えることを意味するだろう。この方が第二篇全体におけるガリヴァーの観察とは一致するように思えるが、実は大きな問題がある。「六十フィートの高さから」の原文は From the Height of sixty Foot(foot の複数形は feet だが、長さを表すときは「数＋foot」の形を使うこともあった)なので、決してガリヴァーが六〇フィート「下から」眺めるという意味にはならないのだ。もっとも、もしもガリヴァーが意図的に「下から」と明記するのを避けたのであれば（そしてスウィフトがそのようなガリヴァーの作為を読者に意識させたのだとすれば）、第二篇第三章、第六章などで繰り返し示される［110、130〜131］、ガリヴァーのプライドの高さを暗示する表現なのかもしれない。

あるいはここで、本篇第八章（最終章）で語られる、帰国後のガリヴァーの奇妙な振る舞いを想起すべきかもしれない。そこではガリヴァーは旅人を「踏み潰しそうな不安にとりつかれ」たり、再会を喜ぶ家族が実際以上に小さく見えてしまったりしている［155］。実際、その場面には、「なにしろ長いこと六十フィートから上を見上げて直立する生活だったのだ」という一節がある。それと同様、巨人国について語るガリヴァーの中でも、いつの間にか自分が巨人であるという錯覚が生じ、本注釈箇所に見られるような、リリパットとブロブディンナグとを混同した記述もあらわれているのではないか。実際、この段落ではリリパットにいたときの話もしているので、混同が生じやすいだろう。

なお、ガリヴァーが巨人を見上げていると解釈した場合、巨人とガリヴァーの身長差一五二センチを一一で割り、一二をかけた値、約一六六センチが、巨人の身長を人間サイズに換算した数値となる。ゆえに、巨人は巨人として必ずしも巨漢ではないことになるだろう。

95–16　その逃げる奴の背中に思いきり一撃をくらわしたので、血がたらたらと流れた。

いっぱしの騎士のような口吻で動物（鼠）退治を語るガリヴァーだが、敵を後ろから袈裟切りにするという騎士道に反する振る舞いは、例えばドン・キホーテならば決して自らに許さなかったであろう。さらには、リリパットで巨人だった頃のガリヴァーと比べても、「ブレフスキュ帝国」を完全に制服し、「一属領」とせんとするリリパット皇帝の野心を諫めて「自由かつ勇敢な国民」への寛容を説いた姿［52〜53］はもはや見られない。それどころか、（おそらくは小人という弱い立場にあるせいでいっそう）虚栄心《プライド》に満ちたガリヴァーは、自分の功名のためであれば、陰で（ガリヴァー以外の誰もこの場にいないことに注意）卑怯な行為をすることも厭わない。これもまた、巨人は残酷だというステレオタイプへの挑戦と考えることもできよう（89-6「そもそも人間なんてのは……」の注参照）。

なお、すぐ次の文に見える「この活劇のあと」の「活劇」の原語 Exploit には、「偉業」という意味もある。たかが鼠を倒したことでうぬぼれるガリヴァーの滑稽さを際立たせる表現だ。またこのあとの、倒したはずの鼠に「まだ多少の息のあることが分かったので、首のところを力まかせにグサッとやって息の根を止めた」［96］という描写にも、寛容さを失ったガリヴァーの姿がうかがわれる。

96-10　恥しくて、扉を指さして、ともかくお辞儀を繰返した。

第一篇では、恥じらいもなく人前［24］や宮殿［56］で小便を放出していたガリヴァーだが（ただし大便については「我慢できない、恥しい」［28］と憚る気持ちがあった）、ここでは巨人の女性に対し、大いに排泄を恥じらっている。これは、後に第六章で女王の髪の毛で籐椅子を作って献上したとき、命じられても坐ろうとしない、つまり「わたくしの身体の忌むべき部分を載せ」ることを拒んだ［129］気持ちにつながる。こうしてガリヴァーの清潔感が高まるのと対応して、第二篇では第五章の有名な女官による排泄シーン［122］など、下がかった話題を提供するのが他者に移行している。この傾向は第四篇ではさらに強まり、汚穢に満ちた生物ヤフーと、それに対する清潔な生物フウイヌムとの間で、ガリヴァーは後者に強い共感を覚えるに至る。

96-14　地を這うが如き俗物ども

この大げさで滑稽なガリヴァーの言葉は、後にブロブディンナグ王がイギリス人を非難する言葉、「大地の表面を這いずりまわる邪悪を極めたおぞましい虫けら」［136］を先取りしている。

96–15　公私の生活に裨益せしめ得る筈にして、それこそが我が旅行記を世に送る唯一の目的、何よりも真実の探究を事とし、学殖、文飾はいっさい捨象致したい。

第二篇の冒頭にスターミー『航海者の宝典』を意図的に剽窃した箇所があることはすでに指摘したが(86–5「大荒れになりそう……」の注参照)、他にも『ガリヴァー旅行記』には、当時流布していた航海に関する著作のパスティーシュというべき記述が頻出する。例えば本注釈箇所の「公私の生活に裨益せしめ得る筈」という一節は、ダンピア『最新世界周航記』(一六九七年)の王立協会会長チャールズ・モンタギューへの献辞に見られる「実用的な知識や、わが国の利益となる望みの決して薄くないあらゆる事柄を世に知らしめることへの心からの情熱」(Dampier, *A New Voyage*, Epistle Dedicatory ii)という文言との関連が指摘されている(Turner 311; Higgins 304)。同様に、「何よりも真実の探究を事とし、学殖、文飾はいっさい捨象致したい」も、『最新世界周航記』の「はしがき」の中の文章をもじっているようだ。ダンピアは「わが素朴な著作」(Dampier 前掲 ii)を擁護し、「私の文体について一言。そもそも一介の船乗りから、折り目正しい文章を期待されたりしても、困るのである。(中略)私の言わんとすることが通じさえするなら、それをどういう用語で表現するかということは、大した問題でないと思っている」(平野訳 11–12)と述べている(Turner 311; Higgins 304)。

第二章

97–5　奥さんには九つになる娘があったが、齢の割には器用で、針仕事もえらく上手にこなすし、人形の着せ替えもうまかった。

アシモフが指摘する通り、第一篇のリリパットでは小人たちが人間よりも早く年を取ることが示唆されていたのに対し、巨人たちの加齢の速度は人間より遅いわけではなく、ここで巨人の九つの娘は人間の九つの娘と変わらない様子をしている(Asimov 84)。リリパットにおける時間の進行の速さを示す例としては、リリパット皇帝の「齢は二十八歳と九ケ月で、血気盛んな時は過ぎた」[29]という記述や、リリパット皇帝が文書に記す日付け「我が治世第九十一月十二日」[43]、また宮内大臣レルドレサルが自慢げに口にする「六千月の永きを誇る我が国の歴史」[48]という一節などを参照されたい。

「人形の着せ替えもうまかった」とある「人形」の原語はBaby。実際、*OED*を始め各種の辞書にbabyがかつて赤ん坊の他に人形も意味したとある。なかでも一八世紀の英語の用法を明らかにしてくれるサミュエル・ジョンソンの『英語辞典』(一七五五年)を引くと、赤ん坊以外のbabyの意味として、「子供の姿を模した小さな像で、少女の遊び道具」とあり、この用法はまさにこの箇所にふさわしい。さらに、この農家の娘は「私の着せ替え」も行っているので[97]、読者は人形と赤ん坊のイメージをガリヴァーにあてはめることになる。エディによれば、この乳母役の少女グラムダルクリッチとガリヴァーとの親密な交流の描写は、シラノ・ド・ベルジュラック『月世界旅行記』(一六五七年)の記述を受けたものだという(Eddy 128; Turner 311; Higgins 304)。たしかに、『月世界旅行記』には王妃に仕える侍女の中にフィクション中のシラノに強い愛着を抱く女性が登場しているが(赤木訳 96–103)、しかし、その描かれ方はいかにもフランスの恋愛ロマンス風で、ガリヴァーとグラムダルクリッチの関係よりも、むしろ第一篇におけるガリヴァーとフリムナップの妻との関係を想起させる。

98-2　グリルドリッグ

巨人の娘がガリヴァーに付けた名前である。ポール・オデル・クラークは、グリルドリッグ(Grildrig)とはGirl-thingを意味すると解し、ガリヴァーが少女の遊び道具すなわち人形扱いされていた点と結びつけている(Paul Odell

Clark 610)。他方、フランス語訳の訳者ポンスとドイツ語訳の訳者のレアルとフィーンケンがともに主張するのが、dril[l] grig すなわち「訓練された小人」の綴り変えという説である(Jacques Pons 425; Real and Vienken, Anmerkungen 402)。また、ターナーによれば、これまで他にゲール語(アイルランドにおけるケルト系言語)の grileag すなわち「なにか小さなもの」、「小さなジャガイモ」を意味する単語や、ラテン語の gryllus(バッタ)との関連も指摘されている(Turner 311)。

98–3 ラテン語のナヌンクルス、イタリア語のホムンツェレティーノ、英語のマニキンに相当する。

ターナーによると、ナヌンクルス(Nanunculus)、ホムンツェレティーノ(Homunceletino)はともにスウィフトの造語である(Turner 311; Higgins 304)。前者はラテン語の nanus と homunculus(どちらも「小人」の意)を組み合わせたもので、後者は homunculus にイタリア語風の指小辞をつけたもの。このような造語をあたかもラテン語やイタリア語の難しい単語のように見せかけていることから、リヴェロは、「ここではガリヴァーのしばしば自慢する言語能力が諷刺されている」と指摘する(Rivero 80)。さらにリヴェロは、Nanunculus という単語が culus すなわち「尻」を意味するラテン語を含むことにも注意を促している。そもそもこの造語のもとになった homunculus に culus が含まれているわけだが、それを言うならもう一つの nanus にも anus というラテン語で「肛門」を意味する単語が含まれている。これを見ると、まるでガリヴァー語を「解読」する注釈者たちの衒学性が笑われているようにも感じる。

なお、第一篇においてはリリパット語がしばしば発話をそのまま写す形で記述され、その英訳が示されないこともあったのを考えると、第二篇のブロブディンナグの言語はもっぱら単語としてしか登場せず、言葉を通じたエキゾティズムの演出はあまりなされない。そのかわり、ブロブディンナグの異郷性は、ガリヴァーの情緒的・身体的な反応、とりわけ嫌悪や嘔吐によって示される。第一篇のガリヴァーは基本的に客観的な観察者であり、見たり聞いたりすることを落ち着いて記録できたのに対し、第二篇のガリヴァーは観察に従事しつつもつねに危険にさらされていて、自己と他者の溝を身体で感じ続けていた。スウィフトがどこまで意図したかは分からないが、第一篇と第二篇との異郷性のあらわれ方の違いは、観察するガリヴァーの立場の違いを反映したものとして、自然な書き方になっている。

98-5　グラムダルクリッチ

巨人の娘のことをガリヴァーはこう呼ぶ。アンリオンによれば、グラムダルクリッチ(Glumdalclitch)は、ある規則に基づいてアルファベットを操作することで、Hester Johnson に変換できるという(Henrion 84)。すなわち、ステラの愛称で知られ、スウィフトの恋人と考えられている女性エスター・ジョンソン(一六八一～一七二八年)を意味するのだという。他方でポール・オデル・クラークはグラムダルクリッチを grim-doll-clutch(残酷な・人形・つかむ)と読み替え、少女が残酷に人形をつかむ様子を示していると説く(Paul Odell Clark 610)。ポンスの解釈はこれと似ているが、glum は grim ではなく glimmer(明滅する光)を意味し、「明るさ」や「美しさ」の概念を示すとしている(Jacques Pons 424)。レアルとフィーンケンは mucg (much) tal[1] child(すごく背の高い子供)の綴り変えという説を記している(Real and Vienken, Anmerkungen 402)。もちろん彼ら自身が指摘するように、グラムダルクリッチは巨人の基準からすれば「年の割には小柄」[98]だったのだが。また、ターナーの注によれば、他にもゲール語の glum すなわち「大きく開けた口いっぱいの水」と結びつける研究や、grand altrix(grand は「大きい」、altrix はラテン語で「乳母」)と解読するものもある(Turner 311)。

このような暗号読解は、第三篇第六章でガリヴァーが語る「トリブニア王国」の政治家による言葉の身勝手な解釈[201～202]と紙一重である。ただし、グラムダルクリッチとステラを重ねる解釈については、言葉遊びというより作品の内容に即した観点からエーレンプライスが繰り返し指摘している(Ehrenpreis, *The Personality of Jonathan Swift* 25–27; *Swift* ii. 715; iii. 457)。もっとも、『ジョナサン・スウィフトの人間性』では、年の離れた男女間で親密な友情を結んでいるガリヴァーとグラムダルクリッチとの関係が、スウィフトと一四歳年下のステラとの関係と重なることを示唆しつつも、「四〇フィートもの背丈をもつ母」でありながら「娘であってもおかしくない若さ」を備える女性グラムダルクリッチの姿は、むしろ「スウィフトが心惹かれた女性の諸原型をもとにした夢想」と言うべきであり、ステラの面影があるとしても、それは「他と混ざり合い、歪められている」と結論を出している(Ehrenpreis, *The Personality of Jonathan Swift* 27)。他にグラムダルクリッチと幼少期にスウィフトを誘拐したとされる乳母とを重ねる解釈もある(Doody 91; Higgins 304)。乳母に関しては、**94-5**「あの怪物的な乳房ほど……」の注参照。

98-5　彼女の気遣いと親切をここで省略してしまっては大いなる忘恩の誹りをまぬかれないだろう

「気遣いと親切」の原語はCare and Affectionで、どちらにも「愛情」のニュアンスが入っている。第一篇第六章ではフリムナップの奥方とガリヴァーの間に醜聞がもちあがったことが書かれていたが[65]、どうやらガリヴァーには彼の訪ねた遠い国々で自分が女性(といっても今回は九歳の少女であるが)に好意をもたれたことを読者にいちいち報告する癖があるようだ。そう考えると、第二篇第五章における悪名高い場面、すなわち彼が宮廷の女官たちに性的玩具として弄ばれる場面[122]もまた、悲惨な体験として語りつつも自分の男としての魅力を読者に対して暗示してもいるように思える。ガリヴァーがしばしば示す女性嫌悪は女性にモテたい欲求(それは性的な欲望よりも虚栄心に基づくようだが)と紙一重なのではないか。

そう考えると、第三篇第四章には、飛ぶ島ラピュータに引き上げられたガリヴァーが、「ここに二ケ月滞在しているうちにつき合ったのが女、商人、叩き人、宮廷の小姓などであったので、徹底的に軽蔑されてしまったが、まともな返事をしてくれたのはこういう人たちに限られた」とあり[183]、やはり女性と親しくしていたことが触れられている。この流れで第四篇を読むと、第八章においてこれまた悪名高い、水浴中のガリヴァーが牝ヤフーに性的に襲われる場面[282~283]に注目せざるをえない。この場面について、特にその文化史的な背景については、**282-12**「この機会に……」の注の記述にゆずって、ここでは、牝ヤフーに強引なアプローチを受けたガリヴァーが、「私自身にとってはいまいましい限りであった」［283］（原文は This was Matter . . . of Mortification to my self）と述べている点に注意を促しておきたい。すなわち、異国の女性たちの関心を惹くことができた（と自分では思っている）ガリヴァーが、嫌悪すべき生物と見なすヤフーの牝を発情させたことで、「私が本物のヤフーであることはもはや否定すべくもない」［283］という、自分の属性を貶められた屈辱をガリヴァーは感じている。この認識は、それまで人間の女性（小人も巨人もガリヴァーの中では「人間」である）にモテてきたという前提があってのアナロジーである。だから、この「屈辱」感は、ガリヴァーが自分だけではなく人間全体をヤフーと同一視することと感覚的に直結し、第四篇第一一章でイギリスに帰国したガリヴァーが出迎えの妻に抱きつかれて「ばったり悶絶する」［309］場面にもつながっている。他方、自分に欲情するのがヤフーの牝しかいないという事実は、フウイヌムの島で性交渉を諦めねばならないことを彼に実感させただろう。ゆえに、Mortification の「いまいましさ」以外の意味である「禁欲」も、ガリヴァーの言葉には込められていたことになる。

98-8　スプラックナック

原語は *Splucknuck*。ポール・オデル・クラークは、この単語が spanul すなわち spaniel（スパニエル犬）から作られたものだと述べている（Paul Odell Clark 611）。ポンスは pluck-snack と読み替えた上で、前半が plica（鬢）、後半が snake（蛇）であるとし、鬢のついた小さい爬虫類の意味だと解釈するが（Jacgues Pons 431）、「この国の動物で、長さは約六フィート、形はとてもいい」［100］というガリヴァーの説明からすれば、身体を波打たせた爬虫類は想像しがたい。なお、スプラックナックは本注釈箇所が初出だが、なぜか二度目に触れる一〇〇ページの箇所でようやく、どのような動物かの説明がついている。

98-15 この人物が私をもっとよく見ようと眼鏡をかけたとたんに、その眼はまるで二つの窓から部屋の中をのぞく満月様、こちらとしては腹を抱えて笑うしかなかった。

ガリヴァーのいる農家の主人のもとに近隣に住む老人がやってきて、小さなガリヴァーをのぞきこむ場面である。眼鏡をかけたことが、ガリヴァーにはなぜ滑稽だったのか。まず、「満月」(のような目玉)が二つ出ているという非日常的な状況が笑いを引き起こしている。同時に、「眼鏡をかけたとたんに」とあることから分かるように、ずっと巨人たちの好奇の眼にさらされ、一方的に観察される立場にあったガリヴァーが、眼鏡がかけられた瞬間に観察する側に回ったことがもたらす解放感も、笑いの原因だろう。ちなみに、この場面に出てくるのは老眼鏡すなわち凸レンズだから、眼が満月のように丸く見えたという記述は正確である(眼鏡については、**51-12**「他のこまごまとした……」の注参照)。

ここでガリヴァーが感じたと思しき解放感には、圧倒的な力をもつ巨人も老眼に悩まされるという事実、すなわち巨人が人間なみに老いることを認識したことも与っているはずだ。ホメロスの『オデュッセイア』第九歌でオデュッセウスが一つ眼巨人ポリュペモスの眼を潰す物語以来、眼は巨人の弱点だった。そしてまさにこの事実が、ここでのガリヴァーの笑いに諷刺的なひねりを加えている。第一篇のガリヴァーとこの老人を比較すると、かつて巨人だったガリヴァー自身も、眼を一番の弱点としていたことに気づく。しかもブレフスキュの艦隊を強奪する場面では、他でもない眼鏡をかけて眼を防御していた[51]。つまりこの老人とガリヴァーは共通した特徴をもつのだが、それは外形的な事柄のみにとどまらない。ガリヴァーは老人を「超ドケチ」[98]と呼んでいるし、あとで怒った老人はガリヴァーを見世物として商売にすればどうだと主人に入れ知恵しているが、要するにこの老人は拝金主義(moneyed interest)と重商主義の権化である。そしてガリヴァーその人もまた、リリパット、ブロブディンナグ両国において、拝金主義と深く関わる存在として描かれている。リリパット国は大蔵大臣フリムナップが権勢をふるう拝金主義の国家だったが、ガリヴァーが見離される最大の理由は彼の維持費が国庫に課す負担だった[65]。また、ブロブディンナグにおいても、老人に唆された主人は農地をあとに残し、すっかりガリヴァーの興行主としての金儲けに夢中になってしまう[99〜102]。拝金主義を象徴するガリヴァーに対し、本来ブロブディンナグは土地の開発を重視しているはずである。ブロブディンナグの内陸を最初に観察したガリヴァーの印象は、「なんと、見事に耕作してある」[87]というものだった。このブロブディンナグの国是に対する異端者として、作者スウィフトはこの老眼の巨人をあえて登場させたのではないか。老眼という特徴によってこの人物の老化を強調し、いわばブロブディンナグにおける健全な理念に対立する存在として描いたのであろう。101-11「わが主殿は……」の注、123-1「私自身は……」の注も参照。

99-9 去年、仔羊をくれると言っておきながら、太ったらすぐに肉屋に売ってしまったのと同じことをするつもりなのよ

仔羊(lamb)という語には宗教的な生贄の意味もあれば、従順で弱い生き物のイメージもある。いずれも第二篇のガリヴァーにあてはまる。また、この動物が騙されやすい愚か者の比喩にもなることを思い出せば、ガリヴァー(Gulliver)という名前に隠されたgullible(騙されやすい)とのつながりも感じ取れるだろう。実際、この記述を見る限り、先ほどガリヴァーが述べていたグラムダルクリッチによる「気遣いと親切」が、人間同士の愛情ではなくペットに対する愛着と同等のものだったようにも思われ、自分にとって都合よく状況を解釈するガリヴァーの短絡ぶりが分かるようでもある。

いわば生贄となる危機に瀕したガリヴァーだが、このあと彼は見世物として「日々重労働をしいられ」、「骸骨同然」となる[103]。そこで厄介払いされて、宮廷に売り飛ばされるのだが、読みようによっては仔羊のように太らされなくてむしろ幸いだったかもしれない。何しろ同じ人間として扱われていないのだから、珍味として肉屋に売り飛ばされる可能性も皆無ではなかったはずだ。それどころか、もしも主人が他人の入れ知恵でガリヴァーを見世物にせず、家で「飼う」ことにした場合、農家の彼からすれば育てた家畜(それも牡)を食肉として売るのは自然な選択ではなかったか。と

なると、この一節は、のちに第四篇でガリヴァーがボートの建造に(人間の退化した種族である)ヤフーの皮や脂を平気で使用する場面[299〜300]を準備したものとも考えられよう。もちろん、スウィフトが『慎ましやかな提案』(一七二九年)で諷刺的に展開した、貧民の幼児を太らせて食用に供する発想にもつながっている。

99-12　怪物として引きまわされる屈辱

「怪物」の原語はMonsterだが、ここでは特にフリーク・ショウのような見世物に出されるいわゆる奇形の人間を指している。デニス・トッドの『怪物を想像する』には、『ガリヴァー旅行記』執筆当時にロンドンで流行った見世物とガリヴァーの見聞する物事の関連が詳しく論じられている(Denis Todd, *Imagining Monsters* 140-78)。富山太佳夫はこのトッドの著書を引用しつつ、次のように述べている。「ガリヴァーは(中略)公の見世物として、カネ目当てに見せられるということは不愉快だったと言っていましたが、これについてトッドは、大人国で旅の細部は当時の風俗に合致しているというのです。「町から町へ見せて歩く、ボックスに入れて運ばれる、宿屋で見せられたり金持ち個人に見せられたりする。こうしたものすべてが、一八世紀のイギリスでサルとか侏儒、小さな人を実際に見せて回ったことから引っ張り出されている」。」(富山『『ガリヴァー旅行記』を読む』134; Denis Todd 前掲 145)。

99-13　大英国の国王にしたところで、私のような境遇におかれたら同じ苦しみをなめることになるはず

当時の国王ジョージ一世は現在のドイツ、ハノーファー出身であり、イギリス国民にとって「外人」だった。これを念頭にターナーもヒギンズもここでジョージ一世が「フリーク」扱いされていると注釈を加えるが(Turner 312; Higgins 305)、さすがにそれは言い過ぎだろう。ただし、原文を参照すると、the King of *Great Britain* himself, in my Condition, must have undergone the same Distressとあり、これはin my Conditionという仮定の句を取ってしまえば、「(外国から来られた)現国王も、きっと巨人国に来た私と同じ惨めな目に遭われたことでしょう」とも読める。ゆえに、

外国から来た国王に対するスウィフトのささやかな当てこすりを読むことは不可能ではない。それより重要なのは、巨人国での惨めな体験をガリヴァーが個人として引き受けるのではなく、国王が代表する「大英国」の人間の弱さとして解釈している点ではないか。おそらくはこの結果、第二篇の終わりでイングランド船に救助されたガリヴァーは自分と背格好の変わらぬ同国人を「ピグミー」と勘違いし[149]、イングランドに帰還したあとも「家屋、樹木、家畜、人間の小さなことを途々見るにつけ、リリパットに戻ったような気が」してしまう[155]のではないか。ガリヴァーは、身に屈辱を受けたとき、それを国家や民族の責任にして自分の惨めな姿を忘却する性質があるらしい。第四篇ではこの傾向がさらに過激さを増し、ガリヴァーはフウイヌム／馬にあこがれてヤフー／人間を全否定するに至るのである。

99-15 その次に市の立つ日に私を箱に入れ

実在したスイス出身の小人ジョン・ウォームバーグは八〇センチ弱しか背丈がなく、箱に収められてヨーロッパ中を運ばれたという(Turner 312)(147-1「それで海に……」の注参照)。なお、第三章に登場する侏儒のモデルであるジェフリー・ハドソンについては、110-14「何より腹立たしく……」の注参照。

100-3 旅の距離はロンドンからセント・オルバンズを上回るくらい。

セント・オルバンズはハートフォードシャー州南部にある都市で、ロンドンの北方約三〇キロに位置する。

100-4 グラルトラッドつまり触れ役をやとって町中に、摩訶不思議なる生き物だよ、青鷺亭で御覧あれ、身の丈はスプラックナックほどもなく(この国の動物で、長さは約六フィート、形はとてもいい)、体の隅から隅にいたるまで人間様にそっくりだ、言葉も喋れば芸もやる、その数百余、面白いよ、と広告させた。

グラルトラッド(Grultrud)について、ポンスは、ラテン語のgula(咽喉)あるいはフランス語のgueule(口)と英語のtrade(商売)とを組み合わせた語で、「叫ぶことを生業とする者」を意味すると説く(Jacques Pons 425)。ポール・オデル・クラークは、いくつかの文字を変化させてから綴り変えを行えばDirt rul'd(汚れに支配された、すなわちスキャンダルに支配された)になると指摘している(Paul Odell Clark 611)。

「青鷲亭」の原語はGreen *Eagle*。北アイルランドの町アーマーで発見され、スウィフトの自筆と思しき修正の書込みが見られる『ガリヴァー旅行記』(現在は盗難にあって行方不明だが、幸いコピーされたものを見ることは可能)では、このGreen Eagleという屋号がインクでHorn and Crown(角と王冠)に書き換えられているという(Treadwell 69–70)。この事実についてヒギンズは、寝取られ男の額に角が生えるという俚諺を引き合いに出し、ここで「ジョージ一世を寝取られ夫だとほのめかしているのは間違いない」とまで言っている(Higgins 305)。しかし、そのような脈絡のない諷刺(というより中傷)を『ガリヴァー旅行記』の著者が自らに許すとは、注釈者(武田)には信じられない。

また、「体の隅から隅にいたるまで人間様にそっくりだ、言葉も喋れば芸もやる」の「人間様」(human Creature)とはもちろん巨人のこと。この興行の宣伝文句は、一八世紀当時の新聞に掲載された同様の広告文をもじったものである(Real and Vienken, Anmerkungen 402)。

101-10　(水曜日は別、この国の安息日なので)。

ホートン・ミフリン版『ガリヴァー旅行記』の編者クレメント・ホーズは、ロバート・P・フィッツジェラルドの論考を参照しながら、当時まだイングランドで用いられていたユリウス暦とヨーロッパ大陸の諸国で一般に使用されていたグレゴリオ暦との日付けの差異がここで意識されているのではないかと述べている(Hawes 116; Fitzgerald, "Ancients and Moderns" 95–96)。実際、ユリウス暦の日曜日はグレゴリオ暦では水曜日になる。島国イギリスとヨーロッパ大陸との大きさの違いが、巨人国とグレゴリオ暦との連想を生んだのだろうか。ちなみに、イギリスがグレゴリオ暦を採用するのは一七五二年からである。これに対し、ターナーは「水曜日」という曜日に意味があると考える(Turner 312)。水曜日、すなわち水星の日であるが、この水星の語源であるローマ神話の神メルクリウス、あるいはギリシャ神話におけるヘルメスは、商売や盗賊の神であり、ちょうどこの近辺の本文が商業主義の貪欲さへの諷刺となっているのに対応するという。注釈者(武田)としては、ホーズの説はあまり本文の読みを深めるのにつながらない点が物足りない。これに対し、本文の内容との対応を記したターナーの説の方が面白味はあるものの、第二篇を通じて読めば、巨人国はヨーロッパに比べるとはるかに商業主義に汚染されていない国として描かれているので、国全体の象徴というべき暦が商業主義を反映するという読み方には疑問をもたざるをえない。むしろ、商売の神の日に仕事をしないという点に注目し、逆に商売を重視していないと解釈した方がブロブディンナグの国情には合っているのではないか。かわりに日曜日《サンデー》、すなわち太陽の日には働いていることからしても、商売よりも畑仕事、金よりも土地を重視するこの国の基本精神を反映していると捉えた方がよいと思われる。

もっとも、ここで不思議なのは、ガリヴァーは何を基準に「水曜日」と言ったのかである。巨人国の暦は人間界のそれと変わらないのだろうか。97-5「奥さんには九つに……」の注ですでに示した通り、第一篇では小動物の寿命と同様、小人における時間の経過が人間よりも速いことをうかがわせる記述があったにもかかわらず、第二篇の巨人国では人間界と同じ速度で時間が進んでいるようである。もしも巨人の寿命が人間より長いのであれば、第三篇で不死人間ストラルドブラッグにあれだけ関心を示すことになるガリヴァーであるから、本文で何らかの言及があるはずだ。もっとも、空間認識においても、巨人国のガリヴァーは自分の手柄自慢で倒した動物を大きめに語っているし(93-3「後方で十人ほどの……」の注参照)、イングランド帰還後は人間が小人に見えて困っている[155〜156]。第二篇における時間・空間の認識は、第一篇よりも信頼できないようだ。

101-11 わが主殿は私が大変な金づるになるのを見てとると、王国の主要な都市に連れてゆこうと考えた。

農業重視から拝金主義に主人が宗旨替えしたことを象徴する記述である。コリン・ニコルソンはこの一節を引用し、さらにその後ガリヴァーが宮廷で高値で売られたこと、また国王が彼を「時計仕掛けか何か」、すなわち物だと思ったこと[105]、さらにグラムダルクリッチの父親がガリヴァーを「高値で売りとばすため」、彼に「多少の言葉を教え」ていたという記述[106](もっとも、これはあくまでも国王の推測として書かれているが)などから、第二篇におけるガリヴァーが商品流通のプロセスに組み込まれていることを指摘している(Nicholson 94)。つまり、ガリヴァー個人が重商主義の権化のような存在と化したことになるだろう。

101-13 家から約三千マイルの距離にある首都に向けて出発することになった

簡単に「三千マイル」と言っているが、これは四八〇〇キロという途方もない距離である。なお、本篇第四章の初めに「この王の領国は長さ約六千マイル」[114]とあるので、農夫の家は首都からかなり離れた田舎にあることになる。

102-8 ローブラルグラッド

巨人国の首都の名称である。ローブラルグラッド(Lorbrulgrud)はガリヴァー自身によって「宇宙の誇り」と訳されているが、これと同じ意味をもつフランス語の表現 l'urgul (orgueil) d'orb[e] の綴り変えとの解釈が研究者によってなされている(Turner 312; Real and Vienken, Anmerkungen 403)。ポンスもこれとほぼ同じだが、フランス語の urgul (orgueil)(誇り)と英語の world(世界)とを組み合わせた単語だろうと推測する(Jacques Pons 428)。他方でポール・オデル・クラークは、彼独特の語形の変換規則をあてはめて、ロンドン(London)のことだと断定している(Paul Odell Clark 611)。

102–15　彼女は『サンソンの地図』くらいの小冊子をポケットに入れていたが

ニコラ・サンソン(一六〇〇~六七年)はフランス人の地図製作者であり、彼の地図は一八世紀にヨーロッパ中で使用された。「サンソンの地図」と言ってもいろいろあるわけだが、ターナーによれば、ここで念頭に置かれているのはサンソン没後の一六八九年に初版の出た『新世界地図帳』だという(Turner 313; DeMaria 281も同意見、もとはHarold Williams 471で指摘)。この地図帳の大きさは、二〇・六×二〇・五インチ(約五二・三×五二・一センチ)だった。人間のポケットにはとても入らない大きさとはいえ、これを一二分の一にすれば四・三センチしかなく、巨人にとってはかなり小さい本(文庫サイズの三分の一くらい)だったことになる。

第三章

103–10　両膝をついて、御足に接吻するお許しを乞うと

見世物になって疲労困憊のガリヴァーのところに宮廷からスラードラル(式部官)がやってきて、宮中へ参内せよとのお達しである。ひょっとする農家の主のもとでの苦境から救われるかもしれないと考えた彼は、できる限り恭しく振る舞う。この行動をヒギンズは、当時の旅行記作家一般に見られた高慢な描写に対する諷刺であるとする(Higgins 305–06)。例えば、スウィフトの蔵書にも含まれるライオネル・ウェイファー(一六四〇~一七〇五年)の『アメリカ地峡航海記』(一六九五年)には、「(現地の国王が)頭を下げ私の手に口づけ」し、「他の者たちも私のまわりに群がって私の手や膝に口づけし」、「私を称賛するような振る舞いであった」と記されているが(Wafer 19; *Library* iii. 1948)、自らが歓待され

ている様子を誇らしげに語る旅行記作家の描写にスウィフトは虚偽を看取し、その構図を逆転させているというわけである。同時代の旅行記およびその著者への諷刺は『ガリヴァー旅行記』において実に多く見られるが、これもその一つと考えてよいだろう。本篇第八章の「巷間には旅行記があふれかえっている、奇想天外なものでないともう通用しない、そうした本になると、著者の側も真実よりは自分の虚栄心や利害のこと、無知な読者を喜ばせることしか念頭にないのではないか」[153]というガリヴァーの言葉もあわせて想起される。自分たちにとって未知の地域に住む人々に対するヨーロッパ人の高慢さをあらわす言説が広く流布していることに対する諷刺は、当然のことながら、スウィフトの植民地支配に対する批判的言説(第四篇第一二章)とも結びつく。

104—4

その金貨はモイドール金貨八百枚分くらいの大きさだが、この国とヨーロッパの大小の比率、それからこの国の金の値段の高さを勘案すると、イングランドの千ギニーまで行くかどうか。

モイドール金貨とはポルトガルで一六四〇年から一七三二年まで鋳造されていたもの。鋳造終了後もしばらくは、西ヨーロッパを始め、西インド諸島などで広く使われていた。ちなみに一八世紀初頭のアイルランドの主要硬貨は、このモイドール金貨だった。スペインのダブロン金貨などとほぼ同等で、おおむね二七シリングに相当するから、「モイドール金貨八百枚」とは、およそ一一〇〇ポンドということになり、実は「千ギニー」(一〇五〇ポンド相当)を多少上回る額である。ここにガリヴァーの謙遜の見せかけがあるのか否かはもちろん定かではない(ちなみにペンギン・クラシックス版『ガリヴァー旅行記』の注釈では、これを「一四〇〇ポンドに相当し、一〇五〇ポンドをはるかに上回る」としているが(DeMaria 281)、これは計算違いであろう。そこまで大幅に上回っているわけではない。むしろ、スウィフトが意図的につけたのかもしれない微妙な差異に注目すべきである)。

ともあれガリヴァーはこれを矮小化して、「かくも低価格の買い物」[104]と表現しているわけだが、その実、「千ギニー」は、当時のイングランドのやや裕福な一般市民の年収の約一〇倍(紳士階級の三倍)であって(Porter xv)、一七二〇年代の奴隷一人の価格がおおむね三〇ポンド前後であったと推定されることを考えると、実に法外な値段であったことが分かる。「農家の主の同意」をわけなくとりつけることができたのも[104]、当然と言えば当然であろう。ガリヴァーを矮小化して見せることで当時の旅行記作家を諷刺したその直後に作者は、今度はガリヴァーの復権を図ったのか、それとも逆に、ブロブディンナグの矮小化を図ったのか——このあたりにも、ガリヴァーの描写に込められたスウィフトの複雑な意図が読み取れる。

なお、ロバート・P・フィッツジェラルドは、第二篇で巨人たちに依存しなければならないガリヴァーの立場を、出生前に父を失って以来、他人の庇護に頼らねばならなかったスウィフトの前半生と重ね合わせている(Fitzgerald, "The Allegory of *Gulliver's Travels*" 199–201)。最初に出会う農場の主はアイルランドの寓意であり、ガリヴァーの世話役であり教育者でもあるグラムダルクリッチはアイルランドにおける国教会、その後、見世物となったガリヴァーが巨人のために苛酷な労働を強いられる場面は、聖職の道に進んだスウィフトが次々に信者の集会に赴いて説教をする様子のパロディーであるという。このあと、本注釈箇所にあるように、ガリヴァーは一〇〇〇ギニーまで行くかどうかという値段で王妃に買われるが、このエピソードは、スウィフトがアイルランドの国教会の代表として初穂税の軽減を求めてロンドンへ交渉に赴いた折、ロバート・ハーリーの知遇を得て文筆家として彼に仕えることにした事実に対応しているという。二度目の交渉で初穂税は免除されたのだが、その免除額は一〇〇〇ポンドを少し超えるくらいだというので、たしかに「千ギニーまで行くかどうか」という額と対応している。また、スウィフトはこのときアイルランドの国教会が彼の苦労に謝意を示さなかったことで気分を害しており、他方、それまでホイッグ党の政治家・文筆家と仲の良かったスウィフトがトーリー内閣の首班であるハーリーに仕えたことは変節として非難されることが多かった。つまり、ガリヴァーが農場の主に対して示す冷淡さは、一方でアイルランドの国教会へのスウィフトの不満を示し、他方で過去を捨ててハーリーに協力する道を選んだ自分を心情的に擁護してもいる、とフィッツジェラルドは指摘している。

105-8 重厚にして謹厳な風貌の陛下

王妃のお気に入りとなって彼女に買い取られたガリヴァーは、国王のもとに連れていかれる。「領国随一の学殖を身につけ、哲学、とりわけ数学の研究に造詣が深い」[105]というこのブロブディンナグ国王の描写は、第一篇第二章におけるリリパット国皇帝のそれと比較すると、一見して肯定的で穏健なものであることは明らかだが(Lock 16–17, 131–32, 138)、しかしそこにも当時の政治情勢に対する諷刺、特にジャコバイト的言説を読み込むことは可能であるとヒギンズは言う(Higgins 306)。ヒギンズがブロブディンナグ国王にジャコバイトの影を見出せるとする主な論拠は次の四点だ。第一に、ジェイムズ・フランシス(いわゆる老僭王(the Old Pretender))を支持する政治パンフレットが一七一四年にダブリンで発行されているが、この中にジェイムズ・フランシスを「巨人」とする記述があること。第二に、イングランド国内の政党対立や不公平な税制、諸外国との戦争に対してブロブディンナグ国王が繰り出す批判的言説が、当時のジャコバイトによる政治批判に近似しているとの指摘が、例えばアーバスノット著とも言われる『ガリヴァー解読』など同時代の文献に見られること。第三に、農業と質素倹約を重んじ、戦争を嫌う有徳な世襲の君主というブロブディンナグ国王の性格は、例えばフランスの聖職者にして文筆家であったフランソワ・ド・フェヌロン(一六五一〜一七一五年)の架空旅行記『テレマックの冒険』(一六九九年)に描かれた理想的な君主像の影響を明らかに受けていると考えられるが、もともとルイ一四世の孫のブルゴーニュ公の教育のために書かれたこの作品こそ、ジャコバイト派に広く読まれていたものにほかならないということ(ちなみに、国王に謁見する際、ガリヴァーは王妃によって「書き物机の上に」[105]立たせてもらうが、この「書き物机」はScrutoreと記されている。これはフランス語のescritoireの借用語で、ブロブディンナグ国王周辺にたしかにフランスの匂いを感じさせる)。そして第四に、ホイッグ系の政治手法が主流となっていた『ガリヴァー旅行記』刊行当時のイングランドの政治状況を誇らしげに語るガリヴァーと、これを批判し最後にはガリヴァーをやり込めてしまうブロブディンナグ国王との会話という設定が、もともとはホイッグ派であったのにジャコバイト派へ転じてしまうという初代ウォートン公爵フィリップ・ウォートンとジェイムズ・フランシスとの会話に類似しており、実際この両者の対談記録は、『ガリヴァー旅行記』と同じく一七二六年に刊行されているということ、である。

第一篇のリリパットにおいては、例えばボリングブルック子爵やフランシス・アタベリーのごとくブレフスキュへ避難するガリヴァーにジャコバイト的性格が付与されていたわけだから、第二篇のブロブディンナグにやってきてからは、大小の反転と同時に、政治的立場も反転、すなわち体制側がジャコバイト的性格を有するようになったと考えることも可能ではある。「数学」、特に「生活の役に立つもの、農業や工芸の改良にもっぱら応用されている」[140]ものに著しく秀でたブロブディンナグでは、きわめて精巧な彼の家を用意することもできた。しかしながら他方で、ブロブディンナグの「民衆の学ぶことは何とも穴だらけ」で、「イデア、実体、抽象観念、超越的概念にいたっては、彼らの頭に吹き込むどころではない」[140]とされている。「時計作りが高度に発達」[105]しつつも、なお農業国家でもあるというブロブディンナグは、言うまでもなくフランスを想起させるが、この第二篇がフランス的ブロブディンナグを全体として称賛するという視点で描かれているというわけでもない。数学に長じ、ガリヴァーを初めのうちは「時計仕掛けか何か」[105]としか見られなかったブロブディンナグ国王には、明らかにフランスの哲学者ルネ・デカルト(一五九六〜一六五〇年)の機械的人間観への痛烈な皮肉を看取することができよう。その国王に近侍する碩学たちは、「拡大鏡を通して」[106]見ても、ガリヴァーの正体が分からない。結局彼らが出した統一見解は、「レルプラム・スカルカス(文字通りに訳せば、自然の戯れ)なり」[106](次々注参照)であって、これは「自然の一般法則」を説くアイザック・ニュートンへの諷刺であることも明らかだ。だからブロブディンナグ国王の描写は、ときとしてジャコバイト的でありつつも、ときにそのジャコバイトを擁護したフランスに対して敵対的であり、そうかと思えば、ジャコバイトを追放したイングランドに諷刺の矛先が向く、といった展開で、そこに込められた意図はきわめて重層的である。

106-12 碩学のひとりは、これは胎児か、もしくは流産児かと睨んだらしい。

本篇第七章でガリヴァーが読む書物によると、巨人ブロブディンナグは退化思想をもっており、古代の巨大な身体が縮んで現在に至っているという認識がある。結局、ガリヴァー胎児説は退けられるのだが、この説を提唱した学者の発想の根源、あるいは広くブロブディンナグ国全体に、人間退化説、もしくは近代派に対する古代派の優位といった考え方がある。142-3「また近年の……」の注参照。

106-17 レルプラム・スカルカス(文字通りに訳せば、自然の戯れ)なりという統一見解に達した

ガリヴァーが国王に拝謁したちょうどその日は、週に一度、碩学三人が国王のもとに伺候する日にあたっていた。そこで得られた結論が、ガリヴァーは「レルプラム・スカルカス」、いわば「自然の正常な理法によって生み出されたものではないということ」[106]というものである。この結論は、例えば、シラノ・ド・ベルジュラック『月世界旅行記』でシラノが月の哲学者たちから与えられた解釈と一致するものであり、両作品の近似を示す一例となろう。ガリヴァーを仔細に調査するこのブロブディンナグの碩学たちの分析には、例えば、「機敏に動く、木に登る、地面に穴を掘る、そのいずれかによって命を守る能力を与えられていないのだから」とか、「これは肉食動物だと述べはしたものの、大抵の四足動物はこれよりも強い、野鼠の類もはるかに敏捷となると、蝸牛他の虫の類でも餌にしないかぎりどうして生きてゆけるのか」[106]といった、動物としての人間の不適格性、無能性に対する指摘があるが、これは第四篇のフウイヌムにおけるガリヴァー観の伏線となる。スウィフトは生涯、身体的コンプレックスを抱いていたとされるが(Flynn 88)、その個人的事情を人類全体に一般化することで、彼はある種の哄笑を発しているとも考えられよう。ブロブディンナグ国全体に蔓延する「人間退化説」については前注で触れた通りである。

普遍化された人間の身体的不備は、さらにブロブディンナグの碩学たちの姿を借りて、人間の理性の不備への諷刺に

も発展する。「レルプラム・スカルカス」という結論は、「現代のヨーロッパの哲学にまさしく合致するもので、それを代表する教授たちは、自らの無知を隠そうと悪あがきしたアリストテレスの追随者のように神秘因を持ちだして逃げを打つ旧来の姑息なやり口を軽蔑して、万の難問を解くこの驚異の解決法を発明し、人知のいわく言いがたい進展に貢献した」というわけである［106〜107］。ここで言及されるアリストテレスとその追随者への批判は、当時の学界の巨匠アイザック・ニュートンによるもの。一七〇四年に刊行されたニュートンの『光学』が、アリストテレス的「神秘因」を排して自然の一般法則を説いたことは有名だが、そのニュートンの一般法則に対してスウィフトは、「自然についての諸々の新体系も所詮は流行にすぎない、時代とともに変わってゆく。数学の原理によってそれを証明できるとうそぶく者もほんの一時もてはやされるだけ、流行が終わればすたれてしまう」［208］と、『ガリヴァー旅行記』において一貫して批判し続けた。「現代の」ニュートンの一般法則もまた、「レルプラム・スカルカス」といった、「逃げを打つ旧来の姑息なやり口」と同工異曲であるというのである。

「自然についての諸々の新体系」を説きつつ、自説に執着する碩学たちの頑迷さについての記述はさらに続く。ガリヴァーが碩学たちの結論に反駁すると、「これに対して先生方から返ってきたのは軽蔑の苦笑で、あの農家の主、なかなかうまく仕込んだものですな、とまで言う」といった具合［107］。自説を曲げず、それに反する事象をすべて例外、奇形、「戯れ」と考える碩学たちに対する諷刺は、逆に種々雑多な事象を取り込んで新たな発想の源泉とする古代の作家ルキアノスの諷刺の伝統に連なるものと言えるが（Higgins 307）、他方で、前述のように、自らの身体的コンプレックスを人間の奇形性として一般化し、ひそかなる哄笑を忍び込ませた作者の影も忘れてはなるまい。

108-9　仕上りはこの国独特のデザインで、ペルシャ風かつ中国風、ともかく重厚かつ端正ではあった。

王妃がガリヴァーのために仕立てさせた服が「ペルシャ風かつ中国風」であったのはなぜであろうか。第二篇冒頭の地図にあるように、ブロブディンナグの舞台は、北アメリカ西海岸に設定されている。だが、アフリカ大陸南端の喜望峰からこのブロブディンナグに至るガリヴァーの航海記録を見ると、その間に横たわる太平洋の広大さはあまり感じられない。ガリヴァーが乗り込んだ「スーラト行きのアドヴェンチャー号」は、「マダガスカル海峡を通過するまでは快調な航海」をし、その後、「いつにない西寄りの暴風」に遭遇して「モルッカ諸島のやや東」まで流され、そこからさらに「私の計算では五百リーグほども東側に流されて」ブロブディンナグに到着したわけだが[85〜86]、インドネシアのモルッカ諸島から北アメリカ西海岸に達するには、「五百リーグ」(約二四〇〇キロ)の少なくとも二倍以上は航海しなければならない。逆に言えば、ブロブディンナグの舞台設定は、今日私たちが一般に想起する北アメリカ西海岸ではなく、むしろユーラシア大陸東端に近い位置であったと考えた方が分かりやすい。ちなみに第四章には、「日本とカリフォルニアの間には海しかない」というのが間違いで、「韃靼大陸と釣合いをとるための陸地があってしかるべき」とのガリヴァーの考えが披瀝されている[114]。そうだとすれば、このブロブディンナグはユーラシア大陸とアメリカ大陸北西部を接合するような位置にあると考えられよう。グラムダルクリッチは「『サンソンの地図』くらいの小冊子をポケットに入れていた」[102]が、このサンソンの地図でも、広大な太平洋海域は不明確なままである(**図2-1**)。そうだとすれば、ブロブディンナグの宮廷に出入りする仕立屋がガリヴァーのために特別に仕

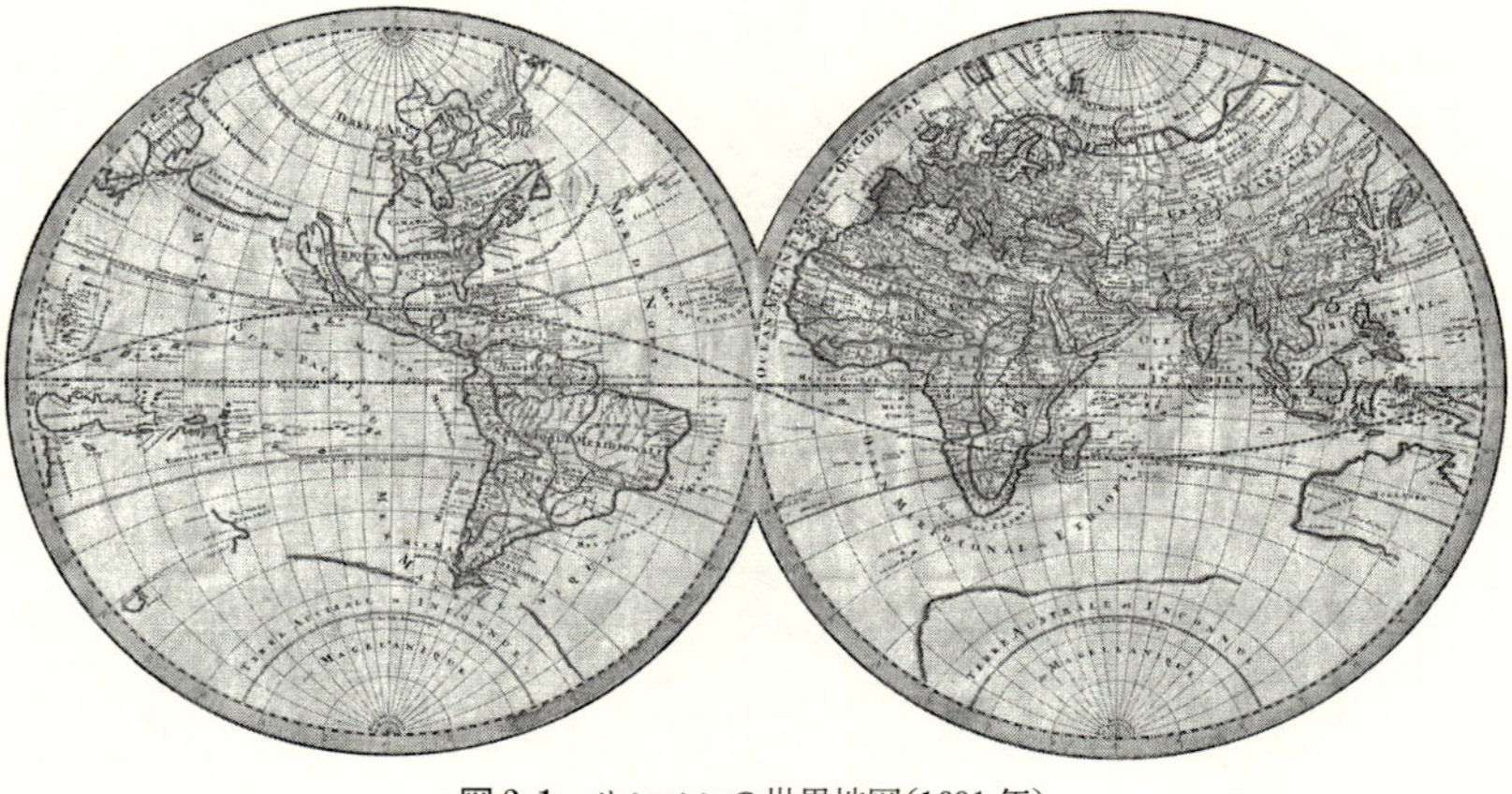

図2-1　サンソンの世界地図(1691年).

立てた服が、「ペルシャ風かつ中国風」であったとしても不思議ではないだろう。すなわち富の源泉として垂涎の的であった東洋への指向を、この衣服に見ることができるのである。

『ガリヴァー旅行記』出版当時、レヴァント商人とかトルコ商人といえば、シルクロードを介した貿易で巨万の富を築いた者というイメージがあったが、ペルシャや中国はイギリスから見てさらにそこより東方であり、オランダやポルトガルに対してアジア進出において後れを取っていたイギリスの憧憬が投影された地である。だから、ガリヴァーのブロブディンナグ発見はそのような植民的願望をかなえるにはもってこいの出来事なのではあるが、ブロブディンナグは交易への熱意をもたず、ガリヴァーも植民地獲得の願望をもたないことから、イギリスの植民地への渇望は暗示されたのみで実現することはない。なお、ブロブディンナグが交易を行わない点を考えると、なぜ彼らの衣服は周辺諸国の文化に影響を受けているのであろうか。

ちなみに「中国」への言及は、『ガリヴァー旅行記』全篇にわたって四回しかない。本注釈箇所の「中国風」衣装を除くと、いずれも文字や言葉、印刷術に関連したものである。スウィフト蔵書には中国関連のものも含まれていたが、スウィフトはその衣装や習慣についてはあまりなじみがなかったようだ。

109-1　御妃様(胃は丈夫ではなかった)は、イングランドの農家の主十二人の一食分をひと口でほおばってしまわれるので、これにはしばらくは胸が悪くなってしまった。

大食漢の描写は、第一篇におけるガリヴァーにも見られ、それがラブレーのガルガンチュアを想起させるものであることは明らかだが、本注釈箇所には、「胃は丈夫ではなかった」という但し書きがわざわざ付されている。胃病に悩まされつつも健啖家であるという嘲りに満ちた描写である。晩年のスウィフトの狂気については、近年、多くの医学的分析が進んでいるが(例えばLorch 3127)、『ガリヴァー旅行記』を執筆している頃の彼は、めまいと吐き気を訴えることが多く、これはメニエール病とされている。しかしスウィフト自身はこれを胃の病気であると思っていたようで、「胃は丈夫ではなかった」という但し書きは、作者自身の健康状態の表象とも考えられよう。
　ガリヴァーは王妃の食べっぷりを見て、胸が悪くなっている。第二篇では、第一篇にはあまり見られない、「吐き気を催す」という類の表現が頻出する。これは人間の欲望に対するガリヴァーの嫌悪感がより深まり、客観的に笑い飛ばす状況ではなくなったことを示している。もちろん、巨大な人や動物を観察するガリヴァーが、肉体のグロテスクさを露骨に感じたのが「吐き気」の直接の原因ではあるが、同時にこの「吐き気」は、ガリヴァーにとってブロブディンナグが異質な社会として立ち現れていたことを暗示する。リリパットの宮廷はいわばイギリスの宮廷の縮図であったのに対し、ブロブディンナグには近代のイギリスと対立する政治風土が根づいており、第六章でガリヴァーが得意げに語るイギリス社会は、ブロブディンナグ国王によってことごとく批判・否定される。
　この「吐き気」は、第四篇でヤフー／人間への生理的な反撥にまで深刻化し、ガリヴァーを(人間的な視点から見れば)狂気の淵に追いやってしまう。ここで興味深いのは、第四篇第六章において、ガリヴァーが医術の極意の一つとして「おぞましい混合物を調合」し、「嘔吐」を引き起こすことを挙げている点である[268]。これを信じるなら、第二篇を通じてガリヴァーは恒常的に嘔吐し、治療を行っているともとれる。第四篇でガリヴァーが人間社会と訣別することを念頭に置けば、第二篇第三章で「文武の花嫁、フランスの天罰、ヨーロッパの裁定者、徳と敬虔、名誉と真理の座、世の誇り、世の羨望たる祖国」[110]と形容されるイギリスの諸制度への信頼と愛国熱は、彼が嘔吐をするたびに鎮められ、第四篇を導く伏線となっているのではないか。

109-15　さもおかしげに大笑いなさって、さて、おまえはウィッグ党か、それともトーリー党かとお尋ねになった。

　第一篇のリリパットにおいて描かれていた、トラメクサン(高踵派)とスラメクサン(低踵派)の厳しい対立が、当時のイギリスのトーリー党とホイッグ党の対立を表象するものであったことはすでに述べた通り(47-15「この帝国では……」

の注参照)。それが、より明確な、そのものずばりの表現を取ってここに繰り返される。もっともこの箇所は、国内の政党対立について熱を込めて語るガリヴァーに対して、ブロブディンナグ国王が「大笑い」をし、「こんなちっぽけな虫けらでですら」[109]という、いささか冷めた調子でガリヴァーにその支持政党を問うという文脈である。リリパットにおける巨人であったガリヴァーが諷刺を込めて記述した党派対立が、今度は、ガリヴァーの祖国イギリスにおける党派対立として巨人の国王によって諷刺されるという構図である。巨人や高みの視点から人間社会を矮小化して見せる手法は、例によって古代のルキアノス以来の伝統である。もっとも、党派性そのものへの批判は、同時代の他の作家にもよく見かけられるものであるから、スウィフトはそれをルキアノス以来の伝統に寄り添って強調しつつ描出したということになろう。

スウィフトはアン女王治下の一七一〇～一四年のトーリー党政権下にあって、『イグザミナー』紙の編集などを通じて反ホイッグ的論陣を張っていた。これに関して、特にアイルランドではトーリー支持とジャコバイト支持がとりわけ強く結びつけられていたとする研究がある(Higgins 307–08)。ただし、それではどこまでスウィフトがジャコバイト的気質を有していたかというと、それは必ずしも定かではない。実際ガリヴァーは、このブロブディンナグ国王のある種の「侮蔑」に対して、「しかし、そのときの私は侮蔑に憤る立場にはなかったし、じっくり考えてみると、私自身が侮蔑をうけたのかどうかも怪しくなってきた」[110]というわけで、自らの支持政党を明らかにするどころか、党派対立そのものを矮小化して解体する視点に傾いている。作者スウィフトの眼前に繰り広げられていた党派対立に対する脱力感とも言うべきこの感覚は、例えば、第四篇第七章で、「優秀な四足」であるフウイヌムを前にして、「彼を手本として、嘘とか欺瞞のすべてを徹底して嫌うことを覚え、真実こそ愛すべきものと見えてきて、そのためにはすべてを犠牲にしてもいいと決心し」、「自分の種のことをよくもここまで自由に喋る気になれる」[272～273]という意識の伏線となる。「よくもここまで自由に喋る」という脱力感と放出感は、胃弱に伴うスカトロジーを含意しつつ、スウィフトの人間諷刺の矛先を研ぎ澄ましてゆく。ブロブディンナグ国王の描写についても、それをジャコバイト的視点からのみ捉えることは難しい。

109-16 ソヴリン号の大檣ほどもあろうかという白い王杖を捧持して

ブロブディンナグ国王が手にする王杖の巨大さを、一〇〇フィート(約三〇メートル)を越える当時のイギリス海軍の軍艦の大檣(メイン・マスト)になぞらえて表現したもの。ちなみにソヴリン号は、チャールズ一世が強い反対を押し切って一六三七年に完成させた、一〇〇門の銃砲を装備した名高い軍艦である(Gough 370; Higgins 308; Rivero 89)(**図2-2**)。もっともこのソヴリン号は実は初代で、二度にわたる大規模な修復工事の末、一六九七年には火災で廃船となっている。「ソヴリン号」は本文中ではRoyal *Sovereign*と表記されているが、「ソヴリン号」に「ロイヤル」の名称が付されたのも、だいぶ後年になった一六八五年のことであった。『ガリヴァー旅行記』刊行当時に実際に現役として活躍していたのは、この初代ではなく二代目のロイヤル・ソヴリン号である(実は初代の燃え残りの木材も使っている)。大きさも軍備も初代を上回る規模で、スペイン継承戦争などでは大きな功績を挙げた。もちろんチャールズ一世の指揮のもとに建造された「ソヴリン号」への言及であれば、このブロブディンナグ国王の威厳にステュアート王家、すなわちジャコバイト的言説が忍び込んでいるということになるわけだが、果たしてどこまでそう言えるのかは、なお微妙な問題である。

図2-2 ソヴリン号.

109-17 ひとの威厳など取るに足りぬな、こんなちっぽけな虫けらですら真似してくれる。

ガリヴァーがヨーロッパの風俗、宗教、政治、学問について、とりわけイングランドの交易、戦争、宗教分裂、党派対立について説明したところ、ブロブディンナグ国王が慨嘆して臣下のものに思わず漏らした言葉である。国王は自分たち巨人を「ひと」とし、小人ガリヴァーたち一族を唾棄すべき「虫けら」(Insects)と軽蔑的に呼ぶ。このようにちっぽけな昆虫にすら真似をされてしまう人間全般の堕落を嘆くのである。人間がちっぽけな虫けらであるという認識については、115-17「害虫ども」の注、136-10「おまえ自身の話と……」の注参照。

110-11 御妃様が私を掌にのせて姿見に向かわれたときなど、二人の姿が眼の前にそっくり出現して、これほど滑稽な対照はありえないくらいになり、自分でも実際より数段小さくなってしまったような気がし始めて、苦笑を禁じ得なかったこともある。

自らの祖国の価値観を矮小化し、脱力感とともに解体する、すなわち巨人的視線を共有したガリヴァーは、自らの実態を映し出す鏡をこれ以降直視できなくなる。第二篇最終章の第八章では、「あの君主の国にいる間は、眼が途方もなく大きいものに慣れてしまうまで、比較すると自分が情なくなってしまうので、鏡を覗くことができなかった」[154]となっている。彼は現実から目をそらし続け、他者の価値観に翻弄され続けることになる。ガリヴァーがもう一度鏡の自分を見つめようとするのは、やっと第四篇第一二章という『ガリヴァー旅行記』の結末部においてである[315]。

110-14 何よりも腹立たしく、苛立たしかったのは御妃様の侏儒の奴で

王妃に近侍する侏儒は「この国の史上最小男」で「身長は三十フィートにも達して」おらず、「自分よりも小柄な生き物の登場に威張りくさって」いた[110]。この侏儒(Dwarf)については、チャールズ一世の王妃ヘンリエッタ・マリアに仕えた、身長わずか一八インチ(約四五センチ)であったというジェフリー・ハドソン(一六一九〜八二年頃)がモデルになっているとされる(**図2-3**)(Gough 368; Higgins 308)。ただし、このハドソンの人生に『ガリヴァー旅行記』の描写を重ね合わせてみると、それは単に侏儒としての存在にとどまるものではなく、実はブロブディンナグにおけるガリヴァー自身にもなぞらえられる節がある。ニック・ペイジの最新の伝記によって、ハドソンの生涯を簡潔にまとめておこう。

ハドソンは初代バッキンガム公爵ジョージ・ヴィリアー（一五九二〜一六二八年）の家畜飼育係の家に生まれた。両親、兄弟ともに普通の大きさであったという。彼の異常な小ささは幼少の頃から明らかであったらしく、七歳になると、「自然の戯れ」というか珍品としてバッキンガム公爵夫人に贈り物として献じられた。バッキンガム公爵夫妻は、その後まもなく、豪華な宴席にチャールズ一世と王妃ヘンリエッタ・マリアを招待し、その席上、大きなパイの中に彼を入れてこれを王妃に献呈した。パイ皮の中から立ち現れたハドソンは一八インチ、小さな軍服を身に着けていたという。彼はその後二〇年近く、王妃に近侍することになる。ヘンリエッタ・マリアは、ハドソンのみならず、自らの宮殿に各種の「自然の戯れ」を収集していたようだ。ウィリアム・エヴァンズ（一五九九〜一六三四年）という、チャールズ一世の荷物運搬人をしていたウェールズ生まれの巨人（**図2-4**）、身体の釣り合いが取れていない侏儒が二人（ハドソンは完璧なまでに身体の釣り合いが取れていた）、パグという名の猿が一匹、といった具合である。

ハドソンは王妃のもとで教育を受け、フランス出身の王妃が出産する折にはフランスまで助産婦招聘に出かけ、革命が近づきつつあった一六四二年には、王妃の任命により国王軍の騎馬隊長に就任したとされる。王家に危機の迫った四三年には、王妃一行とともにフランスへ逃れた。成人男子としての誇りを有していた彼は、しかしこの頃になると、道化あるいはペットとしての務めに抵抗を感じていたらしい。そしてまた周囲の侮蔑には我慢がならなかったようだ。お

図2-3　ヘンリエッタ・マリアとジェフリー・ハドソン（ファン・ダイク画，1633年）．

図2-4　ウィリアム・エヴァンズとジェフリー・ハドソン．

そらくそうした理由で、一六四四年一〇月、王妃の護衛隊長を務めるウィリアム・クロフツの弟と決闘をし、これを殺害してしまう。当時のフランスでは決闘が禁じられており、王妃の請願にもかかわらずハドソンは宮殿から強制退去を命じられることになった。

その後のハドソンの消息は、しばらくはっきりとしない。明らかなのは、彼が乗った船が、おそらくはアラブの海賊に乗っ取られ、ハドソンは北アフリカに連れ去られて奴隷としておよそ二五年間、苦役に服したということである。救出されイギリスに戻ったのは一六六九年、波乱の生涯を送ったヘンリエッタ・マリアがフランスで息を引き取った年である。その後、好古家・文筆家として知られるジェイムズ・ライトがハドソンに面会し、いわば同時代人としてハドソンの生涯に関する短い伝記を残している(Wright 105)。このライトは、穏健なトーリー派であったが、王政復古後、おそらくはカトリックに改宗している。イングランドでただ一人、公的にカトリック信仰を認められていたヘンリエッタ・マリア、その王妃に近侍し数奇な運命に翻弄されたカトリック信徒のハドソンは、ライトにとってある種の親近感を覚える存在であったようだ。ハドソンはその後、王宮の配慮で得た年金で生活をしていたが、晩年、カトリック陰謀事件に関与したとして投獄され、死の二年前まで獄中にいた。

数奇な運命をたどったハドソンの生涯は、ブロブディンナグでガリヴァーと対峙する侏儒としてだけでなく、ある意味ではガリヴァーの人生とも重なり合ってくる。もちろんそれがどこまで、スウィフトにとって作品創造のヒントとなっていたかについてはなお検証の余地があるが、確実に言えることは、リリパットといい、ブロブディンナグといい、『ガリヴァー旅行記』がもつその奇想天外な構想の背景に、実はそれと少なからず類似した同時代言説が多く存在したということであり、そしてその同時代言説をスウィフトが巧みに取捨選択していたということである(なお、やはり侏儒として一七世紀のロンドンで有名であったジョン・ウォームバーグについては、99-15「その次に市の立つ……」の注、147-1「それで海に……」の注を参照)。

111-3 私の胴のあたりを摑んで、クリームの入った大きな銀鉢に放り込み

侏儒のいたずらでガリヴァーが危うくクリームミルクの中で溺死しそうになるという場面。アーサー・C・L・ブラウンはこの描写の典拠の一つとして、広く当時のアイルランドに流布していたケルトの民間伝承の一つである「ファーガスの死」(Aidedh Ferghusa)を指摘している。その伝承の中に、「エシールト(という詩人)が国王の酒の給仕係に摑み上げられ、ワインのゴブレットの中に放り込まれた。彼は溺死寸前。エシールトはまた、足を滑らせてポリッジ粥のお椀に飛び込み胴まではまり込んでしまった」という描写がある(Arthur C. L. Brown 46; Turner 315)。

112-5 夏になるとこの王国は無闇やたらと蠅につきまとわれるが、このおぞましい虫の大きさというのがどれもこれもダンスタブル雲雀くらいもあって

王妃には臆病だと言われるものの、ブロブディンナグの蠅は実に巨大で、ガリヴァーはその扱いに苦慮する。探検航海家ウィリアム・ダンピアは世界周航の途中、ニューホランドで蠅に悩まされたことを『最新世界周航記』に記述しており(平野訳 ii. 269–70)、ヒギンズはその記述へのパロディーであるとしている(Higgins 308)。ダンスタブルはロンドンの北三〇マイル(約五〇キロ)ほどのところにある町で、ベッドフォードシャーに属し、マーケットで有名。ロンドンで売られる雲雀はこの近くの丘陵地帯で捕獲されたものであったという(Gough 370)。もっとも、このダンスタブルを中心とするベッドフォードシャーで想起されるのは、一六四〇年代の市民革命(いわゆる清教徒革命)の際、王党派に対立する議会派の拠点であったということではあるまいか。巨大な蠅に悩まされるガリヴァーを描くスウィフトの脳裏をよぎったものは、有名なマーケットで売られる雲雀だけであったか、それとも、王党派を苦しめる議会派の姿であったか。

113-6 イングランド帰国後はそのうちの三本をグレシャム・コレッジに寄贈し、残る一本は手元においた。

蝿に悩まされたガリヴァーは、今度は蜂に襲われる。彼はついに短剣を抜き、これと格闘の末、四匹の蜂を斃した。蜂の大きさは山鶉ほど、針は一インチ半もあった。抜き取った四本の針のうち三本を寄贈しようとガリヴァーが考えたグレシャム・コレッジとは、王立取引所を創設したサー・トマス・グレシャム(一五一九～七九年)の遺志によって一五九七年に創立された独立高等教育機関。注目すべきは、王立協会が、一六六〇年の創設第一回の会合から一時中断をはさんで一七一〇年に至るまで、このグレシャム・コレッジを拠点としていたということである。実はその一七一〇年の一二月一三日、スウィフトはこのグレシャム・コレッジを見学している。当時のグレシャム・コレッジは、王立取引所近くのビショップス・ゲイトにあった。ポール・ターナーは、この見学がスウィフトに与えた影響を次のように指摘している。「虫の姿を大きく拡大してみせたいささか異様な図版を見たスウィフトの脳裏を、例えばロバート・フックのような王立協会会員に対する諷刺がよぎったのではあるまいか。特にフックの『顕微鏡図譜』(一六六五年)には、蚤や蝿を顕微鏡で観察した実に驚くべき図版が含まれていたのだから」(Turner 315; Higgins 308)。

第四章

114–**5** この王国は半島をなしていて

トマス・モア『ユートピア』における理想国家も、運河が掘られて島となる以前は、大陸と地続きの半島だった(Turner 315; Higgins 308)。第三篇第七章で、冥界における偉大な六人組(ブルートゥス、ユニウス、ソクラテス、エパミノンダス、小カトー、サー・トマス・モア)が紹介される際、その中にモアは一人だけ近代人として入っているので[206～207]、彼の代表的な著作をスウィフトが意識したことは大いに考えられる。ならば、スウィフトにとってブロブディンナグこそユートピアなのか。『『ガリヴァー旅行記』を読む』の富山太佳夫は、そう考える研究者の一人である。彼は『ガリヴァー旅行記』にユートピア的なヴィジョンがあるとすると、ひょっとすると、それは馬の国ではなくこの大人国のある部分かもしれません」と語り、その一つの根拠として「大人国は、小人国と馬の国の中間」である点を挙げ、「ミドルという場所に非常にこだわったスウィフトが、真ん中にくる大人国にユートピア的な理想像を書き込んだ可能性もなくはないでしょう」と指摘している(富山 125)。

もちろん、そのブロブディンナグにあっても、人間は腐敗・堕落から無縁でないことをスウィフトがしっかり書いている点も忘れてはならない。そこから言えるのは、第二篇のユートピア的要素は、あくまでも「人間」の構成する社会として現実にありうる範囲に収まっていること、それに対し第四篇のフウイヌムの社会は「人間」を前提としておらず、よって人間にはユートピアともアンチ・ユートピアとも判断できない異郷であることだ。「ユートピア」が「無の場所」を意味するギリシャ語表現からモアの生んだ造語であることを思うと、ユートピアの語源に近い、ありえない世界はフウイヌムの島に、現実的な理想の社会はブロブディンナグに、それぞれ示されているといってもよいだろう。

114–9 この国の人々は世界の他地域との交易からまったく遮断されている。

87–16「なんと、見事に耕作してある」の注で指摘した、交易に反対する重農主義的なブロブディンナグの特徴がここに明記されている。これはスウィフト自身の基本的な政治思想とも一致している(140–7「それまでは……」の注も参照)。またヒギンズは本注釈箇所への注で、ブロブディンナグとフウイヌムの島との共通点として、どちらも古代のスパルタのように、他国との交易を行わない孤立した共同体であることを指摘している(Higgins 308–09)。

114–12 ときおり岩場に打ち上げられる鯨を捕獲することはあって、平民はその味を好む。

西山徹『ジョナサン・スウィフトと重商主義』によれば、「一八世紀に入ると、イングランドでも産業捕鯨が本格的に始められ、南海会社は、泡沫事件後の再建策として捕鯨業に乗り出すことに」なった(西山 238)。「泡沫事件」とは、一七二〇年に発生した、南海会社の株暴落に始まる株式市場の大混乱(南海泡沫事件)を指す(**17-8**「いつかは旅に……」の注参照)。そして一七二二年にはヘンリー・エルキングという人物が『グリーンランド交易と捕鯨に関する一考察』を出版し、「南海会社はグリーンランド捕鯨業に乗り出すべし」と提案した(同 238)。本注釈箇所の同じ段落で、ガリヴァーがグリーンランドで鯨を見たと言っているが、おそらく彼は当時のイングランドでの捕鯨ブームに乗ったという設定であろう。

鯨の味をブロブディンナグの平民(common People)が好むのに対し、「国王の好物とは見えなかった」とガリヴァーは言う[114]。右のエルキングの著作のタイトルに見られるように、捕鯨は交易と結びつき、大きな利益をもたらす可能性のある産業として、当時のイングランドでは注目されていた。鯨の表象と重商主義との深いつながりについては、西山の前掲書に譲るが(同 221-55)、反重商主義的な国家であるブロブディンナグを象徴する国王が鯨を好まないのは必然的だと言える。本文にもある通り、鯨は国土の外から来た「珍味」(Rarity)であり[114]、(いまだブロブディンナグは外国貿易を行っていないものの)外来の珍品あるいは交易品の隠喩と見なすこともできるからだ。そして「ときおり岩場に打ち上げられる鯨」を喜んで食す平民の姿からは、この国の人間もまた、地理的・身体的な条件さえ変われば交易や商売の魅力から逃れることができないことがうかがえる。実際、第二篇第二章・第三章で、海沿いの村落(鯨が打ち上げられる可能性のある土地)に住むガリヴァーの最初の主人は、土地に根づいた農夫でありながら、巨大な鯨ならぬ極小のガリヴァーを捕獲するや否や、あっさりと拝金主義に宗旨替えしてしまった。ちなみに、西山は第一篇第一章でリリパットの浜辺に打ち上げられたガリヴァーの姿を鯨と重ねて論じている(同 221-22)。

114-17 この国には都市が五十一

ターナーによれば、この数はトマス・モア『ユートピア』における都市の数(五四)と近く、いずれもイングランドとウェールズの州の数を合わせた値を意識したものだという(Turner 315)。ちなみに、一八世紀に広く読まれたエドワード・チェンバレン『イギリス案内』(一六六九年)の記述によれば、イングランドとウェールズとの州の数は合わせて五二である(Real and Vienken, Anmerkungen 405)。

115-2 その総戸数は八万強。長さは三グロングラング(イングランドの約五十四マイル相当)、幅は二・五グロングラング

「グロングラング」の原語は *Glonglung*。ターナーによれば、英語の long と同義のイタリア語 lungo を組み合わせ、さらにブロブディンナグ語に頻出する g の音(ターナーは great の略ではないかと推測している)を添加したものだという(Turner 316; Higgins 309)。アシモフによると、長さ五四マイル、幅四五マイル(=二・五グロングラング)の都市は二四三〇平方マイル(六二九四平方キロ)の面積をもち、これはニューヨーク市を構成する五つの区をすべて併せた面積の八倍にあたる。しかし、この広さが人間の一二倍の体軀をもつ巨人にとってどれほどかを計算すれば、実は約一七平方マイルすなわち約四四平方キロにすぎない(Asimov 101)。これはニューヨーク五区(約七八四平方キロ)や東京二三区(約六二二平方キロ)よりはるかに小さい。現在、東京の人口は約九〇〇万人である。他方、一六九五年の統計によれば、ロンドンの一世帯あたりの人数は四・五七人なので(Rohrbasser 2)、仮にこれをあてはめれば、「八万強」の世帯をもつローブラルグラッドの人口は約三七万人と想定できる。一平方キロあたりの人口密度は、東京が一・四五万人であるのに対し、ローブラルグラッドは〇・八四万人である。つまり、ローブラルグラッドは、東京の六割近くの人口密度で巨人が闊歩する、かなり賑やかな町だと言えるだろう。ちなみに、アシモフは巨人国の食料問題を心配しているが(Asimov 102、ただしそこでのローブラルグラッドの人口の計算はかなり水増ししているように思える)、ブロブディンナグは広大な土地をもつ農業国として描かれているので、十分に自給自足ができるという前提なのだろう。

115-10 この馬車の広さはウエストミンスター・ホールくらいはあると思った

ウェストミンスター・ホールは、ウェストミンスター宮殿の一部をなし、一〇九七年に建造された。長さ約八二・三メートル、幅約二二・六メートル、高さ約二七・四メートルの広さを誇り、一二世紀から一九世紀にかけて新国王の即位を祝う饗宴が催された。また、このホールではイギリス史上の重要な裁判が行われた。ここで処刑を宣告された人として、内戦に敗れて捕えられたチャールズ一世、スウィフトの尊敬するトマス・モア、そしてカトリック教徒による国会議事堂爆破計画の首謀者とされるガイ・フォークスの名も挙げることができる。ちなみに、第一篇において、リリパットの首都であるミルデンドの描写にはロンドンとの比較がまったく見られなかったが、第二篇ブロブディンナグの首都ローブラルグラッドでは絶えずロンドンとの対比で描写がなされ、ウェストミンスター・ホール以外にもソールズベリー聖堂[117]やセント・ポール寺院[117]などが言及されている。ちっぽけなものを観察するときは対象をありのままに把握できるが、巨大なものを受容するにはいったんイギリスの基準に戻す必要があるらしい。巨大なものは彼に不断の恐怖を与え続けるだろう。ガリヴァーは巨人国の事物をイギリスのサイズに換算したうえで、むしろ巨人世界の方が物が小さいのだ、と何度か強調している。これは彼らしいうぬぼれ(Pride)の表現であると同時に、自らの恐怖心を克服しようとする、ある意味でいじらしい試みなのだ。

115-11 そういう機会を狙っていた乞食たちが馬車の両側にどっと取りついて

ターナーは、この場面がスウィフトの見たダブリンの乞食たちを念頭に置いたものだという解釈を紹介している(Turner 316)。スウィフトがダブリンの女乞食たちを庇護したことは、エーレンプライスの『スウィフト伝』(Ehrenpreis, *Swift* iii. 812–13)で紹介されている。ただし、同時に彼は乞食にバッジをつけ、自分の属する教区だけで行動するよう義務づけて管理することも提案している(同 813–17; Inglam 162)。

115-13 ある女は胸に腫瘍ができて

ローラ・ブラウンは、第二篇におけるスウィフトの女性嫌悪(misogyny)が商業資本主義と帝国主義に呑み込まれることへの反発のあらわれであると考え、この場面でガリヴァーが腫瘍の穴の中に「私など簡単に這い入って全身を隠してしまえそう」と想像する点を証拠の一つに挙げている(Laura Brown, *Ends of Empire* 182–85)。これに対し、クロード・ローソンは、このすぐ後に「首筋に羊毛袋五つ分よりも大きい瘤のできている奴」、すなわち男の乞食も描かれていることを指摘し(「奴」の原語はFellowなので、男である可能性が高い)、スウィフトはむしろ男女関係なく人間全体を嫌悪していたのであり、ブラウンの主張はスウィフトの文章を誤読していると述べている(Rawson, *God, Gulliver, and Genocide* 178)。

115-16 顕微鏡

虫眼鏡で拡大したとき、日常的な世界がまったく異なる姿を示すことは、一六六五年にロバート・フック(一六三五〜一七〇三年)が『顕微鏡図譜』を出版したことで広く知れ渡るようになった。

115-17 害虫ども

箱に入ったガリヴァーを乗せた馬車に群がる巨人の乞食たちの着ているものの上を這い回る虱を、ガリヴァーは「害虫ども」(Vermin)と言う。彼はそれらを観察する者として記述し、吐き気を催している。第二篇第六章の末尾にもこれと同じVerminという語が用いられているが、そこではブロブディンナグの国王によって人間が虫けらの族に喩えられてしまっている[136]。ガリヴァーにとっての虱と国王にとってのガリヴァーが等しいものと捉えられていることが、同じ単語の使用から分かる。巨人の王の視点からは、人間は身体の小ささからしても、その悪徳の大きさからしても、虱にもまさる害虫ということになる。なお、害虫に至る前段階ではガリヴァーは「虫けら」と呼ばれている(109-17「ひとの威厳など……」の注参照)。

116-9　私がじきに高位高官たちにも知られ、大事にされるようになったのは、私自身の取柄からというよりも、両陛下の寵愛によるものであったろう。

ブロブディンナグ宮廷におけるガリヴァーの振る舞いは、奇しくもリリパット宮廷における大臣たちの姿と重なる。後者が皇帝に気に入られるよう綱の上で芸を披露したのと同じく、ガリヴァーはブロブディンナグ国王夫妻にとって見世物的な好奇の対象であった。かつてリリパットの廷臣たちの滑稽な出世と保身の術をあばいたガリヴァーその人も、自分が無力な立場に陥れば強い者の好奇心におもねるばかりだ。ただしガリヴァーの場合、綱渡りの芸が得意なリリパットの大臣フリムナップ[38]のように国政に参与することもなければ、官位を与えられる気配もない。これはガリヴァーがブロブディンナグでは公人の立場をもたないことを意味しており、同時にブロブディンナグの君主が国家の舵をとる大臣を阿諛追従によって選ぶほど愚昧ではないことも示唆している。

117-6　比率からすると(私の記憶ミスでなければ)ソールズベリー聖堂の尖塔に及ぶものでもない

ソールズベリーはイングランド南部のウィルトシャー州の州都である。この町の大聖堂は主に一三世紀に建造されたが、尖塔は一四世紀に加わったものである。四〇四フィート(約一二三・一メートル)というその高さは、『ガリヴァー旅行記』刊行時はもちろんのこと、今日でも尖塔としてイギリス随一である。ちなみに、四〇四フィートを一二倍して巨人国サイズに換算すると四八四八フィートであり、「三千フィートを越えるものではな」[117]いブロブディンナグの尖塔よりはずっと高くなるから、ここでのガリヴァーの記憶は正しいことになる。

117-11　小指の長さを測ってみると、なんとぴったり四フィート一インチだ。
四フィート一インチとは約一二四・五センチであり、その一二分の一は約一〇・四センチ。「等身大よりも大きい」という本文の記述通り、人間サイズに変換してもかなり巨大な像である。

117-14　国王の厨房も立派な建物で
第二篇第四章は、巨人国の地理の記述に始まり、次いで首都と宮殿の説明があってから、馬車やガリヴァーを運ぶための箱に話題を転じ、さらに大寺院の観察記に移っている。それがこの段落で急に宮殿の中に視点が戻り、国王の厨房の描写がなされている。この唐突な話題転換には、どのような必然性を見出しうるだろうか。ジョン・ロックが『人間知性論』(一六九〇年)で展開した「観念連合」(association of ideas)という考えは、スウィフトの時代にはすでに知られていたが、それを応用して考えるならば、ガリヴァーは巨人国の大寺院を見て故郷イングランドの「ソールズベリー聖堂」を思い出し、そこから同じくイングランドを代表する壮大な寺院建築である「セント・ポール寺院」(次注参照)へと連想(association)が働いた結果、セント・ポール寺院の代名詞ともいえる見事な丸屋根(ドーム)に連想が飛び、そこから同じ丸屋根をもつ「国王の厨房」の「大かまど」が思い出されたことになるだろう。
このような観念の連合あるいは(より現代的な言い方をすれば)意識の流れが示唆するのは、ガリヴァーの観察が事物の「形」の比較に終始しており、歴史・文化・宗教といった「内容」には及んでいないということだ(ブロブディンナグの宗教に関する記述がないことは、ブロードヴュー版『ガリヴァー旅行記』(二〇一二年)の編者アラン・イングラムも指摘している(Ingram 164))。この章の記述においては、「大理石の神々の像、皇帝の像」だろうと、「鍋と薬罐、肉ごと回る焼串」だろうと、ただ大きければ「立派」と見なされ[117]、両者の質的な差異はまったく顧慮されていない。ちなみに、「国王の厨房も立派な建物で」の「立派」の原語は noble であり、これには「高貴な」という意味もある。スウィフトはここで、おそらく恣意的に、セント・ポール寺院という精神性の強い施設と厨房(Kitchen)という肉体性の強い施設とを無造作に並べてみせることで、ガリヴァーにとって第二篇の世界が即物的なものとして表象されている点を強調したのだ。これは、観察者ガリヴァーの精神的な貧しさを暗示すると同時に、次の第五章でガリヴァーが経験する巨大な「もの」たちとの冒険を雰囲気の上で準備している。

117-14 セント・ポール寺院の丸屋根

ターナーの注によれば、セント・ポール寺院の丸屋根の内側から見た直径は一一二フィート(約三七・二メートル)である(Turner 316; Higgins 309)。これより「十歩分幅が狭い」ということは、この厨房には人間サイズだと三メートル弱の大かまどがあったことになる。なお、これもターナーの指摘したことだが(Turner 316)、一六六六年のロンドン大火で消失したセント・ポール寺院の再建工事が終わったのは一七一〇年であり、ガリヴァーが第二篇の航海に出た一七〇二年はもちろんのこと、イングランドに帰国した一七〇六年の時点でも未完成だった。さらにその一七〇六年のうちに、彼は第三篇の旅に出発してしまう[160]。ということは、セント・ポール寺院の丸屋根の大きさを「帰国後わざわざ測ってみた」という記述[117]はきわめて信憑性が薄い。

118-1 ブロブディンナグ(この王国の名称)

第二篇の本文の中で「ブロブディンナグ」という国名が登場するのはここが初めてである(ブロブディンナグという名前に込められた意味については、85-2「同行した筆者が……」の注参照)。第一篇や第三篇と比較して、第二篇には固有名が現れることが少ない。第一篇では、フリムナップ、スカイレッシュ・ボルゴラムなど、小人の廷臣の名が複数挙がっているのに対し、第二篇の巨人族のうち名前を与えられているのは「乳母」役の少女グラムダルクリッチのみで、これさえも本名ではなくあだ名である。地名としては、国名のほか首都ローブラルグラッドと「海岸から、イングランド式に言うと、十八マイルもない都市フランフラスニック」[145]の二つが登場する。本篇第四章には、「都市が五十一、城壁のある町が約百、それにおびただしい数の村」があると記されているのに[114]、実際には二つしか名前が挙がっていないのだ。これは第一篇や、バルニバービから日本まで登場する第三篇に比べるとはるかに少ない。

『ガリヴァー旅行記』全体をみると、奇数篇(第一篇・第三篇)では比較的固有名が頻出するのに対し、偶数篇(第二篇・第四篇)では固有名が少ないという対照が見られる。第四篇では第二篇以上に固有名が減少し、フウイヌムやヤフーといった種名より細かい名前は一切登場しないし、地名にしても、「フウイヌムの土地」(Houyhnhnms Land)と記されるのみで、町村の名に至っては皆無である。ブロブディンナグとフウイヌムの島の共通点は、どちらも外国を知らないことである。前者については、第四章の初めで説明のあるとおり、「この国の人々は世界の他地域との交易からまったく遮断されている」し[114]、後者については、そもそも人間が馬を含めた動物を支配する社会があることなど、理性ある馬フウイヌムには想像もつかない。要するに、どちらも他者をもたない自給自足の共同体である。ゆえに、第二篇と第四篇は、個人や地域が独自性を主張するのではなく、調和のとれた全体性の中で個が突出せずに共存している状態を、固有名の不在によって寓意的に示しているのではなかろうか。他方で、外国と通商や戦争を行い、野心に満ちた個人の登場する第一篇・第三篇には固有名が頻出し、かつ直接的な諷刺の対象になるケース(第一篇のフリムナップのような個人や、第三篇のラガード大研究院のような機関など)が多くなる(なお、固有名の問題については、234-15「ジェイムズ・ウェルシュ……」の注も参照)。

118-5　五百騎の護衛兵が従い

「護衛兵」の原語はMilitia Guard。名誉革命後のイギリスでは、民兵組織(militia)と常備軍(standing army)をめぐる論争が広く行われた。国家の力の源として土地を重視する人々の多くは、常備軍によって国王・宮廷の権力が増大し地方自治が衰えることを嫌い、古代ギリシャの都市国家に範を求めつつ、臣民が民兵を組織して封土を自主的に守ることを主張していた。よって、第二篇を通じて肯定的に描かれている(都市・交易ではなく)土地・農業を中心とする生き方からすれば、巨人国が「護衛兵」こと民兵組織をもつのには必然性がある(ブロブディンナグの軍隊については、第七章の末尾で触れられている)。

民兵組織と常備軍をめぐるこの論争には、当時(常備軍推進派の)ホイッグ党に近い立場にいたスウィフトは積極的に関わらなかったが、この一節に見られるように本来は反常備軍・親民兵の立場だった。なお、スウィフトと常備軍問題の関わりについては、イアン・ヒギンズによる書評「ジョナサン・スウィフトの政治的伝記」を参照。他方、ウィリアム三世の崇拝者だったダニエル・デフォーは、常備軍を容認する立場を明確に主張し、『議会の承認を得た常備軍は自由な政府と矛盾しないことの論証』(一六九八年)を出版して、反常備軍キャンペーンに対抗した。

第五章

118-9 小さいがゆえに幾度かバカバカしくも厄介な事件にぶつかるということがなかったら、私はこの国で十分に幸福な生活を送れただろうが

小さいことをあらわす原語 Littleness はもちろん体が物理的に小さいことの意味だが、この章でガリヴァーが遭遇する事件のほぼすべてが、小さいがゆえの「卑小さ」からくる屈辱である。もしくは屈辱的な事件を経験することで、ガリヴァーが自らの卑小さを痛感するものである。ただし、ガリヴァーは長らくこの場所にいることでやがて自らの小ささに慣れてしまい、そのことはイギリス帰国後の、「こちらの考えは周囲に見えるものにすっかり占領されてしまっているものだから、自分の小さいことには眼をつむってしまったのだ。ひとは己れの弱点に眼をつむる、というやつで

ある」という感想にあらわれることになる[154]。ガリヴァーの出会う事件は、上から降ってくる暴力(236―16「この呪われた……」の注参照)と小動物による人間への反撃の二つに大別される。

119―3 この悪党は機会を狙いすまして、私が木の下に来たところでそれを揺すったものだから、頭の真上から林檎が十幾つ降ってきて

ガリヴァーは、宮廷で雇われている侏儒の小ささをからかう。巨人の国の侏儒であるから、小さいとはいえ身長は九メートル近くある。ガリヴァーの身長は一メートル八〇センチほどと考えられるから、約五倍の大きさがあるわけだ。にもかかわらず、ガリヴァーはたまたま傍にあった「ちっぽけな林檎の木」を小さな男である侏儒と比較して嘲笑する。「林檎の木」の原語は、「果樹園の林檎」という意味の Dwarf Apple-trees であるが、この語に dwarf(小人の)が含まれていることをうまく使って、言葉遊びでからかったのだ。激怒した侏儒は、ガリヴァーが林檎の木の下にいるときに木を揺すって実がガリヴァーを直撃するようにする。上から降ってくる暴力である。

林檎はたまたま選ばれた素材だろうか。アイザック・ニュートンが万有引力を発見したきっかけは林檎が木から落ちるのを見たことだったとするのは、俗説とされている。しかし、ストーンヘンジ研究で著名な考古学者で、ニュートンの友人だったウィリアム・ストゥークリ(一六八七〜一七六五年)の『ニュートンの思い出』(一七五二年執筆)には、一七二六年四月一五日に彼がケンジントンにあるニュートン邸を訪ねた折の回想が記されており、それによれば、夕食後、ニュートンと林檎の木の下で紅茶を飲みながら会話をするなかで、ニュートンは、自分が生家の庭で果樹園の林檎を見ていたときに実が落ちるのを見て重力の概念を思い至ったと語ったという。「林檎の実はなぜ横や上にではなく、つねに垂直に地面に落ちるのだろう」(Stukeley 14)という発想を抱いたのが引力を思いついた契機だったというのだ。『ニュートンの思い出』が執筆されたのは、『ガリヴァー旅行記』の出版からすでに二十数年たったのちのことである。スウィフトが本章(第二篇第五章)を執筆したのも、どれほど遅く見積もっても一七二二年六月であるから(Ehrenpreis, *Swift* iii.

444)、スウィフトがストゥークリの著作を読んだとすることはむろん不可能である。だが、ニュートンはストゥークリに向かって語ったのと同じように、林檎のエピソードを、万有引力の法則を論じた『プリンキピア』(一六八七年)以降、各所で話しており、スウィフトがそれを耳にしていた可能性はある。本篇第三章で、巨人の碩学たちが小さなガリヴァーの存在について議論する際、自ら理解できないものは「自然の戯れ」としてしまうヨーロッパの「教授たち」が諷刺されていたが、これはヒギンズやデマリアが指摘しているように、ニュートンへの批判となっている(Higgins 307; De-Maria 281)。「自然の正常な理法」で説明できないとされるガリヴァーの存在が(106-17「レルプラム・スカルカス……」の注参照)、ニュートンの万有引力着想の契機となった林檎の落下によって抹殺の危機にあう、というのはなるほど諷刺として筋が通っている。

ヒギンズはさらに踏み込んで、ジョージ一世の庇護を勝ち取ったニュートンへの遠回しな攻撃でもあるとしている(Higgins 307)。同じ時期、アン女王の死とジョージ一世の即位によってイングランドでの栄達の道を絶たれたスウィフトにとって、イングランドでの出世街道をひた走りに走ったニュートン、造幣局長官や王立協会会長など要職に就いたニュートンは、ガリヴァーにとってのブロブディンナグ、つまり巨人のような存在に見えたに違いない。スウィフトの個人的なコンプレックスの表現とも解釈できるわけだ。ガリヴァーは新旧論争(古代人・近代人対比論争)における古代派に与するものと考えられるから(185-9「彼は、二十マイルほど……」の注参照)、この箇所は、近代の代表たるニュートンを象徴する林檎が古代派ガリヴァーを抹殺しようとするエピソードとも読める。

119-8 すると突然猛烈な霰が降りだして、私はあっと言うまにその力で地面に叩きつけられてしまい

ガリヴァーは突然降ってきた霰に打たれて傷だらけになり、一〇日間ほど床に就く。小さなガリヴァーは、侏儒や女官などに軽んぜられるとともに、小動物にもひどい目にあわされるのだが、それだけでなく、悪意のないはずの自然からも打撃を加えられる。自然界の事物も巨人と同じく一二倍の大きさをもつブロブディンナグでは、霰もその分大きい。

霰の大きさは、「ヨーロッパのそれの千八百倍近くもある」とされている[119]。ガリヴァーがリリパット人の一二倍の身長をもつという倍率で言うと、立方体にすればその三乗の一七二八倍となることは、第一篇第三章で、ガリヴァーの食料の量が一七二八人前であったことが示す通りである[44]。したがって、ガリヴァーの一二倍の身長をもつブロブディンナグ人の国の霰という物質も一八〇〇倍近い大きさがあるということであろうか。数字としてはいささか正確さを欠いているのではあるが。

120—1

庭師の一人が飼っている白いスパニエル犬が何かのはずみで庭園にもぐり込んで、私のいる近くまでやって来た。

ガリヴァーは庭師の飼っていたスパニエル犬に咥えられて運ばれる。第一篇で自分に危害を加えたリリパット人を摑みあげて食べるふりをしてみせたガリヴァーが、そのリリパット人の立場になったようなエピソードである。英語のspanielには、この犬の性質から来る「卑屈でおべっか使い」という意味がある。スパニエル犬は、庭師の主人に気に入られようとして、「尻尾を振り振り」獲物として捕まえたガリヴァーを咥えていったのだ。しかし、ガリヴァーにしてみれば、この小犬は卑屈などころか自分を噛み殺しかねない獰猛な動物である。このスパニエル犬のエピソード以降、動物による人間への反撃のエピソードが続く。

121—12

彼らは私をよく頭のてっぺんから爪先まですっぽんぽんにして胸の谷間にそのまま挟んでくれたりするのだが、たまったものじゃない、その肌より強烈な悪臭が漂うというのが実情で

女官たちの体臭がガリヴァーにとって耐えられないほどひどいものであったというエピソードだが、ここでリリパットにいたときの経験が回想されている[121〜122]。リリパットでは体の小さなその国の人々の嗅覚が鋭くて、ガリヴァー自身の体臭がひどいと言われたというのだ(第一篇にこのようなエピソードはないのだが)。体が小さいほど五感が鋭く

なることの例証として挙げられているわけだが、ブロブディンナグの章を書くにあたってスウィフトがつねにリリパットとの対照を行っているのが分かる箇所である。

122-11 私がそばにいるにもかかわらず、口から飲んだものを、その容量三トンを越える器に少なくとも酒樽二杯分を何もためらわずに放流してしまう。

女官たちは、小鳥がガリヴァーのまわりをぴょんぴょんはねてその存在に無関心であるのと同じように、ガリヴァーがいることに無関心で頓着しないように描かれる。目の前で平気で素っ裸になって着替えをしたり、排尿をしたりするのだ。ただし、トイレの存在しない一八世紀イギリスでは、部屋の中で尿瓶に用を足すのが習慣であったことは付記しておこう。部屋で排尿するのは普通だが、ガリヴァーという男性(小さいが)がいるのにそれを気にせず排尿を行うことが異様なのである。

それに加えて、一六歳の娘女官はガリヴァーを乳首にまたがらせるなど、とても言葉にできないような数々の悪戯をしてガリヴァーを性的に弄ぶ。この女の子のガリヴァーに対するあからさまな性的関心を見ると、女官たちはガリヴァーに一見無関心なように見えて実は意識しており、わざと裸や放尿を見せつけているようにも読める。スウィフトの有名な「貴婦人の化粧室」(一七三二年)という詩では、ストレフォンという男が貴婦人シーリアの化粧室を盗み見て、そのあまりの汚さに卒倒しそうになるのだが(94-9「イングランドの……」の注参照)、ガリヴァーは、覗き見をするストレフォンとは逆に、女官たちの汚辱を無理やり見せつけられるわけである。彼女たちの行う排尿行為はスカトロジカルな描写であり、これと若い女官のセクシュアルな描写が並行して描かれる。スウィフトが女性嫌いであったか否かの断定は困難だが、少なくとも『ガリヴァー旅行記』においては、セクシュアリティの提示が、スカトロジー、もしくはグロテスクと共時的に行われている。実際、第一篇で大蔵大臣フリムナップの妻とガリヴァーが肉体関係にあることが噂になったエピソードでは[65]、大きさが一二倍違う男女の性的関係といういかがわしさがグロテスクにつながるものであったし、第四篇で牝のヤフーからガリヴァーが性的関係を迫られるエピソードも［282〜283］、猿と人間の交尾というグロテスクさ（もしくは異人種間交配）が前面に出されている。

女官の排尿は、上から降ってくる暴力としても考えることができる。もちろん女官たちは、ガリヴァーに直接浴びせているわけではない。にもかかわらず、このエピソードは、第一篇において、ガリヴァーが排尿によって皇妃の宮殿の火事を消し止めたエピソード［56］と関連性がある。第一篇で小人たちに向かって巨人ガリヴァーが行った行為は、おおむね第二篇で、彼自身が逆に巨人たちからされることになるのだが、排尿行為についても同じことが言える。リリパットの皇妃が不快に思ったのと同じように、ガリヴァーは女官たちの排尿を嫌悪しているのだ。女官の尿はガリヴァーの上から降ってくる暴力だとも言えるわけで、リリパットでのガリヴァーの不遜はブロブディンナグでの不面目によって、物語として報復されていることになる。

122-16

ある日のこと、わが乳母の家庭教師のいとこにあたる若いジェントルマンがやって来て、是非とも処刑を見に行こうと誘う。

小さいがゆえにぶつかる「バカバカしくも厄介な事件」［118］が列挙されるなかで、処刑見物のエピソードは異質である。一八世紀のイギリスでは公開処刑がまだ行われていて庶民の娯楽となっていたという事実は比較的よく知られているが、とはいえ現代人の感覚からすれば想像するに忌まわしいことであるから、日常のエピソードの一部として挿入されていることには違和感があるかもしれない。ただし、乳母のグラムダルクリッチやガリヴァー自身が嫌っていることからも分かるように、当時としてもおぞましいことであったのは事実で、それにもかかわらず、このおぞましいものをあえて見たいという心理と、見せしめを重視する当時の習慣とによって、許容されていたわけである。

グラムダルクリッチはまだ少女なので、王室に伺候するようになって女性家庭教師（ガバネス）を付けられているのだが、処刑見物を誘いにきたのは、このガバネスのいとこの若いジェントルマンだった。ここにあえて他の日常的エピソードとの共通点を探すならば、このジェントルマンにとって自分の親友を殺した男の処刑を見ることは、ある種の仇討ちになるわけだから、他のエピソードと通底する「復讐」をテーマとしてもっていることになる。ガリヴァーがひどい目にあうのはリリパットで彼がとった傲慢な態度への復讐でもあると言えよう。

別の角度での共通点は、「肉体性」にまつわるものである。女官の悪臭漂う肉体性と大量の排尿が示すような汚辱を抱え込んだ過剰な存在力、そしてこれまた強調された嘔吐を催すようなセクシュアリティの恐怖が描かれたあと、断頭された胴体から首が転がり、切り口からすさまじい量の血が噴きあげる描写があるのは[123]、圧倒的な存在感をもつ生命は失われるときも強烈であることを、その激しいイメージによって喚起しているわけであるから、グロテスクでスカトロジカルな肉体性という観点で処刑のエピソードを捉えることもできるだろう。

123-1 私自身はそういう見世物は大嫌いなのだが

処刑についてのもう一つ重要な点は、これが「見世物」(Spectacle)と呼ばれていることである。公開処刑が庶民の娯楽となっていたことは前注で指摘した。その意味でこの箇所でSpectacleという語が使われていることはよく理解できるが、ガリヴァー自身も本篇第二章で自分自身が低俗な庶民の見世物としてさらされることをpublick Spectacle(大衆向けの見世物)と書いているように(訳文では「下の下の連中の見世物にされる」[99])、彼は小人である自分も、処刑も、すべてが人々の見世物でしかないことを認識している。見る者も見られる者も『ガリヴァー旅行記』ではひとしく見世物なのである。

また、Spectaclesには「眼鏡」の意味もある。この点でも、この言葉は、ガリヴァーが第二章で見世物にされることになった経緯と関係がある。ガリヴァーを捕獲した農夫の家に知り合いの老人がやってきてガリヴァーをよく見ようとしたとき、この老人は眼鏡(Spectacles)をかけて凝視した。それを見たガリヴァーは、二つの眼が窓から部屋をのぞく満月のように見えて噴き出す[98]。笑われて怒った侏儒と同じく、卑小なものからの屈辱に耐えられなかったこの老人は、農夫にガリヴァーを見世物にして金儲けをする悪巧みを吹き込み、その結果ガリヴァーは見世物として引き回されることになったのであった。この事態を整理して言うと、Spectaclesを通してよりよく観察しようとする主体が逆に観察される客体となるということであり、見られる客体であったはずのガリヴァーに嘲笑されることで、主体であるはずの巨人が見世物に貶め辱められて、見られる客体に逆転するということになる。見ることと見られることから生じる人間関係とその逆転から物語が生まれているわけである。

第一篇第五章で、ガリヴァーがブレフスキュの艦隊を拿捕するときに眼鏡をかけたことに注目した(51-12「他のこまごまとした……」の注参照)。もともとは視力補助のために使われていたのだろうが、眼鏡そのものが攻撃の対象となり数多くの矢がそこにあたるのであった。第二篇第二章でも同じで、巨人の老人は年齢のため老眼となった視力を補うために眼鏡をかけたのだが、そのために笑われてしまう。近代科学の生み出した道具である「眼鏡」は、『ガリヴァー旅行記』では、なぜか他者からの攻撃を誘発する。そしてそこには、皆が他者にとっての見世物となっている作品世界の特徴が関係している。

123-6

私が航海の話をするのをよく聞いて下さり、沈んでいると必ず気をまぎらわそうとして下さった御妃様から、帆や櫂の扱い方を承知しているのか、少しは漕ぐ運動をする方が健康によくないかとの御言葉があった。

『ガリヴァー旅行記』の中では、ガリヴァーがメランコリー(melancholy)に陥ることがしばしば書かれている。すでに第一篇第一章で、浜辺に縛りつけられたあと古い神殿に運ばれて束縛を解かれて立ち上がったとき、「わが人生であれほど憂鬱な気分になったことは」(as melancholy a Disposition as ever I had in my Life)ついぞなかったと彼は言う[27]。次に、第二篇で農民に捕まって天に祈ったとき、「哀れっぽいおすがり調で」(in a humble melancholy Tone)そうしている[90]。三度目にメランコリーという単語が使われるのが、本注釈箇所の「沈んでいると」(when I was melancholy)である。仙葉豊によれば、「文明化した日常生活は以前に較べると比較にならないほどの「興奮性」を有するようになり、外的な刺激の増大が人間の内的な神経を蝕んでいくことを、「病的な消耗」と呼び、これこそが「退化」の大きな要因になる」という(仙葉189)。『ガリヴァー旅行記』では、「人間は退化していく」という認識がしばしば述べられるが、退化もメランコリーも文明生活のもたらす病理であるというのが仙葉の主張である。

イギリスから探検航海に出かけたガリヴァーには、当時のほとんどの探検航海がそうであったように、訪れた土地の野蛮をヨーロッパの文明によって洗練させることが期待されていただろう。ところが、彼の訪れる国々はイギリスとは違う意味での「文明」を発達させており、それらの驚異を目の当たりにするガリヴァーは、近代の病理であるメランコリーを発症するのである。仙葉は漱石の『吾輩は猫である』を引用しつつ、「運動、海水浴、転地療法などは、みな「西洋から神国へ伝染した輓近の病気で、矢張りペスト、肺病、神経衰弱」などに効く治療法だ」としている(仙葉200)。トバイアス・スモレット(一七二一〜七一年)の小説『ハンフリー・クリンカー』(一七七一年)では、主人公のブランブルが病気がちであり、その治療のために家族でブリテン島一周の旅に出るのだが、これは病気治療のための転地療法であり、また体力回復のために海水浴を行う点でも、鬱病治療を実践していたことになる。ガリヴァーのボート遊びも、本章冒頭の「あらすじ」にあるように、筆者が「航海術を披露」[118]するというおとぎ話的エピソードでもあるが、この箇所の記述が示す通り、自分たちとはまったく別の形の「文明」に接したときにガリヴァーが発症した鬱病の治療としてそれが行われていることを記憶にとどめるべきであろう。さまざまな屈辱的事件にあうこの章では、このボート遊びのエピソードのみが、ガリヴァーの心を和ませるものなのである。

125-3 だが、あの王国での最大の危険といえば、厨房係のひとりが飼っていた猿である。

さまざまな小動物に加えて、何よりもガリヴァーがひどい目にあわされたのが猿である。猿はガリヴァーを「同類の仔」と勘違いし、「片側の頬の袋からひねり出した食べ物」を彼の喉に詰め込み、ガリヴァーはのちにそれを吐き出す

[125〜126]（吐き気については、109-1「御妃様……」の注参照）。ガリヴァーが猿に同類と思われるこのエピソードは、第四篇でフウイヌムに棲息するヤフーという猿に似た動物に同類扱いされるガリヴァーの最大の悲惨を先取りしたエピソードである。『ガリヴァー旅行記』は四つの篇が独立している面と、全体を貫く作品作りが感じられる面の両方があるが、ここは、第四篇を先取りしていると言える。

小さいがために、ガリヴァーは動物たちに次々に馬鹿にされて屈辱を味わった。スパニエル犬のときは、乳母のグラムダルクリッチもこの事故を自分の落ち度とされると困ると思い、ガリヴァーにしても名誉な話ではなかったので、「表沙汰にはならず」にすんだ[120]。しかしこの猿事件では、猿がガリヴァーを抱きかかえたまま逃走したため大騒ぎとなり、猿が食べ物をガリヴァーの口に押し込む様子が「滑稽千万の光景」となってしまう[126]。「光景」の原語はSightである。第二章で農夫の知り合いの老人の入れ知恵でガリヴァーは、公衆の「見世物」として酷使されたわけだが[99]、このときもSightという言葉が使われていた。毎日何度も公演を強いられ過労のために死にかけたところを国王と王妃に救われ、大事にしてくれる乳母と平和な生活を始めたかに思われたガリヴァーであったが、しかしここに至り、別の意味での見世物となり、笑いものとなってしまう。最も屈辱的な嘲笑を浴びるのは、この猿のエピソードの後に国王にからかわれるときだ。ガリヴァーは「わたくしの方が不安のあまり短剣の使用を考えましたなら（中略）必ずや深手を負わせ、敵も差し入れるより早く手をひっこめていたでしょう」[127]と毅然とした口調で答えるのだが、名誉回復につながるどころか、巨人たちの失笑を買ってしまうのである。それ以後、ガリヴァーのへまを内密にしてくれていたグラムダルクリッチですら、王妃の気晴らしの話題提供のために、ガリヴァーが何かやらかすたびにご注進するようになる。ガリヴァーの屈辱はいや増す。

屈辱的な数々の事件に遭遇するガリヴァーだが、物語はガリヴァーをやられっぱなしで放置していない。この第五章の出来事を順番に検討してみよう。まず侏儒だが、林檎の実のエピソードが語られる前に、この侏儒が「御妃様から暇を出される前の話だが」[118]とあることに注意しておこう。自分の存在価値である「小ささ」をガリヴァーに奪われた侏儒がさんざん嫌がらせをするエピソードはすでに見たように第三章の中にあり、その中で侏儒が御妃様の「寵愛を取り戻すことはな」く、「この直後に彼をある名門の貴婦人にお下げ渡しにな」ったとある[111]。したがって、第五章のエピソードは過去を振り返る形で語られており、ガリヴァーをひどい目にあわせた侏儒は、その罪のために放逐されることが再確認されている。ガリヴァーを咥えたスパニエル犬の飼い主は、乳母のグラムダルクリッチに「えらい剣幕でかみつ」かれている[120]。ガリヴァーに不遜な態度をとる小鳥は、召使が首を締めて殺し、翌日の食事となる[121]。ガリヴァーのヨットに乗り込んだねばねばの蛙は、ガリヴァー自身がボートのスカルで「ボコボコに殴り倒して」、「ボートから追い出した」[125]。くだんの猿は「殺され、宮殿内でかかる動物を飼うことはまかりならんという布告が出された」[126]。こうして見ると、少なくともこの章に関しては、ガリヴァーがひたすらその小ささゆえに悲惨な目にあわせられ、作者によって卑小な人間の悲惨を体現する者として諷刺の対象としてだけ描かれているわけではないことが分かる。彼に害を被らせるものたちは、直接間接に仕返しをされる物語展開になっているのだ。

　ガリヴァーが刃向かえない唯一の相手が女性である。性的にガリヴァーの体を弄ぶ女官たちには危害を加えることはない。ガリヴァーはただ、「ともかく大変不快であったので、もうこの娘には会わなくてすむ口実を考えてくれるようグラムダルクリッチに懇願」しただけである[122]。女官たちに関するこの部分の描写について、ヒギンズが挙げる作者のエピソードにこうある。スウィフト本人が、宮廷の寝室付き女官であったミセス・ハワードとの書簡の中で、ガリヴァーを名乗ってこう書いているというのだ(Higgins 309)。「自分〔ガリヴァー〕が〔女官をひどく描いた『ガリヴァー旅行記』によって〕女官たちを猛烈に怒らせたそうなのですが、何とか彼女たちと自分の仲を取り持ってくださらないでしょうか」(一七二六年一一月二八日付)(*Correspondence* iii. 58–59)。このふざけた調子の手紙が示すように、スウィフトはエログロに描いた女性たちに謝罪するつもりはまったくなさそうだが、女官たちを物語の中でさらに懲らしめたり、女性全般への痛罵を持続して行ったりするまでの気持ちはないようだ。諷刺の対象は徹底的に叩くのが常であるスウィフトだが、こと女性に関してはあまりやりすぎるとろくなことはないと経験上分かっていたと思われる。

127―16

その道の真ん中に牛の糞があった、となると、それを跳び越えてわが運動能力を試してみるしかない。私は助走をつけて、跳んだ――跳んだが距離足らずで、そのド真ん中に膝まですっぽり着地した。

これは原文で一〇行にも満たない小さなエピソードであるが、読者の印象に残るものであり、挿絵の付いた『ガリヴァー旅行記』でも取り上げられることが多い。このスカトロジカルな挿話は、無理やり見せられた女官たちの排尿からのつながりをもつ。女官のエピソードがガリヴァーに与えたのは汚辱であり、猿に口に押し込まれた食べ物も人間の排泄物に近い汚ないものだった。この屈辱をすすぐには、道に落ちた牛の糞を軽く飛び越えて軽蔑を示すしかない。自分を優位に置くには格好のものであっただろう。ところがこれにすらガリヴァーは失敗してしまい、汚物まみれとなって、宮廷では大笑いされ、恥をいや増す結果に終わる。第四篇でヤフーという獣に糞尿攻撃を受けて汚物まみれになるガリヴァー[281〜282]を、このエピソードは予示している。

第六章

129―8

御妃様は椅子のひとつに私を坐らせようとなさったが、陛下の頭を飾った勿体ない尊髪の上にわたくしの身体の忌むべき部分を載せますよりも一千の死を良しと致しますと申し上げて、断固お断りした。

王妃の髪でできた椅子だから、そこに坐るのは王妃の頭に自分の臀部を乗せることになる。そのような不敬を働くくらいなら万死を選ぶとガリヴァーは言う。しかし第一篇では公衆の面前で排尿したし、神殿の外で排便をし、何よりも皇妃の住む宮殿に小便を放っていた[56]。同じガリヴァーが、第二篇になると、農家で小用の急を奥さんに告げるのを極端に恥ずかしがっているし[96]、この場面では直接排泄に関わらないにもかかわらず、臀部を王妃の抜けた髪の毛でできたものに当てることすら憚っている。この性格の矛盾に関して、ヒギンズは単に事実を注で指摘するだけであるが(Higgins 310)、第一篇で巨大な肉体であったガリヴァーが第二篇で小人になるに際して、肉体性の発露であるスカトロジカルでグロテスクな側面が、彼以外の者(特に女官たち)に移行したためだと考えるべきだろう。醜悪なる排泄の体現者は、リリパット国でのガリヴァーからブロブディンナグ国の女官、そして第四篇のフウイヌムではヤフーへと、徐々に遠い存在に移っていくのである。

131-1

理性は身体の大きさに合わせて拡大するものではございません。それどころか、われわれの国では、大男理性に恵まれずと申します。

ガリヴァーはある日の謁見で思い切って、「陛下がヨーロッパならびに他の世界に対して示される軽侮の姿勢は御自身の類稀れな知力にそぐわぬようですが」と国王に意見してみる[130〜131]。彼がこのような大胆な行動に出たのも、前章の数々の恥辱により評価を下げて陛下が「わたくしを取るに足らぬ者とお考え」[131]であることが耐えられなくなり、一擲乾坤を賭すことになったためと思われる。ガリヴァーの述べる理屈は、体の大きさに合わせて理性が拡大するものではない、したがって自分が小さい分価値も小さいというのは間違っている、というものである。もっとも、その実例として「蜜蜂や蟻のほうが大型のものの多くより勤勉、器用、利口という評判です」と言うだけで、自分に関しては、「いずれの日にか大手柄をたててご覧にいれましょう」と約束するにとどまるのであるから、これで国王がガリヴァーへの「評価をずっと高くされ始めた」のは不思議だ[131]。まして、「われわれの国では、大男理性に恵まれずと申します」とまで言ったのだから、王が腹を立ててもよいところである。しかし王は、「真似するに値する」話なら喜んで聞いておきたいと思って、ガリヴァーにイングランドの政治についての詳細な説明を求める[131]。とりあえず話をさせるためにいつものように笑いものにしなかっただけであろう。そもそもイギリスについてガリヴァーがこれ以降述べることは、読者が大まじめに受けとることを想定して書かれていない。このように突拍子もないことを話すこと自体、道化の職能の一つだと考えられる。主君の傍について話し相手をつとめる「おとぎ」は日本でも従者の重要な役割であるが、ガリヴァーはブロブディンナグ国王にとっての「おとぎ」役であると言える。

131—8

読者よ、おのがじし想像していただきたい、わが愛する祖国の讃美を、その美点、その浄福にふさわしい調子で謳いあげるデモステネス、キケロの雄弁をいかに渇望したことか。

デモステネスは古代ギリシャの政治家・弁論家、キケロは古代ローマの政治家・哲学者。第一篇においては訪れたリリパット国の実情をもっぱら描いていたガリヴァーだが、第二篇ではブロブディンナグ国王の要請もあり、自らの愛国心の発露として、イングランドの実情を賛美したいと願う。もちろん古典作家の雄弁さを願う大仰な祈願は、賛辞というガリヴァーの言葉を額面通り読者が受けとらないための予防線であり、また叙事詩などを語り始めるときに詩人が詩神に霊感を祈る伝統(インヴォケーション)にのっとった言葉であるようにも思われる。だが、この後の皮肉に満ちたイギリス社会の描写を読むと、祖国の賛辞を述べるためには、現実とは違うこと(第四篇のフウイヌムでの言い方を借りると「ありもしないこと」[248])をすました顔で言い立てることが求められていることが分かる。つまり、悲惨な現実を糊塗するために、尋常でない「雄弁」が必要となるのである。

とりわけガリヴァーは「読者」(原文は courteous Reader)に直接親しく呼びかけることで共感を求める言い方をしているが、それだけにますます疑わしい(courteous Reader と同義の gentle Reader と呼びかけるのは作品中二回あり、一つは第二篇第一章の最終段落の「心やさしき読者よ」[96]、もう一つは第四篇第一二章冒頭の「親愛なる読者よ」[310]である)。この書物の出版時の読者は無垢な子供の読者ではなく、新奇な物語に飢えた読者であり、諷刺を読み取って哄笑するすれた読者であり、語り手の見え透いた誘いにまんまと乗るほど心やさしきわけでは決してなかった。もちろんフィールディング『トム・ジョウンズ』(一七四九年)の語り手が読者に向かって駅馬車でともに旅をしてきた相客として親しく語りかけているように(朱牟田訳 iv. 174–76)、フィクションの中で読者に向かって共感を求める言い方の例は、一八世紀イギリス文学には多く見られる。スウィフトはこの文学伝統を逆手にとって、自らの諷刺の力を強めているのである。ガリヴァーは、イングランドの国土や気候、議会制度、裁判所、財務省などについて説明をするのだが、何度かの謁見の後、ブロブディンナグ王によって疑問、質問、異論などが厳しく出される。これらにガリヴァーがうまく答えられないことから、読者から見て、いかに同情的に読んでみてもイングランドは数々の弱点をもっており、それが当分改善される見込みのないことが明らかであるように書かれているのだから。

131–10　話の初めにまず陛下に申し上げたのは、わが領土は二つの島よりなり、そこに一人の主権者の統べる三つの王国があり、他にアメリカの植民地があるということ。

物語の中における時点は一七〇三年である。イングランド・スコットランド合同が締結されるのが一七〇七年だから、まだこの時点ではイングランドとスコットランドは別の国であり、これにアイルランドをあわせた三つの王国が一人の君主のもとで併存していたことになる(イングランドとスコットランドの同君連合は、スコットランドのジェイムズ六世がイングランドのジェイムズ一世として即位した一六〇三年の翌年に成立している)。ヒギンズは注で、スウィフトはイングランド・スコットランド合同に反対の立場であったと主張している(Higgins 311)。『ガリヴァー旅行記』出版の時点では、一七一五年にジャコバイトの反乱があったこともあり、ジャコバイトたちは合同破棄を目指していたので、「スウィフトがここで三つの王国が併存する形態を称賛することには扇動的な響きがあったかもしれない」と解釈するのだ。ここには、スウィフトをジャコバイト主義者であると考えるヒギンズの主張がある。

ジャコバイト主義の問題よりも本注釈箇所で重要なのは、ブロブディンナグ国王にガリヴァーが語る「おとぎ」の調子に見られる、自国称賛の大げささである。統治する国が多いことを誇る口調には、イングランド人特有のアイルランドやスコットランドへの優越と横暴がうかがえる。ガリヴァーのこの言葉が読者に対してもつ意味について考えてみると、ガリヴァーが自国の巨大さを巨人に自慢してうらやましがらせようとする様が滑稽に見えるので、ガリヴァーの「おとぎ」の道化性がここでも示されていると考えられる。

「アメリカの植民地」とは、言うまでもなくアメリカ合衆国独立前の一三植民地のことである。独立宣言発布が一七七六年だから、『ガリヴァー旅行記』出版はそのちょうど半世紀前。ブロブディンナグは北アメリカ大陸の西海岸にあるという設定なので、ガリヴァーがブロブディンナグへの植民地的野心をこの箇所で漏らしてもよさそうなものだが、おくびにも出さない。この時点では、アメリカ東部の一三植民地と西海岸にあるとされるブロブディンナグがあまりにも遠くて、この二者が頭の中で結びつかなかったのかもしれない。しかし、第四篇第一二章で、ブロブディンナグを征服することは賢明ではないと発言をしている[313]ことも考えあわせると、ガリヴァーは、諸国を渡航しながらも、それらの土地の植民地化には関心がないことが分かる。つまり、スウィフトはガリヴァーにアメリカなどの植民地の多さや版図の広さを誇らせながらも、ブロブディンナグにまで植民地を拡張しようという意図は書き込むつもりがそもそもなかったとも考えられる。

131-15

この人々こそ王国の華、防壁であり、名誉をその徳行の報酬とした栄えある祖先に連なる者であって、一人たりともそこから堕落した者はない。

「堕落」の原語は degenerate(退化する)である。第一篇ではリリパットの国が「退化」していると描かれていた(60-11「人間の堕落した……」の注参照)。後出の142-3「また近年の……」の注でも触れるが、第二篇のブロブディンナグでも、人間は退化していくものだという歴史観・人間観が見られる。作品全体を通して「退化」が支配的である『ガリヴァー旅行記』にあって、貴族院の構成員たちが決して「堕落」(=退化)しないと主張されても、読者はそれを額面通りに受けとることはできない。それどころか、彼らの堕落を躍起になって否定しようとする雄弁を聞くと、読者は退化がとどめがたいほど進行しているのだという言外の意味をよけいに読み取ってしまう。

132-3 議会の他の一半を構成しているのは庶民院と呼ばれる集団で、その優れた能力と祖国愛のゆえに、民衆の手で自由に選り抜かれたジェントルマンの鑑とも言うべき人々であり、全国民の叡知を代表する。

貴族院に続いて、庶民院の集団は優れた能力と祖国を愛する気持ちによって民衆の手で厳選されたジェントルマンだとされ、真実はそうではないことが読者に伝えられる。原文は「自由に」(freely)がイタリックで強調され、嫌みな調子で語られている。語り手のガリヴァー自身が祖国愛に駆られて賛美を書いているという姿勢とは裏腹なのであるから、庶民院議員が祖国愛をもっているとガリヴァーが言うと、読者は間違いなく彼らが祖国を愛しておらず、私利私欲で政治活動を行っていると確信する。ガリヴァーは道化なのであって、道化は誇張した称賛によって逆に対象を笑いものにするということが直感的に分かるからである。

132-9 そして最後に、過去百年ほどのイングランドの事件、出来事の歴史を手短かにまとめて締め括りとした。

この後のブロブディンナグ国王の反応から、ガリヴァーがここで、イングランドの一七世紀から一八世紀にかけての、内乱、チャールズ一世処刑、王政復古、ジェイムズ二世即位、モンマス公の反乱、ジェイムズ二世国外追放、ウィリアム三世とメアリ二世の同時即位などのことを話したことが推測できる。もしこの説明が具体的に書かれていれば、作者スウィフトの政治的スタンスが見えたに違いない。例えば、ジェイムズ二世亡命からウィリアム即位に至る騒擾を「名誉革命」と呼ぶなら反ジェイムズ・反カトリックの姿勢を読み取ることができるし、ウィリアムの英国上陸を「侵略」と記述するなら書き手のジャコバイト的傾斜は明らかである(例えば、英文学研究者のジャネット・トッドは「ウィリアムの侵略(invasion)」と書き、旗幟鮮明である(Janet Todd xiii)。しかし、ガリヴァー(スウィフト)は、ここをきわめて中立的かつ政治信条が見えない形で記述している。スウィフトがジャコバイト主義者であったかどうかは今日まだ研究者の間で議論があり、そうでなかったとする意見が多いが、なかにはヒギンズのようにジャコバイト派であったとする意見も存在している。ただし、作品を読む限り、スウィフトは巧妙にこの問題に関して自らの考えを悟られないように周到な記述に徹していると考えられる。自分の政治的立場があらわになる可能性のある「過去百年ほどの」イングランドの歴史に関して詳述せずに「手短かにまとめて締め括りとした」とするこの箇所も、スウィフトの巧妙さの一例である。

134-12

やたらと金のかかる大戦争が幾度も、と申し上げると、陛下は唖然とされて、おまえたちはよほどの喧嘩好きなのか、隣国がよほど性悪なのか、それに将軍たちの方が国王たちよりも裕福であるのに違いないと仰有った。

膨大な戦費がかかることをガリヴァーが国王に話したときの、国王の返答の一部である。リヴェロは、「将軍」とはモールバラ公爵への言及であろうとしている(Rivero 109)。多大な国家財政を注ぎ込んだスペイン継承戦争(一七〇二～一三年)という長い戦争の中で、モールバラ公爵ジョン・チャーチル率いるイギリス軍は一七〇四年八月にブレナムで大勝利を収め、これがイギリスの優勢につながったため、モールバラはイギリスの英雄となった。この褒賞の一部として、アン女王は彼がウッドストックにブレナム宮殿を建造するための費用を出すことになり、この宮殿は今なお多くの観光客を呼び寄せている。一七年の歳月をかけ、完成が危ぶまれるほどの状況をかろうじてくぐり抜けて完成した宮殿には、莫大な国費が注ぎ込まれたわけで、このモールバラが国王よりも裕福な将軍と揶揄されても仕方のない面もあった。スウィフトは『同盟諸国の行状』(一七一一年)の中で、スペイン継承戦争を続けるホイッグ政府とオランダを批判しているが(50-5「ブレフスキュ帝国は……」の注参照)、批判対象にはモールバラ公爵も含まれている。「[この戦争が]オランダの領土を拡大し、われわれの将軍の名声と富を増す以外の目的をもたないのであれば（中略）、わが国の軍隊や国費はもっとよりよい目的のために使うべきである」(*PW* vi. 20)。ここでスウィフトが言う「われわれの将軍」の原語は our General であるから、本注釈箇所の「将軍たち」(our Generals)も、同じく国王以上に私腹を肥やしたモールバラ公爵のような将軍たちを指すと考えて間違いないだろう。

136-10

おまえ自身の話と、あれこれ手を尽して絞り出した答えから推察するに、おまえの国の住民の大半は、自然に許されてこの大地の表面を這いずりまわる邪悪を極めたおぞましい虫けらの族と結論するしかない。

ガリヴァーによる一〇〇年の英国史の説明を聞いた国王は、ただただ驚愕する。第三章では、ガリヴァーら唾棄すべき「虫けら」までが真似をする人間全般の堕落ぶりを国王は嘆いていた[109]。だが、この第六章でガリヴァーがイギリスの国情をつぶさに語った後の国王の感想はより激烈であり、人間全般への感想から、イングランドを特定しての断罪に移っている。本注釈箇所の「虫けら」の原語は Vermin。Vermin は、第三章の「虫けら」[109]の原語 Insects よりもさらに悪い意味であり、「害獣、害鳥(作物などに害を及ぼすネズミ・ハツカネズミ・モグラなど。英国では猟鳥獣に害をするキツネ・イタチ・タカ・フクロウなどにもいう)」(『研究社新英和大辞典』)である。虫であるなら、前の第五章で小鳥や女官たちがしたように、無視してもかまわない卑小でちっぽけなものであるが、害獣となると、地上の作物や生き物に甚大な被害をもたらす可能性があるだけに、無関心でいるわけにはいかず、駆逐する必要がある。このように無害で意味のない存在から、害をもたらし大きな悪影響を与える存在へと意味合いを悪化させた人間は、第四篇のフウイヌムではヤフーと呼ばれる獣と同一視され、その存在を殲滅・駆逐すべきかどうかが代表者会議で議論されるべき対象となる。人間の有害性については、次の第七章でもさらに話題となる。

第七章

これまでの部分を隠さなかったのは、真実へのひたすらなる愛をおいて、私の行く手を阻むものがないからである。

137-4

前章で「虫けら」(害獣)とまでブロブディンナグ国王になじられたガリヴァーだが、屈辱を包み隠さずに書いたのは自分には真実への愛があるからだと彼は弁解する。しかし、ガリヴァーは自らも認める通り、「国王の質問の多くを巧みにかわし、どの点についても、厳密なる真実の許容するものよりもはるかに都合のよい返答をした」のであり[137]、真実を愛すると言っても、それほど「ひたすらなる愛」であったとは思われない。真実への愛は、後の第四篇第七章でも登場するが、そこでは、本注釈箇所と同じく、その前の章で人間界の数々の腐敗について説明したことに言及して、自分がそこまで自由に喋る気になった理由について、自分には「真実こそ愛すべきものと見えて」きたからだと言っている[272]。構造がよく似ている二カ所だが、その違いはどこにあるだろうか。第四篇では、ガリヴァーは、人間が腐敗していること自体を真実と認識している。この認識はそこに至って初めて得られたものであり、だからこそ、真実こそ愛すべきもの「と見えて」きたとあるのだ。それに対して、第二篇の本注釈箇所では、ガリヴァーは真実を愛するがゆえに、人間界の事実を国王に語ることで自らが被った屈辱を正直に告白したのだと言っている。つまりここでの「真実」とは、屈辱を不当に受けたことを包み隠さずに言うことなのだ。次々注でも触れるが、国王にとっての「おとぎ」的役割をつとめる現段階でのガリヴァーは、人間の腐敗を認めないというスタンスをとっている。

137-10 私は祖国に対して褒むべき偏愛を絶やしたことがなく、これこそハリカルナッソスのディオニュシオスが正当にも歴史家に推賞しているものだからである。

ハリカルナッソスのディオニュシオスは、古代ローマのギリシャ人歴史家。その『ローマ史』はローマを称揚する立場から書かれたもので、同じくローマの歴史家であったリウィウスのものと並んで、初期ローマ史について書かれた最も貴重なものであるという。ヒギンズによれば、ディオニュシオスは『ポンペイウスへの手紙』の中で、トゥキュディデスはヘロドトスよりも劣る歴史家である、なぜならトゥキュディデスは自分が祖国から追われたものだから著述の中で祖国を不当に貶め、欠点をあげつらって良い面を無視する記述を行っているからだ、と主張している(Higgins 314)。このようにトゥキュディデスを批判するディオニュシオスの祖国への偏愛を、ガリヴァーは、祖国イングランドを称揚する自分の態度の模範としているのだと言うのである。しかし、ディオニュシオスが祖国を偏愛したといっても、彼は母国ギリシャからローマに国を変えた人である。祖国アイルランドからイングランドに渡ったスウィフトがイングランドを偏愛しただろうか。そして再びアイルランドに帰らざるをえなくなった後、イングランドを不当に貶める記述を行わなかっただろうか。このような微妙で議論を呼ぶ問題を想起すると、ここでディオニュシオスが言及されているのは、単なる祖国愛の模範としてとは到底言えず、ローマとギリシャにまたがったディオニュシオスの屈折した故国愛に、スウィフト自身、イングランドとアイルランドにまたがった同じぐらい屈折した気持ちを投影した可能性がある。

138-3 そうした知識の欠如が、われわれヨーロッパの教養ある諸国ではまったく見られないような多大の偏見と考えの狭さを生みだしてしまうのは仕方のないことだ。

自分と自国の名誉挽回に躍起となるガリヴァーは、ヨーロッパの教養ある諸国では見られない「偏見と考えの狭さ」がこの国と国王にはあるために、自分が説明するイングランドなどの国の優秀さを認めることができないのだと言って憚らない。彼は国王の鋭い質問や反論を「巧みにかわし」て最大限弁護し、贔屓の引き倒しで祖国を褒めまくったのだが、それにもかかわらず功を奏しなかった。自分が嘲りの的となってしまった原因をひたすら王の無知と偏見に求めるガリヴァーの態度を見ると、「私も読者に決して負けぬくらい残念でしかたがない」[137]と言っていかにガリヴァーから共感を求められても、読者は到底理解できないし、そもそも共感を引かないような書き方がされている。独走するガリヴァーは、自国自慢をさらに行い、名誉回復を図るポーズをとる。この道化としてのガリヴァーを、国王は嘲笑する。

138-7

それは、陛下のさらなる寵愛を期待して、三、四百年前に発明されたある粉末の調合法の話をしたときのことである。この粉末を集めたものの中に、ごく小さな火花を投じただけで、たとえ山ほどの大きさがあるものでも全体に火がついて、雷をしのぐ轟音と揺れとともに飛び散ってしまいます。

ガリヴァーの自国自慢の切り札は、火薬という発明物である。火薬を使った大砲は、帆船をばらばらにできるし、何百人もの人間を一気に吹き飛ばせる、包囲した都市を壊滅させることができるし、近くにいる人間の頭を吹き飛ばして脳みそを飛散させることができる、と得意満面だ[138]。ガリヴァーは国王へのささやかな返礼として、この火薬の作り方を伝授しようと申し出る。何かを他人に贈呈したり知識を授けたりすることは、そのことで当の相手への自らの優位を担保することである。名誉失墜というどん底から這い上がるために、ガリヴァーとしてはとっておきの知識である火薬を最終兵器として出したことになる。しかし、嬉々として人間の殺戮と解体を語るガリヴァーに、国王は「恐怖のあまり仰天」してしまう[139]。ガリヴァーはつねに聞き手の共感を引くことに腐心しているようだが、読者はむしろ国王の戦慄を共有することになる。ガリヴァーの思惑とは違い、国王の嫌悪感は増すばかり。王は、ガリヴァーの申し出をきっぱりとはねのける。「技術と自然とそのいずれに関わるにせよ、新発見ほど嬉しいものはないのだが、おまえの言う秘密を知るくらいなら、この王国の半分を失うほうがまだしもというものだ」[139]。この王の態度と対極にあったのが、第一篇でガリヴァーに全面的戦争協力を要請したリリパットの皇帝だ。ブロブディンナグ王の態度は、リリパットの皇帝の強欲さと好対照である。

なお、「三、四百年前に発明された」と述べられている火薬は、黒色火薬として九世紀の中国に端を発すると考えられている。ヨーロッパ人が火薬を使った銃を発明したのは一四世紀だったので、ガリヴァーの指摘する時期はほぼ正しい。火薬をヨーロッパで開発したのはドイツのフランシスコ会修道士のベルトルド・シュヴァルツとする伝説があるが、一四世紀からヨーロッパで軍事用として使われるようになったことだけが分かっている。

139–5 よくもおまえのような地を這いずりまわるだけの無力な虫けらが(これは陛下の御言葉)かくも人の道にもとる考えを抱けるな、しかも荒涼たる流血の場にもまったくたじろがず、日常茶飯の如くに、と仰せられ

これが、国王の最終結論である。この「虫けら」の原語はInsect。第三章でInsects(虫)と呼ばれ[109]、第六章でVermin(害獣)に悪化した[136]イングランド人は、ここで再びInsectという無害な生物に戻ったのだろうか(136–10「おまえ自身の話と……」の注参照)。結論から言うと、再びガリヴァーがInsectと呼ばれているのは、元凶である卑小な存在とそれがもたらす残虐な悲惨との懸隔を強調するためのレトリックである。一見無害で関心を払うのに値しないようなちっぽけな存在であるにもかかわらず、人間をばらばらにし城壁を破壊し都市を壊滅させる力をもつ、そのような存在を無力な虫けら呼ばわりすることで、ちっぽけさと甚大さの落差がより強調される。ガリヴァーが述べた火薬のもたらす凄まじい被害がいかに非人間的であるか、つまり「人の道にもとる」(inhuman)かが述べられ、ガリヴァーの代表するヨーロッパ人はどんどん「人間性」から遠く離れていく。その意味で、最も人間から遠い生物だと思われる「虫けら」と呼ばれるのはふさわしいことである。しかし、とんでもない大規模な殺戮を行う冷血動物であるものとして描かれている人間は、第六章で、人間が有害で駆逐すべき存在として描かれた文脈に乗っている。このレトリックが、ここにおいてさらに強化されている。

140-7　それまでは麦の穂が一本、草の葉が一枚しかはえなかった土地に二本、二枚育つようにした者は誰であれ、政治家全部を束にしたのよりも人類の恩人であり、国のために大事な貢献をしたことになるのだと仰有った。

政治より農業を重視するブロブディンナグの農本主義の考え方が最もよくあらわれた箇所である。国王が重視するのは、農業発展に寄与する農民である。だから、例えば、本来の農作業を離れてガリヴァーを見世物として連れ回した最初の主人や、その考えを吹き込んだ目のかすんだ老人は、農民の風上に置けないやつということになる(98-15「この人物が……」の注、101-11「わが主殿は私が……」の注参照)。ブロブディンナグの重視する学問にもその考えはあらわれており、数学についても「生活の役に立つもの、農業や工芸の改良にもっぱら応用されているので、われわれのところへ持って来てもほとんど評価されないだろう」とガリヴァーは言う[140]。実学指向なのである。

ブロブディンナグの学問を「穴だらけ」[140]とし、彼らの「考えの狭さ」[138]をなじるガリヴァーだが、これをもって彼が首尾一貫して農業軽視の考えをもっていると考えてはならない。彼が第二篇でブロブディンナグ王にイングランド弁護の立場から極端な論を開陳しているのは、あくまでも極端な話で聞き手の関心を引こうとする「おとぎ」の役割に徹しているからであり、事実、そのような役割を果たさない第三篇第四章のバルニバービでは、世間の「改良」の波に取り残されたムノーディ卿の畑が豊穣な実りを見せていることに感銘を受けている[185]。改良の名のもとに破壊された農地には「麦の穂一本、草の葉一枚眼に入らない」とそこにはあり、本注釈箇所の対極となっている。

141-2　印刷術は、中国人と同じで、記憶にないほどの昔から持っていた。

中国人への言及がここであるのは、活版印刷が中国に始まったという通説からである。ターナーも、「中国人は九三二年に孔子の教えを版木によって印刷した」と指摘している(Turner 321)。また、108-9「仕上りはこの国独特の……」

の注で触れたように、当時の地理感覚として太平洋はきわめて狭いものと考えられており、ブロブディンナグのある北アメリカ西海岸はユーラシア大陸と近接していると思われていたため、対岸にある中国とブロブディンナグの対比となったものと考えられる。当時の地理感覚については**図2-5**を参照。アメリカ大陸は空想のアニアン海峡を隔てて中国などアジアと遠くない位置にあると想像されていた。

141-12 彼らの文体は明晰で、男性的で、流暢だが、華麗というのではない。

ブロブディンナグの作家は過剰な文飾を好まず、単純明快さを旨とする。これは法律の文言にもあてはまり、「単純明解をきわめる言葉で、人々が頭を使って何通りもの解釈を発見するということはない」[140]。また言葉の簡潔さを好むので、それに比例して書物の数も少なく、国王のもつ最大の蔵書ですら一千巻を超えない。このような文体を「男性的」と特徴づけているわけだが、ガリヴァーが好んで読んだ「小さな古い道徳書」は、不思議なことに「女と庶民以外にはほとんど評価されていない」という[141]。次注で触れるように、この書物には、時代が衰退してゆくにつれて人間も退化していくという省察が書かれている。著者は男性だが、ブロブディンナグの女性たちも共感を示したこの書物を、ガリヴァーは「いい気晴らしになった」と言っている[141]。第三篇第四章になると、ラピュータで過ごすガリヴァーは主に女性たちと時間を過ごしており、女性的心情を共有するのだ

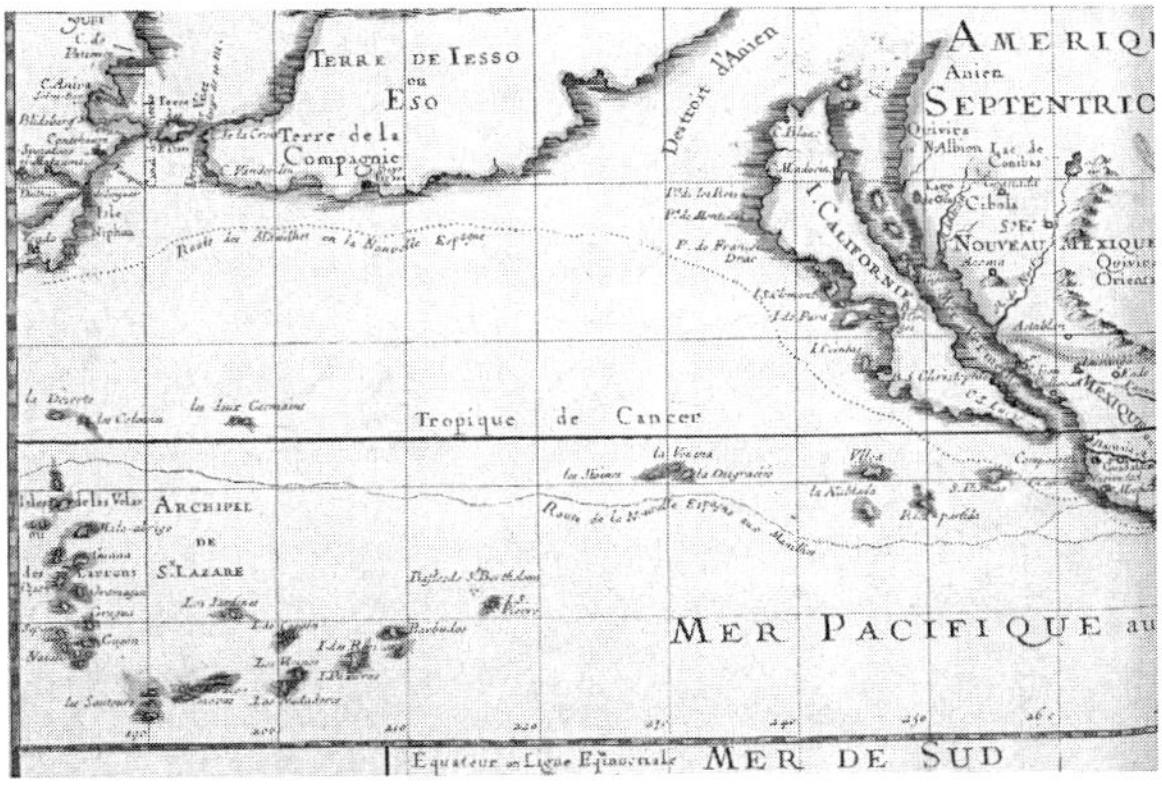

図2-5 空想のアニアン海峡(右上).ピエール・デュ・ヴァルの北アメリカ地図(1684年)より.

が、本注釈箇所にその兆しを見ることができる。本を読んでいた女性といえば、第一篇で王宮でロマンスを読みふけって居眠りして火事を起こしてしまった女官を思い出す。そのときの鎮火事件によりガリヴァーは皇妃と不和になった[56]、つまり女性と袂を分かった。本注釈箇所で本がガリヴァーと女性を近しくする働きをしているとすれば、第一篇では二者の亀裂を生じさせる役割を果たしていたことになる。第二篇に入っても女官たちに性的に弄ばれて不和は続いている。だが、グラムダルクリッチという女の子の親切もあってか、第二篇の終わりに近くなったこの箇所では、女性的価値観への傾倒をガリヴァーの中に見ることができる。

142-3

また近年の下り坂の時代にあっては、自然そのものも衰頽し、古代と較べると小さな早産的な生き物しか生み出しえないのだと補足する。そして、もともと人間という種は今よりもはるかに大きかっただけでなく、かつては巨人も存在したに相違ない

巨人の国の「小さな古い道徳書」に書かれている内容である。巨人を肉体のみならず精神的にも巨大な存在として描き、人間の現状を諷刺する物語については、ラブレー『ガルガンチュアとパンタグリュエル物語』(一五三二〜六四年)という偉大な前例がある。しかしそれよりも『ガリヴァー旅行記』に似ているのが、シラノ・ド・ベルジュラック『月世界旅行記』(一六五七年)である。エディによれば、この作品こそ「ガリヴァーの第二の航海物語の真の原型であり、まぎれもなくスウィフトの発想の源」だという(Eddy 125–26)。なかでもエディが注目する両者の共通点は、いずれも小さな旅行者と旅行先の巨人たちのサイズの違いを、旅行者を貶める手段として用いていることである。ちなみに、『ガリヴァー旅行記』よりあとの時代でも、ヴォルテールの哲学的物語『ミクロメガス』(一七五二年)に巨人に関する同様の見解が見られる。小さな身体が「下り坂の時代」(declining Ages)を象徴し、巨大な身体は堕落以前の幸福な時代に対応しているわけだ(89-6「そもそも人間……」の注参照)。

さらに注目しなければならないのは、巨人であるにもかかわらず、自分たちがすでに縮みつつあり、小さくなってい

るという認識をもっている点である。「衰頽し」の原語はおなじみの degenerated(退化した)であり、巨大でありながらすでに退化しているという感覚をもつのである。謙虚な巨人と言っていい。ブロブディンナグ国の碩学たちは小さいガリヴァーが「流産児」ではないかという説を唱えたわけだが[106]、すでに自分たちが縮んでいるという認識をもつ彼らが、さらにその一二分の一という小さなガリヴァーを、身体の退化のなれの果てと考えたのも首肯できる。ただ、巨人であるブロブディンナグたちの「退化」観は、人間の不可避な運命への諦観のようなものである。かたや、本篇第六章でガリヴァーがイングランドの貴族院議員について「堕落した者はない」と言う[131]ときの堕落は、明らかに人間の道徳的堕落の意味であり、批判に値するものだ。それはリリパット社会の堕落に通じるものであり、ブロブディンナグの退化観とは一線を画す必要がある。ブロブディンナグの書物にある達観した退化観は『ガリヴァー旅行記』全体の中では特殊であり、イングランドやリリパット国、さらにヤフーの無自覚・無反省な退化とはまったく異なるものとして描かれている。

別の観点から見ると、「人間がその本性上いかに小さな、賤しむべき、非力な動物にすぎ」ないかとする巨人の著者は[142]、本篇第五章の冒頭で小人であるガリヴァーがもった感覚を、存在論的に認識していると言える。野獣などにひどい目にあわされる非力な存在で、他の動物から身を守れないというのは、まさにガリヴァーが体験したことであり、巨人とガリヴァーの認識が共通するように描かれていることから、人間の卑小さや非力さというのは、たまたま小人であるガリヴァーであろうと、それに比べて体の大きなブロブディンナグ人であろうと、人間ならば普遍的にもつ感覚であると、この物語は主張しているようである。そうすると、火薬を用いた武器で残虐になり、他の存在を脅かす尊大なヨーロッパ人は、「文明」という名のもとに人間らしさから遠く離れることを選択したことになり、それは「非人間」への道をたどることである。そのような警告をこの章から読み取ることができる。

142-17 ヴェニス方式の投票

ヴェニス方式とは、ヴェニスにおいて一二九七年以降に議会選挙で採られた方式で、無記名の秘密投票だった。トマス・モア『ユートピア』でも、ユートピアの特徴として、「各三十の家族(農家)ごとに一人の役人が毎年選出される」、「一般人民によって前もって指名されている四人の候補者の中から、市長を一名、秘密選挙によって指名するのである」(平井訳79)などのように、秘密選挙と毎年の選挙が挙げられている。ちなみにモアのユートピアでも、ブロブディンナグ国と同様に農業が重視されている。

143-9

彼らも、人類全体につきまとうのと同じ病いに、貴族がしばしば権力をほしがり、民衆が自由を、王が絶対支配をほしがるという病いに苦しめられてきたのである。

ブロブディンナグ国には市民の兵からなる軍隊がある(ウィリアム三世とジョージ一世が重視した常備軍ではなく、スウィフトの雇用者ロバート・ハーリーの推す民兵を採用しているわけだ)。しかし、他国から隔絶されたこの国と抗争する国があるはずもなく、ガリヴァーはその存在理由を不思議に思い、聞き取りを行う。安定した国内政情を維持するためには王と貴族と民衆の三者間のバランスをとることが肝要であるのだが、いずれか一者の欲望によってそのバランスは崩れがちであるということが「人類全体につきまとう病い」と表現されることはよく見られたことで、ガリヴァーもそれにのっとった物言いをしている。ブロブディンナグ国も御多分にもれず、このバランスの崩れのためにかつて「一再ならず内戦」が起こったのだが、現国王の祖父の時代に「全体的な講和」(講和の原語 Composition は、*OED* の二三番目の「政治的違いをもった複数の派の間での和解協定」の意味)が成立し、爾来平和は保たれているものの、市民兵の訓練は欠かせないというのである。これは、第一篇のリリパット国で、現国王の祖父の時代に政党間紛争が激化し、内紛も、外敵ブレフスキュとの対立も激しくなったことと反対である。ブロブディンナグは農業を重視した豊かな国で、平和が保たれており、自分たちが時代とともに衰えていくという認識をもちながらもそれを従容として受け入れる国なのであり、これらの意味で『ガリヴァー旅行記』の他の遠い諸国の中では特異な存在である。

第八章

144-8 私としては、カナリアのように鳥籠の中で飼いならされて、そのうちに国中のお偉方に珍品として売りとばされかねない子孫を残すなどという屈辱に耐えるくらいなら、死んだほうがましだと思っていた。

ブロブディンナグで二年あまりを過ごしたガリヴァーは、巨人相手の生活に対してさすがに疲労感を隠せない。「カナリア」(原語はCanary Birds)は、「囚人」を意味する俗語でもあった(*OED*)。ブロブディンナグ国王には「私の種を増殖させる」という強い意向があったわけだが、侏儒を増やそうという計画は、当時のイギリス王宮でも実際に行われていたようで、この箇所はそのことを下敷きにして書かれているとも解釈できるが(Higgins 317)、『慎ましやかな提案』の著者スウィフトを考慮すると、これはイングランドのアイルランド政策への痛烈な諷刺とも解せるし、あるいはまた子供をつくることへの彼の異様な潔癖感のあらわれとも取れる。ちなみにシラノ・ド・ベルジュラック『月世界旅行記』ではシラノ自身が文字通り鳥籠に捕らわれてしまうという展開になっているので、その影響を考えることもできよう(Eddy 21)。

145-17 頼んで下に降ろしてもらい、窓をひとつ開けると、海の方を見つめる眼は物悲しい想いに満ちたものとなる。

国王と王妃の南部海岸への旅行に同行して海沿いにやってきたガリヴァー。グラムダルクリッチともども旅の疲れが出たのでひと休み。海、そしてその先にある祖国へ向けていささか感傷的に……と思いきや、この箇所、実はそれほどセンチメンタルなものではないようだ。ガリヴァーは胸の奥深くに秘策を抱いていたのだから。彼はこう述べていた。「私は海が見たかった、脱出するとすれば、そこしかないはずなのだ」[145]。海辺で祖国を思い涙にむせぶという場面は、ホメロスの描くオデュッセウスが、まさにグラムダルクリッチを連想させるニンフのカリュプソとともに七年間過ごした島の浜辺で涙する場面を想起させるものだが(『オデュッセイア』第四歌)、英雄叙事詩に見られるそうした感傷性を果たして小人のガリヴァーに見出してよいものかどうか。ガリヴァーの内面告白は多くの場合、パロディー化されているとはポール・ターナーの指摘である(Turner 130; Higgins 318)。

146-9 鷲か何かが箱の環を嘴にくわえていて、甲羅つきの亀のように岩の上に落とし、私の体をほじくり出して喰ってしまおうという魂胆なのだ。

『アガメムノン』や『縛られたプロメテウス』で知られる古代ギリシャの悲劇詩人アイスキュロスは、上空を飛んでいた鷲が彼の禿頭を岩と間違えてくわえていた亀を落としたために落命したと伝えられている(Gough 378; Higgins 318)。

147-1 それで海に墜落したことが分った。

侏儒が海や川に落ちて溺死するという話は、当時、他にもあったようだ。A・M・テイラーやデニス・トッドは、この場面の描写から、一六九五年、ロッテルダムの川に落ちて溺死したジョン・ウォームバーグ(一六五〇年〜九五年)のことを想起している(Taylor 30; Denis Todd, *Imagining Monsters* 138)。スイス出身のウォームバーグは、身長は八〇センチ弱に過ぎなかったが、身体各部のバランスは取れており、結婚して二人の息子をもうけたとされる。

147—9 そのときはグラムダルクリッチのところへ帰りたいとどんなに思ったことだろう

危機的事態を迎えているその最中、ガリヴァーの脳裏に一瞬よぎるのが、あとに残してきたグラムダルクリッチのこと。恩を仇で返す自らの所業への弁明とすれば、当然のことながら、スウィフト自身の女性関係、特に一七二三年に彼との関係が決裂したことの衝撃で亡くなったとされるヴァネッサ(本名はエスター・ヴァナムリ(一六八八〜一七二三年)、スウィフトより二一歳年下、ステラよりも七歳年下)のことが想起される。ヴァネッサは、スウィフトが相変わらずステラに思いを抱いていることに絶望したというのだ。もちろんグラムダルクリッチの描写には、彼の幼少期の乳母や、まさに生涯の恋人とされるステラの姿も重なっているわけだが、ここでのグラムダルクリッチへの言及が、許しを乞うスウィフトのヴァネッサへの追悼の辞であるとすると、しかしあまりにも短い。それとも、この瞬間的記述のうちに彼女への永遠の思いを込めたと解すべきか。

またこの箇所は、さきにガリヴァーとの別れを予感して激しく泣いていたグラムダルクリッチの次のような姿とあわせて考えることもできよう。「出かける許可がほしいと願い出た。そのときのグラムダルクリッチがいかに同意を渋ったか、私に気をつけるようにその小姓にどんなに厳しく命じたか、そして起こるべきことを何か予感でもするかのように激しく泣いたか、私は決して忘れることはない」[145]。イギリス一八世紀の小説に登場する悪い予感は、しばしば現実のものとなる。例えばデフォーの小説『ロクサーナ』(一七二四年)では、パートナーの宝石商が家を出るとき、ヒロインのロクサーナは、彼の血塗られた顔を幻視し、必死に引きとめるが、それを振り切って商売に出かけた宝石商は、案の定殺害されてしまう(Defoe, *The Fortunate Mistress* 59)。本注釈箇所は、そのようなエピソードの一つとしても読めるだろう。もっとも、この予感がガリヴァーにとって必ずしも悪いものであったかどうかは疑わしい。いささか辟易していた巨人の国での生活に区切りをつける格好の機会であったかもしれないからだ。しかもそのことと、第四篇第八章に見られるような、水浴びする全裸のガリヴァーに情欲を感じて抱きつこうとする牝ヤフーの姿に[282〜283]、年齢がはるかに上のスウィフトに追いすがるヴァネッサの姿を重ね合わせているとするなら、そこには何とも冷酷な作者の姿が浮かび上がってくる(282-12「この機会に……」の注参照)。

148-14

ところが、何をやっても何の反応もないにもかかわらず、箱が動いてゆくのだけははっきり分かり、一時間か、もう少し経ったところで、箱の留め金のある、窓のない側が何か固いものに衝突した。

『ガリヴァー旅行記』の特徴の一つは、空間世界をデフォルメした視覚表象の面白さである。リリパットとブロブディンナグにおける縮小と拡大はその最も典型的な例である。そしてこれに応じて、例えば、音楽や人の声などをあらわす聴覚表象も変化する。人間の存在を定位するそうした秩序感覚を変形させ、場合によっては反転させることで、人間存在を根本的に問う仕掛けが、見事なまでに張り巡らされていると言えよう。しかしその中にあって、全篇にわたり、まったくと言ってよいほど影響を受けていない秩序が一つある。時間感覚だ。リリパットでは時間が早く進み、ブロブディンナグでは巨人に合わせてゆっくり進む――というようなことはもちろん起こらない。第三篇第一〇章で、ガリヴァーが不死人間の国ストラルドブラグへ出かけるときにも、時間進行そのものが変わることはない。考えてみれば、第一篇第二章でガリヴァーがリリパットの検査官に持ち物検査を受けたときにも、時計は、それが「神託」と呼ばれ、ガリヴァーにとって「生活上の行動すべての時を指示する」重要なものであることが分かっていながら、結局は没収をまぬがれて返されることになった[34]。隠し持っていた眼鏡や懐中望遠鏡とともに、時計は、いわば作品全体をつかさどるものとして機能し続けることになった、と言ってもよいだろう。

箱に閉じ込められ、海上を浮遊している間のガリヴァーの描写には、執拗なまでの時間への意識が、他には見られないほど際立った形で表現されている。鷲がガリヴァーのいる箱を放してから垂直降下していたのは「一分以上」、グラムダルクリッチのことが心配になるまでの時間は「わずか一時間」、海に浮かんでいたのは「四時間」、トマス・ウィルコックス船長の船に曳航されていたのは右の引用の通り「一時間か、もう少し」、さらには大工が箱に通路を開けるのにかかったのは「ものの、二、三分」、ガリヴァーが仮眠をとったのは「数時間」、そして、箱が鷲にさらわれてから海に落ちるまでに「二時間以上かかっているはずがない」、といった具合である[146、147、148、149、150、151]。空間世界が歪むなか、作者は、時間についてだけは、リリパットやブロブディンナグとイングランドを、そして主人公と読者とを通常の秩序感覚で結びつけ、作品の安定感と迫真性を担保しようとしていたのだろうか。

ちなみに「一時間か、もう少し」は、原文では the Space of an Hour, or better となっている。better が more の意味であることはよいとして、Space は、空間的な拡がりではなく、時間的な幅を表すものとして中世以来、一九世紀に至るまで一般に使われていた(*OED*)。空間を自在にデフォルメしたスウィフトが、しかし巧みな作品構成の秘訣としてデフォルメしなかったもの、それが時間的な Space であり、ガリヴァーがブロブディンナグから急転直下、イングランドへ戻ってくるこの場面に、それが表出しているのである。もっとも、ガリヴァーは作品中の至る所で日時の計算違いをしているので(85-11「四月の十九日に……」の注参照)、時間への執着に注目すればするほど、ある意味では、語り手ガリヴァーの不確かさを示すことにもなるという点には注意したい。

149-13 これだけのピグミーを目のあたりにして

少しあとにも、「おお、ピグミーどもよ、我輩は巨人なり」[155]とある。「ピグミー」と当時の文学的表象については、19-17「私は仰向けに……」の注参照。

149-14 船長のトマス・ウィルコックスというのはシュロップシャ出身の立派な人物で

シュロップシャはイングランド北西部の州。中心都市はシュルーズベリ。アイルランドへのフェリーが発着するウェールズのホーリーヘッドとロンドンを結ぶ街道筋にあるので、スウィフトはシュロップシャを生涯にわたって何度も行き来している。おそらくはそのあたりから連想されたものであろう。その他、スウィフトへの影響関係が指摘されている文筆家トム(トマス)・ブラウン(一六六三〜一七〇四年。『医家信教』の著者として知られるサー・トマス・ブラウン(一六〇五〜八二年)とは別人)の生地がシュロップシャであり、またアイルランド貨幣改鋳計画で知られるウィリアム・ウッドが生まれたのもこの地であった(Boyce 178–88)。

152-3

他国では重罪犯を食料も与えずに水漏りのする舟に乗せて海へ流すというけれども、きみもどこかの君主の命令で罰されて、あの箱で捨てられたのではないか

イギリスで流刑の習慣が本格化するのは、一七一八年に囚人移送法が制定された後のことである。その後、北アメリカやオーストラリアといった植民地に犯罪者を追いやり、あわせて植民地における労働力の需要を満たすことになったという事実はよく知られている。ちなみに流刑が法的に禁止されるのは、一九世紀半ばのことである。この箇所の記述は、ガリヴァーがブロブディンナグから帰国する一七〇六年のことであるから、作品の設定としては、この囚人移送法の施行前にあたる。イギリス人の船長が、「どこかの君主の命令で」と語っているのは、その限りにおいて、きわめて正確な言い方ということになるだろう。ただし、もしスウィフトがこの作品を書いている時点において、すなわち、囚人移送法がイギリスにおいても施行されたのちに、そのことへの批判的見解を含意しているとするならば、「どこかの君主の命令で」という船長の台詞は、にわかに諷刺的色調を帯びてくる。「外来の君主の命令で」と読み換えるならば、これは言うまでもなくジョージ一世を念頭に置いているということになる。

もっともこの場面は、第三篇・第四篇において、ガリヴァーがどのような形でラピュータやフウイヌムへ辿りつくことになったのかを想起すれば、その伏線になっているとも考えられよう。いずれもイギリスから乗ってきた本来の船を海賊に乗っ取られ、ガリヴァーは流刑者のごとく海もしくは孤島に追放されてしまうからだ[161〜162、234〜235]。そして

言うまでもなくこの構図は、『ロビンソン・クルーソー』のモデルとなったスコットランド人船乗りアレグザンダー・セルカークの場合とも重なっている。

153–1 女官の足の指から自分で切り取ったマメも見せたが、これがケント産の小林檎くらいの大きさがあって

「ケント産の小林檎」(*Kentish* Pippin)とはピピン種の林檎のこと。通常の林檎にくらべ甘味が強く、生食用。温暖なイングランド南東部に位置するケントは、今日に至るまでピピンの産地として有名である。

154–2 同じように、私の方でも気のついたことがあって、最初この船に移って、ぐるりと船乗りたちに囲まれたとき、何とちっぽけな、いじましい生き物たちだろうと思ってしまったということである。実のところ、あの君主の国にいる間は、眼が途方もなく大きいものに慣れてしまうまで、比較すると自分が情なくなってしまうので、鏡を覗くことができなかった。

巨人の間で生活をするうちにすっかりその大きさに慣れてしまったガリヴァーは、巨人の視線を獲得している。そのような彼には、普通の身の丈の船乗りは小人にしか見えない。しかも、ブロブディンナグ王から小さいだけでなく性質の卑小さをさんざん揶揄されていたことの反動か、彼は王と同じように、船乗りたちに対して、「ちっぽけで、いじましい」とまで言っている。なぜ彼が自分を棚に上げて人間をあざ笑うのかと言うと、それは巨人の女王との鏡の体験を踏まえてのことであろう(110–11「御妃様が私を……」の注参照)。本注釈箇所でガリヴァーが言っているのは、情けなくて小さい自分の姿を直視したくないので、その経験以来、鏡を見ていなかったということである。自分の卑小さから目を背けて視線だけ巨人のものを獲得しているので、当然彼は傲慢となり、普通の人間を嘲る。第一篇では観察する科学者風の記述をしていたガリヴァーだが、ここに至って、観察者の定点であるべき自らの立ち位置をわきまえない態度を取

るようになっている。

154-7　三ペンス銀貨くらいの大きさの皿

三ペンス硬貨は、古くは一六世紀半ばのエドワード六世の時代から使われていたが、スウィフトが生きた一七世紀後半から一八世紀にかけては、直径一七ミリ、重さ一・五グラムのものであった。ブロブディンナグの大きさが通常の人間世界の一二倍で、そのようにガリヴァーの目に映っていたとすると、この皿の直径は、実際には二〇センチほどであったということになる。

154-12　イングランドの古諺を引いて、その瞳は腹よりも大にしてですか、と笑った。一日中何も口にしていなかったにもかかわらず、あまり食欲がないのを見ていたからである。

この古諺とは、一般に、Your eyes are bigger than your belly [stomach]. などと言われるもので、実際にお腹を満たす量よりも多くを求めてがつがつしている人を非難する場合に使われる諺だが、目にする食事のサイズがいちいち大きすぎて、お腹を満たすだけの量よりも多かったという意味にもじって、ブロブディンナグでの話をするガリヴァーに応じたというわけである。

154-16　パエトンの故事とよく似ているものだから、その比較に出てきたが、そんな思いつきに感心してみせる義理はなかった。

「パエトンの故事」とは、ギリシャ神話に出てくる太陽神ヘリオスの息子パエトンの話。父の許しを得て一日だけ父の日輪の馬車を駆って出かけたが、うまく馬車を操れず地球に接近しすぎて地球を大火事にしそうになったので、ゼウスによって大空から叩き落され、エリダヌス川に墜落したというもの。パエトンは以後、行きすぎた誇りや無理な背伸びの象徴となってしまった。ここでは、そういう故事の状況にあまりにも似ているので、船長がたまらずそれを話題にしたが、自分(ガリヴァー)のように実際に辛酸をなめてきた者にとって、そういう軽はずみな思いつきは感心できない、と述べているわけだ。もちろん彼のこうした内面告白を文字通りに受け取る必要はない。実際ガリヴァーは、船長の言う通り、この顛末を「忠実に説明し」[145]、「後世に残」[154]したのだし、「イングランドに戻ったらこれを文章にして出版したらどうか」[153]という船長の勧めに従って『ガリヴァー旅行記』という作品を仕上げたわけだから。

155—1

船長はトンキンに寄港したあと、イングランドに戻る途中であったが、北東に流されて、北緯四十四度、東経百四十三度の地点にいた。しかし私が救出されてから二日後には貿易風に遭遇し、それからずっと南下して、ニューホランドの沿岸を回り、それから進路を西南西、ついで南南西に定めて、ついに喜望峰を回った。

トンキンは、ベトナム北部地域の名称であり、ハノイの旧称。そこから「北緯四十四度、東経百四十三度」まで流されたというが、これはちょうど北海道の位置にあたる。すでに記した通り、当時のヨーロッパ人にとって、広大な太平洋海域については、そのほとんどが未知であった。いずれにしてもそこでガリヴァーに遭遇したわけだから、つまりはブロブディンナグの舞台設定自体が、今日の北アメリカ西海岸よりはるかにユーラシア大陸寄りであったことが分かる(108—9「仕上りはこの国……」の注、141—2「印刷術は……」の注参照)。ガリヴァーを乗せたトマス・ウィルコックス船長の船は、ここからニューホランドの西側を回ってイギリスへ向かうことになる。

156—5

わが運無き航海の第二部の終わりである。

ブロブディンナグ渡航記を、ガリヴァーは「わが運無き航海」(my unfortunate Voyages)の第二部として締めくくっている。複数の Voyages は当然、第一篇や、第三篇、第四篇を含む「遠く離れた諸国」への旅全体を指しているわけだが、しかし第二篇末尾のこの否定的な言葉は、リリパットから持ち帰った羊がかなり繁殖したといった肯定的な記述によって締めくくられる第一篇と著しい対照をなし、第四篇の悲観的な結論と類似する。長らく巨人を相手にし、人間を矮小化することに慣れてしまったガリヴァーの、そしてスウィフト自身の自己嫌悪と取るべきか否かはにわかには決しがたいが、ウィルコックス船長の船員たちのことを、初め「何とちっぽけな、いじましい生き物たちだろうと思ってしまった」り[154]、ダウンズからレドリフまで戻る道すがら、「家屋、樹木、家畜、人間の小さなことを途々見るにつけ、リリパットに戻ったような気」がし、「たびたび、どけ、どけッと大声を出すものだから、なにを生意気なと一、二度は脳天を割られそうになった」りするなど[155]、第四篇の結末と同様、この箇所のガリヴァーがかなり不機嫌であることはたしかだ。

妻との再会の場面でも彼はバランスを崩してしまう。「女房が抱きついてきたが、こちらは彼女の膝より下までかがんでしまう始末、そうでもしてやらないと口まで届かないと思ったのだ」[155]というありさまで、これはフウイヌムから帰国したとき、妻の抱擁を受け、おぞましさのあまり失神したガリヴァーの姿[309]を先取りしていると言えよう。もっとも、フウイヌムへ旅立つときにこの妻は身重であったことが記されているから[233]、夫婦の関係はまだあったことが分かる。

第三篇　ラピュータ、バルニバービ、ラグナグ、グラブダブドリッブ及び日本渡航記

第一章〜第一一章

第一章

159-2 筆者、第三の航海に出る。

この第三の航海は、ガリヴァーの他の旅と比べて異質な印象を与えるようである。その理由として、第一篇・第二篇・第四篇は基本的に一つの国（もしもフウイヌムも国と見なすならば）にガリヴァーが滞在する物語なのに対し、第三篇はそもそもラピュータと遭遇するまでに四つもの島を通過しているうえに〔162〕、ラピュータを降りてからも、バルニバービ、ラグナグ、グラブダブドリッブ、さらには日本へと渡っているということがある。第三篇の雰囲気が他と異なるのには、スウィフトが『ガリヴァー旅行記』を執筆した過程での、この篇の奇妙な位置が関係している。第三篇を読むうえで知っておくと役立つと思われる執筆経緯の問題を解説したうえで、本篇の異質さがこれまでどのように受けとめられてきたのかも紹介し、さらにこの異質な篇の追加が『ガリヴァー旅行記』全体に与える意義にも簡単に触れておきたい。

第三篇は、実は『ガリヴァー旅行記』を構成する四篇のうち最も遅く完成している。一七二四年一月一九日付のチャールズ・フォード宛書簡に、「私は馬の国を去り、飛行する島にいるが、ここも長くは滞在しないだろう。そして私の最後の二つの旅行がもうじき終わる。だからきみがここ〔ダブリン〕に夏に来るときには私は戻っているはずだ」とあるので（*Correspondence* ii. 487）、スウィフトが最初の二篇のあと馬の国の話すなわち第四篇を書き、最後に第三篇を書いたのは明白である。しかも、一七二六年一〇月二八日に初版が出るより二年九カ月も前に、ラピュータ滞在の終わり近く（すなわち第三篇第三章の途中）まで筆を進めていたことになる。執筆そのものは一七二五年八月一四日には終わっていたことが、これもフォードに宛てた手紙から判明している(「私は旅行記を完成させて、いまは写しの作成中だ。これは大した代物だから、世界をすばらしく改良するはずだ」(同 586))。

とはいえ、それでも一年七カ月を第三篇の残り三分の二強に費やしてしまったのには、突発的な事情が関係している。ちょうど一七二四年の二月から、彼は別の著作を書かなくてはならなかった(*PW* x. ix–xi)。当時アイルランドでは半ペニー銅貨が不足しており、これを鋳造する特許がブリストルの金物商ウィリアム・ウッドに与えられていた。この決定がアイルランドの世論を無視して行われたために、「ウッドの半ペニー」(**図3–1**)の流入を阻止しようという運動が起こっていた。この運動を支持するスウィフトは、呉服商M・B・ドレイピアという変名で一連の『ドレイピア書簡』という政治パンフレットを執筆し、この年の大晦日まで五篇を発表している。この間、『ガリヴァー旅行記』の執筆は後回しにされていたようだ。ちなみに『ドレイピア書簡』は大いに成功を収め、反対運動の盛り上がりに危険を察知したイングランド政府は「ウッドの半ペニー」を流通させるのを諦めねばならなくなった。この功績によって、スウィフトはアイルランドで愛国者として祀り上げられることになった。

第三篇がこの騒動のあと書き上げられたことは、第三章にあるリンダリーノという都市の反乱をめぐるエピソード[180~182]により明らかである。このエピソードは「国王とその家来をすべて殺戮」[181]するという、あまりに不穏な内容を含むため、長く削除されてきたが、こうして読むことができるのは、先ほどスウィフトの文通相手として名前の出たチャールズ・フォードが、自分の所持する『ガリヴァー旅行記』初版に、スウィフトの指示に従って元の原稿との異同を書き込んでいたおかげである(「『ガリヴァー旅行記』の二つの版」参照)。

図3–1　ウッド貨.

こうして最後に完成した第三篇だが、同時代の評価は決して高くなかった。右に述べた通り、一七二六年一〇月二八日に初版が刊行されたが、その直後である一一月五日付のジョン・アーバスノットからスウィフトに宛てられた手紙には、「正直に言って企画屋の箇所はいちばん精彩を欠いている」と記されている(*Correspondence* iii. 44)。一一月七日にジョン・ゲイ(一六八五〜一七三二年)とアレグザンダー・ポウプがスウィフトに送った書簡には、彼らのような親友にも事前に原稿を見せてくれなかったことをなじりつつ、「アーバスノット博士は、知らずに出版されたのはどうにも残念でならない、いろんな話題にたくさんのネタを提供できたのに、と言っている」とあるので(同47)、おそらく医師で科学に明るかったアーバスノットから見れば、「企画屋の箇所」、つまり第三篇第五章でラガード大研究院の教授たちの取り組むさまざまな実験の描写は物足りなく思えたのだろう。なお、同じ書簡によると、「批評家たちは飛ぶ島がいちばん面白くないと考え」、「ガリヴァーがこんなつまらないことを書くはずがない」との噂さえあったという(同47)。なお、スウィフト自身、この評価を気にしていたのか、一七二六年一一月一七日付のポウプ宛書簡には、次のような言葉が見られる。「アーバスノット博士は企画屋がお気に召さず、きみによると他の人たちは飛ぶ島が気に入らないとか。人間の全体というか集合をあんなに非難するのは間違いだと考える人もいる。ところが多くの人の意見によると、特定の人々に関する記述こそ最もたちが悪いらしい。こういろいろ出てくると、私としては非難や意見を好きに言わせておくのが一番利口だと思う」(同56)。なお、「人間の全体というか集合をあんなに非難するのは間違いだと考える人」(つまり、第四篇を気に入らない人)とは、彼らの共通の友人だったボリングブルック子爵こと政治家・思想家のヘンリー・シンジョンを指すようだ。右の一一月七日付の手紙には、『ガリヴァー旅行記』が人間本性を軽んじるのは誤った考えだとボリングブルックが述べたことが記されている(同47)。

おそらくは宮崎駿によるアニメ『天空の城ラピュタ』(一九八六年)の影響もあり、私たちにとってラピュータの挿話は『ガリヴァー旅行記』を象徴する存在の一つとなっているが、少なくとも当時、これが本作を代表するものとは認識されていなかったことが分かるだろう。第三篇の受難はその後も続き、ロマン派の詩人サミュエル・テイラー・コールリッジ(一七七二～一八三四年)は、ウィリアム・ワーズワース(一七七〇～一八五〇年)から借りた『ガリヴァー旅行記』に、こんな趣旨の書き込みをしている。「人間への偏った批判こそあるが、それでも、『桶物語』を除けば、『ガリヴァー旅行記』第四篇はスウィフトの才能を最もよく発揮したものだろう。次に来るのがリリパット。それからブロブディンナグ。ラピュータは完全に削ってしまいたい。ひどい出来そこないだ」(Coleridge 476)。

二〇世紀に入ると、ジョージ・オーウェルは「政治対文学――『ガリヴァー旅行記』論考」(一九四六年)の中で、いかにも『一九八四年』(一九四九年)の著者らしく、第三篇第六章でガリヴァーが政治事業の学校を訪ねるときのエピソード[201～202]を引き合いに出し、現代的な警察国家・監視社会をスウィフトが予見していたことを指摘しているが(河野訳267–70)、これも第三篇全体を再評価したものではない。むしろ、スウィフト、ポウプ、ゲイ、アーバスノットなどスクリブリーラス・クラブの面々が共同で執筆した『マータイナス・スクリブリーラスの回顧録』(一七四一年、未完のまま出版)の批評版を編纂したチャールズ・カービー＝ミラーの意見のように、評価しない声も依然として聞こえる。カービー＝ミラーは、『ガリヴァー旅行記』の特徴として、ガリヴァーも彼が旅先で出会う人々も、作者によって全肯定も全否定もされていないために、諷刺の矛先の向かう先が適度に変化し、読者を飽きさせない点を挙げている。この見方から、彼は第三篇の諷刺が『ガリヴァー旅行記』にあって例外的に単純であり、ムノーディ卿という例外を除いて、ラピュータ人およびバルニバービ人は単にガリヴァーにからかわれるばかりだと指摘する(Kerby-Miller 318–19)。『ガリヴァー旅行記』を壮大な文学的伝統の中で考察した研究者、ウィリアム・A・エディの場合、さらに容赦がない。「『ガリヴァー旅行記』の第三篇は最長であり、同時に最悪でもある。関係のない場面が寄せ集められ、しかも、不死人間ストラルドブラグの国を除けば、創意がなく退屈だ」(Eddy 157)。

しかし、ハワード・アースキン＝ヒルは、第三篇が実は全四篇の中で重要な役割をもつと指摘する。彼によれば、第一篇と第二篇では、ガリヴァーと小人、あるいはガリヴァーと巨人という一対一の関係が扱われていたが、第三篇に入って初めてガリヴァーとラピュータ人およびバルニバービ人という三者の関係が登場する。これは第四篇におけるガリヴァーとヤフーおよびフウイヌムという三者関係への移行をスムーズにする意義があるという(Erskine-Hill, *Gulliver's Travels* 55)。興味深い指摘だが、第一篇にもガリヴァー、リリパット、ブレフスキュという三者関係があると言えるし、第二篇の場合は、巨人国における女官たち、道化の小人、さらに動物といった比較的下位の存在が、第三の項を形成していると読めなくもない。

この第三篇をいかに肯定的に読むかという問題は、多くの研究者の野心を掻き立てるのか、他にもキャスリーン・ウィリアムズ、ジョン・サザランド、ジョン・M・マンロー、クラレンス・トレイシー、イラ・ドーソン・トラルディー、デニス・トッド、ロバート・P・フィッツジェラルドなどが第三篇に内在する一貫性と全四篇の中での存在意義を証明しようと試みている(詳細はDenis Todd, "Laputa" 93–94; Traldi 35参照。このうちフィッツジェラルドの議論は、171–5「この政治と……」の注参照。またトッドの議論は175–5「天文学者は……」の注参照)。また、中野好夫は、彼の翻訳した新潮文庫版『ガリヴァ旅行記』への解説で、前半である第一篇・第二篇がまだおとぎ話の雰囲気をもつのに対し、本書の後半をなす第三篇・第四篇こそ人間諷刺を眼目とする本書の本領を発揮したものと高く評価している。「彼〔スウィフト〕の諷刺がその本来の面目を発揮して、世界の文学にその比を見ない、ほとんどわれわれの面《かお》に腐った臓腑を投げつけられる思いのするのは第三篇、殊に第四篇である」(中野訳421)。

ここで注釈者(武田)の管見を述べるならば、第三篇の旅は、第一篇から第二篇へと続く旅の延長線上に素直に置けるものではないと思われる。周知の通り、第一篇にはスウィフトと同時代の政治事件および政治家個人をほのめかす内容が多い。また、巨人たるガリヴァーは基本的に自己を批判することなく小人国の愉快・不愉快な事件を物語っている。これが第二篇に入ると、諷刺の対象が大きくなり、ヨーロッパ近代の政治経済への鋭くも痛烈な批判が、ガリヴァー本人よりも巨人国の王から発せられる。ガリヴァー自身、巨人と暮らすなかで、ヨーロッパ文明の優位性に対する信頼を揺さぶられる。つまり、第一篇から第二篇にかけて、諷刺の内容と視点は次第に複雑になっている。この見地からすれば、第二篇の延長として読めるのは、第三篇よりもむしろ第四篇である。第四篇では、巨人国の王ではなくフウイヌムの主人によって、さらに徹底的なヨーロッパ文明への批判がなされ、もはや矛先は人類全体に及び、ついにガリヴァーは人間とヤフーを同一視し、生理的な嫌悪感さえ覚えるようになる。『ガリヴァー旅行記』を第一篇、第二篇、第四篇の順番に読めば、主人公ガリヴァーが人間を呪詛するに至る流れを自然に理解することができる。しかし逆に言えば、他者批判→自己批判→人間批判というあまりに一貫した物語が成立することになる。ここにこそ、スウィフトが第四篇の後にわざわざ第三篇を執筆し、いまの位置に挿入した理由を求めるべきではないか。

すなわち、ヨーロッパ人による自己批判の色調が強い第二篇から休みなく第四篇を読み、人間への呪詛の言葉を耳にすれば、あまりに一面的な人間批判の書として『ガリヴァー旅行記』全体のメッセージが固定化してしまう可能性が高い。これに対し、第三篇という冷却装置を通ったあとで第四篇の世界に入った読者は、人間＝ヤフーへの痛罵をより冷静に受けとめ、本気と皮肉の両方の視点から読むことができるだろう。比喩的に言うならば、『ガリヴァー旅行記』の四つの旅は、振り子のように展開している。第一篇では観察者ガリヴァーが小人国を批判的に観察するが、第二篇でガリヴァーはむしろ観察される側に身を置かれ、批判の対象もガリヴァーの属する人間社会に移る。第三篇では、ブロブディンナグ国王と異なりラピュータ国王は外国事情に興味をもたず[173〜174]、したがって(少なくとも物語の表面において)ガリヴァーの社会が諷刺の槍玉に挙がることはない。ここで再び、ガリヴァーは観察者となっている。これが第四篇に入ると、第二篇の国王と同様に人間社会を批判する馬の主人が登場する。そしてイングランドに帰国したガリヴァーは、三たび見る人となり、フウイヌム的な立場から人間社会を批判する書として『ガリヴァー旅行記』を執筆する。そして次に『ガリヴァー旅行記』を読んだ人々が、(まさに本書『徹底注釈』が典型であるように)ガリヴァーという奇妙なほら吹きを観察し、あれこれとおかしな点を批評する。そして本書もまた、その読者であるあなたの批評を受け、さらにあなたがネットで本書についてつぶやけば、どこからともなくレスが寄せられる。このような、見る／見られる、読む／読まれる関係の無限の連鎖の中に『ガリヴァー旅行記』という作品は意図的に置かれているのであり、私たちも、あなたも、スウィフトの終わりなきプロジェクトの片棒を担がされている。

159-2 ラピュタに迎えられる。

ラピュータ(Laputa)という名前については、モーリーがスペイン語の la puta すなわち娼婦の意味との関連を指摘して以来(Morley 17)、たいていの注釈がこの見解を踏まえて議論をしている。なお、本「注釈篇」で「ラピュタ」でなく「ラピュータ」という表記を採っているのは、この la puta の発音を尊重するためである。ラピュータが娼婦といかに関係するのかについて、例えば「娼婦に気をつけろ、財布を空にされるぞ」というスペインの諺を引き合いに出し、ラピュータがアイルランド経済を破壊する娼婦すなわちイングランドの寓意であるとする解釈をターナーが紹介している(Turner 324)。さらに、「ラピュータ＝イングランド」説を補うものとして、アイルランド出身のジャコバイトで、スウィフトと無関係ではなかったチャールズ・レズリー(一六五〇～一七二二年)が、名誉革命後のイングランドをウィリアム三世という外国の男に身を売った娼婦として批判していることをヒギンズが指摘している(Higgins 318–19)。また、第三篇が知識人への批判を多く含むことから、Laputa にはラテン語で「考える」という意味の puto の響きも感じられるという説もある(Turner 324)。

159-4 コーンウォールの出身で、ホープウェル号という三百トンの頑丈な船の指揮をとっているウイリアム・ロビンソン船長が訪ねて来た。

『ガリヴァー旅行記』に登場する船については、意図的としか思えないほど、相互の類似が見られる。例えば、第二篇でガリヴァーの乗船するアドヴェンチャー号の船長ジョン・ニコラスも、本注釈箇所のウイリアム・ロビンソン船長と同様、コーンウォール出身である[85]。また、三〇〇トンという積載量もこのアドヴェンチャー号と同じであることが、実は第一篇の最後に記されている――「私は妻、息子、娘とお互いに涙を流しながら別れて、(中略)スーラト行きの三百トンの商船アドヴェンチャー号に乗り組んだ」[81]。さらに、第四篇でガリヴァーが船長として乗り込む商船の名がこれまたアドヴェンチャー号であるが、積載量は三五〇トンに増えている[233]。類似はこれだけではない。第四篇の航海の途中で寄港するカナリア諸島のテネリフで、ガリヴァーは「ブリストルのポコック船長」と遭遇するが[233]、ブリストルは第一篇でガリヴァーの乗ったアンテロープ号の母港でもあるのだ[18]。しかも、クィンランによれば、一七一〇年の船舶に関する記録を見ると、実在のアドヴェンチャー号の船長として「ウイリアム・ロビンソン」という名が挙がっているという(Quinlan 413)。なお、17-12「スワロー号」の注、85-6「コーンウォール出身の……」の注で述べた通り、『ガリヴァー旅行記』に登場する船の名前は、当時よくあった船から取られており、ホープウェル号の記録も多数残っている(Quinlan 413; Real and Vienken, "Lemuel Gulliver's Ships" 518)。

以上の事実から二つの推論が可能である。まず、スウィフトはごくありふれた船の名前をつけることでガリヴァーの旅のリアリティを高めようとしたこと、そしてより重要なのは、同じ船名や地名を繰り返し登場させることで、四回の船旅が何かを反復していると暗示したことである。おそらく何を反復しているかはあまり重要ではなく、むしろ本書を通じてガリヴァーが一貫した成長を遂げることがない(懲りずに同じ愚行を繰り返す)というメッセージが、こうした細部にも込められているのだろう。

160-5　フォート・セント・ジョージ

現在の南インドのマドラスのことで、当時ここにはイギリス東インド会社の拠点があった。つまり、イングランドによる世界貿易の中心の一つであり、第三篇と第二篇との違いを象徴する土地でもある。なぜなら、87-3「一七〇三年六月十六日……」の注で示した通り、第二篇の始まりでは、発見し征服すべき土地としてブロブディンナグがあらわれていたのに対し、第三篇の島々をめぐる主題は、「発見と征服」というより「交易・流通・移動」であると思われるからだ。第三篇を通じて、次から次へと島々を渡るガリヴァーは、異国との交易を象徴するかのようだ。事実、このあとトンキンに到着したガリヴァーたちは、船長が雑用を片づけている間にスループ船で商売に出る[160]。しかし彼らは目先の利益ばかり考えて、「積荷がありすぎて船足の遅いことおびただしい」状態に陥り、結局海賊に捕まってしまうのだ［160］。この失敗は、野心を燃やすあまり現実離れしてしまうラガード大研究院の研究者たちの体たらく（本篇第五章参照）を予示するものと言えなくもない。

160-9　スループ型の帆船

「スループ」とはもともとオランダ語で、一本のマストで縦帆を持つ小型の船のこと。

160-16　こちらは全員平身低頭の状態だから（これは私の命令であった）

ガリヴァーの船に海賊たちが「すさまじい勢いで乗り込んで」くる。海におけるガリヴァーの経験を思えば、海賊の存在を想定していなかったとは考えにくいが、あまりに面目の立たない状況である。奇妙なのは「全員平身低頭の状態」なのが「私の命令」に従ったためと書かれていることで、まるで自分の惨めな状態から目を逸らすために、命令者という立場を強調しているかのようだ。卑屈な態度と矜持との葛藤は、巨人たちに囲まれた第二篇でも主題となっていた。例えば、初めて巨人に遭遇し、身の危険を感じたときは「両手を合わせて哀願のポーズ」［90］をとる一方、国王の前で「理性は身体の大きさに合わせて拡大するものではございません」［131］と訴える場面もあった。しかし、第三篇の旅を続けるうちに、ガリヴァーには卑屈さを恥じる感覚が薄れていくように思われる。第一章で、漂流生活中に空を飛ぶラピュータに遭遇した彼は、必死だったとはいえ島民たちに「ひたすら懇願する格好をして、ひたすらへり下った声音で語りかけ」て救助を請う［164］。さらに第九章では、ラグナグ王の「王座から四ヤードほどのところまで匍匐前進」してご機嫌を伺っている［217］。この卑屈さは、第三篇でガリヴァーの旅するアジアの専制的な政治風土に対応したものと考えるならば、ガリヴァーらしい環境への適応力のあらわれと考えることも不可能ではない。同時に、第四篇で理性ある馬フウイヌムに対し心から屈従してしまう予兆を示しているようにも思われる。第四篇第一〇章の終わりには、フウイヌムたちのもとを退去するガリヴァーが「わが主」と呼ぶフウイヌムの足下に「身を伏してその蹄に接吻」しようとする有名な場面がある[300](**図4-2**参照)。この「身を伏して」の原文は、本注釈箇所の「平身低頭」と同じprostrate という語である。

161-5 同じキリスト教徒で、しかもプロテスタントだ、隣国ではあるし、緊密な同盟関係にあるのだから海賊の中にオランダ人がいるのに気づいたガリヴァーは、こう言って助命を乞うのだが、かえって相手の怒りを煽ることになる。オランダとイングランドは、一七世紀を通じて海洋国家としてのライバル関係にあったが、名誉革命でオランダからウィリアム三世を迎え入れると状況は変化し、両国は同盟を結んで太陽王ルイ一四世率いるフランスに対抗した。しかし、スウィフトはそもそも名誉革命に対して両義的な感情をもっていたし、スペイン継承戦争(一七〇一〜一四年)におけるオランダの無責任ぶりに業を煮やし、『同盟諸国の行状』(一七一一年)では容赦ない批判を浴びせている。本篇におけるガリヴァーのオランダ嫌いは、多分にスウィフト自身のオランダ観を反映したものと言えよう。

161-9 二隻の海賊船のうちの大きい方を指揮していたのは日本人の船長で

作中の年代は一七〇六年だが、日本の鎖国体制は一六三九年に完成している。その過程で、一六三五年には東南アジア方面への日本人の渡航と帰国を禁じているので、この時代に日本人の海賊が東南アジアに出没するのは時代錯誤である。

161-11 兄弟たるクリスチャンよりも異教徒のほうが慈悲深いというのは遺憾でありますな

「慈悲」の原語はMercy。*OED* によると、一般的にこの単語は、そうする義務はないのに上位の存在が下位の存在に示す親切心を指している。また、しばしばキリスト教で神が被造物に示す寛容さや赦しを意味する。この宗教的な含みを意識して、ガリヴァーはオランダ人に嫌みを言ったことになる。結果としてガリヴァーは、「櫂と帆と四日分の食料を持たせて小さなカヌーに乗せ、大海に放り出」されることになり、その際も「食料だけは日本人の船長が自分のを割いて二倍にしてくれ」ている[161]。しかしこの日本人船長の慈悲深さは、それほど評価すべきものだろうか。むしろ、自分の手を汚したくない自己満足のあらわれとも受け取れる。

この印象は、第三篇第九章を読むとさらに強まる。そこではラグナグ王の「大いなる慈悲の心」[216]や「この善王の仁慈の御心」[217]が強調されるが、実際に記されているのは国王による家臣の毒殺と、罪のない家臣の謀殺を手伝った(と思しき)小姓への減刑である。「慈悲」の原語はClemency、「仁慈の御心」は(形容詞を用いて)gracious である。*OED* には clemency の同義語として mercy と leniency が挙げられ、gracious の説明中にも「神やキリスト、聖母マリアが恩寵を示す様子」を意味し、merciful と同義との記述が見られる。つまり原文でも、ラグナグ王の示す「慈悲の心」は、日本人船長の「慈悲深さ」と類似した意味をもっている。このうちラグナグ王の慈悲には、明らかにアイロニーが込められており、そこから翻って本注釈箇所を読むと、あまり素直に受けとめることができなくなる。そういえば、第一篇でガリヴァーの処罰を決める議論でも国王の「寛大な態度」(Lenity)が強調され、さらには廷臣レルドレサルによる「慈悲」(Mercy)や「慈悲の御心」(merciful Disposition)への訴えも見られ、その結果、ガリヴァーは死をまぬがれ、両眼を潰すだけで赦されることが決定されていた[70〜71]。『ガリヴァー旅行記』で優しさに出会ったとき、私たちはよほど用心しなければならないようだ。

162-3

実は海賊に出くわす一時間ほど前に私は測定をやっていて、北緯四十六度、経度百八十三度にいることを確認していた。

「経度百八十三度」というのは当時の言い方で、今ならば「西経百七十七度」と言うところである。緯度も考慮すると、これは太平洋の真ん中、アリューシャン列島の南に位置する。ガリヴァーたちが「スループ型の帆船」で出発したトンキンことハノイは、北緯約二一度、東経約一〇六度にあり、大嵐に巻き込まれたとはいえ、一〇日間で直線距離にして七三七七キロメートルも移動したことになる。これは時速三〇キロすなわち約一六・二ノットに換算される。一九世紀後半の快速帆船カティー・サーク号やサーモピレー号に匹敵する速度である。しかも、風の条件がよくなければ、これらの船も一六〜一七ノットのスピードは出せなかった。これを考えれば、「積荷がありすぎて船足の遅いことおびただしい」状態でありながら、これだけ移動したガリヴァーたちの航海はほとんど奇跡であり、それに追いついた海賊船も航海史に残る偉業を成し遂げたと言えよう。冗談はさておき、アシモフはこの「北緯四十六度、経度百八十三度」という位置はブロブディンナグの北西沿岸にあたるので、途中でガリヴァーはブロブディンナグを通過しているはずなのにまったく言及がないと指摘している(Asimov 143)。いずれにしても、これもまた語り手ガリヴァーへの信頼を揺るがす記述なのは間違いない。

162-5　そこはまるで岩だらけではあったものの、鳥の卵がたくさん見つかったので

この岩と鳥の組み合わせは、鉱石の磁力で空を飛ぶ島ラピュータのイメージを先取りしていると同時に、第二篇第八章でガリヴァーが岩場から巨鳥に連れ去られた場面にも対応する。そこではガリヴァーの監視役の小姓が「鳥の卵」か何かを探しにでかけた隙に、鷲らしき鳥がガリヴァーを入れた箱をかっさらう様子が描かれていた[146]。執筆時期から言えば、第三篇は最後に付け加えられたものだが(159-2「筆者、第三の……」の注参照)、スウィフトは第二篇とのつながりを自然に見せるための工夫を凝らしていたと言えそうだ。

162-9　その翌日は次の島へ移り、そこからさらに第三、第四の島へ、帆に頼ったり櫂を使ったりしながら移動していった。

バルニバービも含めると、ガリヴァーは五つもの島を巡ったことになる。この数字は、第三篇でガリヴァーが訪問す

る島々、すなわちバルニバービ、ラピュータ、グラブダブドリッブ、ラグナグ、日本を合わせた数と同じである。偶然かもしれないが、『ガリヴァー旅行記』における数々の工夫を見れば、これも意図的に数を揃えたようにも思える。いずれにしても、島から島へと旅するという第三篇の概要がここで予告されていると見るのは誤りではないだろう。この点に関連して、アースキン＝ヒルは、『ガリヴァー旅行記』第三篇が、ラブレー『ガルガンチュアとパンタグリュエル物語』の最終巻と似た構成であると指摘している。ラブレー作品においては、主人公たちが「聖なる徳利」のご託宣を聞くために、島から島へと旅をするのである(Erskine-Hill, *Gulliver's Travels* 56)。なお、ここでアースキン＝ヒルが「最終巻」としているのは、『ガルガンチュアとパンタグリュエル物語』全五巻のうち、ラブレーの生前に刊行された最後の巻である第四巻を指すようだ(第五巻の真偽問題は宮下志朗訳『ガルガンチュアとパンタグリュエル　第五の書』の訳者解説を参照)。

ガリヴァーはご託宣を求めて旅するわけではないが、第三篇第一〇章で不死人間ストラルドブラグと出会い、不死が幸福ではないとの教えを授けられる点は、ラブレーのパロディーとして読めるだろう(Erskine-Hill 前掲 58)。他方、この教えが象徴する第三篇の雰囲気は、これもアースキン＝ヒルの指摘する通り、ラブレー的なものではなく、むしろ『ガリヴァー旅行記』より後に出版されたサミュエル・ジョンソン『人間の願望のむなしさ』(一七四九年)かヴォルテール『カンディード』(一七五九年)に近い(同 56)。逆に古代まで遡って、ペトロニウス『サテュリコン』におけるクーマエの巫女の場面との対応を考えることもできる。頭と足が逆さまの状態で壺に入れられている巫女にトリマルキオが「お前はなにを望むのか」と尋ねたところ、巫女は「死にたい」と答えているのである(同 58)。

162-13　この島も岩だらけではあるが、ところどころに叢があり、香りの良い薬草らしきものもあった。

ガリヴァーはようやくのことでバルニバービに上陸する。第一篇と第二篇の初めに草の描写が出てくることで小人国と大人国の対比が効果的に演出されていることは、すでに指摘した(87-16「最初にビックリ……」の注参照)。これに対して、バルニバービはまず「岩だらけ」の島として描かれる。あとで耕作地は出てくるが、ムノーディ卿の土地を除けば荒廃している[185]。この情景は、特に第二篇の冒頭における鬱蒼と茂った畑と顕著な対照をなしている。ブロブディンナグ王の言う、「それまでは麦の穂が一本、草の葉が一枚しかはえなかった土地に二本、二枚育つようにした者は誰であれ、政治家全部を束にしたのよりも人類の恩人であり、国のために大事な貢献をしたことになる」[140]という思想のもとに運営されているブロブディンナグが、いわば地に足のついた経済観念をもつ国であったのに対し、文字通り地に足のついていない島から下界を支配するラピュータ人は、架空の企画によって現実の経済を破壊している。この対照が、すでにこの時点で暗示されている。

次に、「香りの良い薬草らしきもの」とは何だろうか。このあとガリヴァーは「乾いた海草と枯草」を集めて火種にしており[162]、おそらくこの薬草も燃やされている。その煙に幻覚作用があって、ラピュータ以下の奇妙なヴィジョンがあらわれた、と考えるのはさすがに穿ちすぎかもしれないが、薬草が現実逃避の手段として使われる場面は第四篇に実際に見られる。フウイヌムの島から帰還したガリヴァーは、人間を憎悪するあまり、芸香《うんこう》か煙草かラヴェンダーを鼻に詰めて臭いを嗅がないように努めるのである[308、316]。推測でしかないが、本注釈箇所における「薬草」もこの手の草かもしれない。

163-2 考えれば考えるほど、こんな荒涼とした場所で命をつなぐのは不可能だし、悲惨をきわめる最期を迎えるしかない。

この前後は、『ガリヴァー旅行記』のうち、最も漂流譚らしい特徴を備えた箇所といえる。デニス・トッドも述べているように、この場面は無人島に漂着した直後のロビンソン・クルーソーを彷彿とさせる(Denis Todd, "Laputa" 104)。なお、この島にたくさんある洞穴は、フランシス・ベーコン(一五六一～一六二六年)の「洞穴のイドラ」に関する議論を想起させる。**175-5**「天文学者は……」の注参照。

163-9　どうやら硬い物体らしくて、底面は平たく滑かで、下の海からの照り返しをうけてキラキラと眩しいくらいであった。

飛ぶ島の登場である。このときの強い印象が、のちにガリヴァーがラピュータの語源について展開する自説に反映されている。「私がこの国の学者たちに敢えて提唱した説というのは Laputa は Lap outed に近いのではないかというもので、この場合 Lap とは本来的には日の光が海に踊ること、outed は翼の意である」[168]。ちなみに、キラキラと輝く石への関心は、「何色かに輝く石」に執着するヤフーの描写[275]を先取りしている(「輝く石」については、275-9「何色かに輝く……」の注参照)。なお、本注釈箇所では太陽の眩しさが強調されているが、ヴォーン・ハートは第三篇におけるラピュータおよびラガードの描写が、トンマーゾ・カンパネッラ(一五六八〜一六三九年)の『太陽の都』(一六二三年)を意識したものではないかと指摘している。ハートによると、トマス・モア『ユートピア』(一五一六年)とともにルネサンス期のユートピア文学を代表するこの作品は、天文学や数学、記憶術を肯定的に描いているが、これらの特徴はすべて第三篇における諷刺に対応しているという(Hart 111-14)。もっとも、天文学、数学、記憶術はいずれも王立協会で重視された研究分野でもあったことを忘れるべきではないだろう。カンパネッラの理想主義はイタリアからルネサンスと科学革命とが輸入されるのに応じて王立協会に影響を与えたはずなので、その王立協会を諷刺した第三篇が(直接か間接かは分からないが)カンパネッラへの諷刺ともなっているのは、いささかも不思議ではない。

164-3　いちばん下の回廊では何人かが長い釣り竿で釣りをしていて、それを脇で見ている者の姿もある。

農業国ブロブディンナグでは、鯨以外の魚は小さすぎるので食べられていなかった[114]。ベジタリアンのフウイヌムも魚を食す習慣をもたない[244]。リリパット篇ではそもそも魚の描写がなかった。つまり、『ガリヴァー旅行記』において、ラピュータ人は例外的に魚を食べる種族ということになる。海から栄養を得るラピュータ人の姿は交易のイメージとつながり、一八世紀初めのイングランド経済を支配した重商主義的な思想と第三篇との強い結びつきをも示唆している。ラピュータと重商主義については、171–5「この政治と……」の注、176–5「島はこの斜行運動……」の注参照。

164–4 私が縁なし帽とハンカチを振り(帽子の縁はとっくに擦り切れてしまっていた)

この「縁なし帽」は、第一篇でガリヴァーがいったん紛失したものの、後に発見され、地面を引きずられて手許に運ばれたあの帽子[40～41]の再登場であろう。この直後にガリヴァーが「滑車で上に引き上げられ」る描写[165]は、第一篇を思い出させる。執筆順でいえば最初の第一篇と最後の第三篇の間には四年ほどの歳月が流れているはずだが、あくまでもスウィフトは全篇を一つの作品として構想していたことが、ここからうかがえる。

164–14 とうとうそのうちの一人が、音からするとイタリア語に似ていなくもない、はっきりとした、品の良い、なめらかな言葉を発した

音楽を愛好するラピュータ人がイタリア語に近い発音をするのは、一八世紀初頭のイングランド人には納得のいくことだったろう。当時はドイツから帰化したヘンデル(一六八五～一七五九年)の作曲したイタリア語のオペラが隆盛を極めており、音楽といえばイタリアのイメージがあったのは想像に難くない。ただし、イタリア・オペラへの反撥も強く、有名なところでは『スペクテイター』第五号(一七一一年三月六日)、第一三号(同年三月一五日)などにおけるジョウゼフ・アディソンの評がある(Addison and Steele, *Spectator* i. 22–27, 55–59)。このうち第五号では、舞台で噴水を見せたり、雷鳴を轟かせたり、雀を放ったりする当時のオペラが「幼稚でバカバカしい」と批判されている(同 22–24)。もっとも、『オックスフォード英国人名辞典』の Joseph Addison の項によれば、アディソンはかつてオペラの台本を書いたが不評だったため、すっかりオペラ嫌いになったのではないかという。また、スウィフトの友人ジョン・ゲイはこのイタリア・オペラの流行を苦々しく思い、『ガリヴァー旅行記』出版の二年後、一七二八年に英語台本の『乞食オペラ』を舞

台にかけ、大成功を収めている。一説には、ゲイが『乞食オペラ』の着想を得たのはスウィフトのヒントによるとも言われるが、真相は定かではない。たしかなのはスウィフトが『乞食オペラ』の公演シーズンに合わせてこの作品を絶賛する記事を『インテリジェンサー』第三号(一七二八年五月二五日頃)に寄稿していることだ(*PW* xii. 32-37)。『インテリジェンサー』は、一七二八年から二九年にかけて、彼が友人のトマス・シェリダン(一六八七〜一七三八年)とダブリンで発行していた雑誌で、『乞食オペラ』に関する記事の結びには、「ナンセンス」で「女々しい」イタリア音楽が趣味としていかに「不自然」かをあばいてくれた、と記されている。さらには、何年も前に「不自然な悪徳」(同性愛のこと)で多くの人が罪に問われたとき、イタリア・オペラの流行を予想した人がいたものだが、あとは刺殺と毒殺が揃えば私たちは完璧なイタリア人だ、とまで記している(同 36-37)。

他方でスウィフトもアディソンも、同時代の英語が母音を省略することを野蛮な傾向として忌み嫌っていた。アディソンの『スペクテイター』第一三五号への寄稿(一七一一年八月四日)、およびスウィフト『英語を正し、改め、定めるための提案』(一七一二年)を参照(Addison and Steele, *Spectator* ii. 32-33; *PW* iv. 11)。イタリア語などのロマンス系言語は比較的母音を明瞭に発音することを思うと、イタリア文化・言語に対するこの両義的な振る舞いには、一八世紀イギリス知識人のヨーロッパ大陸文化へのコンプレックスを読み取ることもできるだろう。

165-9 なにしろ全員の頭が右か左に傾いでいるし、眼のひとつは内側へ向き、もうひとつは真っすぐ天頂を見上げているのだ。外側にまとう衣裳には太陽と月と星の形がデザインされ、その隙き間に提琴、横笛、竪琴、喇叭、六絃琴、鍵琴の他、ヨーロッパには見られない楽器の形がちりばめられていた。

ラピュータ人のこの容姿は、キャスリーン・ウィリアムズによると、伝統的な「数学」(Mathematica)の寓意像に対応している(Kathleen Williams, "Swift's Laputans and 'Mathematica'" 216-17)。なかでも一六二六年にミラノで刊行されたC・ジャルダ『象徴的図像』にある「数学」の寓意像は、服にコンパスや星、さらには音符が描かれている点、および片目を閉じ、もう一つの目を上に向けている点において、この箇所におけるラピュータ人の格好や風習と類似する(**図3-2**)。ただし、ウィリアムズはこの図版を引用するにあたって、ジャルダの著作に関するE・H・ゴンブリッチの論文「『象徴的図像』——新プラトン主義思想における視覚イメージ」を参照している(Gombrich, Plate 32)。

165-12 しかもあちこちに召使の服装をしたのがたくさんいて、ちょうど殻竿のような短かい棒の先にふくらました膀胱をつけたのを手にしている。

この「叩き人」(Flapper)[166]については、ヘルマン・J・レアルが詳しく論じている。レアルによれば、これまで叩き役につい

図3-2 ジャルダ『象徴的図像』にある「数学」の寓意像.

ては、ポール・ターナーが王室収入徴収官(the King's Remembrancer)と結びつけたほか、あまり具体的な典拠が考えられてこなかったが、実はこのキャラクターは中世からエリザベス朝における宮廷道化師の姿と似ている。しかも叩き人が手にもつ、先に膀胱をつけた棒とまさに同じものを、宮廷道化師がよく用いていたという(Real, "Wise Enough" 8–9)。さらに、叩き人の原語であるという「クリメノール」(*Climenole*)[166]について、これがラテン語のclinamen(傾き)とnolle(望まないこと)の合成語だと主張する。つまり、クリメノールとは「傾くのを嫌がる者」という意味になり、たしかに彼らは主人たちが思索に耽って首を傾げるのを見ては叩き起こしている[166](同10)。なお、これと似た解釈をポンスも示し、ラテン語・ギリシャ語の語源をひもときながら、「傾くのを禁じる」こと、すなわち「眠るべからず」という意味だと述べている(Jacques Pons 422)。なお、ポール・オデル・クラークはClimenoleはcriminalすなわち犯罪者のことだと断定するが(Paul Odell Clark 612)、これは説得力を欠く。

レアルの解釈を注釈者(武田)なりに敷衍するならば、この叩き起こし役と道化師との対応関係には、スウィフトらしい微妙なズレが導入されている。叩き人の棒が主人の意識を覚醒させ、状況を前に進めるために用いられるのに対し、道化師の棒は周囲の人間を笑いの対象とし、こわばった状況をほぐすために用いられる。後者はいわばバフチン=ラブレー的な祝祭《カーニバル》空間を生み出すことで硬直した秩序を覆し、破壊的な創造を行うのだが(バフチン、杉里訳19–27)、前者はむしろ社交空間を構築し、維持するのを役目としている。その点で、叩き人はおよそ道化師らしからぬ生真面目さをもっているのだが、同時にそれは道化師的な価値の転倒を引き受けてもいる。すなわち、召使でありながら主人を叩き起こすという主従関係の逆転である。ゆえに叩き人は、あくまでも一時的な価値の転倒を担う道化役とは異なり、

図3–3 ラピュータの貴族と「叩き人」(アーサー・ラッカムの挿絵より).

恒常的な秩序の側に立ち、しかも実質的に主人を指導さえしている。この硬直した、非ラブレー的な倒錯性は、スウィフトの『奴婢訓』を思い起こさせる。一七四五年に没後出版されたこの問題作では、召使たちが一見従順そうに振る舞いながら、実質的には間抜けな主人を出し抜いて家政を支配する様子が執拗に描かれているからだ。

さらに言うならば、この叩き人に似た役割をより徹底して果たしているのが、スウィフトの諷刺ではないだろうか。一七二五年九月二九日付のポウプ宛書簡で、自分が執筆するのは「世間を楽しませるより苛立たせるためだ」とスウィフトが宣言したのはよく知られているが(*Correspondence* ii. 606)、彼の諷刺は読者をパルナッソスの高みに連れ出しもしなければ、破壊の歓びに耽らせもしない。むしろ諷刺が滑稽であればあるほど、それは私たち自身を打ち、目覚めさせる。寝起きの気分はおよそ爽快とはいえないが、まるで悪夢から覚めたかのように、私たちは再び眠りに就きたいとは思わないのである。

166–9

なにしろ思弁にのめり込んでいて、下手をしなくても、崖から落ちたり、柱とみれば頭をぶつけたり、通りを歩けば他人にぶつかったり、ぶつかられて溝に落ちたりしかねないからである。

これはスウィフト『桶物語』におけるジャックという登場人物への諷刺を想起させる。自分の心の内なる光を信じるジャックは、通りを歩く際、眼を固く閉じているため、頭を柱にぶつけたり、溝に落ちるのが常であった(「溝」は『ガリヴァー旅行記』の本注釈箇所と同じ原語 Kennel が用いられている)。しかしジャックは気落ちすることなく、「天地創造の数日前に、私の鼻とこの柱とが遭遇することに定められたのだ」と説教を始め、「おお眼よ、盲目の案内者よ、弱き鼻の守護者として汝はあまりにも貧弱だ」と歌い上げる始末(深町訳 144. 一部改変)。もちろんこれは、予定説を唱えるカルヴァン派と、個人の内なる光の導きを強調する過激なプロテスタント一般を諷刺している。『ガリヴァー旅行記』本文を読む限り、ラピュータ人とプロテスタンティズムとの関連には気づきにくいが、少なくともスウィフトの問題意識の中では、ラピュータ人の没我状態とプロテスタントの個人主義的な信仰とは無縁でなかったはずだ。そう考えると、ラピュータが名誉革命後の政治体制の一面を象徴していることに思いあたる。すなわち、ホイッグ党寄りの政治家・宗教家が推し進めた、イングランド教会とその他のプロテスタント教会(その信者は非国教徒(Dissenters「異を唱える者」)と呼ばれた)との宥和政策である。非国教徒を何よりも嫌っていたスウィフトにとって、これは許しがたい事態であり、彼がトーリー党を支持した大きな理由の一つもそこにあった。そしてこの政治体制が、金融や商業に幅を利かせる非国教徒の力を有効に活用しようとする政治家たちの拝金主義と結びついていた(少なくともスウィフトの政治観ではそうだった)ことを考慮すれば、第三篇におけるラピュータへの諷刺は宗教を仲立ちとして名誉革命後の体制に照準を絞っていたことが理解されるだろう。

166–17　玉座の前には大きなテーブルがあって、その上にはありとあらゆる種類の地球儀、天球儀、数学器具がのっている。

ドイツのハノーヴァー家出身のジョージ一世は、ハノーヴァーではライプニッツ、イギリスではニュートンを家臣にもつことを自慢したとの逸話があるため、この箇所は当時のイギリス宮廷を諷刺したものという見方がある(Turner 326; Higgins 321)。

167–10　(この君主は、外国人を歓待することにかけては、歴代の諸王をはるかに凌いでいた)

これまでの他人に無関心な宮廷人の態度からは納得しにくい記述だが、ラピュータ宮廷がジョージ一世のそれを諷刺するのだと考えるならば、ジョージ一世本人が外国人だったのだから、この記述は不自然でなくなるだろう。実際、ジョージ一世が開祖となったハノーヴァー朝に対し、ハノーヴァー出身者を贔屓にしているとの批判があり、スウィフトもロンドンには「害虫とハノーヴァー人が群がっている」という詩「チャールズ・フォード氏の誕生日のために」(一七二三年執筆)を書いたことがあった(*Poems* i. 313; Higgins 321)。

168–13　飛ぶ島あるいは浮く島

原文は*Flying* or *Floating Island*だが、このうちFloating Islandという表現については、かつてスウィフトが秘書を務めた政治家ウィリアム・テンプル（一六二八〜九九年）がチャールズ二世の治世にイギリスの外交政策を批判するなかで、イギリスは「風の吹くまま潮の流れるまま、あちこちに漂う浮く島（Floating Island）だ」と述べたという（Turner 326）。

「飛ぶ島」という発想の文化史的な背景については、エディがルキアノス『本当の話』からの影響を指摘し（Eddy 157–60）、ブライアン・コルボーンが一四世紀から一五世紀のアイルランドで語られていた民話「天空船」からの影響を疑い（Coleborne 114）、デニス・トッドがフランシス・ベーコンの「洞窟のイドラ」との関係を論じている（175–5「天文学者は……」の注参照）。また、科学史および文化史的な背景についてはニコルソンとモーラによる古典的な研究がある（Nicolson and Mohler, "Swift's 'Flying Island'"）。この研究から、「飛ぶ島」と「月旅行」との文学的な関係をひもといた箇所を紹介したい。

ニコルソンとモーラは、スウィフトの飛ぶ島ラピュータが月旅行文学の長い伝統の中に組み込まれていることを論じながら、スウィフトと同時代の例として、デフォーが一七〇五年に刊行した『統合者《コンソリデーター》』からの影響も指摘する（同425–26）。デフォーの発案した乗り物であるコンソリデーターは、月に人を運んでくれる機械だが（作品中では「統合する者」の意味でも使われる）、実はスウィフトのラピュータと同じく、墜落の危険性をもっている。「この機械がしばしば、激しい風や猛烈な嵐に襲われることも事実である。そのような嵐は、この機械を遠くにまで吹き飛ばしてしまうこともある。そして、機械が進む長い道のりや、たくさんの地方を通り抜けることを考えると、まったく妨害に遭わない方が不思議だとも言える。（中略）内部に吹き荒れる多くの突風もある。それは内部の炎から生じるもので、ちゃんと循環しないときには、風と熱の旋風となって、羽根に火がつく危険が生じがちである。そして、火がつく羽根次第では、危険の度合いが変わってくる。というのは、羽根の中でも他のものより火がつきやすいものがあるからだ」(*The Consolidator* 48)。

デフォーのコンソリデーターはイングランド議会の下院の寓意であり、飛翔して月に到達するという行為は議会を開くことを象徴しており、それがうまくできないことが飛行機械の危うさとして表現されている。特に党派抗争を繰り返して結束しようとしない(consolidate しない)下院への批判である。

ラピュータが他の月旅行文学と最も異なっているのは、この飛ぶ島が決して月まで飛翔することはなく、上昇も四マイルまでしかできない点である。飛ぶ面積もバルニバービ版図の上空と限られている。月旅行文学が、ニコルソンとモーラが言うように、大英帝国の領土拡張主義を月の領域まで拡大させたいという願望と結びついているとすると(Nicolson and Mohler 前掲 422)、たしかにラピュータは地上のバルニバービを植民地として支配しており、その意味で「飛ぶ島」の物語が月旅行文学の特徴を共有している面はある。ただし、ラピュータがバルニバービにある意味で束縛されている点と、その物理的特性によってさらなる拡張がそもそも不可能であるということから、その植民地主義にはイングランドの行うような非ヨーロッパ圏への拡張思想は想定されていないと言える。

以上、ニコルソンとモーラに依拠しながら紹介した月旅行文学の伝統とは独立して、「飛ぶ島」そのものも西洋文化の伝統的なイメージとしてしばしば登場している。シドニー・ゴットリープによれば、一七世紀には、ウィリアム・ストロードの諷刺劇『浮く島』(一六三六年)や、リチャード・ヘッドの同名の劇(一六七三年)によって、「浮く島」が不安定なイングランドの寓意として用いられ、その習慣の中に先述のテンプルによるイギリスは「浮く島だ」という発言も位置づけられるという(Gottlieb 25)。他方で、飛ぶ島がユートピア的な寓意を付与されることもあった。ジュネーヴで一五八〇年に出版され、その後も版を重ねたテオドール・ド・ベーズの『図像』という書物があり(まだ一四歳のスコットランド王ジェイムズ六世(のちのイギリス王ジェイムズ一世)に献呈されている)、「ジュネーヴのような理想のプロテスタント都市」として飛ぶ島が描かれている(同 25)(**図3-4**)。この寓意にひねりを加えたのがヘンリー・ピーチャム

『ブリテンの知恵の女神』(一六一二年)だった(**図3-5**)。ド・ベーズの寓意画と同様、この図像でも天空の都市から延びる紐をもつ神の手が描かれ、そこに宗教的な意味を読み取ることもできるが、解説の詩で讃えられるのはオックスフォードにおける学者のコミュニティーに変わっている(同27)。これはラピュータと下界のラガード研究院を合わせたようなイメージである。

さらにゴットリープは、秘教的な結社である薔薇十字団の著作に見られる図像とラピュータとの類似を指摘する。ベン・ジョンソンの仮面劇『幸福な島々』(一六二五年)における薔薇十字団への諷刺を介して、ジョンソンが参照したテオフィルス・シュヴァイクハルト『薔薇十字団の叡智の鏡』(一六一五年)に載っている図像(**図3-6**)をスウィフトが見たのではないか、と彼は推測している(同29-31)。この図に描かれた城は翼で空を飛ぶことができ、その窓からは器材に囲まれて実験する人の姿がうかがえる。左の壁からは巨大な手と剣が突き出し、ラピュータ同様、大きな軍事力をもつことも示唆されている(同31)。ゴットリープの指摘以外にも、左下で人を滑車で吊り上げている点も、第一章でのガリヴァー救出の場面(「滑車で上に引き上げられた」[165])を想起させる。ここからゴットリープは、スウィフトが薔薇十字団のような怪しい錬金術集団の末裔として王立協会を捉えているという仮説を述べる(同31)。議論が飛躍しているようにも思うが、長年王立協会会長を務めたニュートンが錬金術に関心をもっていたのは知られているし、スウィフトの文学上の同志であるアレグザンダー・ポウプの代表作の一つ『髪の毛盗み』(一七一二〜一七年)が、一七一四年の改訂版以降、薔薇十字団の用いる神秘的なイメージを意図

図3-5　ヘンリー・ピーチャム『ブリテンの知恵の女神』の「飛ぶ島」.

図3-4　テオドール・ド・ベーズ『図像』の「飛ぶ島」.

的に詩に組み込んでいることを思えば、スウィフトが薔薇十字団に諷刺的な興味を覚えることも、また王立協会と薔薇十字団に関連を見出すことも、ありえないことではない。

168–13 その正しい語源は分からなかった。

ラピュータの語釈については、159–2「ラピュタに……」の注参照。スウィフトは『桶物語』でも学者が語源をもちだして理屈をこねるのを諷刺していて、この傾向の極端な作品として、ヘブライ語、ギリシャ語、ラテン語の起源が英語だとする不条理で滑稽な小品「英語の起源の古さを証明する論考」(一七六五年に没後出版)も遺している。

169–4 まず私の背丈を象限儀で測り

「象限儀」(Quadrant)とは天文観測で使用された昔の道具。円の四分の一の形をしているので四分儀とも呼ばれる。航海にも欠かせない道具で、これを使って天体を観測することで現在地の緯度を計算していた。ちなみに「背丈」には原語でAltitudeという「高度」を意味する観測用語がわざと用いられ、大げさな雰囲気を強調している。また当時、太陽や月の高度、また地球や月の山の高度を象限儀などを用いて測ることが試みられていたという(Nicolson and Mohler, "Scientific Background" 120; Turner 327; Higgins 321–22)。

169–5 計算をするときに数字を間違えたものらしいが

当時の科学界の帝王アイザック・ニュートンの本に数字の印刷ミスが見つかったことがあり、その事件へのあてこすりとする見

図3–6 テオフィルス・シュヴァイクハルト『薔薇十字団の叡智の鏡』の中の図像.

方が多い(Nicolson and Mohler, "Scientific Background" 120; Turner 327; Asimov 150; Higgins 321–22)。

169–10 ラガード

原語は *Lagado*。ポール・オデル・クラークは London を書き換えたものだと主張する(Paul Odell Clark 613)。他方ポンスは、これが Galaad(ギレアデ山)の一文字違いの綴り変えと読む。ギレアデ山とは、ヨルダンにある聖なる山で、英語では通常 Gilead と記す。ポンスによれば、ラガードの住民は半ば狂信的で、まるで個人の内的な天啓を信じる非国教徒のようだという。それでラガードには宗教的な意味合いが隠されていると、ポンスは考えるのだ(Jacques Pons 427)。この見方は、ラピュータとラガードという違いこそあるが、166–9「なにしろ思弁に……」の注で注釈者(武田)が示した見解とも重なっている。

169–11 そこまでは距離にしておよそ九十リーグ、四日半の航行であった。

九〇リーグは約四三二キロメートルなので、これを四日半で進むには、時速四キロで航行すればよい。磁石で進むというと、現代人はリニアモーターカーを思い出し、速いイメージを抱きがちだが、実は本篇第一章に登場したスループ帆船(時速三〇キロ)の七分の一以下の速度である。だから「進行している気配はまったく感じられなかった」[169]というのは、島の安定した動きを指すだけでなく、ゆっくり動いていたことも示唆しているのだろう。

169–12 国王御自身が、貴族、廷臣、役人をずらりと従えて楽器の調整をお始めになって

ジョージ一世はヘンデルに年金を授け、王立の音楽アカデミーの創設も援助した。また、王立協会の学者たちは音楽と数学との類似に関する論文を発表している(Nicolson and Mohler, "Scientific Background" 120–23; Turner 327)。

169-15 天体の音楽

キケロ『国家について』の中で最後に語られる有名な「スキピオの夢」(第六巻第九～二九節)には、天の河に連れられたローマの政治家スキピオが甘い調べを耳にする場面がある。スウィフトはこれを諷刺したと、ターナーは指摘している(Turner 327)。

170-1 人々がこの縄に請願書を結びつけると、凧揚げの糸の端に学童が括りつけた紙切れのように、それがするすると上に昇ってゆく。ときには下から葡萄酒や食料を受けとることもあったが、その引き上げは滑車によった。

ターナーは、この場面とルキアノス『空を飛ぶメニッポス』との類似を指摘している。『空を飛ぶメニッポス』では、ゼウスが宮殿の床に空いた穴から下界の願い事を聞き、また別の穴から生贄(食物)の匂いを嗅ぐと記されているが(山田訳 96–98)、ちょうどこれがラピュータ国王の受け取る「請願書」と「葡萄酒や食料」に対応しているという(Turner 327)。

170-12 彼らは定規と鉛筆と分度器を持たせて紙の上で仕事をさせるとそれなりに器用ではあるが、いざ実生活上の作業となると、これほど不器用で、ぎこちなくて、始末の悪い連中には、数学と音楽以外のことについては何を考えるにしてもものろまで、すぐ行き詰ってしまう連中には、ついぞお目にかかったことがない。

王立協会の象徴する純粋な科学がときに実用に合わないことは、第三篇第五章における「ベンチャー事業研究院」の描写にもっともよくあらわれている。現実においても、222-4「経度、永久運動……」の注に記すように、経度の測定法は、ニュートンや(五代目のグリニッジ天文台長)ネヴィル・マスケリン(一七三二〜一八一一年)といった専門的な科学者が純粋に科学的な方法にこだわった影響で、時計技師ジョン・ハリソン(一六九三〜一七七六年)が不当な目にあっている。また、『ガリヴァー旅行記』刊行の二年前、スウィフトが『ドレイピア書簡』を匿名で発表し、イングランドがアイルランドに押しつけた貨幣政策に反対したときも(159-2「筆者、第三の……」の注参照)、ニュートンが障壁として立ちはだかった。というのも、スウィフトたちが排斥しようとしたウィリアム・ウッドの半ペニー銅貨の信憑性を審査し、お墨付きを与えたのが、他でもない王立鋳造所長官のニュートンだったからだ。「ドレイピア」ことスウィフトは、「ウッドはあらゆる点で契約を遵守している」とのニュートンの判断に対し、「契約だって！　誰と結んだんだ？　アイルランドの議会か、国民か？」と批判を浴びせている(PW x. 16)(なお、ウッド銅貨をめぐるスウィフトとニュートンとの確執については、Lynall 94-100も参考になる)。つまり、ウッドの銅貨を科学者として検査するだけで、イングランド政府がアイルランドの自治を蹂躙しているという事の本質にまったく鈍感なニュートンに、スウィフトは呆れ返っているのだ。思弁に没頭するあまり外が見えない科学者の狭量さへの批判は、一七九五年にウィリアム・ブレイク(一七五七〜一八二七年)の発表した有名な版画『ニュートン』に受け継がれることになる(**図3-7**)。訪れる現代の学者たちへのスウィフト的アイロニーかどうかは分からないが、この版画を題材にしたエドゥアルド・パオロッツィ(一九二四〜二〇〇五年)の彫刻は、イギリスの英知の殿堂たるブリティッシュ・ライブラリーの入口を飾っている。

図3-7　ウィリアム・ブレイク画『ニュートン』(1795年).

170-16 想像、空想、創意といったものにはまったく縁がないし、そもそも彼らの言語にはそうしたものを表現するための言葉がなく

ラピュータ人に対する批判の言葉が続く。「想像」(Imagination)の欠如を批判するこの一節は、スウィフトの著作では珍しい。『桶物語』以来、スウィフトにとって想像力とは、「理性的でありうる動物」(animal rationis capax)(*Correspondence* ii. 607)と彼の定義する人間を狂気に追いこむ忌むべき性質だったはずだ。しかし、『桶物語』でもすでに、理性も行き過ぎれば人間を不幸に陥れることが「狂気に関する脱線」の解剖に関する記述によって示されていた——「先週皮を剝《む》かれた女を見たが、その姿がいかに醜く変わっていたか信じ難いくらいである」。ゆえに、物事を深く詮索などせず、「うまく欺されている状態」こそ人間の幸福なのだ、と『桶物語』の語り手は主張する(深町訳128)。本注釈箇所では、抽象的な思弁に耽るだけで他者の存在を顧慮しないラピュータ人の共感力のなさが、独善として批判されている。前注の箇所と同じく、理性の狭量さが諷刺の対象だといえる。このことと、「想像」などの言葉がラピュータにないという記述をあわせて考えれば、この一節は第四篇への予示的な批判とも捉えられるだろう。フウイヌムもまた理性を信奉し、おのれが「理性的」と認めないものに対してはきわめて冷淡である。しかも、「彼らの言葉の中には、嘘をつくとか、嘘にあたる単語が存在しない」[248]。もちろん、しょっちゅう意見が合わないラピュータ人と、誰でもまったく同じ考えをもつので「意見」(Opinion、本文では「自説」と訳されている[283])という概念も存在しないフウイヌムとを一緒にはできない。しかし、そのように安易な分類を許してくれないところにこそ、『ガリヴァー旅行記』の底なしの怖さがあるように思われる。

171-2 占星術

スウィフトは一貫して占星術には批判的であり(次注参照)、一七〇八年には、当時人気を集めていた占星術師ジョ

ン・パートリッジを諷刺するために、自ら占星術師アイザック・ビッカースタッフと名乗り、パートリッジが死ぬことを予言する滑稽なパロディー「一七〇八年予報」を発表している。

171-5 この政治と数学という二つの知識にはいささかの類似があるようにも思えない

ここでガリヴァーが指摘している問題、すなわち政治と数学という二つの知識が無理やり関係づけられていることの不思議さは、他でもないこの第三篇への批判にもなりうる。この点について参照すべきは、ロバート・P・フィッツジェラルドの論文「スウィフトのラピュータ渡航記における科学と政治」である。フィッツジェラルドによれば、第三篇で科学諷刺と政治諷刺が並べられている理由の一つは、スウィフトが政治思想における絶対主義の伝統を意識したためである(Fitzgerald, "Science and Politics" 214)。その証拠としてフィッツジェラルドは、フランスの思想家ジャン・ボダン(一五三〇〜九六年)、イギリスのロバート・フィルマー(一五八八〜一六五三年)、トマス・ホッブズ(一五八八〜一六七九年)に言及している。このうち、ボダンと『ガリヴァー旅行記』第三篇とのつながりを論じた箇所がもっとも興味深い。ボダンの主著『国家論六篇』(一五七六年)はスウィフトが個人で所有し、本人による数多くの書き込みがあることで知られる。その内容はスウィフト著作集第五巻のMarginalia(欄外書き込み)の項からうかがい知ることができる(PW v. 244-51)。しかし、この書き込み付き『国家論六篇』は、現在イェール大学図書館に所蔵されているのだが、これを実際に確認すると著作集で紹介されている以外にも実に多くの記号や線が引かれており、まさに本書をスウィフトが熟読したことが三〇〇年の時を超えて生々しく伝わってくる。

フィッツジェラルドは、この本の表紙の内側に書き込まれた評価に注目する(この文言は著作集にも収められている)。スウィフトはボダンの学識に敬意を示しつつも、こう批判している——「ボダンの君主政は空想的なものである。(中略)なぜなら、彼は法を思いのままに作り、破棄する力を君主に与えているからだ」(PW v. 244)。さらに、スウィフトはボダンが占星術を真面目に論じていることに疑問を投げかける——「ボダンは占星術や人間の気質への星の影響について妙ちきりんな議論をしているが、数字やハーモニーに関する脱線箇所と同じく、これは単に著者の頭の調子がおかしかったせいか、うぬぼれて詳しくもない学問を知っているふりをしたせいとしか思えない」(同244)。このように、ボダンの『国家論六篇』では、絶対君主を擁護する議論と、天文学、数学、音楽に関する議論がともに見られ、これを奇異に思ったスウィフトが、まさに雲の上で絶対的に下界を統治しながら、天文学、数学、音楽に没頭する変人の国を想像したのではないか、とフィッツジェラルドは推測している(Fitzgerald前掲218)。この推測を裏づける根拠として、上記の評言の横に「一七二五年四月二日」という書き込みがあることもフィッツジェラルドは指摘する。これはまさに、スウィフトが第三篇を執筆していた時期である(同218)。右記の評言と第三篇のこの箇所とを読み比べれば、スウィフトがボダンに見出した奇妙さは、ほとんどそのままガリヴァーがラピュータ人に見出した奇妙さに通じていることが明白である。

ただし、フィッツジェラルドの議論は、着眼点こそ鋭いものの、二つの問題を抱えている。まず、これだけでは、第三篇で科学諷刺と政治諷刺が混ざっている内在的な根拠が十分に示されたとは言えない。スウィフトがボダン(やホッブズやフィルマー)の著作から受けた印象を反映しただけならば、第三篇の科学諷刺と政治諷刺がばらばらであるという批判を反駁したことにならない。この点を考えるには、西山徹『ジョナサン・スウィフトと重商主義』を参照すべきだろう。西山は『ガリヴァー旅行記』を始めとするスウィフトの著作が、一七～一八世紀の重商主義思想を色濃く反映していることを周到に論じている。一八世紀初めに重商主義をあらわす言葉としてしばしば用いられたのが、「政治算術」(Political Arithmetic)という言葉だった。ウィリアム・ペティ(一六二三～八七年)やスウィフトの友人でもあったチャールズ・ダヴェナント(一六五六～一七一四年)は、能率的に統治を行うために、統計や算術を活用することを提唱した。このうち、ペティには『アイルランドの政治的解剖』(一六九一年)という著作があり、その序文で自らの立場を正当化するためにフランシス・ベーコンの『学問の進歩』に言及している(西山 11)。『アイルランドの政治的解剖』は、名誉革命後にイングランド側の官僚としてアイルランドに赴いたペティが、いわば植民地統治を行うための資料としてまとめたものだった。第三篇を執筆した時期のスウィフトが、前年の『ドレイピア書簡』の問題を継続して意識し、アイルランドを搾取する宗主国イングランドへの批判を強くもっていたことを思えば、ベーコン的な近代科学とラピュータによる容赦ない政治的な搾取とが結びついたことには、単なる思いつきではない、同時代的な必然性があったものと思われる。

フィッツジェラルドの論考の第二の問題は、ボダンやフィルマーの思想とスウィフトの絶対主義批判との関連を十分に論じていない点にある。ボダンの政治思想の中核をなすのは、主権(sovereignty)が分割不可能という点である。主権が有効に機能するには、それが複数の機関・人物によって担われていてはならない。分割された時点で、主権は絶対性を失い、贋物になってしまう。そのため、君主にすべての権力が集まる政治こそ、理想的な政治形態にほかならない、とボダンは主張した。これをスウィフトは「空想的」(visionary)と批判したが、たしかに、近代的な政治思想の先駆者でありながら、同時にルネサンス的なネオプラトニストの相貌ももつボダンは、現実政治における主権をプラトン的なイデアと同様に考えている節がある。ここで注釈者(武田)が思い浮かべるのが、スウィフトが初めて発表した政治論『アテネとローマにおける貴族・平民間の不和抗争』(一七〇一年)である。この作品でスウィフトは、安定した統治をもたらすのは、君主(一者)、貴族(少数者)、平民(多数者)の三つの間の均衡である、と断じている(PW i. 195–98)。いま興味深いのは、この論文でスウィフトが平民(多数者)に権力が集中した場合、結果として君主(一者)の絶対政治が起きてしまうということを、古代ギリシャやローマの政治に即して論じている点である。つまり、文筆家として出発した時点から、スウィフトは一者に権力が集中することへの危惧を抱き、ボダンに反して主権の分割を支持していたことになる。おそらくスウィフトの脳裏には、ピューリタン革命がオリヴァー・クロムウェルによる独裁政治を招いた史実に基づく警戒感があったのだと思うが、この議論はそのまま名誉革命後のイングランドおよびアイルランドにあてはめることもできるだろう。つまり、イングランドの民衆がジェイムズ二世を追い出した結果、ウィリアム三世という強力な軍事力をもった君主による強権政治を招き、また主にホイッグ党が主導する、政治経済のロンドンへの一極集中という弊害も招いたと、スウィフトが考えていてもおかしくはない。この文脈からは、ジェイムズ派すなわちジャコバイトとしてのスウィフト像を描くことが可能だが、事が単純でないのは、ボダンからフィルマーに至る絶対主義的な政治思想は、ほかならぬジャコバイトの論客の拠り所でもあったという点である。

つまり、第三篇の各所からうかがえるスウィフトの名誉革命への批判は、同時にジャコバイト的な絶対主義に対する批判としても読めることになり、スウィフトの政治的な立場がホイッグと相容れないのはもちろんのこと、ジャコバイトとも一致しないユニークなものだったことを証明している。同時に彼の政治諷刺が、少なくとも同時代のイデオロギー対立の枠に収まりきらないものだったことも示していると言えよう。

171–13 地球はたえず太陽に接近した結果としていつか吸収されるか、呑み込まれるかするに違いない

ニュートンの『プリンキピア』(一六八七年)には、地球の公転速度が遅くなれば太陽の引力に呑み込まれる恐れがあることが述べられているが、ニュートン自身はそのようなことは長期にわたって起こりえないと楽観的な見解も示している(Nicolson and Mohler, "Scientific Background" 125; Higgins 322)。

171–14 太陽の発散するものが次第にその表面にこびりついて、ついには光を放たなくなる

要するにこれは、太陽が黒点に覆われて輝きを失うのではないかという恐れである。「こびりつく」(be encrusted)という表現は、当時の王立協会の学者たちの考えを踏まえている。彼らは黒点が太陽にある火山の噴出物だと考え、太陽の表面で溶岩が固まり、こびりつくのではないかと本気で心配していた(Nicolson and Mohler, "Scientific Background" 125–27; Higgins 322)。

171-15 前回彗星が到来したときに、もしその尻尾が触れでもしていたら地球は間違いなく灰燼に帰していた

ハレー彗星で有名なエドマンド・ハレー(一六五六〜一七四二年。発音は「ハリー」の方が正確)は王立協会の会員で、一七二〇年には二代目のグリニッジ天文台長に就任している。彼は一六八二年にある彗星を観測し、これが一七五八年に回帰すると予言していた(Nicolson and Mohler, "Scientific Background" 127–29; Higgins 322–23)。本注釈箇所の直後、「三十一年後に」次の彗星が到来するとあるのは、『ガリヴァー旅行記』初版の刊行年一七二六年から一七五八年は三二年離れているので、これを意識したものと考えられる(Turner 322)。ハレーを含む当時の科学者は、彗星が地球に壊滅的な影響を与える恐れがあると述べていた(Nicolson and Mohler 前掲 131–32)。なお、一七五八年に、ハレー本人は没していたものの、実際に彗星は回帰し、以降ハレー彗星と呼ばれるようになった。

171-17 その彗星の近日点が太陽から或る限度内に入ってしまうと(計算上はその恐れが十分にあるというのだ)

これはニュートンの『プリンキピア』の一節のパロディーであると、ニコルソンとモーラが指摘している(Nicolson and Mohler, "Scientific Background" 132; Higgins 323)。また、このすぐ後にある「太陽は何の養分の補給も受けないままその光線を使う一方なのだから、ついには完全に力尽きて消滅し」[172]についても、事実、王立協会の科学者ロバート・フックが、太陽が燃え尽きる可能性を語っていたことを、ニコルソンとモーラが指摘している(Nicolson and Mohler 前掲 126–27)。

172–6

彼らはこうした危険や、それに似たさし迫った危険の影にのべつまくなしに怯えているので、夜もベッドで安眠できないし、世の常なる悦び、楽しみを味わうことさえできないのだ。

「悦び」(Pleasures)や「楽しみ」(Amusement)を否定し、恐れを抱きながら生きる姿は、一方では非国教徒の生き方を彷彿とさせる。『ロビンソン・クルーソー』の作者デフォーが長老教会派に属していたことは知られているが、彼も『家庭の導き』(一七一五年)のような教育書では、「小説」や「芝居」といった娯楽が子供に及ぼす悪影響を説いている(*The Family Instructor* 95–99, 114)。しかし、この箇所に書かれている焦燥感、のべつ不安にとりつかれていて一瞬たりとも心の安まることがない様子は、私たちにとって身近なものとも言えないだろうか。比較のために、第一篇第二章で、リリパット皇帝の命を受けた役人がガリヴァーの身体検査をする場面を思い出してみたい。そこでは、ガリヴァーのポケットの銀時計を見つけた小人たちが、次のように述べていた。「この器具を耳元につきつけられてみるに、絶え間なく水車の如き音が致しました。(中略) 未知の動物か、もしくは彼の拝む神か。これに相談せずしては何事もなさずという人間山の確言からすれば(その表現が甚だつたなきため、我等の理解も覚束なし)、我等としてはむしろ後者の見解をとるべきか。彼はそれを自らの神託と呼び、生活上の行動すべての時を指示するものと申しております」[34]。ここでは、近代人ガリヴァーの「神」として時計＝時間が提示されている。それは「絶え間なく水車の如き音」を発する、騒々しい神である。他方で、ラピュータ人たちは、なまじ星の運行に詳しくなってしまったために、世界が消滅するという極端な可能性(その可能性が決してゼロでないのはたしかである)を知り、神の慈悲を信じることができなくなっている。いずれにしても、古くからの秩序を護る存在としての神は姿を消し、科学の時代の到来とともに、超越的な存在は人間を駆り立て、変化あるいは消滅へと導くものへと変貌を遂げたのだ。であれば、本篇第一章でガリヴァーがオランダ人の海賊に投げかけた「兄弟たるクリスチャンよりも異教徒のほうが慈悲深い」[161]という言葉は、第三篇の世界を象徴するものだったと思われる。今回の渡航記でガリヴァーが彷徨うのは、慈悲深い神の消滅した世界ではなかろうか。

172―9 幽霊やお化けの出てくる恐い話を聞くのが大好きで

ホラス・ウォルポール『オトラント城』(一七六四年)によって、いわゆる「ゴシック・ロマンス」の歴史が始まるのも、恐怖が与える倒錯した快楽を「崇高」(sublime)として説明するエドマンド・バーク『崇高と美の起源』(一七五七年)が近代的な美学に先鞭をつけるのもまだ先の話だが、『ガリヴァー旅行記』の当時も「恐い話」を喜ぶ風潮は存在した。その手の話の代表作の一つとして、デフォー作と言われる(ただし異論もあり)『ヴィール老嬢の幽霊実話』(一七〇六年)がある。これはドーヴァーで前日亡くなったヴィール老嬢の幽霊がカンタベリーにいる親友を訪ねたという当時の噂を、新聞記事のように報告した文章である(詳しくは塩谷 150–51 参照)。なお、一八世紀における幽霊や超自然現象については、原田範行「〈テロリズム〉を消費する」を参照。

172―13 御婦人方はその中から愛人をお選びになるのだが、腹が立つのはそのあまりにもいけしゃあしゃあとした振舞いで

女性たちとガリヴァーとの出会いは、第二篇から第四篇までに一貫して登場するテーマである。ラピュータの宮廷に関係する女性たちは、ブロブディンナグ宮廷の女官たち(第二篇第五章参照)と同様、自らの欲望を恥じることがない。「いけしゃあしゃあと」の原文は with too much Ease and Security. すなわち、地球の将来が不安でしかたない男たちとは正反対に、わが身の安全(Security)に確信をもちながら行動しているのだ。彼女たちにとって、思索の闇に沈むラピュータの男たちは、巨人国におけるガリヴァーと変わらない取るに足らぬ存在にすぎない。巨人の女性たちに恐怖を植えつけられた第二篇とは異なり、この第三篇ではガリヴァーは女性たちに共感を覚えている(次注および 183―1「ここに二ケ月……」の注参照)。もっとも、ガリヴァーが「安心」するのはまだ早く、第四篇第八章では、水浴びをしている

ところを「まだ十一歳は越えていなかったと思われる」牝ヤフーに無理やり抱きつかれてしまう［282〜283］。

173-4 また、或る話によると、宮廷のある貴婦人が

宰相夫人が「下の世界」に降りて「醜怪な老いぼれの従僕」［173］との不倫に走り、消息が絶えてしまうというこのエピソードは、一般に、当時の首相ロバート・ウォルポールとその最初の妻キャサリン・ショーターとが形だけの夫婦だった事実への当てこすりと解釈されている(Higgins 323)。第一篇第六章でも、大蔵大臣フリムナップ(これもウォルポールのこと)の妻とガリヴァーとの不倫疑惑が噂される場面があった［65］。

173-12 ヨーロッパかイングランドの話ではないかと思われる読者もあるかもしれない。

同時代の注釈書であるコロリーニの『鍵』は、ここに記された宰相夫人の淪落の物語と、妻が従僕と不倫するという『チャタレー夫人の恋人』ばりの?)当時の事件との関連を示唆している(*Key* 3: 12; Higgins 323)。ただしこれがあやしいのは、その直後に、この事件を知りたければカール氏出版の五巻本『不能と離婚の顚末』なる本を読むべし、と記されていることで、コロリーニは「カール氏」こと悪名高い出版者エドマンド・カールにほかならないのだから、結局自分の出した本を売りたいだけではないかとも思える。「ヨーロッパかイングランドの話」という表現の他の解釈として、現実の事件を指すのではなく、当時イギリスを含むヨーロッパで広く読まれていた恋愛ロマンスが不倫などのきわどい話をしばしば題材としたことへの批判と考えることもできるだろう。

第三章

174-3 現代の哲学と天文学の解明した或る現象。

この「哲学」(Philosophy)とは「自然哲学」(natural philosophy)のこと、すなわち「自然もしくは自然界の事物や現象に関する知識あるいは研究」(*OED*)という意味で用いられている。*OED* における philosophy のこの用法の説明には、「今日は通常、科学と呼ばれる」との記述も見られる。ここでも、「哲学」のかわりに「科学」と書いた方が現代の読者には理解しやすいだろう。実際、この第三篇(とりわけ「ラガードの大研究院」の登場する第五章)で諷刺されている王立協会(一六六〇年に創設されたイギリスの科学アカデミー)の機関誌の名称『王立協会科学会報』(*Philosophical Transactions of Royal Society.* 一六六五年に創刊され、今日まで刊行が続く)に求められるだろう。ここでは、まさに Philosophical(哲学的)という言葉が「科学的」の意味で用いられている。「或る現象」とはもちろんラピュータ島の飛行である。だからポール・ターナーの言うように、第三章冒頭のこの「あらすじ」には、ラピュータの動きを『王立協会科学会報』の論文のパロディー風に解説しようというスウィフトの意図が示されているのだろう(Turner 329)。リヴェロも同じ意見で、この章の三つの特徴、細部へのこだわり、客観性を装った語り口、図版の添付[177]が、まさに『王立協会科学会報』の論文をパロディーにしたものだと指摘している(Rivero 140)。

174-5 私が何よりも知りたかったのは、いかなる技術によって、もしくは自然の力によってこの島が幾つかの動きをするのかということであり、以下、読者にその哲学的な説明をしてみることにしよう。

並ぶものなきSF作家であり、博識をもって知られるアイザック・アシモフは、『ガリヴァー旅行記』に自ら詳しい注を施した愉快な本を編纂しているが、彼はスウィフトによるラピュータの描写こそ「真のサイエンス・フィクションであり、おそらくは最古のSFと言えるだろう」と指摘している。なぜなら、ここでスウィフトは空を飛ぶ島の動きを(たとえ諷刺的な意図からであっても)同時代の最新科学を用いて説明しようと試みているからである。もちろんこれ以前にも、空を飛ぶ都市を始め、SF的な設定をもつ作品はあったが、それらは「厳密に科学的な裏づけをもっておらず、結果として冒険ファンタジーと変わりがない」。その意味では『ガリヴァー旅行記』第一篇も第二篇も、アシモフの分類ではSFというより冒険ファンタジーに入るのである(Asimov 144)。なお、前注で指摘したように、「哲学的」とは「科学的」と同義。

174-7　飛ぶ島もしくは浮く島は厳密に円形になっており、その直径は七八三七ヤード、つまり約四マイル半

ニコルソンとモーラによれば、第三篇第三章におけるラピュータの浮揚の説明は、ウィリアム・ギルバート『磁石論』(一六〇〇年)に依拠している。この著作には、地球の磁気現象を解明する道具として、球状に整形した天然磁石(小地球 terrella)の描写が見られる。さらに、王立協会の展示品の中には直径「四インチ半」(約一一・四三センチメートル)の小地球もあったことから、「四マイル半」(約七・二キロメートル)というラピュータの直径もこの小地球をモデルにしたものであるらしい。さらには「七八三七ヤード」の方も、当時想定されていた地球の直径に言及した可能性があるという。例えばニュートンは、地球の半径が約三九二三マイルだとしていた(Nicolson and Mohler, "Swift's 'Flying Island'" 412-17; Turner 329)。これを直径にすれば七八四六マイルとなり、もちろん単位が異なるものの数だけは七八三七に近い。ちなみに七八四六マイルとは約一万二五五三・六キロメートル。現代の測定では北極と南極を結ぶ直径が約一万二七一四キロ、赤道方向の直径は一万二七五六キロである(自転の影響で地軸の垂直方向に遠心力が働くため、赤道方向の方が長くなる)。

174-8 下の表面は平たく整った一枚の硬い石で出来ており

「硬い石」の原語はAdamant。*OED* によれば、この単語はもともとギリシャ語で「無敵」を意味する形容詞 ἀδάμας に由来し、最も硬い鉱物を指す語として用いられていた。この意味の流れで、ダイヤモンドの別名として Adamant が使われるようになった。他方で、中世に入るとラテン語の adamare すなわち「……を慕う、……に引き寄せられる」という動詞との(語源的には誤った)連想から、磁石の意味でも用いられるようになる。しかも、しばしば両方の意味が混同されていたという。さらに *OED* は、この混同は一七世紀には解消され、Adamant は科学的な文章でダイヤモンドの同意語としてしばしば使用されるようになったと解説する。この説明を信じるならば、一七二六年出版の『ガリヴァー旅行記』は、かつての語義の混乱を意図的に再現させ、「ダイヤモンド」のように輝きながら(「底面は平たく滑かで、下の海からの照り返しをうけてキラキラと眩しいくらいであった」[163])、「磁石」のように運動するものとして Adamant を捉えていることになるだろう。近代科学を諷刺した文章が、中世に想像されたあやしげな物体を前提として書かれているというのは、スウィフト一流の諧謔だろうか、あるいは近代科学も中世の錬金術なみにあやしいのだ、という科学への根強い不信感のあらわれだろうか。

174-9 その上には何種類かの鉱物が順序よく層をなしており

この地層の記述は、同時代の地質学者ジョン・ストレイチー(一六七一〜一七四三年)が『王立協会科学会報』第三〇号(一七一九年)に発表した論文と類似点のあることが、ニコルソンとモーラによって指摘されている(Nicolson and Mohler, "Swift's 'Flying Island'" 408–09; Turner 330)。

175-2 博物学者の一致した意見では、最高度の雲も二マイルより上に行くことはないし実際には、巻雲が八マイル(約一二・八キロメートル)より高く上昇することがあるが、当時の知識としては「二マイル」(約三・二キロメートル)という数値は妥当だったようだ。『ガリヴァー旅行記』刊行後の著作だが、王立協会員でもあった科学者ジョン・シオフィラス・デザグリエ(一六八三〜一七四四年)が一七二九年の『王立協会科学会報』に発表した文章には、熱せられた蒸気の昇る上限が二マイルだと記されている(Turner 330)。

175–5　天文学者はそこからフランドーナ・ガニョーレ、天文学者の洞穴と呼ばれる大きなドームに降りてゆくのだが

「フランドーナ・ガニョーレ」の原語は*Flandona Gagnole*。「天文学者の洞穴」を意味するラピュータ語だが、ポール・オデル・クラークは、これをLondon, Englandを変化させたものだと説明している(Paul Odell Clark 613)。ポンスは、Gagnoleが否定を意味するラテン語由来のnoleとドイツ語で「通行」をあらわすGangとの組み合わせで「通行禁止」を意味し、FlandonaのFlanはフランス語flanc(脇腹、(古)胎内)とギリシャ語の(ἔν)δον(中へ)を結合したものだと述べる。あわせると「内部への進入禁止」という意味になるのだという(Jacques Pons 423)。

ここに出てくる洞穴、およびその中核を占める「巨大な磁石」[175](次注参照)について、デニス・トッドは想像力と洞察に富んだ議論を展開している。まずトッドは、「天文学者の洞穴」から、フランシス・ベーコンによって提唱された「洞穴のイドラ」(Idols of the Cave)を想起する。洞穴のイドラとは、個人がその狭い料簡から導きだした架空の思想によって万物を歪め、色眼鏡で見てしまうことを意味するので、数学や音楽に没頭するあまり現実を見失ってしまうラピュータ人によくあてはまる(Denis Todd, "Laputa" 95–96)。しかも、この洞穴の中心に安置された鉱石は、一種の「偶像」(Idol)にほかならない。

ここでトッドはラピュータ(Laputa)がla puta、すなわちスペイン語で「娼婦」の意味となること(159–2「ラピュータに……」の注参照)を引き合いに出しながら、ベーコンの想像した科学ユートピアである「新エルサレム」を転倒させた

国家としてラピュータを捉えようとする。彼によれば、この「娼婦」(whore)という語は、聖書に出てくる「バビロンの娼婦」こと堕落したエルサレムのイメージとも重なっている(同96)。第三篇第二章では、ラピュータの貴婦人がラガードで「醜怪な老いぼれの従僕」と不倫をし、いったん連れ帰られるものの「宝石をごっそり抱えて」男の許に出奔し、消息が絶えてしまうというエピソードが紹介されていたが[173]、トッドはこの話と旧約聖書『エゼキエル書』に出てくる神の娘エルサレムが働いた(と預言者/神の非難する)不貞の描写とが似ていると指摘する(同102)。「お前は、自分の夫の代わりに外国の男と通じる淫行の妻だ。すべての娼婦に対して人は金を払う。ところが、お前はすべてお前を愛する者に、お前の方から贈り物をし、賄賂を贈り、姦淫をするために人々を四方からお前のもとに来させる。お前の姦淫は他の女たちとは逆である。誰も、お前を誘って姦淫したのではない。お前が報酬を支払われるのではなく、お前の方から報酬を支払っているところが逆である(『エゼキエル書』第一六章第三二〜三四節)。つまり、ラピュータにおける科学の普及・発展が、聖書で非難されるような人間性の堕落あるいは伝統的モラルからの逸脱と結びついているというのである。

ここからトッドは、ガリヴァーが初めてラピュータを見たときの様子を分析する。第三篇第一章でラピュータがあらわれる直前のガリヴァーは、孤島と思われた島でロビンソン・クルーソーのように絶望に駆られていた[163]。クルーソーの場合、孤独と苦悩のどん底から徐々に信仰に目覚めるのだが、ガリヴァーにはラピュータという別の救いが出現する。ラピュータを観察するガリヴァーは、科学者のように高度を測り(「高さは二マイルくらいだろうか」)、科学の利器である「懐中望遠鏡」を活用する。さらに、興奮(「生命への愛が私の心の内におのずと喜びをかきたて」)から当惑(「人の住む島が空中に浮かんで(中略)のを目のあたりにしたときの私の驚愕」)を経て、冷静な観察(「島がどの方向へ動き出すのかに注目することにした」)へと至る、その心の流れが克明に綴られる[163〜164]。つまり、ラピュータを見た瞬間から、ガリヴァーはラピュータ的な科学主義に染まっていることになる(同104–06)。ゆえに、第三篇の諷刺の根幹は、科学主義によって宗教的な伝統が破壊されたことへの批判にある、というのがトッドの見立てである。海賊船にいたオランダ人がキリスト教道徳に反した仕打ちをガリヴァーにすることから始まり、日本での踏み絵によるキリスト教への迫害を話題にして終わる第三篇の全体が、いわば反宗教的な寓話として書かれており、一見ばらばらなエピソードの構成、すなわちラピュータとバルニバービでの科学批判、グラブダブドリッブでの死者たちとの対話、ラグナグでの不死人間ストラルドブラグのエピソードという流れが、宗教を忘却して「娼婦」と化す都市、死者の復活、永遠の生へと移り変わる聖書の物語のパロディーということになる（同 118–19）。トッドの議論は、科学諷刺という従来の中心的な解釈からは想像しがたい、聖書との対応性に注目することで、第三篇に一貫性を見出しており、注目に値する。

なお、ニコルソンとモーラは、この「天文学者の洞穴」がパリの王立天体観測所にあった深い洞穴にヒントを得た描写ではないかと述べている（Nicolson and Mohler, “Swift's ‘Flying Island’” 409; Turner 330）。

175–8　この島の運命を左右する最大の目玉は、形の上では織工の使う梭《ひ》に似た巨大な磁石である。

この磁石の描写は本文を読むだけでは分かりにくいかもしれないので、図版を紹介する（**図3–8**）。この磁石が「織工の使う梭に似た」姿をしていることは、第三篇の主題の一つであるイングランドとアイルランドの関係を考えれば理解できる。一七世紀末、羊の毛織物産業において、アイルランドはイングランドよりも優れた製品を生み出していたが、イングランド政府はアイルランドの羊毛製品に過重な関税を課したうえに、イングランド以外の国への輸出まで禁じる法律（Irish Woollens Act）を制定したため（一六九九年）、羊毛製品は一八世紀初めにおけるイングランドによるアイルランドへの搾取を象徴するものとなった。スウィフトは、一七二〇年代に執筆したアイルラ

図3–8　巨大な磁石（トマス・モートンの挿絵より）．

ンドの経済問題に関する一連のパンフレットの中で、頻繁に羊毛製品の問題に触れている。なお、同時代の注釈書である『鍵』は、この磁石がアイルランドではなくブリテンのリネンと羊毛産業を暗示するものだと指摘している(*Key* 3: 15; Turner 330)。

176–5 島はこの斜行運動によってこの帝王の領土の各地に移動する。

西山徹は、このジグザグに飛翔する島の姿から、「株の上がり下がりによって価値が上下するようになった」近代国家を連想し、「飛島とは、重商主義的飛翔によって離陸した国家=イングランドを象徴的にあらわす」と指摘する。さらに、このジグザグで不安定な飛翔は、下界のバルニバービを一見すると絶対的に支配しているかに見えるラピュータが、実はバルニバービなしでは存在できず、しかもその支配力にも限界があることを暗示しているという。ゆえにラピュータ人(の男)はつねに不安とともに暮らしているし、彼らの支配力のなさは、「亭主など馬鹿にしきって、他の土地から来た男にむやみと熱をあげてしまう」[172]ラピュータの女たちも実証している(西山『ジョナサン・スウィフトと重商主義』212–14)。

176–5 バルニバービの領土

ラピュータの下に広がる大地「バルニバービ」(Balnibarbi)の名前が、本文ではここで初めて言及される。すでに第二章に「下の硬い大地にある王国全体の首都であるラガード」[169]という表現が見られるのに、三章に入ってようやく、しかも唐突に「下の硬い大地」の名前が登場している。ポール・オデル・クラークはこの地名をバーバリ(Barbary)の変化形と見ている。バーバリとはエジプトを除く北アフリカの旧称で、沿岸に海賊の出没する野蛮(barbarous)な地域と見なされていた。ゆえにバルニバービとは、アイルランドもしくは当時の英国全体を「野蛮な国」と自嘲気味に述べたものだと述べている(Paul Odell Clark 613–14)。ポンスはより直截に英語の「野蛮人」(barbarians)からきたものでアイルランド人への諷刺と捉える(Jacques Pons 420)。

178–3　磁石が水平面に対して平行になっているときには島が静止する

ターナーが指摘する通り、磁石を水平にすれば磁石の引力も反発力も働かなくなるので、島は静止できないはずである(Turner 330)。実際には、重力の作用に従って落下するだろう。

178–7　彼らの持っている最大の望遠鏡でも三フィートを越えるものではないが、われわれの百フィートのものよりも拡大力が大きく、星がはるかに明瞭に見える。

この一文は、フォークナー版から加えられたものである。実は、モット版に対するチャールズ・フォードによる訂正の書き込み(「『ガリヴァー旅行記』の二つの版」参照)では、ここは「百フィート」(三〇・四八メートル)ではなく「百ヤード」(九一・四四メートル)になっていた。スウィフトの意向を反映しているはずのフォードの訂正がフォークナー版にそのまま転載されていない理由については、研究者の間で意見が分かれている。ターナーによれば、『ガリヴァー旅行記』の時代には長さ一〇〇ヤードの望遠鏡は存在しないが、一七二二年に天文学者ジェイムズ・ブラッドリー(一六九三～一七六二年)が二一二フィートの望遠鏡で金星の直径を測定した記録が残っている。そこからフォークナー版における尺度の変更は「現実的」なものであり、この版を作成するときにスウィフト本人が協力した証拠と言えるかもしれないと指摘する(Turner 330–31)。これとは逆に、リヴェロはむしろ「百フィート」への変更は、スウィフトのジョークを理解しなかった出版者がよけいな気を回したせいだろうと推測する。「百ヤード」という当時では非常識なまでに長大な望遠鏡が実在するかのように書くことで、スウィフトはガリヴァーの知ったかぶりを暴露しようとしたのだ、というのがリヴェロの読みである(Rivero 144)。また、「拡大力」については、当時開発され、短いわりに大きな拡大力を示した屈折望遠鏡への言及ではないか、とターナーは指摘している(Turner 331)。

178-9 彼らはすでに一万個にも及ぶ恒星の表を作成しているが、われわれの手元にある最大のものでもその数の三分の一を出ない。

初代グリニッジ天文台長のジョン・フラムスティード(一六四六〜一七一九年)の労作『天球図譜』(没後の一七二五年に彼の妻が出版)には、二九三五の星が掲載されている。各種の注にある通り(Turner 331; Rivero 144; Higgins 324)、本注釈箇所はこの数を意識した記述だろう。

178-10 彼らはまた火星のまわりを回る小さな星、衛星を発見しているが

当時、火星の衛星はまだ見つかっていなかった。実際には『ガリヴァー旅行記』出版から一五〇年後の一八七七年にアメリカの天文学者アサフ・ホールが初めて発見するのだが、不思議なことに現実の火星の衛星も二つあるというだけでなく、両衛星の火星からの距離や公転周期についても、気味が悪いくらいに本書の記述と近似している。この問題を精査したS・H・グールドによれば、このスウィフトの「予言」より前にケプラー(一五七一〜一六三〇年)が火星に二つの衛星があるという予測を発表している。また本文のこのすぐあとに記されている「周期の二乗が火星の中心から衛星までの距離の三乗にほぼ比例する」という法則は、いわゆるケプラーの第三法則だが、この法則にもここでの記述は依拠しているようだ(Gould 91-101)。ポール・ターナーも、グールドの論文に言及しながら、スウィフトの「予言」の的中は単なるまぐれあたりだ、と述べている(Turner 331)。しかし、そうであったとしても、スウィフトがいかに細部までリアリティにこだわり、そのための知識の獲得にいかに努力していたかの証拠とはなるだろう。

とは言うものの、科学嫌いのくせにひそかに『王立協会科学会報』を熟読していたスウィフトのことだから、あれだけ最新科学をからかいながらも、こっそり望遠鏡を購入し、毎晩一人で天体観測をする姿を想像できなくもない。それでも、一八七七年まで見つからなかった衛星が当時の技術で見つかるわけはないと普通なら考えるべきだろう。しかし、

イングランドがアイルランドの産業を押さえつけていたおかげでロンドンほど産業の発展していないダブリンの暗い夜空には、大都会ロンドンよりもくっきりと星が浮かんでいただろうし、スウィフトという書き手は世紀の大発見をさりげなく自作のフィクションに書き込むくらいはやりかねない気もする。

178-14 彼らは彗星も九十三個観察し

『天球図譜』を作成したフラムスティードの没後、一七二〇年に二代目のグリニッジ天文台長に就任したエドマンド・ハリーは、一七〇四年に二四の彗星の軌道を計算している(Turner 331)。

179-3 いずれかの町が叛乱もしくは内乱を起こしたり、熾烈な内部抗争を始めたり、通例の納税を拒んだりした場合、この国王は人々を服従させてしまう方法を二つ持っている。

この箇所に関連して、ラピュータとバルニバービの寓意を読む試みは、チャールズ・ファースによって始められた。ファースはラピュータ=イングランド、バルニバービ=アイルランドと同定し、ラピュータ関連の記述をイングランドによるアイルランド搾取の文脈で読む(Firth 232)。これに対し、アーサー・ケースはより整合性のある寓意を求め、ラピュータをイングランドと見なしてしまうと、下のバルニバービ=アイルランドにラガード研究院があることと矛盾すると指摘した。なぜなら、ラガード研究院はロンドンの王立協会の寓意であることが明白だからだ。ゆえに、ケースはラピュータがイングランドの宮廷・政府を指し、バルニバービがイングランド、アイルランドのどちらも含むイギリス全土を指すと考えた(Case, *Four Essays* 81-82)。ファースとケースの対立にいわば水をさしたのが、F・P・ロックで、彼はそもそも『ガリヴァー旅行記』の物語が一貫した寓話であると考える必要はなく、寓話として矛盾していても、スウィフトの政治的なメッセージさえ読みとれればよいと述べている(Lock 95-96)。

180-8　この巡幸のおり、陛下が最初に向かわれたのは王国第二の都市リンダリーノであった。

このリンダリーノのエピソードが、スウィフトの生前には公表されなかったことは、159-2「筆者、第三の……」の注ですでに述べた。また、このエピソード全体が、スウィフトも深く関わったウィリアム・ウッドの半ペニー銅貨をめぐるアイルランドの抵抗を描いていることも、同じ注で紹介ずみである。だからここでは、リンダリーノ(Lindalino)という都市名の秘密を紹介するにとどめよう。Lindalino には lin という音が二度繰り返されている。二重の「リン」ゆえ double 'lin' すなわち「ダブリン」を意味しているのである(Paul Odell Clark 613; Jacques Pons 428)。

180-10　四つの大きな塔

ケースは、これがアイルランドの政治をつかさどる四つの主要機関を指すものと考えている。すなわち、大陪審、枢密院、上院・下院の二つのアイルランド議会である(Case, *Four Essays* 84; Turner 332)。しかし、前々注でも言及したF・P・ロックは、まさにこのような解釈こそ過度に寓意を読みこんでスウィフトの諷刺を矮小化する例であると指摘している(Lock 101-02)。

182-2　この国の基本の法律によって国王、その第一王子、第二王子は島を離れることを許されていないし、王妃も懐妊可能なときが終わるまでは同じ扱いとなる。

この法律については、すでに同時代の注釈書『鍵』において、「王位継承法」(Act of Settlement)への言及であるとの解釈が示されている(*Key* 3: 16; Higgins 326)。一七〇一年に発布されたこの法律は、プロテスタントのハノーヴァー家から次の王を選ぶことを定めており、いわばイギリスにおけるプロテスタントとホイッグの優位を決定づけた重要な法律なので、「基本の法律」なのはたしかである。ヒギンズによれば、ここでこの法律を話題にしたのは、ハノーヴァー家の王が議会の許可なくイングランドの外に出てはならない、という条文が無効になり、ハノーヴァー家出身の国王ジョージ一世が好きなように(イングランドという)「島を離れ」られるようになったことへの批判であるという。さらにヒギンズは、王妃も「懐妊可能」である限りは外に出られないとあることに着目し、当時ハノーヴァー朝に反対する人々の間で話題となっていた、ジョージ一世とその息子は本当に父親の血を継いでいるのか、という王家の出生に対する疑問までも読み込んでいる(Higgins 326)。

第四章

182-7 べつにこの島で冷遇されたわけではないのだが、無視のされ方はひどかったし、軽蔑も混じっていなくはなかったと言うしかない。

第二篇のブロブディンナグ国では、ガリヴァーは体が小さいためもあり、人間や動物たちから軽んじられていたが、飛ぶ島ラピュータの男性たちはそれに輪をかけて、ガリヴァーに無関心である。沈思黙考を旨とし、「叩き人」に刺激してもらわない限り我に返らないラピュータ人であるが、彼らの言語を懸命の努力で覚えたガリヴァーがラピュータ国王に謁見した際も、国王は関心のある数学についての質問をするだけで、ガリヴァーの回答も、「さも軽蔑したような、つまらなさそうな顔をして」聞き流すだけだった[173〜174]。そもそも海賊に船を奪われてさまよっていたガリヴァーは、飛ぶ島を見つけたとき、その島が自分を「救出」してくれるという「希望」をもって、自分を引き上げてくれるように懇願したのだった。その願いは聞き届けられたものの、自分の思索にふけって他人に関心を示さないラピュータの国民性に、ガリヴァーは早くも嫌気がさす。

183―1　ここに二ケ月滞在しているうちにつき合ったのが女、商人、叩き人、宮廷の小姓などであったので、徹底的に軽蔑されてしまったが、まともな返事をしてくれたのはこういう人たちに限られた。

本篇第二章にあったように、ラピュータの女性たちは「他の土地から来た男」を好み、懇ろになるあまり、愛人の男とともにバルニバービの首都ラガードまで逃亡することがよくあるという[172〜173]。ラピュータの男性たちに愛想を尽かしてラガードに逃げようとするガリヴァーは、ラピュータの女性たちと気持ちを共有しており、行動パターンが同じだ。だから話が合うわけで、滞在中「つき合った」のも当然だろう。作者スウィフトの女性嫌い(misogyny)を強調しすぎる『ガリヴァー旅行記』解釈はすでに古いと思われるが、この箇所を見てもガリヴァーが女性的心情に近いものをもっていることが分かる。しかもラピュータの女性たちの不貞は必ずしも非難されず、むしろ元気で活動的で自らの意志と信念をもって行動する存在として描かれている。

ローラ・ブラウンは、ガリヴァーが繰り返し女性と同じ立場に身を置くことに注目することで、スウィフトの女性への攻撃は問題含みのものとなり、他者としての女性と彼が結ぶ関係を単純には理解できなくなると述べる(Laura Brown, *Ends of Empire* 187; Laura Brown, "Reading Race and Gender" 131 も同内容。後者の紹介が西山『ジョナサン・スウィフトと重商主義』141 に見られる)。その例としてブラウンが挙げるのは、ガリヴァーがブロブディンナグで巨人の女官の体臭に「悶絶」したときに、リリパットでは逆に彼自身の体臭で文句を言われたことを思い出す場面や[121〜122]、やはりブロブディンナグでガリヴァーがグラムダルクリッチから着せ替え人形のように扱われたことである[97](Laura Brown, *Ends of Empire* 186–87)。本注釈箇所もブラウンのこの指摘と合致するように思われる。ただし、ブラウンの説はクロード・ローソンから批判されている。ローソンに言わせれば、ガリヴァーと女性とを関連づけることでスウィフトの女性性に対する両義的な思想を読もうとするブラウンの戦略は単なる誤読に基づいている。スウィフトの非難は性別を超えた人間に向けられており、事実、ブロブディンナグでガリヴァーが生理的な嫌悪感を覚えるのは女性に対してだけではないという(Rawson, *God, Gulliver, and Genocide* 175–81)。つまり、いわゆるスウィフトの女性嫌悪を脱構築しようとするブラウンに対し、ローソンはそれがかえって女性を特権化し、テクストから逸脱した空論を導くことに警戒しているのだ。ブラウンの批評理論的な読解も、ローソンの実証的な読解も、それぞれに利点があるので、本注釈ではあえて論争内容の紹介にとどめておく。

183―3　ほとんど何の口添えもしてもらえないこんな島に閉じ込められているのには嫌気がさしてきたので、機会があり次第、私はここを出る覚悟を固めた。

ラピュータの女性たちは飛ぶ島にいることを「閉じ込められている」と感じて[172～173]、その状態からの解放を望んでいたが、ここに至ってガリヴァーも同じように自分が「閉じ込められている」という気持ちをもつようになる。しかし、これはよく考えると奇妙だ。監禁と解放の対立というのはカーノカンが示すように、一八世紀イギリス文化全般に見られるテーマである(Carnochan, *Confinement and Flight*)。解放は、飛翔であり自由である。「飛ぶ島」は飛翔しているわけであるから、ガリヴァーが当初期待していたように、「解放」という自由を象徴すべきトポスのはずだった。ところが下の島であるバルニバービとの磁力関係によって浮かんでいるラピュータはこの島を越えて飛んでいくことはできず、属国バルニバービにある意味では束縛されているわけで、自由というより束縛をより大きな特徴としている。ラピュータの男たちにしても自らの思考に内向しており、とても自由だとは思われないのだから。

184―4　改めて堅い地面の上に立ってみると、我ながらいささか安堵した。

飛ぶ島を去ったガリヴァーは、堅い地面に降り立ってほっとする。飛ぶ島は飛翔への憧憬を体現した夢のような世界であるが、それが別名「浮く島」(*Floating Island*)と呼ばれていることからも[168]、浮ついた不安定な気持ちをあらわすものでもある。この「浮く島」という表現がスウィフトの雇用者ウィリアム・テンプルによって国家の不安定さを示す比喩として用いられたことは、168-13「飛ぶ島あるいは……」の注にある通りだが、西山徹は本注釈箇所とスウィフトの詩「ストレフォンとクロエ」(一七三一年執筆)で使われている建物の比喩とを関係づけて論じ、両者の中に「安全な基盤の上に建てよ」という教訓を読み込んでいる。そしてさらに、「スウィフトは、「不安定な基礎」の上に建てられた建物の比喩を用いて、しっかりした根拠のない考えに対する警告を繰り返し発している」(西山『ジョナサン・スウィフトと重商主義』139)と興味深い指摘を行っている。その意味で、飛ぶ島は土台をまったくもっておらず浮いているわけだから、無根拠の象徴と言え、スウィフトの諷刺の対象として描かれていることが分かる。

184-7 ムノーディという名前のこの大貴族がその邸宅内の一室を提供してくれたので

タウン・ハウスとカントリー・ハウスを保持し、昔ながらのやり方で地所を豊かに維持している貴族であるムノーディのモデルとしては、各種注釈のどれもがスウィフトの敬愛する複数の人物たち(例えば、ミドルトン、カータレット、ボリングブルック、ロバート・ハーリー、とりわけスウィフトのパトロンであったウィリアム・テンプル)の混じり合ったような存在であるとしている(Higgins 326; DeMaria 286–87; Rivero 147)。いずれにしても、『ガリヴァー旅行記』においては、政治的・文化的に保守派を具現化する存在であり、「歓待」を重視する好ましい人物である。ムノーディ(Munodi)という名前は、ラテン語の mundus odi(私は世を憎む)から来た名前であり(この解釈はアーサー・ケースの指摘(Case, *Four Essays* 87)を皮切りに、現代のほとんどの注釈書で紹介されている)、その名の通り、大臣たちの陰謀のために政界から引退した彼は、疾走する近代社会から取り残された、世をはかなむ隠遁者である。

185-9 彼は、二十マイルほど離れたところに自分の領地があって、そこに屋敷があるから、そこに来てもらえばもっとゆっくりとこういう話ができるだろうと言う。

「屋敷」の原語は Country House。カントリー・ハウス文学という伝統の中では、経営方針に関して是非が問われる場合が多い。ムノーディ卿のように、「旧来のやり方(in the old Forms)に満足し」[187]て豊かな現状維持をするのか、それとも「町の邸宅も田舎のこの屋敷も取り壊して、現代風に立て直し、農園もすべて破壊して、他のものも今風(modern Usage)に作り直し」[186]た方がいいのかは、「改良」が議論されたイギリス一八世紀では大問題であった。

本章のこのくだりでは、企画者養成アカデミー(「ベンチャー事業研究院」、次注参照)の「計画」(Projects)が何一つ完成していないために、「国土は荒廃、家は破れ、民は衣食に事欠くという有様」[187]になっており、ムノーディ卿自身も、アカデミーの説得に一度乗ったことがあったのだが、計画が実現しなかったために豊かな水源を失って別荘が廃屋になってしまった経験をしている、と述べられている。ムノーディ卿は、アカデミーの「改良」の手が伸びていない自分の伝統的地所の方が、美しく均整が取れて豊穣な実りを生み出している、という対照的な光景をガリヴァーに見せるのだが、しかし、「憂鬱そのものといった顔つき」である[186]。この背景には、レイモンド・ウィリアムズが次のように指摘する、地所という不動産が大きな利潤をもたらす絶好の投資対象と見なされるようになった一八世紀イングランドの事情があると考えられる。「こうした(産業・工業の)発展の中で、土地の改造や整理など、土地の活用のイデオロギーが重要な意味をもつ指導原理となった。この種の近代化の妨害になるような社会関係は着々と、ときには情け容赦なく解体されていった。一八世紀の文学には、これらの変化から生ずる価値の危機がさまざまな形で描かれている。詩においては後で見るように、幸福な借地農《テナント》の理想化、農村閑居の理想化が、変化と喪失に対する深刻な、憂いの意識へと席をゆずり、この意識が結局は、伝統的な回顧追憶の構造を新しい形で確立することになった」(山本・増田・小川訳88)。

「改良」というスローガンのもとに近代化が不可逆的に進行するなかで農村へと引退したムノーディ卿は、まさにウィリアムズの言う「変化と喪失に対する深刻な、憂い」に沈んでいるわけである。とりわけ、「改良」の旗振りを行っている架空の集団「企画者《プロジェクター》養成アカデミー」の学者たちの企画《プロジェクト》が現実を誇張した過激さと滑稽さをもっているために、保守的堅実さの実践者を空しくさせている。また、そのような描き方をする作者には、ムノーディ的な伝統的カントリー・ハウス経営を評価し、それを瓦解させる近代的過激改革者である企画者たちへの批判意識が感じられる。

ムノーディ卿の伝統性と企画者たちの近代性との対比は、また、一八世紀ヨーロッパでさかんに議論された「新旧論争」(または「古代人・近代人対比論争」)とも関連がある。一七世紀のフランスで始まり、イングランドでも熾烈な議論が行われたこの問題は、古代のギリシャ・ローマ人たちの文化と、一七世紀からのヨーロッパの近代文化のどちらが優れているかに関する議論である。論争に決着がつかないことは、この論争をイングランドで扱った初期文献であるジョン・ドライデンの『劇詩論』(一六六八年)の中で、古代人を上位に置くクライティーズと近代人をかうユージニアスという二人の登場人物の論争が終わらないことからもうかがうことができる。なお、この論争には、かつてウィリアム・テンプルも巻き込まれた。「古代と近代の学問について」(一六九〇年)というエッセイで、古代の著作として『イソップ寓話』などを評価したところ、『イソップ寓話』には近代に入って加わった要素も多いという批判を浴びせられたのだ。これを端緒とする論争には、テンプルの秘書だったスウィフトも加わり、一七〇四年に『桶物語』と『書物合戦』を出版した。テンプルは一六九九年に没していたのだが、この著作でスウィフトはテンプルを古代派の一員とし、軽薄で無能な近代派や近代批評家たちを諷刺している。

ニコルソンとモーラは、ムノーディ卿と企画者たちの対立の中に「新旧論争」を読み取り、ムノーディ卿に真の共感を抱いたのはガリヴァーのみであるが、それはガリヴァーが保守的であるために、明らかに「古代派」であるムノーディに惹かれたからだとしている。さらに、このエピソードが現実に当時の文壇で行われた新旧論争を踏まえていることを、企画者アカデミー成立の契機を描いた部分に読み取ることができるとしている(Nicolson and Mohler, "Scientific Background" 133–35)。たしかに、ムノーディ卿を支持するガリヴァーの心情に端的にあらわれているように、ガリヴァーは古代派であると考えることができる。

186–14 彼らはこの目的のためにラガードにベンチャー事業研究院を設立する勅許を得、こういった研究院のひとつもなければ王国の町という名に値しないとする風潮ががっちりと人々をとらえてしまった。

「ベンチャー事業研究院」の原語はAcademy of PROJECTORS。本「注釈篇」においては、原語を直訳して「企画者(養成)アカデミー」という訳語を用いることにする。ラガードの使節団が上空のラピュータを訪れた際に思索に沈む数学者たちの影響を受け、ラガードに戻ってからすべての改革に着手しようとしたのが「企画者アカデミー」設立のきっかけであり、それは「四十年ほど前のこと」であったとされる[186]。ニコルソンとモーラは、『ガリヴァー旅行記』出版の三九年前である一六八七年にシャルル・ペローが『ルイ大王の世紀』を刊行し、近代派の旗手として新旧論争(前注参照)の口火を切っていた事実を指摘し、これこそが「四十年ほど前」の出来事であるとしている(Nicolson and Mohler, “Scientific Background” 134)。エッセイ「古代と近代の学問について」で古代派であることの旗幟を鮮明にしたウィリアム・テンプルと立場を同じくしたスウィフトは、『ガリヴァー旅行記』においておおむね古代派的立場を貫いており、本注釈箇所では近代派の代表とされるペローを暗に皮肉っていると考えられる。

「企画者アカデミー」は、ガリヴァーの母校とされるオランダのライデン大学をあらわすとするドロレス・パロモの説もあるが(Palomo 27–35)、ほとんどのモダン・エディションの注が指摘するように、これが王立協会への諷刺として描かれていることは間違いない。ヒギンズは、王立協会説とライデン大学説、さらに(王立協会とつながりのある)ダブリン科学協会(Dublin Philosophical Society)説を紹介したうえで、「ハノーヴァー朝から庇護されたニュートン派のインテリを中傷し、少しでもオランダに関わりのあることを揶揄する」点で、こうした複数の標的への攻撃にはイデオロギー的一貫性があると述べている(Higgins 327–28)。つまり、いずれの機関も、ホイッグ党、ハノーヴァー朝、オランダという、スウィフトと敵対する政治集団と関係があるのだ。

「人類全般に利益をもたらすための「改良」をもたらすために設立」された王立協会は、近代化の象徴的存在だった。ただし、王立協会を「企画者《プロジェクター》アカデミー」と呼ぶとき、project という言葉そのものは一六九七年に出版されたデフォーの『企画論』が出た時点で、強烈な侮蔑をあらわす言葉であったことを思い出す必要がある。W・R・オーウェンズは、「デフォーがこの作品を書いていた時点で、プロジェクトという単語は強い軽蔑をあらわすものであった可能性が高く、騙したり投機したり陰謀を図ったりすることを意味していた」と『企画論』への注で指摘している(Defoe, *An Essay upon Project* 301)。リヴェロも、「この単語は陰謀家やペテン師や、いわゆる南海泡沫事件などのリスクをともなう財政的ベンチャーを推進する者について使われるもの」とし、狂気や不敬心と結びつけられるものだとしている(Rivero 149)。つまり、世間を歪んだ色眼鏡で見るプロジェクターの愚かさを、この語はあらわしているのだ(175-5「天文学者は……」の注参照)。ただしデフォーの場合、ノヴァクが指摘するように、プロジェクトという概念の使用に関しては矛盾があり、煉瓦商人として自分に多大な利益がもたらされるような企画に関しては、むしろ勧奨する調子をもっているという意見もある(Novak 116-19)。

イギリス貴族の子弟がフランスやイタリアへのグランド・ツアー(留学)に赴き、そこで得た生半可な知識を自国に戻ってから間違った形で流布させたように、バルニバービからラピュータへの短期留学者が戻ってから導入したのが、「企画者アカデミー」である。彼らは奇想天外なプロジェクトに大金を投じて実現を図り、大失敗を繰り返す。西山徹の言うように、「自らは何も生産せず、バルニバービを支配しつつもそれに依存するラピュータ的「飛行精神」は「腐敗」の極み」(西山『ジョナサン・スウィフトと重商主義』217)なのだが、そのような空虚な精神を模倣しようとする「企画者アカデミー」の設立者たちは、豊かな自国の生産力を荒廃させる悪しき権力者たちなのである。さらに「浮く島」のラピュータがイングランドの比喩であるとすると、バルニバービはそれに支配される、スウィフトの住むアイルランドということになるが、本注釈箇所は、アイルランドの置かれた状況や異なった風土のことを考えずにイングランド的やり方(重商主義的原則)を無理やり導入しようとするのは無益だと訴えるスウィフトの諷刺であると、西山は論じている(同216)(なお、ラピュータをイングランドの寓意として解釈することの是非については、179-3「いずれかの町が……」の注参照)。

ついでながら、初めに言及したシャルル・ペロー『ルイ大王の世紀』が出版された一六八七年には、アイザック・ニュートンの『プリンキピア』も出版されている。第二篇のブロブディンナグを含め、『ガリヴァー旅行記』の各所で諷刺の対象にされている王立協会会長も務めたニュートンの主著の出版年と、バルニバービに悪弊をもたらした企画者アカデミーの設立起源が同年に設定されている。このことは、これまでの研究であまり注目されていないが、偶然の一致とは言えないだろう。一六八七年は『ガリヴァー旅行記』出版から数えてもほぼ四〇年前だったわけだが、本注釈箇所は、世の中に害をもたらす組織を痛罵する文学作品たる本著作への作者の矜恃のようなものを示している可能性がある。

187–10　三マイルほどの距離にある山腹の廃屋だけはご覧になっておくとよい

ヒギンズはこの「廃屋」(a ruined Building)に長い注をつけている(Higgins 327)。機械化するために古い水車が壊されたのだが、新しい水車は動かなかったというこの小さなエピソードは、ヒギンズによれば次のような解釈史をたどってきた。まず、ニコルソンとモーラが例によって王立協会の実験との関連を指摘し(Nicolson and Mohler, "Scientific Background" 150–51)、次にパット・ロジャーズが一七二〇年の金融バブル崩壊、すなわち南海泡沫事件の寓意を読み込んだ(Rogers, "Gulliver and Engineers" 260–70)。もっとも、ヒギンズは言及していないが、ロジャーズと同じ解釈はすでにケースが示している(Case, *Four Essays* 88)。ヒギンズ自身は、彼の得意分野であるジャコバイト主義の文脈から読みを展開する。まず、ムノーディが新しい水車の設置を許可したことを、一七〇一年にトーリー党がハノーヴァー家の王位継承権を認めたことと結びつける。古い水車、すなわちカトリックのステュアート家を断絶させ、プロテスタントのハノーヴァー家をイギリスの王家として新たに迎えたことを意味するというわけだ。この解釈を補強するために、ヒギンズはステュアート家の王位僭称者「ジェイムズ三世」がしばしば風車の図像で描かれた点を指摘するが、これは水車ではないのでこじつけめいている。いずれにせよ、ヒギンズは新しい水車の失敗に、ハノーヴァー朝へのスウィフトの敵意とステュアート朝およびジャコバイト主義への共感を見ようとしている。

しかし、このエピソードは、まったく別の解釈もできるだろう。まず、ムノーディはロバート・ハーリーやヘンリー・シンジョンなど、スウィフトと親交のあったトーリー党の指導者を指すと考える。このうちハーリーはジャコバイト主義にあまり関心をもたない、基本的に名誉革命体制を支持する政治家だった。しかし、ジャコバイト勢力はハーリーを自分たちの陣営に引き入れようとしたはずだ。このジャコバイトを「研究員の一団」と捉えることもできるのではないか。すなわち、名誉革命体制(元の水車)は順調に動いているのに、わざわざもっと高いところまでポンプで水を運ぼう、すなわち名誉革命前のように国王の権威を高めようとする見当外れな考えに夢中になっているおかしな連中と見なすことは、決して不可能ではないだろう。こう読めば、ヒギンズの解釈とは正反対の主張、すなわちジャコバイト主義への諷刺を認めることになる。

なにも注釈者(武田)は、ヒギンズと事を構えたいわけではない。そもそもこの箇所にジャコバイト主義への諷刺を見る解釈は、F・P・ロックが示している。しかしロックは、これを正しい読みとして提示したのではなく、むしろ○○主義といった狭い文脈に『ガリヴァー旅行記』を落とすことの愚を説くために、思考実験として紹介しているのであり、彼自身は、要するにこのエピソードは急激に進む近代化を前にしたスウィフトが、農業に基づいた調和的な社会、古き良きイングランドを懐かしんで記したものだ、と述べている(Lock 103)。実はロックはヒギンズを指導した学者なのだが、これはいかにも師匠らしい、間違いのない読みと言えるかもしれない。しかし、このないかにも「正しい」読みをするだけでは楽しくないのも事実で、注釈者としては、むしろ読み手の志向によって、ジャコバイト主義的にも反ジャコバイト主義的にも読めてしまうテクストを、おそらくは計算して作り上げたスウィフトの芸の細かい悪意にこそ、敬意を払いたいと思う。

188–5

若い頃の私はある種のベンチャー事業屋ではあったわけだから。

「ある種のベンチャー事業屋」の原文は a Sort of Projector。リヴェロはこの箇所を「アイルランドの公益を改良しようとしてスウィフト自身が行った「企画」の数々について皮肉を込めて自分自身をなじったものかもしれない」と推察している(Rivero 151)。ヒギンズも、スウィフトが若かった一七〇一年に名ばかりにせよホイッグを名乗ったことや、一七〇九年に「信仰の向上と風儀改善のための一企画」という書き物で「企画」を打ち出したことや、一七一二年に

『英語を正し、改め、定めるための提案』の中でアカデミー設立を訴えたことに言及しているのだろうとしている(Higgins 327)。

この部分はスウィフトの痛切な思いが表明されている箇所である。彼はアングロ・アイリッシュとして育ち、イングランドに渡って大活躍したものの、一七一四年にトーリー政権が倒れ、アン女王が崩御したことによって、イングランドでの栄達を断念してアイルランドに戻った。その後、アイルランド擁護の立場で政治パンフレットを数多く出版するわけだが、エーレンプライスの言うように、『ガリヴァー旅行記』はスウィフトの「抑圧した衝動をファンタジーの形に変換したもの」(Ehrenpreis, *Swift* iii. 445)であり、隠された形であっても作者の本音が垣間見える作品なのではなかろうか。イングランドに渡ったスウィフトは、ラピュータに留学したバルニバービ人のようであって、結局、渡航先で受け入れられることなく、本国バルニバービ(アイルランド)に帰ってくる。バルニバービへの帰国者がラピュータに憧れながらも歪んだ劣等感で張り合おうとするくだりを書くとき、そこでは企画者の愚かさや滑稽さと作者スウィフト自身の過去の虚しい野心とがつながっているはずであり、「私はある種の企画者であった」という言葉には、挫折感と諦観が織り込まれた痛切な自嘲を感じ取ることができる。

ただし、『ドレイピア書簡』などで猛烈にイングランドに異議申し立てをしたスウィフトの強力なパワーは、バルニバービの企画者たちにはありえないことで、むしろラピュータを墜落させようとしたリンダリーノの反乱者たちの勇敢さに似ている。その意味で、現実のスウィフトは挫折感に沈潜していただけではなかった。若い頃自分は企画者だったという述懐には、自分がそれを乗り越えたという気概をも表現されているのだとすれば、スウィフトは自らを、リンダリーノ市民と企画者の入り交じった存在として想像していた可能性がある。ただ、リンダリーノ反乱のエピソードはスウィフトの生前に印刷されることはなく、長い間読者の目に触れなかった(159-2「筆者、第三の……」の注参照)。アイルランドの真剣な反抗は、スウィフトの同時代にはイングランドでは受け入れられなかったことが分かる。このことを考えると、本注釈箇所の言葉はより重く感じられる。

第五章

188-8　筆者、ラガードの大研究院の見学を許される。

前章で、古代派のムノーディ卿は、ガリヴァーが大研究院《アカデミー》を「見物する楽しみ」を殺がぬよう、詳しい説明を控えていた[187]。アカデミー見物が娯楽であることを認めていたわけだ。ガリヴァーは物見遊山気分でアカデミー見学に出かけるのだが、これは作者のスウィフト自身が王立協会のグレシャム・コレッジを訪ねたときの気分を反映していると思われる。アカデミーがグレシャム・コレッジを模していることは、冒頭の描写を見ると明らかである。「この研究院はひとつのまとまった建物ではなくて、通りの両側に幾つかの家屋がつながったもので」[188]とあるが、リヴェロが指摘するように、王立協会はロンドンのフリート通り沿いのいくつかの家屋を買い足していった所に居を構えていた(Rivero 151)。スウィフトは、一七一〇年一二月一三日のグレシャム・コレッジ訪問のことを次のように書いている。「次にベドラム(ロンドンにあったイギリス最古の精神病院)へ行きました。それから、取引所裏の焼肉料理店で食事をすまして、グレシャム・コレッジへ行きました(が、管理人が不在でした)。夜は人形芝居を観ておひらきとあいなりました」(Swift, *Journal to Stella* i. 122)。イギリスの近代社会構築のための礎となるような学問の殿堂たる王立協会も、精神病院や人形芝居見学、そして焼肉料理賞味と同列に並べられる位置づけでしかなかったわけである(なお、113-6「イングランド帰国後は……」の注も参照)。

189-2 胡瓜から日光を抽出する計画一筋八年間、それを壜に密封しておいて、気候不順の夏に放出、もって空気を暖めようというのだ。

アカデミーで行われている一見荒唐無稽な研究は、ニコルソンとモーラの指摘するように、王立協会の科学雑誌である『王立協会科学会報』の記述にある実際に行われていた実験に基づいているものが多い。胡瓜から日光を抽出する計画も、ジョン・ヘイルズという男が植物と動物の呼吸作用の実験を行い、そこに太陽がどう影響するかということと、太陽がいかにして植物に入り込むかということに関して王立協会に報告していたことに基づいている。ヘイルズの一連の報告は、彼の『植物研究を含む静力学論集』という書物にまとめられている。なお、この論集の出版は一七二七年で、スウィフトが参照するには遅すぎる時期だが、あくまでも王立協会でそれ以前に発表されたものを集めた書物なので、スウィフトはヘイルズの発表を聞いたか、元の報告を読んだものと考えられる。スウィフトはヘイルズやボイルやフックやニュートンの実験を組み合わせてこの「日光抽出プロジェクト」を考えついたわけで、決して無責任で無根拠な奇想というわけではない。実在した研究と唯一違うのは「胡瓜」を用いた点だとニコルソンとモーラは指摘している(Nicolson and Mohler, "Scientific Background" 146–48)。

ただし、作品の構成に基づいて考えると、ラピュータ人たちは執拗に太陽のことを気にかけている[171]。また、スウィフトと同時代のイングランド人の多くは、ニュートンの『プリンキピア』に述べられていた地球が太陽とともに壊滅する可能性(171-13「地球はたえず……」の注参照)をおおげさに受けとめ、恐怖心を抱いていたようだ。ニコルソンとモーラの指摘は、アカデミーの日光抽出計画が必ずしも無根拠ではないというのが趣旨なのだが、人々の恐怖の背景にニュートンの指摘があったことを考慮すると、第一義的にはアカデミーの実験や企画が揶揄されていることは間違いない。その観点からすると、太陽光線が失われることを恐怖するラピュータ人の影響を受けたバルニバービ人のアカデミーが、地球上の何かの物体から日光を抽出したいと考えることは、至極まっとうな発想なのかもしれない。アカデミーの一人の天文学者も、「町舎の上にのっている大きな風見鶏に日時計を取りつけ、地球と太陽の年毎の動き、日毎の動きを調整して、気紛れな風の動きにうまく対応させようとして」おり[191]、やはり太陽の「調子」に関心を払っている。この天文学者の試みそのものは、アカデミーの漠とした不安感を表出しているわけだが、しかしこの天文学者の試みは、やはり荒唐無稽なものである。

また、この時代にはまだ光合成は知られていなかったが、緑色植物が太陽光を用いて二酸化炭素と水から炭水化物を合成して酸素を放出することを知っているわれわれは、その過程を逆転して光を取りだそうとする試みについて、成功を疑うにしても荒唐無稽とまでは思わない。ニコルソンとモーラが引いているヘイルズの『植物研究を含む静力学論集』によれば、植物は土の中に入り込んだ太陽光を取り込み、それを下から上へと吸い上げていって葉などにためるので、それが蒸散するところをガラス瓶に蓄えるのだという。これは、本注釈箇所において企画者が太陽光を瓶に密封しておくという行為をスウィフトが発想するヒントになっていると思われる。さらに言えば、これは劇作家トマス・シャドウェル(一六四二?〜九二年)の『似非学者』(一六七六年初演)に登場する奇人サー・ニコラス・ジムクラックという衒学的アマチュア科学者の奇妙な実験とも関係がある。その実験とは、作者シャドウェルが実在の科学者ボイルやフックに触発されて考えついたもので、ジムクラックはイングランド中の各地から集めてきた空気を瓶詰めにしている。そしてロンドンの都会生活に飽き飽きした彼は、窓とドアを閉め切って、その瓶詰め空気を自室の空中に放つのである(Nicolson and Mohler 前掲 146–48)。これは明らかにアカデミーの学者が光を「気候不順の夏に放出」したいという願望につながっている。ここだけでなく、アカデミーの実験には『似非学者』の主人公の奇妙奇天烈な実験が影響を与えている。

189-6　見学者には必ず物乞いをするという連中の手口

しばしば触れてきたように、スウィフトは王立協会の会長を務めたニュートンを『ガリヴァー旅行記』全篇にわたって悪意をもって諷刺している。第三篇のアカデミー描写によって諷刺されているのはまず王立協会であるから、当然そこにはニュートンに対する諷刺も入ってくる。ヒギンズも指摘しているように、「物乞い」とは、ハノーヴァー朝に絶えず金をせびっていたニュートン一派の態度に対する嫌みなのだろう(Higgins 328)。なお、ホイッグ党の大政治家で、とくにイングランド銀行の創設など、「財政革命」の立役者として名高いチャールズ・モンタギュー(一六六一～一七一五年)はケンブリッジ大学でニュートンに教えを受けており、師匠に王立鋳造所の監督官の職を斡旋するなど、便宜を図ったことで知られる(のちにスウィフトは、アイルランドの通貨政策をめぐって、王立鋳造所長官に昇進していたニュートンを非難することになる。170-12「彼らは定規と……」の注参照)。

アカデミーで「物乞い」をする研究者と、次注で触れる、排泄物を元の食物に戻す作業をする学者は、スウィフトが『桶物語』第九章で描くベドラムの狂人の姿に非常に似ている。独り言をぶつぶつ言って親指を噛む狂人を見ようと近づくと、その人物は「一ペンス下さい。歌をうたいます、だがお金を先に下さい」と物乞いをする。その隣の檻の男は「おのれの糞を掻き集め、小便を玩具にしている。彼の毎日の食事の大部分は自分の出したものの逆戻しで、湯気を立てて出て来たのがあちこち飛び廻ったあげくに結局また流し込まれる」(深町訳 131-32)。こうした振る舞いと、アカデミーの大まじめな実験との酷似を見ると、スウィフトの中では、ラピュータのアカデミーが狂人収容施設と同列の存在として捉えられていたことがよく分かる。

189-12 人間の排泄物を幾つかの成分に分解し、胆汁のためについてしまった色を取り除き、臭気を放散させ、唾液をすくい取ることによって、それを元の食物に戻す作業であった。

スウィフトに特徴的なスカトロジカルな描写に関しては、さまざまな考察がなされてきた。しかし、汚いことをことさらに強調して他人が眉をひそめるのを喜ぶことは多分に幼児的であり、それをあまりに真面目に受けとって考えすぎてしまうと、スウィフト特有のユーモアを理解することができなくなるだろう。また、胡瓜から日光を抽出する実験もそうだったが、スウィフトの実験は通常のプロセスを逆転させる発想に基づくものが多い。前注で触れた『桶物語』の狂人が自らの汚物を食べるエピソードも同じだが、人間が食事を摂り排泄するプロセスが不可逆的であるにもかかわらず、あえてそれをスウィフトは逆転させて描く。摂食と排泄をさかさまに描くことが通常の価値観を逆転させる効果をもつことは、バーバラ・A・バブコック『さかさまの世界』で論じられている通りであり、後述するようにフランソワ・ラブレーの描く世界を彷彿させるものでもある。スウィフトが逆転させようとしたのは、クロード・ローソンによれば「高尚な書き物」であり、スウィフトのスカトロジカルな描写を考えるにあたっては、この「高尚な書き物」に対する彼の気質上の嫌悪というコンテクストを念頭に置かなくてはならない(Rawson, *Order from Confusion Sprung* 175)。

本注釈箇所のしばらく先に出てくる、腹痛を治すために大型のふいごを肛門に突っ込んで中の空気を吸い取ったり注入したりする治療実験も[191]、同じ逆転の性質をもつものと言える。もちろん汚いことこの上ないエピソードだ。スウィフトの糞便趣味の極みであるが、『桶物語』第八章に、風神派たちが「丸く環になって繋がり、各人が手にふいごをもち、それをお互いの尻にあてがい、大酒樽の大きさかっこうになるまで互いに膨らまし合う」(深町訳 112)という類似したエピソードがあり、一時の思いつきでないことが分かる。ただし、この糞便趣味は、ラピュータ人にはとうてい発想できないことである点も考えておかなくてはならない。というのは、アカデミーの学者が肛門にふいごを突っ込むのは腹痛を治す治療手段(効果は認められないにせよ)としてであり、また風神派が体を膨らますのは弟子に教えを注ぎ込むため、つまり学問のためなのだから、いくらナンセンスな実験や実践であるにせよ、彼らが弱体化した肉体や精神をいかに回復させるかに腐心していることは間違いないのである。肉体を軽視しているラピュータ人たちには、弱体化した肉体の逆転など到底考えが及ばないであろう。自分たちが弱体化しているという認識すらないのだから。

抽象思考にのめり込むことしかしない飛ぶ島ラピュータ人から学んだはずのアカデミーのバルニバービ人は、「地上」に生きる者の必然というべきか、管としての人間の肉体の性質を利用して、下からの操作で正常な肉体性の回復を目指したり、いったん管の中で解体(消化)されたものを上に戻すことで腐敗からの再生を試みたりする。結果はともかく、アカデミーのバルニバービ人は地上的、すなわち地に足のついた地道な努力を行っているとは言える。アカデミーの荒唐無稽な研究は、一見ラピュータ人の悪影響を受けた、国家を壊滅させかねないプロジェクトに見えるし、スウィフトの諷刺の意図も圧倒的に批判的ではあるのだが、以上のような観点で読むと、彼らの実験は、中空のラピュータによって失われた肉体性を地上のバルニバービにおいて何とか回復しようとする滑稽なほど破れかぶれな身振りと読めないこともない。そしてこの、逆転の発想に裏づけられた破れかぶれな身振りは、実は『王立協会科学会報』を熟読していたと思われるスウィフトのニュートンなどに対する諷刺が、決して盲目的でアナクロニズムに陥ったものではなかったことをもはっきりと示していると言えるのではあるまいか。あの「ニュートンに消された男」ロバート・フックが発見した有名な毛細管現象こそ、細い管の中を水が下から上へ吸い上げられていく現象にほかならないのだから。

190-1

屋根から始めて土台に向けて建て下るという新しい建築法を考案した恐ろしく独創的な建築家もいて、蜂と蜘蛛という賢い昆虫が似たことをやっとるよと称して、自信のほどを見せた。

家屋建築を屋根から始めて土台を作って完成させるアカデミーの目論見には、前注で述べたように、通常のプロセスの逆転という特徴が見られる。通常の価値観を転倒させているのだが、バルニバービの企画者たちは、この建築家も含めて学界における栄達を望む野心をもっているわけで、これは例えば第一篇の58-6「死者の埋葬は……」の注で指摘したことと似ている。リリパット人も価値観を転倒させることにより上昇志向の欲望を満足させようとしていたわけであるから。

本篇第五章で言及されているさまざまな「企画」のうち、王立協会への諷刺ではなく文学的ソースに基づくものは、本エピソードと排泄物を食物に還元する実験の二つであるとニコルソンとモーラは指摘している(Nicolson and Mohler, "Scientific Background" 139)。そしてこの部分に対する諷刺作家トム・ブラウン(一六六三〜一七〇四年)の『娯楽』(一七〇〇年)の影響を挙げている。ただし、当時の建築界の実験でこのエピソードと類似していないとも言えないものがあることも指摘している。例えば、ジョン・ウォリスは一六四四年に『幾何学的な平坦床』という著作において、床下の梁より広い面積がある床板を支える方法を考察しているという。

ヒギンズは、本注釈箇所の建築法の滑稽さが、劇作家で有名な建築家でありホイッグであったジョン・ヴァンブラ(一六六四〜一七二六年)への嘲弄であろうと推察している(Higgins 329)。ヴァンブラはブレナム宮殿の設計と建築に関わった人物としてきわめて有名なので、ありうる推察ではある。スウィフト自身が一七〇六年に「ヴァンブラの家の歴史」という詩で、劇作家から突如建築家に変身したヴァンブラのことを、「ヴァン〔ブラ〕は思慮もなく教えも受けないまま、おもいきり建築に転身したのだ」(七〜八行)と皮肉り、さらに、子供たちが泥遊びで家を造っているのを羨んだヴァンブラがホワイトホールに本物の家を建てたが、「巨大なものを建てたため、どんな屈強な籠かき二人が集まっても地面からもちあげることはできなかった」(二七〜三〇行)と書いている(*Poems* i. 85–88)。ここで言及されているのは、一七〇〇年に火事で焼失したホワイトホールの跡地にウィリアム三世が建てさせた宮殿のことである。当時の常識を超えた斬新なこの建物が評価されて、ヴァンブラはブレナム宮殿の建築を任されることになった。ただし、ブレナム宮殿の建築が始まったのは一七〇五年であり、「ヴァンブラの家の歴史」発表の一年前であるから、今は世界遺産となっている真に巨大なブレナム宮殿の建築は緒についたところだった。ブレナム宮殿は着工から一七年を費やし、『ガリヴァー旅行記』刊行の四年前、一七二二年に壮麗な建物として完成するが、その間、何度も計画が頓挫しそうになった。ヴァンブラ自身、建築計画に関してモールバラ公爵夫人と何度も深刻な衝突を繰り返し、決定的な口論の末、一七一七年に完成を待たずして解雇されてしまうのだから、ある意味でブレナム宮殿計画もアカデミーの企画に近いものがあっただろう。

ちなみに、第一篇で火事になるリリパット宮殿のエピソード[55]を考えるにあたってのスウィフトの発想源は、右で触れたホワイトホール宮殿の焼失であったとされるが、ひょっとするとスウィフトの頭の中には、完成間もないブレナム宮殿が火事にあって焼失する光景が想像されていたかもしれない。『ガリヴァー旅行記』は何度か映画化されているが、二〇一〇年に封切られたロブ・レターマン監督のものではリリパット宮殿として本物のブレナム宮殿が使われていた。スウィフトとヴァンブラの関係について監督が了解していたかどうかは不明だが、映画の中でブレナム宮殿がリパット宮殿として火に包まれるのを見ると、スウィフトがブレナム宮殿焼失を想像していたのではないかという想像も、必ずしも途方もないものではないと思われてくる。

もちろん、「屋根から始めて土台に向けて建て下る」建物と聞いてまず連想するのは、「浮く島」であるラピュータそのものである。「浮く島」は不安定な基礎の上に建てられた建物の比喩であり、ラピュータ人に影響を受けたアカデミーのバルニバービ人の建築プロジェクトに「浮く島」的発想が入り込むのも理解できる。ただし、この実験はいちおう「土台に向けて建て下る」ことを目指している点で、土台を想定していないラピュータとは一線を画しているということも言えるだろう。

191–17　彼らの間で万能学者と呼ばれている有名な人物に触れておきたい。

「畑に籾殻を蒔く」計画と、「ゴムと鉱物と植物の合成物を二匹の小羊の体に塗って羊毛が伸びるのを防ぎ、しかるべき時間をかけて王国全体に毛のない羊を繁殖させよう」という計画[192]に奮闘中のこの研究者は、「万能学者」と呼ばれている。ニコルソンとモーラは、科学の目的は人類全体に役立つことだと信じるこの種の「万能学者」を当時の特定の人物に対する諷刺と考えるのは難しいという。だが、そうは言いながらもこれが実験科学者であることはたしかで、万能学者のもつ「二つの大きな部屋」に空中の物質の固体化や大理石の実験にとりくんでいる人間たちがいることを考えれば[192]、ロバート・ボイル(一六二七〜九一年)しかいないだろうとしている(Nicolson and Mohler, "Scientific Background" 151–52)。

ラピュータの中央の鉱石が「織工の使う梭に似た」姿であるのは、一七世紀末にイングランド政府がアイルランドの羊毛製品に過重な関税をかけたことへの批判であったが(175–8「この島の運命を……」の注参照)、この箇所でも、万能学者が「毛のない羊」の繁殖を図っている。毛のない羊からは羊毛はとれないわけだから、アイルランドのように従属的位置にあるバルニバービのこの万能学者は、支配者の意図を無意識に取り込んで、利潤の上がる羊毛生産を自粛したとしてこの部分を読み取ることは可能である。また、この「毛のない羊」は、第一篇の末尾でガリヴァーが持ち帰った極端に小さな羊とも関係がある。ガリヴァーはそこでは、小さな「羊がかなり繁殖していたので、その羊毛の質の良さからしても、将来羊毛加工業に資するのではないかと期待」していたわけだが[81]、普通の一二分の一の大きさの羊から大量の羊毛が採取できるはずはなく、アイルランド産業を弾圧するイングランドへの嫌みであることは間違いない(**81**-**2**「イングランドに……」の注参照)。この意味で、この二種類の羊の機能は共通している。

「畑に籾殻を蒔く」実験を始め、万能学者の実験には多くの不毛な計画があるが、これはラブレーの『ガルガンチュアとパンタグリュエル物語』にも見られるとヒギンズは指摘している(Higgins 330)。『第五之書』第二二章(渡辺一夫訳の章立てによる。宮下志朗訳では第二一章)には「砂ぼこの岸辺を耕して、種子が無駄にならないように」する者や、「驢馬の毛を刈って、極上品の羊毛を」取る者、「牡山羊から乳を絞り、溢れんばかりに、篩《ふるい》のなかへ容れていた」者、「網で風を追い、大蝲蛄《ざりがに》を捕えていた」者など、不条理な仕事をする人々が描かれている(渡辺訳 v. 100)(宮下の注(宮下訳 v. 159)によれば、これらの多くはエラスムス『格言集』が元ネタだという)。ラブレーの作品において、こうした人々は自然の法に反する空疎で実りのない企画に対しての諷刺として登場している。大まじめで愚かしい科学者の実験の他にも、ラブレーは、糞尿への拘泥、逆転した世界の現出、グロテスクな身体、誇張法の多様など、多くの共通点を『ガリヴァー旅行記』ともち、スウィフトがラブレーを意識していたことは間違いない。ただし、ラブレーを論じたミハイル・バフチンの有名な『フランソワ・ラブレーの作品と中世・ルネサンスの民衆文化』は、「スウィフトの陰々滅々たる世界は」「ラブレーの陽気で豊饒きわまりない世界との共通点を見いだせ」ないと論じている(杉里訳 397)。スウィフトに暗黒の面があることは否定できないが、バフチンがその面だけを強調するのは問題であろう。諷刺的な意図のみでの誇張は「質的にはたいそう見すぼらしく貧弱で、生彩にとぼし」い、とバフチンは言うのだが(同 397)、アカデミーの実験をとってみても、諷刺の意図によって創り出された不毛な実験のエピソードにおいて、失われた肉体性を「やぶれかぶれな身振り」によってではあっても回復させようとする努力も同時に描かれていると解釈できるからである（189-12「人間の排泄物を……」の注参照）。

肉体性の発露が諷刺＝批判でもありうるという二律背反は、例えば第一篇でガリヴァーが小便で宮殿の火事を消したエピソード[56]にも見られる。これにも、酷似したラブレーのエピソードがある。「パンタグリュエルは、パニュルジュから飲まされた薬の効果覿面、急に小用がしたくなり、敵陣めがけて滔々と流しこんだために、敵兵は悉く溺死してしまった」(渡辺訳 ii. 202-03)。このエピソードについてバフチンは、「尿と糞は、宇宙的なものへの恐怖をカーニヴァル風の陽気な怪物に変える」(杉里訳 433)とコメントし、カーニヴァレスクな途方もない陽気さにスポットライトをあてている。だが、敵兵を殲滅させる暴力をともなうこのエピソードが、ガリヴァーによる宮殿消火のエピソードと同様の二律背反をもつことは明らかである。『ガルガンチュアとパンタグリュエル物語』と『ガリヴァー旅行記』については、両者の対照的な性質だけに注目するのでなく、類似性と継承性にも注目すべきであろう。なお、四方田犬彦『空想旅行の修辞学』は、『ガリヴァー旅行記』をバフチン／ラブレー的なカーニヴァル性を表現した文学(これをバフチンは前三世紀のギリシャの諷刺作家メニッポスにちなんで「メニッペア」と呼ぶ)の伝統に置いて考察している。この「メニッペア」は、ノースロップ・フライ『批評の解剖』では「アナトミー」(解剖)と呼ばれるが、フライもまた『ガリヴァー旅行記』こそ英語で書かれた最良のアナトミーであると述べている。

192-11　その部屋の縦横をほとんど一杯に占領している枠を私が熱心に眺めているのを見てとると

この「枠」とは「本文篇」一九五ページの図版にあるような、大きな枠の中に骰子大の木片を縦横にぎっしりと並べた機械のことで、おのおのの木片には単語を書き付けた紙が貼り付けてある。教授の号令によって弟子たちが木片に取り付けてあるハンドルを回すと単語の配列が変わり、その中に意味をなす文があれば書き付けていく。それを何度も繰り返して文を筆記していくうちに、自動的に書物ができあがるという仕掛けである[193]。この機械の物理的構造をもう少し詳しく見てみると、大きな四角形の枠は縦横各一六列の小さな四角形の木片から構成されており、その一つ一つに描かれた記号がハンドルの廻転によって変わる。弟子たちの偶然の動きによって全体の配置はがらりと変わり、意味も変化する。これは、スウィフトが「精神の機能についての平凡な論考」(一七〇七年)で述べていることを想起させる。「原子の偶然の集まりによって宇宙が成り立っているという快楽主義者たちの説が真実でありえようか。アルファベットのでたらめなまぜこぜによって、哲学の優れた学問的に高い論文がたまたまできることがありえないのと同じぐらい、私にはそんなことを信じることはできない」(PW i: 246–47)。つまりスウィフトは原子の偶然の配置が世界を作ることも、アルファベットのでたらめな配置が優れた論文を作ることもないと、明言しているわけである。ここからして、この機械の考案者であるアカデミーの教授が馬鹿にされていることは間違いない。だが、「精神の機能についての平凡な論考」の中で、当時のイングランドで「宇宙が原子から成り立っている」と考えて諷刺の対象にされているのは誰だろうか。世界が粒子で成立するという考えは「粒子論哲学」と呼ばれ、その代表者はロバート・フック(一六三五〜一七〇三年)であった。彼は顕微鏡で細胞を観察したことから粒子論を唱えるに至り、ニュートンとともに厳密な機械論的世界を想像した。枠機械の生み出す書物が原子の偶然の配置からできていて、それが批判されているとすると、それが踏まえている粒子論も否定されることとなり、ニュートンが『ガリヴァー旅行記』の中でつねに諷刺対象になっているのと同様に、ここではフックが批判の対象となっているとも考えられる(なお、196–7「この発明の……」の注も参照)。

また、「たとえ無知をきわめる者であっても、(中略)哲学、詩、政治、法律、数学、神学の本を書けるでしょう」とあるように[192〜193]、この枠機械は書物製造機械と呼んでもよいものである。機械の操作のみで科学や人文学の本ができあがるという発想は、科学者集団のアカデミーの知恵の結晶であるかのように描かれているが、この機械が実現するような社会は科学や学問の存在を不必要にするのであるから、彼らは自らの企図によって滅ぼされることになる。もちろん実現することは決してないから、科学者たちは自らを無化する装置の実現を永遠にもくろむことによって生業をたてるという、まことに矛盾した人生を送っていることになる。

ところで、ジョージ・オーウェルは「政治対文学」において、「狭義の政治思想に対するスウィフト最大の貢献は、とくに第三部で、現在ならさしずめ全体主義と呼ばれるだろうものに彼が加えた攻撃である」と言っているが(河野訳267)、まことに興味深いことに、彼の代表作『一九八四年』で描かれた未来社会には「小説執筆機」が登場する(高橋訳19)。この機械では、小説のプロットの「下地」が大きな万華鏡を回すことによって作られると説明されているが、この作業は、まさにこの箇所の「四十本の鉄のハンドル」を回すことで書物が製作されること[193]を彷彿させる。『一九八四年』の世界では、この小説を作り出す部署である虚構局(the Fiction Department)が単純作業を行う一方で、報道と歴史を管轄する記録局(the Records Department)が過去の記録を捏造したり改変したりするための最も想像力を要する職場であるという皮肉な設定がされているが、このあとの注釈箇所である「自国語の改良」[194]も含め、オーウェルの作品が『ガリヴァー旅行記』に負うところは大きいと考えられる。

なお、「本文篇」一九五ページの図版は、ハンドルが三一本しか描かれていないなど、本文における説明と必ずしも一致しない。その理由は定かではないし、そもそも(各篇冒頭の地図の場合と同様)作者スウィフトがどこまでこの図版に口を挟んだかは定かでない。この図版に関する研究としては、モーリス・ジョンソンらがケンペル『日本誌』の五〇音図からの影響を指摘しているが(Johnson 38; 高尾101)(**図3-9**)、スウィフトが『ガリヴァー旅行記』執筆時にこの本の内容を知っていたかについては、懐疑的な意見がある(**215-8**「その役人の……」の注参照)。また、高尾謙史はジョン・ウィルキンズ(一六一四〜七二年)の開発した文字表記との類似を示唆している(高尾96)。

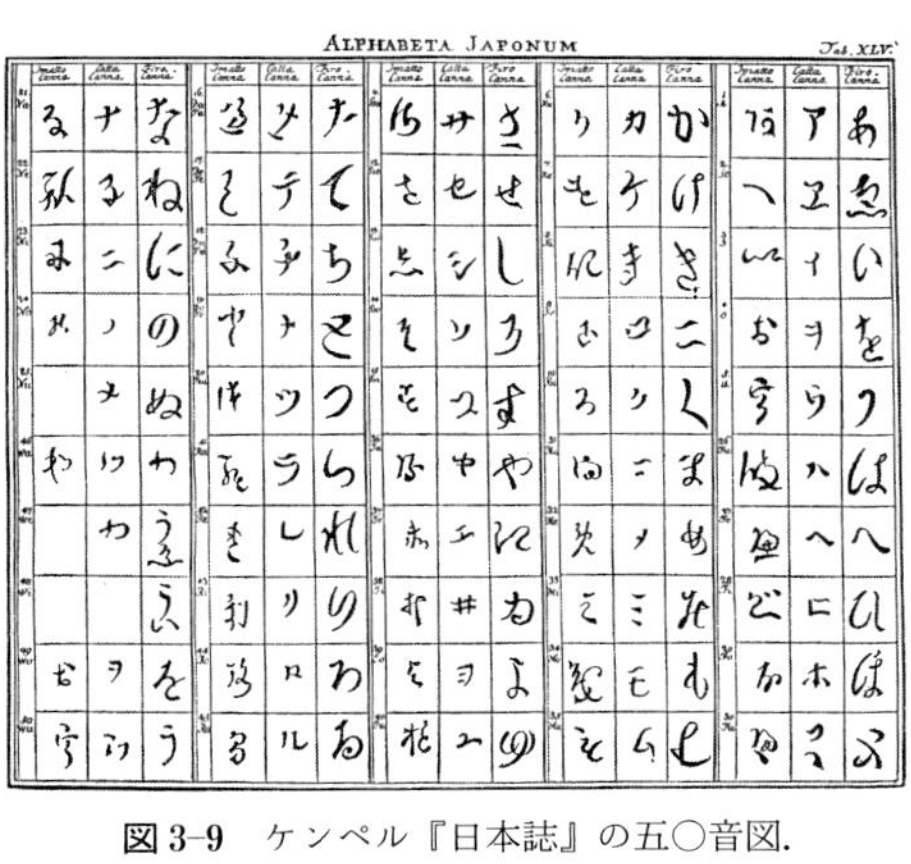

図3-9　ケンペル『日本誌』の五〇音図.

194-2　相互に発明をパクリ合うというのが我がヨーロッパの学者の常であり、そのために誰が真の所有権者であるのか論争になる

ヒギンズは、これがニュートンとライプニッツがどちらが先に微分積分学を見つけたかについて論争したことへの言及であるとしているが(Higgins 330)、特許や著作権に関するより広いコンテクストまでスウィフトは想定していたのではなかろうか。著作権は、一七一〇年にイングランドで制定されたアン女王制定法によって確立され、著者の利益が保護されることになった。とはいえ、『ロビンソン・クルーソー』(一七一九年)の海賊版やパロディーがいち早く出版されたことが示すように、それが厳密に守られていたわけでは決してない。その理由としては、レナード・デイヴィスが指摘するように、政府や要人に対する諷刺を含んだ書物は、しばしば著者が名誉毀損で告発されるのを恐れて匿名で出版されたという背景がある(Davis 71–84)。一八世紀の文士たちは、きわどい諷刺を含めることで販売部数を伸ばして大きな利益を得つつも、誹謗中傷罪は回避しようという、危ない橋を渡っていたわけだ。事実この『ガリヴァー旅行記』も、例えば第三篇のリンダリーノ反乱のエピソードが、出版者の意向によるものかそれともスウィフト自身の自己検閲のためか、長らく削除されていたことや(159-2「筆者、第三の……」の注参照)、初版が出版者の思惑と配慮から大きく改変されていたことを考えると(『ガリヴァー旅行記』の二つの版」参照)、スウィフトはこのような「パクリ合う」社会のまっただ中にいたわけで、そのような彼ならではの発言と言えるだろう。もちろん、誰も真似するはずもない珍妙な発明について、ことさらに特許や著作権を付与するガリヴァーの身振りを、マッド・サイエンティストへの揶揄と読者が取ることは、折り込みずみであろう。

194-5　自国語の改良

「自国語の改良」の「計画一号」が目標としているのは、「多音節の語を単音節の語に切り詰め」ることと、「動詞と

分詞は捨てることによって、議論を短かく」することであるが、後者は、ジョージ・オーウェルが『一九八四年』で描いた全体主義国家の「ニュースピーク語」が目指すこととよく似ている。この小説の中でニュースピーク語の辞典を編纂するサイムは言う。「われわれはことばを破壊しているんだ——何十、何百という単語を、毎日のようにね。ニュースピークをぎりぎりまで切り詰めようとしている。（中略）言うまでもなく最大の無駄が見られるのは動詞と形容詞だが、名詞にも抹消すべきものが何百かはあるね」(高橋訳 80)。全体主義国家の権力者にとって、言語を単純化することの最大のメリットは、民衆から考えるための道具を奪う点にある。スウィフト自身、『お上品な会話の完全集成』(一七三八年)の序文で、同様の企図を表明している者を次のように描いて揶揄している。「会話の洗練を促進するのに寄与した最近の発明といえば、多くの音節からなる単語を切り詰めて単音節にすることだけである。これは名誉革命以来行われてきた改善である」(*PW* iv. 106)。これと同じく、同じ企画《プロジェクト》を掲げる企画者アカデミーも批判されていると考えて間違いない。アカデミーのモデルである王立協会についてトマス・スプラット(一六三五〜一七一三年)が書いた文章を見ると、同様の試みがなされていることが分かる。スプラットは、王立協会が「人間が莫大なものを同じぐらい莫大な数の単語であらわす時代にあって、原初的な純粋さや簡潔な」文体の使用に戻る決断をした、と指摘しているのだ(Sprat 113)。

第四章でカントリー・ハウスの誤った改良が諷刺の対象として取り上げられていたように[184〜188]、自国語の改良も「改悪」に過ぎない荒唐無稽な企画として描かれている。これを行おうとする企画者たちが範とするラピュータの男たちが「叩き人」に刺激されない限り話さない[166]ことを思い出すなら、浮く島とその下のバルニバービでは、言葉そのものを過剰なものとして排除すべしとする価値観が主流であることが分かる。何しろ、ここでは「口にする一語一語が腐食によって少しずつ肺を削ってしまうものであり、そのことによって寿命を短縮してしまうのは明らか」であると考えられているのである[194]。アカデミーのこの企画が皮肉られているのは、何よりも次の一節から分かる。「この考え方が実施されて、国民の健康と大いなる負担の軽減に役立ちそうになったところで、女と無学の俗衆どもが、先祖のように普通の言葉を喋る自由が認められないのなら内乱を起こすと言って騒ぎ出して、結局潰れてしまった」[194]。ラガードの女性たちがしゃべろうとしない男を見限ったように、しゃべることを廃止しようとするアカデミーの男性たちに、女性たちは敢然と挑みかかったのだ。スウィフト自身、「最近聖職に就いた若い紳士への手紙」(一七二〇年)の中で、ことと言葉に関しては女性に意見を聞くべきであると忠告している(*PW* ix. 65)。彼は、説教や学問的論文にあたっては、単語の選択や文体について、女性や大衆に相談すべきだと勧めているのだ。

196-7　この発明のもたらすもうひとつの大きな利点というのは、それがすべての文明国で通用する普遍言語たりうるということであり

192-11「その部屋の……」の注で述べたように、アカデミーの教授が発明した枠機械は当時の粒子論哲学を諷刺の対象としていた。「物」を基本に据える粒子論とやはり関係してくるのが、「普遍言語」である。「自国語の改良」の「計画二号」とは、「すべての単語をきれいに廃止して」、「事物によって表現するという新しい方法」にとりくむというものであった[194]。そこでは人々は背中に大きな事物の束を背負って歩き、会話はその道具を提示することによって行うとされ、これこそが「すべての文明国で通用する普遍言語たりうる」のだという。「事物」という「物」を使うこの会話法は、原子の配列にのみ意味を見ようとする枠機械と同じ発想にのっとっていると言える。一七世紀イギリスの言語哲学者には、言語研究があまりに物そのものと乖離しているという問題意識があり、言葉と物の不即不離の状態をもっと意識してそれを回復すべきだという主張が行われた。企画者たちは、文字通り、物で会話をしたり機械で文章を作ったりすることによって、滑稽な形で当時の「普遍言語」を実現したことになる。

　普遍言語についての著作『真性の文字と哲学的言語に向けての試論』(一六六八年)を残したジョン・ウィルキンズも、あまりにも多様な意味をもつ英語の不完全さ、およびヨーロッパ圏の共通言語のラテン語の欠点を論じているが、その背景には、ヨーロッパ圏での知の共有ために、例えば王立協会の学会誌である『王立協会科学会報』すら、まずラテン

語で出版しなければならなかったという煩雑さと過多な労力への疲弊があった。すべての個別言語を超えた普遍言語が実現すれば、世界が完璧に体系化され、普遍言語を学ぶことによってあらゆる真理がたちどころに理解できるという幻想があった(浜口 65-77)。企画者アカデミーで言語改革にたずさわる学者たちは、だからこそ機械や物に特化した発明に躍起になっているのである。

第六章

197-8 いまだかつて何人の心にも思い浮かばなかった荒唐無稽な妄想を実現するための諸々の案を提唱しているのだが

若い頃自らがある種の企画者《プロジェクター》(「ベンチャー事業屋」)であったことを自認するガリヴァーは[188]、バルニバービ人企画者たちの破天荒な着想について、これまでは好意的に、少なくとも客観的に描写しているふうではあった。ところが、「国王には寵臣を選ぶにあたっては知恵、能力、徳性を基準にすべきことを説き」とか、「大臣には民衆の幸福を考慮し、美点、大きな才能、際立った手柄には褒美を与えるべきことを教え」など、企画者たちの中で最もまともな意見をもっていると思われる政治事業部については(もっとも、対立する派閥に属する人間の後頭部を真っ二つにして交換するという提案[199]のように、およそまともとは呼べない企画も見られるが)、「荒唐無稽な妄想」を提唱していると痛罵を浴びせる[197]。

このガリヴァーの判断をどう解せばいいのだろうか。特に寵臣の選び方に関して言えば、第一篇のリリパット国では綱渡り芸の上手下手で決めるというまさに「荒唐無稽」なやり方が行われていたわけで[37~38]、それとまったく対照的なこの提案は良識そのものと言える。にもかかわらず、ガリヴァーがこのような判断を表明するのは、彼が代表しているイングランド社会について、そこでは常識や良識が通用しないことが諷刺されているためと考えられる。ただし、この部分の逆説的で韜晦した言葉づかいからすれば、ガリヴァーの偽悪的な台詞を必ずしも本心と解釈する必要はないだろう。あるいは、この一節を『慎ましやかな提案』(一七二九年)の結び近くの議論と比較することもできる。貧民の幼児を食用にして貧困問題を解決するというとんでもないアイデアを提示したあと、この提案者は、不在地主への課税や国産品の奨励、「正直、勤勉、熟練の精神を商人にもたせる」など、見込みのない考えを退ける。というのも、彼自身が「数年来空しい無駄な空想的な意見を提出することに疲れ」てしまったからだ、と述べるのである(深町訳 106–107)。まともな提案など、腐敗しきった社会では受け入れられるわけがない、というガリヴァー/スウィフトの深い失望がここに読み取れるかもしれない。

198–3

自然の身体と政治体との間に普遍的な類似が間違いなくあるとするならば、双方の健康を維持すべきこと、病気は同一の処方によって治療すべきこと以上に明々白々たることがありうるだろうか、と言うのである。

前注では、ガリヴァーが大方の企画者たちの誇大妄想狂的計画を支持する一方で、人間の良識を尊ぶ政治事業部の企画者たちに対しては、常軌を逸した者として呆れ果てていることを指摘した。ただし、呆れ果てているポーズを取らせるのは、そこでも触れたようにスウィフトのイングランド批判のため、もしくは単なるポーズのためである。ガリヴァー個人の本音を考慮するならば、189–12「人間の排泄物を……」の注で指摘したように、彼は奇想天外な企画者たちの中に、弱体化した肉体や精神を回復しようとする意志を感じ取っているようにも見える。この観点から、この第六章の冒頭を読み直すなら、『慎ましやかな提案』との比較がより妥当なものと思えてくるだろう。すなわち、政治事業部のまともな主張は、人間性があまりにも失われた転倒した(浮いた)世界の価値観の中では、単なる絵空事であり、そんなことを真面目くさって説くことこそ狂気の沙汰であるとガリヴァーには感じられた、とも解釈できるのだ。というのも、ガリヴァーは「彼らのすべてが幻想家であったわけではなかったこと」を認めて[197]、政治事業部の中にも例外的に「大いに役立つ」[198]学者がいることを認めているのであり、彼らは人間の肉体の健康こそが政治体の健康回復に不可欠だとする点で、人間本来の肉体性を回復したいと祈る企画者たちと共通した思想をもっていると考えられるからである。思考にのめり込んで「叩き人」に刺激されない限り現実界に戻らないラピュータ人の抽象に対して、バルニバービ人の企画者たちはあくまで「物」という実体にこだわっている。言語に代わって背中に事物という「物」を抱える彼らにとっては、実体という具象にこそすべてがある。その意味で、政治体という概念を捉えるにあたって、それを形成する人間の肉体と健康こそ基盤であるとするのは当然であり、ガリヴァーはこのような面をもつ政治事業部の企画者を高く買っているのである。

もちろん、政治体(the body politic)と身体(the body natural)というマクロコスモスとミクロコスモスに相同性があるという考えがルネサンス以来の思想であることは、リヴェロ(Rivero 159)やカントーロヴィチ(小林訳 i. 255–350)の指摘を待つまでもなく明白なことである。しかし、古代ローマの諷刺詩人ユウェナリスの第一〇諷刺詩の中の言葉で日本でも広く知られている「健全な精神は健全なる身体に宿る」(Mens sana in corpore sano)という常識は、ラガードに至る前にガリヴァーが訪れたラピュータの男たちの脳裏をかすめることすらなかった点は特筆すべきであるし、だからこそ、政治事業部の企画者たちの一見奇抜な洞察が力をもつのである。ちなみに、ユウェナリスのこの言葉に相当する原詩は、実は意味が違い、一般に誤解されていることを付記しておく。原詩の意味は、「世俗的幸福には身体をむしばむものが多いので、まずは丈夫な体を、そして魂の安寧を祈ろう」という意味である。サミュエル・ジョンソンの詩『人間の願望のむなしさ』は、ユウェナリスのこの古典詩を翻案したものだが、やはり当該箇所については(三五九～三六〇行)、健全な精神を求めて行動することの重要性を説くのみである。

198—5

元老院や枢密院ともなると、冗語、激情他の病的症状をもたらす体液にしばしば苦しめられ、数多い頭の病気、それを上回る心の病気、激しい痙攣、左右両手の、とりわけ右手の神経と筋肉の惨めなばかりの萎縮、さらに憂鬱、膨満感、眩暈、錯乱、鼻をつく膿をもつ瘰癧、酸っぱい泡のようなげっぷ、犬のような食欲、消化不良、その他ここに列挙するまでもない数多の病気に悩まされているのは周知のこと。

政治家は幾多の病気に悩まされており、議会開催時には健康を保つために医師と薬剤師を同行させるべきだという意見を、アカデミーの高名な医師が主張しているとされる。政治家のかかる病気として、ありとあらゆる身体の病が列挙されるが、とりわけ政治の中枢にいる元老院や枢密院のメンバーが病んでいるとされるのが、「頭」と「心」と「手」である。頭のおかしい者や心を病んでいる者、手に震えがきておそらく筆記もできない者などが集まる政府にまともなまつりごとがなせるのか、大いに疑問を抱かせる部分である(医者と薬剤師が治すとは言っているが)。ターナーによると、ここで「右手」がことさらに痙攣しているとされるのは、それが賄賂を受け取り法外な利得をつかむ手だからということである(Turner 339)。賄賂社会であった第一篇のリリパット国を彷彿させるところだが、賄賂をつかむ右手が痙攣し萎縮しているというのは、あまりに受け取りすぎて痙攣して麻痺したのか、それとも欲しいと思いながらもらえないので痙攣しているのか、判断できない。ただし、ここではリリパットと違って明らかに諷刺された描かれ方がされておらず、意図的に両義的な言い方にされた可能性もある。

198—14

この計画は人々に大きな金銭的負担をしいるものではなく、それどころか、私の意見では、元老院が立法に関わってくる国々では事務の敏速化に大いに役立つと思われるし、さらに意見の一致を生み出し、討議を短かくし、今は閉じられている少数者の口を開かせ、今は開いている多数者の口を閉じさせ、若い人々の短気に歯止めをかけ、老人の頑迷を矯正し、愚かなる者を発起させ、出しゃばりを抑えることになるだろう。

政治家の病気を治し、健康な肉体を回復させることで、国政の健全さも保たれるというのが、この計画の眼目である。それと同時に極端な性向を中立化させるのにも役立つとされる。沈思黙考するラピュータ人が口を開くためには「叩き人」による刺激が必要であった。ラガードの企画者たちも、君主の寵臣は物忘れが激しいので、「鼻をグィッとつまむとか、腹を一発蹴るとか」が必要であり[199]、「叩き人」的役割が求められると主張する。政治事業部の計画の特徴は、それにとどまらず、開きすぎる口を閉じさせる役割も果たす点である。ラピュータ人の寡黙と対比的に、バルニバービの政治家はしゃべりまくる。彼らの病気には「冗語」[198]も含まれているのだ。おしゃべりと言えば、企画者たちの会話廃止提案に猛然と反対したのが「女と無学の俗衆」[194]であったことが思い出される。ひょっとすると、企画者の学者先生のこの提案が却下されたのは、女性同様しゃべるのが仕事の政治家たちの後押しがあったのかもしれない。

200—1

民衆を苦しめないで金を集める最適の、しかも効果絶大の方策とは何であるかをめぐって二人の教授が熱い議論を闘かわせるのを聞く機会もあった。

税金に関しては、「悪徳と愚行」に課すべしとする考えと「心身の長所」に課すべきだとする考えが対立しているとされる。ただし、後者に力点が置かれた記述になっている。「機智、勇気、礼節など」にも重税がかけられるとされるが、この意見の特徴は、それらを「自己申告」によるとする点である。この自己申告制度で「最大の重税がかかるのは異性にもてまくった男であり」、また女性に税をかける際には、「その基準は美貌と着こなし」となる［200］。男女への課税の仕方の対比が面白いのは、どちらも自分がどう見られたら心地良いかが分かる点である。男は女性にもてると思われるのが嬉しいのであり、異性という他者からの評価を重要視している。他者評価を自己申告するわけだ。その一方で、女性は自分自身をどう評価するかがかなめとなっている。つまり女性の場合、自己評価の自己申告となる。ただし、どちらの場合も、見栄があればあるほど、喜んで納税するわけであるから、見栄っぱりを罰する手段として考えると、この課税方法は適切だ。「高慢さ」(Pride)は第四篇第一二章の最後、すなわち全篇の終わりで、人間最大の悪徳であるとガリヴァーに非難されることになるが［316］、ここでも罰するべき対象とされている。

201-1　別の教授は反政府の陰謀を見抜くための手引きとなる大きな書類を、私に見せてくれた。

ラピュータとバルニバービが、反乱の勃発を極端に恐れる社会であることは、幾度となく反乱が話題になることから分かる。これらの二つの島国は上と下という主従関係にあるにしても、リンダリーノのエピソード［180〜182］が示すように、互いの力は拮抗していて、微妙なバランスの上に成り立っている社会である。このバランスは、ラピュータの磁石が狂えばたちまちにして墜落するように、崩壊は容易であるだろう。ラピュータは、太陽など天界の異常を恐れるのと同じぐらい、下界のバルニバービでの反乱を恐れている。彼らが考えに沈んで現実を直視しようとしないのは、抽象思考を最重要視するためとされているが、上も下も、現実はすべて怖すぎて直視に耐えないのであろう。

下の島であるバルニバービの住人たちも反乱を恐れている。話し言葉を廃する企画《プロジェクト》を推し進めようとして「女と無学の俗衆ども」の反乱を引き起こしかねなくなり、涙をのんだ［194］。そして反政府の陰謀を怖がっており、阻止に躍起であり、それ自体が企画となっている。支配国のラピュータが反乱を恐れるのは分かるにせよ、属国バルニバービがなぜこれほど恐怖心を抱くのか。その理由を考えるには、バルニバービの中で恐れている者たちが企画者《プロジェクター》たちであるという事実を思い出すだけでよい。彼らはラピュータに留学したエリートだった。そして彼らはラピュータにライバル心を抱いていて、あわよくば取って代わりたいという野望を隠しもっているのかもしれない。この仮説のもとに考えるなら、人間は他人を判断するとき自分の価値観を基準とするものだから、自らが邪心を抱く以上、自国で自分の下にいる連中が同じ野心を抱いているはずだと判断しても仕方ない。自らの反乱心を他人に投影して、自らの影に怯えているわけだ。

201-3　その排泄物を厳しく検査し、その色と臭いと味と堅さと消化の具合などから彼らの思惑と計画を判断すべし

排泄物から思想を忖度できるとする考えが述べられ、他の箇所でも見られた逆転の発想がうかがえる。排泄物は不要だから体の外に排出されたのであって、不要物から本質に迫ろうとするのはまことにナンセンスな発想だが、これまでの『ガリヴァー旅行記』における小便・大便の扱いを見てきた読者は、ナンセンスを楽しむ気持ちをもつと同時に、なるほど「人間は便器にまたがっているときくらい真剣で、想いが深く、かつ集中していることはない」[201]というふうに納得してしまう。**189-12**「人間の排泄物を……」の注で指摘した、「肉体性を回復しようとする破れかぶれな身振り」につながりうる発想であることも、納得をみちびく一助となる。この学者の説を聞いたガリヴァーは、トリブニア王国(次注参照)では陰謀の罪をなすりつけるために「室内便器を枢密院と解読してみせるのだ」と述べる[202]。トリブニアでは恣意的な解釈の道具として室内便器が使われるわけだが、本注釈箇所で述べられる排泄物から思想を探ることができるとするバルニバービ人学者の説は、人が便器にまたがるときと同じくらい真剣に主張されており、読者も同じくらい真剣に受けとめてもよいと思われる。

201-12　トリブニア王国(土地の人々はラングデンと呼んでいた)

トリブニア(Tribnia)は、明らかにブリテン(Britain)の綴り変えであり、ラングデン(Langden)はイングランド(England)の綴り変えである(Higgins 331-32)。ラガードの企画者たちはラピュータ人と違って、ガリヴァーの話に関

心をもち、彼から外国の情報を得ようとする。それに応じて話し始めたのが、ガリヴァーが長く滞在したというトリブニア王国についてであった。反政府の陰謀を見抜く最適の方法へのヒントがこの国にはあり、それはラガードのものより優れているとガリヴァーは語る。ところが、彼が語るのは、陰謀を企む者たちがいかにして陰謀の罪を他人になすりつけるかについてである。さらに罪をなすりつけるときは、標的となった人物の書類を押収し、言葉を恣意的に誤読して陰謀の意図を無理やり読み取るのであり、そのような悪意ある読み取りの最終手段の一つが綴り変えであるとされる。このエピソードには仕掛けがある。綴り変えとはもちろん、ある単語や文の綴りを入れ替えることで元とは違う意味にすることだが、そのような読みをする者は、この文脈によると陰謀家ということになる。であるなら、ガリヴァーのこの部分のトリブニアとラングデンをブリテンとイングランドというふうに綴り変えとして読む注釈者は、陰謀家の誇りをまぬがれないことになる。国家への反逆者呼ばわりされないためには、ガリヴァーの語りを諷刺として読んではならないという理屈だ。ただし、そんな屁理屈にひるむ学者はあるはずもなく、したがって、本注釈者もひるむことなく、トリブニアはブリテンの綴り変えであり、ラングデンはイングランドの綴り変えであると断定しよう。

201-17

そういう連中は、まず誰に陰謀の罪をなすりつけるかを相談で決め、それからその人物の手紙や他の書類をことごとく確保する手を打ち、目当ての人物を鎖につなぐ。

ヒギンズによると、この箇所は「アタベリー陰謀事件《プロット》」への言及であるという(Higgins 332)。アタベリー陰謀事件とは、ロチェスターの主教であったフランシス・アタベリー(一六六三〜一七三二年)が一七二二年のジャコバイト陰謀に加担したとされる事件である。アタベリー宅捜索の際、陰謀文書が便器から出てきたのは有名であるが、トリブニア国で書類の隠れた意味を解読するやり方の一例として、「室内便器を枢密院と解読してみせる」[202]とあるのは、この事実を踏まえている。解読例をもう一つ取り上げると、「足の悪い犬は侵略者」とあるが[202]、これは、アタベリーがフランスから足の悪い犬を送ってもらいハーレキンと名前をつけて飼っていたことが、彼を陰謀者と特定する証拠とされたことを受けての記述である。ここに記された照合がきわめて正確であり、周到に描かれた記述であることが分かるだろう。この点でスウィフトはきわめて「正気」であり、彼自身が本篇の企画者たちのように気がふれていたわけでないことは明らかだ。

一七一七年にホイッグ党内の派閥争いに敗れてイギリス首相を辞任したウォルポールは、一七二一年に首相に返り咲くと、翌年にアタベリー陰謀事件を解決した手腕のために国民の支持を得ることができ、一七四二年までの二一年間に及ぶ長期政権の基盤を築いた。ウォルポール批判を各所で行う『ガリヴァー旅行記』であるから、このエピソードもその観点で見ると、内在する語り手は反ウォルポール、すなわち「王国を動かす陰謀」を企んだアタベリー寄りの立場であると考えられる。まるで自身がジャコバイトではないかと疑わしくなるほど、スウィフトのテクストの至る所にジャコバイトの痕跡を嗅ぎつけるヒギンズは、「アタベリー陰謀事件はホイッグの捏造であった」とする当時のジャコバイト派新聞の記事と、本注釈箇所とを関連づけることによって、語り手ガリヴァー、ひいては作者スウィフトをジャコバイト・シンパとして位置づけたいようである(Higgins 322)。しかし本文では、アタベリーがジャコバイトであるという非難が濡れ衣であることが示唆されているので、この推論は的外れであると言える。

202-10

例えば私が友人宛ての手紙の中に、我が兄トムが痔になって(Our Brother Tom hath just got the piles.)と書いたとすると、この解読術の達人は、この一文を構成している文字を分析して、抵抗せよ――計画、始動――旅(Resist, ―― a Plot is brought home ―― The Tour.)という意味を探りあてることになるだろう。

この二つの英文を綴り変えで一文字ずつ照合する際、二つの点に気をつけなければならない。まず、昔の綴りではjはしばしばiと綴られたので、just を iust とする。次に have の三人称の古い形である hath はフォークナー版でこのように変更されたのだが、これを初版であるモット版の has という表記に戻す。この二カ所を直して二文を照らし合わすと、きれいな綴り変えとなる(Case, Notes 44–5; Turner 341; Higgins 333)。試してみていただきたい。

第七章

203–2 筆者、ラガードを発ち、マルドナーダに到着。便船なし。グラブダブドリッブに短期間出かけてみる。

マルドナーダの地理的記述と地図については、「地図」の注を参照。降霊術の島グラブダブドリッブ(Glubbdubdrib)の名は、ここが初出である。この地名についてポール・オデル・クラークは、よけいな文字を削るなどの操作をすればダブリン(Dublin)になると指摘する(Paul Odell Clark 615)。ポンスはGlubbがドイツ語のglauben(信じる、信仰する)に似ていると指摘し、ラグナグに見られるlügen(嘘をつく)と相補的な関係にあると述べる(Jacques Pons 424)(次注参照)。つまり、第三篇のガリヴァーの旅が嘘と軽信という主題をめぐっているということだろう。

203–4 この王国がその一部となっている大陸というのは、私の推定では、東に伸びて、アメリカの未知の領域たるカリフォルニアの西部に接し、北に伸びて太平洋に達するようであったが、但し、ラガードからの距離は百五十マイルを越えるものではなく、そこには良港もあり、北西の方向、およそ北緯二十九度、東経百四十度に位置する大きな島ラグナグとの間には交易も盛んに行なわれている。このラグナグ島は日本の南東、約百リーグの位置にあることになる。

この記述と第三篇冒頭の地図との食い違いについては、「地図」の注を参照。また、主に第九章で語られるラグナグ

(Luggnagg)の名前は、本文ではここが初出である。ポール・オデル・クラークはこの地名をAnggulと読み替え、イングランド(England)のことだと指摘する(Paul Odell Clark 615)。ポンスはドイツ語のlügen(嘘をつく)とGang(通路)の組み合わせと考え、嘘つきの通る場所、すなわち嘘つきの国というのがその含意だとしている(Jacques Pons 428)。

ちなみに「北緯二十九度、東経百四十度」とは、現在の地図でいえば、小笠原諸島よりもやや本州に近い海域である。江戸幕府が小笠原諸島の探検を始め、「此島大日本之内也」と記された碑を建てたのは一七世紀末のことだ。もっとも、このラグナグ島が「日本の南東」というのはおおむね正しいものの、日本から「約百リーグ」(約五〇〇キロ)というのはあまりに近すぎる。一八世紀初頭のヨーロッパの地図では、この海域の精度は著しく低い。それだからこそ、逆に、創造力が豊かに働く磁場となりえたのかもしれない。

204-6 **グラブダブドリッブ**とは、私の解釈の及ぶ限りでは、妖術師、魔術師の島の意である。

*GLUBBDUBDRIB*と原文ではすべて大文字で強調された、この、過去の歴史上の人物を呼び出せる「妖術師、魔術師の島」の描写には、それこそホメロスからラブレーに至る多くの文学作品の影響が考えられるし、スウィフトの同時代でも、例えば、ウィリアム・キング(一六八五〜一七六三年)やマシュー・プライアー(一六六四〜一七二一年)に『死者の対話』(キングの作品は一六九九年刊、プライアーの作品は一七二一年執筆)などがある。ホメロス『オデュッセイア』(特に第一一歌で、オデュッセウスが母の幽霊やトロイア戦争で死んだ兵士の幽霊に会う冥界の場面)やウェルギリウス『アエネイス』の第六巻、さらには、「死者の対話」という一種の文学ジャンルを確立した古代の諷刺作家ルキアノスの『本当の話』、そして一六世紀後半から一七世紀にかけてイタリアで活躍した諷刺作家トライアーノ・ボッカリーニの『パルナッソス山からの報告』などが、ヒギンズやリヴェロの指摘するところである(Higgins 333; Rivero 165)。後出の、「誰でもいい、おまえがこれはと思う人物を何人でも、世の初めから今日までの死者の中から呼び出して、おまえが訊きたいと思う質問に答えるようにしてやろう」[205]に見られる、故人となった偉人たちと対話するという構成も、ルキアノ

スの『本当の話』とまったく同じである。

なお、この島の大きさが「ワイト島の三分の一くらい」とあるが[204]、ワイト島はイングランド南部ハンプシャーの南側にある島で、面積はおよそ三八〇平方キロメートル。歴史的にフランスやスペインに対する防衛拠点であり、革命前夜、チャールズ一世がこの地に逃れたものの城に監禁されて逃亡に失敗したことでも知られる。

206-5 その彼の誓言によれば、彼は毒殺されたのではなく、飲み過ぎで熱が出て死んだのだとのこと。

前四世紀、エジプトを征服しペルシャ王国を滅ぼしたマケドニアのアレクサンドロス大王は、プルタルコス『英雄伝』中の「アレクサンドロス」によれば毒殺されたことになっている。だが一般には、過度の飲酒がもとで熱病にかかり、それで急死したとされており、スウィフトはプルタルコスの劇的な描き方ではなく、一般の説に軍配を上げたというわけだ。ちなみにプルタルコスは、熱病のせいで大王の飲酒が過度になったということを、大王の遠征に同行していたギリシャの歴史家アリストブロスの言として「アレクサンドロス」の中に記している(Turner 341–42)。一七一二年二月二九日付のステラ宛書簡でスウィフトは、二世紀ローマのギリシャ人歴史家アッリアノスの『アレクサンドロス大王東征記』を一日で一気に二〇〇ページ読んだとし、その感想を次のように記している。「ちょうど今、アレクサンドロス大王が死んだところです。私は彼が毒殺されたとは思いません。ここだけの話ですが、毒殺されたなどというのはつまらぬ作り話です。プトレマイオスもアリストブロスもそうは考えていません。二人とも彼の死を看取っていたのですよ。二人がきちんとした歴史書を残さなかったことが残念でなりません」(*Journal to Stella* ii. 501)。ちなみにスウィフトが所蔵していたアッリアノスの伝記は、原題が *Arriani de expedition Alexandri Magni historiarum libri VII*、一六六八年にアムステルダムで刊行されたものであることが分かっている(*Library* i. 97–100; Higgins 333)。

206-7 アルプス越えの最中のハンニバルを見たが、彼は陣営内には一滴の酢もないと証言した。

ハンニバル（前二四七〜一八三年）はカルタゴ（アフリカ北部にフェニキア人が建てた古代の植民都市）の将軍。スペインからアルプスを越えてイタリアに侵攻し、ローマを苦しめた。第二次ポエニ戦争（前二一九〜二〇一年）である。このアルプス越えの際、岩石が行く手を阻んでいるのを見たハンニバルは、これをまず熱し、それから酢をかけて溶かしたという話が、古代ローマの歴史家リウィウスの『ローマ建国史』第二一巻第三七章に記されているのだが、スウィフトはこのリウィウスの記述に疑いをもち、それを否定したというわけである（Higgins 335; Rivero 166）。この少しあとでガリヴァーは、カエサルを暗殺して共和政を守ろうとしたブルートゥスに対し、「至上の徳」、「剛毅をきわめる精神」、「真実の祖国愛」、「ひとに対する寛い愛なるもの」を認めているが［206］、そこからうかがえるように、スウィフトが共和政ローマにある種の敬意もしくは憧憬を抱いていたとするならば、ハンニバルはそれを苦しめ、長期的にはその衰退への道のりの引き金を引いたことになるのだから、その脱神格化を図ったとも言えるかもしれない。しかしもちろん、そういう特定の趣旨ではなく、より一般的に、古代の歴史家の記述に見られる事実の歪曲、誇張表現を喝破しながら、逆に古代社会のリアリティを復元し現前させ、そうするなかで過去を勝手に改竄する近代社会を諷刺していると考えることもできるだろう。

206-8

いざ戦端を開こうとしている軍の先頭に立つカエサルとポンペイウスの姿も見た。前者の最後の大凱旋行進も見た。

カエサル（前一〇二〜四四年）は、もちろん古代ローマ最大の政治家・軍人。はじめクラッススおよびポンペイウスと結んで、いわゆる三頭政治を実現させたが、クラッススの死などにより、ポンペイウスとの対立が表面化。元老院がカエサルに軍隊を解散させることを命じたのを機に、有名な「賽は投げられた」という言葉を発してルビコン川を渡り、首都ローマを一気に占拠した。ポンペイウスはギリシャに逃れたが、カエサルはこれを追って、まずスペインを平定。その後、ギリシャ東部テッサリアのファルサロスで敵の大軍を破った。この前四八年の戦争を「ファルサロスの戦い」と呼ぶ。「いざ戦端を開こう」というのは、このファルサロスの戦いに至るカエサルとポンペイウス両者の戦いのことを指している。ファルサロスの戦いに敗れた後、ポンペイウスはさらにエジプトに逃れたが結局暗殺され、カエサルはクレオパトラをエジプト王として、エジプトや小アジアに残存する元老院派の残党を破った。そしてスペインに残っていたポンペイウスの二人の息子を討伐した後、ローマに戻って行ったのが、「最後の大凱旋行進」(前四五年)である。その後カエサルは、終身のディクタトル(独裁官)となって元老院議員の選任権を一手に掌握したので、実質的に共和政ローマはここで終焉を迎えた。王になろうとしているのではないかとさえ言われたカエサルの権力増大を嫌ったブルートゥスらによって、元老院会議の場で暗殺されたのは、「最後の大凱旋行進」からわずか一年後の前四四年のことである。

206-12

私はブルートゥスの姿を目のあたりにして深い畏敬の念にうたれ

ブルートゥス(前八五〜四二年)は、言うまでもなくカエサル暗殺の首謀者。初めはポンペイウスに与していたが、ファルサロスの戦いの後、カエサルに赦され、その指揮下に入った。だが、共和政を強く志向する彼は、カエサルに王になろうとする野望を疑ってこれを暗殺した。もっともブルートゥスはその後、結局ローマに留まることができず、カエサルの後継者オクタウィアヌスやカエサルの部下であったアントニウスと戦って敗れ、自殺してしまうことになる。古代ローマはこの後、オクタウィアヌスとアントニウス、それに、やはりカエサルの部下であったレピドゥスを加えた第二回三頭政治を経て、元老院からアウグストゥス(尊厳者の意)の称号を得たオクタウィアヌスによる帝政時代(前二七年成立)へと移行するわけだが、その中にあってブルートゥスが有した共和政への強い志向と彼自身の道徳的厳格さは、後世に語り継がれることになった。ただし、カエサル暗殺の首謀者であるこのブルートゥスと、イギリス建国の父とされるブルートゥス(トロイアの英雄アエネイスの伝説上の子孫、一般に「トロイアのブルートゥス」と呼ばれる)との混同もあったようで、例えば、一八世紀後半から一九世紀初頭にかけて六〇年あまり国王として君臨したジョージ三世の膨大な貨幣のコレクションにあるブルートゥス像は、実際にはカエサルを暗殺したブルートゥスだが、当時はトロイアのブルートゥスと考えられていたようだ。

ともあれ、スウィフトの著作には、共和政を強く志向したカエサルの暗殺者ブルートゥスへの言及が少なくない。一七一二年、彼は次のように記している。「カトー〔小カトー〕とブルートゥスは古代ローマにおける最も高徳な人物である。（中略）この二人の偉人は、国家の自由が危機に瀕しているような場合においては中立でいてはならないと考え、国の法と制度を守る側に積極的に与した。勝利に酔いしれる上官の侵攻に反旗を翻し、法や制度を無理やり廃止しようとする意図を挫くためである」(*PW* vi. 134; Higgins 334)。「勝利に酔いしれる上官」とは、言うまでもなくカエサルのことであり、この文章全体が、モールバラ公爵を始めとする旧ホイッグ党政権への批判となっている。スウィフトはまた『ドレイピア書簡』において、ホイッグ党政府のアイルランド貨幣改鋳計画（いわゆるウィリアム・ウッドの銅貨改鋳計画）を厳しく批判した際、ドレイピアにM. B. という署名をさせ、他方、ジョージ一世をCaesarと呼んでいるが、このM. B. は、Marcus Junius Brutus、すなわちブルートゥスを指している(*PW* x. 21, 24; Gilbert 217–18)。

ブルートゥスにしばしば言及するスウィフトだが、彼はなぜそこまでブルートゥスを称賛しているのか。ヒギンズは、二つの異なる理由が考えられると指摘する(Higgins 334)。一つは、「オールド・ホイッグ」(Old Whig)と呼ばれる、ホイッグ党本来の伝統的な価値観を体現しているから、というものである。「一六八八年（の名誉革命）以降、共和政を守ろうとした（小）カトーやブルートゥスの行動に、ステュアート朝の国王たちの専制を廃した名誉革命での成果をなぞらえる傾向が強まり、この革命の基本理念を、古代ローマの共和政から考える言説が広まった。これが「オールド・ホイッグ」の理念であり、スウィフトが取り上げる英雄たちは、この理念を反映したものである」とパスマンは言う(Passmann, "Gulliver's 'Temple of Fame'" 341)。

もう一つは、スウィフトが『ガリヴァー旅行記』を執筆していた当時、ジャコバイトによる扇動的なパンフレットなどにブルートゥスがしばしば登場していることから、そうしたものに呼応した反政府的言説の一環として『ガリヴァー旅行記』でも言及されているのではないか、というものである。実際、ブルートゥスが登場するジャコバイト的同時代言説は少なくない。例えばジャコバイト派の放蕩詩人として知られるリチャード・サヴェッジ(一六九七頃〜一七四三年)に「イギリスの惨状」(一七一六年執筆)という詩があるが、そこには次のように記されている。「かくも高貴なる徳が衰えゆくのを見ていられようか/ブルートゥスのような寛大なる手助けもなく/ブルートゥスは、名誉を感じればそれまでの友人さえも軽蔑し/祖国を抑圧から救い出したのである/知らぬ間に暴君となりはてた彼の友人/王位を簒奪せんとするその友人カエサルに彼は刀を突き刺したのだ」(Savage 23)。その他、ウォートン公爵フィリップ(一六九八〜一七三一年)は、雑誌『真のブリトン人』の第二〇号(一七二三年八月九日刊)の中で「カエサルを刺殺した偉大なるブルートゥスは、共和政の精神の高貴なる印である」としているし(Wharton, *The True Briton* i. 173)、ランズダウン男爵ジョージ・グランヴィル(一六六六〜一七三五年)は『在外紳士からイングランドの友へ』(一七二二年)の中で、「ブルートゥスは名誉ある人物である」と記し(Granville 6–7)、またホイッグ系作家マシュー・ティンダル(一六五七?〜一七三三年)もブルートゥスに言及し、「カエサル暗殺を英雄的行動と思う人物であれば、国王殺害にも正当な理由ありと考える人々を鼓舞せずにはいられないだろう」などと物騒な記述を残している(Tindal, *The Judgement of Dr. Prideaux* 39)。スウィフト自身が書いた詩「スウィフト博士の人生とその本性について、自ら書き記したもの」(一七三三年)にも、『ガリヴァー旅行記』第三篇こそは「忠誠心のある聴き手に対して攻撃的」という記述があり(*Poems* ii. 550)、そこにはジャコバイトの軍事行動を示唆するような扇動的な含意がある、というのがヒギンズの解釈である(Higgins 334–35)。もっともこの『ガリヴァー旅行記』第三篇への言及は、必ずしもブルートゥスへの直接的な言及とは限らないので、ヒギンズのいささか強引な解釈と考えることもできよう。

ブルートゥスを「オールド・ホイッグ」的理念の象徴と捉えるか、もしくはジャコバイト言説の一つと捉えるかはもちろん大きな相違であるが、他方で、「オールド・ホイッグ」の系譜を引く在野ホイッグ、トーリー、そしてジャコバイトという反政府的大同団結の様相も見えてくる。実際、ロバート・ハーリーのように、もともとオールド・ホイッグで、後にジャコバイトの嫌疑を受けた大物政治家もいた。ブルートゥスが、そういう広範囲にわたる象徴機能を有していたことは間違いない。

206-16　さらにブルートゥスとも大いに言葉を交す光栄に浴し、ユニウス、ソクラテス、エパミノンダス、小カトー、サー・トマス・モア、それに彼を加えた六人はいつも一緒にいて、六人組を形成しており、たとえ世界の歴史を篩にかけても七人目は見つからないだろうという話を聞かされた。

理想的な六頭政治に触れた箇所。ユニウスとは、古代ローマ共和政の父とされるルキウス・ユニウス・ブルートゥス(前六世紀後半に活躍)のこと。親類の若き女性ルクレティアが国王ルキウス・タルクィニウス・スペルブスの息子セクストゥス・タルクィニウスに凌辱されたことを契機に彼は王に反旗を翻し、王を追放。自殺したルクレティアの夫ルキウス・タルクィニウス・コラティヌスとともに元老院から執政官に任じられた。これが古代ローマ共和政の始まりであり、一八世紀初頭のイギリスにあっても、専制君主に敵対するその姿は、ホイッグ党支持者にも、またジャコバイト支持者にも象徴的な存在であった。『スペクテイター』第五〇八号にも彼への言及が見られる(Addison and Steele, *Spactator* iv. 304)。カエサルに王への野心を感じてこれを暗殺したブルートゥスは、このユニウスの子孫とされる。

ソクラテス(前四六九〜三九九年)は言うまでもなく古代ギリシャの哲学者。エパミノンダス(前四二〇〜三六二年)は古代ギリシャのテーバイの将軍・政治家。戦上手と言われ、数々の劣勢を挽回し、テーバイに繁栄をもたらした。小カトー(前九五〜四六年)はマルクス・ポルキウス・カトーのこと。共和政ローマの政治家・哲学者で、カエサルと対立した高潔な人物として知られる。カエサルに敗れて降伏を迫られたが自刃した。カエサルを暗殺したブルートゥスは、小カトーの娘婿にあたる。モンテーニュの『エセー』(一五八〇年)には「小カトーについて」という章があり(第一巻第三六章)、その中で次のように記されている。「この人物こそは、人間の徳と、毅然とした態度とが、はたしてどこまで到達できるのかを示すために、まさしく自然が選んだ模範なのであった」(宮下訳 ii. 120)。スウィフトは、ピンダロス風頌歌の形をとった「ウィリアム・サンクロフト博士頌」(一六九二年執筆、刊行は一七八九年)で、ウィリアム三世に忠誠を誓うのを拒んだこのカンタベリー大主教を称賛し、サンクロフトの行為を、「天と小カトーの双方が喜んでいる」としている(*Poems* i. 42; *Companion* 240)。ジョウゼフ・アディソンの『悲劇カトー』(一七一三年)は、この小カトーの最期を扱い、個人の自由や共和政と専制政治、あるいは論理と感情といった対比を鮮明に打ち出して大評判となった。序文はアレグザンダー・ポウプが執筆している。一八世紀全体を通じて人気を博したが、主人公小カトーの共和政への強い志向から、独立戦争期のアメリカでもさかんに上演された。ちなみに著者アディソンはホイッグ党の国会議員であってスウィフトとは政治的立場を異にしていたが、交友が薄れても親しい感情は生涯もちつづけていたようだ。スウィフトは一七一〇年一二月一四日付の手紙で、「アディソン氏と私とは黒と白ほど違っていますが、でも私は彼のことがいつまでも好きです」とステラに語っている(*Journal to Stella* i. 127)。

最後のサー・トマス・モア(一四七八～一五三五年)はかなり時代が下って、ルネサンス期のイギリスの政治家・思想家。言うまでもなく、『ユートピア』(一五一六年)の作者であり、ヘンリー八世が国教会の首長であることを認めず処刑された。スウィフトはモアのことを、「イングランドがこれまで生み出した真に徳がある唯一の人物」としている(*PW* v. 247)。ちなみにこのモアを含め、ソクラテス、エパミノンダス、小カトーの四人は、スウィフトの「卑しき者と高貴なる者について」という草稿の中で「何らかの行動もしくは境遇において偉業を成し遂げた人物たち」のリストにすでに掲載されている(*PW* v. 83–84; Higgins 335)。

207-8 私は知性と学識で名高い古代の人々にも会ってみたかったので、そのために一日をとることにした。そしてホメーロスとアリストテレス以下、その注釈家たちの総出演を願ったところ、その数があまりにも膨大で

過去の偉大な政治家、軍人に面会を果たしたガリヴァーは、続いて、過去の優れた学者、知識人、作家に会おうとする。この場面は、古代と近代のどちらが優れているか、その知恵比べの模様を図書館内での書物の争いに仮託して諷刺的に描いたスウィフトの『書物戦争』(一七〇四年)に類似した構成だ。ホメロスは、前八世紀末のギリシャの詩人で、『イリアス』、『オデュッセイア』の作者とされるが、その実在については多くの論争がある。アリストテレス(前三八二〜三二二年)は、言うまでもなくギリシャの哲学者。ホメロスは伝承では一般に盲目であったとされるが、これについても古くから疑義が唱えられている。『ガリヴァー旅行記』に大きな影響を与えたルキアノスの『本当の話』にも、「彼が盲目でないことは――世間ではまさにその通り彼を盲人だといっているのだが――たちどころに分かった、というのは自分がいまそれを実見しているのだから、たずねるまでのことはないわけである」という一節があり(呉訳 50)、そのあたりから「その眼光もかつて見たこともないくらいに鋭かった」[207]という記述につながっていると考えられる。

チャールズ・ヘンリー・ウィルソン(?〜一八〇八年)は、自ら編纂したスウィフトの言行録・逸話集『スウィフティアーナ』(一八〇四年)の中で、「スウィフトの有する知識や物の考え方は、アリストテレス的というよりは、むしろホメロス、シェイクスピア、アディソン、フィールディングに近かった」と記しているが、それでもスウィフトは、アリストテレスのことを「各分野にわたって最も優れた天才」として深く敬意を払っていたようだ(Kathleen Williams, *Jonathan Swift: The Critical Heritage* 262; *Companion* 32)。アリストテレスの「声はうつろであった」とあるが[208]、これは注釈家たちがその学説を「あまりにひどく誤まり伝えた」ためであり[208]、リヴェロはこれを、ダンテの『神曲』の冒頭にあるウェルギリウスの前で恥入る詩人の姿に重ね合わせている(Rivero 167)。ちなみに、スウィフトの『書物戦争』

にも登場するこのホメロスとアリストテレスの組み合わせは、例えばレンブラントの『ホメロスの胸像を前にしたアリストテレス』といった絵画などにも見られる(図3-10)。

208-4

私はディディムスとユスタティウスをホメーロスに紹介して、なるたけよしなにと頼んではみたものの、詩人の心の中に入り込む才能などこの二人にはないことを、彼はすぐに見抜いてしまった。アリストテレスのほうは、私がスコトゥスとラムスを紹介してあれこれ説明すると、堪忍袋の緒がすっかり切れてしまったようで、他の奴らもおまえたち同様の愚物なのかと詰問し始めた。

図 3-10 レンブラント画『ホメロスの胸像を前にしたアリストテレス』(1653年).

ディディムスはディディムス・カルケンテロス(前八〇〜前一〇年頃)。アレクサンドリアおよびローマに住んで、ホメロスを始めとするほとんどすべての古代ギリシャの作家に関する注釈や評論を残し、その数は四〇〇〇冊にも及んだという。あまりにも多産なので自らの著作を忘れてしまうこともあり、「(何でも書き散らす)鉄面皮野郎」(brazen-guts)とか「自分の著作を忘れる男」(book-forgetter)などというあだ名もある(*Companion* 176)。ユスタティウスは、ディディムスからだいぶ時代が下って、一二世紀のコンスタンティノープルで活躍したテッサロニカのユスタティウス(一一一〇頃〜九八年頃)。古代ギリシャの作家、特にホメロスの『イリアス』、『オデュッセイア』の評釈で知られ、中世ヨーロッパにおけるホメロス研究に大きな影響を与えた。もっとも、ホメロスに関する評釈の大部分は、彼以前の注釈を寄せ集めたものであるという(Rivero 168)。なお、ユスタティウスの葬儀の際に詠まれた弔辞原稿は現存していて、オックスフォード大学ボドリアン図書館に保存されている。

スコトゥスは、スコットランドの哲学者・神学者ドゥンス・スコトゥス(一二六五頃〜一三〇八年)。アリストテレスの学説に依拠しつつも、事物の全体性を直観によって把握することを主張し、理性に対する意志の優位を説いた。ちなみに、「のろま、劣等生、ばか者」を意味する英語の dunce は、彼の学説の継承者に見られる頑迷な論法から生まれた。ラムスは、フランスの哲学者ペトルス・ラムス(一五一五〜七二年)のこと。中世におけるアリストテレス研究の系譜に批判を加え、新たな論理学を構築しようとした。

208-9 デカルトとガッサンディを呼び出してほしい

デカルトは、言うまでもなく近代哲学・数学の確立に大きく貢献したフランスのルネ・デカルト(一五九六〜一六五〇年)のこと。スウィフトのデカルト批判にしばしば登場する「渦巻説」(theory of vortices)とは、宇宙空間を満たすエーテルが渦巻き運動をしていることによって惑星は太陽の周囲を回っているという学説で、デカルトの『哲学原理』(一六四四年)に記述されている。『書物戦争』では、アリストテレスがフランシス・ベーコンに向けて放った矢が流れてデカルトに当たり、彼はこれで落命することになっているのだが、その部分にも渦巻説への諷刺が登場する。「次にアリストテレス、勢猛に進み来るベーコンを見るや、弓高々と引き絞り、切って放てば、この近代軍の勇士には当たらず、羽音鋭く頭上を過ぎたが、デカルトをば打って取った。(中略)弓の勇士は二転三転、ついに死が、勢力勝れし星のごとく、彼を彼自らの渦動の中へ引き込んだ」(深町訳 183)。ガッサンディは、フランスの数学者・物理学者・哲学者でデカルトやアリストテレスの学説に反対したピエール・ガッサンディ(一五九二〜一六五五年)。エピクロスの唯物論的原子論を信奉し、神を原子の第一原因とした。『書物戦争』では、デカルトとガッサンディ、それにホッブズはともに近代軍の弓隊として登場する。

208-12 そして、今日の学者たちがしきりともてはやす引力説にしても同じ運命を辿るだろうと予言した。彼曰く、自然についての諸々の新体系も所詮は流行にすぎない、時代とともに変わってゆく。

引力説はアイザック・ニュートンによるもので、彼の主著『プリンキピア』に示された。ニュートンの引力説はデカルトの渦巻説に取って代わったが、それも一時的な流行にすぎないというのがアリストテレスの考えだというわけで、これはもちろん、『ガリヴァー旅行記』全篇にわたって登場するニュートン諷刺の一つである。ニュートンとスウィフトとの因縁については、170-12「彼らは定規と……」の注参照。

208-17 エリオガバルスの料理人を呼び出し、ご馳走を作ってもらおうとした

エリオガバルスは、アウレリウス・アントニヌスと称して即位した古代ローマの皇帝(二〇四〜二二二年)。贅沢奢侈に流れ、暴動を起こした軍隊に殺害された。その放蕩三昧の生活をエドワード・ギボンは『ローマ帝国衰亡史』の中で次のように記している「ありとあらゆる種類の女、酒、料理、さらには技巧を凝らした変態嗜好だけが、やっと萎えた欲情、食欲を蘇らせてくれるのだった」(中野・朱牟田・中野訳 i, 262)。今日スペイン語でH(h)eliogabaloと言えば、この皇帝の名前であると同時に「大食漢」の意味である。

209-1 アゲシラウスの奴隷はスパルタ風のだし汁を作ってくれたが、二杯と飲み込めなかった。

アゲシラウスは、古代のスパルタ王(前四四四〜三六〇年)。第七章に登場したエパミノンダス[206]の侵攻に対してスパルタを守ったことで知られる。質素倹約を重んじたその人生は、エリオガバルスと好対照をなす。つまり、エリオガバルスの料理人は贅沢な料理を作ろうとしたもののそれがかなわず、アゲシラウスの奴隷が作る「だし汁」は、あまりにも素朴で不味く、「二杯と飲み込めなかった」というわけである。プルタルコス『英雄伝』の「リュクルゴス」(第一二

節)には、スパルタの食事といえば、黒いスープが尊ばれ、どこまでこのスープを楽しめるかでスパルタ的忍耐力が試される、と記されている。ちなみにこのアゲシラウスの祖国スパルタは、第四篇フウイヌムのモデルの一つでもある(Higgins, "Swift and Sparta" 520–25)。さらに、ここの「奴隷」の原語はHelotだが、実際これも、特に古代スパルタにおける奴隷を示す語である(287-7「その懸案とは……」の注も参照)。この不味いスープは、スウィフトがポウプ、ゲイ、アーバスノットら文人仲間と執筆した『マータイナス・スクリブリーラスの回顧録』にも登場する。スープから作った錠剤を子供の頃に飲んだスクリブリーラスが、危うく死にかけたという話である(*Memoirs* 106)。

209-5 つねづね古き名家を大いに崇拝していたので、族長に十か二十の王家の人々を七、八世代まで遡って順次呼び出してほしいとかけあってみた。

文人・学者に続いてガリヴァーは、今度は「古き名家」を呼び出して、その系譜を確認しようとする。「眩しいほどの王冠を戴いた長い行列の出現かと思いきや」[209]、その実態は「名家」とは遠くかけ離れたもの。ロバート・バートン『憂鬱の解剖』(一六二一年)の第二部では、実際の家系分析をもとにその家系が決して「古き名家」でないことが次々に判明していくが、スウィフトはその手法を用い、「古き名家」の非正統性に対する諷刺をフィクションという舞台で自在に展開していく。ちなみにデフォーの『生粋のイングランド人』(一七〇一年)にも同種の描写が見られるが、面白いことに名家に比される「惨澹たるもの」の内容がまったく異なっている。スウィフトがそういう違いを意図的に明示したのかもしれない(服部『詐術としてのフィクション』251–84)。

「古き名家」の出自や由来に関する歴史的考証は、ばら戦争(一四五五~八五年)後のテューダー朝成立直後から発達した。王権の正統性を主張する拠り所とするためである。それがルネサンスを経て次第に裾野を広げ、また政治的中立性に配慮した記述も次第になされるようになって、諸貴族の系譜、さらには地域の歴史編纂へとつながっていく。一八世紀は、そうしたいわゆる「イギリス国学」が大きな展開を遂げた時代でもあった。中世主義やゴシック・リヴァイヴァルといった思潮が生まれてくるのもこうした事情による。スウィフトの周囲には、それゆえ、虚実の混ざり合った「古き名家」の歴史書が多く存在しており、彼がそうした歴史書をも諷刺の射程に入れていたことが考えられよう。古典古代の政治にある種の憧憬を抱いていたと思われる彼にしてみれば、テューダー朝成立以後のわずか二世紀あまりの「近代」に、歴史的箔付けをすること自体、いささか滑稽であったとしても不思議はない。

209-11 ある家系の長い顎はどこから来ているのか

「長い顎」は神聖ローマ帝国皇帝を輩出したハプスブルク家の顔立ちの特徴を連想させる。29-9「皇帝は宮廷の……」の注参照。

209-13 ポリドア・ヴァージルがある名家について、一人の勇敢なる男子なく、一人の貞節なる女子もなしと言っている理由は何であるか。

イタリア生まれの歴史家ポリドア・ヴァージル(一四七〇~一五五五年)は、一五〇一年、ローマ教皇への献金の代理徴収人としてイギリスに渡り、ここで、ヘンリー七世の依頼を受け、国王を中心とした『英国史』の執筆に取りかかった。後にバースおよびウェールズ教区の副主教となり、トマス・モアとも親交を結んだ。ヘンリー七世の死後はヘンリー八世の支持を得、完成した『英国史』は、一五三四年、バーゼルで初版が刊行される。二六巻に及ぶ大著であった。国王をパトロンとしながらも、彼の歴史考証には一定の正確さや中立性が確保されており、例えば『ブリトン史』を著した中世の聖職者・歴史家ジェフリー・オヴ・モンマス(一一〇〇?~五四年)の記述などにはことさら強い疑問をもって検証にあたったという。スウィフトは、おそらくそうした正確な歴史家としての権威に基づいてポリドア・ヴァージルに言及したと思われるが、もちろん「一人の勇敢なる男子なく、一人の貞節なる女子もなし」(スウィフトの原文は、『英国史』にならってラテン語)という言葉は、実際には『英国史』に存在しない(Higgins 336)。妖術師の島でわれ知らず典拠探しに熱を上げるガリヴァーに対して、スウィフトはひそかに冷水を浴びせかけたのであろうか。

209–15　さる高貴なる家に後代まで瘰癧性の腫瘍を伝えることになる梅毒をそもそも最初に持ち込んだのは誰であったのか。

「瘰癧性の腫瘍」(scrophulous Tumours)の瘰癧とは今日、頸部リンパ節結核と呼ばれるもの。細菌によって頸の後ろ側のリンパ節が炎症を起こして腫れあがる病気。梅毒もリンパ節が炎症を起こすので、このような記述になったものと思われる。瘰癧は、中世以来、「王の病」(King's Evil)とも呼ばれた。これは国王が患者の頭部に手を触れる(ロイヤル・タッチ)と病状が改善されるという伝承によるもので、イギリスやフランスなどで王権神授説の一つの拠り所ともなったものである。シェイクスピア『マクベス』第四幕第三場にも、マクベスへの復讐とスコットランドの正常化を図ろうとするマルカムが次のように語る場面がある。「「王の病」と呼ばれる瘰癧のことだ。イングランドの王がなされる奇蹟だな。私もここにきてから何度も目にした。いかにして天の心を動かすか、われわれには知るよしもない」(小田島訳)。このロイヤル・タッチが実践されていたのは、一七一四年に亡くなったステュアート朝最後の国王であるアン女王までであったから、「瘰癧」、王の病、ロイヤル・タッチが、王権神授説と結びついて伝統的王党派あるいはジャコバイトを想起させる場合も少なくない。ちなみに、後に『イギリス詩人伝』で先輩文人スウィフトの業績を語ることになるサミュエル・ジョンソンは、幼少期に晩年のアン女王からこのロイヤル・タッチを受け、その記憶を終生忘れずにいた。そのことを一つの根拠として、彼のステュアート家への郷愁とジャコバイト的傾向を考える研究者もいる(例えばJ. C. D. Clark 42)。

もっとも本注釈箇所は、「高貴なる家」に、「小姓、下僕、従者、御者、賭博師、提琴弾き、勝負師、親分、掏摸などが家系図の途中にからんでいる」というわけだから[209]、それが、「高貴なる家」の質が劣化したということを嘆いていると考えるか、それともそうした「高貴なる家」という発想そのものに疑義を投げかけているのかによって、

「瘰癧性の腫瘍」の意味も変わってくる。そしてもちろん、ガリヴァーがこうした家系の先祖を目のあたりにしているのは、グラブダブドリッブの族長が体得している怪しげな魔術のおかげであることも忘れてはならない。何を是とし何を非としているのか、何を正統とし何を逸脱としているのか、スウィフトの視点はめまぐるしく展開している。

210–8 世の大事業、政変の起源、動機を正確に知り、その成功の契機となった情ない偶然事を知るに及んで、私は人間の知恵や廉直などというものにはほとほと愛想が尽きてしまった。

フランスのブルボン王朝の祖であるアンリ四世(一五五三〜一六一〇年)やその最盛期を現出したルイ一四世(一六三八〜一七一五年)の偉業に対する同様の諷刺が、例えば『桶物語』第九章などにも見られる。

210–11 私はここで逸話録とか秘史などを書こうとする奴らの嘘と無知を知る破目になったわけで

ポール・ターナーはこの部分の記述が、ソールズベリー主教であったギルバート・バーネット(一六四三〜一七一五年)の『英国国教会の宗教改革史』(一七一四年完結)および『現代史』(一七二四、三四年)に対してスウィフトが発表した「バーネット主教の歴史書に対する短評」に基づくものと推測している(Turner 344–45)。バーネット主教は、ウィリアム三世のよき相談役でもあり、典型的なホイッグ史観を有していたため、スウィフトはしばしば彼の見解に批判を加えており、「短評」にも次のような一節がある。「この著者〔バーネット主教〕は、実にさまざまな箇所において、私が知る最も能力の低い歴史家である。(中略) 彼の〈秘史〉はおおむね、コーヒーハウスで語られるスキャンダルや、せいぜい三番煎じ、四番煎じ、五番煎じといった報告にすぎないからだ。これでは、老僭王の生まれも、炉辺の老婦人が語ったものにすぎないことになってしまう」(*PW* v. 183)。「高名な法律家と聖パトリック教会司祭スウィフト博士との対話」や「嵐」といったスウィフトの詩作品にもバーネットへの諷刺がうかがえる。

210-15 **ある提督は正確な情報がなかったために、味方の艦隊を裏切って寝返る先にするはずであった敵方を逆に撃破してしまったのだ**

この「提督」とは、初代オーフォード伯爵エドワード・ラッセル(一六五三〜一七二七年)ではないかというのがポール・ターナーの指摘である(Turner 345)。一六九二年、ラッセルはイギリス・オランダ連合軍の最高司令官としてフランス海軍と対峙、バルフルールおよびラ・オグの戦いでこれを壊滅させる。名誉革命でフランスに亡命したジェイムズ二世が、ルイ一四世指揮下の軍隊の支援を受け、イギリス側のウィリアム三世と対決した英仏間の一連の軍事衝突をイギリス王位継承戦争もしくは九年戦争と呼ぶが、ラッセルのこの戦いはその代表的なものの一つで、亡命していたジェイムズ二世を中心とするジャコバイト勢力を擁したフランスの政治的野心を打ち砕くものであった。だがラッセルは、この衝突をできるだけ避けようとして交渉を進めてもいた。そういうラッセルの画策と、しかし結果として起きてしまったこととの乖離が、こうした描写に結びついているのではないかというわけである。もっともラッセルは、ウィリアム三世を、ジェイムズ二世追放に際してオランダまで迎えに出かけた七人の貴族団の一人であって、ウィリアム三世への忠誠心は強かった。その意味において、「味方の艦隊を裏切って寝返る」というスウィフトの記述がラッセルに該当するかどうかは疑問である。

211-2 **王座などというものは腐敗なしには維持できない**

第一篇第三章のリリパットにおける皇帝とフリムナップやレルドレサルの関係[38〜39]などが思い起こされる箇所だ。リリパットにおけるフリムナップの姿に、ロバート・ウォルポールが重なり合うことはすでに指摘した通りだが(38-5「大蔵大臣フリムナップ……」の注参照)、このウォルポールを腐敗と賄賂にまみれた金権政治家の典型と捉えるか、もしくはその才覚を肯定的に捉えるかは、歴史家の拠って立つ基盤や視点によって差異がある。腐敗言説一つを取っても、解釈の多様性が存在しうることをもう一度ここで想起しておきたい。

212-2 長年にわたってある艦船の艦長をつとめており、アクティウムの海戦のおりには好運にも敵方の強力な艦列を突破して、主力艦を三隻も撃沈し、四隻目を拿捕、そしてこれこそがアントニウスの敗走と自軍の勝利の因になったのだ

前三一年に起きたアクティウムの海戦は、オクタウィアヌス軍とアントニウス＝クレオパトラ連合軍が古代ローマの覇権を争った海戦である。海戦の場所であるイオニア海のアクティウムは、現在のギリシャ共和国プンタ。戦争の経過は、まずクレオパトラの船団が戦線を離脱してエジプトへ逃れ、アントニウスもこれに続いたので、アントニウス＝クレオパトラ軍は総崩れとなり、オクタウィアヌスが圧勝した、というのがプルタルコス『英雄伝』の記述以来、一般に考えられているところだが(「アントニウス」第六六節)、実はそうではなく、この「艦船の艦長」の活躍こそ、アントニウス敗走の主たる原因であった、というのがガリヴァーの耳にした真実の歴史であったというわけである。もちろんその証拠は、今日に至るまで見つかってはいないので、スウィフト的空想史と考えた方が妥当かもしれない。なお、スウィフトの戯文「卑しき者と高貴なる者について」(刊行は一七六五年)には、卑しき者の最初の例として「クレオパトラを追いかけてアクティウムで逃走したアントニウス」という一節がある(*PW* v. 85; Higgins 337)。いずれにせよ、一世紀に及んだ古代ローマの内乱はここに終息し、オクタウィアヌスはローマの元老院からアウグストゥス(尊厳者の意)の称号を受け、プリンケプス(第一の市民の意)として実質的に帝政を開始することになる。エジプトに逃れたアントニウスとクレオパトラは共に自殺した。

212-6 アウグストゥスの宮廷

もちろん文字通りの意味では、アクティウムの海戦に勝利してアウグストゥスの称号を得たオクタウィアヌスの宮廷

を指すが、ジョージ一世からジョージ二世が治めた一八世紀前半のイギリスを、「アウグストゥス(時代の古代ローマになぞらえられる繁栄の)時代」という意味で「オーガスタン」と呼ぶこともあるから、これはスウィフトが当時のイギリス宮廷に対して諷刺的に発した表現とも考えられる(Higgins 337)。

212-7　皇帝の愛妾のひとりに仕えていた解放女の息子

「解放女」の原語は初版(モット版)では *Libertina*、一七三五年版(フォークナー版)では a *Libertina*。三五年版に不定冠詞 a が付されており、初版におけるかなり限定的な固有名詞から、「そういう種類の人々のうちの一人」という意味に変化している、というのがリヴェロの指摘である(Rivero 171)。Libertina というのは、奴隷の身分から解放された女性の意だが、そういう自由民(英語では freedman, freedwoman と呼ばれる)階級から放蕩者や娼婦(つまり英語の libertine)も生まれたので、そうした含意がある。ちなみにホラティウスの『諷刺詩』第一巻第二番にもこの「解放女」の話がある(Higgins 337)。

212-8　副提督プブリコラのお気に入りの小姓

副提督プブリコラとは、前一世紀に活躍したルキウス・ゲリウス・プブリコラという同姓同名のローマの執政官を父として生まれ、カエサル暗殺後は、一時期、ブルートゥスとも行動を共にした人物のこと。アクティウムの海戦ではアントニウス軍の右翼の指揮官を務めたことが記録されているが、一般の歴史書では、そこで戦死したのではないかとされている。乱世にあって自身の立場を巧みに変化させた、毀誉褒貶相半ばする人物であったようだ。

212-11　アグリッパを呼び出してもらうことにした。

マルクス・ウィプサニウス・アグリッパ(前六二頃〜前一二年)は、オクタウィアヌスの腹心として活躍した人物。アクティウムの海戦でもアントニウス＝クレオパトラ連合軍の補給路を断つなどオクタウィアヌス勝利の立役者であった。のちにオクタウィアヌスの娘と結婚、ローマ市繁栄のための政策を実現させるとともに、優れた地理書を作成したことでも知られる。

212―15　勲功の顕彰も地位の剥奪も、本来そんな資格などあるはずもない司令官の手にすっかり握られてしまっている他の諸国における類例

この記述には、特にスペイン継承戦争において華々しい軍功をあげてアン女王から高く顕彰された初代モールバラ公爵ジョン・チャーチル（一六五〇～一七二二年）への諷刺が含まれている、とヒギンズは指摘する（Higgins 337）。ちなみに、サミュエル・ジョンソンも『イギリス詩人伝』の中で、「このときの戦争はモールバラの懐を満たすために不必要に引き延ばされていた」と記している（渡邊訳 488）。

213―5　私は、時代を下って、イングランドの古いタイプの自作農を、その作法、食事、身なりの質実さゆえに、その行ないの正しさゆえに、真の自由の精神ゆえに、その勇気と祖国愛ゆえにかつて名をとどろかせた者を呼び出してほしいと願った。

ヒギンズは、この部分の記述と、スウィフトの著作といわれる『ジョン・クライトン大尉の回想録』（一七三一年）の「読者への広告」に見られる描写が近似していることを指摘している（Higgins 337）。スウィフトは、おそらく一七三〇年にアイルランドでこのジョン・クライトンに会い、名誉革命前後から一八世紀初頭に至るいくつかの政治的事件の真相を聞き、これに強い関心を抱いてそれを出版しようと準備した。クライトンは一六四八年生まれのアイルランド出身の軍人だが、主にスコットランドでチャールズ二世、ジェイムズ二世、およびウィリアム三世の軍隊に従軍した（*Companion* 326）。「読者への広告」はスウィフトが執筆したものと推測されるが、その中で彼はクライトンのことを、「勇気

と行動力にあふれ」、「古いタイプ(『ガリヴァー旅行記』本文と同じくthe old Stampという表現が使われている)の実に誠実で尊敬に値する人物だ。おそらく彼がもっている理念のいくつかは、今のような世の中ではあまりうまく行かないだろう。だから彼の回想録は、きっと故人の著作として読者に受けとめられるに違いない」と記している(*PW* v. 121–22)。ヒギンズはまた、堕落した当時の上下両院議会を弾劾し「古きイングランドの精神」と「古きイングランドの自由」を称揚するウォートン公爵(一六九八〜一七三一年)のいわゆるジャコバイト声明(一七二六年)との類縁性も指摘し、『ジョン・クライトン大尉の回想録』にせよ、ウォートン公爵の声明書にせよ、それらジャコバイト的言説がこの『ガリヴァー旅行記』の記述にも流れ込んでいると解釈している(Higgins 337)。

ところで「時代を下って」とあるが、これはいつの時代を指すものであろうか。直前の箇所で述べていた古代ローマから、どこまで「下って」考えればよいのか。ここで参考になると思われるのが、一七三八年に出版され、やはり古き良きイングランドを称揚してジャコバイト的言説とも解されることがあるサミュエル・ジョンソンの詩『ロンドン』(一七三八年)の次のような表現である。「イライザ〔エリザベス一世〕が生まれた場所に跪き、その聖なる地に口づけをする」、「輝かしきエドワード〔エドワード三世〕よ!」、「ヘンリー〔ヘンリー五世〕の勝利の話を口ずさむ」、「アルフレッド〔アルフレッド大王〕の黄金時代」(Johnson, *London*, 47–61)。古き良きイングランド(あるいはブリトン)の象徴的な存在として登場するアルフレッド大王、エドワード三世、ヘンリー五世、エリザベス一世が活躍したのは、それぞれ九世紀、一四世紀、一五世紀前半、一六世紀後半のことである。こうしてみると、「古いタイプの自作農」という表現が、実は中世前期の時代から、おおむねエリザベス朝までを包含するかなり幅のある歴史感覚の中で使われていたことが分かる。新旧論争(**185**–9「彼は、二十マイル……」の注参照)に関する著作(『桶物語』など)にあらわれているように、スウィフトが、同時代である近代に少なからず堕落と腐敗を看取していたことは言うまでもない。しかしそれでは「古いタイプの自作農」が活躍していたのは、中世のどのあたりの時代を指すのかというと、古代(the Ancient Age)と近代(the Modern Age)の間の時代としての中世(the Middle Ages)という呼び方がよく示しているように、その時代区分はきわめて漠然としていた。イギリスで中世の歴史研究が本格化するのは一八世紀も後半になってのことであり、スウィフトのイギリス中世に対する歴史認識もあまり明確なものであったわけではなさそうだ。

なお、『ジョン・クライトン大尉の回想録』に記された歴史的事実の説明については、後年、ウォルター・スコットがいくつかの疑義をはさんでいる(Scott, *Chronicles of Canongate* 452)。スウィフトのジャコバイト色も含め、今後さらなる検証が必要になる箇所である。

第九章

214-6 一度は暴風雨に出会い、そのために西に針路をとって、幅が六十リーグを越える貿易風圏に入らざるを得なくなったりした。

ラグナグ王国への航海である。貿易風とは、北半球の場合は北緯三〇度くらいから赤道方向に恒常的に吹く風で、通常は北東から南西に向かう。ガリヴァー一行はこの風に乗って「六十リーグ」すなわち約二八八キロメートルを移動したことになる。**203-4**「この王国が……」の注、あるいは「地図」の注で記したように、バルニバービとラグナグの位置関係は、地図にも本文にも問題があるため特定できない。したがって、この針路が妥当なものかも判定が難しい。むしろ不思議なのは「西に針路をとって」彼らが貿易風を捉えようとした点である。右述の通り、貿易風は北緯三〇度くらいから赤道の地帯を吹く風なので、外からこの圏内に入るには北緯三〇度より北ならば南下、赤道より南ならば北上するのが普通であると思われるからだ。ちなみにラグナグは「北緯二十九度、東経百四十度」に位置すると記されているので[203]、ぎりぎり貿易風の圏内に存在している。

214-8　クラメグニグの河に入ったのは一七〇八年四月二十一日のこと。

「クラメグニグ」の原語は *Clumegnig*。「ラグナグの南東端にある海港」の名前だが、あまり納得できる解釈はこれまで提示されていない。前半が cluo(ラテン語で「私は閉ざす」)で、後半が gehen(ドイツ語で「行く」)ではないか、というポンスの説は、たしかに厳しい税関をもつ港とイメージこそ重なるものの、語釈そのものがかなりこじつけめいている(Jacques Pons 422)。これと比べると、ラテン語 flumen(川)に指小辞の組み合わされたもの、というデマリアの説(DeMaria 291)の方がすっきりはしているが、始まりの c と f との音の違いについて説明できていない。

次に、クラグメニグの河に入った日付けであるが、これがモット版では「一七一一年四月二十一日」となっていた。しかし、これでは「一七一〇年四月十日」にイギリスに帰還するという本篇第一一章の記述[230]と完全に食い違う。そこでフォークナー版では年が一七〇八年に直されたのだが、その場合、本章の最後に、「陛下の御意のままに三ケ月もこの国に滞在」[217]とあるのでラグナグを去ったのは一七〇八年七月になるはずだ。ところが第一一章を見ると、ガリヴァーは「一七〇九年五月六日」にラグナグを去ったことになっており[228]、またしても、一〇カ月もの矛盾が生じる。ちなみに、チャールズ・フォードによる手書きの修正では、ここが「一七〇九年」となっており、モットが一七二七年に刊行した『ガリヴァー旅行記』改訂第二版も(おそらくフォードによる指摘に従って)「一七〇九年」と訂正されていた。ケンブリッジ大学出版局の新しいスウィフト著作集版『ガリヴァー旅行記』でも、「一七〇八年」のところに「一七〇九年の誤り」と脚注が施されている(Womersley 305)。もっとも、編者のウーマズリーは、フォードによる修正にも、モットの第二版の記述にも触れていない。しかし、「一七〇九年四月二十一日」になったところで、その三カ月後は「一七〇九年五月六日」にならないから、矛盾は解消しない。この点、レアルとフィーンケンによるドイツ語訳の注は正確な議論をしている(Real and Vienken, Anmerkungen 430)。また、中野好夫による邦訳は、「一七一一年」を採用し、注に、「初版本による。第二版は一七〇九、一七三五年版〔フォークナー版―注釈者〕は一七〇八年とあり。事実上は最後のものが正しかろう」との記述が見られる(中野訳 407)。「最後のものが正し」くないのはすでに解説した通り。

214-12 船乗りの何人かが裏切ったのか、それともたんなる不注意のせいなのか、この水先案内人たちに、私が他所者で、大旅行家であると洩らしてしまい

「他所者で、大旅行家」の箇所の原文は a Stranger and a great Traveller. ここで注目すべきは、「裏切り」がなければガリヴァーが他所者とは気づかれないという前提があることだ。しかし、第三篇の舞台は、冒頭の地図にある通り、日本に近い極東である。西洋人は外見からしても「他所者」扱いされたのではないか。もしもこの一見不自然な点がガリヴァー(および作者)の見落としによるものでなく、そこに何らかの理由があるならば、バルニバービにはヨーロッパの人間と類似した外見の人種がいると考えなければならない。日本周辺に定住している可能性のあるヨーロッパ系の人種といえばロシア人なので、バルニバービは極東ロシアの近辺に存在するはずである。これは、本篇冒頭の地図に記載された位置とは食い違ってしまうものの、本文に見られる「北緯四十六度、経度百八十三度」[162]という情報に従ってバルニバービの位置を判定するならば(162-3「実は海賊に……」の注に示した通り)、この国はアリューシャン列島の南にあることになる。実際、アリューシャン列島の近海であれば、ロシアの探検家が訪ねる可能性はあるので、バルニバービにヨーロッパ系の民族が住んでいるのは決してありえない話ではないだろう。もっとも、ヴィトゥス・ベーリングとアレクセイ・チリコフによるアリューシャン列島の探検は『ガリヴァー旅行記』刊行後の一七四一年に行われている。

ガリヴァーが「大旅行家」と見なされたことについては、右の「他所者」問題のような不自然な点はないが、ここから推察できるのは、ラグナグ行きの船中でガリヴァーが船員相手に荒唐無稽な航海譚をさんざん語って悦に入っていただろうということだ。ガリヴァーのお調子者で自惚れ屋の側面が暗示されている。

215-2 交易が盛んなおかげで

176-5「島はこの斜行運動……」の注で、ラピュータの描写に重商主義への批判が見られるという西山徹の説を紹介したが、ラグナグも「交易が盛んな」、すなわち重商主義的な国家であることがわかる。第三篇における重商主義というテーマの重要さを示唆する一節。

215-8 その役人の答えは、宮廷に取り急ぎ書状を送るので、二週間もすれば返事が届くだろうが、宮廷からの指示があるまでは拘禁させてもらうというものであった。

この一文から始まって「大体予想していた時期に宮廷からの至急便が届いた」〔215〕までの部分は、島田孝右によれば、似た内容の記述がアルノルドゥス・モンターヌス『日本地誌』(一六六九年)における、オランダ大使と日本側のやりとりに見られるという(Shimada, "Another Possible Source" 516-17)。類似した記述は他にもあり、例えば「その内容は、騎兵十をもって私ならびに随員を(中略)案内せよという令状であった。(中略)それから、われわれに騾馬を一頭ずつ用意してほしいと依頼した」〔215〜216〕、「一時間以上も陛下の矢継ぎ早の質問に答えることになった」〔217〕がそれにあたる。これらの箇所は、島田も述べているように、ケンペル『日本誌』(一七二七年)の内容にも似ている。そのため、多くの研究者が『日本誌』の出版は『ガリヴァー旅行記』よりも後だが、スウィフトはその内容を事前に知っていたのではないか、と推測してきた(詳しくはShimada 前掲516参照)。しかし、ゲアハルト・ボンによれば、スウィフトがケンペル『日本誌』の原稿を出版前に読めた可能性は存在しない(Bonn 76-79)。このボンの主張を受け入れるなら、『ガリヴァー旅行記』より前に出版されているモンターヌス『日本地誌』がスウィフトによって参照された可能性は高いと言えるだろう。ケンペルについては、227-11「この文章を……」の注も参照。

215-16 トラルドラグダブだか、トリルドログドリブだかに

このいずれかがラグナグの首都の名前ということになるが、原語はそれぞれ *Traldragdubh* と *Trildrogdrib* である

(なお、ターナーの編纂したオックスフォード版は前者を Traldragdubb と誤記し(Turner 196)、これを後継するローソンとヒギンズ編集のオックスフォード版も同じ誤りを受け継いでいる(Higgins 190))。ケリングはこれらがゲール語の traill(奴隷)、droc(邪悪な)、drib(汚れ、罠)と似た音をもつのに注目し、「邪悪な汚れ(あるいは罠)の奴隷たち」と読み解いている(Kelling 773; Turner 346)。レアルとフィーンケンは Traldragdubh の方は a thrald burg すなわち a thralled burgh(奴隷にされた都市)と解釈できるとする(Real and Vienken, Anmerkungen 430)。

216-3　御足を載せ給う台の前の塵を舐めるの栄

この言い回しに関して、ターナーは一方でヘブライ的なイメージであると述べ、旧約聖書『イザヤ書』から「彼らは顔を地につけてあなたにひれ伏し／あなたの足の塵をなめるであろう」(第四九章第二三節)を引用する(Turner 346)。なお、旧約聖書における類似表現としては、ヒギンズがさらに『詩篇』第七二章第九節「砂漠に住む者が彼の前に身を屈め／敵が塵をなめますように」と『ミカ書』第七章第一七節「彼らは蛇のように／地を這うもののように塵をなめ」も引いている(Higgins 338)。また、ウーマズリーは『ミカ書』第七章第一七節に加えて『創世記』から神が蛇に告げる言葉「お前は、生涯這いまわり、塵を食らう」(第三章第一四節)も引用し、「塵をなめる／食らう」という行為が堕落・退化(degradation)を意味すると述べている(Womersley 306–07)。しかしターナーは同時に、ケンペル『日本誌』の記述との類似も指摘し、例えば、日本で皇帝に面会するときには手と膝をついて這いつくばらねばならない、というケンペルの記述に注目している(Turner 346)。これは単に日本風のお辞儀を描写したものだろうが、むしろ驚きは、外国から見るとお辞儀が「御足を載せ給う台の前の塵を舐める」ほど卑屈な行為に見えることの方だろう。なお、前々注で示したように、ケンペル『日本誌』を『ガリヴァー旅行記』の直接の出典と見なすことには問題が指摘されている。

216-5

到着の二日後に御前に出るのを許されたときには、実際に腹這いになって床をペロペロ舐めながらそばに寄るように命じられたのである。

直前の「御足を載せ給う台の前の塵を舐めるの栄」[216]は、国王への臣従をあらわす誇張された表現かと思いきや、ガリヴァーは「実際に腹這いになって床をペロペロ舐めながらそばに寄るように命じられ」てしまう。この場面の滑稽さは、比喩と思われた表現が字義通りに使われてしまう点にある。この場面を踏まえ、ジェニー・メチエムズは、第三篇が一貫して具体性と抽象性とをつなぐ媒介を排除していることを指摘する。それは何よりもラガード大研究院の諸企画の実行性の乏しさにあらわれているが、そのうち言語関連の企画では、具象と抽象との媒介であるはずの言葉が本来の役割を失い、事物によって会話する試みや[194～195]、「頭の薬で作ったインク」で「命題とその証明を書きつけ」た「薄い聖餅状のもの」を食べて暗記しようとする実験[196]が行われている。この光景を観察していたガリヴァーも同様の愚かさから逃れることはできず、本注釈箇所にあるように、彼は文字通り「御足を載せ給う台の前の塵を舐め」させられるのだ。第三篇における媒介を喪失した存在の象徴とも言えるのが、宙に浮きながら権力を乱用するラピュータであり、この島は下界のバルニバービに平和的に着地はできない[180]。この第三篇以降、観念と現実は齟齬をきたすようになり、その最も悲喜劇的な表象が、第四篇で帰国した後の、過度の人間嫌いに陥ったガリヴァーの姿である。しかしこの悲喜劇は、すでに第三篇で予告されていたのである(Mezciems 258)。

アン・バーボー・ガーディナーは、さらに詳しくこの場面を論じ、これを名誉革命後にアイルランド議会がウィリアム三世の支配に屈し、自由を失ったことへのスウィフトの隠れた批判として読むことを提唱している。皇帝が床に撒く「致死の毒を含んだ褐色の粉末」[216]については、アイルランド議会の隷属状態こそアイルランドが辛酸を嘗める原因だ、というスウィフトの考えを示すものだという(Gardiner 40)。また、第一一章に出てくるラグナグ王の玉璽の図柄「足の萎えた乞食を立たせる王」[228]については、アイルランドでウィリアム三世側がジェイムズ二世側を打ち破ったボイン川の戦い(一六九〇年)以降オランダで発行されたメダルに見られる、アイルランドを助け起こすウィリアム三世の図柄と似ていることも指摘している(同41–42)(図3–11)。さらには、外国人でありながら厚遇を受けるガリヴァーの姿を、ウィリアム三世の宮廷で徴用されたオランダ系の家臣のそれと重ね合わせている(同41)。同時に、国王に屈従する家臣の姿を通じ、彼の同時代人がウィリアム三世を神格化し、偶像視していたことへのスウィフトの批判も読み込み、この異端的な宗教意識への批判が次に訪れる日本での踏み絵のエピソードとつながると述べている(同42–44)。興味深い論考だが、すると「褐色の粉末」は、ウィリアム・ウッドの鋳造した褐色の銅貨をイメージしたものだろうか。ならばここには、うっかりイングランド政府の言いなりになっていると悪貨という毒を呑まされる、というスウィフトのメッセージが込められているのではなかろうか。

図3–11　アイルランドを助け起こすウィリアム3世の図柄を刻んだオランダのメダル.

217–5

イクプリング・グロフスロップ・スクートセラム・ブリオップ・ムラシュナルト・ズウィン・トゥノドバルクガフ・スリオファド・グルドラブ・アシュト。

原文は、*Ickpling Glofftthrobb Squutserumm blhiop Mlashnalt Zwin tnodbalkguffh Slhiophad Gurdlubh Asht.* 続く本文で、「天の恵みを受け給う陛下の、よく日輪を凌ぎて、十一度半月の巡るほどの御長寿を」と訳されていることの表現は、次の「フルフト・ドリン・ヤレリック・ドゥワルダム・プラストラッド・マープラッシュ」[217]、および第一篇第三章でのリリパット皇帝の名前「ゴルバスト・モマレン・エヴレイム・グルディロ・シェフィン・ムリ・ウリ・ギュー」[42]と並んで、『ガリヴァー旅行記』に登場するもっとも長い「ガリヴァー語」表現である。ゆえに「ガリヴァー語」の規則を解明するには(規則があるとすればだが)重要なヒントとなる箇所のはずだが、これを解読する試みはほとんどなされていない。すべての「ガリヴァー語」をヨーロッパの諸言語との類似から解釈するポンスは、例えばIckpling はドイツ語の Ich(私)、フランス語の plains(plaindre(哀れむ、同情する)の一人称単数現在形)の組み合わせ、Glofftrobb はギリシャ語の γλῶττα(舌、言語)と英語の throw(投げる)の組み合わせ、Squutserumm は英語の squat(しゃがむ)とラテン語の sum(英語の am と同じ、「……である」の一人称単数現在)の組み合わせ、という調子で一語一語を解読し、最終的に「しゃがみ込んでいる私は、言葉を投げつつ、かの若者を哀れむ。灰から作られ、わが口へと宿命づけられたこの地上の道筋を舐めることなく、速やかな死を口にする第二の者となることのなきよう望む」という文章を導いている(Jacques Pons 426–27)。つまり、本文でこの直前に見られるエピソード、「致死の毒を含んだ褐色の粉末」の撒かれた床を小姓が掃除しなかったために、「拝謁に伺候した前途有望な若い貴族が、国王側には命を奪うつもりなどないにもかかわらず、不運にもその毒の犠牲になってしまった」事件[216〜217]への言及として捉える解釈である。これに対し、すべての「ガリヴァー語」について、文字を変換して英語の文章に読み替える作業を行ったポール・オデル・クラークは、先述の原文を、[Gulliver] Licking, forswore (or, throw[s] the glove), kicks the room, belly up shares mark (of) swine, craving (of) pig—O, what silly (sly?) love (of) dirt, that! と書き直す(Paul Odell Clark 616. [ ]は注釈者(武田)の補足、( )はクラークの補足)。あまり普通の文ではないが、「[ガリヴァーは]床を舐めながら、部屋を蹴り、腹を上にして、豚の印を、豚の渇望の印を示し、誓って否定した。——ああ、なんと愚かな(狡猾な)汚穢への愛であることか、あれは!」とでも訳せるだろう。この二人の手にかかれば、どんなランダムな文字の組み合わせも解読されてしまうのではなかろうか。その答えが正しいかどうかは、もはや二の次となっている気もするが。

217-9　フルフト・ドリン・ヤレリック・ドゥワルダム・プラストラッド・マープラッシュ。

原文は *Fluft drin Yalerick Dwuldum prastrad mirplush* で、本文によれば「わが舌は友の腔内にあり」の意。ポール・オデル・クラークは Push, Sir, prostrate (your) middle till y'are mir'd (in) dirt(押しつけてください、いい

ですか、あなたの腹を汚穢まみれになるまで地に這わせてください)と書き換える(Paul Odell Clark 616)。ポンスは例によって、Fluftにドイツ語のLuft(空)を見つけたり、Dwuldumからフランス語のdeux(二)とドイツ語のdolmetsch(原文ママ。正しくはDolmetscherで「通訳」)を捻り出すなどの技を駆使して、「息をしてください、通訳の方、すばらしい第二のものを導き入れるために、私につけたして翻訳をするために」と解読している(Jacques Pons 423)。

217-14

ブリフマークラブ

原語は*Bliffmarklub*で、本文によれば「侍従長」の意。ポール・オデル・クラークは、まずVli[ff]shartlovと文字を書き換え、ここにvile(悪い)、trash(ごみ)、love(愛する)を見出し、「悪しきごみを愛する」と解釈する。またVliをさらにVriと読み替え、そこから強引にever(永遠に)という英単語を導いて、「永遠にごみを愛する」という読みも可能だと述べている。ラグナグ宮廷での埃をつかった毒殺[216〜217]を背景にした解釈である(Paul Odell Clark 616)。ポンスはドイツ語のBrief(手紙)と英語のmar(古い意味で「妨げる」)、さらにklubを逆に読んでbulk(巨大な塊)を読み込み、つまり「侍従長」というのは山のような手紙が王に届くのを妨げ、手続きを滞らせる存在なのだという解釈を提唱している(Jacques Pons 421)。カフカの『城』などの作品に登場する役人を想起させる読みだ。

217-17

しかし私には妻や家族と残された日々を過す方が穏当かつ妥当であると思えた。

イラ・ドーソン・トラルディーは、この箇所でガリヴァーが妻や家族のもとに帰ることを冷徹に「穏当かつ妥当」(consistent with Prudence and Justice)と判断する点に注目している。普通ならば、故郷に帰ろうとする者は妻や家族への愛情を感じるはずだが、ガリヴァーの心はあまりに虚ろで、まわりに流されているだけだという(Traldi 40)。たしかに第二篇の始まりでは、自分が死んだら「女房はさぞかし淋しかろう、親なし子は哀れだなと嘆く」心をもちあわせていたガリヴァーが[88〜89]、ここではもはや心を失ったかのようである。この状態は、およそ家族愛の存在しないラピュータ人たちの社会にも似た虚ろな人間関係を示しているし、同時に第四篇で、感情を抑制して理性のみに頼るフウイヌムに心酔するガリヴァーの姿の先触れとも取れるだろう。

第一〇章

218-7 ストラルドブラグ、すなわち不死の人なるものを見かけたことがあるかと訊かれた。

ガリヴァーはラグナグに存在する不死人間ストラルドブラグのことを耳にし、興味津々である。「正直なところ、この説明を聞いたときには言い知れぬほどの喜びが体を走り抜け（中略）恍惚気味にこう口走ってしまったのだ、幸福な国民だ、どんな子にも不死となる機会があるとは！　幸福な人々だ、古代の美徳の生きた手本とともに生き、過去のすべての時代の知恵を教えてくれる師表を身近に持つとは！（中略）人間に必ずつきまとう禍から生まれつき解き放たれ、絶えざる死の不安がもたらす心の重圧も暗澹も感ずることなく、精神の自由闊達を楽しめるのだから！」［219］というわけである。長寿や人生の短さについては、アリストテレス、キケロ、セネカ等々、古典古代以来、実に多くの言及がなされてきた。なかでも、この『ガリヴァー旅行記』におけるストラルドブラグの描写に直接的な影響を与えたものとして、ヒギンズは、古代ローマの諷刺詩人ユウェナリスの第一〇諷刺詩の中の老年の描写（一八八～二八八行）に注目している(Higgins 338)。ユウェナリスの諷刺詩（全部で一六篇）、特にその第三、第一〇諷刺詩は、近代初頭のイギリスでしばしば翻訳・翻案され、広く受容されていた。後に『イギリス詩人伝』でスウィフトの伝記を記すことになるサミュエル・ジョンソンもまた、ユウェナリスの第三諷刺詩を『ロンドン』、第一〇諷刺詩を『人間の願望のむなしさ』として英詩に置き換えている。

ユウェナリス第一〇諷刺詩の該当箇所は、誰もが長寿を望むが、果たしてそれは幸福だろうか、という問いかけをもって始まり、身体の衰え、喜びを享受するはずの諸感覚の衰え、各種の病、苦痛をもって経験しなければならない親しい人々との別れなどの描写が続き、勇者、賢者の悲しい最期が記されて終わる。ジョンソンの『人間の願望のむなしさ』の場合、該当箇所の最後は次のように締めくくられる。「人生の最期の場面とは何と驚くべきことか／勇者のおびえ、賢人の愚行／〔勇名をはせた初代公爵〕モールバラの目からは老いの涙があふれ、／スウィフトはよだれをたらし見せ物となって息を引き取る」(三一五～三一九行)。事実とはいえ、先輩作家の末期をめぐっていささか不敬な表現とも言えなくはないが、この深刻な問題については、スウィフト自身もその「随想」(一七一一年)に、ユウェナリスを淵源とする、そしてストラルドブラグの人物造型につながる次のような一節を記している。「誰もが長寿を望むが、誰も老いることを望まない」(*PW* iv. 246)。もちろんそれよりも早く、なんとまだ三一歳のときに、スウィフトは「年をとったら」(一六九九年)という断章を記している。またターナーが指摘するように、長寿への科学的関心や長寿の事例を紹介する同時代言説も、少なくなかったと考えられる(Turner 347)。「ジェンキンズやパーに比べ、〔ジョンソンの享年七四歳という年齢は〕何と短いことか」とは、一八世紀も後半になった一七八四年、サミュエル・ジョンソンが亡くなった直後に出た雑誌『ジェントルマンズ・マガジン』に掲載された追悼記事の一節だが、一四八三年に生まれ一六三五年に亡くなったというトマス・パーや一五〇一年に生まれて一六七〇年に亡くなったというヘンリー・ジェンキンズが、なおこのような形で一般に言及されていたのである(ちなみに、「オールド・パー」としてその名をスコッチ・ウィスキーの名称に残すこのトマス・パーは、ジョン・テイラーの『長寿のトマス・パー』(一六三五年)以降、チャールズ・ディケンズ、ブラム・ストーカー、ジェイムズ・ジョイスなどの文学作品においても言及されている。人体解剖をして血液循環の仕組みを明らかにしたことで知られるウィリアム・ハーヴェイは、パーの死後、その検死を行っているが、彼の記録からすると、その体はまだ七〇歳以前の力を残していたという。今日一般には、このトマス・パーの記録は同姓同名の祖父のものと混同されているとされているが、確証はない)。

ちなみに、驚喜するガリヴァーが語る、「幸福な国民だ（中略）幸福な人々だ（中略）いや、誰よりも幸福なのは」は、ウェルギリウス『アエネイス』の一節、「おお、三重にも四重にも幸せな者たちよ、／おまえたちは父親の目の前、トロイアの高き城市のもとで／死ぬ定めを得たのだから」(岡・高橋訳、第一歌九四〜九六行)を皮肉な形で借用しているとターナーは指摘している(Turner 347)。言うまでもなく、トロイア滅亡を前に思う存分戦って親に看取られて死ぬ若者と、不死のわが身に苦しむストラルドブラグとの対比である。

なお、原文でストラルドブラグは Struldbrug あるいは Struldbrugg と二通りの表記がなされている。モット版、フォークナー版ともに、本章の初めでは Struldbrug(s)と綴られているが、第二段落の最後で Struldbruggs の綴りが登場すると、残りはすべて Struldbrugg(s)となる(ただし、ローソンとヒギンズ編集のオックスフォード版では、すべて Struldbrug(s)に直されている)。この単語の解釈については、ポール・オデル・クラークが Stir dull blood(不活発な血を攪拌する)、Stirred blood(攪拌された血)、Sterile blood(実りのない血)などの読み替え案を提示している(Paul Odell Clark 616)。ポンスは、この単語から r と l と母音を取れば stdbg(g)となり、stand(立つ)と beg(物乞いする)という二つの動詞が残ると指摘している(Jacques Pons 431–32)。

218–11 彼の言うその斑点は初めのうちは三ペンス銀貨くらいの大きさだが、時が経つにつれてその大きさと色合いが変化し、十二歳のときには緑色になって、それが二十五歳まで続き、それから濃い青に変化して、四十五歳になるとイングランドのシリング銀貨大の真っ黒となるけれども、それ以降の変化はない。

デニス・トッドによれば、「不死を示す絶対的な徴」[218]であるストラルドブラグの額のこの斑点は、神によって滅ぼされるエルサレムにおいて、死をまぬがれる者が額につけられる印に対応しているという(Denis Todd, *Imagining Monsters* 119)。聖書には次のような記述が見られる。「主は彼に言われた。「都の中、エルサレムの中を巡り、その中で行われているあらゆる忌まわしいことのゆえに、嘆き悲しんでいる者の額に印を付けよ」。また、他の者たちに言っておられるのが、私の耳に入った。「彼の後ろについて都の中を巡れ。打て。慈しみの目を注いではならない。憐れみをかけてはならない。老人も若者も、おとめも子供も人妻も殺して、滅ぼし尽くさなければならない。しかし、あの印のある者に近づいてはならない」(『エゼキエル書』第九章第四〜六節)。「この後、私は大地の四隅に四人の天使が立っているのを見た。(中略)私はまた、もう一人の天使が生ける神の刻印を持って、太陽の出る方角から上って来るのを見た。この天使は、大地と海とを損なうことを許されている四人の天使に、大声で呼びかけて、こう言った。「われわれが、神の僕たちの額に刻印を押してしまうまでは、大地も海も木も損なってはならない」。私は、刻印を押された人々の数を聞いた。それは十四万四千人で、イスラエルの子らの全部族の中から、刻印を押されていた」(『ヨハネの黙示録』第七章第一〜四節)。

なお、当時の「三ペンス銀貨」は、直径約一七ミリ、「イングランドのシリング銀貨大」の直径は約二一ミリであった。『ガリヴァー旅行記』には、しばしば物の大きさを測る尺度として各種の硬貨が登場する。スウィフトは、例えばウィリアム・ウッドのアイルランド銅貨改鋳(改悪)計画批判を多く書き残しているが、身体をめぐる体液さながらに国家内部を循環する各種の貨幣に、ある種の生物的流動性を認めていたのかもしれない。ちなみに、「王国全体でもストラルドブラグの数は男女合わせて千百人を越すとは思えず、彼の計算では、そのうちの五十人ほどが首都に住んでいて」[219]とあるが、この比率は、一ポンドに対する一シリングの比率(二〇:一)に近い。

219-16

とかく若い連中は自分の意見を押しだして身勝手なことをやり、年長の者の冷静な忠告など聞こうともしない。

この部分は、本篇第七章および第八章に見られた、例えば、ローマの元老院と現代の議会との対比[206]、あるいは、ホメロスに対するディディムスやユスタティウス、アリストテレスに対するスコトゥスやラムスの関係[208]を想起させる。またユウェナリス第一〇諷刺詩にも、例えば、血気にはやる若い学生の失敗(一一四～一三二行)などの描写がある。

221-7 六十歳を過ぎたらもう結婚は考えず、ひとをもてなしつつも質素に暮らしたい。前途有望な青年たちの精神を陶冶し導くことをわが楽しみとし、自分の記憶と経験と意見に数多の実例をつけ加えて、公私両面における美徳の効用を彼らに説きたい。しかし、最良の友となるのはつねに不死の仲間たちのはずで、その中から、太古の時代から現代にいたるまでの十二人を選びたい。

スウィフトは断章「年をとったら」(一六九九年)の中で、「年をとったら、若い女性とは結婚しない」と述べている(*PW* i. xxxvii)。また、「太古の時代から現代にいたるまでの十二人」とは、キリストの一二使徒になぞらえたもの、というのがリヴェロの解釈である(Rivero 178)。ちなみにスウィフトは一六六七年一一月三〇日生まれで、『ガリヴァー旅行記』の初版初刷が刊行された一七二六年一〇月二八日は、正確に言うと五八歳と一一カ月。そのことを示すかのように、この初版のレミュエル・ガリヴァーの肖像には「年齢は五八」と記されている(「フロント・マター」の口絵についての注参照)。「六十歳を過ぎたら」という記述は、まもなく六〇歳を迎えるスウィフトの感懐のあらわれなのだろうか。なお、ポンスは、ストラルドブラグのエピソード全体に、本章執筆時(一七二五年頃)のスウィフトの悲観的な人生観の投影を見ている。六〇歳手前の自身の健康への不安に加え、スウィフトと深い関わりのあった女性二人も、ヴァネッサことエスタ・ヴァナムリ(一六八八年頃生まれ)は一七二三年に亡くなり、ステラことエスタ・ジョンソン(一六八一～一七二八年)も健康を損ねていたのである(Jacques Pons 453)。

222-2 加えて、諸々の国や帝国の栄枯盛衰を見、地上と天空の変動を見る楽しみがあります。古代の都市が廃墟と化し、名もない村が帝都となる。

国家の栄枯盛衰については、ユウェナリス第一〇諷刺詩にも多くの言及がある(例えば一三三～一四六行)。「地上と天空の変動」は、原文では the Changes in the lower and upper World. 読者はここに、ラピュータとバルニバービの対比を重ね合わせてみることもできるだろう。もちろん、あくまでも客観的な視点を取ろうとするガリヴァーのストラルドブラグへの願望は最終的には挫かれることになる。この部分はまた、例えば、ジョン・ミルトンの『失楽園』第八巻(主に一五〜一九七行)において、「天と地からなるこの壮麗な世界、この見事な宇宙を見、天と地の大きさを測り知ろうとする」アダムに対して、「生活の実用から離れた晦渋で深遠な事柄について、ただ漠として何かを知るのではなく、日常の生活において自分の前にあるいろんなことを知ることが、最善の知恵だ」(平井訳 ii. 45, 55)と言う天使ラファエルの忠告を想起させる。スウィフトは『桶物語』の中でミルトンを近代人の範疇に入れているが、実際にはミルトンの作品を高く評価し、『失楽園』への好意的言及も少なくなかった。それゆえロマン派詩人サミュエル・テイラー・コールリッジは、『ガリヴァー旅行記』第四篇のフウイヌムの描写を、ミルトンの『失楽園』における楽園の描写と比較するのである(*Companion* 373–74)。なお、この「地上と天空の変動を見る楽しみ」の空しさについては、サミュエル・ジョンソンも『ラセラス』(一七五九年)の第四〇〜四四章において、天文学者の悲劇として詳細に描写している(Johnson, *Rasselas* 141–57)。

222–4

経度、永久運動、万能薬の発見の他、諸々の大発明が完成の極に達するのも眼にすることになるでしょう。

正確に経度を測定することで、地球上の現在地を正しく把握することは、未知の海域への探検航海を始め、科学的にも軍事的にもきわめて重要な問題であったが、一八世紀初頭においてはなお、正確にこの経度を測定することはできずにいた(ちなみに緯度は、太陽の南中時の角度を計測することで分かるので、古代からかなり正確に理解されていた)。経度を正確に測るには、例えば赤道上の海洋であれば、船の速度から移動距離を算出し、それと赤道全体の長さの比を求めればよい(なお、今日では経度の基準、すなわち経度ゼロはロンドンのグリニッジ子午線と定められているが、これが世界各国で採用されたのは一九世紀後半のことであって、一八世紀には、船の出港地などを適宜経度ゼロの基準と定めて位置を表記することが一般的だった)。しかしこの場合、船の速度を正確に測るための精密時計(クロノメーター)が必要になる。なにしろ、例えば赤道上であれば、三〇秒の誤差はおよそ一キロの差にもなるからだ。ところがこの精密時計が、一八世紀初頭にはまだ存在していない。そこでイギリス議会は、一七一四年、正確な経度測定に成功した者に賞金一万ポンド(のち、二万ポンドに増額)を授与するとの議決をする。最終的にこの賞金を手にしたのが、精密時計開発の父とされる時計師ジョン・ハリソン(一六九三〜一七七六年)であるわけだが、それは一八世紀後半の話であって、『ガリヴァー旅行記』刊行当時は、なお暗中模索の状態にあったと言える。「経度」が永久運動や万能薬のようないささか空想的な発明と並んで登場するゆえんである(Rivero 178; Sobel 1–10; 石橋 23–72; 原田「かなたに何かある」180–85)。なお、スウィフトもメンバーの一員であったスクリブリーラス・クラブの出版物『マータイナス・スクリブリーラスの回顧録』(一七四一年)には、同一子午線上の二地点に大きな灯台を設け、その光の速度で経度を計測すればよい、といういささか荒唐無稽な解決策が提案されている(*Memoirs* 168, 334–35, 343)。

「永久運動」とは、外部からエネルギーを受け取ることなく仕事を続ける機械装置のこと。アルキメデスの無限螺旋を始め、古くから多くの人々の関心を惹きつけてきた。『ガリヴァー旅行記』を執筆する際にスウィフトが念頭に置いていたのではないかとしてヒギンズらが指摘しているのは、フランシス・ベーコンのユートピア物語『ニュー・アトランティス』(一六二七年)に登場するソロモンの館の永久機関(Higgins 338; Rivero 178)。『マータイナス・スクリブリーラスの回顧録』にも言及がある(*Memoirs* 332)。もっとも、例えば一七一二年にはドイツ人オルフィレウスによる自動輪が公開されて多くの議論を呼んだという記録もあり、こうした発明に関するガリヴァーの言及には、もちろん諷刺を主としつつも、スウィフトや当時の読者一般の科学的発明に対する強い好奇心が反映されていると見るべきであろう。なお「万能薬」とは、不老長寿の霊薬のこと。不死への貪欲さを見せるガリヴァーは、さらに不老を願う。それだからこそ、ストラルドブラグを目のあたりにしたときの失望もさらに強まるのである。

223-9　悲嘆の極みにあるとか、耐えがたい拷問を受けているとかいうのでないかぎり、自分から進んで死のうと言いだすひとの話はまず耳にしたことがありません

「悲嘆の極み」にある場合や「耐えがたい拷問を受け」たりしている場合の安楽死については、トマス・モアの『ユートピア』の第二巻第七章にその制度の説明がある(平井訳 131-32)。しかしストラルドブラグは、「死ぬに死ねないという絶望的な見通し」[223]に苛まれた反ユートピアなのである。

224-9　ストラルドブラグ同士が結婚した場合には、若い方が八十歳に達した時点で、王国の優遇措置によってもちろんその結婚は解消されることになっています。法律の側だって、自分の罪でも何でもないのにこの世に存続しつづける罰を与えられた者に、妻という重荷を背負わせて悲惨さを倍増させることはあるまいと、温情を示すということでしょう。

例によってスウィフトの結婚と女性に関する辛辣な見解が表出している。後出の、老醜が「男よりも女の方がもの凄かった」[226]や、第一篇で「男女は他の動物と同じく性欲によって結ばれ」[61]と記されたリリパットでの夫婦の姿も参照されたい。スウィフトには、「非常に若いご婦人に、その結婚に際して」(一七二三年執筆)と題されたデボラ・ストーントン宛書簡があるが、これも、若い花嫁が抱く甘い結婚生活への見通しを諌め、結婚生活を維持するためのアドヴァイスを皮肉なまでに具体的に綴ったものである。同様の結婚観、女性観は、「結婚の推移」(一七二一～二二年執筆)、「フィリス」(一七一九年執筆)などの詩にもうかがえる。ちなみに、「王国の優遇措置」とあるのは、一般に当時、Courtesy of England や Courtesy of Scotland と呼ばれていた財産保有権の規定に言及したものと考えられる(Higgins 339; Rivero 180)。この規定によれば、妻が亡くなると、妻がそれまで相続していた財産の一部を夫が所有できることになっていた。「妻という重荷」を背負う夫への「温情」というわけである。

224–17

九十歳にもなると、歯は欠け、髪は抜け、味の善悪などもうからきし分からなくなり、好き嫌いも食欲も関係なしに手当りしだいに食べ、かつ飲む。罹る病気の数はと言えば、増えもしなければ減りもしない。話をしていると、ごく普通の物の名前も、ひとの名前も、しかも親しい友人や親戚の名前まで失念してしまう。

ストラルドブラグの老醜に関する視覚的描写は実に細かく、そして饒舌だ。老いていく人間の苦しみと悲しみを、次から次へと指摘し書き連ねていく。これはユウェナリス第一〇諷刺詩にも見られるもので、ポール・ターナーが指摘するように、細部まで原詩に対応しており(Turner 348)、後世の挿絵画家の想像力を強く刺激するものであったようだ。**図3–12**、**図3–13**は、それぞれトマス・モートン(一八三六〜六六年)とアーサー・ラッカム(一八六七〜一九三九年)の描いたストラルドブラグ像である。

図3–12 ストラルドブラグ(トマス・モートンの挿絵より).

図3–13 ストラルドブラグ(アーサー・ラッカムの挿絵より).

225-5 しかもこの国の言語はたえず流動していますから、ある時代のストラルドブラグが別の時代のストラルドブラグを理解できなくなり、二百年も経つと、かたわらの普通の人間との会話もままならなくなり

スウィフトが英語の改良・整備に関心を抱いていたことは、そのためにアカデミーを設置すべきであることを提案した『英語を正し、改め、定めるための提案』(一七一二年)などからも明らかである。ちょうど同じ頃、スクリブリーラス・クラブで彼と同席していたアレグザンダー・ポウプは、英語の劣化を嘆じ、『批評論』(一七一一年)の中で次のように記している。「われわれの息子たちは父祖の言葉が衰えゆくのを見る/チョーサーが今そうであるように、ドライデンもまたいつかそうなるであろう」(四八二〜四八三行)。数百年も生きると言葉も分からなくなるというストラルドブラグの悲劇は、裏を返せば、正書法を始めいまだに混乱していて安定しない当時の英語に対するスウィフトの不安や苛立ちのあらわれでもあった。194-5「自国語の改良」の注も参照。

第一一章

227-2 筆者、ラグナグを発って日本に向う。

第二篇第二章に『サンソンの地図』が登場したが[102]、このサンソンの日本地図が**図3-14**である。一八世紀初頭のヨーロッパでよく知られていたもので、スウィフトも目にしていたであろう。北海道と千島列島については、一六四三年にすでにオランダ人航海家フリースがある程度の探検を行っているが、その成果はこの地図には反映されておらず、

Iesso(蝦夷)が大陸のように描かれている。日本国内では、下総のほか、南部(陸奥)、松島、佐渡、江戸、能登、三河、伊勢、志摩、丹後、隠岐、土佐、豊後などの地名がすでに知られていたことが分かる。

227-5　少なくとも私が手にした旅行記の中でこれと似た話に出くわした記憶はないのだが

不死人間ストラルドブラグの描写をこう記すガリヴァーだが、218-7「ストラルドブラグ……」の注にも記した通り、類例は少なくない。古代ローマのプリニウス『博物誌』の特に第七巻にせよ、ルキアノス『本当の話』にせよ、古典古代以降、こうした話は頻出する。ストラルドブラグの描写は、古代人に比べ、いわば齢と歴史を重ねた近代人の方が堕落しているということに言及したものだが、これに「似た話」がないとガリヴァーに語らせることは、近代人としての語り手ガリヴァーの不注意を指摘してその権威を揺るがすことにもなろう。そしてこの揺らぎこそが『ガリヴァー旅行記』の多面的な解釈を可能にするのだ。

227-9　日本の誰かがこのストラルドブラグの話を書いていることは大いにありうる

この一節についても諸説がある。例えばウィリアム・エディは、この一節が、ストラルドブラグを記すスウィフトに何らかのヒントを与えることになった文献が日本から東インド会社経由などでイギリスに伝わっていたことを示すものではないかと推測している(Eddy 68–71)。たしかに、例えば大阪の医師であった寺島良安の手で編纂された全一〇五巻八一冊からなる『和漢三才図会』(一七一二年)などには、「不死国」などの記述が挿絵とともになされ

図3-14　サンソンの日本地図(1683年).

ており、それらがヨーロッパに伝わっていたとすれば、ヨーロッパ的文学伝統とは別にスウィフトがこうした「日本の誰かが」書いた文献を参照した可能性は否定できない。

227-11 この文章を眼にしたオランダ人が興味にかられて、私には不明な点を補ってくれるかもしれない。

ドイツ人医師エンゲルベルト・ケンペル(一六五一〜一七一六年)の『日本誌』(一七二七年)に言及したものではないか(**215-8**「その役人の……」の注参照)、というのがターナーの推定である(Turner 348)。ケンペルは、オランダ東インド会社の商船に船医として乗り込み、一六九〇年から二年間にわたって長崎の出島に滞在。その間、二度にわたって江戸に参府し、将軍徳川綱吉に謁見している。一六九五年にヨーロッパへ戻った彼は『廻国奇観』(一七一二年)を出版するのだが、この書はおもに彼のペルシャでの見聞を記したもので、日本に関する記述は一部にとどまった。日本に関しては、『日本誌』のもととなる草稿を執筆していたのだが、結局これを出版することなく一七一六年に死去。死後、遺稿を含む彼の遺品の多くが、イギリスの三代にわたる国王(アン、ジョージ一世、ジョージ二世)の侍医にして大英博物館の生みの親となる収集家ハンス・スローン(一六六〇〜一七五三年)に寄贈された。『日本誌』は、スローンがこの遺稿を英訳させてまとめたものである。一七二七年の出版だから、『ガリヴァー旅行記』刊行の翌年ということになるが、このような経緯をたどった『日本誌』だから、出版に至る途中の段階でその原稿をスウィフトが見ていた可能性がある、というのがターナーの見立てである。もっとも、この英語版『日本誌』は、ドイツ語で記されたケンペルの遺稿とは異なっている部分も少なからずあり、ケンペルの遺稿を校訂した「今日の日本」(校訂版出版は二〇〇一年)などと照合する必要があるのだが、『ガリヴァー旅行記』を考えるうえで問題なのは、むしろ、スウィフトがこの時期、スローンと何らかの親交があり、この「オランダ人」という記述が、ケンペルおよび『日本誌』への具体的言及と考えられるか否かである。実はこのへんの事情については、今日なお判然としない部分があり、ここでは、『ガリヴァー旅行記』全篇にわたって展開されるオランダ人への諷刺的言及の一例でもあると言うだけにとどめたい。

228-3 赤いダイヤモンドをひとつ下さったが

純粋なダイヤモンドは無色透明だが、切り方や純度によって色がつく。しかしその中で、「赤いダイヤモンド」は特に極上品として珍重されてきた。「金貨四百四十四枚」とあわせて「イングランドではこれに千百ポンドの値がついた」とあるが[228]、これは当時のイギリスで紳士が、三年間、まっとうな暮らしをして行けるほどの金額である(Porter xv)。

228-7 上陸したのは日本の南東部にあるザモスキという小さな港町。この町は幅の狭い海峡の西側に位置しており、その海峡は北へ長い腕のように伸びて、その北西部に首府の江戸がある。

この記述は、スウィフトが執筆に際して依拠したとされるニコラ・サンソンとハーマン・モルの世界地図における日本の姿と合致する(サンソンの地図については**図3-25**、モルの世界地図(一七一九年版)については「地図」の注を参照)。ザモスキとは一体どこかについては、島田孝右の分析が世界的に評価されている(Shimada, "Xamoschi where Gulliver Landed" 33)。それによれば、「日本の南東部」、「幅の狭い海峡」とは房総半島と東京湾のことで、ザモスキという名はこの房総半島北部の、現在は千葉県北部および茨城県南部の地域の呼称であった「下総」ではないかという。下総はShimosa(shi-mo-sa の三音節)であり、これを逆に発音した場合、ザモスキの原語 Xamoschi とぴたりと一致する(これに従えば、『ガリヴァー旅行記』の翻訳で一般に使われる「ザモスキ」というカタカナ表記はあまり適当ではなく、「ザモシ」あるいは「ザモーシ」の方が適切ということになる)。もちろん、現在の日本地図を念頭に検証することは危険だが、下総の地名がわが国では七世紀から公的に使われていることや、一八世紀初頭のイギリスに流布していた右記の地図から判断すると、「ザモスキ=下総」という推定はかなり妥当であると言えよう。そこで問題になるのは、当時の地図に忠実なこの描写が何を意味するのか、という点だ。フィクションを覆うリアリティ構築のためなのか、それとも別の意図が考えられるのか。「日本」そのものの作品中での位置づけにもつながる重要な論点である。

ちなみに、この日本におけるガリヴァー上陸地論争にはさらに諸説がある。今日、中学校の検定教科書に採り上げられている観音崎（神奈川県横須賀市）説もその一つ。Kannosaki というスペリングを筆記体にすると Xamoschi に一致し、かつ、ガリヴァーのモデルは横須賀市内に居宅のあったウィリアム・アダムズ（三浦按針）（一五六四〜一六二〇年）である、というものである。

228—10 その図柄は、足の萎えた乞食を立たせる王を描いたものであった。

ペテロが神殿の「美しい門」の前で物乞いをする足の不自由な男を立たせたという話は、新約聖書『使徒言行録』第三章にあって、それを描いた図版も少なくない。日本の「皇帝」は、このラグナグ国王の玉璽を直ちに理解し、それをもってガリヴァーを厚遇することになる。ガリヴァーに対して「踏み絵」を免除したのもそのためだ[229]。キリシタン禁止令が敷かれていた日本への入国を許可する御璽の図柄が聖書に基づくものであったというのは、ある種の皮肉か。しかも「足の萎えた乞食」というあたりには、「足」を介して踏み絵との関わりを読み取ることもできないわけではない。萎えた足を回復させ、これをもって踏み絵を踏ませようとする、ということなのか。それとも、平気で踏み絵を踏むオランダ人の表象か。もっとも、この乞食を立たせる王の姿は、リリパットやブレフスキュ、ブロブディンナグの皇帝や王とは著しく異なっており、救いの手を差し伸べる慈愛に満ちた姿が感じられないこともない。

229—1 ナンガサク

もちろん長崎のことである。

229—3

十字架踏みの儀式を行なうことは御免除いただけませぬか、わたくしは悲運のゆえにこの王国に辿りつきました、交易は目的ではございません、とも申し出た。この二つ目の嘆願が通訳されると、皇帝はいささか驚かれたようすで、おまえの国の者で、そんなことで尻込みするのはおまえが初めてだろう、してみると、おまえは本当にオランダ人であるのか、むしろクリスチャンではないのかと仰有った。

キリスト教信仰が禁じられていた江戸時代の日本における踏み絵の制度は、一八世紀初頭のヨーロッパにも広く知られていた。ヒギンズは、ジョン・フランシス・ジメリ・カレリ(一六五一～一七二五年)の『世界周航記』(一七〇四年)やサルマナザール(一六七九?～一七六三年)の『台湾誌』(一七〇四年)のような旅行記、あるいはチャールズ・レズリー(一六五〇～一七二二年)の『カサンドラ』(一七〇四年)のような政治パンフレットなどを挙げ、『ガリヴァー旅行記』のこの部分が、先行の旅行記やパンフレットの延長線上にあると指摘している(Higgins 339; Shimada, "Possible Sources" 515–16)。問題は、そうした一八世紀初頭のイギリスにおける日本の踏み絵表象を利用して、スウィフトが何を描こうとしているのか、という点であろう。もちろん、踏み絵に抵抗感すら覚えない「オランダ人」に対する諷刺を含むと考えるのが一般的だが、ここで当然疑問となるのは、踏み絵を無視するオランダ人というイギリスで一般的であったオランダ人の姿は、当のオランダでは当時、どのように考えられていたのか、という点である。スウィフトの意図的な創作、でっち上げということであれば、その反オランダ的姿勢は明確である。しかしこれまでの史料調査が明らかにしているように、『ガリヴァー旅行記』の記述は、日本に関する先行文献をかなり忠実になぞっている。そうした先行文献は当然のことながらオランダでも流布していたわけで、スウィフトが、オランダで肯定されているものを、それを承知で取り上げたとすれば、その諷刺の性格はより強まるのではあるまいか。レアルとフィーンケンはこのような視点から、『ガリヴァー旅行記』に先行する踏み絵の描写に、むしろオランダ人自身の手によるものが少なくないことに注目している(Real and Vienken,

"Swift's 'Trampling upon the Crucifix'" 513–14)。すなわちこの第三篇第一一章における踏み絵の描写は、イギリス人による一般的な反オランダ表象ではなく、またもちろん、スウィフトの反オランダ的意図による創作でもなく、むしろ、オランダ人自身の「そんなことで尻込み」しない自国民の勇気を讃えた記述をそのままなぞるという形で、すなわち敵陣から大砲を堂々ともちだしてくるといった手法で諷刺的表現をしているのではないか、というのである。

229―13

そしてすぐにアンボイナ号というアムステルダムの四百五十トンの頑丈な船のオランダ人水夫たちと仲良くなった。

アンボイナという名前は、インドネシアのマルク諸島にあるアンボン島に由来したもの。香辛料の原産地として知られ、その支配をめぐるオランダとイギリスの激しい攻防の歴史がある。特に、一六一五年以降確保されていたイギリス人居留地をオランダが一六二三年に破壊してイギリス人を殺害した事件は「アンボイナ虐殺」として知られ、一八世紀初頭のイギリスにあっても、オランダに対する敵対心の大きな要因の一つとなっていた(William J. Brown, 262–64)。ちなみにスウィフトの遠戚にあたるジョン・ドライデン(一六三一〜一七〇〇年)はこれに材を得た『アンボイナの悲劇』(一六七三年)という戯曲を残している。またこの「アンボイナ虐殺」に端を発する反オランダ思想は、当然のことながら保守的王党派やジャコバイト的言説に利用されることもあった。ヒギンズはその一例として、一六九五年に書かれたチャールズ・レズリーの『カルタゴ滅ぶべし』を挙げている(Higgins 340)。スウィフトが船名としてアンボイナの名を使っていることは、明らかに反オランダ思想を示唆するものであろうが、しかし問題は、それにもかかわらず、この船に乗ってガリヴァーがイギリスに帰国するという点をどう見るか、という点であろう。章末にある、「船乗りのひとりに質の悪い奴がいて、わざわざ役人のところに出向いて、私がまだ十字架像を踏んでいないと告げ口した」[230]という箇所も含めて、なお議論の余地が残されている。

229–17 ヘルデルラント地方の名も無い者だということにしておいた。

ヘルデルラントは現在、オランダ東部の州名となっている。ちなみにライデンは、ヘルデルラントの南西にある南ホラント州に属している。

230–1 テオドルス・ファングルルトという男

ターナーは、このファングルルト(*Vangrult*)の grult がギリシャ語の「豚」に由来するものであり、この船長の名前にもオランダ人への諷刺がうかがえることを指摘している(Turner 349)。

第四篇　フウイヌム国渡航記

第一章〜第一二章

第一章

233-3　奇怪なる動物ヤフー。

Yahoo は、インターネット時代の日本人にとってもっとも親しみのある英単語の一つとさえ言えるだろう。そのうちどれほどの人が、この単語は本来『ガリヴァー旅行記』で醜悪に退化した人間を指す言葉だったと知っているだろうか。この単語については、モーリーが Yah! と Ugh! という嫌悪感を示す感嘆詞の組み合わせではないかとの説を出している(Morley 15, 20)。ポール・オデル・クラークは、ヤフーもフウイヌムもともに馬のいなきを示す whinny という英単語から作られたものだと推察する。ヤフーの場合は whinny の語順を変えて Ywhinn とし、さらに Yhoonn → Yahoo としたという(Paul Odell Clark 621-22)(フウイヌムについては、次注参照)。ポンスは、イタリア語およびスペイン語の io や yo といった一人称の代名詞と hoo という馬のいなきを組み合わせ、「憎たらしい自分」を意味していると解釈する(Jacques Pons 432)。また、フウイヌム語の解読を試みたバックリーは、Ye who(「……な者よ」という呼びかけ)と捉える(Buckley 270)。この解釈が示唆するのは、ヤフーが同情の対象として提示されていることであり、事実スウィフトは、非人間的なフウイヌムに対し、ヤフーを人間的な創造性、理性、感情をもった存在として描いているとバックリーは主張する(同 273-74)。しかし、人間批判の書であるはずの第四篇を、人間的な性質を善いものと前提して読み込むのは的外れではないだろうか。

233-3　フウイヌム

Houyhnhnmという単語は、まさに馬のいななきを文字に写したような格好をしている。実際、ポール・オデル・クラークは、ヤフーとともにフウイヌムもwhinny(馬のいななき)の変化形だと述べている。すなわち、whinny→hoo(u)nny→houynn→Houyhnhnmとなったという(Paul Odell Clark 621-22)。これと異なり、ポンスはむしろこの音にラテン語のhomoやフランス語のhomme(どちらも「人間」)との類似を聞き取っているが(Jacques Pons 426)、これは人智を超越したフウイヌムを人間中心主義に(さらには古典文化の継承者としてのフランス語中心主義に)引きこもうという策謀ではないか。他方、バックリーはHouyhnhnmをWho inhuman(非人間的な者)と解釈し、そこに作者スウィフトの諷刺的な意図を読み込んでいる(Buckley 270)。この視点からバックリーはフウイヌムには人間のもつ知識や感情の一部が欠けていることを具体例を挙げて示しているが(同 271-72)、注釈者(武田)はこの論証の仕方に疑問を抱く。人間の能力を基準にして、そこから何かが欠けていると考えること自体が人間中心主義の枠に捉われた発想ではないだろうか。またケリングは、これを後ろから読み、hを削ったりcで置き換えるとmnny vocになるので、ここにはラテン語のmannus vox(馬・声)が隠されており、「話す馬」の意味になると指摘している(Kelling 769; Turner 349)。

233-4

およそ五ケ月にわたって妻子と一緒の至極幸福な家庭生活が続いた、もちろん、いかなる時をもって幸せとするかを私が体得していての話であるが。

おそらく意図的に、第四篇の始まりにはガリヴァーと妻子との仲睦まじい様子をうかがわせる記述が置かれている。第四篇においては、フウイヌムと暮らすなかでガリヴァーがヤフーとの肉体的な交わりを嫌悪するようになる。さらに牝ヤフーによるレイプ未遂事件[282〜283]のトラウマも重なって、イングランドに帰国したガリヴァーは、この妻に接吻されて気絶してしまう[309]。この対比によって、フウイヌムの島でガリヴァーの心境がいかに大きく変化したかが強調されている。

233―5　三百五十トンの頑丈な商船アドヴェンチャー号の船長をやらないかという願ってもない申し出に応じてしまった。

すでに指摘した通り、「アドヴェンチャー号」という名の船は第二篇にも登場するが(85―6「コーンウォール出身の……」の注参照)、同名の別の船であるらしい。しかし、スウィフトほどの書き手が何も考えずに同名の船を二回出したとは考えにくい。そう疑って読むと、第二篇に出てきた「スーラト行きのアドヴェンチャー号」[85]は、第一篇の終わりで「三百トンの商船」[81]と紹介されている。つまり、第四篇の「アドヴェンチャー号」は第一篇の「アドヴェンチャー号」よりも大きく、かつ「頑丈」(原語はstout)ということになる。これに加えて、第二篇では船医として乗りこんでいたガリヴァーが今回は晴れて船長となっているので(これまで遭難したり海賊にあったりと散々な男が、どうして出世できるのかは謎だが)、このアドヴェンチャー号の巨大化は、ガリヴァーの社会的成長と意図的に対応させられているのではないか。

ただしここで皮肉なのは、歴史上、アドヴェンチャー号という名の船を操った船長の中に、悪名高い海賊ウィリアム・キッド(一六四五頃～一七〇一年)がいたことである(Turner 351)。このキッドもまた、二艘の「アドヴェンチャー号」(それぞれ「アドヴェンチャー・ガレー」と「アドヴェンチャー・プライズ」と呼ばれる)を操っていた。しかもキッドは、逮捕された後の裁判において、部下が反乱を起こして彼を見捨て、別の海賊に加わったことがあると証言している(Quinlan 414–16)。また、このあとガリヴァーを裏切る連中が仲間を補充するために向かうマダガスカル[234]には、キッドも上陸している。いわば、ガリヴァー船長が部下に裏切られ、アドヴェンチャー号が海賊船になるという物語の展開は、その名前によって決められていたかのようである。

キッドとガリヴァーの類似点について、ターナーは、もともと海賊を取り締まるつもりだったキッドが自ら海賊になってしまったことを引き合いに出しつつ、「ガリヴァーの道徳性の退廃」を示唆していると述べる(Turner 351)。しかし、第二篇での大砲の威力をめぐるブロブディンナグ国王との対話[138～139]からもうかがえるように、「ガリヴァーの道徳性」はもともと麻痺していたように思われるので、ここはむしろ、第四篇でフウイヌムの国にたどり着いたガリヴァーがフウイヌムと交わるうちに感化され、それまで抱いていた価値観をことごとく否定するに至る経緯との対応を見るべきだろう。もちろんこの生き方は、無人島に二八年暮らしても「文明人」としての自意識を失わず、それどころかキリスト教徒としての自覚を高め、現地人のフライデーを改宗させ、英語も学ばせるロビンソン・クルーソーの態度と正反対のものである。

233-7　ロバート・ピュアフォイというその方面では腕のいい青年を船に雇った。

第四篇では、ガリヴァーがフウイヌムの価値観に感化され、フウイヌム共同体への極端な同一化を経て、頑な人間嫌いに陥るのだが、シックスタンは、この物語をピューリタニズム的な改心体験のパロディーとして捉えている(Thickstun 517–34)。『ガリヴァー旅行記』におけるピューリタンへの言及として、第一篇第一章でガリヴァーの進学した「ケンブリッジのエマニュエル・コレッジ」[17]とともに挙げられるのがこのピュアフォイ(Purefoy)という人名である(Turner 351)。pure(英語・フランス語で「純粋な」)とfoi(フランス語で「信仰」)を組み合わせた彼の名は、たしかにピューリタニズムを想起させるものだ。しかしピュアフォイが決して立派な人物として描かれていないことも指摘すべきだろう。船医としての彼の仕事ぶりについて「腕のいい青年」とガリヴァーは言っているが、次のページでは「私の船でも熱帯性の熱病で死人が何人か出た」[234]と、その腕前を疑問視させる記述があり、また(この熱病でピュアフォイが死んでいないのならば)のちのガリヴァー船長への反逆に彼も加担したことになる。ピュアフォイのピューリタン的「改心」が、一介の船医から海賊への転身に示されているのだとすれば皮肉な話だし、第四篇で人間を捨てて馬になろうとするガリヴァーの奇妙な改心を予告するエピソードと見なすことも可能だろう。ただし、第四篇をピューリタン的な物語のパロディーと捉えることは、『ガリヴァー旅行記』の特異性を取り逃してしまうおそれもある。「そこには陶製……」の注参照。 244-2

233-8 ポーツマスを出航したのは一七一〇年九月七日

第四篇の旅は、この出航日からイングランドに帰還する一七一五年一二月五日[308]までである。ガリヴァーが第四篇の航海に出ていた時期のイングランドの政治情勢を見ると、一七一〇年には、ホイッグ政権の宗教政策を批判した国教会の説教者ヘンリー・サッシャヴァレル(一六七四〜一七二四年)に対する裁判をきっかけに政治情勢が不安定となり、いわゆるサッシャヴァレル暴動(Sacheverell riots)が各所で発生した、その結果一〇月に行われた総選挙でホイッグ党が凋落し、トーリー党を中心とする政権が発足した。この事件はスウィフトの人生に大きな影響を及ぼしている。一六八九年から一七一〇年まで、すなわち二二歳から四三歳までという活発な時期に、スウィフトはアイルランドとイングランドを何度も往来し、落ち着くことがなかった。政治家ウィリアム・テンプルの秘書となったり、テンプルの没後はホイッグ党の重鎮に食い込もうと努めたりしていた。それでもなかなか出世の糸口が摑めずにいたスウィフトだったが、一七一〇年に政権がホイッグ党からトーリー党に移ると、新政権の首班であるロバート・ハーリーの庇護を受けるようになる。そこから、トーリー政権の機関紙『イグザミナー』の編集(一七一〇〜一一年)、スペイン継承戦争の終結に功績のあった『同盟諸国の行状』(一七一一年)に代表される政治パンフレットの執筆といった、イングランドを代表する政治ジャーナリストとしての華々しい活躍が始まった。しかし一七一四年八月にアン女王が没し、神聖ローマ帝国ハノーヴァー選帝侯のゲオルクことジョージ一世が英国の王位を継承すると政権はホイッグ党に復した。ハーリーはすでに職を辞しており、しかも一七一五年七月からおよそ二年間にわたって、反逆罪の嫌疑をかけられてロンドン塔に幽閉されてしまう。スウィフト自身も、八月中に逃げるようにダブリンに帰らねばならなかった。政変による動揺を衝くかのように、いわゆる第一次ジャコバイト蜂起が発生するのが翌一七一五年、プレストンの戦いでジャコバイト軍が敗退するのが同年一一月である。

つまり、ガリヴァーが第四篇の航海を行った時期は、始まりにおいてぴったりとスウィフトのロンドンへの上京と一致し、終わりにおいてはハーリーの庇護を受けた政治の表舞台での活躍が不可能となり、彼がダブリンへと「亡命」した時期と近い。厳密にはガリヴァーの帰還の方が半年遅いが、これは『ガリヴァー旅行記』内でジャコバイト反乱への露骨な言及を避けるための処置ではないか。ガリヴァーの帰還した一七一五年一二月五日というのは、イングランドにおけるジャコバイトの活動が終息した直後である。もともと疑いの目で見られていたスウィフトとしては（しかも彼は、『ガリヴァー旅行記』を出版した時点で、まだロンドンに舞い戻ることをあきらめていなかった）、どのような形であれジャコバイト蜂起との関わりを疑われたくなかったはずだ。

いずれにせよ、フウイヌムの島に居場所を見つけたガリヴァーが、退去命令を受けて悲しみにくれながら帰還する第四篇の物語には、スウィフトの幸福なロンドン生活と悲惨な都落ちの記憶が投影されていると言える。実際、一七一五年頃のスウィフトは、運命の変転に悲痛な思いを抱いていた。例えば、一七一五年三月八日付の、彼から「ハーリー卿」すなわちロバート・ハーリーの息子に宛てられた手紙を読むと、（スウィフトの考えでは非国教徒を厚遇していた）ホイッグ党の人々の手で国教会が廃止され、国教会の聖職者であるスウィフトが職を失った場合、五〇ポンドの年金を賜りたい、と依頼している――「その金で英仏海峡にあるガーンジー島に移住し、安いワインと食べ物を楽しもうと思います。でも老人になったら帰ってきて貴君のご子息の家庭教師をいたしましょう」（*Correspondence* ii. 114を意訳）。現実味のない提案だが、自分は決して冗談を言っているのではない、いまは何が起きてもおかしくない情勢なのだ、とスウィフトは付け加えている。ハーリー卿の父、ロバート・ハーリーがロンドン塔に幽閉されるのはこの二カ月後のことである。

地図を見れば分かるように、ガーンジー島はイギリスよりもフランスのノルマンディー地方に近い。なるほどそれならワインも安いはずで、ワイン好きのスウィフトがここなら島流しになってもいい、と言ったのは、プライドの高い彼らしい負け惜しみであり、のちの『ガリヴァー旅行記』の作者らしい絶望的なユーモアでもあったろう。同時に興味深いのは、あたかも当時のスウィフトの心境が投影されているかのように、フウイヌムの島から泣く泣く船出したガリヴァーが、次のように述べていることだ。「私の計画は、出来ることなら、人の住まない小さな島で、働けば生きてゆくのに必要なものが手に入るところを発見しようということで、ヨーロッパ随一の優雅な宮廷の宰相になるよりも、その方がはるかに幸福であるような気がした」[301]。

233-9 カンペーチェ湾にロッグウッド材を切り出しに行くのだというブリストルのポコック船長と出会った。

カンペーチェ湾はメキシコ南部の湾で、今日のメキシコにもこの名を冠した州がある。この「ポコック船長」は実在の航海者ウィリアム・ダンピアと重なることがこれまで指摘されてきた(Higgins 342)。例えば彼が「カンペーチェ湾にロッグウッド材を切り出しに行く」とあるのは、ダンピアの『最新世界周航記』(一六九七年)の記述と重なっている(平野訳 i. 15)。ちなみに「ガリヴァー船長から従兄シンプソンへの手紙」では、このダンピアがガリヴァーの従兄とされていた(7-2「かつて従兄……」の注参照)。

第一章の初めに一瞬だけ登場するポコック船長のエピソードは、第四篇においてどのような意味をもつだろうか。まず、ポコック船長とガリヴァーはテネリフで会っている[233]。テネリフはアフリカ北西に連なるカナリア諸島の中でも最大の島で、新大陸に向かう船がしばしば立ち寄る場所だった。出会ってから二日後、ガリヴァーとポコックの船はともに暴風雨に遭うことになるが、ガリヴァーの船だけがこれを乗りきる。明暗を分けた原因としてガリヴァーが挙げるのが、ポコックに「自説を曲げない」欠点があったことである[233]。さらに、「私の忠告に耳を貸していれば」遭難しなかったはずであるとも書かれている[233〜234]。しかし、ガリヴァーの忠告それ自体の内容については、本文中で何も記されていない。この忠告がポコックの遭難と関係している以上、今後の航海の予定をめぐって二人は異なる意見をもっていたと考えるのが自然ではないか。すると気になるのは、わざわざポコック船長の航海の目的が「ロッグウッド材を切り出しに行く」と記されていることである。このことが具体的に書かれているのに対し、ガリヴァーの航海の目的は「南海〔ここでは中南米の海域を漠然と指している〕のインディアンと交易する、できる限りの発見をする」〔234〕と曖昧である。ここで注目すべきは、「雇い主たる商人たちの指示」を受けたガリヴァー一行が、「バルバドス島とリーウォード諸島」に寄港していることだ〔234〕。カリブ海に浮かぶこの島々は、一八世紀当時、砂糖のプランテーション栽培がさかんに行われ、その労働力としてアフリカ西海岸から大量の奴隷が送りこまれていた。イングランド、西アフリカ、カリブ海の島々(西インド諸島)の間で、いわゆる三角貿易が行われ、イングランドの商人は莫大な利益をあげていた(Morgan, *Slavery and the British Empire* 55)。彼の帰港した場所からすれば、テネリフを出たガリヴァーが西アフリカで奴隷を購入し、バルバドス島などに届けたとしても何らおかしくはない。ケネス・モーガンとヒュー・トーマスはともに、大西洋を渡る奴隷船がカナリア諸島(テネリフはその中心地)に寄港することもあったと指摘している(同 54; Hugh Thomas 76)。船乗りとしてさしたる成果を挙げていないガリヴァーが三五〇トンという立派な商船の船長に抜擢されたのは、後ろ暗い奴隷貿易船だったからではないかと疑うこともできるだろう。

ここからあらためてガリヴァーがポコックに与えた「忠告」の内容を考えるならば、彼は一緒に奴隷貿易をしないかともちかけたのかもしれない。しかし、「正直な男」〔233〕ポコックは奴隷貿易に関わることを頑なに拒んだのではないか。内心愉快でなかったガリヴァーにとって、ポコックの船が遭難したことは「私の忠告に耳を貸」さなかったせいだと思えたのかもしれない。ちなみに、ポコック船長が出航したブリストルでは、ちょうど作品内の年代である一七一〇年頃から奴隷貿易がさかんになり始め、『ガリヴァー旅行記』の出版された一七二六年頃にはロンドンと並ぶ奴隷貿易の中心になりつつあった。さらに、一七三〇年代にはロンドンをも凌ぐようになるが、四〇年代に入るとリヴァプールに追い越されている(Morgan, *Bristol and the Atlantic Trade* 133)。

234-1　今ごろは私と同じように、家族と平穏な毎日を送っていたはずである。

もちろん、実際に第四篇を最後まで読めば、ガリヴァーが少なくとも人間の「家族」とは「平穏な毎日」など送っていないことが分かる。矛盾した記述とも言えるが、「およそ五ケ月にわたって妻子と一緒の至極幸福な家庭生活が続いた」[233]という本章初めの記述と同様、ガリヴァーの人間観の激変を対照的に見せるための工夫と考えるべきだろう。

234-5　私の摑まされた悪党どもが他の部下たちをたぶらかし、グルになって船を奪取し、私を拘禁するという陰謀を練り上げ

直前の段落にあった「彼の船は浸水で沈没し、助かったのは船室の給仕係ひとりであったという」が、南アメリカ沖合で船が遭難してただ一人無人島に漂着した『ロビンソン・クルーソー』の主人公を連想させるエピソードであったのと同じように、ここも『ロビンソン・クルーソー』を想起させる箇所である。この作品の終わり近くで、突如あるイングランド船がクルーソーの島の沖合に碇泊するが、それは船内で反乱が生じ、捉われた船長をその島に置き去りにするためだった。クルーソーはフライデーとともにこの船長が船に復帰するのを助けた結果、ついに島を脱出するのである。ちなみに、船内で諍いが生じたとき、船員を無人島に置き去りにすることは実際にしばしばあり、英語では「島流しにする」という意味の maroon という単語さえ存在する。航海中に maroon された船乗りの一人に、クルーソーのモデルとされるアレグザンダー・セルカークもいた。

234-11　それからマダガスカルに寄り

このアフリカ沖合に浮かぶ巨大な島は、一八世紀においていわゆる「海賊の楽園」(Wilson, *Pirate Utopias*) の一つとして知られていたので、海賊に転じた彼らの目的地としてふさわしい。ちなみに、『ロビンソン・クルーソー』のその後の

冒険』(一七一九年)では、クルーソーの甥を船長とする船がマダガスカル島に上陸するが、現地人の娘をレイプした船員が殺害されたのをきっかけに戦闘(というより白人たちの一方的な虐殺)が発生している(平井訳 314-34)。のちにヤフーの娘にレイプされそうになるガリヴァーのエピソード[282〜283]の反対であることに注意を惹かれるが、さらに興味深いのは、この虐殺を非難したことがきっかけとなって、後に寄港するインドのマドラスにクルーソーがひとり置き去りにされてしまうことだ(同 338-44)。ガリヴァーもクルーソーも、マダガスカル絡みで受難したことになる。

234-15　ジェイムズ・ウェルシュという男が船室に降りて来て

先ほどのピュアフォイ、ポコックといい、第四篇の最初には人物の固有名が頻繁に出てくる。後に見るように、フウイヌムの島に上陸後は一切の固有名が示されないので、対比をねらったものと思われる。しかしこの第四篇冒頭で、決して名前を明かされない人物が一人存在する。ガリヴァーから船を奪った新しい船長である。ガリヴァーはウェルシュに新船長の名を問うが、相手は「それすら言おうとしなかった」[234]。ここでは、新船長の名前すなわち正体を明かさないことが、ガリヴァーに対する新船長の優位を暗示している。つまり、スウィフトは固有名を権力の問題として捉えていることになる。

ここで思い出すのが、ジャック・デリダによるクロード・レヴィ＝ストロース批判である。レヴィ＝ストロースは『悲しき熱帯』(一九五五年)において、南アメリカのいわゆる未開部族を調査するなかで固有名を隠すという彼らの慣習を見出している(川田訳 ii. 163-64)。この記述に注目してレヴィ＝ストロースを脱構築したのが、『グラマトロジーについて』(一九六七年)のデリダだった。いわゆる未開社会を西洋文明に対するオルタナティヴとして、いわば原罪以前の調和した社会のように描くレヴィ＝ストロースに対し、デリダはこの固有名のタブーのうちに、「未開」社会が内部に抱える差異と不安を読み解いている(足立訳 i. 219-23)。さらにデリダは、文字(エクリチュール)をもたない「未開」部族の純粋さを讃えるレヴィ＝ストロースの態度は話し言葉(パロール)こそロゴス(真理をありのままに映す言葉)だと信じる西洋的な思想を反復したものにすぎないと批判し、レヴィ＝ストロースが報告する「未開」社会も、固有名のタブーに暗示されるような差異と暴力を孕んでいて、その意味では「エクリチュール」をもつのだと指摘している(同 213–28)。たしかに、固有名をもつことによって、どの社会でも「個人」が成立し、そこから個と個の葛藤、権力抗争が生じると考えれば、固有名は社会の秩序を作るとともに壊すもの、つまり脱構築的なものである。

もちろん、スウィフトがデリダの論点を先取りしていたと断言するつもりはない。しかし、第四篇における文字と固有名の扱いには、時代錯誤を承知の上でデリダの固有名論を逆手に取ったような特徴が随所に見られる。右述のように、船長の固有名のタブーを権力問題と結びつけている点もその一例だが、より重要なのは本篇における高貴な野蛮人(というか野生馬)フウイヌムの描かれ方である。第九章で「文字を持たない」[290]と明記されているフウイヌムは、レヴィ＝ストロースもびっくりするような調和のとれた社会を運営している。「四年に一度、春分の時期に」開催される「全民族の代表者会議」では、食料はもちろん男女の子供の数さえも全体で調和のとれるように補給される[286]。さらには、一切を普遍的な理性に委ねて思考し、行動するフウイヌムにとって、意見が分かれて争うという事態は想定できないとも記されている[283]。もっとも、ヤフーを絶滅させるか否かをめぐっては意見が対立し、ガリヴァーもこれを「唯一の論争」と呼んでいる[287〜289]。ここまでは、フウイヌム社会とレヴィ＝ストロース的な「未開」社会との違いは相対的なものでしかないが、両者を決定的に分かつのが、先述のごとくフウイヌム社会では固有名が完璧に排除されている(と著作上は見える)点である。これはつまり、個人(馬)同士の差異・区別が不明確で、名前をつけることにともなう葛藤や権力関係も存在しないことになる。デリダによる「未開」社会批判を超えた、究極の「未開」社会をフウイヌムたちは実現しているとも言えるのだ。

フウイヌム社会における固有名の排除がいかに徹底しているかを示すのが、第一一章冒頭のエピソードである。カヌーに乗って、いよいよフウイヌムの島を退去するガリヴァーに対し、「わが主殿とその友人の皆さんは私の姿が見えなくなるまで海岸に立ちつくしておられたし、ヌイ・イラ・ニア・マイアー・ヤフー、体に気をつけろよ、ヤフー、という栗毛の（いつも私を可愛いがってくれたあの栗毛の）叫びが何度も何度も耳に届いた」［301］と記されている。この場面で注目すべきは、珍しく感情を露わにしたフウイヌムとガリヴァーとの種を超えた友情ではなく、「体に気をつけろよ、ヤフー」（原文はTake Care of thy self, gentle *Yahoo*）という台詞である。当然のごとく、ここでガリヴァーは「レミュエル」とも「ガリヴァーさん」とも呼ばれていない（そもそも『ガリヴァー旅行記』本文で、主人公は固有名で呼ばれることが一度もない）。gentle *Yahoo* という原文の言い方は、gentleman をフウイヌム的に言い換えたものだろう。種を超えるどころか、ガリヴァーは終始一貫して「ヤフー」と呼ばれ、それ以外の名づけの方法はフウイヌム社会には存在しないのだ。もちろんさらに深読みして、実はフウイヌムも固有名をもつが、フウイヌム社会から排除されていたガリヴァーには一切知らされなかった、と考えることもできる。その場合、ガリヴァーはいわば「未開」の現地人に騙された、お人好しの文化人類学者だったと見なされるだろう。なお、『ガリヴァー旅行記』における固有名の問題について、詳しくは武田「フウイヌムと差異のない社会」を参照。

235-8　腕環やガラスの環などの装身具

「装身具」の原語はToysで、おもちゃのようながらくたを意味している。ここでは、西欧といわゆる未開社会との不公平な商取引の実態があばかれている。同じような詐欺的な商法にはロビンソン・クルーソーも無縁ではない。「ぼくたちの船は積載量百二十トン、六門の大砲を備え、十四名の水夫に加え、船長、その従者の少年、そしてぼくが乗っていた。大きな積荷はなく、黒人と取引するのに適したおもちゃ、ビーズ、ガラス片、貝殻、その他取るに足らぬがらくた、鏡やナイフ、鋏、手斧の類だけを持ちこんだ」（武田訳64）。ここでいう「おもちゃ」の原語もToysである。安物のがらくたをたっぷり積みこんで、黒人から金を巻き上げ、さらには黒人奴隷も購入しようとしたクルーソーは、あたかも天罰であるかのように遭難し、無人島に漂着することになる。

235-10 草が繁茂し、燕麦の畑もあった。

この時点でガリヴァーは気づいていないが、これはどちらもフウイヌムが食用にしているものであろう。「草」によってさりげなく異界に来たことを示す工夫は、第一篇、第二篇それぞれの冒頭にも見られた(19-15「短かく柔い……」の注、87-16「最初にビックリ……」の注参照)。

235-13 その姿がなんとも異様で醜いものだから、私も少し慌ててしまい、繁みのかげに身を伏せてもっとよく観察してみることにした。

ガリヴァーはヤフーを一目見た瞬間から嫌っている。他方でフウイヌムについては、このあとの初対面で「その顔は至極穏やかなもので、暴力を振う気配はまったくなかった」と感じ、さらに二頭のフウイヌムのいなきあう姿が「何か重大事を熟慮する人間にも似てい」ると思い、「知性なきはずの獣のこのような所作行動にすっかり舌を巻」いている[237]。のちにガリヴァーはフウイヌムの理性を称賛し、ヤフーの獣性を非難するが、こうした道徳性に関する評価に先んじて、彼の個人的な好悪の感情が発生していることは重要ではなかろうか。なぜなら、この事実は、いかにフウイヌムの理性を称揚しても、ガリヴァーが情緒に動かされていることをあばいているからだ。

また、ヤフーとフウイヌムを最初に見たときのガリヴァーの認識の対照にも注目したい。ヤフーについては、出会う直前に「人の足跡」[235]を目撃していたにもかかわらず、それが人間(のなれの果て)とは思いもしないのだが、フウイヌムを見たときには「一頭の馬」[237]としか認識していない。そのせいか、ヤフーの描写が詳細を極めるのに対し、フウイヌムの外見はあまり書かれていない。

描写についていえば、『ガリヴァー旅行記』全体を通じて、語り手が詳しく描き出すのは、決まってグロテスクなもの、異様なものであり(第二篇での蝿や乞食の描写を参照[112、115])、美しいものや心地よいものを描くときは、かえって紋切り型のほめ言葉しか用いていない。『ガリヴァー旅行記』以前のスウィフトの代表作『桶物語』(一七〇四年)でも、「先週皮を剝かれた女を見たが」(深町訳128)で始まるショッキングな一節が典型的に示すように、描写は解剖と結びつけられ、近代的な分析精神の過剰さを諫めるために使用されていた。これは観察/分析する主体である語り手への批判に直結し、『桶物語』においては物語の進行とともに脱線が肥大し、語りが解体してしまう。他方、『ガリヴァー旅行記』の三年後に出版された『慎ましやかな提案』(一七二九年)は、ダブリンの貧民の悲惨な状況の描写に始まり、ついで貧困状態を統計に基づいて詳しく解説し、この閉塞状況を打開する夢のような方策として貧家の子供を国家が管理して食用に供することが提案される(深町訳97–100)。ここでも、望ましくない状態の観察と近代的(重商主義的)な統計による分析が、残酷で非人間的な思想と結びつけられ、語り手への批判的な視点を導いている。この傾向を踏まえるならば、『ガリヴァー旅行記』第四篇も醜悪なヤフーを観察するガリヴァーが、統計に基づいて食料と子供を交換するフウイヌム[286]に共感を抱き、ついにはヤフー(つまり人間)の皮や脂肪を材料に用いたカヌー作り[299〜300]という非人間的な行動に移っていることが分かる。

『ガリヴァー旅行記』のヤフー描写において、さらに注目すべき点は、これがいわゆる未開人の描写と類似することである(この点については Rawson, *God, Gulliver, and Genocide* 98–108 および次注参照)。つまり、ヤフーを嫌悪し、同族と見なさない視点には、西欧人の抱く植民地主義的な差別意識が投影されている。さらに捻っているのが、ヤフーという生き物が「アボリジニ」(いわゆる原住民)ではなく「海から打ち上げられたもの」であるらしいという点で[288]、すなわち、ガリヴァーのヤフー嫌悪は植民者による「原住民」嫌悪をなぞるようでいながら、実はそのヤフーが外来のヨーロッパ人の末裔である可能性が大いにあるのだ。つまり、異民族への憎悪に思えたものが実は同族の変わり果てた姿に抱く不気味な感情だったということになり、不気味なもの(ドイツ語で Unheimlichkeit)とは抑圧された親しい(heimlichな)ものの回帰した姿である、というフロイトの説を想起させる。

こうした自己と他者との複雑な関係と比べると、デフォー『ロビンソン・クルーソー』におけるクルーソーとフライデーとの友情は、いささか楽観的なものに見えてくる。実際、フライデーと遭遇したクルーソーは、あくまでもヨーロッパ中心の視点でフライデーの好ましさを観察している。「この男はかなりのイケメンで、非の打ちどころのない容姿をしていた。たくましく伸びる手足は、大きすぎもしなかった。背が高く均整のとれたスタイルで、歳は二十六くらいに見えた。彼はとてもいい表情をしていて、荒々しさやふてぶてしさはなかった。だが男らしさが顔に漲っていて、それでも彼の顔にはヨーロッパの人間みたいな愛らしさや優しさもしっかりあった。ニコニコすると特にそうだった。髪は長く黒く、羊毛みたいに縮れてはいなかった。額はとても高く広がり、目はすごく生き生きして、凜々しい煌めきがあった。肌の色はあまり黒くはなく、褐色だった。でもブラジルやヴァージニア、その他アメリカの現地人みたいな、醜く黄色っぽく不快な褐色ではなかった。茶色っぽいオリーヴの明るい色で、見ていてとても気持ちいいなにかがあった。それを言葉で表すのは簡単じゃないのだけど。顔は丸く肉づきがよかった。鼻は小さいけど黒人みたいに平らではなかった。口は恰好よく、薄い唇で、きれいな歯は歯並びもよく、象牙のように白かった」(武田訳 289)。

解説するまでもなく、この一節ではフライデーが黒人やアメリカの現地人に似つかわしくない、ヨーロッパの人間のような容姿をもつことが繰り返し強調されている。ガリヴァーのヤフー嫌悪は、こうした人種を超えた共感が露呈する偏った見方を意地悪く批判したものとして読むこともできるだろう。もちろんこのとき、諷刺の対象は単に『ロビンソン・クルーソー』にとどまらず、モンテーニュ『エセー』第一巻第三〇章「人食い人種について」からレヴィ＝ストロース『悲しき熱帯』まで、西洋社会があこがれ続けてきた「高貴な野蛮人」というイメージが問い直されている。フライデーのイメージへの批判としてヤフー表象を読み解いた例として、**281**-7「猿のように……」の注参照。

236—3

驚くくらい身軽に跳びはねてまわることも多い。雌は雄ほど大きくはなく、頭に細長い毛があり、肛門と陰部のまわりを除いて、体中が柔毛状のものに蔽われている。前足の間には乳房が垂れていて、歩くとそれが地面に届きそうになることがよくあった。

このあたりの描写は、「未開」民族とヤフーとの類似を示唆している。例えば『ロビンソン・クルーソー』では、フライデーに対して何度も敏捷さ、身軽さを示唆する形容がなされているし、「地面に届きそう」な豊満な乳房と未開イメージの関連については、クロード・ローソン『神、ガリヴァー、ジェノサイド』に詳細な記述がある(Rawson, *God, Gulliver, and Genocide* 98–108)。ローソンはそこからさらに、ヤフーと(しばしば「未開人」と比べられた)アイルランド人とのつながりも示唆するが(この点については、富山『『ガリヴァー旅行記』を読む』173–77、同『おサルの系譜学』151–58、さらに**281—7**「猿のように……」の注も参照)、ここでは別の視点からヤフーの身軽さを考えてみたい。

第一篇第三章では、廷臣たちが綱渡りの芸によって出世を競うさまが描かれていた。なかでもロープの上で跳びはねる技が重要であり、リリパット政界を牛耳るフリムナップはこの技に長じていることが書かれていた〔38〕。そこでは、変動の絶えない社会の荒波にもまれている近代人のイメージが、身軽さと重ねられていたと言える。さらにここで、『ガリヴァー旅行記』出版の二年後である一七二八年に初版の出たアレグザンダー・ポウプ『ダンシアッド』を想起すると、この作品でポウプは「鈍磨」(Dulness、綴りは原文のママ)が近代人を支配している様子を描きながら、この「鈍磨」は必ずしも不活発さを意味するのではなく、むしろ無意味な活発さをもたらすことも多いと指摘している(第一巻一五行)。実際、『ダンシアッド』で諷刺される「愚物」たちはしばしば猿のように跳んだり跳ねたりしているし、その第二巻ではフリムナップと同じく、さまざまな馬鹿げた競技に興じてもいる。「野蛮」に動き回るヤフーの姿は、スウィフトやポウプといったオーガスタン時代の諷刺作家の目に映る近代的な俗物たちと重なっていたのではなかろうか。
これは前注で指摘した、「未開人」的なヤフーが実はヨーロッパ人だったという自他の錯綜した関係とも一致する読みである。

やや脱線すると、この落ち着きのない近代人のイメージは、(文学史的にスウィフトにつながる作品といえる)フィールディングの『トム・ジョウンズ』(一七四九年)に登場するつねに大忙しの男、ダウリング弁護士を想起させる。おそらく文学作品に登場する最初のビジネスマンであるダウリング弁護士は、決して根っからの悪人ではないのだが、次から次へと仕事を引き受けるなかで、主人公トムを破滅の一歩手前に追いこむ陰謀に深く関わる。しかし、作中ではこの罪をダウリングが贖うこともなければ、あまり反省する様子もない。この現象こそ、ユダヤ人虐殺に関わった「真面目」なナチス党員アイヒマンの精神状態を表現してハンナ・アーレントの語った「悪の陳腐さ」(『イェルサレムのアイヒマン』大久保訳 195)にほかならない。ヤフー、ダウリング、アイヒマン(そして今日のサラリーマン)という系譜は、いささか強引ではある。しかしこの系譜を意識することで、私たちにとって身近なものとして、全体主義の問題が浮上するだろう。ジョージ・オーウェルはフウイヌムの社会が「全体主義的組織の最高段階」に達していると指摘したが(「政治対文学」河野訳 273)、現実に存在する全体主義的な社会は、少数の理想主義的フウイヌムと多数の世俗的ヤフーとで成り立つものではないか。少なくともそう考えた方が、全体主義という現象に対し、それをアンチ・ユートピア的、すなわち非現実的な絶対悪として敬遠するよりも有効な批評を展開できるはずだ。

236-6 雌雄の毛の色は茶、赤、黒、黄と何色かあった。

ジーン・ワシントンは、このさまざまな毛の色が、自然界の動物の体表にあらわれるいわゆる警戒色を想起させると述べている(Washington, "Bk. 4, Ch. 1" 75–76)。しかしガリヴァーはこの警戒のメッセージを受け取らず、ヤフーに手を出して痛い(臭い?)目にあってしまう。

236-16　この呪われた種族のうちの何匹かは、背後の枝を摑んで樹に跳び上り、私の頭上に排泄物を降らせ始めた。

この描写については、二人の航海者ライオネル・ウェイファーとウィリアム・ダンピアがともにパナマで猿に悪戯をされた際の記述との関連が指摘されている(Higgins 343)。スウィフトとポウプが、ともに近代人と野蛮さを倒錯的に結びつけたことはすでに指摘したが(236-3「驚くくらい身軽に……」の注参照)、さらなる二人の共通点として、近代人の野蛮さを表現するためにスカトロジカルな描写を多用した点が挙げられる。

加えて、ここで排泄物が木の上から落ちてくることにも注意してほしい。これは、第二篇第五章で背の低い宮廷道化師のいたずらによってガリヴァーの頭上に林檎がどんどん落ちてくる場面[119]と似ている。落下・沈降という主題もまた、スウィフト=ポウプ的諷刺に頻出する。第一篇第五章で、主人公が上から放尿して宮殿の火事を消したこと[55〜56]は、めぐりめぐって彼の追放につながっている。ポウプ『ダンシアッド』の場合は、第二巻の競技の中に、汚いフリート街のドブに競技者たちがどれだけ潜れるかを競うものが出てくるし(二六九〜三六四行)、『急落法《ペリ・ベイソス》——詩における沈む技術』と副題の付けられた諷刺作品(一七二七年)もある。

それを言えば、『ガリヴァー旅行記』全体において、上下の移動は大方よくない意味をもつのに対し、水平移動は肯定的な事態を表現するのに用いられることが多い。第一篇で廷臣が皇帝におもねりロープ上で跳躍する様子[37〜38]、第二篇でのガリヴァーによる牛糞を跳び越える試みの失敗[127〜128]、第三篇で抑圧的な政府の寓意であるラピュータが「斜行運動」[175〜176]によって移動する事実(つまり、ラピュータは決して水平には移動できない)は、いずれも上下の移動と諷刺もしくは批判が結びついている。対して、第一篇で海を泳いで遠征するガリヴァー[50〜52]、第二篇で水槽をボートで移動し[123〜124]、スピネットの上を駆けめぐって演奏するガリヴァー[130]、第三篇で地上を移動すると見えてくるムノーディ卿の農場[185](しかし、その農場は高低差のあるポンプ式の灌漑施設の失敗[187〜188]によってダメージを受けた)、そして第四篇に出てくるフウイヌムの細長い邸宅［240］は、いずれも水平方向の動きを示唆するが、肯定的な内容を伴っている。

237―4 その馬は私の近くまで来ると少し驚いたようであったが、すぐに平静を取り戻して、驚愕を露にしげしげとこちらの顔を見つめ、両手両足を眺め、周りを数回廻った。

第四篇を通じて、フウイヌムは感情の乏しい、「非人間的」な生き物のように述べられているが、よく読むとこのように感情を露わにする場面もしばしば見られる。ここから判断するに、フウイヌムとは生来感情を欠いた存在というより、理性によって感情の手綱を取ることができる生き物なのだ。理性が感情や想像力の手綱を取ることができないというのが、『桶物語』以来、スウィフトが問題にしてきた人間の欠陥だった。「実は、この重大なる真理を説き明かしつつあるこの小生自身がはなはだ手強い想像の持ち主なので、ともすると理性を乗っけたまま駆け出すおそれが多分にある。その理性がまたひどく身軽な乗り手なので、簡単に振り落とされるというわけ」(深町訳133)。ここでは想像力が馬に、理性が乗り手に喩えられているが、『ガリヴァー旅行記』のスウィフトは、この自分自身の用いた比喩を転倒させ、馬に理性(手綱取り)の役割を与えたのである。フウイヌムと感情の問題については、255―2「自分の言うことを……」の注参照。

238―12 彼らにとって最大の困惑のもとになったのは私の靴と靴下で、何度も触っては嘶きかわし、諸々のジェスチャーを交わし、玄妙なる新現象を解決しようとする哲学者のそれに似ていなくもなかった。

「哲学者」の原語はPhilosopher。この時代の「哲学」とは自然科学全般を指すことがあったので(174―3「現代の哲学と……」の注参照)、この「新現象を解決しようとする哲学者」も抽象的な思考に耽る人物というよりは、自然を観察して理論的に説明しようとする自然科学者のイメージで捉えた方がよいだろう。各種の注釈もこの解釈をとっている

(Turner 353; DeMaria 292; Rivero 191)。

ただし、理性ある馬フウイヌムの様子には、脱俗した清廉なる哲人の風格があることも事実である。この点は、R・S・クレインとアントニー・ナットールの論文を参照することでより興味が増す。クレインによると、人間を理性的動物と定義するのは古来の論理学では常識であり、なかでもアリストテレスの『カテゴリー論』の手引きとして伝統的に用いられてきたテュロスのポリュピリオス(二三四〜三〇五年頃)の『エイサゴゲ』(ギリシャ語で「手引き」の意。ただし、クレインのこの説明は不正確で、J・バーンズによれば(Barnes xiv–xv)、実際は論理学全般への手引きと捉えるべきだという)には、理性的動物である人間に対し、非理性的動物の代表例としてほかならぬ馬が挙げられている(Crane, "The Houyhnhnms" 245–49)。ナットールはスウィフトが学んだダブリンのトリニティ・コレッジで用いられていたと思しき論理学の教科書を調査し、そこでも人間と対比される理性のない存在として馬が扱われているだけでなく、背理の例として「すべての馬は人である」といった(スウィフトの好みそうな)ナンセンスな文さえあることも発見した(Nuttall 270–72)。つまり、フウイヌムは哲学的に構成された不条理なのであり、彼らが哲学者然として振る舞うのは自らの起源を暗示しているのだ。

他方で馬は人間にとって役に立つ、すぐれた生き物としても描かれてきた。この系譜をたどりながら、フウイヌムと伝説上の馬たちの関連を面白おかしく書いた本に、スウィフトの友人ジョン・アーバスノット作とも言われる『ガリヴァー船長の旅行記への批評的見解』(一七三五年)がある。

238–16　これは魔術師に違いない、何かの狙いがあって姿を変えているのだ

この一節は、アプレイウス『黄金の驢馬』やルキアノス『ルキウスあるいは驢馬』など、人間が動物に変身する古代の物語との関連が指摘されている(Turner 353; Higgins 343)。さらにはセルバンテス『ドン・キホーテ』で、主人公が意外な現象をすべて「魔法使い」のせいにすることも想起させる(牛島訳 i. 144 など)。また、『ガリヴァー旅行記』全体の

構成という点では、第三篇第七〜八章で魔術師の島グラブダブドリッブを描いたことが、この場面でガリヴァーが馬鹿げた推理をする一種の伏線となっていたことも分かるだろう。なお、241-16「今見えている……」の注も参照。

239-8　見ていてはっきりと分かったのは、彼らの言葉が感情を申し分なく表現できるもので、ひとつひとつの語もほとんど苦労なしに、中国語よりも楽にアルファベットに置換できるだろうということだ。

ポール・オデル・クラークは、ガリヴァーの紹介するフウイヌム語がすべて一五文字のアルファベットに収まっていることを指摘し、「たしかに中国語より容易に綴ることができる！」とおどけてみせている(Paul Odell Clark 618)。ちなみに、クラークを信じるならば(注釈者(武田)は数えていない)、Hが三四回、Nが二八回、Lが一三回、Aが一二回、Yが一一回、Mが一〇回、Uが九回、Oが八回、Iが五回、Wが四回、D、E、G、R、Sが一回ずつ用いられているという。

239-15　それを英語の綴りにしてみるとHouyhnhnmというところだろうか。

直前でフウイヌムの言語が「中国語よりも楽にアルファベットに置換できる」とあるのを裏切るような、発音困難な綴りである。ともあれ、読者はフウイヌム国の単語を見るたびに、これが馬のいななきによって表現されていることを想像しなくてはならない。233-3「フウイヌム」の注で示したように、この単語自体が、whinny(馬のいななき)と似た響きをもっているのだから。

240-3　フウン、フウン

原語はHhuunで、まさに馬の鳴き声のような言葉だが、ポール・オデル・クラークは英語のrun(走れ)との綴り上の類似を指摘し(Paul Odell Clark 622)、ポンスはフランス語で馬を歩かせるときのかけ声hue(はいっ)から取られた単語と解し、馬と人とが逆転した状況の皮肉さに注意を促している(Jacques Pons 426)。

第二章

240-9　三マイルほど歩いて辿りついた細長い建物

この建物が「細長い」理由は、後の記述で分かるように、階級が上の者を奥に配置するためである。水平方向の奥行きで階級差を表現することは、まさに上下方向の高さによって身分・階級が分かれていたラピュータ内部、およびラピュータとバルニバービとは対照的である。ラピュータでは、上流階級の婦人がしばしばバルニバービに逃げ出したり、リンダリーノの反乱ではあやうく革命を起こされそうになったりと階級構造は安定していなかった。これに対し、少なくとも本文を読む限りでは、フウイヌムの社会に階級秩序が乱れる要因は存在しないようである。後に見るように、この自明で不変と思われた秩序を脅かす存在と見なされるのが、理性あるヤフー、ガリヴァーである。なお、この箇所を含む『ガリヴァー旅行記』全体における水平移動と垂直移動との関係については、236-16「この呪われた……」の注参照。

240-10　旅行家がアメリカやその他の土地の野蛮なインディアンにやるためにいつも持って歩く小物の類を、これで家人に親切にしてもらえるのならもっけの幸いと、幾つか取りだした。

「小物の類」については、このあと具体的に「ナイフ二本、偽真珠の腕輪三つ、小さな鏡、ビーズの頸飾り」[241]と記されている。「小物」の原語はToysであり、前章の「腕環やガラスの環などの装身具」[235]中の「装身具」と同じ単語が用いられている。こうした「Toys がアフリカやアメリカの「野蛮」とされる民族に取り入るため、あるいは騙して不均等な交易を行うために使用されたのは、本注釈箇所が示唆する通りである。また、ここには「野蛮なインディアン」(*Savage Indians*)という言葉が見られるが、意外なことに『ガリヴァー旅行記』全篇において、「未開人」がガリヴァーの意識にのぼるのは、本篇が初めてである。まずこの点において、第四篇は他の篇から諷刺の質が変化している。

他者の問題が浮上する瞬間は他の篇にもあって、例えば第二篇第六章における巨人国の王のヨーロッパ文明批判がその顕著な例である。しかし巨人はいわゆる未開部族ではなく、彼らとヨーロッパには政治や文化における共通点も多い(「ひとの威厳など取るに足らぬな、こんなちっぽけな虫けらですら真似してくれる」で始まるブロブディンナグ国王の感想[109〜110]を参照)。第二篇の国王による近代ヨーロッパ批判は、「それまでは麦の穂が一本、草の葉が一枚しかはえなかった土地に二本、二枚育つようにした者は誰であれ、政治家全部を束にしたのよりも人類の恩人であり、国のために大事な貢献をしたことになるのだ」[140]という国王の言葉に集約される、土地に根づいた国家観を前提になされており、同種の批判は第三篇第四章でもムノーディ卿という人物を介して反復されている。この国家観自体、スウィフトを含む当時のイギリス政治における反主流派の人々が奉じたものである(87-16「なんと……」の注および91-11「彼は召使たちを……」の注参照)。それゆえ、第二篇におけるヨーロッパ批判は、どれだけ辛辣であっても、ヨーロッパが自らを振り返り、反省する契機と捉えることが可能である。ちなみに、第四篇におけるフウイヌム社会の政治経済を、重商主義を奉じる当時のイングランドへの批判としてもっぱら読む研究もあるが(Landa, "The Dismal Science in Houyhnhnmland")、この切り口では第四篇を単に第二篇の延長上で捉えることになると注釈者(武田)は考える。同様の問題は、フウイヌムの社会を古代文明との関連から説明しようとする研究にも見られる(247-2「わが主も……」の注参照)。

なお、他者の視点からヨーロッパ文明を批判する姿勢は、『ガリヴァー旅行記』に限らず一八世紀ヨーロッパの諷刺文学にしばしば見られ、他にモンテスキュー『ペルシャ人の手紙』(一七二一年)、ディドロ『ブーガンヴィル航海記補遺』(一七九六年)を挙げることができる。『ペルシャ人の手紙』は、『ガリヴァー旅行記』第二篇に類似した、近代ヨーロッパ内部からの批判を他者（ペルシャの高官ユスベク）に託したものであり、『ブーガンヴィル航海記補遺』は、『ガリヴァー旅行記』第四篇と同様、文明と野蛮の問題を大胆に取り上げ、近親相姦さえも肯定するタヒチの族長の思想によって、ヨーロッパ文明そのものを相対化しようと試みている。だが、『ブーガンヴィル航海記補遺』がいかにヨーロッパ的な価値観を相対化したところで、至高の生物としての人間という枠組みに疑いが差し挟まれることはない。

より知られていない、しかしスウィフトとの関係ははるかに深い著作に、ジャコバイトで、スウィフトと同時代の作家チャールズ・レズリーによる『とどめの一撃』（一七一一年）がある。ホイッグ党のシンパでロックの社会契約説を奉じるベンジャミン・ホードリー、日和見主義者のウィリアム・ヒグデンをともにからかうべく、もう一人のHことホッテントット族の男が登場し、三人の対話形式で語られる政治論の著作である。ダニエル・エイロンが指摘するように、このホッテントット族の男が語る西洋文明批判は、「自然はごくわずかなものしか必要としない（中略）。しかし高慢さと奢侈が多くを作り出すのだ」といった内容を含むが（Eilon 511）、これは例えば、第四篇第二章における「自然の欲求のいかに満たされやすいか」［245］という感想や、第六章でガリヴァーが主に語る「上流の牝のヤフー〔贅沢好きのヨーロッパ人〕が一匹朝食をとるのにも、それを入れる器ひとつを入手するのにも、この地球全体を最低三周しなくてはならない」［266］という批判と軌を一にしている。

しかし、これらの作品のどれとも異なり、『ガリヴァー旅行記』第四篇は、文明と野蛮の境界を攪乱するだけでなく、「人間」という器に事態を収めることさえも拒絶する。もしも諷刺というものが、ベルクソン『笑い』にあるように、歪んだものを矯正するためになされるのであれば（林訳 179）、第四篇の人間批判はもはや諷刺を逸脱している。馬（フウイヌム）の視点を導入することで、読者が人間である限り矯正不可能な歪みを突きつけているからだ。それゆえ、ウェイン・C・ブースのような、小説のレトリックを分析する研究者にとって、第四篇の複雑さは、「諷刺の力を犠牲にして得られたもの」に見えるのだ（Booth 321）。だがむしろ、「公明正大なる読者」（judicious and candid Readers）（「ガリヴァー船長から従兄シンプソンへの手紙」に登場する表現［9］）としては、諷刺文学としての完成度に文句をつけるよりも、この強烈な否定の力から目を逸らさないようにすべきだろう。

241-16　今見えているのは妖術だ、魔術だと断固割り切った。

第四篇において、ガリヴァーはドン・キホーテと同じく、自分の理解できないことを一種の魔術として説明しようとする(238-16「これは魔術師に……」の注参照)。ただし、『ドン・キホーテ』における魔術は、風車を巨人と錯覚したドン・キホーテが、魔法使いが「巨人どもを風車の姿に変えおったのだ」と述べる場面に見られるように(牛島訳 i: 144)、主人公の妄想と日常との間の齟齬を埋める装置であるのに比べ、『ガリヴァー旅行記』第四篇では魔術のヴェールを剝ぎ取られた現実こそ、理性ある馬が統治する島という、およそ非常識なものである。この違いが意味するものは大きい。ドン・キホーテの狂気は、騎士道物語という書物の世界の視点で現実を見ることから生じる、いわば解釈の狂気、寓意の狂気だった。それに対して、人間を嫌いフウイヌムを礼賛するガリヴァーの狂気は、魔術という迷信による都合のいい「解釈」から抜け出し、目の前の現実をあるがままに受けとめた(と少なくとも本人は思う)ときに生じる狂気である。これはいわば、伝統に依拠せず、経験によって常識を更新させるという近代的な主体のあり方、さらには一八世紀的な啓蒙概念の根本を否定するものだ。第四篇第七章の初めに「この優秀な四足の数多の美徳を人間の腐敗に対置されてしまうと、自分の眼は開かれるは、理解力は広がるはで、人間の行動と感情を見る眼がすっかり変わり始め」〔272〕という一節があるが、人間が馬によって「眼を開かれ」、人間性を否定し、動物的な生き方に目覚めるというのは、啓蒙のレトリックを用いて啓蒙を転倒させるようなものである。

さらに、フウイヌムの集団的な理性に依拠してヤフー的な個の欲望を否定するガリヴァーは、近代的な主体のあり方の根本である個人主義にも否を突きつけたことになる。しかし同時にこれは、ガリヴァーの言動に内在する矛盾をもあばきだす。彼自身は、自らの人間/ヤフーという属性を捨て、いわば「集団」を裏切る「個」としての振る舞いによって、異種であるフウイヌムの集団主義に同一化しているからだ。フウイヌムがガリヴァーに脅威を抱き、追放するに至るのは、彼がヤフーであるからだけでなく、同族を裏切ることができるという、集団意識の欠如を感じとったためでもなかろうか。

242-1 そこにはとても気品のある牝馬と牡の仔馬がそれなりによく出来た藁の筵の上にぺったりと鎮座ましましていた。

奥に座る馬たちが高貴な存在であることをユーモラスに表現している。これと対照をなすのが、身分の比較的低い馬たちに関する前の描写、「仔馬が三頭と牝馬が二頭、べつに何かを食べているわけではなく、ぺたんと尻をつけて坐っている」[241]である。ちなみに、原文では、「尻をつけて」を upon their Hams、「ぺったりと鎮座ましまして」を on their Haunches と記しており、身分の低い者には Hams という古英語由来の俗っぽい単語、高い者には Haunches という古フランス語由来の気取った単語を用いることで、階級差を明確にしている。

242-8 あの忌わしい生き物が三匹、木の根っこと何かの動物の肉に喰らいついていた

どのような状態の肉に「喰らいついていた」のか、十分な情報は与えられていないが、ヤフーの小屋からもってきた驢馬肉を前にしたガリヴァーが「あまりの悪臭に胸がむかついて」[243]いることから判断すると、ヤフーたちは生肉にかぶりついていたのだろう。焼かれていない肉を喜んで食べていることから、彼らには火を使う習慣がないことがうかがえる。これに対して、フウイヌムは火を使用する。彼らの食事の場面をみると「二番目には燕麦を牛乳で煮たものが出されて、古参の馬はそのまま温いのを食べ、他は冷してから食べた」とある[244]。人間に火の使用を伝えたために永遠の罰を受けたプロメテウスの神話から分かる通り、西洋文明において火を使えるかどうかは人と動物とを区別する重要な特徴と見なされてきた。第四篇においても、火の使用の有無は、フウイヌムが理性的存在であり、ヤフーが動物であることを示す一つの根拠となっている。

しかし、ここで文明と野蛮という項目をもちだすと、事態が厄介になる。ヤフーが食べるのは「驢馬と犬の肉であった、ときには事故や病気で死んだ牛の肉のこともある」［242］と本文に記されている。この一節が不穏なのは、フウイヌムがヤフーに与える餌の中に驢馬肉が含まれていることだ。マイケル・J・フランクリンが指摘する通り、フウイヌムは驢馬という「ウマ科の中で最も近い種の一つ」の「哀れな一員」の肉に対して、何ら「ベジタリアン的〔フウイヌムは草食動物なので―注釈者（武田）〕な良心のとがめ」を感じていない（Franklin 2）。これは共食いとは異なるが、いわゆる「文明人」的な倫理観からすれば、かなり逸脱した性向だと言える。これに輪をかけて非「文明」的なのがガリヴァーであり、のちにフウイヌムの島を去るためのカヌーを製作する際、平気でヤフーの皮や脂肪を材料に用いている［299〜300］。にもかかわらず、ガリヴァーはヤフーと自分との類似性をしぶしぶ認識している。例えば、牝ヤフーに無理やり抱きつかれたあとで、「牝どもが私を同じ種族とみなして自然に迫ってくるからには、私が本物のヤフーであることはもはや否定すべくもない」［283］と述べている。またフウイヌムも驢馬について「異臭を放たず、（中略）かつ美わしき動物」［288］と言っている。これと、彼らがガリヴァーを「誰が見ても、完璧なヤフーだ」と認識する能力をもち、またガリヴァーの身体各部で馬と異なる箇所に「難クセ」［255］をつけたことを併せて考えれば、フウイヌムに「ウマ科」という分類学的知識はないにしても、少なくとも驢馬と自分たちが外見上似ていることは分かるはずである。このガリヴァーとフウイヌムの倫理的な鈍感さは、いわゆる人間的な価値観と文明との一見自然なつながりに疑問を抱かせる。

もっとも、いま「人間的な価値観」と呼んだものは、むしろ「西洋的な人間を中心にした価値観」とでも言い直すべきかもしれない。というのは、西洋の文化的言説はしばしば「未開」と「文明」とを区別する基準として、食人の有無を取り上げてきたからだ。『ロビンソン・クルーソー』はこの問題を正面から扱い、「食人種＝野蛮」という単純な図式には決して収まらない見方を提供している。しかし、クルーソーがフライデーを従者にする際、徹底して「人肉をおいしいと思う感覚を変え」（武田訳 296）させていることから分かるように、人肉食をやめることが西洋的な文明世界への通過儀礼になっていることは間違いない。

なお、ターナーの注を参照すると、「驢馬と犬の肉」など第四篇に出てくるヤフーの食べ物は旧約聖書『レビ記』(第二章第三、二七、二九、三九、四〇節)で有害なものとされている(Turner 353; Higgins 343)。こうした聖書との符合に着目し、ヤフーが原罪を象徴していると論じた研究もある(Roland Mushat Frye, "Swift's Yahoo and the Christian Symbols for Sin")。このフライの論文に限らず、第四篇に聖書およびキリスト教への言及を見る解釈は少なくない。こうした読みが誘発されるのは、第四篇が『ガリヴァー旅行記』中、最も倫理的な問題に触れているからであろう。

242–14　この唾棄すべき動物のうちにまさしく人間の姿形を認めたときの私の恐怖と驚愕を言葉にするすべはない。

ガリヴァーは、フウイヌムたちに指摘されて初めてヤフーと自己すなわち人間との外見上の類似に気づいている。それまで人間に会うことを切望していたにもかかわらず、これほどまで類似に鈍感であるのは、いかにも不自然である。しかし、『ガリヴァー旅行記』の世界ではここまで非白人種への明確な言及がそもそもなかった(240–10「旅行家が……」の注参照)。つまり、次の注釈箇所に書かれるような典型的な「未開人」の表象が人として描かれることはなかったのだ。だから、ここでガリヴァーが示す驚きは、ある意味で本書の世界そのものが示す驚きであり、またリリパットやブロブディンナグ、まして(地理上は東アジアにある)ラピュータの人々を白人のように思い描いていた読者に向けられた驚きとも言えるのだ(ラピュータ／バルニバービの人種については、214–12「船乗りの何人かが……」の注参照)。

しかし、『ガリヴァー旅行記』における未開表象はさらに捻りが利いている。本章では紋切型ともいえる西洋による「未開人」イメージを意図的に反復してヤフーを描きながら、章が進むに連れて実は母国の「文明人」もヤフーと何ら変わりがないのではないか、とガリヴァーの認識が変化する。その結果、第一〇章には、本注釈箇所と好対照をなす一節があらわれる。「たまたま湖や泉に映った自分の姿が眼に入ろうものなら、恐怖と自己嫌悪のために顔をそむけてしまい、われとわが身を見るよりも、まだしも普通のヤフーの姿の方が我慢できるくらいであった」[296]。ここではもはや、自分が「普通のヤフー」と似ていることに衝撃を受けるのではなく、ヨーロッパの「文明人」である自分を見ることが恥辱を感じさせるに至っている。つまり、ガリヴァーの中で未開と文明との関係が完全に崩壊しただけでなく、「まだしも普通のヤフーの方が我慢できる」のだから、逆転さえしているのだ。

なお、J・A・ダウニーは、ガリヴァーが当初ヤフーを人間と認識しなかったことを、ロックの『人間知性論』への応答として解釈している。人間の姿をした生き物であれば、仮に猫やオウム程度の知性しか備わっていなくとも人間と呼ばれるだろう、とロックが述べたのに対し(Locke 333)、スウィフトは獣並みの知性でありながら人の外見をしたヤフーと固い知性をもちながら馬の姿をしたフウイヌムを登場させることで、ロックの提起した問題に独自の答えを見つけようとしたのだという(Downie 456–64)。興味深い指摘ではあるが、ダウニーの論考は結局スウィフトがロックの学説に対して肯定的・否定的のいずれの態度で接していたのかが不明確で、今後さらに探究すべき課題だと思われる。

242–14

顔は平たく広く、鼻は窪み、唇は厚く、口は横に広がる。だが、この程度のことならば野蛮な民族には共通のもので、野蛮人が子どもを地面に這いまわらせたり、背中にしょって、母親の肩に顔をこすりつけさせたりするから顔の造作がひん曲ってしまうだけのことなのだ。

クロード・ローソンは、これが当時の典型的な「未開人」表象であることを実例とともに論じている(Rawson, *God, Gulliver, and Genocide* 98–108)(**図4–1**)。また、本注釈箇所の前半は『ロビンソン・クルーソー』におけるフライデーの描

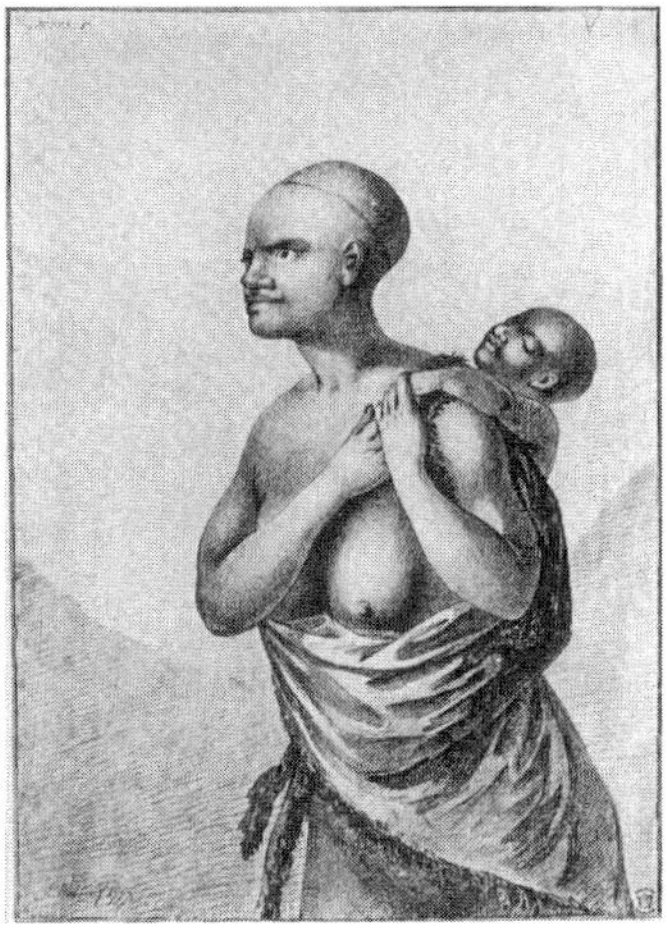

図4–1　「ニューホランド(オーストラリア)の女性」(ジョン・ウェバー画，1777年).

写と顕著な対照を示している。「〔フライデーの〕顔は丸く肉づきがよかった。鼻は小さいけど黒人みたいに平らではなかった。口は恰好よく、薄い唇〔だった〕」（武田訳289）。このフライデー描写については、235-13「その姿がなんとも……」の注も参照。

243-1 私にはよく分かっているが、靴と靴下のせいで馬には分からないというだけのこと

最初は靴下などメリヤス製品を売る商人として社会に出たデフォーは、『ロビンソン・クルーソー』の中で、無人島で物資の不足に悩む主人公に、「イングランド製の靴と靴下を三、四足買うためなら、〔難破船から持ち出した〕すべての金《かね》を投じただろう」と言わせている（武田訳273）。おそらくその上質なイギリスの靴と靴下を身につけていたガリヴァーだが、ここではフウイヌムの目をごまかすために役立っている。このようにフウイヌムは容易に騙されており、ガリヴァーがのちに讃える彼らの理性は、決して知的な優越性を意味しないことがうかがえる。

243-10 あの汚ならしいヤフーどもめ、当時はまだ私以上に人間を愛していた者は少なかったはずではあるが、正直なところ、あんなに忌わしい存在は眼にしたことがなかった

ヤフーに対するガリヴァーの反応を追うことで、第四篇においてスウィフトが段階を踏みながらガリヴァーの人間観の変化を描いたことが分かる。最初、ガリヴァーはヤフーが人間の一種とは気づかずに「強い反感を自然と感じ」ている［236］。次にフウイヌムの態度から彼は自分がヤフーと似ていることに気づき、驚きとともに「この唾棄すべき動物のうちにまさしく人間の姿形を認め」る［242］。しかし、外見上の一致を認識することでヤフーに親しみが湧くことは一切ない。また、あらゆる生き物に対して使用できる「存在」(Being)という語を用いている点から分かるように、まだヤフーを人間と認めてはいない。それゆえに、この段階では人間への愛情とヤフーへの嫌悪感が矛盾するものとは感じられていないのである。しかし、本篇の進行とともに、人間の文明と異なるフウイヌムの暮らしぶりを観察し、それと対

照的なヤフーの生態に人間との類似点を見出すに及んで、ヤフーへの嫌悪感が人間にも投影されるに至る。この変化を象徴的に示すのが、臭いへのガリヴァーの反応であろう。ヤフーの発する臭気については、第四篇で繰り返し言及される。「鼻のもげそうな異臭を発」する発情した牝ヤフー[279]、「鼬《いたち》とも狐ともつかず、ただそれよりもずっと胸が悪くなるような」ひどい悪臭を放つ「三歳になる牡」のヤフー[281]、またフウイヌムの大集会における驢馬はヤフーのような「異臭を放た」ないという発言[288]。そしてポルトガル船に救出され、イギリスに帰還したガリヴァーは、あたかも人間とヤフーとが同一の生物である証拠とばかりに、人間の臭気を避ける。人間の前に出るときは芸香《うんこう》や煙草やラヴェンダーを鼻に詰め[308、316]、家族についても「彼らの悪臭たるや我慢など出来るものではなかった」と述べる[309]。しかし馬丁だけは例外で、「彼が厩でつけてくる臭いをかぐと、わが元気が蘇る」という[309]。つまり、視覚におけるヤフーと人間の類似は、衣服によってごまかすことができても、体から発せられる臭いについてはごまかしようがなく、両者が同じ生き物であることを証明するということだろう。そして、ヤフーと人間とが同一であるという前提のもと、ガリヴァーはいわゆる「文明人」をヤフー以上に堕落した存在と見なしている(242-14「この唾棄すべき……」の注、252-8「もし幸運に……」の注参照)。

244-2　そこには陶製、木製の器に牛乳を入れたのが整然と、清潔に、ずらりと行列していた

草食動物であるフウイヌムは動物の肉を食べることはないが、ヤフーや驢馬、犬、牛などを飼い、牛乳を飲んでいる。ひづめでどのように乳を搾るのか不思議でならないが、それ以上に驚くのは、「陶製、木製の器」を作る技術をもっていることだ。第四篇第九章に「彼らは粗末な土器や木器も作るが、とくに土器は天日焼きにする」[291]とあるので、陶器を焼成する知識はないようだし、車輪をもたない(次注参照)ことから類推すれば轆轤《ろくろ》も知らないだろうが、木の器を作るからには、木を彫る道具はもっているようだ。この直前、フウイヌムが「前足の蹄を楽々と口のところへ持ってゆ」くのを見て「大変驚いた」ガリヴァーだから[243]、この光景にも当然驚くかと思えば、とくに感想は述べられてい

ない。まだこの段階では、馬たちを支配する人間がどこかにいるのではないか、とどこかで思っていたからだろう。実際、「誰か自分と同じ種の者が出てきてくれないと絶対に餓死する」という記述がすぐ前に見られる[243]。では、どの段階でガリヴァーはこの島に(ヤフー以外の)人間がいないことを認めたのだろうか。少なくとも本章の終わりまでには、この島の支配者がフウイヌムであることを認めていると思われるが、彼が認識を改める決定的な瞬間は描かれていない。このなし崩し的な現実の受容は、いかにもガリヴァー的である。

233-7 「ロバート・ピュアフォイ……」の注で、第四篇をピューリタン的改心物語のパロディーとして読む研究を紹介したが、このあたりのガリヴァーの心理の動きを見る限りでは、彼の改心には宗教的な深刻さが感じられない。例えば、一八世紀におけるピューリタン的な文学の代表といえる『ロビンソン・クルーソー』であれば、クルーソーは自分がなぜ無人島に暮らさねばならないかを何度も反省し、絶望と救済との間を何度も往還しながら、敬虔な信仰に目覚めている。ここで重要な役割を果たすのが神の摂理(Providence)で、自分の苦難を神によって与えられた試練と読み替えることによって、クルーソーは現実に立ち向かう力を得ている。この摂理という考え方は、自分が神に選ばれた存在であるという意識をクルーソーに抱かせ、それが彼とフライデーとの関係にも影響を与えている。彼は異教徒のフライデーを改宗させ、自分の従者とすることを神の意に沿った正しい行為だと考えている(武田訳 305–12)。また、島の支配権についても、彼よりも先にこの島を知っていた(捕虜を食べる儀式のために使用していた)現地の人々の権利については、少しも考慮しない。つまり、クルーソーの改心は、超越的な他者である神との関係においてなされ、それはクルーソーという個人の権威を保証するものでもあった。

『ロビンソン・クルーソー』にあって『ガリヴァー旅行記』にないものは、この超越的な他者である。ガリヴァーは現実に身のまわりにいる他者(フウイヌムも含む異民族たち)に順応する一方で、自分が特権的な個人であるという意識をもつことはない。第四篇で彼が覚える人間=ヤフーへの優越感は、あくまでもフウイヌム族との同一化がもたらすものだ。それゆえに、近代小説の勃興に決定的な影響を与えたとイアン・ワットの論じる(Watt 60)個人主義とは別の土壊から、『ガリヴァー旅行記』は生まれている。

244―5 橇のように四匹のヤフーに引かれた車に似たものが、この家に向かって来るのが眼に入った。

フウイヌムは車輪をもっていない点でリリパットやバルニバービの文明と明確に区別される(17―8「いつかは旅に……」の注参照)。ここからも分かるように、フウイヌムの理性の完璧さを文明の進化の度合いから判断するべきではない。また、車輪には運命の寓意があるので、フウイヌムが車輪をもたないことは、彼らが運命に左右されない安定した社会を築いていることに対応する(同注参照)。

245―5 彼らの言葉で燕麦のことをフルンと言う。

原語 Hlunnh をポンスは英語の lunch(ランチ、昼食)のことだと解説している(Jacques Pons 426)。

245―8 私はそれをなるたけうまく火で温めて、殻がとれるようになるまで揉みほぐし、次には殻と麦の粒とを篩い分け、二つの石を使って潰して叩き、水を加えてペーストと言うか、固形と言うか、そういうものを作って火にかけ、その温いのを牛乳と一緒にして食べた。

ここは、第三篇冒頭における、無人島で卵を採取し、焼いて食べる箇所[162]と並び、『ガリヴァー旅行記』中で最も『ロビンソン・クルーソー』的なサバイバルを描いた場面の一つである。しかしクルーソーと違ってガリヴァーはこの燕麦を自分で栽培はしていない。「体に良い薬草を集めて来ては」とあるが[245]、これも自生する草を採集しているのだろうし、バターや乳漿[245]の原料となるミルクもフウイヌムから分けてもらったのだろう。個人主義者ではない彼には(244―2「そこには陶製……」の注参照)、自給自足を立派なことと考える発想はないのだ。貨幣経済も交易も存在せず、耕作と原始的な交換に根差した体制をもつフウイヌムの社会にあっても、ガリヴァーは(第三篇の交霊術の場面では賛辞を寄せていた）「イングランドの古いタイプの自作農」［213］に自らをなぞらえることはせず、土地の名士に寄食して暮らすことになんの疑問も抱いていない。

245―11 初めはなんともまずいと思ったのだが、これはヨーロッパの多くの土地では常食になっているわけで、そのうち我慢できるようになった

ここで燕麦（オート麦）を「牛乳と一緒に」すなわちオートミール風に食べるのを初めに喜んでいないのは、オートミールを常食としていたスコットランド人に対する嫌味と取ることもできる。サミュエル・ジョンソンの『英語辞典』（一七五五年）の「燕麦」（Oat）の項目に「穀物。イングランドでは一般に馬に与えられるが、スコットランドでは人間が食すようである」と書かれているのは有名である。イングランド国教会の司祭だったスウィフトは、非国教徒の多いスコットランドに対してつねに批判的だった。イングランドとスコットランドとの国家合同（一七〇七年）に際して書かれた「傷つけられた乙女の物語」（一七〇七年執筆、一七四六年出版）では、伊達男のイングランドに貞操を奪われた無垢な乙女アイルランドが、奸知に長けた年増女スコットランドによって出し抜かれた哀しみが切々と語られている。また、クラレンドン伯爵エドワード・ハイドの『内乱記』（一七〇二〜〇四年）へのスウィフトの書き込みを読むと（これはスウィフトが司祭を務めていたダブリンの聖パトリック大聖堂に併設されたマーシュ図書館に所蔵されている）、ガリヴァーのヤフーに対する嫌悪感にも似た、スコットランド人への暴言が繰り返されている。

246―2 そもそも人間以外に塩の好きな動物なぞ見たことがないし

この箇所についてターナーは、乳牛も塩を好むし、塩を摂った方が草をよく食べ、よいミルクを出すと指摘している。ゆえにこの意見は、この直前にある、塩は「もともとは酒の刺戟として導入された」［246］という説とともに、ガリヴァーの信用を貶めるため意図的に導入された誤謬だとターナーは考えている（Turner 354）。さらにターナーは、人間にと

って塩がいかに重要かを示すために、プリニウス『博物誌』における文明生活と塩を結びつける文章を引いている(同354; Higgins 344)。しかし、注釈者(武田)が連想するのは、むしろ『ロビンソン・クルーソー』で塩を食事に用いるクルーソーと塩を好まないフライデーとの対照的な姿である。「ぼくが塩をふって食べるのを見ると、なんて変なことをしてるんだと感じたようだった。彼は身振りで塩はまずいと伝え、少しつまんで口に入れると、いかにもまずそうな顔をした。それを吐き出し、ついでにつばも吐いてから、水で口をすすいだ。これに対抗して、ぼくは塩をふらずに肉のかけらを口に入れ、塩がないとだめだとばかりに、さっきのフライデー君に負けない早業で吐き出し、つばも吐いてみせた。でも効果はなかった。彼は肉やシチューに塩をふるのを決して好きにならなかった。かなり長いあいだ受け付けず、そのあともごくわずかしかふらなかった」(武田訳 299)。

『ガリヴァー旅行記』本文にもあるように、「長い航海に出るとき(中略)肉を保存する」[246]のに用いられた塩は、それ自体が船で交易をするヨーロッパ世界の経済システムを象徴する存在とも言えるので、まさにそのような経済の先兵だったガリヴァーが、フウイヌムたちと暮らすうちに塩を忘れることには、彼がヨーロッパ文明批判に転じることとの寓意的な対応を認めることができる。

第三章

247-2　わが主も(以下、こう呼ぶことにする)

「主」はMasterの訳語だが、本文の記述を見る限り、ガリヴァーがこのフウイヌムに従者として仕えている様子はない。そこでヒギンズは、ここで「主」という言葉が指すのは「プラトンの著作に出てくる庇護者や、クセノフォン

『ラケダイモン人の国制』やプルタルコス『英雄伝』「リュクルゴス」が述べるスパルタにおける高位の人物」にあたる存在ではないかと述べている(Higgins 344)。なお、フウイヌムの社会と古代ギリシャの都市国家スパルタとの類似点については、ヒギンズの論文を参照(Higgins, "Swift and Sparta")。『ガリヴァー旅行記』の時代において、質実剛健で自給自足経済をいとなんでいたスパルタは、ウォルポール内閣の拝金主義を批判する政治勢力にとって理想的な国家像を体現していた。

たしかにフウイヌムとガリヴァーとの間柄は主従関係には見えないが、しかし、そこからヒギンズのように本篇に古代ギリシャの雰囲気を読むのには飛躍があるように思われる。このフウイヌム自身は家の主人であり、下層のフウイヌムを召使として抱えている。ガリヴァーと仲のよい「栗毛の小馬」もその一人で、下僕(under Servant)の一人だと述べられている[247]。自分が召使ではなくとも、周囲に合わせてガリヴァーが「ご主人さま・旦那さま」という呼称を用いたとしても不自然ではないだろう。事実、のちの第一〇章では、この栗毛馬が「同じ召使仲間」(my Fellow-Servant)と形容されている[299]。

なお、「わが主(以降、こう呼ぶことにする)」という(原語でもほとんど同じ)表現が第二篇にもあり[92]、そこでの「主」(Master)はガリヴァーを最初に拾った巨人の農場主だった。この家でも別にガリヴァーは召使をしているわけではなかったが、古代スパルタの清廉潔白な高官を思わせるものはこちらの「主」にはなく、むしろガリヴァーで一儲けしてやろうともくろむ、欲に目のくらんだ男であった。つまり、第二篇でもガリヴァーは、自分を養ってくれる一家の主人に対し、まわりに合わせて「主」という呼び名を用いていたのだ。

他方、Masterという単語については、第一篇の冒頭で、ガリヴァーが医術を習った「ベイツ先生」[18]が原語ではmy good Master *Bates* と呼ばれていたことが想起される。そこではMaster は専門的な知識・技術を授けてくれる師匠という意味で用いられており、フウイヌムの生き方に眼の開かれる思いをしたガリヴァーとMaster フウイヌムとは、いわば精神的な師弟関係にあると言ってもよさそうだ。この場合、古代ギリシャの文脈を読み込むかどうかは別にして、結果的に「庇護者」や「被後見人」という先述のヒギンズの解釈と近くなる。ただし忘れてならないのは、my good Master *Bates* という呼び方が、マスターベーションとも関連づけられていたことだ(18–5「ところがその二年後……」の注参照)。ガリヴァーにとって、Master Bates の庇護を受けた修業期間が他者との接触や社会の荒波をまぬがれた自慰的な時代だったのであれば、第四篇でフウイヌムたちのもとで暮らし、「体は健康そのもの、精神は平穏、友の裏切り、変節はなく、隠れた敵にも公然たる敵にも害されることはなかった」[294]という言葉が示すような厭世的な気分に浸るガリヴァーもまた、不愉快な他者と無縁の安定した生活を自慰的に求めていることになろう。

最後に指摘しておきたいのは、Master という呼び名が『ロビンソン・クルーソー』でクルーソーがフライデーに初めて教えた単語の一つでもあることだ。救出した未開人の本来の名も聞かずに、クルーソーは彼にフライデーという名を授け、自分のことはマスターと呼ぶように命じている。もちろん、本注釈の最初に述べた通り、フウイヌムとガリヴァーとの関係はクルーソーとフライデーのような主従関係とは異なっているものの、文明と野蛮の関係の転倒する第四篇において、この二つの組み合わせを比較することには意味があるだろう。例えば、第一〇章でいよいよフウイヌムの島を退去することになったガリヴァーが「改めてわが主に別れを告げ、身を伏してその蹄に接吻しようと」すると、「それをおもむろに私の口のところまで上げ

図 4–2　フウイヌムの「主」に別れを告げるガリヴァー.

図 4–3　「主人」クルーソーに服従を誓うフライデー(マリリエの挿絵より).

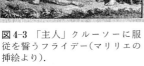

て下さ」る場面は、(食人の生贄となるのを救われた)フライデーがクルーソーの足を自分の頭に載せて服従を誓う箇所(武田訳 286, 289)への諷刺的な言及なのかもしれない(図4-2、4-3)。このように考えると、冒頭に紹介したフウイヌム社会とスパルタとを同一視するヒギンズの説は、的外れとは言わないまでも、文明と野蛮の問題に大胆に切り込んだ第四篇の全体における特異性を無視し、当時の政治思想の文脈に収めてしまったものと言えるだろう。同じ限界は、第四篇の典拠としてプルタルコスの『英雄伝』「リュクルゴス」を取りあげたヘイルウッドの論考にも認められる(Halewood, "Plutarch in Houyhnhnmland")。『ガリヴァー旅行記』第四篇へと至る文学的系譜をたどるうえでは有益だが、第四篇そのものの解釈については、最後に「スウィフトはフウイヌムの社会を肯定した」と断言するなど(同 194)、幅が狭いように思える。また、プラトン『国家』を手がかりに第四篇を読み解こうとするライチャートの論考も、当然ながら思想史的な意義は認められるものの、この第四篇の厄介な問題を摑み損ねているもどかしさを覚えてしまう(Reichert, "Plato, Swift, and the Houyhnhnms")。

247-3　驚異の事件

原語は Prodigy 一語である。*OED* でこの単語を引くと、「驚愕あるいは驚異の念を起こさせるもの。とりわけ自然一般の道を踏み外したもの。異様で怪物的なもの」という定義が見られ、要は第二篇で巨人の学者たちがガリヴァーに対して下した「自然の戯れ」[106]と同じ印象を、フウイヌムたちももったことを意味する。第三篇のラピュータでは徹底した無関心に直面したガリヴァーだが[173、182]、それ以外の土地では必ず住民(および馬)から好奇の目で見られている。

247-8　皇帝カルロス五世は、馬に話しかけろと言われたら高地ドイツ語にするしかないと言ったそうだが

高地ドイツ語とは今日のドイツ語のこと。第一篇第二章には、ガリヴァーが「高地ドイツ語、低地ドイツ語、ラテン

語、フランス語、スペイン語、イタリア語、リングア・フランカなど」でリリパットの法官や神官と会話を試みて失敗する場面[30]があったが、低地ドイツ語は今日のオランダ語である。皇帝カルロス五世、あるいはスペインおよび神聖ローマ皇帝カール五世(一五〇〇～五八年)は、神に話しかけるときはスペイン語、愛人にはイタリア語、馬にはドイツ語で話すと言ったとされている。「娼婦」の意をもつラピュータの言葉は、「音からするとイタリア語に似ていなくもない」とされているが[164]、ターナーは、これを記したスウィフトの念頭に、「愛人にはイタリア語」というカルロス五世の台詞があったのではないかと推測している(Turner 354)。他方で、当時のイギリス国王ジョージ一世がハノーヴァー出身でドイツ語を母語としていたことを思うと、馬の言語とドイツ語を同一視することには、若干の皮肉も感じ取れる。

247-10 わが主は大変な物好き、かつせっかちときているから、暇さえあれば何時間でも教えようとした。

「物好き」の原語はCuriosity、すなわち「好奇心」である。同じ語は本章冒頭の「あらすじ」にも見られるが、フウイヌムが集団的・因襲的な、理性のみで行動する生物であるならば、ガリヴァーのような存在がいることを信じないだろうし、好奇心も抱かないだろう。フウイヌムが好奇心に駆られている姿は、彼らの理性の完璧さへの疑念を起こさせる。ただし、彼らはもともとの性格として「物好き、かつせっかち」であるよりも、ガリヴァーという「驚異」を前にして、好奇心を刺激され、抑えられなくなっているのだろう。第八章に見られるフウイヌムの道徳律「理性を培え、理性の統治にまかせよ」[283]に鑑みれば、ここで「わが主」は非倫理的な逸脱に身を任せていることになるだろう。

バーバラ・M・ベネディクトによれば、好奇心(Curiosity)とは近代初期イギリスの心性を象徴する感情であり、一八世紀の文学作品においては、『ロビンソン・クルーソー』が肯定的に、『ガリヴァー旅行記』が批判的にそれを描いている(Benedict 110–16)。次から次へと新しい世界に没入し、アイデンティティを変えていくガリヴァーは、「好奇心の体現者」であり、そこに見られる不安定さを通じて、『ガリヴァー旅行記』は「とめどなく他者を求める好奇心が(中略)

自我を空洞化させる」ことを示したという(同115)。本注釈箇所から分かるのは、かかるガリヴァーの性質がいわば伝染性のもので、フウイヌムさえもたちまち好奇心という病にかかってしまうということだ。この意味でガリヴァーは、原罪前の楽園に暮らすフウイヌムに近代的な「堕落」をもちこむ蛇であった。これに対して、第三篇でラピュータの王侯貴族がガリヴァーにまったく好奇心を抱かなかった理由は、数学と音楽に熱中して他をすべて忘れている彼らの精神は、それ以上好奇心を刺激されなかったから、別の言い方をすれば、彼らはすでに病が膏肓に入っていたからだろう。

248-2

この国の住人には書物とか文学とかいう観念がまったくないからである。

のちの第九章でも「フウイヌムは文字を持たない」[290]と明記されている。完璧な理性の持ち主とされるフウイヌムが文字をもたないのは、決して矛盾ではない。『ガリヴァー旅行記』においては、第二篇第七章で巨人国の法律の条文が二二語を越えてはならず、「法の注釈を書くのは死罪にあたる」と記され[140]、さらには彼らの「図書館はあまり大きなものではな」いと述べられていた[141]。要するに「無用な言葉を重ね」ること[141]が堅く戒められていたのだ。これと対照をなすのが、第三篇に登場するラガードの大研究院における「驚異の装置」[194]、すなわち単語を記した木片を回転させることで「たとえ無知をきわめる者であっても(中略)哲学、詩、政治、法律、数学、神学の本を書ける」[192]自動書物製作機、さらには同研究院の政治事業の学校でガリヴァーが解説する、書類の勝手な読み替えによって陰謀をでっち上げる手法である[202]。つまり、『ガリヴァー旅行記』には、文字言語のもたらす複雑さが無駄なものを増やし、真実を歪めるものとして否定される傾向がもとからあったのだ。完璧な理性とは、決して複雑を極める思想のことではない。むしろ明晰で無駄のない知のあり方こそ、第四篇における「完璧さ」の指す内容である。だから、フウイヌムたちはガリヴァーが文字を書くことに好奇心を刺激されることはあっても(**図4-4**)、自分たちが文字をもたないことに劣等感を抱いたり、自らも文字言語を開発しようとはしないのだ。

『ガリヴァー旅行記』に限らず、西洋の思想はしばしば無文字社会を理想化してきた。この傾向にロゴス(言葉=真理)中心主義を見出して、批判を展開したのが『グラマトロジーについて』のジャック・デリダだが、デリダが批判の対象に取り上げたのがレヴィ＝ストロースの『悲しき熱帯』だった。**234-15**「ジェイムズ・ウェルシュ……」の注で述べたように、スウィフトが執筆したとき、デリダによるレヴィ＝ストロース批判を意識していたと錯覚を抱きたくなるほど、フウイヌム篇は一般的な無文字社会のイメージを超克する、独自の社会のあり方を提示している(それはすでに人間的な意味で社会とは言えないかもしれないが)。テリー・キャッスルは「なぜフウイヌムは書かないのか」という論文で、まさにデリダの『グラマトロジーについて』に触れながら、フウイヌムの無文字社会を論じている。しかし、一読すれば明らかなように、キャッスルはあろうことか無文字社会を理想化する議論の中にデリダの著作を紛れ込ませていて、まるでデリダの威を借りてロゴス中心主義を肯定するような誤解に陥っている。このこと自体、文字言語(解釈)の落とし穴に捕われたロゴス中心主義の破綻をパフォーマティヴに示しており、デリダ的な脱構築を図らずも実践してしまったとも言えるが、内容を鵜呑みにしてはいけない論文であることには注意を促しておく。フウイヌム社会と文字言語の問題については、武田「フウイヌムと差異のない社会」を参照。

なお、フウイヌム社会に文字がないことについて、プルタルコス『英雄伝』の「リュクルゴス」を参照しつつ、ヒギンズは古代スパルタとの一致をみている(Higgins 344)。**247-2**「わが主も……」の注で述べた、フウイヌム社会＝スパルタというヒギンズ説の一例である。

図 4-4 文字を書くガリヴァーに好奇心をいだくフウイヌム(トマス・モートンの挿絵より).

248-4

十週間ほどで彼の質問は大半理解できるようになり、さらに三ケ月経つとまずまずの答えもできるようになった。

このあとには、「到着以来五ケ月で、話されることは何でも理解し、自分で話す方もまずまずというレベルまで達していた」とも記されている[249]。言語能力には自信のあるガリヴァーだが、フウイヌム語の習得には他の国々の言語よりも時間がかかっている。ここで、ガリヴァーが各国語の習得に費やした期間を比べてみると、第一篇では「皇帝お抱えの碩学六人を使って私に言語を教えること」が実行されてから「三週間もすると私の語学力は長足の進歩をとげることになった」とある[32]。第二篇を見ると、グラムダルクリッチが「私に言葉を教える学校の先生の役割もやってくれ、私が何かを指さすと、それをこの国の言葉で言ってくれるので、ものの数日のうちに、欲しいと思うものは何でも言えるようになった」[97〜98]とある。さらに、一七〇三年六月一六日にブロブディンナグに漂着したガリヴァーは、同年一〇月二六日に首都に到着するが、すでに王妃と流暢に会話をしている。つまり四カ月で聞く能力も話す能力も習得したことになり、五カ月で聞き取りは大丈夫だが、話す方は「まずまず」(tolerably well)という第四篇よりは短い。第三篇では、「国王の命令」でやってきた男が彼に言葉を教え、「共に座すこと四時間」、まさにフウイヌムでの語学学習法と同じく単語帳を作る方式で猛然と勉強し、教師の帰宅後も丸暗記に努めた結果、「数日後には、忠実なる記憶力の助けをかりて、彼らの言語がどんなものか多少はつかめるように」なる[168]。その後、ラピュータに滞在して二カ月で「一所懸命に勉強したおかげで彼らの言語も十分に分かるようになって」いる[183]。それぞれに長さの違いはあるが、フウイヌムの言語よりは短い期間で学習できている。ガリヴァーにとって、つねに言葉を習得することが現地に適応するもっとも重要な手段である以上、ここではフウイヌムの社会がガリヴァーの属する近代ヨーロッパとそれだけかけ離れたものであることが示唆されている。その次に長いのが第二篇であるのも、巨人国の制度が近代ヨーロッパ文明と対照的なものとして描かれていることを考えれば納得がいくだろう。

248-5 彼がとくに知りたがったのは、その国のどの地方から来たのか

「その国」とはイギリスではなく、フウイヌムの国のことである。すぐあとでフウイヌムが言うように、彼らは「海の向こうに国がある」など「あり得ない」[248]と思っている。第九章には、ヤフーが「イルニアムシ(この土地の原住民、、、、アボリジニの意)であろうはずはな」いというフウイヌムの発言が見られるので[288]、実はフウイヌムにも自国と他国の区別があるのではないかと思わせられるが、「アボリジニ」(Aborigines)とはラテン語の ab origine すなわち「最初から」という表現に基づく単語で、空間ではなく歴史的に始めから存在する生物を厳密には意味する。つまり、歴史的な経緯で発生した変種であれば、自国で生まれたものでも「アボリジニではない」と定義できるのだ。実際、その直前の、同じフウイヌムによる発言には、「或る伝説によりますならば、ヤフーはもともとこの国におったものではない、しかるに遠い昔、この畜生が二匹、山上に出現した、お天道さまの熱が腐った泥濘にあたって出来たのか、海の泥泡から生じたのか、そこのところは判然とせん」[287〜288]とあり、やはり「外国」は想定されていない。この議論をガリヴァーにあてはめるならば、彼もまたフウイヌムの島のどこかで突如生まれた珍種と見なされていることになる。

なお、*OED* によれば、aborigines とは本来イタリアとギリシャを最初に所有した民族を意味し、やがて他の土地についても、そこに最初から住んでいると見なされた民族を指す言葉となったという。今日一般的となっている語義、すなわちヨーロッパ人が植民地で「発見」した現地人という意味で Aborigines が最初に用いられたのは、これも *OED* の用例を見ると一七八九年頃であり、一七二六年出版の『ガリヴァー旅行記』よりずいぶん後のことである。ちなみに、もっと近い一七三五年頃の用例としては、「古代のブリトン人は私たちにとって、私たちの島におけるアボリジニである」という例文(ちなみにスウィフトの友人でもあったボリングブルック子爵ヘンリー・シンジョンの『政党論』から取られたもの)が載っている。この例は、もちろん今日の用法よりも本来の用法に近いものだ。

248―11　（彼らの言葉の中には、嘘をつくとか、嘘にあたる単語が存在しないのだ）。

ガリヴァーの話が荒唐無稽で、現実的ではないとフウイヌムの主人が指摘できるということは、フウイヌムの言語に「嘘」という単語は存在しなくとも、彼らには事実とフィクションの概念が存在することになる。そう考えなければ、有名な「すべてのクレタ島人は嘘つきだとクレタ島人が言った」というパラドックス同様、このガリヴァーの説明は不合理になってしまう。だから、フウイヌムには嘘を見分ける能力はあるものの（よって自ら嘘をつくことも能力的には可能なものの）、それを制御する理性の働きの方が強いので「嘘」という単語を用いなければならない機会が存在しない、ということになるだろう。さらに穿った見方をすれば、嘘をついてはならない、という教えが極度に内面化された結果、この世に嘘偽りなどないと自らを騙すために「嘘」に関連する語彙を排除しているのかもしれない。その場合は、フウイヌム社会は偽善者の集まりとなり、むしろ嘘に凝り固まった共同体となるだろう。

248―14　このフウイヌムなる語は、彼らの言葉では馬をさし、語源的には、自然の完成という意味である。

この一節は、人間が自然界で最も完成された生物であるという常識に対して挑戦しているが、この点で『ガリヴァー旅行記』に影響を与えた英語の著作として、ヒギンズは（スウィフトが高く評価していた）諷刺作家トマス・ブラウン（一六六二〜一七〇四年）による翻訳書『ジョヴァンニ・バッティスタ・ジェリ氏のキルケ』（一七〇二年、イタリア語の原作は一五四九年出版）を挙げている（Higgins 345）。この作品はフィレンツェの人文主義者ジョヴァンニ・バッティスタ・ジェリ（一四九八〜一五六三年）による哲学的対話集で、ホメロス『オデュッセイア』に登場する人間を動物に変えてしまう魔女キルケの逸話を背景に、オデュッセウスとさまざまな動物に変えられた人間たちとの対話一〇篇からなる。そのうち第七対話には、馬と人間との比較が論じられており、第四篇に元ネタを提供したのではないかと考えられている（Boyce 84–85）。

249-10

その小馬が来たときには私はまだ眠っていて、衣服が片方にずり落ち、シャツは腰の上までめくれあがっていた。その悲鳴でこちらが眼をさますと、その従者君、もつれる舌で伝言を伝えてくれたが、そのあと主のもとへ取って返し

「小馬」はNagの訳語だが、*OED* の最初の定義にある通り、「小さな乗馬用の馬、ポニー」の意である。その物心のついた小さい馬が、裸のガリヴァーを見て悲鳴をあげ、顔を蒼くしている。「もつれる舌で」の原文はin some Disorder。直訳すれば「いくらか混乱して」。この悲鳴と混乱の原因は、単にガリヴァーが服を着ていなかったからだけではなさそうだ。「シャツは腰の上までめくれあがっていた」とわざわざ書かれているので、栗毛馬はガリヴァーの陰部を見たのである。その証拠に、栗毛馬の報告を受けた主はガリヴァーに「体のある部分は白、別のある部分は黄色、というか、それほど白くはなくて、褐色のところまであるということだが」[249]と訊ねている。この「褐色のところ」は、おそらく性器を指す。スウィフトの猥雑な詩「ディックへ」の冒頭に、「下方で悪臭のこの汚れた生きものよ、／どうしてこんな茶色の姿形をしているのか?」(富山『『ガリヴァー旅行記』を読む』38; 原詩は *Poems* iii. 786-87)とあることからも、そう推察される。陰部を見て悲鳴をあげたということは、見るべきものではない、という直感を栗毛馬がもったことを示唆する。また、フウイヌムらしからぬ曖昧さを含む長たらしい表現で「黄色、というか、それほど白くはなくて、褐色」の部分に言及した主人の言葉からも、彼は裸になったガリヴァーが露呈する褐色の何かに強い興味を抱いているようだ。となると、主との会話でガリヴァーが「自然が隠せと教えた部分は露出を御容赦いただきたい」[250]と頼んだのに対し、それを許可しつつも主が「自然が与えたものを自然が隠せと教えるとは一体どういうことだ」[250]と疑問を呈しているのは、一見するとフウイヌムが原罪で恥の概念を知る以前のピュアな精神状態にあることを示しているようだが、実は見たい「もの」を見られず残念というようらめしさがこめられているのではないか。もしもそうならば、これを冷静に言っている主人は、動揺を隠せない従者とはさすがに異なり、本音と建前を使い分けている。フウイヌムは自

分の体面を保つためなら、平気で嘘をつくのかもしれない。

250-2　ヤフーの革か他の獣の革でなんとか工夫して代わりを作るしかない

訳文に示唆されている通り、原文でもHides of Yahoosと動物の皮を指すhideという単語をわざと使っている(人間の皮膚はskin)。ガリヴァーはどうにかして自分とヤフーを区別したいらしい。ターナー、ヒギンズともに、ここに後のスウィフト作品『慎ましやかな提案』(一七二九年)における、子供の皮を使って手袋やブーツをつくる提案との共通性を見出している(Turner 355; Higgins 345)。ローソンは、この記述とナチス・ドイツによるユダヤ人迫害とを結びつけて論じている(Rawson, *God Gulliver and Genocide*, 275-87)。

250-13　誰が見ても、完璧なヤフーだ、しかし他の仲間とは全然違う、皮膚の白さといい、なめらかさといい

裸になったガリヴァーをしげしげと見た主の言葉である。原文でもここではまさに人間の「皮膚」を意味するSkinが用られ、前注箇所の「革」(Hide)と区別されている。同時にガリヴァーの肌の「白さ」を強調するのにも深い意味がある。クリスティーナ・マルコムソンは、スウィフトの時代の研究には、肌の白さによってヨーロッパ人を猿から区別し、肌の白くない人間を猿に近い別の種と考えるものがあったことを指摘し、「皮膚の白さ」にこだわるガリヴァーは、自分がヤフーとは違う種であると主張しているのだと述べている(Malcolmson 66)。ヤフーに最初に会ったとき、ガリヴァーは彼らが「薄い黄褐色の皮膚」をしていると述べていたが[235]、そこで使われているa brown Buff ColourのBuffとは牛や水牛のもみ革のことなので、ここにもヤフーを動物視したいガリヴァーの無意識がうかがえるという(同53)。ちなみにガリヴァーは第一篇第一章でBuff jerkinすなわち「革製のジャケット」[21]を着ており、このおかげでリリパット兵からの攻撃を防いでいる。

251-1 私の身体を蔽っているのが偽装であることも他の誰にも知らせないでほしい、少なくとも今の衣服がもっている間は。従者の栗毛の小馬が見たものについては、あなたの方で口封じをお願いできないだろうか

248-11「彼らの言葉の……」の注で指摘した通り、フウイヌムは虚偽という概念をもっている。だから「偽装」(a false Covering)を依頼するガリヴァーの言葉をすんなり理解し、「口封じ」(to conceal it)についても承諾する。ここからターナーは、フウイヌムが実は嘘を理解できている点を強調するが(Turner 355)、ヒギンズはむしろ堕落した人間ガリヴァーによる無垢なフウイヌムへの悪影響を指摘している(Higgins 345)。

251-7 私の約束した不思議な話を聞きたくてたまらないのだとも言った。

「聞きたくてたまらない」(waited with some Impatience)という強い欲望を抱かせることも、前注で指摘したのと同様、ガリヴァーによるフウイヌムへの悪影響と考えることができるだろう。なお、Impatienceという単語は、この章の「わが主は大変な物好き、かつせっかち」[247]という一節における「せっかち」の原語でもある。知りたがること、すなわち好奇心(Curiosity)の第四篇における重要性については、247-10「わが主は……」の注参照。

251-8 蔭でこっそりと、きちんと仲良くしてやってくれ、そうすると機嫌がよくなって面白いことになるからと言って回ったという。

これは、フウイヌムがガリヴァーに対して陰で秘密をもっていたことを示す記述である。ガリヴァーから服に関する秘密を共有することをもちかけられたフウイヌムの主は、さっそく秘密という虚偽を働く能力を行使しているのだ(ガリヴァーが来る前からかかる虚偽を働いていたのでないならば)。また、不思議なのはどうしてそれをガリヴァーが知

りえたのかということだが、それはすなわち、主以外のフウイヌム(例の栗毛馬だろうか)も「秘密」という病に感染し、ガリヴァーに密告したことを示している。レヴィ＝ストロースは『悲しき熱帯』で、いわゆる未開の部族と親しくなった彼のもとに、部族の子供たちが次々に友達の告げ口に来たことを記しているが(川田訳 ii. 164)、フウイヌムの島でのガリヴァーも、同じように告げ口を聞かされていたのかもしれない。

252-7 確かに私はどの部分をとってみてもあのヤフーに似ていますが、あの頽廃した獣性については説明がつきません。

この段階では、ガリヴァーはまだヤフーと人間(少なくとも「文明人」)とは性質を異にすると考えている。もっとも、「頽廃した獣性」の原語 degenerate and brutal Nature は、「退化して動物化した性質」と直訳できることから、ヤフーを退化した人間の一種として捉えていることがうかがえる。

252-8 もし幸運にめぐまれて祖国に帰ることができて、ここへの旅の話をすることになったら

前注に記した通り、ガリヴァーはまだヤフーと人間を区別しているので、ヤフーへの嫌悪感にもかかわらず、この段階では人間社会に帰還することを望んでいる。これがのちの第七章になると、ガリヴァーは「ヤフー＝人間＝悪」と見なし、フウイヌムの島に定住することを望むようになる――「実はこの国に来てから一年も経たないうちに、私はここの住民を強く敬愛するようになり、もう人間のところへは帰るまい、悪の手本も悪の誘惑もないこの素晴らしいフウイヌムに混じって、美徳を観想し実践しながら余生を送りたいと、堅く決意してしまった」[273]。第一〇章ではさらに進んで、いわゆる文明人をフウイヌムの島に棲息するヤフー以上に悪質な存在と捉えるに至る――「私は家族のこと、友人のこと、国の同胞のこと、人間という種族一般のことを思い出しては、その真の姿を直視してみるのだが、どう考えてもその姿形と性向はヤフーであり、少しの文明を持ち、喋る能力に恵まれてはいるのに、自然が割りあてた悪徳に染

っているだけのこの国の仲間と較べてみても、それを助長し増加させるためにのみ理性を活用しているとしか思えないのだ」[296]。つまり、ヨーロッパの「文明」は、実はヤフー的な獣性を「助長し増加」したもの、すなわち「野蛮」を極めたものである、という認識がここで表明されている。

第四章

253-3 私の話を聞きながら、わが主はその顔に大きな困惑の色を浮かべたが、それはこの国では疑うとか、信じないことがまずないので、そうした場合にどう振舞えばいいのか住民にも見当がつかないからである。

『ガリヴァー旅行記』の時代はダーウィンの『種の起源』(一八五九年)より一〇〇年以上前であり、動物と人間の種としての連続性が意識されていたわけではないが、一八世紀に人間と動物との境界をめぐって混乱が生じていたことは、例えば**250-13**「誰が見ても……」の注で言及したマルコムソンの論文からうかがえる。そこでは、有色人種を白人と猿の中間の別の種と考える、とんでもない思想がスウィフトの時代にあったことが紹介されていた。さらには*OED*のChimpanzee(チンパンジー)の項を見ても、初出である一七三八年の用例には、「ギニアの森で捕獲された実に驚くべき生物が(中略)連れてこられた。彼女はメスで、この生物をアンゴラ人はチンパンジ(Chimpanze)あるいは贋人間(Mockman)と呼んでいる」とある。本注釈箇所でフウイヌムの示す「困惑」(Uneasiness)は、現実のヨーロッパが直面していた、このような「人間」の境界をめぐる混乱に対応するものと言えるだろう。

当時のイギリス人は、こうした境界の攪乱に好奇心を抱き、チンパンジーの他、いわゆる「未開人」さえも一種の見世物として扱っていた。『ガリヴァー旅行記』では、第二篇第二章において、ガリヴァーがこのような見世物にされていた[100]。第四篇におけるガリヴァーも、珍種として好奇の眼で観察されている。「近隣の地位ある牡馬、牝馬まで、フウイヌムのようにものを喋り、その言葉と挙動からしてなにがしかの理性の閃きを示すらしい驚異のヤフーの噂を聞きつけて、しょっちゅう家に訪ねて来るようになった」[248〜249]。

しかし、理性あるヤフーことガリヴァーの存在、さらに「私の国ではヤフーこそ統治力を持つ唯一の動物である」[253]というガリヴァーの話は、フウイヌムの世界観を覆す危険を伴っている。いまフウイヌムが「困惑」しているのは、一方でヤフーを理性なき獣と見なすフウイヌムの常識があり、他方でそれと相反するガリヴァーの話を耳にして、いずれかを否定しなければならなくなったためである。「この国では疑うとか、信じないことがまずない」とあるが、フウイヌムはもはや「疑うこと」(Doubting)を回避できなくなっている。そして疑念を抱いたり、異論を唱えたりすること自体が、フウイヌムにとって理性的ではない。第四篇第八章にある通り、フウイヌムには「自説」(Opinion)という概念がなく、「どうしてひとつの論点をめぐって議論が分かれるのか」を理解できない[283]。それは、フウイヌムにとって「理性とは、確信のあるときにのみ肯定するか、否定するように教えるもの」だからだ[283]。ゆえに、近代ヨーロッパの理性とフウイヌムの理性における決定的な違いは、懐疑の有無にある。

より厳密に言えば、フウイヌムたちは理性的に疑うことができない、と言うべきかもしれない。というのも、続けてガリヴァーが人間の国で馬が受けている扱いを話すのを聞いた主は、フウイヌムの常識から外れた事態を耳にして本来の冷静さを失い、「激しい怒りを露わにし」、人間を攻撃するに至るからだ[254〜256]。その後、ガリヴァーからヨーロッパの話を聞いたフウイヌムの主は、人間がもっているのは「理性ではなくて、なにか生まれつきの悪徳に拍車をかけるような性質にすぎない」[262]、さらには、「おまえたちは一種の動物と考えていいようだが、もののはずみか何かでごくわずかの理性が降ってきたにもかかわらず、生来の腐敗を助長し、自然が与えなかった新しいのを身につける助けとしてのみ使ってしまった」[273]と述べ、人間の「理性」をフウイヌム的「自然の完成」[248]とは相容れないものと結論づけることで、自らの不安を取り除いている。

懐疑的でない理性とは、近代哲学を前提に理性を考える限り想定しがたいが、スウィフトがこのような理性を構想したことには理由がある。『桶物語』(一七〇四年)で近代哲学を諷刺し、「キリスト教廃止論を駁す」(一七〇八年執筆、一七一一年刊行)や「信仰の向上と風儀改善のための一企画」(一七〇九年)などの著作において形だけであっても権威(authority)を重視するように説いたスウィフトは、疑いを徹底させれば無秩序に陥ると考えていた。『ガリヴァー旅行記』でも、第一篇第三章での廷臣による綱渡り[37〜38]、第三篇第三章での「飛ぶ島もしくは浮く島」ラピュータの描写[174〜182]など、不安定な権力は否定的な描かれ方をしている(なお、ラピュータに反乱を起こしたリンダリーノの人々は、「島が二度と動けないようにして、国王とその家来をすべて殺戮し、政府を取り替えてしまう決断をしていた」[181〜182]と記されているが、ここでスウィフトらしいのは、反乱者たちが権力の象徴であるラピュータを破壊するのではなく、「二度と動けないように」(to fix it for ever)する、すなわち安定化することを目指した点である)。これに対し、第二篇第六章におけるブロブディンナグ国王の次の発言は、形式として権威を維持することを重視するスウィフト的な思想を体現している。「社会に敵対する思想をもつ者になぜその変更を迫るのか、なぜそれを胸の内にしまっておくように迫らないのか、いずれも理由が解せないとも仰有った。政府の側が前者を要求するのは圧政であり、後者を迫らないのは弱腰というものだ、なぜならば、自分の部屋に毒物を隠しておくのは許されるとしても、それを強壮剤として売りさばくのは許されないからだ」[135]。そして第四篇でのフウイヌム社会に至っては、「自説」の存在自体を認めない、徹底して疑いを排除するものとして描かれている。

とすれば、右記のフウイヌムの反応は、ガリヴァーの説に動揺しつつも、彼が近代的な懐疑主義に染まり切らなかったことを示しているようにも思える。これに対し、自らの種族を見捨てたガリヴァーは、より懐疑主義に染まっていることになる。それどころか、近代哲学の祖デカルト(一五九六〜一六五〇年)でさえ、動物は一種の自動機械であると考え、人間との区別を截然と下しているのだから(これにコンディヤック(一七一五〜八〇年)が『動物論』で異議を唱えたのは一七五五年のことである)、皮肉にもガリヴァーの懐疑は当時の哲学よりも先を行っていたとさえ言えるだろう。

254-7　そのあとは皮を剝がされて二束三文で売りさばかれ、その肉は犬、猛禽の餌となり果てます。

ターナーは、ホメロス『イリアス』の冒頭、「怒りを歌え、女神よ、ペレウスの子アキレウスの——アカイア勢に数知れぬ苦難をもたらし、あまたの勇士らの猛き魂を冥府《アイデス》の王に投げ与え、その亡骸《なきがら》は群がる野犬野鳥の啖《くら》うにまかせたかの呪うべき怒りを」(松平千秋訳、第一歌四〜五行)との類似を指摘している(Turner 355; Higgins 345)。他方、ガリヴァーはヤフーの皮を服に使用し[293]、フウイヌムの土地を退去するために制作したカヌーにもヤフーの皮を張っている[299〜300]。果たして、皮を剝がれたヤフーの肉もまた、「犬、猛禽の餌となり果て」たのか。あるいは別の何者かが食したのか。『ガリヴァー旅行記』の三年後に『慎ましやかな提案』(一七二九年)で幼児の肉を食用にする提案を書いてみせたスウィフトのことだから、いっそう黒い想像が膨らんでしまう。

254-9　私は馬の乗り方、手綱、鞍、拍車、鞭の形と使い方、輓具と車輪の形と使い方もできる限り説明した。

『ガリヴァー旅行記』において車輪(Wheels)は近代文明の象徴とも言える役割を担っている(17-8「いつかは旅に……」の注参照)。実際、徹底して非近代的なフウイヌムの島には、「橇」(Sledge)らしきものこそあれ[244]、車輪のついた乗り物は存在しなかった。そのフウイヌムにガリヴァーが車輪の使い方を教えたということは、畢竟ガリヴァーによってフウイヌム社会に近代文明が侵入したことを意味する。

255-2 自分の言うことをわが主に正しく理解してもらおうとすると、ここもかしこも遠回しの表現になってしまうのは、われわれよりも欲望や感情が少ないせいか、彼らの言葉は語彙が豊かではないためである。それにしても、フウイヌム族虐待に対する彼の高邁なる憤激は、とりわけ種の繁殖を防ぎ、より大人しく従うようにするために馬を去勢する方法ならびにその効能を説明したあとの憤激ぶりにいたっては、説明に窮するものがある。

原文と照らし合わせてこの箇所の意味を解釈すると、まず「フウイヌムの言語は語彙が豊かではない」とあり、その理由として「彼らはわれわれよりも欲望や感情が少ない」事実が告げられる。「それにもかかわらず」馬が人間に虐待されていることを知ったフウイヌムの怒りは凄まじく、(フウイヌム語より語彙の豊富なはずの人語をもってしても)表現できない、と述べている。ということは、ガリヴァーのショッキングな話によって、主人は本来フウイヌムが示さないほどの激しい感情をたぎらせていることになる。しかし同時に、さらに人間について知りたくなったらしく、質問を続けてもいる。ここからうかがえるのは、フウイヌムが欲望や感情をあまりもたないように見えるのは、彼らの本性(Nature)によるものではなく、これまで異文化との交渉をもたず、良くも悪くも刺激が少なかったためではないか、ということだ。

この前提に立つならば、第四篇でスウィフトは人間社会の堕落の根源を人間本性(Human nature)の内部に見るよりも、異文化との衝突あるいは「グローバル化」という環境に見ていることになる。『ガリヴァー旅行記』を人間呪詛の書と呼ぶのには、特に第四篇を読むと頷くところも多いのだが、必ずしも人間という特定の種の生まれつきの性質を呪ってはいないことにも注意を払うべきだろう。もっとも、異質なものに関心を抱くこと(あるいは**247-10**「わが主は大変な……」の注で詳述した「好奇心」)を人間の本性に属すると見なすならば、結果的に人間自身に堕落の原因があることになるが。もちろんこうした認識は、アイルランド生まれのイングランド人という、ハイブリッドな文化背景をもち、そのことに生涯複雑な感情を抱き続けたスウィフトだからこそ可能だったのだろう。

ヒギンズは、このフウイヌム描写が意図的に常識を転倒していると主張する。というのも、伝統的な寓意では馬は感情(Passion)をあらわし、手綱が節制、乗り手が理性を意味しているからである(Higgins 345)。注釈者(武田)もこれに同意する。なぜかヒギンズは触れていないが、まさにこの寓意はスウィフトのもう一つの代表作『桶物語』で用いられていた(237-4「その馬は……」の注参照)。また、古来の論理学で馬は「非理性的動物」の代表例として扱われていたことも、ここで思い出すべきだろう(238-12「彼らにとって……」の注参照)。

256-4 この国のすべての動物はごく当然のことのようにしてヤフーを嫌悪しており、弱い者は避けて通るし、強い者は追いたてる

フウイヌムは、理性的動物であることを誇りにしていながら、なぜかヤフーに対する生理的嫌悪感を克服しようとしない。フウイヌムの理性とは、物事の根拠を問う懐疑的理性ではない。それはつまり、万物に共通した普遍性を追究する知ではなく、また常識や先入見に抵抗して個の判断力を鍛えるような知でもないのだ。この引用文で嫌悪されているのは「ヤフー」だが、これを民族的あるいは性的なマイノリティーに置き換えてみれば、通俗的な差別の言説そのものである。この無根拠な差別意識の滑稽さは、のちにイングランドに帰還したガリヴァーの奇行によってあばかれることとなる。

257-4 どうしていろいろの国の赤の他人を説得して冒険に連れ出せるのか

これがフウイヌムの主の発言であることに注意。第四篇第三章では「海の向こうに国がある」など「あり得ない」[248]と断言していた主が、いまやヤフーが支配する国が存在し、しかもヤフーの世界にはさまざまな民族・国家があることまで受け入れている。対話の中で、フウイヌムの常識は崩されている。

257-7 ニセ金造りで逃げるのはワンサといる

船員が手を染めた悪事が次々と挙げられるなか、目立つところに「ニセ金造り」が入っているが、これは一七二四年に『ガリヴァー旅行記』の執筆を中断してスウィフトが加担した、アイルランドの銅貨鋳造をめぐる反イングランド・キャンペーンの影響だろう(159-2「筆者、第三の……」の注参照)。

257-10 われわれの船の乗組員の大半は何かの犯罪をおかして国を逃げ出すしかなくなった連中であったが、その犯罪の性格を説明するにあたっては、遠回しの表現を多用することになった。

フウイヌムの島に着くまでを語るガリヴァーの説明は、第四篇第一章の記述とは微妙に食い違っている。まず、第一章では「熱病で死人が何人か出たために」(「何人か」の原語はseveral)途中で補充した者たちの「大半が海賊だった」とあった[234]のに対し、ここでは「大勢が海上で死ん」だうえに(「大勢」の原語はmany)、補充された者とそれ以前からいる者を合わせた「乗組員の大半」が犯罪者だったと語られる[257]。嘘を知らないフウイヌムを前に、より正直に話しているのかと思えば、乗組員に裏切られたという不名誉な事実への言及は避けられている。この信頼できない語り手ガリヴァーは、第一章でも不都合な事実を隠していたのではないか。だとすれば、アドヴェンチャー号が奴隷交易に従事していたという推測(233-9「カンペーチェ湾に……」の注参照)の妥当性は高まるように思われる。

257-13 権力欲、金銭欲、そして情欲、不節制、悪意、嫉妬の悪影響についても知ってもらうようにした。

知ってか知らずか、ガリヴァーはフウイヌムの主に次から次へと悪い知識を吹き込んでいる。そしてこちらも知ってか知らずか、主はますます感情と好奇心を刺激され、「ヨーロッパと呼ばれる土地のこと、とりわけ私自身の国のことをもう少し詳しく説明してくれと言い出すまでになっ」てしまう[258]。もちろんこの態度は「理性的」とは言い難い。

むしろ、不正事件のニュースを聞いて憤慨するような、かなり俗っぽい感情の発露である。一八世紀初頭のジャーナリズムの勃興と知識欲の向上については、247-10「わが主は大変な……」の注で紹介したベネディクトの本でも関連が指摘されている(Benedict 92–96)。

第五章

258-12 唯一心配するのは、わが主の議論や表現を十分に伝えきれないのではということで、私の能力不足ならびに野蛮な英語への翻訳のために、それはどうにもやむを得ない。

馬が語るフウイヌム語を人間が使う「野蛮な英語」に翻訳すると、「わが主」の優れた「議論や表現」が台無しになりかねない、というガリヴァーの危惧が表明されている。もちろんここには、一八世紀イギリスにおける古典作品の翻訳文化なども意識されていると考えられるが、何と言っても注目すべきは、訪れた各国でイギリスないしヨーロッパの事情をたびたび説明してきたガリヴァーが、それに対する相手側のコメントや質問に敬意を表しているのは、この箇所が初めてといってよいという点だ。フウイヌムへの心酔の度合いがうかがえる。

もっとも第三篇第五章の、ラガードの大研究院における言語改良計画の描写にもあらわれているように、スウィフトは『英語を正し、改め、定めるための提案』(一七一二年)において、英語を、「イタリア語、スペイン語、フランス語に比べ、洗練の度を欠く言語」であるなどとも述べているので、英語の劣等性に関する彼の言及そのものが初めてというわけではない(*PW* iv. 6, 9–10; *PW* ii. 174; Higgins 346)。問題はその英語の劣等性が、民族的劣等性、さらにはヤフー的人間の劣等性そのものへの含意にまで結びつけられるかどうかという点である。たしかにスウィフトは、ヒギンズが指摘するように、『タトラー』二三〇号への寄稿文において、英語が、「北方民族の有する言語的野蛮さに堕する傾向」にあることを嘆いている(Addison and Steele, *Tatler* iii. 193; *PW* ii. 175; Higgins 346)。だがこれは、ガリヴァー(あるいはスウィフト)自身を含め、英語を使っている民族への言及であって、ヨーロッパ、さらには人類全体への言及ではない。「野蛮な英語」という表現が、英語だけのことを指しているのか、それとも第四篇全体に漂うような人間の文化そのものへの嫌悪感に通じるものなのか、議論は分かれるだろう。スウィフトが、仮に一世紀後のダーウィンの進化論に精通していたならば、人類の誕生と言語の発達をどのように捉えたであろうか。

259-3

私はまずオレンジ公の時代における政変、同公によって開始され、その後継者たる現女王によって再開され、キリスト教圏の強国も参加して今なお続いている対フランスの長期の戦争のことを話し

「オレンジ公の時代における政変」とは、もちろん本注釈書でもたびたび言及してきた、いわゆる名誉革命(一六八八～八九年)のことを指す。ジェイムズ二世が追放され、オランダのオレンジ公ウィリアム(オラニエ公ウィレム)がイングランド(およびスコットランド、アイルランド)国王ウィリアム三世として即位したこの革命の中心的な担い手は議会であった。ウィリアムはすでに一六七七年、ジェイムズ二世の娘メアリと結婚しており、当初議会は、メアリを単独で女王とし、ウィリアムを女王の配偶者(王配)とする予定であったが、ウィリアム自身、ジェイムズの甥(すなわちメアリの従兄妹)にあたり、自らも王位に就くことを強く望んで議会を牽制、メアリもこれを支持したので、結局、二人とも同等の国王の資格を有するというイギリス王室史上初めての体制が生まれることになった。ウィリアムが、メアリとは対照的に、国民には著しく不人気であったのは、こうした事情も関わっている。第一篇第二章、リリパット国皇帝の諷刺的描写の中に見られる「鷲鼻」[29]がこのウィリアムを含意したものであることは、すでに指摘した通りである(29-9「皇帝は宮廷の……」の注参照)。

「対フランスの長期の戦争」とは、神聖ローマ帝国を始め、ブランデンブルク選帝侯、バイエルン選帝侯、スペイン、

オランダ、スウェーデンなどの西ヨーロッパ諸国がルイ一四世のフランスに対抗して結んでいた軍事的同盟であるアウクスブルク同盟に、イギリス国王としてのウィリアムが参加して始まった、いわゆる大同盟戦争(一六八九〜九七年)と、これに続いて勃発したスペイン継承戦争(一七〇一〜一三年)のことを指す。「現女王」とはもちろんアン女王のこと。大同盟戦争では、名誉革命によってフランスに亡命していた元のジェイムズ二世が、フランス国王ルイ一四世の支援を受けてアイルランドへ攻め込むという事態が起きたが、一六九〇年、ボイン川の戦いでウィリアム三世率いるイングランド軍がフランス=アイルランド連合軍を撃破し、ジェイムズ二世の夢は潰えた。スペイン継承戦争は、スペイン国王カルロス二世の死と王位継承をめぐって起きたもので、スペインおよびフランスに対して、フランスのブルボン王家の勢力拡大に反対するイギリス、オランダ、オーストリアが敵対した戦争である。どちらの戦争も北アメリカを舞台に英仏間の戦争が起きており、それぞれ、ウィリアム王戦争、アン女王戦争とも呼ばれる。イギリスはどちらの戦争でも、実質的には戦勝国に近いが、スペイン継承戦争末期には、戦争続行に反対する声が国内的に高まり、司令官にして戦争推進派の中心人物であったモールバラ公ジョン・チャーチルが罷免され、「終わりの見えない」[259]戦いが終結したというわけである。戦争は、ウィリアム三世を始め、実質的にホイッグ系の勢力によって進められたので、トーリー系勢力は戦争継続反対の主張をパンフレットなどで喧伝した。「全体では約百万が殺され」[259]といった記述は、そうしたパンフレット類で使われた表現をヒントにしつつ、スウィフトがそれをさらに誇張したものと考えられる(Rivero 207)。ただし第五章のこの場面は、ガリヴァーがフウイヌムに一七一一年に漂着してすでに「三年以上」[258]経過しているわけだから、この「終わりの見えない」戦争がスペイン継承戦争を具体的に指しているとすればやや不自然である。戦争全般に対するより一般的な見解と解することもできるが、意図的にガリヴァーの記憶違い、あるいは錯乱の様子を演出して見せたとも考えられる。あるいは単に、ガリヴァーのフウイヌムでの滞在年数をスウィフトが勘違いしたものか。

259
─8

まず、自分の統治する領土、人民が十分ではないと考える君主の野心があり、悪政に対する臣民の怒号を抑圧したり、そらしたりするために君主に戦争をさせる大臣たちの腐敗もある。

「戦争」という言葉すらないフウイヌムで、それを説明しようとするガリヴァーの必死の努力が続く。当然のことながら彼が念頭に置いているのは、一八世紀初頭のヨーロッパ事情、特にイギリスと敵対していたフランスであろう(Higgins 346)。つまり、「自分が統治する領土、人民が十分でないと考える君主」とは、太陽王と称された当時のフランス国王ルイ一四世と考えるのが一般的である。実際、ルイ一四世に対する諷刺的言及は、スウィフトの著作に頻出する。例えば『桶物語』第九章に登場する、「三〇年以上の間、町を取ったり取られたり、軍勢を負かしたり負かされたり、諸侯をその領地から追い出したりして自ら娯しん」でいた「ある偉い王様」もまた、ルイ一四世のことであろう。そこでは、各国の思想家が集まり、この「王様」の異常なる狂気を自然、道徳、政治上の原因などから真剣に分析する。ところが、この「英雄」の頭脳を活性化させていたのは、その体内にあった「蒸気または精気」であって、これが体内を循環してやがて下降し、肛門に凝集するに及んで、「世界はその後しばらく平和を保つことが出来た」というわけである(深町訳 121)。一六九〇年から九一年にかけて執筆されたと考えられる詩「国王頌歌」でも、スウィフトは、フランスに亡命したジェイムズ二世とともに好戦的な外交を展開するルイ一四世を「あくなき暴君」と呼んでいる(*Poems* i: 10)。もっともこのときのスウィフトは、アイルランドへ侵攻したルイ一四世とジェイムズ二世の連合軍を撃破したウィリアム三世を手放しで称賛している。彼がウィリアム三世に対する批判を強めていったのは、その後、この国王が、「カンタベリーもしくはウェストミンスターの聖職禄」をスウィフトに約束しながらその約束を果たさなかったという事情によるところが大きい。

もちろん「君主の野心」については、直接的なルイ一四世への諷刺の他に、例えば、モアの『ユートピア』に登場する諸国王や、ラブレーの『ガルガンチュアとパンタグリュエル物語』第一巻に登場するピクロショールの描写などもスウィフトの視野に入っていたに違いない(Higgins 346)。

259-9 意見の喰い違いが何百万の命を奪うこともある。例えば、肉がパンなのか、パンが肉なのかとか、ある種の果実の液は血か、葡萄酒かとか、口笛を吹くのは悪徳か、美徳かとか、棒切れに接吻するのと火にくべるのと、いずれを良しとすべきかとか、上着に最も適しい色は黒、白、赤、灰色のいずれなりや、その長さは長か短か、その幅は狭か広か、垢だらけか、洗うか等々、ともかく例は尽きない。

戦争の説明を懸命に続けるガリヴァーの論調は、いつしか人間社会における戦争や社会の腐敗の醜さへの強烈な諷刺へと転化していく。ヒギンズは、ここで展開されるさまざまな「意見の喰い違い」の描写の詳細が、ロバート・バートン『憂鬱の解剖』(一六二一年)の冒頭部分における諷刺と酷似していることを指摘しているが(Higgins 346)、人間の異常な行動や愚行の根本的な原因を、その憂鬱症的気質と病に求める点でも両者は近似している。身体の病弊と社会的病弊とを重ね合わせて考察する近代初頭の身体論の系譜がここにはある。

具体的に見てみよう。「肉がパンなのか、パンが肉なのかとか、ある種の果実の液は血か、葡萄酒かとか」は、『桶物語』第四章にも見られるローマ・カトリックへの諷刺。『桶物語』では、パンと葡萄酒がキリストの血と肉に変わるという、神学上のいわゆる化体説を奉じるピーター卿が、大威張りで午餐に黒パンを供し、この上等な「羊肉」を召し上がれと言う。ピーター卿の体面を重んじ、いぶかしげな顔をしつつも我慢していた相手は、しかしついに、「眼で見ても、指で触っても、歯で嚙んでも、鼻で嗅いでも、こいつはパンのかけらとしか思われません」と漏らす。これを聞くに及んでピーターは激高してしまうという話だ。ピーターはさらに赤葡萄酒もふるまうのだが、「下らぬ酒屋のこしらえ物とは訳が違う」と言って出された葡萄酒は、なんとぱさぱさのパンの切れ端。あきれ果てた客は、しかし、ピーターが狂気の発作を起こしては面倒だと考え、その場は黙って引き下がるのであった(深町訳 82–84)。

「口笛を吹くのは悪徳か、美徳か」という論争は、ポール・ターナーが指摘するように、ピューリタン革命後の共和制時代のイギリス(一六四九〜六〇年)で、長老派および独立派教会の影響により、オルガンと聖歌隊が教会から取り除かれたことに言及したものであろう(Turner 367)。『桶物語』第一一章にも、「音楽、特に風笛の音を聞くと狂い出」すジャックの姿が描かれている(深町訳 146)。ジャックはもちろん熱狂的なピューリタンである。

「棒切れに接吻するのと火にくべるのと、いずれを良しとすべきか」の「棒切れ」は、十字架のこと。「棒切れに接吻する」という偶像崇拝、すなわちローマ・カトリックと、これを「火にくべる」という偶像破壊、すなわちピューリタンとの激烈な争いに言及したものである。特にピューリタンは、革命から共和制期にかけて反十字架の強力な運動を展開し、しばしば公衆の面前で十字架を燃やしたと言われている。

「上着に最も適しい色は黒、白、赤、灰色のいずれなりや」は、やはりポール・ターナーが指摘するように、キリスト教の諸宗派、すなわちドミニコ会、カルメル会、三位一体説信奉者、フランシスコ会がそれぞれ何色の上着がよいかということをめぐって展開した論争を指す。もちろん結論を言えば、ドミニコ会が黒、カルメル会が白、三位一体派が赤、そしてフランシスコ会が灰色である(Turner 367)。

宗教論争を中心にさまざまな「意見の喰い違い」の具体例を示した後で、ガリヴァーは、それが「取るに足らない」ものであり、そして「取るに足らない」ものであるからこそ、それが原因で生じる戦争は、「凄惨で、多くの血を流し、終わりの見えない」ものとなると説明する[259]。第一篇第四章でもガリヴァーは、リリパットの宗教的対立に遭遇し、卵を大きい方の端から割るか小さい方の端から割るかが深刻な対立の原因となっていることを知った。経典には、「すべて正しき信仰を持てる者、その卵を便宜よき端より割るべし」[49]と記されているにもかかわらず、である。ガリヴァーの、そしてスウィフトの宗教論争に関する記述は、表面的な「取るに足らない」問題で右往左往する宗教界を冷笑する視点に貫かれていると言えるだろう。実際、「取るに足らない」という部分の原文 things indifferent は、ギリシャ語の *adia-phoros* に由来し、これは「非本質的なもの」という意味のキリスト教神学における専門用語である(Turner 367)。先に述べたピューリタンによるオルガンや聖歌隊追放の一件も、それらがピューリタンによって「非本質的なもの」とされていたからにほかならない。だが、ここで注意しなければならないのは、ガリヴァーの、そしてスウィフトの言及は、果たしてこの多くの注釈者たちが注目する「非本質的なもの」のみにとどまるものだろうか、という点だ。もしそれが、例えば信仰やイギリス国教会の首長たる国王への忠誠の形式といった、より本質的な宗教論争にまで及んで、それを「取るに足らない」「非本質的なもの」と言い切っているのだとすれば、聖職者スウィフトの思想的・宗教的姿勢は、ここに至って大きな質的転回を遂げていることになるのだが、もちろんこれは推測の域を出ない。

259-15 ときには二人の君主が、本来何の権利もない相手の領土の三分の一をどちらが奪うかで喧嘩になる。相手が喧嘩を仕掛けてきはしないかとビクついて、自分から仕掛けて出る君主もいる。敵が強すぎて戦争になることもあれば、弱すぎて戦争になることもある。

宗教的対立に起因する戦争に続き、いわば君主の気まぐれで起きる戦争の例が示される。具体的には、すでに述べた大同盟戦争やスペイン継承戦争を下敷きにした記述と考えてよいだろう。もっとも、モアの『ユートピア』にも、フランスと国境を接するスペイン北東部ナヴァル王国に関して同種の描写が見られる(平井訳 47)。スペインとフランスにはさまれたこのナヴァル王国もまた、しばしば国を分断され統治者も目まぐるしく入れ替わるという歴史をもっている(Turner 367)。すぐ後で述べられている「こちらの領土のまとまりをよくするような地域があるとかならば、戦争に打って出ても正当なのである」[260]というのは、特にドイツ北部のヴェルデンやブレーメンといった地域の覇権をスウェーデン王カール一二世から奪取したハノーヴァー選帝侯国に対する諷刺であろう(Higgins 347)。もちろんこの動きの背後には、イギリスの王室がジョージ一世を迎えてステュアート家からハノーヴァー家に変わったことが深く関わっている。ステュアート朝のイギリスはスウェーデンと同盟関係にあったが、その外交方針が転換されたからである。だから、このカール一二世の敗北に、ヒギンズのように、ステュアート家寄りで反ハノーヴァー家的言説を読み取る批評家もいる(同 347; Higgins, "Jonathan Swift and the Jacobite Diaspora" 100)。

ちなみにここで登場するスウェーデン王カール一二世は、一四歳で王位を継承。一時期、ポーランドやザクセンまでその支配下に収めたが、ロシアのピョートル一世と対立して次第に劣勢となり、ノルウェー攻略中にわずか三六歳で戦死した。スウェーデン軍を率いて積極的に陣頭指揮をとったその勇猛果敢な姿は、後にヴォルテールの伝記(一七三一年)やサミュエル・ジョンソンの詩『人間の願望のむなしさ』(一七四九年)に描写されている。「軍人の誇りとはいかなる礎の上に築かれるものなのか/その希望はどれほど正しくスウェーデン王カールの行動を定めたのか」で始まるジョンソンのこの詩における三〇行あまりのカール一二世の描写は、軍人の栄枯盛衰を「人間の願望のむなしさ」の一つとして淡々と描きつつも、ある種の敬意と親愛の情を感じさせるものとなっていて、それが、ジョンソンのジャコバイト的気質と呼応するという指摘もある(Erskine-Hill, “Johnson the Jacobite?” 13–14)。

260–13　さらにまたヨーロッパには乞食君主なる者もいて、自分では戦争ができないので、自分の軍隊を他の金持ち民族に一日一人いくらで貸し出し、その上がりの四分の三はピンはねして、大体それで喰ってゆく。北ヨーロッパの君主の多くがこれである。

言うまでもなく原文の意味は、自国の兵隊を他の富裕な国々に貸し出し、その賃料でもって自国を維持するような「乞食君主」が「北ヨーロッパ」には多い、ということだが、これは、いわば現実を逆転させる構図になっていて、実際には、そういう金銭で雇われた外人部隊、いわゆる傭兵隊に依存する乞食のような「北ヨーロッパ」の君主が少なからずいるという現実への批判と解するのが一般的である。要するに、自分の領土を自分の軍隊が守る、という確固たるアイデンティティのようなものを欠いた「乞食君主」がいるというわけだ。そしてここに至って、ジョージ一世への諷刺は最高潮に達する。ジョージ一世が、そうした傭兵隊を使用していたことはあまりにも有名であったからだ。実際、チャールズ・フォードによる手書き修正入りの『ガリヴァー旅行記』初版本では、「北ヨーロッパ」のところが「ドイツその他」となっている。もちろん、ベンジャミン・モットもジョージ・フォークナーも、この修正版を刊行することはなかった。ジョージ一世とハノーヴァー王家への揶揄があまりにも明らかだからだ(Higgins 347)。

もっとも、「乞食君主」と傭兵隊の問題は、イギリスのみならず一七世紀から一八世紀のヨーロッパにおいて比較的身近な話題でもあった(118-5「五百騎の……」の注参照)。一七世紀前半のヨーロッパ大陸における、いわゆる三十年戦争に、のべ四万人ものスコットランド出身の男性が傭兵隊として加わっていたことはよく知られているし、ブルボン王家のフランス軍が多くの傭兵隊で構成されていたことも有名だ。だが面白いことに、一八世紀初頭のイギリスには、ゼノフォービア、いわゆる外国人嫌いの言語表現が少なからず登場する。ウィリアム三世やジョージ一世を始めとする外来の国王が統治し、政治的にも経済的にも文化的にもヨーロッパ大陸との交流がさかんであったにもかかわらず、である。ガリヴァーの「乞食君主」への言及はまさしくその代表的な例と言えよう。ちなみに先に触れたサミュエル・ジョンソンの悲劇『アイリーニ』(一七四九年)にも次のような一節がある。「天は軽蔑する、世俗的繁栄を好み真理を知らぬギラギラした傭兵隊の野心を」(Johnson, *Irene* 127)。

261-5

この無知ぶりには首を振って、苦笑するしかなかった。こちらとしても戦術についてはズブの素人ではないから、私は大砲、重砲、小銃、騎兵銃、拳銃、弾丸、火薬、剣、銃剣、包囲、退却、攻撃、坑道、その坑道潰しの坑道、砲撃、海戦と説明し、千人乗りの艦船が沈む、双方二万が死ぬ、呻吟して死ぬ、四肢が空に舞う、硝煙と叫喚と混乱の中、馬蹄に踏まれて死ぬ、戦場に累々たる死骸は犬狼猛禽の餌食となり、掠奪をやり、強奪をやり、凌辱をやり、火を放ち、破壊するのだと説明した。

ガリヴァーの必死の説明にもかかわらず、「戦争」という言葉さえ存在しないフウイヌムの主人は相変わらず「戦争」のことがよく分からない。それでガリヴァーはさらに「戦術」に関する詳細な説明に及ぶわけだが、そうすることでいっそう、人間社会のヤフー的性格が暴露されてしまうことになる。探検航海に関する実録旅行記などとともに、この「戦術」に関する実用的な書物も当時、少なからず出版されていた。『軍事教程、もしくは戦術について』(一六八九年)、

『戦術論』(一七〇七年)、『新戦術論』(一七二六年)などはその代表的なものである(Higgins 347)。

261-15 考えてみれば、もし耳がこういうおぞましい言葉に慣れてしまうと、その忌わしさすらだんだんに消えてゆくのかもしれない。これまでもこの国のヤフーを嫌ってはきたが、その性質が不愉快だからといって咎めたことはない、ナイ(猛禽の一種)を残酷だと言って怒っても、とがった石に蹄が切れると言ってあたってもしかたがないのと同じだから。

戦争と人間社会の醜悪さを語って饒舌をきわめるガリヴァー。フウイヌムの主人はそれをいったん制止し、自らの見解をこのように述べる。だがその語りは、明らかにそれまでのガリヴァーの、否、スウィフトの語りの勢いに呑み込まれている。「考えてみれば」の原文は He thought . . . 。登場人物が三人称で語られる作品であれば、これはごく普通の描写だ。だが、『ガリヴァー旅行記』は一人称、すなわちガリヴァーによって語られている(77-15「捕縛、送還……」の注参照)。しかもこの第五章は実に饒舌に、だ。その流れからくる He thought . . . に、もはや三人称の客観性は期待できない。本来ならば、「だんだんに消えてゆくのかもしれないと思う、などと主人は言った」のような表現になるべきところだが、ガリヴァーの語りとフウイヌムの主人の考えとは、その話者の主体性・個別性を次第に失ってスウィフトの語りとして一体化し、奔流となって流れ出しているのである(272-6「私とヤフーとが……」の注参照)。

そのように捉えると、「その性質が不愉快だからといって咎めたことはない」に、スウィフトのある種の真情吐露が見られたとしても不思議はない。実際、スウィフトは、『ガリヴァー旅行記』刊行の前年にあたる一七二五年の一一月二六日、友人アレグザンダー・ポウプに宛てた書簡で次のように述べている。「結局私は人間を嫌ってはいないのです。(中略)人間を嫌うのは、人間が理性的な生きものであると考えるからで、だから失望して腹も立つのです。人間は理性的だという考えを私はいつも斥け、自分なりに考えるようにしてきました。私は××にも怒りを覚えてはいません。先週私はトビに私の鳥を一羽さらわれてしまいましたが、そのトビに腹を立てても仕方がないのと同じように。でも二日後、私の従者の一人がそのトビを撃ち落としたときには喝采しましたがね」(*Correspondence* ii. 623)。「××」の箇所は、原文でも空欄。従来、ここはウォルポールと考えるのが妥当とされてきたが、もちろんヒギンズが指摘するように、国王(ジョージ一世)と考えることもできる(Higgins 347–48)。第三篇第三章末尾の、「国王とその家来をすべて殺戮し、政府を取り替えてしまう決断をしていた」[181〜182]をもう一度思い出して比較してみるのもよいだろう。

端的に言うならば、結局スウィフトはこの場面において、フウイヌムの中に入り込んで「その性質が不愉快だからといって咎めたことはない」などと穏健なポーズを取りつつ、しかし実は、忌避する対象の「殺戮」をさえほのめかしているということになるのではあるまいか。ヤフーを咎めないと言いつつ、いなくなればそれに越したことはないという立場だ。先のポウプ宛書簡でのスウィフトの真情吐露と『ガリヴァー旅行記』における構図とは、実はぴたりと重なりあっている。

262–10

もしわれわれが主張通りの理性的な動物であるとするならば、何をなすべきか、何を避けるべきかを教えるのには自然と理性の導きで十分なはずだが、というわけである。

フウイヌムの主人の語りが多分にガリヴァーの語りと渾然一体をなしている、ということはすでに述べたが、ここもそうした箇所の一例と言えよう。言うまでもなく、フウイヌムの主人は「彼」と呼ばれ、その話し相手であるガリヴァーは自分のことを「私」と呼んでいる。だが、フウイヌムの主人の話の中に登場するガリヴァーは、本来、会話の中では「お前」とか「君」と呼ばれているはずで、そういう直接話法であれば、両者の距離感や相対的関係がつかみやすいのだが、すでに述べた通り、直接話法は、わざわざ不思議な現地語を示す場合を除き、原則としてこの作品には登場しない。したがって、本来は「お前」とか「君」という言葉であるべきところが、この作品の語りでは、「私」になっているわけで、そのことにより、二人の相対性は著しく一人称の「私」の中に呑み込まれていると言えるのではあるまいか。「もしわれわれが」の「われわれ」(we)も、文脈から言えば、もちろんガリヴァーを始めとする人間全般を指すわけだが、しかしどこかに、ガリヴァーとフウイヌムの主人を渾然一体なるものとして読者に語りかける作者スウィフトの姿を感じさせるものともなっている。

「何をなすべきか、何を避けるべきかを教えるのには自然と理性の導きで十分なはず」という考え方は、スウィフトの愛読書の中にも多く見られる。例えば『ユートピア』の中でモアは、「徳とは自然に従って秩序づけられた生活であり、われわれはそのような生活をおくるよう神によって定められているからである、いや、さらに、われわれがものを欲するにも嫌がるにも、理性の導きに従うならば、われわれはまさに自然の大道を歩いているというべきである」と述べているし(平井訳 111)、やはり愛読していたとされるフーゴー・グロティウスの『戦争と平和の法』(一六二五年)の序文にも、自然の法によって課されたものに従うならば、そこに神や教会、聖書の指示も必要ないと記されている。理性によってこそ、自然の法を理解できる、とするこの考え方は、モア、スウィフト、そして彼の描くフウイヌムの生き方に明らかに共通する。運命を受け入れ、自由意志を肯定し、感情の束縛から脱して理性に基づき、命にこだわらず、より善く生きようとする、やはりスウィフトの蔵書に多く見られるストア派の思想に由来するものだ。スウィフトの蔵書にあるスコットランドのジャコバイト系貴族アンドリュー・マイケル・ラムゼイ(一六八六～一七四三年)の『市民政府論』(一七二二年)にも、国家とは、「理性的な自然に適合するもの」であり、「人間が自然の法に従っているならば、法律も罰も必要ない。理性が一般法となるはずだ。そうすれば人間は、高慢になることなく質朴に生き、財を交換することなく人間同士が交流し、嫉妬することなく平等に生きられるはずなのだ。徳を第一義とし、寛容にして私心なく生きること以外に何の希望をもつことがあろうか」とある(Ramsay 36–37)。まさにストア派的思想を要約したものと言えよう。

ラムゼイはしかし、そうしたストア派的生き方が人間にはできないとし、その理由を人間の自己愛と激しい感情に求めている。それを克服せよとするストア派思想に対して、それが不可能であるとするラムゼイ。フウイヌムが人間ではなく馬であったことを考えれば、スウィフトの考え方はむしろラムゼイに近かったということになろうか。

262–15

われわれのところには、特別に工夫された多量の言葉を使って、報酬次第で、白は黒い、黒は白いと証明する術を若い頃から仕込まれる人々がいる。他のすべての人々はこの一団の奴隷となる、と私は説明を始めた。

自然の法に従って理性的に生活していれば問題ないではないかとするフウイヌムの主人に対して、ここでガリヴァーは、人間社会の法律と裁判、そして弁護士に諷刺の矛先を向ける。法と法律稼業に関する批判的言及は特にスウィフトに限るものではない。モアの『ユートピア』にもある(平井訳 138–39)。だが、この箇所での彼の諷刺は異常なまでに苛烈を極める。実際、「そこで、私の言う法律とは何なのか、その運用者とは誰なのか、私の国の現行のやり方に照らしてさらに詳しく説明してほしい」[262]から、「彼らは不法をきわめる意見を正当化するために、判例と名付けたそれを典拠として持ち出してきますし、裁判官も必ずそれに合わせて判決を下します」[264]までの記述は、モット版(初版)と一七三五年のフォークナー版とでは異なっており、法律書出版を手掛けていたベンジャミン・モットが批判を恐れて何らかの改竄を加え、それを元に戻したのがジョージ・フォークナーの一七三五年版ではないかという指摘があって、それを裏付けるかのようなフォードからモット宛の書簡も残されている。もっとも、モット版とフォークナー版の該当箇所を子細に比較してみると、実はモット版の方が記述は長く、むしろフォークナー版はそれを圧縮して諷刺の論点を明確にしたものとも考えられる。そのことから、例えばF・P・ロックは、モットが原稿を改竄したのではなく、スウィフトが後から書き直したのではないかと推定している(DeMaria 294; Lock 83)。いずれにしてもこの強い諷刺は、法律家一般に対するものではなく、より具体的、現実的にスウィフトの人生に関わりのあった問題に言及したものと考えられる。それは何か。ターナーやヒギンズも指摘しているが(Turner 368; Higgins 348–49)、おそらくこの背景には、高等法院首席裁判官であったウィリアム・ホイットシェッド(一六七九〜一七二七年)とスウィフトの確執を考えることができるので、ここではそれをより詳しく検討しておきたい。

一七二〇年、スウィフトは『アイルランド製品の利用についての提案』なるパンフレットを刊行する。外国製のものではなく、なるべくアイルランドで作られたものを使おうではないかという、主張としてはごく普通の国内産業保護論であったが、このパンフレットを印刷したエドワード・ウォーターズは訴追されてしまう。イギリス政府に断りなくアイルランドの産業のみを保護するような勝手な政策を推奨するとは何ごとか、というわけだが、この訴追がまったく無謀なものであるのは誰の眼にも明らか。ウォーターズ裁判を担当した判事たちは無罪の判決を出す。ところがこれに異を唱える者があって、判決は九度も差し戻しとなった。この一連の仕掛け人であり、判決を差し戻した張本人が、ホイットシェッドだ。スウィフトは、アイルランドおよびイングランドの有力者に働きかけ、何とかホイットシェッドの横暴を阻止したので、ウォーターズは無罪放免となった。

だが四年後、ホイットシェッドとの対立は再燃する。『ドレイピア書簡』の第四書簡「アイルランドの人々に告ぐ」をスウィフトが刊行すると、その扇動的性格により、今度はこれを印刷したダブリンのジョン・ハーディング(?〜一七二五年)が逮捕されてしまう。もちろん指示したのはホイットシェッドだ。これに対してスウィフトは、第五書簡「モールスワース子爵へ」を著してホイットシェッドを厳しく非難した。この件も結局は、ホイットシェッドの差し戻しにもかかわらず、ハーディングの無罪が確定することになる。

いったいなぜホイットシェッドはアイルランド市民に対して、これほど強硬な姿勢を取ったのか、しかもスウィフト自身に対してではなく、印刷屋を逮捕するという手段に出たのか。スウィフトの理不尽な法律稼業への強烈な諷刺の原点は、おそらくこの問題意識の内にある。もともとフウイヌムの主人が尋ねたことは、自然と理性の法があるではないか、ということであった。それが、「わが方の弁護士はことを進めるにも大変な用心がいるということで、そうしないと裁判官から譴責を喰いますし」とか、「裁判官というのは、犯罪者の審判をするためだけではなくて、財産をめぐる係争のすべてに黒白をつけるために任命されている人たち」とか、「彼らは共通の正義や人類の普遍的な理性にもとる過去の判決すらもすべて記録にとどめようと粒々辛苦するのです」とか「弁護にあたっては、彼らは訴訟の本案に踏み込むのは極力避け、蛮声を張りあげて、関係のない付随事柄をうんざりするほど延々とやる」［263〜264］などという法律と裁判官の具体的な行動様式への批判に転じてしまっているのは、法に関する根本的な問いというよりはむしろ、ホイットシェッドとの対決を通じてスウィフトが強烈に感じていた私怨、つまり法律家がとる姿勢や行動様式に対する嫌悪感によるものであったと考えられるのである。そしてそれが、しかし皮肉なことに、人間社会のヤフー的性格をますます暴露してしまうことにつながっているのである。

なお、このホイットシェッドとの関わりなどを通じて、スウィフトは当時の裁判制度の実際をある程度よく知っていたと考えられる。裁判官が、「審判するため」だけではなく、「財産をめぐる係争のすべてに黒白をつける」というのは、イギリスの伝統的なコモン・ローの裁判において、金銭の賠償が重視されていたという事情を示すものであるし、また裁判官が「判例を調べて」［264］というのも、判例重視のコモン・ローの裁判によく見られたことである。スウィフトに限らず、硬直したコモン・ローの裁判手続きについては、実際に多くの批判があった。いわばそれを補うものとして、衡平法裁判所が一五世紀には生まれてくるのだが、ここにも実は多くの問題があって、それに対する諷刺は、第四篇第七章で展開されることになる［276］。

263–6

仲間からは法律稼業の足を引っぱったとして忌み厭われます。

「法律稼業」の原語はPractice、「足を引っぱった」は、「少なくする」の意のlessen。Practiceには「法律稼業」の意味と同時に「策謀、悪事の企て」といった意味もあるので、この箇所は「せっかく企てた策謀を台無しにしてしまう」といったより強い表現に解することもできる。

264–10

そのために六代前の先祖が残してくれた畑が私のものなのか、三百マイルも離れたところの赤の他人のものなのか、それを決するのに三十年もかかってしまうのです。

法律と法律稼業の語りはしばしば急転回する。この場面も、「六代前の先祖が残してくれた畑」のことを語っていながら、すぐこのあとに出てくる「国家に対する反逆罪」[264]とかなり強引に結びつけられている感がある。先祖伝来の権利が特に法律の世界で軽んじられ、伝統が衰退していくとともに、伝統的な精神が法と法律の前にあえぎ、場合によっては国家に対する「反逆罪」に問われてしまう、ということをスウィフトは言いたかったのだろうか(Higgins 348–49; Ramsay 65–66)。

264–12　国家に対する反逆罪に問われた人物の裁判の場合には

この箇所から、本章末尾にあるフウイヌムの主人に対するガリヴァーの答え、「連中は、自分の商売以外のことになると、われわれの中でも最も無知愚昧をきわめる種族であって(中略)人間に普遍的な理性を等しく倒錯させてしまおうとするのです、と」[264〜265]までの部分は、スウィフトの意を受けたチャールズ・フォードがモットによる初版に書き加えたもの。本章の後半部、法律と法律稼業に関する描写には、フォードによる追加が少なくない。いずれにしても『ガリヴァー旅行記』初版刊行に際して譴責を避けようとした出版者モットと、きわめて強い諷刺を意図していた作者スウィフトとの激しいせめぎ合いがうかがえるわけだが、モットがどこまでスウィフトの原稿を改竄したのかについては、**262–15**「われわれのところには……」の注で述べたF・P・ロックの指摘にもうかがえるように、なお検証の余地が残されている。

第六章

265-5　アン女王治下のイングランドの状態(続)。ヨーロッパ各国の宮廷における宰相の性格。

第六章も、引き続き、ガリヴァーがフウイヌムの主人に対してイギリスの、あるいは人間社会の様子を説明するという設定。説明すればするほど、諷刺は強まり、人間のヤフー的性格が暴露され、その醜悪さが露呈していくことになる。ちなみにこの第六章冒頭の「あらすじ」では、「アン女王治下のイングランド」と明記されているが、ここには『ガリヴァー旅行記』の版本と諷刺をめぐる一連の問題が隠されている。というのも、実はモット版(初版)では、ここに「イングランドの状態(続)、アン女王の統治よろしく首席の大臣など不要」云々と記されていたのだ。これに対して、スウィフトの指示を受けたと思われるフォードは、これを「イングランドの状態(続)。初代宰相の性格」と修正。一見して分かる通り、「あらすじ」の力点がアン女王から「初代宰相」に移っているわけだ。ところが、このフォードの修正を踏まえたはずのフォークナー版が、なぜかここにあるような折衷的記述になっているのである(Higgins 349; Rivero 212; DeMaria 294, 303)。**262-15**「われわれのところには……」の注にも記したように、フォードの修正版は一般に、描写の対象が具体化されて諷刺が強まる傾向にあるが、「アン女王治下の」を省いたこの箇所の修正に関する限り、むしろ記述が曖昧になっている印象を受ける。いったいこの紆余曲折は何を意味しているのだろうか。

「イングランドの状態」が惨憺たるものであると考えられるならば、そこに「アン女王治下の」が加わることで、アン女王への諷刺は明確になる。実際、アン女王がスウィフトを評価せず、特に『桶物語』などに対しては批判的であったこと、そして彼がしかるべき聖職禄を希望していたにもかかわらずそれが女王によって考慮されることはなかったということなどは伝記的によく知られている。しかし、実はこの第六章には、一七二六年のモット版(初版)に存在したものの、フォークナーによる一七三五年版では削除された次の一節があった。

私は主人に次のように説明した。わが国の女性の統治者である女王陛下にあっては、おのが野心を満たしたり、隣人を傷つけてまで権力を拡げようとしたりする気持ちはまったくなく、臣下に対する偏見もないので、悪事を企てこれを実行するための腐敗した大臣などは不要、ひたすら国民に良かれと思うことを指示し、その指示によって民を導き、ただ国の法の定める範囲に民の行動を制限するばかりである。国事に関して女王陛下が特に信頼を置く人々の振る舞いや行動もすべて閣僚団の判断に委ね、法が定める罰則に従わせているので、特定の臣下を信用して国事のすべてを任せるというようなことはない。ただわがイングランドの以前の国王や、現在のヨーロッパの他の多くの宮廷では、王が快楽を求めるあまり国事をさぼり、あるいはぞんざいに処理したりすることもあって、そういうところでは、以前説明したように、「宰相」とか「首席大臣」とかという称号の政治家を用いている。その様子についての私の描写は、たんに彼らの行動だけからではなく、自ら刊行した書簡や回想録、著作などを集めたものであり、その信憑性についてはこれまで誰も疑いをはさんだ者はいないのだが、その人物像とは次のようなものである。(*PW* xi. 318)

いったい、この一節は何を意味しているのだろうか。まず考えられるのは、前半部に見られるようなアン女王への賛美。ここに諷刺的な意味が込められているとすれば、それはステュアート朝最後の女王を賛美することで、その後のハノーヴァー朝を逆にあてこする、という姿勢であろう。だが後半部に入ると、女王賛美の調子はやや薄らぐ。そして国事全般をつかさどる「宰相」ないし「首席の大臣」に政務を委ねているような王国は現在のヨーロッパに少なくない、イギリスもかつてはそうだった、そういう「宰相」の描写にかけて自分は人後に落ちない、さあ説明を聞いてほしいといった具合に展開し、それが「私が説明しようとしました国の首席の大臣、宰相と言いますのは」[269]に接続する、というわけだが、どうもこの後半部は腰砕けのように感じられないだろうか。「わがイングランドの以前の国王」というのはいったい誰のことを指すのか――ハノーヴァー朝以前ということなら、アン女王を含むステュアート朝のことになってしまうではないか。誰をどう描写しようとしているのか、描写の対象が曖昧で筆の運びも鈍い。

実はこの部分は、ベンジャミン・モットの影の助言者でもあった聖職者アンドリュー・トゥック(?～一七三二年)によって書かれた(あるいはスウィフトの原稿をもとに捏造された)のではないかというのがヒギンズの推定である(Higgins 282-83, 349)。彼の見解は次のようなものである。アン女王賛美のジャコバイト的言説を刊行することが一七二〇年代のロンドンの出版者にとっていかに危険な行為であるかをモットはよく心得ていたから、スウィフトのアン女王賛美(とそれによるハノーヴァー朝に対する痛烈なあてこすり)の原文をそのまま出版するわけにはいかない。しかしその部分をまったく削除するわけにもいかない。そこで編み出された窮余の一策が、トゥックによるこの捏造文であったというわけである。そしてこれが、「ガリヴァー船長から従兄シンプソンへの手紙」[7～11]の冒頭での出版者への痛烈な諷刺となって吐露されているのではないかというのである。繰り返しになるが、この「手紙」は「一七二七年四月二日」という日付けにもかかわらず、一七三五年のフォークナー版に初めて登場したものである。「ましてや挿入に同意する権限を貴方に認めた記憶はありませんし、とりわけ今も敬虔なる記憶の中に燦然と耀く故アン女王陛下に関わる一節は、私の敬慕と崇敬の念が他の誰に対するよりも強いとしても、いっさい私の関知するところではありません」[7]と作者は強く主張する。

もう一度、ヒギンズの考え方を整理しよう。当初、スウィフトはアン女王を賛美する形でハノーヴァー王家と内閣、「イングランドの状態」を厳しく批判する諷刺を書いた。これが現政権の怒りを買うことはあまりにも明らか。そこでモットはトゥックの助言を得て、スウィフトの文章に手を入れて出版した。右に紹介した中途半端な文章がそれである。そしてこの初版の段階での第六章の「あらすじ」となっていたのが、先ほど触れた「イングランドの状態(続)、アン女王の統治よろしく首席の大臣など不要」云々というものであったわけで、これは「しかも事実が間違っている。陛下の治世のある期間は私もイングランドにおりましたが、その私の知るかぎりでは、陛下の治世には宰相がおられました。一人どころか、続けて二人も」[7]という「ガリヴァー船長から従兄シンプソンへの手紙」に見られる事実誤認の指摘とも合致する。ともあれ、スウィフト、フォード、そして一七三五年版の出版を手がけたフォークナーは、このよけいな一節を削除。本来のスウィフトの原稿に近いと想定される形に戻した。いま私たちが通常手にする原書や翻訳の『ガリヴァー旅行記』はこれである、というわけだ。

ただし、このヒギンズの推定には、当然のことながら疑問も生じる。モットの初版が、アン女王への賛美を弱めるべく本文を捏造したというのであれば、それではなぜ初版の「あらすじ」には、そのまま「アン女王の統治よろしく」などという一節があるのだろうか。ちなみにロックはここでも、モットが原文を改竄・捏造したわけではなく、文体的な問題からスウィフトがあとで書き直したものがフォークナー版の記述である、という考え方をしている(Lock 83–85; DeMaria 294)。ともあれ、本文をめぐる微妙かつ激しいせめぎ合いが、章全体の「あらすじ」に痕跡を残した形になっているのである。

265–8

そこで私はさんざん苦労して、お金の使い途、それを作る材料、金属の価値について説明し、この貴重なる代物を山と溜め込んだヤフーは、欲しいと思うものは何でも、極上の衣服でも、豪邸でも、広い土地でも、いちばん高い肉や酒でも買えるし、どんな美人でも選取り見取りなのだとつけ加えた。

人間社会を諷刺するガリヴァーは第五章に引き続き、ときどき、人間を「ヤフー」と表現する。第五章の戦争の記述の際も、「約百万が殺され」[259]は、原文では a Million of Yahoos である。人間とヤフーは次第に区別を欠いて混淆してくるのだ。「お金の使い途」については、類似した表現が古典的作品の中にもあるが、領地の世襲相続といった伝統的価値の継承を重視する保守派のスウィフトにしてみれば、おびただしい貨幣の流通と商品経済の浸透は、決して愉快な現象ではなかったに違いない(Rivero 212)。

266-2

私はこうした問題や他にも多くの似たことを一所懸命説明したのだが、御主人様は相変わらず分からんと仰有る、それもそのはずで、そもそもの前提が、すべての動物は大地の産物を分けてもらう権利がある、とりわけ他の上に君臨するものは、ということなのだ。

「金持ち」に対する言及は古今東西にわたってもちろん枚挙にいとまがないほどある。富者に警告を与える新約聖書『ヤコブの手紙』第五章第一〜六節の「富んでいる人たちに対して」はその一例であろう。他方、フウイヌムの主人には、貧富の差というものがまったく理解できない。「すべての動物は大地の産物を分けてもらう権利がある」と考えているからだ。この共産的発想も決して新しいものではない。モアの『ユートピア』もそうだし、またそもそも、そのモアが依拠したと思われる新約聖書『使徒言行録』の特に第二章第四四〜四五節や第四章第三二〜三五節の記述がそうだ。ガリヴァーは、第三篇第七章に見られるように、たしかにある意味で、市民の平等と共産的体制を基盤とした君主制を標榜しているようにも思われる［206〜207］。

ただここで問題になるのは、当然、ヤフーの存在である。「とりわけ他の上に君臨するものは」という但し書きはその意味で看過してはならないだろう。彼らの労働があって初めてフウイヌムの平等社会、共産社会が成り立っていると考えられるからだ。もっとも、ヤフーは基本的に怠け者ということになっているので、ひょっとするとフウイヌム内の階級制度、つまり「栗毛の召使」のような労働階級のことを想起すべきなのかもしれない。いずれにしても、ガリヴァーは、そしてスウィフトは、こうした格差問題には寡黙である。アイルランド出身のスウィフトがこのフウイヌムの社会を描くにあたって、隷属的な立場への視点をまったく欠いていたとは到底思えない。そうであるとすれば、この「とりわけ他の上に君臨するもの」という位置づけをどう考えればよいのだろうか。一見理想的に描かれたフウイヌム社会に刺さった重大な棘と言えるだろう。

266−7　だからして、上流の牝のヤフーが一匹朝食をとるのにも、それを入れる器ひとつを入手するのにも、この地球全体を最低三周しなくてはならない。

金持ち批判がいつの間にか貴婦人批判にすりかわる。またしても人間がヤフー化し、しかも「牝」だ。描写が女性に対して敵対的になる傾向は『ガリヴァー旅行記』全体に見られるが、ここもその一つである。もっとも、この段落の描写すべてが女性に対する批判的言説になっているわけではないことは注意する必要がある。リヴェロは、この部分が、女性全般に対するものではなく、ことさら海外の高級輸入品を買いあさり、国内産業に悪影響さえ与えかねない当時のアイルランドの貴婦人に特化した諷刺である、としている(Rivero 213)。スウィフトには、「貴婦人の化粧室」(一七三二年)や「寝床におもむく乙女」(一七三一年執筆)といった表面的な美しさを装う女性の醜悪さを執拗なまでに描写した詩があるが、こうした作品を考える際にも注意すべき点と言えよう。

もう一つここで注目しておくべきは、「地球全体を最低三周しなくてはならない」という、いわば国際貿易に対する視点であろう。世界の諸地域と交流を活発にし、貿易を行うというホイッグ的商業主義と、この記述とはきわめて明確に対立する。国際貿易の豊かな可能性に言及するホイッグ的商業主義は、例えば、ジョウゼフ・アディソンとリチャード・スティール(いずれもホイッグ党国会議員)による、社会風俗を活写した当時の代表的な定期刊行物『スペクテイター』(一七一一〜一二年)などにも頻出する。「毛皮のマフや扇がこの地球の各地から届く。スカーフは赤道周辺から、えり巻きは極点の方から、金襴のペチコートはペルーの金鉱から、ダイヤモンドのネックレスはインド中央部からといった具合。(中略)自然は人間に必要最低限のものを与えてくれるが、交通の発達によって、有用な各種のものがもたらされ、また大変便利で装飾的なあらゆるものが手に入るのである」(Addison and Steele, *Spectator* i. 295–96; Higgins 349)というわけである。この『スペクテイター』の記述が、主として女性の嗜好品を念頭に置いていることにも注意を要するが、しかしより大きな問題点は、この国際貿易の延長線上に帝国主義的植民地支配が存在する、ということだ。そしてガリヴァーは、当然のことながら、そうした支配を望まない。第四篇第一二章で、「私の紹介した国々は、植民者によって征服されたい、奴隷にされたい、殺されたい、追放されたいという希望を持っているようには見えないし、金も銀も、砂糖もタバコもあり余っているわけではないから、われらの情熱、われらの勇気、われらの利害のしかるべき対象にはなり得ない」と述べている通りである[315]。世界中をへめぐる四度の旅に出ながら、しかしガリヴァーは、「情熱」、「勇気」、「利害」、そしてあくなき欲望に対して、著しく否定的である。

267-2 葡萄酒

人間のあくなき欲望に対して否定的なガリヴァーは、人間が飲む葡萄酒についても、その効用に触れつつ、しかし、「翌朝目覚めたときの気分の悪さと意気消沈、しかもこの液体の多用によって身体の随処が病気の巣、人生快ならずして、また短かきものになる」[267]と言ってはばからない。だがこの部分は、スウィフトの伝記的事実とはいささか異なるようだ。ポール・ターナーも指摘するように、スウィフトは書簡の中で、「私には絶対的に葡萄酒が必要だ」などと述べているからである(*Correspondence* iv. 469–70; Turner, 368–69)。実際、旧約聖書『箴言』に登場するレムエル王の言葉にも、「強い酒は没落した者に、酒は苦い思いを抱く者に与えよ。飲めば貧乏を忘れ、労苦を思い出すこともない」(第三一章第六〜七節)という一節がある(Higgins 349)。スウィフトのワイン好きについては、92-8「この酒は……」の注も参照。

267-8 例えばこの私にしたところで、家に戻ってそれ相応の身なりをするとなると、職人百人の仕事の実りを身につけることになるし、家を建て、さらに調度となれば、もっと人手がかかり、おまけに家内を飾るとなれば、その五倍はかかる。

贅沢奢侈に関する記述も古今東西、枚挙にいとまがないほどあるが、問題なのは、「金持ち」だけでなく「この私」

に至るまで商品経済が浸透し、生活形態や消費行動そのものが変容しつつあるということ。ロバート・バートン『憂鬱の解剖』(一六二一年)の第三章第二節にも、「荘園一つを丸ごと背中に着こんでいるのが当たり前」といった描写が見られる。

268—5 これらを治療するために、われわれのところでは、病人を直すのを職業とする、もしくは直すと称する人々が養成されている。

当時の医学は、基本的に、一五一一年に制定された医療法と、この法をもとに七年後に設立されたロンドン王立内科医師会を主たる権威としていた。一般の内科医への開業免許を発行していたのも、この王立内科医師会である。しかし、一八世紀当時、この医師会がどこまで実質的な医学の発達に寄与していたかというと、実ははなはだ心もとない。オックスフォードやケンブリッジの出身者が多かったが、両大学とも、教育・実習に利用できる病院などはもちろんなく、結局は、おおむね自然科学全般にわたる基礎教育の修了をもって医師免許の要件と見なされていた。オランダのライデンなど海外の大学に留学する者もあって、実際、そちらの方が進んでいると考えられていたが、彼らが帰国してイギリスの医学・医療にどこまで貢献していたかというと、まさにケンブリッジやライデンに学んだガリヴァーの様子を見ればおおむね見当がつく。そもそもこの王立内科医師会は、例えば、「王の病」と呼ばれた瘰癧を国王が診療する際、恭しくそこに連なっているような組織であった。診療といえば聞こえはいいが、要するに、シェイクスピアの言葉を借りれば、全国から集まってくる「不思議な病にかかり、からだじゅう腫れあがり、膿みただれ、医者もさじを投げた見るも痛ましい病人を、王はその首に一枚の金貨を掛けてやり、聖なる祈りをされる、それだけでなおす」(小田島訳、『マクベス』第四幕第三場)のである。この習慣が、イギリスではアン女王の最晩年まで続けられ、ジョージ一世以降のハノーヴァー王家とは決定的に異なる王権神授説の拠り所の一つとなっていたわけだが、しかしこれは言うまでもなく、民間療法、あるいはヤブ医者診療と呼ぶべきものであることは間違いない。そういうわけで、当時の医学界は、いちおう形式上、王立内科医師会を頂点としつつも、きわめて多くの民間療法やヤブ医者が乱立し、また、王立内科医師会の保守性に違和感を覚えたチャールズ二世が、もう一つの自然科学系王立組織として勅許を与えた王立協会、『ガリヴァー旅行記』第三篇でたびたび登場したあの王立協会からの実験結果の発表などもあって、きわめて混沌としていた。いわばこの混沌とした状況が、身体や病、医術に関するきわめて多くの言説を生みだす素地となっており、病や医術に関するスウィフトの記述も、そうした歴史的・社会的文脈の中で生まれたものである。近代医学に基づく診療行為が確立し、病が病院の中に囲われてくるのは、一九世紀になってからのことである。

268―8　彼らの基本の考え方は、すべての病いは飽食からということで、そこからして彼らは、自然の経路を使うもよし、逆に口を使うもよし、ともかく体の大掃除が必要だと結論するわけです。

ここから、医者への痛烈な諷刺が始まるわけだが、その「基本の考え方」は、原文ではTheir Fundamentalと表現されている。fundamentalはもちろん、一般的には、「基本的な、基礎的な」の意だが、この語は別の名詞形fundamentを想起させる。fundamentは、理論の基礎、基盤を意味するのと同時に、臀部、尻、そして肛門、の意があることも注意すべきであろう。まさに「彼らの基本的な考え」は、肛門などでの排泄行為に集約されると言ってもよいのだから。

268―12　これすなわち嘔吐です。

ターナーによれば、この部分は王立協会フェローにしてグレシャム・コレッジ教授であったジョン・ウッドワード(一六六五〜一七二八年)への諷刺であるという(Turner 369)。ウッドワードの「嘔吐」および「浣腸」療法は当時よく知られており、『マータイナス・スクリブリーラスの回顧録』にも言及が見られる(*Memoirs* 274)。「嘔吐」療法は、痙攣や引きつけに対する治療として当時広く用いられていたが、これは、痙攣や引きつけが、体内に痰や粘液が溜まって起きると考えられていたためである。特に人体に害を及ぼすこともないので、むしろ評判がよかったらしい。ちなみにウッドワードの著作では、「浣腸」についても、こんな醜悪な記述が大真面目になされている。「ヒステリー性の患者に浣腸を施すと、その内容物は、風および固形物からなり、悪臭を放って緑色、泡立って異臭を発する」(Woodward 64)。

269-6 もう駄目でしょうと宣告したあとで、万一恢復する兆候でも見えようものなら、偽予言者と罵倒されるよりも、ここぞと言うときに一服盛って、天下にその名医ぶりを知らしめることでしょう。

スウィフトは、一七三一年、「スウィフト博士の死を悼む詩」という韻文を書いているが(出版は一七三九年)、この中に、「医者は自分の予言が嘘だと分かるくらいなら、私が死ぬことを選ぶでしょう」という一節がある(*Poems* ii. 557)。またポール・ターナーは、当時多くの模倣詩を生んでいたユウェナリスの第一〇諷刺詩二二一行にある「ひと秋に医者テミソンはどれほどの患者を殺したことでしょう」との関連を指摘している(Turner 369)。

269-15 国の首席の大臣、宰相

もちろん、『ガリヴァー旅行記』刊行当時の宰相ロバート・ウォルポールを念頭においた表現だが、本章冒頭の注釈でも述べた通り、いちおう「あらすじ」に「ヨーロッパ各国の宮廷における宰相の性格」[265]と説明されていることもあり、より一般化して考えてみることができるだろう。

270-2 最悪の兆候は彼に約束をしてもらうこと、とりわけ誓約のおまけつきだと、賢者は退いていっさいの希望を捨ててしまいます。

スウィフトは、一七一〇年から一一年にかけて執筆したトーリー政権の機関紙『イグザミナー』の中で、ホイッグ党のトマス・ウォートン伯爵の政治手法を痛烈に揶揄し、嘘の目印として誓約を付したと記している(一七一〇年一一月九

日号)(*PW* iii. 8–13)。同じ「誓約」(oath)でも、ガリヴァーがリリパット国の首都を石で破壊しなかった理由の一つは、彼が皇帝への忠誠を誓約していたためであったことも、ここで思い出してみたい(74–1「一度は抵抗に……」の注参照)。

270–8　免責法なる逃げ道

免責法とは、公職在任中、悪意なく、もしくは気づかぬうちに、何らかの違法行為を犯した者に対して、その責任と罰を免除する法。イギリスの場合、一七世紀から一八世紀にかけての革命や政変の際、前体制に関わっていた政治家や役人に対して、体制転換後の対立や抗争を和らげ、社会秩序を早く回復するために発せられた。王政復古の際、前国王であるチャールズ一世に反旗を翻し、革命と革命政権に関与した多くの共和派に対するものや、ジャコバイト騒擾後にジャコバイト支持派に対して発せられたものなどがある。特に王政復古の際の免責法はよく知られているが、当然のことながら王党派からは厳しい批判の声があがった。国王の敵を免責し、国王の友人を忘却するものだというわけである。スウィフトも、共和派の流れをくむホイッグ系の貴族や政治家を不当に救済するこの免責法をしばしば論難しているが(*PW* iii. 140; Turner 369; Higgins 350)、彼にとってこの免責法がより身近に感じられたのは、一七二三年、親友ボリングブルック子爵がジャコバイトへの関与を許され、亡命先のフランスから帰国したことによるものではなかったか。

271–4　わが主殿の指摘によると、フウイヌムの間でも、白毛、栗毛、鉄灰毛は体の形が鹿毛、連銭葦毛、黒毛などと同じではなく、生まれつきの知能やそれを高める能力も等しくなく、そのためにいつまでも召使の地位にとどまって、自分とは違う種族とまぐわおうとしないし、まあ、そんなことをすれば、自然に背く怪異なこととみなされるという。

フウイヌムの社会は、まさに毛並みの良さによって、階層化されている。「生まれつきの知能やそれを高める能力」が異なるので、それぞれが分を弁えており、その分限を破るのは「自然に背く怪異なこと」、というわけである。ヤフーの存在はもちろんのこと、このフウイヌムの内部に存する階層社会を読者はどう考えるであろうか。ちなみに馬の毛並みについては六種類登場しているが、これは、馬の優劣に関する当時の一般的な理解をかなり正確に反映しているらしい(Nash 110–15; Higgins 350)。それによれば、「白毛、栗毛、鉄灰毛」より「鹿毛」や「黒毛」がよく、最も優れているのは「連銭葦毛」(白と黒がまだら模様になっているもの)だという。スウィフトの記述の細部は、ときとして執拗なまでに正確である。

271–8 われわれのところの貴族というのは、あなたが考えておられるのとは全然違って

本章は、イギリス貴族階級の体たらくに関する辛辣な諷刺で幕を閉じる。「本当の親爺は馬丁か、御者だ」[271]などと具体的な描写をしているが、これはフォークナー版でのこと。初版では「本当の親爺は一家の中でも目下の者」と漠然と表現されていた。きわめつけは、議会上院を諷刺した最後の段落。「この輝く団体の同意なくしては、いかなる法律の制定、撤廃、改定もままならず、さらにまたこの貴族たちは財産の決定権も手にしており、上訴はあり得ないのです」[272]。この部分も、初版に対するフォードの修正をもとにフォークナー版で活字化されたものである(DeMaria 305)。

第七章

272–4 筆者の大いなる祖国愛。筆者、類例、対照例を挙げつつ、イングランドの憲政と行政を説明し、主がそれについて意見を述べる。

第七章の「あらすじ」として「大いなる祖国愛」と記されているが、これはかなり苦しい弁明。実際には、フウイヌ

ムの主人に押されっぱなしなので、ガリヴァーのこの苦しい弁明は、いっそう人間の醜悪さを際立たせることにもなっている。

272-6 私とヤフーとがすべての点で一致するということからして、すでに最悪の人間観を持とうとしているこの生ける種族を前にして、自分の種のことをよくもここまで自由に喋る気になれるものだと、読者は呆れてしまわれただろうか。

この一文で始まるこの段落には、内容はもとより文体的にも興味深い特徴がある。「優秀な四足の」主人を前に、「すべてを犠牲にしてもいい」[273]と言うガリヴァーは、いわば人間としての砦を完全に明け渡した状態だ。この明け渡した状態の類縁語が多い。自分の眼が「開かれる」(open)もそうだし、「ここまで自由に」(free)、「正直なところ」(freely)と繰り返される free もそうだし、「喋る気になれる」(I could prevail on my self)の prevail も、自分がいわば説き伏せられた状態であることを示している。議論しても無駄という諦めは、「仕方ない」(not worth managing)、「やれるはずもなかった」(impossible)と表現される。極めつけは、「わが主のような（中略）人物を前にして」(before a Person . . . as my Master)とフウイヌムの主人に対して使われているPerson(人)。ガリヴァーがヤフー化し、フウイヌムが人間化してしまっているというわけだ。

このことは、本章でしばしば見られる人称の混淆あるいは混乱といった現象にも見られよう。例えば、「おまえたちの統治と法律の制度なるものは」[274]とあるが、この「おまえたち」は原文では our(私たち)である。主人が語っているのだからその語りを直接表現するならば「おまえたち」ということになるが、ガリヴァーはそれを引き取って、自分の語りの中に組み込んでしまっている。こういう話法を間接話法と言うわけだが、間接話法の内部、つまり「彼は……と言った」の、……の部分が長くなればなるほど、その文章はおのずと、語っている当事者と文章の語り手との区別が判然としなくなる。これは一八世紀前半の英語の一つの特徴でもあるが、『ガリヴァー旅行記』の特に第四篇には、この判然としない語りが頻出することになる(261–15「考えてみれば……」の注参照)。
ところで、解放、諦め、降伏に関わる連想は、前章でもたびたび登場した「糞と尿」[277]の排泄とその際の快感といったスカトロジーとも結びつく。フウイヌムの主人を前にして「真実こそ愛すべき」と感じた人間ガリヴァーが、腐敗した理性が放つ悪臭をまきちらしながら次第に「開かれ」ていくという第四篇の基本的性格がここに凝縮しているとも言えよう。

274–5

> 理性をもつ生き物を統治するには理性がありさえすれば十分なのだから、おまえたちの統治と法律の制度なるものは明らかに理性に、従って徳性に重大な欠陥があるためのもの、おまえが仲間の人間のことをどう説明しようとも、理性という特質があるなどとうそぶけはしないのだ

人間は理性的な動物ではない、というフウイヌムの主人の主張はそのまま、スウィフト自身の考え方でもあった。一七二五年一一月二六日付のポウプ宛書簡には次のように記されている。「結局私は、人間を嫌ってなんかいない。人間を嫌っているのは君の方だ。君は人間が理性的な動物だと考え、がっかりさせられるのが嫌だからなんだ。私はいつだって、人間を理性的動物とするような考えはもっていない、別の考え方をしている」(*Correspondence* ii. 623)。同様のことは、同年九月二九日付の、やはりポウプ宛書簡にも記されている。「人間が理性的な動物(*animal rationale*)であるという考え方は誤りであり、ただ、理性的でありうる(*rationis capax*)だけなんだ」(同 ii. 623)。

ところで本注釈箇所では、「理性に、従って徳性に」と、「理性」(Reason)と「徳性」(Virtue)がほとんど同義的に使われているが、当然のことながら本来は区別がある。例えばサミュエル・ジョンソンには、「理性」と「徳性」を並列あるいは対比的に用いた次のような表現がある。「人間が住むところにはどこでも悪徳と美徳(Virtue)があり、激しい感情と理性(Reason)のせめぎ合いがある」(Johnson, *A Voyage to Abyssinia* 3-4)。あるいはまた、「真実と理性(Reason)があまねくゆきわたっていること」は望ましいが、「人間が幸福を希求して結局失望に終わっても心安らかでいられる

ためには、いつでも手に入れることのできる美徳の中に幸福を置いておけばよい」といった具合(Johnson, *Life of Mr Richard Savage* 73)。あえて図式的に言えば、方法や手段、あるいは感情を抑えるものとしての「理性」に対して、「徳性」は、人間が本来兼ね備えているもので、あるべき生き方を目指す志向性といったものということになろう。「理性」的でなければ、人生の正しい方法や手段をもてず、結果としてあるべき生き方を目指すこともかなわない、人間は「ごくわずかの理性」[273]を有しているにもかかわらず、それさえも使い方を誤り、その結果、「徳性」をも欠くことになったというのが、フウイヌムの主人の主張である。

275-9 何色かに輝く石がとれる

オランダの旅行家ヤン・ホイフェン・ヴァン・リンスホーテン(一五六三〜一六一一年)は、フロリダの島々に住む人々が、「透き通るように輝く、黄色や黒、その他の色の石を砂浜で集めている」ことを記しており(Linschoten 222)、それがこの箇所に反映されているというのがヒギンズの見解である(Higgins 351; Higgins, "Possible 'Hints'" 47–50; *Library* ii. 1077–79)。ただし、この「輝く石」は、もう少し一般化して、例えば植民地の資源に群がるヨーロッパ諸国をヤフーになぞらえたものと解することもできよう。実際、一七世紀後半から一八世紀にかけてのイギリスには、トマス・ピット(一六五三〜一七二六年)のように、東インド会社を通じてインドのダイヤモンド鉱山に目をつけ、その採掘によって莫大な富を得た人物もいる。ピットは、いわばこの「輝く石」を利用して、イギリス国内の不動産を次々に取得し、国会議員にも選出された。一七一五年のジャコバイト騒擾の際には、これを鎮圧するのに一役買ってもいる。スウィフトがこのピットを具体的にどこまで視野に入れていたかは定かでないが、後にネイボッブ(もともとは「インドの太守」の意)と称されるようになるこうしたインド成金の姿も、ヤフーの強欲な生きざまと重ね合わせられる可能性がある。

275–13　いつだったか、ものは試しと考えて、この石の小山をヤフーの一匹が埋めておいた場所からこっそりと他へ移しておいたところ

ヤフーが隠しもつ輝く石をひそかに別の場所へ移しておくという実験は、ダニエル・デフォーの『ジャック大佐』(一七二二年)の中の一場面に類似している、とターナーは指摘する(Turner 370)。若きジャックが大木に金を隠したところ、なくなってしまって悲嘆にくれたが、やがてそれが見つかると欣喜雀躍した、という話だ(Defoe, *Colonel Jack* 23-26)。

276–8　われらの衡平法裁判所なるものは、どちらか一方にでも何がしかが残っていれば、その訴訟を終わりとはしないわけだから

この箇所は、話が複雑で、スウィフトの描写もあまり丁寧とは言えないので、少し整理しておこう。二匹のヤフーが「輝く石」の所有権をめぐって争っているときに、いわば漁夫の利をねらった三匹目のヤフーが割り込んできてその石を持ち逃げしてしまう、などということは、強欲なヤフーの社会にあってはよくあること。そこで生じるのが、ガリヴァーの言う「訴訟」にあたるものであろう、というのがフウイヌムの主人の見解だ。ところがここでガリヴァーは、あえて彼の「誤解を解かない方がかえってわれわれのためになると判断した」[276]。つまり主人は誤解をしているわけだが、その誤解とは、たとえヤフーの「訴訟」であっても、フウイヌムの国にあっては、「原告、被告とも争いの元になっている石以外には何も失わない」のに[276]、イギリスの「衡平法裁判所」にあっては、「争いの元になっている石」以外の財産まで問題にしてしまうということである。いわば一方が他方をしゃぶりつくすまで解決しない、ということで、その点についてガリヴァーはイギリスの「衡平法裁判所」を諷刺しているということになる。常識的に考えれば、「争いの元になっている石」の扱いさえ決まれば問題は解決である。ところが、例えばこの「訴訟」の勝者、すなわち「石」の所有を確定した側が、争いに伴う損害などを相手側に請求し、それが認められるとどうなるであろうか。

本来、イギリスの衡平法裁判所とは、ちょうどフウイヌムの主人が考えるような措置を講じるために、すなわち「争いの元となっている石」の帰属先を比較的迅速に定めるべく生まれた組織である。伝統的にコモン・ローを中心とするイギリスの法体系の中で、衡平法は、その硬直化した裁判手続きを簡略化し、金銭賠償その他を伴わずに、また陪審の審理も省略して、多くの「訴訟」を柔軟かつ現実的に処理しようとするもので、裁判も、コモン・ローの場合とは異なり、大法官裁判所が扱うことになっていた。だからこの限りにおいて、フウイヌムの主人の考えは、イギリスにあっても「誤解」ではなかったのである。ところがこの衡平法による裁判の問題点は、大法官のそれこそ匙加減一つで裁定がなされてしまうことであり、陪審の審理もないことから、その匙加減によっては、「どちらか一方にでも何がしかが残っていれば、その訴訟を終わりとはしない」ことも自由にできたという点だ。第五章で一般のコモン・ローに基づく裁判制度を諷刺したガリヴァーは[263〜264]、本章では、本来そうした硬直化した裁判制度の救済策として設けられたはずの「衡平法裁判所」の堕落と腐敗に言及しているというわけである。

276—12　あの無差別の食欲

R・W・フランツは、この場面に似た描写として、リンスホーテンの『東西インド諸島紀行』(一五九八年)にアフリカの現地人が、さまざまなものを「無差別」に食する様子が描かれていることを指摘している(Frantz, "Swift's Yahoos" 49–57)。

278—8　あの動物は、他の獣と同じで、牝を共有するけれども、牝のヤフーが妊娠中でも牡を受け入れるし、牡同士の喧嘩ならともかく、牡と牝でも同じように猛烈に喧嘩するというのは、違うところだ。

この箇所についてヒギンズは、優生学的観点から「牝を共有」したり、あるいは子供を共有したりするといった習慣が、プラトンの『国家』(457C–D)でも言及され、また古代スパルタなどでは実践されていたこと(クセノフォン『ラケダイモン人の国制』第一巻第七〜一〇節、プルタルコス『英雄伝』「リュクルゴス」第一五節六〜八)を指摘している(Higgins 351)。ただし、この優生学的観点はむしろフウイヌムにあてはまるものであって、この部分でのヤフーの記述は、そうした優生学的観点を無視して「牝のヤフーが妊娠中でも牡を受け入れる」ことや、牡でも牝でも「同じように猛烈に喧嘩する」というヤフー社会に対するフウイヌムの憎悪にこそ焦点が絞られていると見るべきであろう。フウイヌムの有する優生学的観点については、285-5「結婚にあたっては……」の注参照。

279-7 私はここに懶惰な者、贅沢三昧の者、金余りの者だけを襲う憂鬱病の真の萌芽をまざまざと見る思いがして

「憂鬱病」の原語はSpleenで、これはもともと脾臓のこと。左の上腹部、胃の後ろにある内臓の一つで、造血や血液の貯蔵、あるいは古くなった赤血球の破壊などの機能をもっている。脾臓は、古くから、人間の体液循環を考えるうえで重要な臓器の一つとされてきた。人間は四種類の体液からなる、という捉え方は、すでにエジプトやメソポタミアの古代文明の段階で見られるが、医学の父とも称される古代ギリシャのヒッポクラテスは、この四体液説を疾病治療の基礎に据えた。すなわち人間の体には、血液、粘液、黄胆汁、黒胆汁の四種類の原液が流れていて、その調和が崩れると病気になる、というものである。そしてこの体液は、それぞれ、血液は肝臓で、粘液は脳もしくは肺で、黄胆汁は胆嚢で、そして黒胆汁は脾臓で生成され、人間の気質をつかさどるものとされた。陽気で楽天的な気質は血液によるもの、冷静さあるいは鈍重さは粘液、短気や癇癪は黄胆汁、そして憂鬱(melancholic)は黒胆汁による、といった具合である。本来、脾臓を意味するSpleenが、憂鬱病の意味で用いられるようになったのはこうした事情によるものだ。なお、シェイクスピアとほぼ同時期、一六世紀後半から一七世紀初頭にかけて活躍した劇作家ベン・ジョンソンには、『気質くらべ』(一五九八年初演)や『気質なおし』(一五九九年初演)といった、「気質物」と呼ばれる演劇作品があるが、これは体液病理説とその治療法を、人間の性格として演劇的に展開したものと言える。例えば近代小説における登場人物の性格造

型の源流を、こうした作品に見出すこともできよう。

一八世紀には、四種類の体液の中でも、特に脾臓が生成する黒胆汁、そしてそれが生み出す気質、あるいは病としての憂鬱病が特に注目された。憂鬱病は、いわば時代の病であったとさえ言えよう。『ガリヴァー旅行記』の前後にも、例えば、アン女王の侍医であったリチャード・ブラックモア(一六五四〜一七二九年)の『憂鬱病と気ふさぎの治療法』(一七二五年)や、医学的啓蒙書を多く執筆したジョージ・チェイニ『イギリスの病——憂鬱病、気ふさぎ、精神低調、心気症、ヒステリーなどあらゆる神経症に関して著者の扱った症例全般からみた治療法』(一七三三年)といった医学書が続々と刊行されている(といっても、専門家としての「医者」の概念がいささか心もとないのは、268-5「これらを治療する……」の注で触れた通りである)。

なぜ当時、憂鬱病が流行ったのか。もちろん、憂鬱病の系譜自体は、古代から現代に至るまで連綿とあり、それを表現した芸術作品もきわめて多い。イギリス文学でも、例えば、ロバート・バートンの『憂鬱の解剖』(一六二一年)とかジョン・キーツの「憂鬱頌」(一八二〇年)など、憂鬱の表象は別に一八世紀に限られるわけではむろんない。しかしそれにもかかわらず、憂鬱病がある意味で一八世紀の時代の病と考えられるのは、この時代が、いわば近代社会の出発点というべき時期に位置し、まがりなりにも従来の封建制や君主制とは異なる社会システムが機能し始めるなかにあって、一人一人、すなわち個人が社会を担う単位として位置づけられ、その個人の内面的なものがクローズアップされたことによる。そしてこの内面的なものには、もちろん思索もあれば情感もあるが、そうしたものをも左右する、より身体的生理的な機能として神経や微細な心の動きに関心が集まり、そしてその延長線上にあるものとして、この憂鬱病に関する言説が増大したのである。リチャード・スティール(一六七二〜一七二九年)の『やさしい夫』(一七〇五年)といったセンチメンタル・コメディ、ローレンス・スターン(一七一三〜六八年)の『センチメンタル・ジャーニー』(一七六八年)やヘンリー・マッケンジー(一七四五〜一八三一年)の『感情の人』(一七七一年)といった散文作品、あるいはロマン派的感興など、一八世紀には、「理性の時代」、「合理主義」といった性格づけとともに、それとは対照的に、人間の内面心理に深く迫る表現が充満していたのであって、Spleen はまさにそれを象徴的に示すものであった。ちなみに *OED* は「憂鬱病」としての Spleen の語義を「極度な意気消沈もしくは精神の憂鬱、陰気で短気、不機嫌、憂鬱症」と説明し、『ガリヴァー旅行記』のこの箇所を用例として引用している。

279-9

牝のヤフーがよく堤や茂みの蔭に隠れて若い牡の到来を待ち伏せ、いざやって来ると、何だか奇妙なしぐさや顔つきをして、姿を見せたり隠れたりするばかりか、そういうときには鼻のもげそうな異臭を発し、牡が一匹でも近づいて来ると、チラチラ後を振り向きながらゆっくりと後ずさりして、わざとらしく、恐いのよという顔で、どこか都合のよい場所にしけ込んでしまう、牡がついて来るのを承知の上で。

牝のヤフーが牡のヤフーを誘惑する場面の描写だが、ターナーは、人間も女性が男性を誘惑する際には似たようなものので、それは牧歌などに古くから歌われているとして、ウェルギリウス『牧歌』の次のような描写に言及している。「快活な娘ガラテアは、僕に林檎を投げつけて／柳の林へ逃げていくが、隠れる前に見てほしくてたまらない」(Turner 370)。(小川訳、第三歌六四〜六五行)。もちろん、こうした女性側からの誘惑は、例えばウィリアム・ホガースが活写した当時のロンドンの売春宿の光景などを想起させるものでもあろう。興味深いのは、牝ヤフーに襲撃されたガリヴァーが「私が本物のヤフーであることはもはや否定すべくもない」と嘆く場面が次の第八章にあるが[283]、実はすでにもう第七章のこの時点で、ガリヴァーは、牝ヤフーを人間の「女」だと認めてしまっている点だ。人間とヤフーの区別は、ガリヴァーの意識の中で次第に混濁してくる。

すぐ次に書かれている「別の機会に見知らぬ牝がやって来る」[279]とは、さながらホガースの描く**図4-5**のような状況であろうか。若い生娘モルがロンドンに初めてやってきて、それとは知らず売春宿のニーダム夫人に出会う場面だ(もちろんこの場合、ニーダム夫人は、「軽蔑、侮蔑といった身振りで立ち去ってしまう」[279]ことなく、モルを売春宿に引き入れてしまうわけだが)。

こうした醜悪な牝ヤフーの「淫猥、媚態、悪口、破廉恥」[279]は、それを詳細に論じる主人のフウイヌムにまで影響している。実際、「少し潤色して」いる主人の言葉は、「嘘」とどれほど違うと言うのであろうか。「嘘」がないというフウイヌムの国は、ひょっとするとガリヴァーの影響もあって、「嘘」に感染してしまっているのではあるまいか。「嘘」がないとしつつも、実態としてはそれが崩れている様子をうかがわせる興味深い細部と言えよう。あるいはまたこの箇所は、『ガリヴァー旅行記』全篇にわたって、異様な清潔感と醜悪な描写が隣り合わせになっているということの例としても考えることができるかもしれない。第一篇第二章には次のような記述があった。「この清潔さに関して、世の人々に我が人格を弁明しておく必要がないのなら、こんな一見下らないと見えかねないことを長々と云々することもないのだが、聞くところによれば、私に対して含むところのある連中が何かにつけてこの点を衝くということなので」[28]。スカトロジーや醜悪なヤフーの描写は、しばしば異様な清潔感と共存しているのである。

280-2

われわれのところでは男女いずれの間でもごく普通に見られる自然に背く欲望について、ここのヤフーの間でもそうなのだとわが主が糾弾し始めやしないか、私はヒヤヒヤしていた。しかし、自然はそれほどテクニシャンの女教師ではないようで、こういう極めつけの快楽はまったく手の技と理性の産物であり、地球のこちら側にしか存在しないのである。

図 4-5 モル，ニーダム夫人に会う(ホガースの連作『娼婦の成り行き』(1731 年)より).

糾弾されるのではないかとガリヴァーが「ヒヤヒヤ」していた「自然に背く欲望」とは同性愛のことを指すものであろう。「自然はそれほどテクニシャンの女教師ではないようで」とは、さすがの「自然」もヤフーにまで、この「手の技と理性の産物」である「極めつけの快楽」をもたらさなかった、という意味だ。「自然」(Nature)は、しばしば女性名詞として扱われるので「女教師」となっている。

ターナーは、この箇所と、古代ローマにおける特に男性の同性愛を扱ったユウェナリスの第二諷刺詩(三〇〜三一行)との関連を指摘しているが(Turner 371)、『ガリヴァー旅行記』刊行当時の同性愛に関する表象はきわめて多い。実は、第一篇第二章でリリパットの皇帝の描写に紛れ込んだ「鷲鼻」[29]の国王ウィリアム三世も、同性愛ではないかとの噂があって、ウィリアム三世批判で知られるジョン・タッチン(一六六〇?〜一七〇七年)の『外国人たち』(一七〇〇年)にはそのことが暗示されている。ちなみにこれを『生粋のイングランド人』(一七〇一年)で反駁した少壮のデフォーは論壇で一躍有名になるわけだが、最近ではそのデフォーも同性愛もしくはバイセクシャルであったとする者もある。実際、スクリブリーラス・クラブを始めとするスウィフトの交友関係や女性に対する過剰なまでの敵意に満ちた記述などは、当然のことながら男性同士の同性愛的関係を想起させる場合が少なくないのだが、しかしこの点についての『ガリヴァー旅行記』の記述は、「自然に背く欲望」などといった調子で不思議なほど寡黙であると言えるかもしれない。

第八章

280-11 そこで御主人様に、近くのヤフーの群れのところへ行かせてほしいと何度もお願いすることになった

ヤフーの性質について、さんざんフウイヌムの主人から分析と省察を聞かされてきたガリヴァーは、自らの眼で観察する方が、より多くの発見があるはずだと自負して、主人に願い出てヤフーのもとに赴くことになる。ヤフーが人間であるのかどうかに関して、これまでガリヴァーは肯定と否定の間で揺れており、結論に至っていない。それでもなおガリヴァーの中には、共通性よりも差異を見出し、それによって主人の高い知性に近づきたいという気持ちがあったのではないか。もちろんガリヴァーはいつものように好奇心に突き動かされていることはたしかである。ここで注意しておきたいのは、ヤフーの生態に興味をもって調べようとするガリヴァーに主人のフウイヌムが協力している点である。そもそも完璧であるフウイヌムの主人が新しい知識を得ようとする、つまり好奇心を抱くこと自体がフウイヌムらしからぬ行動で、ガリヴァーにある種の影響を受けていることになる。

281-1 とても正直で、性格のいい、力の強い栗毛を召使の中から選んで、護衛につけてもらえた

この「栗毛」(Sorrel Nag)はガリヴァーの親友であって、彼がフウイヌムの島を出立する際には海辺で見送ってくれることになる[301]温かいキャラクターである。だが、第四篇において「栗毛」は何度か登場しているにもかかわらず、それが同一「人物」であるのかどうかが実はきわめて曖昧である。本注釈箇所では、「栗毛」が初登場であるかのように描かれ、原文でも a strong Sorrel Nag となっている。だが、この箇所以前に二度、「栗毛」は登場している。第二

章でガリヴァーが初めて主人の家に案内されたとき、彼は飼育されているヤフーを見せられる。そのときヤフーのいちばん大きいやつを連れてくるように命令されたのが「召使のなかの一頭の栗毛の小馬」[242]であり、原文は右記と同じa Sorrel Nag。この栗毛が次の場面でガリヴァーに食べるようにと木の根っこを差し出したときは[243]、同じ「人物」だからThe Sorrel Nagとなるのは当然であろう。だが、「彼」が第三章で再登場するときには[247]、またもや不定冠詞を使って、a Sorrel Nag, one of the under Servants(「下僕のひとり、栗毛の小馬」)という初対面の存在に戻っている。同じ第三章で、眠っているガリヴァーのもとに派遣されて、衣服を着ていない彼の姿を見てガリヴァーとヤフーとの類似に気がつく下僕も同じ栗毛なのであるが[249]、定冠詞が付くのは当然としても、the Sorrel Nag, who was his Valet(「従者をつとめる例の栗毛の小馬」)と、先ほど下僕であると紹介されているにもかかわらず、再び従者であることが説明されている。

そして三度目に登場したのが本注釈箇所なのだが、またしてもそれまで知らなかった存在であるかのような描かれ方である。これは、まことに不思議なことと言わざるをえない。日本語翻訳者たちもこの描き方に戸惑ったようで、富山訳では一貫して「栗毛」となっているが、中野好夫訳では本注釈箇所以降は「月毛の馬」と一貫しているにしても、先ほどの第二章と第三章の訳語は「栗毛の仔馬」となっており、別存在という解釈である。しかも第二章はルビなしだが第三章の箇所には「栗毛《くりげ》の仔馬《こうま》」とルビが付いており、どうやらこの二カ所も別物と考えているようだ。

この理由を考察する前に、さらに本注釈箇所以降では栗毛(これ以降「ソレル・ナグ」と表記する)がどう描かれているかを概観しよう。獰猛なヤフーから身を守ってくれる護衛役となってくれたソレル・ナグに親しみを感じたためだろう、次の段落でガリヴァーは彼をmy Sorrel Nag(訳文では「栗毛の馬」[281])と呼ぶようになる。それ以降は、定冠詞つきでthe Sorrel Nagと書かれるが、第一〇章になって、ガリヴァーが国外退去を命じられた後、「遠く離れてしまった今、敢えてそう呼ぶことにする」と現在から振り返る視点で懐かしく呼ぶとき、「同じ召使仲間の栗毛」(the Sorrel Nag, my Fellow-Servant)と、彼のことを仲間(友人)と呼ぶ[299]。お互い親しくなった友人として二人は別れることになり、カヌーに乗ったガリヴァーが旅立つとき見送りに来たソレル・ナグはガリヴァーの姿が水平線に消えるまで「ヤフー、体に気をつけろよ、ヤフー」と叫び続けてくれたのであった[301](ただし、この箇所では結局ガリヴァーが最後まで「ヤフー」としか呼ばれなかったことを考えると、二者間の埋められない距離を読み取ることもできる。(234-15「ジェイムズ・ウェルシュ……」の注、310-6「親愛なる読者よ」の注参照)。最後に至って、ガリヴァーはソレル・ナグのことを who always loved me(「いつも私を可愛いがってくれた」)とまで言っているのである[301]。

このようにガリヴァーとソレル・ナグの関係を通観すると、第四篇の最初のあたりで、何度かこのソレル・ナグがあたかも初対面であるかのように書かれるのも、作者スウィフトの不注意によるものではなく、ある程度の作為があるように思われる。つまり、当初ガリヴァーはフウイヌムのことを葦毛とか栗毛とか、馬の種類でしか見分けられていない。どうやら個体認識ができていないようなのだ(フウイヌムの島における固有名の不在の問題に関しては、234-15「ジェイムズ・ウェルシュ……」の注参照)。このように、ソレル・ナグの形容が当初混乱していることを、ガリヴァーのフウイヌム認識の混乱を表現するために、作者が故意に行ったというのは、強引なこじつけとも言い切れないと思われる。急接近した後に my という形容詞を付けているのも、栗毛の一頭という漠然とした関係から友人への変化の表現として捉えるべきだろう。こう考えると、中野好夫訳の混乱と見えたものも、ガリヴァーのソレル・ナグ認識の変化・発展と呼応しているわけで、意図的な訳し分けかどうかは不明だが、間違いとは言えない。

もう一つソレル・ナグについて確認しておくべきことは、再び馬の種類の話に戻るが、フウイヌムの中では身分の貴賤が存在しており、栗毛である彼はその中では低い地位であったということである。これについては、第六章の最後に次のように記述があった。「フウイヌムの間でも、白毛、栗毛、鉄灰毛は体の形が鹿毛、連銭葦毛、黒毛などと同じではなく、生まれつきの知能やそれを高める能力も等しくなく、そのためにいつまでも召使の地位にとどまって、自分とは違う種族とまぐわおうとしない」[271]。主人は葦毛という高位であり、その召使であるガリヴァーの友人であるソレル・ナグは栗毛だから、フウイヌムの中でも最も低い位のものであり、知的能力が低く、上位のフウイヌムと交配することはタブー視されている。その意味で、ヤフー族の中でも一番高位にあるガリヴァー(彼自身はまだ自分がヤフーであることを認めてはいないが)と社会的立場は近いことになる。もっとも、近しい関係となったときガリヴァーが彼のことを「同じ召使仲間」と呼んだのは、親しさの表現であると同時に、互いがともに、高位にあるフウイヌムに使役される「召使」という種族に属することの確認でもあったのだが。

ヒギンズはデポートに依拠して、ウィリアム三世が落馬して死亡に至った馬がソレルという名前であったことを指摘し、ガリヴァーの友人である馬が同じ名前であることから、この国王へのブラック・ジョークである可能性を指摘している(Higgins 351; DePorte 429)。『ガリヴァー旅行記』の執筆時点で、スウィフトがウィリアム三世に批判的であったことは、**259–8**「まず、自分の……」の注にもある通りだが、Sorrel という英語はこの馬の特定の名前ではないのだから、多少強引な解釈だと言える。ガリヴァーは愛情を込めて、ソレル・ナグという言葉を固有名詞的に使っているが、スウィフトがそれをウィリアムの馬を意識して使ったとは考えにくい。

281–5 私は自分たちと同じ種だと彼らが想像しているのではないかと考える理由もあって、それを何度も煽ったのは、護衛係がついてくれているときに、彼らの眼の前で袖をまくってみせたり、腕や胸を出して見せた私自身である

ガリヴァーはヤフーを心から嫌悪しており、それにもかかわらずさまざまの点で自らがヤフーに似ていることを感じざるをえないのでよけいに憎悪している。その意味でヤフーがガリヴァーに対して彼を同族だと考えることを some Imagination(＝根拠の薄弱な想像。訳文では「想像している」)と言うのは理解できる。しかし、それにしても、ガリヴァーはなぜわざわざ自分の身体がヤフーに似ていることを彼らに見せびらかして彼らの想像を確信に変える可能性のある証拠を示すのだろうか。

どうも、これはガリヴァーのヤフーへの歪んだ形の悪意の表現であるようだ。このような挑発を彼が行うのは、護衛

役のソレル・ナグが傍にいるときに限られている。煽られたヤフーはそれに乗ってガリヴァーに近づいて所作を猿まねすることで憎悪の返礼を行うが、護衛がいるためにそれ以上の手出しができない。そもそも、ガリヴァーは不必要なくらいヤフーに対して暴力的である。その典型例は、第一章で初めて出会ったときのガリヴァーの態度に見られる。初めて見たガリヴァーに近づいたヤフーは前足を挙げるが、それが攻撃なのか挨拶なのか、意味を見極めることもなくガリヴァーはやみくもに短剣の平たい部分で殴りつけるのだ[236]。大航海時代にあって、ヨーロッパ人が未開の土地を訪れることが『ガリヴァー旅行記』と同時期に多くあり、この作品はそのような実録航海記を踏まえたフィクションとなっている。実際の航海にあって新世界に初めて上陸する際は、原住民との最初の接触にあたってことさら慎重を期すべきであることは常識だったが、ガリヴァーのこの態度は、とてもではないがほめられたものではない。意思疎通をはかる気持ちなど微塵も見られず、ただただ生理的嫌悪感から衝動的に殴っているのであるから。つまり、この部分は実録の航海記とは違ってフィクション化されたコロニアリズムに対する諷刺と考えられるのである。ただし、このように他者とのコミュニケーションにおいて欠点をもつガリヴァーは、巧妙で狡猾な植民者たりえない者として描かれているとも言える。この箇所は、暴力的なコロニアリズム批判、そして植民者たりえないガリヴァーの特徴提示という二つのことを行っているのである。

281—7　猿のように私の挙動を真似してみせる

富山太佳夫は、一八世紀から一九世紀のイギリス文化表象の中で、猿が黒人奴隷とアイルランド人に結びつけられてイメージされていたことを指摘しているが、ガリヴァーのヤフーに対する生理的嫌悪感は、この「奇妙な三角形」(富山『おサルの系譜学』158)に起因するようだ。

『ガリヴァー旅行記』に猿が登場するのは一度だけで、第二篇第五章である。このとき、猿は小さなガリヴァーを子猿と勘違いしてさらっていき、ガリヴァーは大きな屈辱を味わった[125〜126]。肉体的にもひどい目にあったわけだが、最大の不面目は、自分が猿と勘違いされた点ではなかったか。そう考えるとガリヴァー本人が猿に喩えているヤフーへの嫌悪は、第二篇における巨大な猿への嫌悪と通じるものがある。

ローソンやケリーの指摘にもあるように、ヤフーはアイルランド人と類似するものとして描かれている(Rawson, *God, Gulliver, and Genocide* 261; Kelly 846–55)。イングランド人であるガリヴァーは、周縁国で差別の対象であったアイルランド人を毛嫌いする者と考えられる。アイルランド人と黒人(ニグロ)と猿の三者の関係に関して、時代は新しくなるが、富山太佳夫はヴィクトリア朝の雑誌『パンチ』の一八六二年一〇月一八日号に掲載されている短いエッセイ「ミッシング・リンク」の中から、興味深いが何とも不愉快な差別意識が表明される箇所を紹介している(富山、前掲 151)。

ゴリラとニグロの間には確かに大きな溝が口を開けている。(中略)明らかにゴリラとニグロの間にくる生き物に、冒険心あふれる探険家たちはロンドンやリヴァプールの最下層の地域の幾つかで出会えるはずなのだ。それは、なんとか移民に成功して、アイルランドからやって来る。実のところ、アイルランドの野蛮人の部族に属していて、アイルランドのヤフーの最下層の種であるのだ。

『ガリヴァー旅行記』より後の時代の書き物である『パンチ』は、アイルランド人を猿と黒人の間の存在として規定したうえで、彼らをヤフーとはっきり呼んでいる。イングランド人であるガリヴァーがヤフーに対していわれない差別を行うのは、ヤフーがアイルランド性を帯びるものとして書かれているのが一つの大きな理由であろう。もちろんガリヴァーを主人公として描く作者のスウィフトは、アングロ・アイリッシュであるとはいえアイルランド人であるから、いわれのない差別を行うイングランド人への諷刺がここに含意されていることは間違いない。『ガリヴァー旅行記』出版の三年後に出したパンフレット『慎ましやかな提案』(一七二九年)で、アイルランドの人口爆発問題の解決策として子供を食べればよいというおぞましい提案を文章に残したスウィフトであるから、アイルランドのヤフー性を自嘲的に露悪的に描くことで、それほど嫌っているなら大虐殺をすればいいではないか、と捻れた提案を行っているとも考えられる。もちろんスウィフトの自嘲の背後には、アイルランドに貧困をもたらすイングランドの圧政への批判が込められている。

『慎ましやかな提案』の虐殺提案は、『ガリヴァー旅行記』においてこの箇所のあと、フウイヌム議会で「この大地の表面からヤフーを絶滅させてしまうべきであるかということ」[287]が真剣に議論されるエピソードにつながってくる。

さらに、黒人については、ヤフーが黒人、もしくは未開の土地の野蛮人とされている箇所を文中から探すのは容易である。第二章で主人の家のヤフーを観察した結果、「顔は平たく広く、鼻は窪み、唇は厚く、口は横に広がる」という描写がされるが[242]、この表現は明らかに『ロビンソン・クルーソー』に登場するカリブ人フライデーを意識している（242-14「顔は平たく……」の注、235-13「その姿がなんとも……」の注参照）。デフォーにおいてカリブ人は黒人と同一視されていた。フライデーは典型的なカリブ人とは正反対の容姿として描かれ、そのために好ましいものとされた。ヤフーは本注釈箇所の後で「野蛮な動物」(an Animal so savage)と言われており(訳文では「かくも狂暴なる動物」[288])、当時の野蛮人の典型のカリブ人を、ひいてはその正反対であるフライデーを、スウィフトが意識していたことはほぼ間違いない。好ましい者として描かれるデフォーのフライデー像を偽善的とおそらく考えたスウィフトが、その批判のために、フライデー像を転覆するものとしてヤフーをこの上もなく醜いものとしたと考えられる。

ヤフーが黒人であるとすると、白人であるガリヴァーは自らのヤフー性を当然認めたくないであろう。ただし、ヤフーは本注釈箇所にあるように猿まねをする。ガリヴァーの白人性や文明の洗練を模倣する。猿まねと本物の区別をつけるのは難しい。この箇所の直後に、ガリヴァーが自らをヤフーであると認めざるをえないエピソードが来ることを考えると、「ヤフー＝猿＝アイルランド人」が暗示されるこの箇所がここにあるのは効果的な配置と言えるだろう。何しろ、「嘘」という概念が存在しないフウイヌムの国において、その概念を中枢に据えるガリヴァーの論理を使うなら「白いものを黒と（中略）信じ込まされてしまうことになる」[253]のだから。この理屈によればガリヴァーは黒に逆転してしまう。

281-16 このおぞましい虫けらを両手で摑んでいるとき、こいつが黄色い液体状の排泄物を私の衣服じゅうにぶちまけてくれた。

「虫けら」の原語はVerminである。136-10「おまえ自身の……」の注で触れたように、この語は、ガリヴァーの説明するイングランド人に対してブロブディンナグ王が使ったものであり、「害獣」の意味である。この単語が使われるのは、『ガリヴァー旅行記』全体の中で三回である。最初はブロブディンナグの巨大な乞食の服を這いずりまわる虱のことをVerminと言っている箇所であり[115]、二回目は右のブロブディンナグ王の言葉の中[136]、最後が本注釈箇所である。巨人の国においては「この大地の表面を這いずりまわる邪悪を極めたおぞましい虫けら」[136]であったガリヴァーは、小人の国リリパットでは宮殿に向かって放尿した[56]、言い換えれば「黄色い液体状の排泄物」をぶちまけたのである。ガリヴァーの来歴をたどると、本注釈箇所で彼が捕まえている三歳の「悪ガキ」ヤフーは、ガリヴァー本人のことにほかならないのではないかと感じてしまう。そういえば、この章の後の部分でガリヴァーは、「この国での生活ももう三年になる」と言っている[283]。ガリヴァーは三年前にフウイヌムの国に島流しにあったときに、「害獣」ヤフーとして再誕生したと言うこともできるかもしれない。

だとすると、ヤフー／ガリヴァーは同じ年齢で自分に近い存在である「悪ガキ」ヤフーをなぜ手なずけることができないのだろうか。これはそもそもヤフーが反抗的であって、次注で記すように「教育しがたい」性質をもっていることが一つの理由である。また、ガリヴァーがそもそもイングランド出身であるのを思い出すと、ここも植民者としての能力が不完全で巧妙でないガリヴァーの性質ゆえに、奴隷的存在であるヤフーを服従させることができないとも考えられる。

282-2 私の知り得た限りでは、動物全体の中でもヤフーくらい教育しがたいものはない

前々注で指摘したように、ヤフーが黒人の性質をもっているとすると、『ガリヴァー旅行記』出版当時さかんに行われていた三角貿易で売買されていた黒人奴隷を、当時の読者は当然、最初に連想したはずである。黒人をアフリカから拉致してアメリカで売って奴隷として使役させるためには、その性質が従順であるかどうかが問われる。従順で教育しやすい者は奴隷として価値が高いが、反抗的で教育しにくい場合は扱いに困ることになる。その意味で、ヤフーは奴隷としても最悪の価値しかもたないことになる。

ヤフー描写の際に参考にされたと思われるデフォーのフライデーの場合、容姿が黒人の特徴をもたないだけでなく、性質も従順で想像しうる限り最大の隷従を表明する。もちろん、最初は英語が通じないから、クルーソーの足を自分の頭の上に置く、という所作で忠誠を誓うのであった(図4-3参照)。ただしこれは、敵のカリブ人との戦いに敗れたため、殺され食べられそうになった彼をクルーソーが救ってやり、そのことへの感謝に基づく恭順である。このような物語作り自体が、植民地運営を円滑に進めたいと思うイギリス人の願望を充足させるものであるから、植民地主義に基本的に反対の立場であるスウィフトは、徹底的に非従順であるヤフーの性質を創り出したのだろう。ガリヴァーはフウイヌムの主人に恭順の意を表しており、フウイヌム語を覚えたとあるから、この面ではヤフーと一線を画している。ただし、前注でも指摘したように、彼自身が植民者としてヤフーをコントロールできるかというと、その能力は欠落している。

282-5 牡牝いずれも赤毛は他の奴よりも好色で

この箇所はほとんどのモダン・エディションが注を付けている。まず、二世紀のギリシャ人医学者ガレノスが、人間が健康であるためには、体液の四要素である血液、粘液、黄胆汁、黒胆汁のバランスが必要だとした考えは一七、一八世紀のイギリスで広く知られていたが、そのうち血液は当然「赤色」と関係をもつ。体液の中でも血液の比率が高い人

間は、元気で快活であるとされ、これはより好色で衝動的な性質をもつとされた。したがって、赤色の毛をもつヤフーがより好色とされたのである、とノートン版の注釈者リヴェロは説明する(Rivero 224)。

ヒギンズはターナーの注を受け継ぎ、体液説ではなく、一七、一八世紀に信じられていた赤毛の人間が性的に好色であるという俗説は、ユダが赤毛であったことに由来する中世の理論によるとする(Higgins 248; Turner 361)。一二使徒の一人であり、イエスを裏切ったユダは、Judas-colored(ユダの髪の毛の色の)という英語が「赤毛の」という意味になることからも分かるように、髪が赤色であったと信じられていた。さらに伝説によると、ユダは母親と近親相姦の関係にあったとされるため、「好色」という性質と結びつけられて考えられたとされる。ただし、ヤフーは本能に衝き動かされるままに行動するのだから、したがって故意にフウイヌムに逆らっているわけではないことになり、「裏切り者」という性質をユダとは共有しないであろうが。次注で指摘するように、ヤフーの牝に抱きつかれるガリヴァーは、ヤフーから見て近親相姦的イメージがあるだろう。

スコットランド人やアイルランド人などケルト民族には赤毛が多いという事実も挙げておこう。アイルランド人にヤフーの性質が重ねられていることとうまく合致している。だとすると、アイルランド人は赤毛で好色で繁殖しまくり人口爆発するという、言われた当人にとっては不快きわまりない解釈の可能性もある。

282-12

この機会に読者の許しを得て、奇妙な冒険のことを話しておこう。

ガリヴァーが全裸で水浴びをしているところを、発情した若い牝のヤフーに襲われるこの有名なエピソードには、さまざまな解釈が行われてきたが、ヒギンズも指摘するように、「ガリヴァーが、野獣であり理性をもたないヤフーと生物学的血縁関係があることを示す」ことが最も重要な役割である(Higgins 352)。ガリヴァー自身も、「牝どもが私を同じ種族とみなして自然に迫ってくるからには、私が本物のヤフーであることはもはや否定すべくもない」[283]と、自分がヤフーであると認めざるをえなくなってしまう。

この箇所を、別の角度から考察してみよう。「牝はもろに抱きついてくる」[283]と言い、金切り声をあげて助けを呼ぶガリヴァーの姿は、イギリスに帰ったとき、妻が抱きついてきて衝撃のあまり悶絶する彼の姿を彷彿させる――「うちの奥方が両腕で抱きついてきて、接吻して離れないので（中略）ばったり悶絶すること小一時間」[309]。一般には、スウィフトの女性嫌いをあらわすものであると解釈されがちな部分である。ヤフー嫌いから、ヤフーの牝のセクシュアリティへの嫌悪へと進み、さらには人間の女性嫌いに発展（退化）するわけだから。だが彼が生理的嫌悪感を抱くのは、女性に対してというより、ヤフー性全般に対する面の方が強い。それに、性的なレイプの被害者はもっぱら女性であることを考えると、ここでセクハラ被害にあうガリヴァーは、第三篇に引き続き、女性性を帯びていると言うことができる（183-1「ここに二ケ月……」の注参照）。『ガリヴァー旅行記』全体で、セクシュアリティに関してはガリヴァーはもっぱら被害者であった。リリパットの大臣フリムナップの妻と密通しているという濡れ衣を着せられたり[65]、ブロブディナグでは女官たちに性的に弄ばれたりと[121～122]、ことセクシュアルな事柄に絞ると、ガリヴァーは完全に受け身的である。

滑稽であるとはいえ、レイプ未遂という側面をもつこのエピソードは、猥雑さとある種のいかがわしさをもつ。リリパットでのフリムナップ夫人との不倫疑惑に関しては巨人と小人との交配、ブロブディンナグの女官とのエピソードでは小人のガリヴァーと巨人の女性とのセクシュアルな関係が描かれていたわけで、これらもいかがわしいものではあった。ヤフーの牝によるガリヴァーへのレイプ未遂エピソードは、ヤフーが猿だとすると異種間交雑という猥褻になるし、黒人だとすると、異人種間交雑ということになる。前者は言うに及ばずだが、後者は、白人植民地経営者による女性黒人奴隷のレイプという、人があまり話題にしたくない問題を孕んでいる。このようなことが実際に起こっていたことは、文学作品では、例えばトマス・サザン（一六六〇～一七四六年）の『オルーノウコウ』（一六九六年）に見られる。植民地経営者の夫の死によりそのコロニーを切り盛りしているラッキット未亡人は、イギリス船で運ばれてきた奴隷たちの配分に関して、自分に女と子供の黒人だけが割り振られたことに不平を漏らして、「自分は女で男の経営者のように女性奴隷と交わって数を増やすわけにはいかないのだから」という趣旨のことを述べている。この発言が含意していることは、白人男性の植民地経営者は女性奴隷をレイプしているということである。ガリヴァーをレイプしようとしたヤフーは牝であるから、ジェンダーは逆となるが、本注釈箇所は、このように微妙な事態にも関連していることは、やはり指摘しておくべきだろう。

もう一つ重要なことは、ヒギンズも指摘しているが(Higgins 352)、本エピソードは、新世界への航海者のヨーロッパ人男性が、現地の女性と交わることとも関連をもつ。例えば時代は下るが、キャプテン・クックが第二回航海を行ってタヒチを訪れた際、性的に放埒な現地女性が積極的にイギリス人船員と性的関係をもったことが報告されている。旅に同行した若き博物学者ゲオルゲ・フォルスターは、『世界周航記』の中で次のように証言している。「甲板も似たように原住民たちでごった返していたが、その中には数人の女性も混じっていて、水夫の熱烈な誘惑にやすやすと身を任した。この目的のために乗船してきた女性たちの中には九歳ないし一〇歳以上には見えない者もいて、思春期の兆候もまったくなかった。これほど早い時期に世の中を知ってしまうことは、肉欲の尋常ではない激しさを物語るもので、この島全体に影響を与えることは間違いがなかった」(服部訳 i. 84)。

水夫たちのように大喜びになるか、ガリヴァーのように恐れて助けを呼ぶかの違いを除けば、現地の女性の年齢を始め、状況は本エピソードとよく似ている。フォルスターの本の出版は一七七七年だから、当然スウィフトは見ているはずはないが、原住民とヨーロッパ人航海者の性的交わりは、常態としてあったのであり、本注釈箇所がそれを踏まえていることは間違いない。例えばスウィフトがヨーロッパ人男性とアメリカ原住民女性の恋愛物語として有名な「インクルとヤリコ」の記事が載った一七一一年三月の『スペクテイター』紙を読んでいて、何らかの霊感を受けた可能性はある。また他方で、この時代は性的な自由・放縦が「未開」を象徴する意味をもっており、「未開」社会の女性が西洋男性の性的ファンタジーの対象となっていたこととも想起すべきである。

問題をもう一つ挙げておこう。ヒギンズは、ヤフーの牝が「まだ十一歳は越えていなかったと思われる」[283]とあることに着目して、スウィフト本人と彼よりかなり年下の女性であるステラとヴァネッサとの交際と本エピソードが関係をもつと考える説を紹介している(Higgins 352)。ヒギンズの注は前版のターナーの注を引用している。クロード・ローソンもこの説を採っており、ヴァネッサは「スウィフトよりほとんど二五歳も年下だが、スウィフトを愛した。ガリヴァーの川での経験は、一七一四年〔この年、トーリー政権が崩壊すると、スウィフトはロンドンの政界を離れ、故郷ダブリンに戻った――注釈者(服部)〕にヴァネッサがスウィフトを追ってアイルランドまでやってきたことと、スウィフトが彼女の性的接近を拒んだことへの、グロテスクなパロディーに見える」として、ターナーの説を追認している(Turner 361; Rawson, *God, Gulliver, and Genocide* 93)。本注釈箇所のエピソードにスウィフトが自らの恋愛を重ねていたとし、自分を愛する若い女性への諷刺を込めていたとするのは、いかにもグロテスクで趣味の悪いことであまり考えたくないが、韜晦したスウィフトなら考えられなくもない。

ヒギンズが紹介する当時のアイルランド法では、一二歳未満の女性へのレイプは極刑に値するとなっている。そうすると、一一歳の牝であるヤフーは、逆にガリヴァーからレイプされたとすると、ガリヴァーが犯罪者となったはずで、これを逆転させているところが、きわめてスウィフト的であると言えよう。女性が被害者であるなら悪辣な犯罪となったところが、男性が被害者であるために滑稽で猥雑なエピソードになったわけである。

本エピソードは、以上述べたように、さまざまな点で、許容されるか否かぎりぎりのところで遊ぶリスキーな企てであると結論づけることができるだろう。

283-13　彼らにとっての理性とは、ひとつの問題をめぐってああでもない、こうでもないともっともらしく議論できるわれわれ人間の場合と違って、それ自体が問題となるようなものではなく、直截にひとを得心させるものなのである。

ヒギンズはナットールを参照して、ここでの「理性」概念がセネカやストア派が目指していた認識的理性であると指いる(Higgins 352–53)。

284―2

私が自然哲学の幾つかの体系について説明したときなど、理性ありと称する生き物が、他人の臆説について知っているとか、確かに知っていたところで役にも立たないようなことを知っているとか言って自慢するわけか、と笑いとばされてしまった。もっともこの点では、プラトンの伝えるソクラテスの考え方とまったく同じであって、この哲学の王者に最高の敬意を表して、そのことをここに書きとどめておく。

スウィフトがプラトンを読んでいたことは、この後に出てくる「節制、勤勉、運動、清潔の四つの訓戒」[286]の箇所がプラトン『国家』を踏まえていることから明らかである。本注釈箇所の少し前に「自説という言葉の意味を、つまり、どうしてひとつの論点をめぐって議論が分かれるのかをわが主に理解してもらうのは難渋をきわめた」[283]とあるように、フウイヌムには「自説」(Opinion)というものが存在しないとガリヴァーは述べる。フウイヌムのこのあり方は、ガリヴァーによると、プラトンの伝えるソクラテスの考え方とまったく同じであり、スウィフトもこの考えを共有していたと考えられる(Higgins 353)。

ヒギンズはロバート・バートンの『憂鬱の解剖』(一六二一年)から関連する一節を引用している。「われわれの哲学のほとんどは数々の意見、怠惰な疑問、命題、形而上的用語からなる迷宮に過ぎないではないか。それゆえソクラテスはすべての哲学者を揚げ足取りであり狂人であると考えたのだ」(I.i.iv. 7)。スウィフト自身も、大衆が自由に意見を言うことが政治的な大問題であると述べているところから(「ウィリアム・サンクロフト博士頌」(*Poems* i. 36))、ソクラテスやバートンの影響は明らかであるとし、さらにソクラテスの「自説」論に関してモンテーニュが論じていることを引いていると摘し、さらにまた、同時にジョン・ロックの「直観的知性」(intuitive Knowledge)を具現化したものでもあると述べている。「そこでソクラテスは結局、こう結論した。「わたしが他人よりも卓越し、賢いとされるのは、自分がそうだとは思っていないからにすぎない。神は、人間が自分に学問や知恵があると思っていることを、人間ならではの愚かさだと考えておられるのだ。わたしの最良の常識というのは、無知という学識であり、最良の知恵は、単純であることだ」と」（『エセー』第二巻第一二章「レーモン・スボンの弁護」、宮下訳 iv. 110）(Higgins 353)。

284-9 友愛と善意はフウイヌムの二大美徳になっていて、特定の相手に限定されるものではなく、種族の全体に万遍なく向けられる。

フウイヌムは個人を愛さず、自分たちの種全体を愛するとされる。したがって、特定の男女間の愛はなく、自分の子供をことさらに愛するわけでもないことをガリヴァーは報告する。もちろん自分たちの種しか愛さないわけだから、ヤフーやガリヴァーなど他の存在には酷薄である。しかも、フウイヌムには階級制度が存在し、結婚の形態に関して召使階級には例外を設けていることを考えると[285]、完全に博愛主義に満ちた平等社会であるとは言えない。そもそも皆を普遍的に愛するということは、実質は誰も愛していないということではないか。したがって、フウイヌムの種全体への愛というのは、感情や欲望の抑制と言い換えることができそうだ。

同時代の文脈でいえば、重商主義的な発想は、同じく個を無視して全体の利益を考えるものと言えるだろう。スウィフトの場合、この発想が『慎ましやかな提案』につながっていく。アイルランドの国全体の利益のためには、個々の赤ん坊を食べるのが賢明な判断だと主張しているわけなのだから。ただし、『慎ましやかな提案』は決してスウィフトの本心ではなく、個の無視が主張されているわけではない。それは、重商主義が個の抑圧に必ずしもつながるわけではなく、マンデヴィルからアダム・スミスに向かう自由主義的な経済思想とも呼応している。

本注釈箇所においても、フウイヌムがガリヴァーの説明にあるように、愛情を全体に万遍なく向ける種であるのかどうかには、疑問をもたざるをえない。第四章で、フウイヌムの主人はイングランドでの人間による馬の扱いに関して何度も怒りを表明している[254]。感情をあらわしているわけだ。フウイヌムの社会では「理性」が最も重要視されるが、本来的に「人間」のもつ欲望や感情は、単に理性による強力な統制のもとに、押さえ込まれているだけなのだ。このあとの第九章で、約束に遅れてやってきたあるフウイヌムの妻が、遅れた理由を夫の死の処理のためであったと冷静に話すエピソード［291］があるが、フウイヌムの異常な冷たさの典型例として考えられがちなこのエピソードも、個人的な悲しみを理性でかろうじて抑えているとも解釈可能なのである。フウイヌムは種の存続を何よりも大事にするのはたしかだが、「人間的」気持ちがないかというと、そうではない。

同時にこの発想には反キリスト教的なニュアンスもあり、後に第一一章でドン・ペドロ船長がガリヴァーに親切にするエピソード［305］と対照をなしている。キリスト教の思想とは対照的に、個の無視が特徴であるフウイヌムの国を描くことで、フウイヌムの島から小舟で離れたあとに出会う、キリスト教的慈愛あふれるドン・ペドロ船長の存在が浮かび上がる。彼の登場とあわせてこの部分は考察されるべきである。

284-16

妻たるフウイヌムが牡牝の仔を作ると、その配偶者とはもう関係を持たなくなるが、ごく稀に何かの奇禍で仔の一方を失った場合は別であり、そのときにはまた交わりを始めるが、似たような事故が、妻の方がもう子どもを産めなくなった人物に降りかかった場合には、他の夫婦が仔馬の一方を譲って、母親の妊娠にいたるまでもう一度同衾することになる。この国が数の過剰に悩まないようにするためには、これくらいの用心が必要なのである。

理性の力で、フウイヌムは性欲も抑制する。性交は生殖のためにだけ行われ、欲望に惑溺することはない。フウイヌムという種が存続するために、人口は増えても減ってもならず、それを果たすためには、性欲コントロールが不可欠である。このような性質をもつフウイヌムは、ガリヴァーレイプ未遂事件からもうかがわれるように、性欲の固まりであるヤフーを嫌悪する。第七章でヤフーについて触れられた「あの動物は、他の獣と同じで、牝を共有するけれども、牝のヤフーが妊娠中でも牡を受け入れる」［278］という事実も、嫌悪の対象である。ヤフーたちは理性をもたずに欲望を解放するがゆえに数が増え続け、フウイヌムたちは自分たちに被害が及ばないように、「理性」的にヤフー虐殺を議論するのである[287〜289]。「数の過剰に悩」んでいたのは、前にも述べたように、当時のアイルランドであり、ヤフー性につながっているアイルランド性が暗示されている箇所でもある。

285-5

結婚にあたっては、子孫にちぐはぐな混色を生み出さない毛色の選択に細心の注意が払われる。牡の場合、まず第一に重視されるのは力強さであり、牝は美しさであるが、それがべつに愛情とは関係なく、種族を退化から守るためであることは、たまたま牝のほうが力強さに秀でているときには、美しさに考慮してその配偶者を選ぶからである。

人口を一定に保とうとするフウイヌムの理想は、現状維持であるようだ。一カップルの夫婦に牡牝一匹ずつの子供しか許さないのは[284]、そのためである。「退化」ということを何より恐れる一方で、現状維持を最優先する社会に進歩や発展はありえない。フウイヌムは現在が理想の状態なのであり、発展の必要はまったく感じていないから、現状が続けばそれでいいのである。

ただし、ここで考えなくてはならない点は、ヒギンズも指摘するように、この風習が後の時代に考えられた優生学に類似する点をもつことである(Higgins 354)。フウイヌムでは毛の色によって差別が行われていることはすでに指摘された通りである(271-4「わが主殿の……」の注参照)。これは肌の色による人間間の差別に等しく、「ちぐはぐな混色」を嫌う彼らは、人種間交雑を望まず、純粋な種の保存を望んでいる。自分たちの遺伝的素質の改善を目的とするわけではないから、優生学そのものの定義にあてはまらないとはいえ、選民主義的な思想に基づいているという意味では大きな共通点をもっている。優生学的思想が、アーリア系民族の純粋さを保つという名目でナチスがユダヤ人などの虐殺を行った忌まわしい歴史的事実につながったことを考えると、フウイヌムの純粋血統主義は、決して平等観に基づくものではないことが分かる(この議論に関しては、クロード・ローソンの『神とガリヴァーと大虐殺』が詳細かつ広範な議論を行っている)。

たしかに人種間交雑を望まないのは階級が上の者だけであり、下位の者が上位と交わることを禁忌とすることは考えられていないようである。とすると、ガリヴァーがフウイヌム全般の性質としてここで描写しているのは、実は彼の主人などが属する高い階級にあるものが自らの優越を保持するためにとっている方策なのではないか、と思えてくる。夫婦で牡牝一匹ずつという産児制限をするのも階級が上の者だけであり、下位の者は例外とされている。「召使になってゆく下等なフウイヌムはこの条項にはあまり厳しくは縛られず、数にして牡牝三ずつは産むことを許されており、それがやんごとない家の奉公人となってゆくのである」[285]。ガリヴァーの挙げる特質が、階級の上位の者たちの作り出した社会の法則であると考えるなら、種全体のために最重要視している「理性」も、召使など下位の者にとっては、押しつけられた圧政であると言うことができる。

285—10

結婚の蹂躙とか他の不貞行為などは噂にのぼることもなく、結婚した者同士はたまたま出会った同じ種の者に示すのと同じ友愛、相互の善意に導かれて日々を過し、嫉妬、溺愛、喧嘩、不満とは縁がないのである。

男女間に個人的恋愛がないのだから、当然過剰な性欲を理性で押さえ込んでいるフウイヌムには、不貞や嫉妬もない。ヒギンズは、「フウイヌム国での、優生学的実践、教育制度、社会組織などは、伝説的なリュクルゴスが定めた法の下での古代スパルタをモデルとしている」とするが(Higgins 354)、フウイヌムで不貞が存在しないのも、それによっている。プルタルコス『英雄伝』の「リュクルゴス」には、「彼らの間では、不倫などというのは到底信じられないことであった。ある昔話が伝わっている。ゲラダスというスパルタ人が、外国人から、スパルタでは姦通を犯すとどういう罰を受けるのかと問われて、「わが国には姦通を犯す者はおらんのです」と答えた」(柳沼重剛訳)とある(第一五節一六～一七)。リュクルゴスのスパルタはフウイヌム以上に優生学的習性が進んでおり、「子供というものは父親の私物ではなく、国家共有のものだと考えていた」(柳沼重剛訳、第一五節一四)点までは共通するが、スパルタではさらに、優秀な子孫を残すためには、高貴で立派な男であれば、自分の妻をその者と関係をもたせて立派な子供を作ることが許されていた。優生学的に優れた男に子孫を残す権利を委譲して、それを社会が容認したのだから、性欲をコントロールしたり産児制限をしたフウイヌムより、「先進的」だったと言える。

286–1 節制、勤勉、運動、清潔の四つの訓戒は、牡牝とも若いうちに等しく教えられるもので、わが主の考えでは、家事に関わる幾つかの条項は別として、男とは違う種類の教育を女に施すというのはまさに奇怪と言うしかなく

「清潔」(*Cleanliness*)は、ガリヴァーが模倣しようとした性質であり、「節制」は自己抑制、「勤勉」、「運動」は自己鍛錬である。また、ここに見られる女性教育重視という立場は、プルタルコス『英雄伝』の「リュクルゴス」やプラトン『国家』、トマス・モア『ユートピア』などに述べられたことを踏襲しているにせよ、先進的な考え方であった。『国家』には、子供と妻女の教育をどうするべきかとソクラテスが訊ねられて答える次のような対話がある(451E–452A)。「そうすると、女性も男子も同じ目的のために使おうとするなら、女たちにも同じ事を教えなければならないわけだな」「ええ」「しかるに、男子には音楽・文芸と体育が課せられたのだ」(藤沢令夫訳)。

286–6 年に四回、幾つかの地域の若いのが集まって、走る、跳ぶの腕前の他、力技、敏捷技を競い合い、勝利者には褒美として讃える歌が贈られる。

リヴェロは、スウィフト自身、歩いたり、階段を走って上り下りしたりする肉体的に激しい運動を好んでいたと指摘する(Rivero 227)。『ガリヴァー旅行記』全篇を通じて描かれるさまざまな運動(リリパットの綱渡り、ブロブディンナグでの動物との格闘、等々)は、スウィフトの身体鍛錬への執着と身体感覚の重視から来ているものと考えられる。リヴェロはまた、フウイヌムのこの祝祭は古代オリンピック・ゲームを想起させると指摘している(同227)。古代ギ

リシャを旅した二世紀のパウサニアス『ギリシャ案内記』によると、いったんは途切れていたオリュンピア競技祭を復活させたのは、スパルタのリュクルゴスということであるから(Spivey 229–232)、フウイヌムの他の特質もスパルタのものが取り入れられていることとうまく合致する。もっともフウイヌムの祝祭は年に四回開催されるところが、四年に一度のオリンピックと異なる。次注で触れる「全民族の代表者会議」が四年に一度の開催とされるから、オリンピックと国会の開催頻度が入れ替えられたのかもしれない。

286–10　四年に一度、春分の時期になると、全民族の代表者会議が開催される

フウイヌム社会は理性で統御され、個人の意見は存在しないのだから、代表者会議は、次注に挙げる、ヤフーを絶滅させるか否かという論点を除けば、正確に言うと議論が行われる場ではなく、食べ物の量、家畜(ヤフーと牛)の数、子供の数などを調整するための集まりである。ヒギンズも指摘するように(Higgins 355)、トマス・モアの描くユートピア社会がこの原型となっている。「どの世帯も一四歳前後の子供を一時に、少なくとも一〇人以上、多くとも一六人以下をつねにもっていなければならないことが法律をもって定められている。(中略)この一定の数を保つことはやろうと思えば容易にできることで、そのためには大世帯の家のよけいな人数だけをそっくりあまり人のふえない小家族の家に廻せばそれでいいのである」(平井訳 90)。

フウイヌム国はこのユートピアの性質を引き継いでいるわけだが、それがモアの描く理想社会のような平等社会で決してないことはすでに指摘した通りだ。「全民族の代表者」と書かれているが、次の第九章の冒頭にあるように、上流階級に属する主人が出席していることと、産児制限を設けているのが上流のみであり、したがって数調整の必要があるのが上流のフウイヌムのみであることから、「議員」は大衆を代弁する人々ではなく、上層階級の利益代表者であると言える。イギリスの貴族院のようなものと言えばいいだろうか。それも庶民院が存在しない貴族院である。

第九章

287−7　その懸案とは、この大地の表面からヤフーを絶滅させてしまうべきであるかということである。

ヤフーは、フウイヌムのコミュニティの中で、ナチス・ドイツにおけるユダヤ人とほぼ等しい位置を占めていると初めて指摘したのはジョージ・オーウェルであるが(「政治対文学」、河野訳 277)、フウイヌムの中に「ヒトラー的本能の萌芽」を見るか否かという重い命題をローソンは提示する(Rawson, *God, Gulliver, and Genocide* 258)。より正確に言えば、ローソンが問うているのは、フウイヌムが大虐殺を行うヒトラー的本能をもっているか否かではなく、作家スウィフトはヒトラー的本能を是認しているのか、それともそのような衝動をもつフウイヌムを批判の対象として見ているのか、という問いである。前者を認めるとなるとスウィフトはナチス的怪物であることになるし、後者を認めるとフウイヌムは民族的大粛清を行う唾棄すべき性質をもつことになり、これをどう考えるかという問題となる。

ローソンは、フウイヌム議会の大粛清動議が、物語中で結局、実行に移されることがないことを指摘し、虐殺言説は単なるレトリックであって、実行される企画であるかどうかを読者が知らされることがないため、その現実性は薄れていることを留保として述べる(同 258)。ただし、この「戦略的沈黙」によって、ただちにフウイヌムが免責されるものではないと彼は考えているようだ。ローソンはヤフーとユダヤ人の類似性を指摘したオーウェルを踏まえつつ、「フウイヌム社会において、ヤフーは、スパルタの奴隷であるヘロットに類似した役を占めている」と指摘し(同 260)、スウィフトがここから発想を得ていると指摘したうえで、スパルタのヘロット粛清について次のような発言を行う。スパルタでは、スパルタ人より数が圧倒的に多かった奴隷のヘロットが反乱を起こす可能性がつねにあり、スパルタ人はそれに怯えていたため、秘密警察が定期的に隠密裏にヘロットの虐殺を行っていた。すなわち「ヘロットの「除去」が沈黙の帳に包まれて行われていた」(同260)と述べるのだ。つまりローソンは、『ガリヴァー旅行記』という物語中には直接描かれていないにしても、フウイヌム社会を描くときにスパルタを念頭に置いていたスウィフトは、フウイヌムのヤフー除去が隠密裏に行われている可能性を物語内に埋め込ませていると主張したいのだと思われる(次注、次々注も参照のこと)。

なお、ローソンのこの問題設定自体をナンセンスだとする批判もある。ジョン・バークの論文である(Burke, "Response Essay")。バークの議論自体はあまり冷静な批判とは言えないのだが、本注釈はローソンの説を絶対正しいものとして扱っているわけではないので、反対意見もあることを指摘しておきたい。また、次注でヤフー伝説と旧約聖書『創世記』との密接な関係に触れるが、本注釈箇所にある殲滅思想も『創世記』第六章第七節から来ていると考えられる。そこにある「われは自分の創造した人間を地球上から拭い去らん」とする神の言葉は、ヤフーに対するフウイヌムの言葉とよく似ている。

287-11 或る伝説によりますならば、ヤフーはもともとこの国におったものではない、しかるに遠い昔、この畜生が二匹、山上に出現した、お天道さまの熱が腐った泥濘にあたって出来たのか、海の泥泡から生じたのか、そこのところは判然とせん。このヤフーどもが子を産んだ、その子孫はあっと言う間にとんでもない数になって全土に氾濫、横行してくれた。

ヤフー絶滅賛成派の議員の語るヤフー起源伝説である。フウイヌムは文字をもたず、口承文化である。したがって、ヤフーの発生した歴史についても、定説があるわけではなく、言い伝えによって諸説が存在している。すでに指摘されているように(Higgins 355)、ヤフーの一対の牡牝がアダムとイヴを想起させることから、右の「伝説」が旧約聖書『創世記』にちなんでいるのは間違いない。ミルトン『失楽園』(第四巻二二六行)によれば、アダムとイヴがいたエデンの園は山の上にあったとあるので、この箇所との親和性は強い。また、『創世記』第八章第四節には、ノアの箱舟が洪水が引いた後アララト山の頂上にあらわれた、とあるので、ヤフーが「山上に出現した」とすることの根拠となるであろう。すべての種類の動物がつがいで箱船に乗せられたのだから、ヤフーが乗っていた可能性があるのである。神は自分の創造した人間の邪悪さに嫌気がさして、造ったことを後悔して一掃するために洪水を起こしたことを考えると、洪水で拭い去られたものの中にヤフーは含まれていそうで、そうなると洪水をまぬがれた箱舟にヤフーが乗っているのは矛盾しているように思われる。ただし、ヤフーが生まれつき邪悪なものでなく、長い期間を経るうちに堕落した点を考慮すると、聖書とそれほど齟齬を来しているわけではない。すなわちヤフーの祖先の一つがいは殲滅を保留されたものと考えられるのである(次注参照)。

本注釈箇所で「判然とせん」とあるのは、ヤフーが大地から生まれたのか海から出現したのかという点である。この伝説を述べている議員の力点は前者にあると思われるが、その伝説に賛同して意見を述べるガリヴァーの主人は、後者を補足する形で自説を展開している。「泥濘」とあるが、「土」からヤフーができたとするなら、ターナーが指摘するように、ルクレティウスの『物の本質について』の考えにのっとっている(Turner 364)。他方、海から発生したとすると、ヤフー=移民という連想がはたらく。この説については次々注で取り上げるとして、海から発生するというと、似ても似つかない存在だが、ヴィーナスが連想される。水から出現して貝殻に乗り、西風のゼフュロスによって岸に流れ着くボッティチェッリのヴィーナスにヤフーを重ね合わすのは無茶かもしれないが、ボッティチェッリの異教的な発想を引くとするなら、『創世記』にのっとりながらも異教のにおいがすることになり、ヤフーのうさんくささが際立つであろう。いずれにしても、それらの立派な起源説を踏まえながらも、「泥濘」、「泥泡」などの腐った物質から生じたヤフーは人間の存在の根幹を揺るがす(あざ笑う)もので、誕生後さらに悪化=退化を続けていくのである。

288-2 フウイヌム側はこの悪を除去すべく大々的なる狩りに打って出て、ついにその群れ全体を包囲して、歳をとったのは殺してしまい、各フウイヌムが若いのを二匹だけ小屋で飼うことになり前注箇所に引き続いて、フウイヌム議員の語るヤフー起源伝説の中の一節だが、この箇所は不思議なことにあまり注目されることがなかった。伝説中とはいえ、ここではっきりとフウイヌムが一度ヤフー殺戮を行ったとあるのである。各フウイヌム家庭が飼う二匹以外はすべて殺されたことになるから、実質上、粛清と言っても間違いない。なぜこの箇所が読みとばされているのかは不明だが、これは、前々注で言及した、古代スパルタのヘロット粛清にヤフーが重ねられているというローソンの説が実証されている箇所ではないだろうか。ローソン本人も、この一節になぜか触れていない。しかし、この箇所を勘案すると、前注で指摘したように、『創世記』に記された神による殲滅とそれを保留されたものとして箱舟に乗せられたヤフーという文脈がより明らかになってくる。つまり、ヤフーは殲滅以前には多数いて、ほぼすべてが洪水に呑み込まれたのだが、その中の一つがいだけが箱舟に乗せられて救われた、ということになり、聖書と実によく符合することになる。フウイヌムの各家庭に一つがいずつが配給されたとする点は少し異なるにしても。

ローソンの議論に関してここで付記しておかねばならないのは、彼が右の指摘に続けて、「スウィフトは、スパルタの政体のさまざまな側面や市民社会の慣習や道徳的習慣への規律のとれた厳格さに惹かれていただけでなく、ヘロットに対する嫌悪感を個人的にも抱いていた」と指摘している点である(*Rawson, God, Gulliver, and Genocide* 261)。ということは、先ほどナチス的フウイヌムを諷刺していた作家がこの点で罪をまぬがれたように描かれていたが、実はスウィフト自身の立場についても、ローソンは完全に無罪判決を下していないのではないか。ただし、ローソンはここで微妙にスウィフトの批判対象をずらしている。すなわち、スウィフトがヤフーに対する民族粛清的な邪悪な感情をフウイヌムと共有していたと述べるのではなく、スパルタのヘロットを「スウィフトは野蛮なアイルランド人と同一化していた可能性がある」として、アイルランド問題に焦点をそらしているのだ。

ナチスのユダヤ人大虐殺問題と、フウイヌムによるヤフー虐殺の関係という、実に難解で深刻な問題は、ヤフーが民族的のけ者であり、同時にアイルランド人の表象でもあるというローソンの主張に従うと、スウィフトがフウイヌムの殲滅思想を単に断罪したとするのは不可能になってしまう。イングランド作家が野蛮なアイルランド人に対して粛清願望をもっていて、その感情がここに投影されているというのがローソンの続いての議論である。ひそかなフウイヌムへの共犯意識をここに見て、「当然の報いだ」とする隠れたスウィフトの意識、すなわちヘロットを粛清するスパルタへの共感を読み込むという、悪魔的読みをローソンは行っているのである。ただし、アイルランド問題だとすると、スウィフト自身がその一人なのだから、彼の他者表象は同時に自己表象でもあるわけで、ローソン自身が一九九八年に出した別の論文で、「私の論点の一つとして、スウィフトの〈私〉は真剣な語りをするときに、しばしば自己パロディーに近い存在になる」と書いていることに該当するだろう(Rawson, "Gulliver and Others" 498)。この論文よりさらに過激になったローソンの『神とガリヴァーと大虐殺』(二〇〇一年)での読みを進めると、スウィフトが自己破壊欲望(自殺願望)までももっていたとせざるをえなくなる。他者に向けられた刃がスウィフト本人に返ってくるという諸刃の剣となってしまうのである。この諷刺の合わせ鏡に挟まれた読者は、ただただ呆然とするか、現実を忘れて白日夢を楽しむしかなくなってしまう。

288-5

フウイヌムならびに他の全動物の示す憎悪の激しさからしても、あの生き物がイルニアムシ(この土地の原住民アボリジニの意)であろうはずはなく、あの邪悪なる性向からして、この憎悪は当然の報いではありまするが、もし彼らが元々のアボリジニであったのなら、あそこまで嵩ずることはなかったでありましょう、あるいはとっくに根絶やしにされていたでありましょうか。

ヤフーを外国からの移民(もしくは難民)になぞらえたくなるフウイヌム議員のこの推論の含意するところは、「移民は嫌われる」ということである。ヤフーは土着でないがゆえに、土着のフウイヌムは生理的にヤフーを嫌悪しているという推察である。一八世紀のイングランドにおいて、移民はどのように捉えられていたのだろうか。

イギリスは成り立ちからして、さまざまな移民の結合した国家なのであるから、本来、移民を嫌うのはおかしいはずである。そもそも紀元前に住み着いたゲール人やブリトン人も移民であり、後にローマ人が征服、その後ゲルマン系のアングロ・サクソン人の流入があり、サクソン人の小国家が割拠する時代が訪れる。その後もデーン人ヴァイキングの侵入やノルマン人によるノルマン・コンクエストがあったわけだから、イギリスは到底、一民族からなる国民国家とは言えない。それどころか、どれかの民族が人口において優勢であるとも言えない複合民族国家である。このような国を近代国家として整備するためには、国を束ねるイデオロギーが必要だったわけで、それを如実に語る文学作品が、ダニエル・デフォーの『生粋のイングランド人』という長詩である。この作品は一八世紀の初年である一七〇一年に出版され、イギリス近代の精神的支柱になったと言っても過言ではない。この詩の一節を見てみよう。

スコットランド、ピクト、ブリテン、ローマ、デンマークは屈服し、
すべてがイングランドのサクソンと結合した。
人々は混じり合いということを追い求めたため、
彼らの「名前」そして「記憶」は封じ込められ
今やローマもブリテンもない。
ウェールズは離れようとしたが無駄であった。
沈黙の国々は区別のつかない状態に融和し、
やがてイングランド人が皆の共通の名前になった。
理由は分からないが運命が彼らをごたまぜにしたのだ。
彼らが過去に何であったにせよ今は皆「生粋のイングランド人」なのだ。（三五八〜三六七行）

ここで述べられていることによれば、複数の民族の混淆は融和に至り、「結合」するということである。昔の「名前」や「記憶」が抹消され、一つに溶け合ったとき浮上した共通の名前がイングランド人である。この名前は、過去と切れた未来へ進むべき名前として再定義されているわけで、たとえ過去がどうであれ、異質の者の集団であれ、それが烏合の衆でなく同じ名前をもったとき、合同と結束が実現するのであり、これは過去をいったん払拭した新たなる国家の宣

言となっている。

スウィフトが『ガリヴァー旅行記』を執筆したとき、ライバル作品としてつねに意識されていたのがデフォーの『ロビンソン・クルーソー』であったことは、これまでも何度か触れてきた通りであるが、デフォーと同時期に生きたスウィフトも、デフォーの『生粋のイングランド人』が鼓吹するイデオロギーの強烈な力は認めざるをえなかった。例えば、ケンブリッジ版スウィフト著作集(デイヴィッド・ウーマズリー編)は、第四篇第六章の「強壮なる外貌など高貴な家柄の人物にとってはゆゆしきこと、本当の親爺は馬丁か、御者だなと世間は決めてかかる」[271]の部分を、『生粋のイングランド人』三一二〜三一七行(「フランス人コックやスコットランド人行商人やイタリア人売春婦が貴族や貴族の子孫となり、貴族が増殖したあげく以前に比べてはるかに多くの生粋の貴族がはびこる」)の影響だと認めている(Womersley 386)。

とすると、読者に移民を連想させるヤフーが憎悪の対象となるという本注釈箇所の記述をどう解釈すべきか。一義的には、もちろんオランダからやってきた外国人でありながらイングランドの国王であるウィリアム三世への嫌悪感が根強くて、この『生粋のイングランド人』のような長大な詩で擁護されねばならなかったという国内事情がある。

自国に入ってくる流入者という観点で言うなら、スウィフトが念頭に置いている移民は右の『生粋のイングランド人』で描かれたような異民族というものではなく、アイルランド人であっただろう。ヤフー表象にアイルランド人が重ねられていることはすでに指摘した通りだが、移民という点でも、イングランドに「移民」するアイルランド人のイメージが大きいと言える。スウィフト自身アングロ・アイリッシュであり、先祖はイングランドからアイルランドに流入した移民であった。スウィフトが栄達を夢見てイングランドに渡ったときは、先祖の母国に帰った感覚というよりも、自分自身が異質な「移民」であるという意識をもっていたと思われるし、イングランド人たちによってそれを痛感させられていたであろう。結局彼は、夢破れてアイルランドに帰って『ガリヴァー旅行記』の大部分を執筆したわけであるから、嫌われた移民が故国に送還されるという事態は自分自身の投影であったと思われる。したがって、イングランドにおいては移民である自分は、当然のように嫌われて国外追放されたのだという、自嘲的な意識を移民＝ヤフーという記述の中に見出すことができる。実際、ガリヴァーのフウイヌム滞在期間(一七一一年五月九日〜一七一五年二月一五日)は、スウィフトがイングランドで活躍した、トーリー政権の成立から瓦解までの時期とかなり重なっている(233-8「ポーツマスを……」の注参照)。

イギリスから他国へ移民として渡っていくという観点から見ると、さかんに新大陸へ流れていったイングランド移民のことを考えないわけにはいかない。当時のイギリスは大量の失業者や浮浪者を抱えており、本国の負担を軽減させるために新大陸への植民が政策として推奨されていた。また罪人たちも新大陸に大量に流刑にされている。厄介者の始末場所として北アメリカなどの植民地が使われたわけである。その意味では、ヤフーは本来の生息場所で数が増えすぎて不要とされ、つまり忌み嫌われて流された存在として捉えられているかもしれない。厄介なために放り出され、流れ着いたフウイヌム国でも厄介者として処遇されているのである。ガリヴァー本人も、自分が船長であった船の反乱によって島流しにされたわけであるから、不要者として始末されたという点ではヤフーと同じということになる。なお、アボリジニという語については、248-5「彼がとくに……」の注参照。

289-11 この工夫を当地のヤフーの仔に試してみるのはいかがでしょうか。扱いやすく、使いやすくなるだけでなく、殺戮という手に訴えなくとも、一時代にして全種族に終止符を打てるでしょう。

ガリヴァーの主人は、彼から聞いた馬の去勢についての話をもちだし、「その手術は簡単で安全なものだと申します」[289]と言ったうえで、フウイヌム国でもヤフーを去勢すれば繁殖できなくなり、根絶やしにすることができる、と主張する。ガリヴァーの去勢思想がフウイヌムの主人へと感染したわけで、この残酷さにおいてフウイヌムとガリヴァーが代表する人間とが接続することが重要である。ガリヴァーはヤフー的だとしてフウイヌムからしりぞけられているのだが、それと同時にフウイヌム自体が人間的悪辣さをもつものとして作品で諷刺もされる、そのような二重構造が見られるのである。ただし、セクシュアリティを単に子孫存続の手段としてしか見ないフウイヌムは、去勢をそれほど残酷なこととして考えていない可能性が高い。その点で、第一篇のリリパットにおいてガリヴァーを殺すべきだという主張に対して出た寛容な代案が、食べ物を徐々に減らすことによって餓死させるという非寛容なものだったこととは異なることを確認しておきたい。

『ガリヴァー旅行記』出版当時、犯罪者への処罰として死刑と去勢を天秤にかける議論が実際に行われていて、ヒギンズはそれに関して、『強盗や窃盗で有罪となった者を去勢することが、それら罪人たちの最もよい処罰の仕方であることを控えめに提案するいくつかの理由』というパンフレットが一七二五年に出されていることを指摘している(Higgins 355)。このパンフレットを読むと、一七二〇年代には、アイルランド人の罪人をすぐさま極刑に処すよりも去勢した方がよいという提案が実際なされていることが分かる。去勢したからといって強盗癖や窃盗癖がおさまるとは思えないが、去勢をすれば男は大人しくなるという言説が存在していたのである。パンフレットの執筆者は、犯罪者を去勢すべきだとする理由を一四カ条にわたって述べているが、その第三条には、処刑台での犯罪者たちの告白によれば、彼らが泥棒をはたらく理由は、女性に貢ぎ、性欲を満足させることである、したがって泥棒をすれば性行為の道具である局部を切り取られるという罰を受けるのであれば、それを恐れて犯罪を起こさなくなるだろう、とある(ちなみに「死刑囚の最後の演説(告白)」というのは、処刑が公開されていた当時、刑の執行前後に観衆や大衆に売られていた人気ジャンルの書き物であった。このパンフレットが収められた大英図書館所蔵の「アイルランド、演説、裁判等、一七一一〜三三年」コレクションの後半には、この種の演説の印刷物が数多く綴じられている)。また、第八条には、この刑を行えば見せしめとなり犯罪が減るだろうと述べられている。ヤフーは犯罪者ではないから、これらの条項がそのままあてはまるわけではない。ただし、性欲を代表とする本能の欲求を満たすためだけに生きているようなヤフーから性器を奪えば、生きる気力を奪う結果になるだろうことは理解できる。そのことは第一〇条に書かれていて、去勢を行えば犯罪者は活力がなくなり、二度と犯罪を起こそうとは思わないだろう、とある。

このパンフレットでもう一つ注目すべきことは、去勢と植民地主義の関連が指摘されている点だ。まず第三条で、西インドのプランターたちからこれ以上犯罪者を流刑にして寄こさないでくれという要望が出ていることを受けて、彼らの刑を母国で執行する必要があり、それには去勢がふさわしいことが指摘されている。そして第八条では、バルバドスで黒人が反乱を起こすことがあり、その際死刑にすることで労働力が低下するのを防ぐために、去勢をして労働を続けさせるべきだと述べられている。このような議論がさかんであった時代に出版された『ガリヴァー旅行記』であるから、この理論を適用することも可能であろう。これをフウイヌム国でのヤフーと結びつけて考えると、ヤフーとは他国から流刑にあって流入した嫌悪すべき犯罪者だということになる。また、去勢すべきだと主人が考えているヤフーは、この国において、黒人奴隷に近い存在であるから、スウィフトの想像の中でつながっていると考えられる。

289—15 大会議で出た話の中で、わが主がそのとき話してよかろうと考えたのはそこまでであった。そして、私に直接関わる或る事をよかれと思って隠してしまったのだが

次の第一〇章で明らかになることだが、実は大会議では、ガリヴァーに対する国外退去命令が決議されていた。しかし、主人はそのことを会議から帰ってきたこの段階ではガリヴァーに告げない。これはどう解釈すべきだろうか。去勢をヤフーに適用することを思いついた主人は、ガリヴァーの悪影響を受けている可能性があることを前注で指摘した。本注釈箇所に関して、ヒギンズは同じ指摘を行いながら、「真実のすべてを出さずに隠す」という行為はきわめて「人間的」なものであるとしている(Higgins 355–56)。しかし、人間の根幹を揺るがすような事実は、当事者に対してなるべく衝撃が少ないよう、時と場合を考えて慎重に明かすべきだという発想は、思いやりという意味での「人間的」なものではなかろうか。つまり、主人はガリヴァーによって、人間の悪辣さの影響を受けるとともに、温かい面の影響も受けていると考えられるのだ。たとえ家族の者が死んでもまったく感情を表に出さないという、この後のフウイヌムのエピソード[291]からすれば、ガリヴァーが最後にこの島を去るときも、内面の感情がどうであれ、それを見せずに立ち去

らせるはずだが、実際は、主人は栗毛とともに別れを惜しみながら、海辺でガリヴァーが船で去っていく姿を見守ることになる[301]。つまり、主人はガリヴァーと別れたくなかったのである。そして、会議の決定としてそうせざるをえなくなったとき、ガリヴァーにすぐ知らせることで彼を悲しませたくなかったのである。

291–6

彼らにとっての死とは、大きな事故さえなければ、老衰による死があるのみで、なるたけ眼につかない場所に埋葬されるのだが、死への旅立ちとは言っても、友人、家族とも喜びや悲しみを露わにするわけではないし、死んでゆく当人も、隣人のところに出かけて帰って来るときのようなもので、いささかも未練がましいところを見せるわけではない。

フウイヌムはこのように、死者を送る者も死んでいく者も何ら痛痒を感じないとされる。死にあたって平然とする態度については、トマス・モア『ユートピア』第九章「ユートピアの諸宗教について」に見られる。「欣然として明るい希望にみちて死んでゆく人に対しては誰もこれを悲しまない。むしろその霊魂が神の懐に抱かれることを深い愛情をもって祈りつつ、楽しげに歌をうたいながら、いそいそと柩車の後に従うのを常とする」(平井訳 164)。スウィフト自身も「宗教についてのいくつかの考え」(一七六五年)の中で、「死というような自然で必然的で万人に起こることが、人間への災いとして神が定められたこととは考えられない」(*PW* ix. 263)と書いている。

死に対するこの態度から、フウイヌムは冷酷で感情をもたない生物であると考えられることが多い。このすぐ後に語られるエピソード——主人の友人一家が約束の時間にあらわれず、奥さんと子供だけが遅れてやってきて、遅れた理由を急死した夫の埋葬に手間取ったから、と述べるエピソード——は有名だが、遅れた言い訳を話す描写の最後に、その奥さんが「わが家では他の者と同じように快活に振舞っていた」とある[291]。これは一見妻の冷酷さをあらわすように思われがちだが、快活を装う気丈さと取るべきではないか。自分の衝撃を他人に知らせることで負担をかけるのを避けようとする思いやりは、ガリヴァーに国外追放の決定を知らせるのを遅らせた主人と同じぐらい、「人間らしい」配慮と考えるべきだろう。右の一文に続けてさりげなく、「彼女が死んだのは、その三ケ月後のことである」とあるのも、彼女の悲しみの深さを物語っている。ヒギンズも、「彼女は表面上ストイックに振る舞っているが、この部分を見ると、彼女は心が壊れて死んだことがほのめかされている」としている(Higgins 356)。

第一〇章

293-9 体中が柔毛に蔽われているヌーノーという美しい動物の皮

第一〇章には、この「ヌーノー」(Nnuhnoh)や、「ソロアイン」(Hnhloayn)[297]といった造語(フウイヌム語)が登場するが、いずれも典拠は不明である。ただし、フウイヌム(Houyhnhnm)と同じく、馬のいななきを擬したと思われるhとnが多用されている。ポール・オデル・クラークも、前者をnuhとnohという二つの馬の鳴き声、後者をhloayはHouyhnhnmのhouyを想起させるものとしている(Paul Odell Clark 623-24)。

293-12 木の空洞から蜜を見つけてくることもよくあって、それに水を混ぜ、パンにつけて食べることもあった。自然を充たすは易し、必要こそ発明の母という二つの格言の正しさを私以上に証明できる者はいないのではないか。

フウイヌムでの平穏なガリヴァーの日常生活は、全体としてユートピア的な雰囲気を醸し出している。「蜜」を飲むというのもユートピア的だとターナーは指摘する(Turner 374)。ちなみにモアの『ユートピア』にも次のような描写がある。「飲料としては葡萄か、林檎か、梨からつくった酒か、もしくは清浄な水が用いられているからである。その他、この地方でたくさんとれる蜂蜜や甘草を煎じてつくる蜂蜜酒もしばしば用いられている」(平井訳 74)。さらにまた、必要な家具や衣服をあれこれ工夫して作り、フウイヌムでの生活をまがりなりにも満足のいくようなものに変えていくガリヴァーの姿は、同時代の数多くの旅行記に描かれた無人島暮らしをする探検家の群像、特にデフォーの『ロビンソン・クルーソー』のそれを想起させる。もちろんあらゆる点で、スウィフトとデフォーは意見を異にしており、それが、「私以上に証明できる者はいない」という表現に端的にあらわされているのかもしれない。もう一つここで注目したいのは、第一篇や第二篇であれほど苦労していた排便や排尿、そして食欲などに見られる「自然」の欲求から、ガリヴァーはこの段階では解放されているらしい、ということだ。しかしもちろん、こうしたガリヴァーのフウイヌム化への努力は結局、水泡に帰すことになる。クルーソーとは対照的に、である。

294-2

体は健康そのもの、精神は平穏、友の裏切り、変節はなく、隠れた敵にも公然たる敵にも害されることはなかった。

以下、この段落で邪悪なる人間が一気に列挙されてゆき、そのどれもこのフウイヌムには存在しない、とガリヴァーは言う。ローソンは、ラブレー『ガルガンチュアとパンタグリュエル物語』におけるユートピア的記述との関連を指摘するが(Rawson, *Gulliver and the Gentle Reader* 101 ff.; Higgins 356)、モアの『ユートピア』では、金銭がもたらす害悪を中心に次のような描写がある。「思うに、ユートピアでは、貨幣に対する欲望が貨幣の使用とともに徹底的に追放されているのであるから、どれほど多くの悩みがそこから姿を消していることであろうか。また、悪徳と害毒のいかに大きな原因が根こそぎ断ち切られていることであろうか。詐欺・窃盗・強盗・口論・喧嘩・激論・軋轢・譴責・抗争・殺人・謀逆・毒殺」(平井訳 179)。

ガリヴァーが列挙している邪悪な人間たちのうち、「学者」[294]は原語ではVirtuoso。今日一般的には、名人、大家、巨匠といった意味で使われるが、当時は、科学全般に関心をもつ学者の意にも用いられた。この「学者」を主人公にして諷刺的に描いたトマス・シャドウェルの劇作『似非学者』(一六七六年初演)がよく知られている。主人公の「学者」サー・ニコラス・ジムクラックは、乾いた砂の上で蛙のように泳ぐ方法や、羊の血を人間に輸血した場合の効能を研究したりしていて、『ガリヴァー旅行記』第三篇に見られる王立協会への諷刺さながらである(189-2「胡瓜から……」の注参照)。また、「ヴァイオリン弾き」[294]をごろつき、悪漢と見なすスウィフトの記述は、すでに第三篇第八章で見た通り。あのときは、ヨーロッパの由緒ある家柄の祖先をたどってみると、実は「提琴弾きが二人」もいてガリヴァーはすっかり失望したという話であった[209]。スウィフトのステラ宛書簡には、「彼はヴァイオリン弾きであり、したがってごろつきなので、死刑に値する」という一節がある(*Journal to Stella* i. 320)。

295-1

そこでは有益なことのみが、簡潔をきわめる、しかも奥深い意味のある言葉でやり取りされ、(すでに述べたことであるが)儀式ばったところはまるでないのに、礼儀作法は実によく守られ、話をする人物は自分でも楽しそうだし、周りも楽しくし、話の腰を折ったり、退屈したり、熱くなったり、意見が喰い違ったりということがなかったからである。

フウイヌム社会の描写には、しばしば質朴にして雄渾な古代ギリシャ、特にスパルタの社会を想起させる箇所があるが、「簡潔をきわめる」言葉のやり取りもその一つであろう(プルタルコス『英雄伝』「リュクルゴス」第一九節)。また、「その話題はおおむね友愛と善意、秩序と家政である」[295]とされるが、それに対しては、都会的堕落を諷刺したホラティウス『諷刺詩』の一場面(第二巻第六番七〇〜七六行)を自然に想起することもできよう(Higgins, 357)。

もっともスウィフトには、早くから、言語文化や英語改革に関する著作があり、会話についても、ある種のこだわりがあったことも忘れてはなるまい。「会話の技法」(執筆時期は一七一〇年代前半、刊行は没後の一七六三年)や『タトラー』第二三〇号(一七一〇年九月二八日)などにおいて彼は、しかるべき学識や知恵の持ち主が必ずしもすぐれた会話の話し手でないことをしきりに嘆く。彼によれば、会話の目的とは、「一つには聴き手を楽しませ、向上させること、もう一つは、会話から恩恵を受けること」であり、したがって、「やたらに議論や反駁を好んだり、嘘をついたりすること」はよくない、というわけだ(*PW* iv. 92, 94; Addison and Steele, *Tatler* iii. 190–96; *Companion* 195)。会話の効用を評価しつつ、特に上流階級の上品な、しかし中身のない堕落した会話を厳しく諷刺するスウィフトは、さらに一七三八年、『お上品な会話の完全集成』を刊行する。およそ三〇年前から計画されたものであり、彼はいわば生涯をかけて、「お上品な会話」を収集し、諷刺を完成したということになる。これはスウィフトの本格的な著作の出版としては最後のものとなった。ポウプやゲイ、アーバスノットらとともにスクリブリーラス・クラブでの談論を大いに享受していたスウィフトらしい執着と言えるのではあるまいか。一七世紀から一八世紀前半にかけて流行した各種のクラブでの談論文化は、しかし一八世紀半ば以降、小説を始めとする書き物の文化へと次第に移行していく。ガリヴァーのあこがれたフウイヌムの談論文化もまた、彼にこの島での永住に道を開くことはなかったのである(原田「食卓談義から紙上の饗宴へ」)。

296–10

たまたま湖や泉に映った自分の姿が眼に入ろうものなら、恐怖と自己嫌悪のために顔をそむけてしまい、われとわが身を見るよりも、まだしも普通のヤフーの姿の方が我慢できるくらいであった。

水面に映った自らの姿を愛し耽溺するという話は、例えば、オウィディウス『変身物語』(第三巻四〇二～四三六行)に登場するナルキッソスやミルトン『失楽園』(第四巻四六〇～四七一行)のイヴなど少なくないが、ガリヴァーはこれとは対照的に、自らの醜悪な姿に「顔をそむけて」しまう。罪によって堕落した人間――ローランド・ムシャット・フライやマーガレット・オロフソン・シックスタンはこれを、キリスト教的人間観を典型的に示すものと捉えている(Roland Mushat Frye 206–08; Thickstun, 517–34; Higgins 357)。もちろんこの箇所を、第二篇第三章でブロブディンナグの王后と並んで鏡に映った自分の姿に恥辱を覚えて[110]以来のガリヴァーの自己嫌悪の延長と捉え、それがこの第四篇終末近くにおいて、鏡の中の自分の姿を正視しようとする姿勢に変わることをもって、自己嫌悪、自己逃避から脱却する第一歩になっているという作品解釈も可能であろう。

他方、ターナーはこの箇所を、水面に自らの姿を映し、それほど魅力的でないわけではない、と思い直す恋愛牧歌のパロディーであるとし、テオクリトスの描く一つ眼巨人キュクロプスの首長ポリュペモス(『牧歌』第六巻三四～三八行)、ウェルギリウスの描くコリュドン(『牧歌』第二巻二五～二六行)、アレグザンダー・ポウプの描く羊飼いの少年(『牧歌集』第二巻二七～三〇行)などを例として示している(Turner 375)。ガリヴァーはフウイヌムに片思いを寄せるが、それは海のニンフであるガラテイアに片思いを寄せる一つ眼巨人キュクロプスのようなものだ、というわけである。実際ガリヴァーは、「恐怖と自己嫌悪のために顔をそむけて」しまうにもかかわらず、そういう人類にあってただ一人、自分が例外的にフウイヌムに近い存在であることを主張し続けていることもたしかだ。リヴェロが指摘しているように、彼には自己憎悪と自己愛が矛盾しつつ共存しているとも言えよう(Rivero 235)。

296－13

友人たちからあけすけに馬のような歩き方だと言われると、褒め言葉だと思ってしまうし、喋り方もフウイヌムの声の出し方になることがあって、そのために揶揄されることもあるが、正直なところ、いっこうに屈辱とは感じない。

スウィフトの『桶物語』には、「立派な神様も悪魔も揃え」、「今日世界の赫々たる存在」の「風神派」なる宗派が登場し、その説教師ジャックの奇行が描かれている。「風神派」とはピューリタンに対する諷刺。ジャックの奇行の一つは次のようなものだ。「彼の舌は筋肉質で巧妙にできており、くるくると丸めて鼻に入れ、そこから奇妙な言葉を発することができた。また、彼はこの国で初めて、スペイン風の驢馬の鳴き声に上達しようと試みた。ぴんと突き立った大きなむき出しの耳をもった彼はその芸を完成の域にまで高め、姿を見ても鳴き声を聞いても本物と真似との区別がつきかねるくらいになった」。この鼻にかかった説教口調もピューリタンに対する諷刺である(深町訳116, 146)。リヴェロは、「喋り方もフウイヌムの声の出し方になることがあって」というガリヴァーのフウイヌムへの一種の盲信が、『桶物語』に見られるこうしたピューリタンへの諷刺と重なるものではないかと指摘している(Rivero 235)。

297-5　それで大集会はこのわしに、おまえを同類のものと同じように働かせるか、もと来た土地に泳いで帰れと命ずるか、そのいずれかを勧告することになった。ところがこの緊急措置の第一のものは、わしのこの家か、自分たちの家でおまえを見たことのあるフウイヌム全員から一致して反対を受けた。

ガリヴァーが理想化するフウイヌムの社会は、しかし、彼を徹底的に排除すべきであるとの裁定を下す。フウイヌムは決してヤフーに自らの社会を開こうとはせず、いわば支配者と被支配者、市民と奴隷といった関係を突きつけることになる。皮肉なことにこうした身分制は、第三篇に記されているように、ガリヴァーが憧れた古代ギリシャ・ローマ社会とも通じるものである。しかし、それ以上に皮肉なことは、理想的であるはずのフウイヌムの「大集会」が決した二つの「勧告」のうちの「第一のもの」が、たちまちフウイヌム自身によって否定されてしまうということだ。イギリス帰国後もフウイヌムの社会を理想的なものとするガリヴァーの盲信ぶりに対する諷刺とともに、フウイヌムの「大集会」にも亀裂がきざしていることを匂わすスウィフトの声を聴くことができよう。

297-12　海を渡れるとかいう器に似たものをこしらえてはどうだ

フウイヌムから出国するための舟を作るガリヴァーの描写は、もちろん、ホメロス『オデュッセイア』第五歌を想起させる(Turner 366; Higgins 357)。オデュッセウスが、長い間引き留められていたニンフのカリュプソの島から出発する際、彼女が筏を作るのを助けるという場面である。もっとも、オデュッセウスが望郷の念で胸が張り裂けそうであるのに対し、ガリヴァーの方は故郷に帰るのが嫌で絶望しているのが、いかにも皮肉である。

298-17　もしかりにイングランドに戻ることがありましたら、世に隠れなきフウイヌムの方々を讃え、その美徳を人類の手本に提唱し、わが種のために尽くしたいという希望を持たぬわけでもありません。

誉れ高きフウイヌムのことを、広く人類に知らしめましょうとガリヴァーが主人に述べる「希望」の裏には、彼自身の著作が広く読まれることへの自信がほの見える(Higgins 263)。もっともこのことは、「名声を目あてに書く」のではなく、「唯一目的とするのは**公益**」だという第四篇第一二章での主張[312]と矛盾するわけではない。むしろ、「輝かしいフウイヌムの特性」[312]にすっかり惚れ込み、狂信的なまでにフウイヌムを賛美するガリヴァーには、「希望」が著しく突出し、客観的な記述さえおぼつかないとさえ思わせるところがあって、そこにスウィフトの冷笑が込められているのではあるまいか。そもそもガリヴァーの基本的な立場は、第一章にある通り、「出来ることなら、人の住まない小さな島で、働けば生きてゆくのに必要なものが手に入るところを発見しようということで、ヨーロッパ随一の優雅な宮廷の宰相になるよりも、その方がはるかに幸福であるような気がしたし、ヤフーの社会に戻ってその統治下に暮らすなど、考えるだけで背筋が寒くなった」[301]というものなのだから、「もしかりにイングランドに戻る」というこの記述自体、いささか矛盾したものと言えるだろう。

299-8

それが栗毛には青霞む雲のようにしか見えないというのは、自分の国以外にも国があろうなどとは考えもしないので、海に慣れているわれわれと違って、海上の遥か彼方にあるものを識別する力が磨かれていないためである。

ガリヴァーに見える島が栗毛には見えないのは、「自分の国以外にも国があろうなどとは考えもしない」からで、これは、「戦争」や「嘘」といった邪悪なものについては考えもせず、それをあらわす言葉も存在しないフウイヌム社会の特質と言える。しかしそれは同時に、この社会の著しい閉鎖性を示すものでもある。もっとも、第四篇第九章には、ヤフーが「イルニアムシ(この土地の原住民アボリジニの意)であろうはずはなく」といった記述が見られることから[288]、フウイヌムがまったく異郷や異国の概念を理解できないかと言えば、そうとも言い切れないようだ。ガリヴァーがフウイヌムの大集会から受けた第二の「勧告」も、「もと来た土地に泳いで帰れ」[297]というものであるから、少なくともフウイヌムは、その「もと来た土地」を思い浮かべているということになる。ガリヴァーによってしきりに理想化されるフウイヌム社会に生じた綻びの一端と言うべきか。

299-17 自前の麻糸でしっかり縫い合わせたヤフーの皮を全体に張りつけたことを報告するにとどめる。帆もやはり同じ動物の皮でできていたが、年をとった奴の皮は硬くて厚いので、なるたけ若いのを使うことにし、同じやり方で櫂も四本用意した。

本章では、ヤフーの各部位を材料にして快適な日常生活を送ることに何のためらいも覚えないガリヴァーの姿が、実は最初から描写されている。「ヤフーの毛髪で作った罠」を使うかと思えば、「ヤフーの皮を天日で乾かして」靴底の代用にしたりする、といった具合である[293]。醜悪なヤフーとの差異こそ、この第四篇におけるガリヴァーの大きな課題であり、結局その差別化に失敗してしまうわけだが、その原因の一つとして、ヤフーを道具としては都合よく利用するというこのガリヴァーの姿勢を考えることはできないであろうか。

300-11 改めてわが主に別れを告げ、身を伏してその蹄に接吻しようとしたところ、それをおもむろに私の口のところまで上げて下さった。このことに言及したためにどれだけの非難を浴びたか、私は決して知らないわけではない。誹謗者側に言わせると、それだけ立派な人物が私のような下等の生き物にわざわざそんな名誉を与えるというのはあり得ない、ということになる。私としても、これこれの特別の厚遇をうけたと吹聴したがる旅行家のいることを失念しているわけではない。

南海および中南米の探検航海をしたライオネル・ウェイファーは、一六九五年、『アメリカ地峡航海記』を刊行した。「身を伏してその蹄に接吻しようとしたところ、それをおもむろに私の口のところまで上げて下さった」というようなフウイヌムの主人と別れる際のガリヴァーの描写には、「私の手に口づけをする者もあれば、膝に接吻する者も、足にする者もいた」という現地住人の親愛の情を示すしぐさを描いたウェイファーの記録が反映しているとヒギンズは見る(Wafer 19; Higgins 357)。もっともこの描写は、『ロビンソン・クルーソー』において、フライデーがひれ伏してクルーソーの足を頭に載せるという場面を想起させるものでもあり(247-2「わが主も……」の注参照)、それとの対比で考えるならば、ガリヴァーのフウイヌムへの所作は、文明と野蛮の転倒を象徴するものと考えることもできよう。第三篇第九章でガリヴァーが従ったラグナグ王国の「御足を載せ給う台の前の塵を舐める」[216]という流儀の描写も、もう一度参照されたい。

旅行家自身がいかに現地住人に愛されていたか、現地の人々といかによく交流していたかを示す一般の旅行家の記述に対して、注目すべきガリヴァーの記述は、結局、フウイヌムの主人の「高邁にして礼節を重んじる性格」[300]を強調するものであり、それと反比例するかのように、ガリヴァーが、すなわち旅行家自身が矮小化されているということであろう。本章の初めにも、ガリヴァーが主人の「寛大なる許しを得てその部屋の隅に控え、彼らの話を聞くことができた」[294]という描写がある。一般の旅行記や探検航海記に対するスウィフトの諷刺は、ここにおいて威力を発揮する。それは単に現地住人との表面的な交流の軽薄さを批判するものであるだけでなく、イングランドによるフウイヌム征服など、とても「進言できないと思う」[313]という、第四篇最終章におけるガリヴァーの見解に直結しているからだ。彼は言う。フウイヌムの「用心深さ、団結力、怖れを知らぬ気性、祖国愛は戦争の技術上の欠陥を補って余りあるだろう。彼らが二万、ヨーロッパ軍の真ん中に突入してきて、あの恐ろしい後足の蹄で蹴りまくって、隊列を大混乱に陥れ、戦車を転覆させ、兵隊の顔という顔をぐしゃぐしゃに蹴り潰してしまう光景を想像してみるといい」[313]。

ところで、ガリヴァーに対する「誹謗者側」とはいったい誰のことであろうか。「このことに言及したためにどれだけの非難を浴びたか」とは、何を指すのか。普通に考えれば、「誹謗者側」とは、第一篇第二章でも言及された「私に対して含むところのある連中」[28]であり、具体的には『桶物語』などを批判した批評家連中ということになろう。しかし、もしそうであるとすれば、この批評家連中は、ガリヴァーと同様、いやそれ以上に、フウイヌムのことを尊敬しう。「立派な人物」だと考えている、ということになる。ところがこの批評家連中は、「フウイヌムの高邁にして礼節を重んじる性格」をよく知らない、というわけだから、この箇所の描写は、第一篇第二章の「私に対して含むところのある連中」に比べると、いささか混乱していると言わざるをえない。フウイヌムが立派な「人物」として当然のごとく記されていることも含め、フウイヌムとの別れに臨んでガリヴァーの意識の揺れが極限に達しているとも捉えることができよう。

第一一章

301–4 この命賭けの航海に乗り出したのは一七一四／一五年二月十五日、朝九時のこと。

イングランドでグレゴリオ暦が導入される一七五二年より以前（『ガリヴァー旅行記』もその時期）には、受胎告知が行われたとされる三月二五日を元旦とする習慣が残っていた。したがって、一月一日から三月二四日までは、旧スタイルと新スタイルでずれが生じていたので、両方を併記する表記がなされた（Higgins 357–58）。

301–6 わが主殿とその友人の皆さんは私の姿が見えなくなるまで海岸に立ちつくしておられたし、ヌイ・イラ・ニア・マイアー・ヤフー、体に気をつけろよ、ヤフー、という栗毛の（いつも私を可愛いがってくれたあの栗毛の）叫びが何度も何度も耳に届いた。

ガリヴァーの親友となったソレル・ナグ（栗毛）との別れの場面であり、二人の関係が濃密になっていく過程の最終段階である（281–1「とても正直で……」の注参照）。船の出航による別れというのは感傷的になりがちだが、この時代の新世界への航海はきわめて困難なものであったので、別れた後、親しい仲を築いた者同士が生きて再び会えることはまずほとんど考えられなかった。ちなみに「ヌイ・イラ・ニア・マイアー・ヤフー」(Hnuy illa myha maiah Yahoo)をポール・オデル・クラークは、(Let) not ill (come) nigh (thee), my Yahoo!(悪いことが君に近づかないようにするんだよ)と解読しており(Paul Odell Clark 624)、その解釈で読んだとしても、この言葉は、親愛なる者への惜別の言葉としてふさわしい。

ちなみに、時代は後になるが、キャプテン・クックの第二回航海(一七七二〜七五年)に随伴した博物学者フォルスターはソサイエティ諸島でクックの帆船レゾルーション号に乗り込んだ現地の若者マヒネと親友になるが、七四年にマヒネが下船するときは、本注釈箇所と同じような描写でお別れをしている。「マヒネは親戚たちを連れて別れを告げにやってきた。惜別の場面はこの上もなく感動的であった。(中略)ついに船は帆を揚げた。(中略)彼だけはずっと直立不動のままで別れを告げていた。彼はわれわれを見つめ、それから顔をがっくりと落として、自分の服で隠した。われわれが環礁を越してもまだ、彼が両手を伸ばして振っている姿が見えた。そしてもはや姿が見えなくなるまで、彼はそうやって手を振り続けたのであった」(『世界周航記』服部訳 ii. 343)。

スウィフトがこのような場面を描いたのは、ソレル・ナグや主人とガリヴァーが人間的な温かい関係に近いものを構築したことを強調したかったためだろう。ただし、結局「栗毛」、「ヤフー」と呼び合うだけで固有名のない関係は、フウイヌムに固有名詞というものが存在しないことを勘案しても、最終的には両者が「人間的」になりきれないことも示しており(234-15「ジェイムズ・ウェルシュ……」の注参照)、この場面に漂うもの悲しさには、別れに加えて最後まで距離があった二人の間の気持ちも投影していると考えられる。

301—12

ヤフーの社会に戻ってその統治下に暮らすなど、考えるだけで背筋が寒くなった。なぜならば、望む通りの孤独な生活を送っていれば、せめて自分の想いに浸り、あの無類のフウイヌムの美徳を心楽しく思い返し、わが種族の悪徳と腐敗に頽廃してしまうこともなくてすむからである。

この箇所にある「頽廃してしまう」の原語はdegenerating(退化する)である。『ガリヴァー旅行記』には全篇を通じて、退化への恐怖というものが見られる。作品冒頭の「ガリヴァー船長から従兄シンプソンへの手紙」においてすでに「退化」という言葉は三度使われているが[10]、これはフォークナー版で付け加わったものなので、第四篇の後に位置づけられるものであろう。第一篇のリリパットでもすでに人間の堕落は見られる。「人間の堕落した本性ゆえにこの国の人々が陥ってしまった呆れはてた腐敗状態」[60]の「堕落した」の原語がdegenerate(退化した)である。とはいえそれはリリパット人たちの「綱渡りをやって高位にありつくとか、棒跳び、棒くぐりをやって勲章を手にするとかいった悪習」[60]について述べられていることなので、ガリヴァーにとってはまだ他人事のように聞こえる。ところが第二篇のブロブディンナグ人は、彼ら自身が「退化史観」をもっていた。彼らは巨人であるにもかかわらず、祖先に比べて自分たちが縮み、「近年の下り坂の時代にあっては、自然そのものも衰頽」したという認識をもち[142]、自分たちが退化しつつあることに嘆きと警戒感を抱いていた。ただし、この恐れをガリヴァーが共有することはない。彼の「退化」意識が極端に進んだのがフウイヌム国においてであり、退化の行き着く果てをヤフーという可視化した存在に見出したとき、彼の恐怖と絶望が深まる。第四篇第八章に「種族を退化から守るため」とあるように[285]、フウイヌムが細心の注意を払っているのは、自分たちの種族を「退化」させないことであり、それは「退化」の化身とも言うべきヤフーを身近で見ていることによって先鋭化されたと考えられる。その上で、ガリヴァーの「退化への恐怖」がさらに濃厚に描かれたのが、一七三五年版に付された「ガリヴァー船長からシンプソンへの手紙」ということになるのである。「彼らに誉めてもらう必要はない、彼らを矯正するために私はこれを書いたのです。ヤフー全種の賞讃の合唱も、私にとっては、我が馬小屋にいる二頭の退化したフウイヌムの断きほどの価値もありません、なぜならば私はこの二頭を手本として——たとえ退化はしていても——悪徳のいっさい混じらない美徳を幾つか今も学んでいるからです」〔10〕。退化した馬の方が、人間ヤフーよりましであると言っているのだ。ガリヴァーは自分自身が退化しているとは言うものの、人間を悪罵する調子からすると、彼は自分自身を、退化したフウイヌムである「馬」と人間の中間ぐらいの位置(フウイヌムにははるかに及ばないにせよ)に置いているようだ。

302-13　各種の地図と海図がこの国を実際よりも三度は東に置いているという年来の私見を裏書きしてくれるもので、もう何年も前に畏友ハーマン・モルにこの考え方を話し、その理由まで説明したのだが、彼は他の著述家たちの意見を今もって採用している。

「地図」の注にあるように、ハーマン・モルは実在の有名な地図製作者であり、『ガリヴァー旅行記』の地図作成にあたっての主要な情報源になっている『全世界の新しく正確な地図』(一七一九年)の製作者である。彼の名前を出すことで、スウィフトはガリヴァーの地理学的知識の真実性を高めようとしているように一見思える。ガリヴァーは、フウイヌム国を後にしてから、「喜望峰の南約十度、南緯四十五度くらい」の位置から「東方向に少なくとも十八リーグは進み」、さらに東に「七時間」進むことでニューホランド、つまり今のオーストラリアに達したとして記述が続く〔302〕。カヌーは「一時間に一リーグ半の速さで進んでいった」〔301〕とあるので、喜望峰周辺から出発して、そこから東に一八リーグ進んだ後七時間航海したとする記述から計算すると、距離の総計は二八リーグ半となる。これは約一四〇キロメートルであり、喜望峰とオーストラリア間の距離にはとうてい及ばない。ここでガリヴァーが言っている地図と現実の差異である三度どころの騒ぎではないのである。フウイヌムの島の位置に関する詳細な解釈については、「地図」についての注を参照されたい。

そもそもマダガスカルに航海するつもりが南東に逸れてフウイヌム国に到達して、反乱者に力ずくで下船させられたのだから[234〜235]、ガリヴァーは基点としている場所がどこかがそもそも分かっていない。であるから、右の推測はまったく根拠がないことになる。たしかにハーマン・モルの地図ではニューホランドは海岸線がはっきり描かれておらず、当時はオーストラリアが島なのかどうかさえ分かっていなかったのだから、好きなことを主張できたのであろう。それにしても、お世話になった地図の製作者モルに意見して批判するさまは、フウイヌムという理想的な生物のお近づきを得たために人間全体に対して不遜で傲慢になったガリヴァーを感じさせるような描き方である。ちなみにヒギンズは、ダンピアがオーストラリアの位置をタスマンの地図より西にあるとしたことへの諷刺ととっている(Higgins 358)。

304-8

私が彼らの言葉で答えたものだから、彼らとしても驚いたようであったが、顔を見るとヨーロッパ人に違いない、しかしヤフーだとか、フウイヌムだとか、何のことやら分からないし、馬の嘶きに似た奇妙な喋り方には吹き出してしまうしかなかった。

ヨーロッパの文明の堕落よりも野蛮人の方がましだと思い、ヨーロッパの帆船から逃げて「この変人たちの中に入ってゆく」[303]ことにしたガリヴァーであるが、この直前のエピソードではその「蛮人たち」の襲撃を受けて左膝に一生消えないだろう傷を負っている[303]。それでも野蛮人を選んだのであるから、ヨーロッパ人ヤフーへの彼の嫌悪感は相当のものだと言っていいだろう。

本注釈箇所で、ガリヴァーはポルトガル人水夫から言葉の訛りを馬鹿にされて屈辱を受ける。ただし、訛りを馬鹿にするのはお互いさまで、ガリヴァーも彼らの話し方について、「彼らがまた喋り出したときには、これほど不自然なものは見たことも、聞いたこともないと思った、なにしろそれはイングランドの犬や牛が喋る、フウイヌム国のヤフーが喋る、というくらいに奇怪なものであったから」と言っている[304]。相手がガリヴァーを馬扱いするのに対し、ガリヴァーは相手を犬・牛扱いする。ガリヴァーの視点と水夫たちの視点はまったく異なっている。

305-7 私は両膝をついて、自由にしてくれと頼んではみたが、まったく効き目がない、それどころか男たちは私を縄で縛りあげて長艇に放り込み、その次には本船にあげられ、そこから船長の船室送りとなった。

何よりも自由を尊ぶガリヴァーは、第一篇のリリパットでは自由を得るためにいろいろな形で嘆願を行った。彼はさまざまな国に出かけるのだが、その国の人々に保護されている状態をつねに監禁と捉えていた。ところがフウイヌムの国では、フウイヌムに捉えられている状態こそが自由であり、そこから自分を連れ出そうとするヨーロッパ人は自分の自由を剝奪する者であるという逆転した考え方をするに至る。当然ながらポルトガル人水夫たちは、ヨーロッパで暮らすことこそ人間の最高の状態と信じて疑わないので、ガリヴァーを縛り上げてまでして連れ帰る。「納得のいくことをほとんど話さない」ガリヴァーは、ポルトガル水夫たちの眼には「不運続きで理性をやられたんじゃないか」と思えるほどである[305]。当時、精神疾患患者は拘束され、イングランドではベドラム病院などに監禁されていたわけだから、水夫たちは特段非人間的な行為に及んだわけではないが、人間的な意味で常軌を逸したガリヴァーにとって、彼らの行いはよけいなお節介としか考えられない。新世界で難破したヨーロッパ人は、ロビンソン・クルーソーにしても、クルーソーのモデルで現実にファン・フェルナンデス諸島で一七〇四年に難破したアレグザンダー・セルカークにしても、ヨーロッパ船に見つけてもらって帰国することは大きな解放だったのだが、ガリヴァーにとっては、逆にこれこそが大いなる監禁なのである。

305-16 こっそりと抜け出して船縁に寄り、海へ跳び込もうとした

ここから推察されるのは、ガリヴァーが熱帯性の熱病(calenture)にかかっていたのではないか、ということだ(第四篇第一章の初めに、「私の船でも熱帯性の熱病で死人が何人か出た」とあるが[234]、まさにこの「熱帯性の熱病」の原

語がCalentureである)。この病気にかかった者は、狂乱のあまりしばしば海に飛び込もうとしたというので、このガリヴァーの行動は、もともとガリヴァーが「不運続きで理性をやられたんじゃないか」と思っていた水夫やドン・ペドロにとって、ガリヴァーが熱病患者だと信じさせる根拠になったのだと思われる。そう考えると、ドン・ペドロの慈愛に満ちた様子は、患者を憐れむ気持ちのあらわれと考えられる。

306-2

食事の終わったところでドン・ペドロが戻って来て、かくも無謀な試みに出た理由を知りたがり、出来るだけ役に立ちたいと思うだけなのだと言って、誠意のこもった口のきき方をするので、こちらとしてもしまいには多少は理性のある動物として扱ってやるしかなくなった。

「扱ってやる」の原文はdescended to treatである。descendの語義は「腰は低いが、相手を下に見た振る舞いをする」である。つまりガリヴァーは、「いかにも礼儀正しい、心の寛い人物」[305]であるポルトガル船長ペドロ・デ・メンデスに対して感謝するどころか、「口をきいてやる」といった偉そうな態度なのである。フウイヌムの国にあっては最下位であり、ヤフーの最上位に位置していたガリヴァーだが、ヨーロッパ人と自らを比べると自分は圧倒的に上位だと思い込んでいるわけだ。

ペドロ・デ・メンデスという人物については、キャスリーン・ウィリアムズがキリスト教的ヒューマニズムを象徴する存在として注目している(Kathleen Williams, “Gulliver's Voyage to the Houyhnhnms” 144–47; *Jonathan Swift and the Age of Compromise* 202–09)。ウィリアムズによれば、『ガリヴァー旅行記』第四篇で作者スウィフトが本当に支持しているのは、フウイヌムのような「非人間的な理性主義」ではなく、信仰に根ざした「無私の善意」などの美徳である。ウィリアムズは、この思想を聖職者だったスウィフトの説教や、『桶物語』における中庸を是とする宗教観、さらには『ガリヴァー旅行記』第二篇における巨人国の王の態度にも見出している。このように、『ガリヴァー旅行記』第四篇における人間批判をスウィフトの真意と見なさず、むしろヒューマニズムを見出す解釈のことを、ジェイムズ・L・クリフォードは「ソフト派」解釈と名づけた。同時にクリフォードは、こうした解釈と対立し、第四篇でスウィフトはあくまでもフウイヌムを理想化し、人間を糾弾していると捉える解釈を「ハード派」解釈と命名し、この用語は『ガリヴァー旅行記』第四篇を研究する際、欠かせないものとなっている(James L. Clifford, "Gulliver's Fourth Voyage: 'Hard' and 'Soft' Schools of Interpretation")。

またヒギンズは、メンデスという名前をキリスト教に改宗したユダヤ人、特にセファルディ(スペイン・ポルトガル・北アフリカ系のユダヤ人)やマラーノ(中世スペイン・ポルトガルで、キリスト教に改宗した隠れユダヤ人)に伝わる典型的な名前であると指摘している(Higgins 358)。そして、スウィフトが離散ユダヤ人の名前をこの人物に与えたのは、ガリヴァーにとって彼が良きサマリア人(困っている者に援助の手を差し伸べる哀れみ深い、親切な人)であることを示唆するためであったのではないかと解釈している。

306-13 船長は実は賢明な男で、私の話のある部分ではしきりと揚げ足を取ろうとしたものの、最後には私が本当のことを言っているのだと認め始めた。

この一文の次に、モット版(初版)では次のような文章があったが、フォークナー版では削除された。

そう認めるのは、実は自分はニューホランドの南にある島か陸地に五人の乗組員とともに上陸したと主張するオランダ人船長に出会ったことがあるからだ、と彼は話した。そのオランダ人たちは真水を汲みに上陸したのだが、私がヤフーという名で描写した生物そっくりの数匹を前に走らせている一頭の馬を見かけたというのだ。他にもさまざまな詳細を話したが、ポルトガル人船長は、そのときはそれらが全部嘘だと思い込んだので、忘れてしまったというのだ。

このドン・ペドロの発言が削除された理由として、ヒギンズは、ガリヴァーが自分の訪れた国々について第四篇第一二章で「私以前にこれらの国々を訪れたヨーロッパ人はいないと宣誓してもよろしい」[315]と言っていることと矛盾してしまうからであると推測している(Higgins 358–59)。

ただし、オランダ人水夫がもしフウイヌムを見かけたとしても、気づかれなければいいわけで、ヒギンズの推測は必ずしも説得的と思われない。右の文章があると、フウイヌムの存在を複数の者が目撃したことになり、作品としてフウイヌムの存在を客観的に確定することになる。そうなると、この島の存在自体をガリヴァーの妄想と考えて、「発見」は彼の狂った頭のなかで行われたという解釈はありえないことになる。このガリヴァー狂気説を採るなら『ガリヴァー旅行記』全体が狂気の産物ということになるが、しかしこの可能性をスウィフトは排除したくなかったのではないだろうか。それに、他の篇でもそうだが、ガリヴァーが出会った奇々怪々な人々や生物は、彼以外ほとんど誰も見ていないということになっている。第一篇の最後でリリパットからイングランドに帰るとき、船に乗せてくれたジョン・ビデル船長にはブレフスキュから連れ帰った超小型の牛と羊を見せて嘘でないことを信じてもらっている[80]。もちろん、ガリヴァーはすべての旅を終えた後で書いているという設定だから、第一篇のこの箇所も狂気の作り出した幻想ということになるかもしれないが、読者が前から時系列に沿って読むことを考えると、第一篇の旅から嬉々としてイングランドに帰国しているガリヴァーは、まだまっとうに見えるわけで、その意味では小型羊を他人が見ることができたとしてもおかしくない、とコンテクスト上は言えるだろう。作品が進むにつれて、ガリヴァーの現実逃避、イングランド嫌悪、人間嫌いは増してくるわけで、その意味でも最後に見たフウイヌムがその存在を他者に見られて現実性を帯びるのは、コンテクスト上好ましくないと考えたのではないか。

もう一つの解釈は、ドン・ペドロ船長が、自分の主張を譲らず狂乱するガリヴァーを落ち着かせるために、わざとフウイヌム国の存在を認めるような嘘をついたというものである。嘘が嘘らしく見えるためには、フウイヌムを見かけたという他人の証言の描写があると効果が薄れる。「本当のことを言っているのだと認め始めた」と簡単に言う方が嘘らしい。ドン・ペドロの嘘が際立つための削除という解釈に立つと、「嘘」を杓子定規に認めないフウイヌムに対して、相手のためになると思えばあえて嘘もつく、想像力と善意にあふれたドン・ペドロという対照が際立つであろう。

307—15

きわめて人間味のある理解力があるのに加えて、全体として実に思いやりのある態度なので、同席していても本当に我慢できるようになりだした。

ヤフーに対する強い嫌悪を感じていたガリヴァーだが、それを増長させたのが水夫たちだとすると、和らげたのがドン・ペドロ船長である。『ガリヴァー旅行記』の結末にあるガリヴァーの心境を完全な絶望と捉えるのか、それともどこかに希望を見出そうとするのかについて、研究者の見解は分かれているが、もし後者だとすると、それは私心のない親切と思いやりをもつ船長へのガリヴァーの歩み寄りに見るべきだろう。その気持ちへの感謝から、本心ではヤフーへの嫌悪感をもっているのだが、それをガリヴァーは隠そうとする。それは相手への思いやりからであり、ちょうどフウイヌムの主人がガリヴァーの国外追放決定を彼から隠そうとしたことを思い起こさせる。それでもときどきは反感が吹き出すガリヴァーなのだが、時間がたつにつれて「我慢」ができるようになる。これは最終章の第一二章で、彼が自分自身の姿を鏡で見て、「なるたけ鏡で自分の姿を確認して、できればそのうちに人間という生き物の姿に慣れるようにし」[315]ようと試みることにつながる。

309—5

家に足を踏み入れた途端にうちの奥方が両腕で抱きついてきて、接吻して離れないので、もう何年もこんなおぞましい動物と接触していなかった私は、ばったり悶絶すること小一時間。

第四篇第一章の冒頭に「私は身重の妻をあとに残して」とあるように[233]、ガリヴァーはその時点では妻と夫婦生活をもっていたわけだが、フウイヌムから帰国した後は、あからさまな生理的嫌悪感を覚えている。この場面が多くの人々にとって印象的なものであることは、『ガリヴァー旅行記』出版から間もない一七二七年にアレグザンダー・ポウプが「レミュエル・ガリヴァー船長へ、メアリ・ガリヴァーからの書簡」という詩でこの場面を取り上げていることからもうかがえる。滑稽さを強調したこの詩の冒頭はこうである。

ようこそ、ようこそお帰り、あなたの祖国へ。
——なんですって、私に触れないと。妻の抱擁を避けると言うの？
こんな扱いを受けるために、私はあなたのいない退屈な日々を耐えたのでしょうか
そして、寝ても覚めてもあなたの帰宅を待ちわびていたのでしょうか。

ガリヴァーは、気絶するほど妻に嫌悪を感じたのだが、前注で指摘したように、人間全般を我慢しようとするのと同じく、最終章では「ようやく先週になって、食事のときに、妻が長いテーブルの反対の端に坐って、私の幾つかの質問に答える(但し、なるたけ簡潔に)ことを許可することになった」[316]とあるように、妻とも折り合っていこうとする姿勢を見せることになる。

310-3

第一二章

植民地開拓の方法。その良き例としての筆者の祖国。筆者が取りあげた諸国に対して国王が正当な権利を有すること。

実はこの章の本文ではヨーロッパの「植民地開拓の方法」について、「呪うべき虐殺者の群れこそが（中略）現代の植民者」であると痛烈に批判され、その例外として「イギリス国民」が(いかにも取ってつけたように)挙げられる[314]。もちろん、章の冒頭に置かれた「あらすじ」中のこの箇所は、イギリス人の読者が本文を読み進んだときにショックを受けることをねらって、意図的に歪められている。「あらすじ」の冒頭が「筆者の誠実さ」[310]と記されているのは(「あらすじ」として誤りではないが)、いかにも皮肉である。

「筆者が取りあげた諸国に対して国王が正当な権利を有すること」の原文はThe Right of the Crown to those Countries described by the Author, is justifiedである。本文の内容とは正反対といってよい。ガリヴァーははっきりと、「国王陛下の領土を私の発見によって拡大することにどうも気が進まなかった」[314]と述べている。*OED*をひもとくと、原文のjustifiedには、「正当化される」という意味の他に、(古義で)「正しく扱われる」という意味もあるので、本文の内容に一致させるならば、「筆者が取りあげた諸国への国王の権利が正しく論じられる」ということになる。ただし、スウィフトには「国王が正当な権利を有する」と「あらすじ」の読者に誤読をさせる意図もあったと考えられる。さらに言えば、justifyには、(これも古義だが)「罰を下す」という意味もある。ヨーロッパによる植民地支配を糾弾する本文を読んでからあらためて「あらすじ」のこの箇所を読み返せば、「筆者が取りあげた諸国への国王の権利が断罪される」といった読みさえも不可能ではないだろう。

310-6 親愛なる読者よ

『ガリヴァー旅行記』では何度も読者への呼びかけが繰り返されている。「ガリヴァー船長から従兄シンプソンへの手紙」や「刊行の言葉」も含めて考えれば、七〇回くらい「読者」(Reader)という単語が登場する。だから、全体を締めくくる本章であらためて読者に対する呼びかけが行われるのは、決して不自然ではない。しかし、前章からの流れを考えると、ここにスウィフトらしいささやかな悪意を読み取ることも可能だろう。すなわち、前章の終わりで妻に接吻されて「ばったり悶絶」し、馬たちと「日に四時間」仲よく対話するガリヴァーの姿[309]が脳裏に焼きついたまま、この「親愛なる読者」(gentle Reader)という表現を目にすると、まるで馬たちに囲まれたガリヴァーの傍らに立たされているような居心地の悪さを感じるのだ。問題は、そのとき私たち読者が、馬／フウイヌムの側にいるのか、人間／ヤフーの側にいるのか、ということだが、それを自問せざるをえなくすることこそ、スウィフトのねらいではないだろうか。なお、ターナーもこの呼びかけにアイロニカルな響きを感じ取っている(Turner 369)。

さらに、このgentle Readerという呼びかけには、「親愛なる読者よ」という言い方が人間同士でもつ場合とは少し異なるニュアンスも込められているのではないか。再び前章を振り返ると、その冒頭でガリヴァーは「体に気をつけろよ、ヤフー」[301]と呼びかけられている。この一節については、**234-15**「ジェイムズ・ウェルシュ……」の注ですでに触れたが、要するに、フウイヌムの島を退去するガリヴァーに対し、最も親しかった栗毛馬でさえ、彼の名前を呼ばなかったことが重要である。そして訳文で「ヤフー」となっている箇所の原文は、gentle *Yahoo* なのだ。つまり、フウイヌムたちと訣別するガリヴァーがかけられた言葉が、実はここでガリヴァーによって私たち読者にかけられているのだ。第一一章における呼びかけによって、栗毛馬のガリヴァーへの親愛の念がどれほどのものか疑念が生じるのだとすれば、本章の「親愛なる読者よ」という別れの挨拶にもまた、フウイヌム的な醒めた響きを聞き取ることができないだろうか。

310-8　面白おかしくすることではなく、伝えることを第一の目的とした手前

リヴェロによれば、この一節はホラティウスの「作家は喜ばせるのみならず教えを施すべき」という思想の反映だという(Rivero 245)。もちろんこれは、ホラティウス『詩論』における中心的な思想の一つである。「伝える」の原語informには古義で「教える」という意味があること、しかも本章には「私の掲げる高邁なる目的とは人間を教え導くこと」[312]という記述も見られ、この「教え導く」の原語がinform and instructであることからも、この解釈は正当化できる。しかし、スウィフトがこの伝統的な創作技法をありのままに受け入れていたとも思えない。事実、ホラティウスが「……だけでなく……」と論じているのに対し、スウィフトは「……ではなく……」と書いており、この違いは大きい。もしも『ガリヴァー旅行記』の「教え」なるものが見出せるとすれば、美(娯楽)と善(教訓)との調和した古典主義的な理想からはかけ離れたものだろう。

このときヒントになるのが、スウィフトからポウプに宛てられた一七二五年九月二九日付書簡である(なお、ウーマズリーも「面白おかしくすることではなく」の箇所に対し、この書簡を参照するよう注を施している(Womersley 436))。

その中でスウィフトは『ガリヴァー旅行記』の校正と清書を進めていることを報告した直後に、こう述べている。「不幸なる離散の日々を終えて再会しようという君の計画はいいと思うが、あらゆる仕事で私が自分に課す主な目標は、世間を楽しませるより苛立たせることだ」(*Correspondence* ii. 606)。これは前のポウプからの手紙(一七二五年九月一四日付)で、離ればなれになってしまった友達で集まり、「虚しい夢を追いかけて自分や他人を苛立たせることはなく、自分たちを楽しませ、あわよくば世間も楽しませよう」(同 597)と提案されていたのを、わざとひっくり返したものである。つまり、スウィフトにとって「教え」とは気持ちよく受け取られるものではなく、苛立ちや不安を掻き立てるものでなければならなかった。端的に言えば、教えは(教わる者にとって)不条理なものなのだ。これは、預言者が神から不条理な試練を課される旧約聖書の『ヨブ記』を毎年誕生日に読んでいたというスウィフトらしい考え方と言えよう。そして読者に不安を掻き立てるための工夫の例が、本章の冒頭における「あらすじ」の意図的な歪曲であり、「親愛なる読者よ」という多義的な呼びかけであり(前々注参照)、さらにはフウイヌムなるおよそ愛すべきでない生き物を崇拝するに至った主人公の言動そのものなのである。

311-4　私自身、若い頃には幾つかの旅行記に眼を通してとても面白がったものであったが、爾来世界の大抵の部分に足を運び、自分のじかの見聞に照らしあわせて荒唐無稽な話の嘘を知ってしまうと、この種の読み物には強い嫌悪感が湧いて来るし、人間の信じやすさがここまで破廉恥に悪用されるのを眼にすると、ある種の憤懣を禁じ得なくなる。

時代遅れの騎士道物語にかぶれた主人公が自らを騎士と思い込み、さまざまな滑稽な冒険を繰り広げた後で捕えられて帰郷し、自分の誤りを認め、騎士道物語を批判して世を去るという、セルバンテス『ドン・キホーテ』の物語を思い出す一節だが、ガリヴァーは決して自分の荒唐無稽な旅行記が「とんでもない嘘」[311]を並べた先行する旅行記の影響をこうむっているとは考えない。それどころか、自分の体験こそ真実だと主張する彼の独善的な言説は、『ガリヴァー旅行記』に一種のアンチ・クライマックスを与えている。

311-12 たとえ運命がシノンを不幸にしようとも
嘘、偽りを口にさせることはできない。

この詩の出典はウェルギリウス『アエネイス』第二歌七九〜八〇行である。「また、シノンが運の女神により惨めな境遇に／置かれたにしても、その邪な手で空虚な嘘をつく人間にされはしません」(岡・高橋訳)。問題なのは、この発言の出てきた文脈である。ここでシノンは真っ赤な嘘をついてトロイア人に巨大な木馬を受け入れさせようとしている。トロイアの滅亡のきっかけとなった有名なエピソードだが、ターナーが指摘するように、ガリヴァーもまた「理性ある馬」といううさんくさい生物の存在を読者に信じこませようとしている。すなわち、読者がフウイヌムの物語を真実と認めることは、トロイア人が町の城壁に木馬を引き入れたのと同じ、破壊的な影響を彼らの人格に与えることが暗に示されているのだ(Turner 369)。

311-15 旅行記の作者は、辞書の編纂者と同じで、あとから来て、いちばん上に乗る連中の図体の重みで下に沈められて、忘却されてしまうことも判っている。

ここで旅行記と辞書が比べられているのはいささか意外な印象を受けるが、スウィフトは『英語を正し、改め、定めるための提案』(一七一二年)で、英語が時代による変化をこうむりやすいせいで、英語の文化はギリシャ語文明のような普遍性をもつことができないと述べていた(*PW* iv. 9–10)。そこでフランスのアカデミーに匹敵する英語アカデミーを設立し、国家プロジェクトとして英語の固定化を行うべきだとまで主張している(*PW* iv. 13–14)。この主張は、一七一四年にトーリー政権が崩壊し、スウィフトの政治力も衰えたために実現しなかったが、スウィフトは言葉の問題に生涯にわたって関心を抱き、晩年の一七三八年には『お上品な会話の完全集成』を出版している。これはフローベール(一八二一〜八〇年)の『紋切型辞典』(一九一〇年没後出版)の先駆けとでも言うべき著作で、スウィフトが若いときから集めていた陳腐な言い回しばかりを用いて記された会話集である。なお、英語を改革したいというスウィフトの意志はアディソンやデフォーなど同時代の作家にも共有されており、こうした気運が実を結んだのがサミュエル・ジョンソンの『英語辞典』(一七五五年)だったと言うことができる。スウィフトおよび同時代の言語改革運動については、武田「近代国家批判としての言語改革」参照。

312-5　しかし私の唯一目的とするのは**公益**である

太字で書かれた「公益」は、原文でPUBLICK GOODとすべて大文字で記されている。本文での文脈は、私的な利害ではなく「公益」のためにこの旅行記を書いた、ということだが、実際のところこの「公益に資する」という類の言い回しは、一八世紀初頭に出された有象無象の企画案《プロジェクト》にしばしば見られた決まり文句であり、こうした社会の改善計画を提案する群小作家、すなわち企画屋《プロジェクター》にスウィフトが不信感を抱いていたことは、第三篇第五〜六章におけるラガード大研究院の描写に明らかである。さらに、ガリヴァー自身が第三篇第四章の終わりで「若い頃の私はある種のベンチャー事業屋ではあったわけだから」[188]と述べており、この「ベンチャー事業屋」の原語はProjectorなので、ガリヴァー自身に企画屋的な気質があることも分かる。要するにガリヴァーの特筆大書する(それがすでにあやしいのだが)「公益」という言葉には、彼の私的な野心がなみなみとたたえられているように思えてならないのだ。

この時代の他の著作で「公益」という言葉を用いて(良くも悪しくも)有名になったのが、バーナード・ド・マンデヴィル(一六七〇〜一七三三年)の『蜂の寓話』(一七〇五〜二八年)である。この著作の副題「私悪すなわち公益」は、個人が悪=浪費に耽るほど国家は富を増すという論理を格言にしたもので、社会の風紀改革を進めていた名誉革命後のイギリスの偽善をあばく、鋭い指摘だった(当時の風紀改革運動については、坂下「名誉革命体制下の地方都市エリート」参照)。同時にこの格言は「公益」という言葉が必ずしも清廉潔白なものではないことを明らかにしてもいる。浪費を推奨する点で、スウィフトはマンデヴィルの思想とまったく相容れないものの、「公益」に類する語彙のうさんくささにはきわめて敏感だった。『桶物語』(一七〇四年)に付された副題は、「人類全体の改良のために書かれた」(Written for the Universal Improvement OF MANKIND)と高らかに宣言しており、うさんくささ満点であるし、『慎ましやかな提案』(一七二九年)の締めくくりは以下のようである。「最後に、衷心から申し上げておきたいことは、この(貧民の嬰児を食用にするという)私案を提出し主張するに際し、私は少しも個人的利害をもたないということである。祖国の公共的利益(the Publick Good of my Country)のため、商業を振興し、幼児のため後図を策し、貧民を救済し、富者に若干の快楽を与える、それ以外に何の動機も私はもたない。一文の金を儲けようにも、それに必要な赤ん坊が私にはない」(深町訳108)。

前者はいわゆる三文文士の抱く誇大妄想を「人類全体の改良」という言葉で諷刺したものであり、後者は「公共的利益」なる聞こえのよい言葉が(ある意味ではフウイヌム的に)個人の情愛や倫理観を犠牲にすることをあばいている。いずれにしても、「公益」について批判的な立場がうかがえる。しかし同時に、スウィフトは『言葉を正し、改め、定めるための提案』(一七一二年)や、『アイルランド製品の利用についての提案』(一七二〇年)など、必要と思った場合はアイロニー抜きで真面目に企画を提案してもいた。

『ガリヴァー旅行記』の場合も、書簡集をひもとくと、彼がこの著作にこめていた期待が伝わってくる。例えば、一七二五年八月一四日付のチャールズ・フォード宛書簡には、「私は『旅行記』を書き終えた。いまは清書しているところだ。こいつはあっぱれな代物で、世界を見事に変えてくれるだろう」という一節が見られる(*Correspondence* ii. 586)。労作を脱稿したときの高揚感や、相手がポウプのようなプロの作家でないための気安さも手伝っているだろうが、スウィフトが心のどこかで、つねに著作による社会の改良を真面目に信じていたのも事実のようだ。これを踏まえると、「ガリヴァー船長から従兄シンプソンへの手紙」で示される失望(「せめてこの小さな島の中ではいっさいの悪弊、腐敗に終止符が打たれるかと期待したのですが、ご覧の通り、警告を発してすでに六ケ月余、我が一書が狙い通りの効果をひとつとして生んだ例はありません」[8]、「この王国のヤフー族を改良しようなどという(中略)夢幻とはもう永久に訣別です」[11]は、狂えるガリヴァーの口を借りて、スウィフトが心の片隅にあった本音を吐露した箇所であるようにも思える(なお、スウィフトと「公益」の問題について、詳しくはウーマズリーによる注釈を参照(Womersley 459–65))。
また、クリストファー・フォックスは、ガリヴァーの言う「公益」が実はきわめて独善的な動機に基づくと指摘している。実際のところ、フウイヌムの島からイギリスに帰還したガリヴァーは、自分の理想とするフウイヌム・ユートピアを実現できず、理想とする自我を手に入れられないことを自覚するがゆえに、完全なる存在の代理物、すなわちデリダ的な代補として『ガリヴァー旅行記』というテクストを執筆している、というのがフォックスの主張のあらましである(Fox 30–32)。フォックス自身は「代補」という言葉を用いていないが、脚注において、ルソーの「マスターベーションが作家活動とは切り離せない関係にあった」というデリダの『グラマトロジーについて』の一節が引用されている。そもそもフォックスは、第一篇第一章に出てくる「ところがその二年後にベイツ先生が亡くなられ」[18]という一節にマスターベーションへの言及を読み込み、『ガリヴァー旅行記』が最初からナルシシスト的およびオナニスト的幻想に取り憑かれていると指摘している(同 18–19)(18–5「ところがその……」の注参照)。彼の解釈を受け入れるならば、『ガリヴァー旅行記』という書物は終始一貫して孤独なナルシシスト／オナニストの幻想あるいは妄想だったと考えることも可能である。すべてが夢幻か否かはともかく、ガリヴァーが全篇にわたって孤独な男であることに注目したウォレン・モンターグは、反個人主義を標榜しながら共同体に帰属できないガリヴァーの悲惨さを指摘している(Montag 14–16)。

312–16

私の掲げる高邁なる目的とは人間を教え導くことであるが、群を抜く教養を身につけたフウイヌムと長期にわたって接触した結果得た諸々の利点があることを考えれば、その人間に対して多少の優越感を持ったとしても、増上慢のそしりを受けることはないだろう。

「群を抜く教養を身につけた」に当たる原文は the most accomplished である。文字をもたず、語彙も限られているフウイヌムが the most accomplished だというのは反語にも聞こえるが、同時にガリヴァーの視点からはフウイヌムの理性の完璧さを讃えたものとも言える。このニュアンスを強調する場合は、「最も完成された知性をもつ」といった訳になるだろう。この解釈の論拠となるのが、本篇第三章における、フウイヌムという語が「自然の完成」[248]を意味するという記述である(248-14「このフウイヌムなる……」の注参照)。また、この一節に見られるガリヴァーの傲慢さは、前注で紹介したガリヴァーをナルシシストと見る説の一つの論拠となるだろう。この一節と、本章の最後でガリヴァーが繰り返す、高慢さ(Pride)への批判[316~317]とを比べれば、他人を批判するばかりで自身を省みようとしない彼の独善ぶりが際立って感じられよう。

313-6

ある国の臣民が発見した土地はすべからく国王に帰属することになっている以上、帰国したらすぐに大臣に覚書を上申するのがイングランドの一臣民としての私の義務ではなかったのかと耳打ちしてくれる人もあったのは事実である。

デフォーの『ロビンソン・クルーソーのその後の冒険』(一七一九年)には、クルーソーが彼の元無人島をどんな国家の植民地にもしないつもりだと述べ、そもそもこの島に自分は名前も与えず、何者の所有にもしていないのだ、と読者に説明する場面がある(平井訳 304; Womersley 442)。とはいえ、クルーソー自身は島の所有権が自分にあると思い、半ば冗談ではあるが自分を島の君主と見なすことも何度かあるので(『ロビンソン・クルーソー』、武田訳 214, 344–45)、「何者の所有にもしていない」わけではない。クルーソーがいわゆるスペイン人の征服者のように、国家を背景に植民地を獲得するような野心をもっていない点は注目すべきだが、しかしながら彼が植民地主義者ではないかのように述べるウーマズリーの見解(Womersley 442)は承服しがたい。「ロビンソン・クルーソーこそブリテンの征服の象徴」(Joyce 174)というジェイムズ・ジョイスの言葉には、アイルランド人としてイングランドの支配を間近に見てきた人物だからこそ語ることのできる真実があるように思われる。同様のことは、ヴィクトリア朝の終焉をロンドン留学中に目撃した東洋人、夏目漱石の次のような『ロビンソン・クルーソー』評にも言えるだろう。「彼(デフォー)の作物《さくぶつ》には、どれを見てもクルーソーのような男ばかり出て来る。そうしてこれが英吉利《イギリス》国民一般の性質である。彼らは頑強である。神経遅鈍である。また実際的である。彼らの仕事は皆クルーソー流に成功している。南亜を開拓した手際は正にクルーソーである。香港をあれだけに蒼くしたのは正にクルーソーである。彼らはクルーソーを以て生まれ、クルーソーを以て死する国民である」(『文学評論』ii. 280)。

313–8 フェルディナンド・コルテスが裸のアメリカ人を征服した場合のように簡単なことであったのだろうか。

フェルディナンド・コルテスは、現在では一般にエルナン・コルテス(一四八五〜一五四七年)と呼ばれる。メキシコのアステカ王国を滅亡させたスペイン人で、ペルーのインカ帝国を征服したフランシスコ・ピサロ(一四七〇〜一五四一年)と並び、いわゆる新大陸における文明の破壊者として悪名が高い。この箇所の記述は、まるでアメリカ人(すなわちメキシコの現地人)がなす術もなく征服されたような書き方だが、ローソンは、実際はメキシコ人とスペイン人の間で激しい戦闘があったことを述べている。その上で、メキシコ人に恐れられ、彼らにとって戦況を著しく不利にしたスペイン側の武器として銃や大砲だけでなく、(当時のアメリカでは知られていなかった)馬も挙げている(Rawson, *God Gulliver, and Genocide* 62–63)。これはローソンも指摘するように、フウイヌムが「二万、ヨーロッパ軍の真ん中に突入してきて、あの恐ろしい後足の蹄で蹴りまく」る[313]というガリヴァーの空想と皮肉にも類似している(同63)。**314–11**「原住民を……」の注も参照。

313–16 四方を見守りて蹴り散せりというアウグストゥスの性格

傍点部分の原文はラテン語(*Recalcitrat undique tutus*)で、ホラティウス『諷刺詩』第二巻第一番二〇行からの引用である。直訳すれば「あらゆる点で護られて蹴り返す」となるはずだが、微妙に意味の異なる本文の訳の他、「さの危なげなくあらゆる敵を蹴散らせり」(中野訳394)、「彼は四方に用心して汝を蹴る」(平井訳421)、「四方を蹴りつけて身を守る」(山田訳448)と解釈が分かれている。このうち平井正穂訳には、彼の訳文が『ギリシア・ラテン引用語辞典』(田中秀央・落合太郎編、岩波書店、一九三七年)によるとの注記があり、中野好夫訳には「原文はアウグストゥスとは関係なく、意味も「四方に用心して蹴る」の意。この引用スウィフトのどういう思い違いか不明」との注解がついている。しかしターナーによれば、引用元であるホラティウスの詩行はアウグストゥスに関連した内容である。ここでホラティウスは、適切な称賛でなければ拒絶する皇帝アウグストゥスの威厳ある態度を、誤った撫で方をすると蹴り返す馬に喩え、だから自分は皇帝への頌詩ではなく諷刺詩を書くのだ、と自分の立場を弁明している。この箇所をガリヴァーに引用させることで、フウイヌムを手放しで讃える彼がまさに間違った称賛をしていること、さらにスウィフト自身はここでそんなガリヴァーを諷刺していることも暗示している、というのがターナーの解釈である(Turner 370)。他方でガリヴァーはこの詩句を引用して何を言いたかったのかについて、ターナーは「フウイヌムもアウグストゥス同様に威厳があり、自らを護る力を十分に備えている」ということだと推測し、レアルとフィーンケンも同様の意見を述べている(同370; Real and Vienken, Anmerkungen 445)。

314-6　国王の正義の配分

「正義の配分」(distributive Justice)を平井正穂訳は「分配的正義」とし、注で「福利の分配の公正を意味する。アリストテレス『ニコマコス倫理学』第五巻第三章において論じられている」と述べている(平井訳449)。ウーマズリーは*OED*における語義の一つ、「明文化された法のうち、権利の決定に関するもの。懲罰的な部分とは区別される」を紹介している(Womersley 440)。実は平井訳の注も*OED*の distributive Justice の別の語義(より古い方)を参考にしているのだが、この箇所の文脈により近いのはウーマズリーの方だろう。つまり、「分配」という概念に重きが置かれているのではなく、臣民に彼らが「発見」した土地の権利を認めることが重要なのだ。意を汲んで訳すなら、「国王による土地支配権の承認」といったところだろう。

314-7 海賊の一団が嵐のためにどこへともなく流され、その挙げ句に、檣頭にのぼっていた水夫が陸地を発見し、上陸して掠奪をほしいままにする

『ガリヴァー旅行記』の後半二篇において、ガリヴァーは海賊の被害に遭っているので[160〜162、234〜235]、彼が海賊の残酷さを強調するのは理解できなくもない。しかしここでは、航海者一般ではなく、海賊という言葉を用いることで、ガリヴァー船長が自分を批判の対象から外そうとしていることに注目すべきだろう。しかし、第四篇の初めに「私の受けていた命令は南海のインディアンと交易をする、できる限りの発見をするということ」[234]と記されていることから判断すれば、ガリヴァーは単なる貿易商人ではなく、地理上の発見をして植民地主義に貢献するよう求められていたようだ。それどころか、奴隷貿易に関わっていた可能性もあることは、233-9「カンペーチェ湾に……」の注で示した通りである。同時に、この一節については、87-3「一七〇三年六月十六日……」の注で示した通り、すでにガリヴァーの航海時の描写で酷似した表現が用いられており、ガリヴァーと植民地主義との切れない縁をあばきたてている。

314-10 神権によって獲得された新しい領土

「国王の正義の配分の仕方について、私には幾つかの逡巡があった」[314]というこの前の記述と合わせて考えると、植民地の拡張を臣民の義務と述べたり、そこに宗教的な意味を見出すことの偽善性が諷刺されているといえる。さらに、「神権」(Divine Right)という語は、王権神授説(divine right theory)を想起させるので、この一節における諷刺は国王の権威そのものにも向けられている。

ここでガリヴァーが展開する植民地主義批判は、同時代への痛烈な諷刺として読者の心を打つが、彼がこのような視点をもつに至ったのは、あくまでも人間一般をヤフーとして軽蔑しているからだということも、忘れるべきではない。

「ガリヴァー船長から従兄シンプソンへの手紙」において、モット版におけるアン女王を讃えた一節が他人の改竄であることを指摘するなかで、「我が主フウイヌムを前にして我等の如き動物を誉めるなど、私の本意でない」[7]とガリヴァーは述べている。そもそも彼の心はイギリスではなくフウイヌムの島を半永久的にさすらっているのだ。イギリス人としての自覚も誇りもあったものではない。いわば「非国民」を自認する者を主人公に据え、狂気を装わせることで、スウィフトは当時のヨーロッパにおける国民の常識に反する主張を展開しているのだ。

交易が文明の腐敗を招くと考えていたスウィフトが植民地主義に反対するのはけだし当然だった。ただし、フウイヌムの社会が毛色による差別と無縁でなかったのと同様、スウィフトにはスコットランド人やアイルランドのケルト系住民に対する強烈な差別意識があったことも、念のため指摘しておく。スウィフトは決して政治的な正しさ《ポリティカル・コレクトネス》の体現者ではなかった(彼のスコットランド人への差別意識については、**245-11**「初めはなんとも……」の注参照。アイルランド人と黒人と猿との誤ったイメージ連関については、**281-7**「猿のように……」の注参照)。アン・クライン・ケリーは、(イングランド系のアイルランド人とケルト系のアイルランド人を明確に分けていないのが難点だが)イングランドによる征服を受容しているアイルランド人に対するスウィフトの両義的な感情を論じている(Kelly 847–48)。また、ローソンはスウィフトに限らずイングランド人が伝統的に抱いてきた誤った固定観念としてアイルランド人とアメリカ大陸の現地人や南アフリカのホッテントット族とのイメージ連関について論じている(Rawson, *God, Gulliver, and Genocide* 70–91, 108–13)。

314-11 原住民を追放もしくは殺戮し、王様を拷問にかけて金のありかを白状させ、およそ人間のものとは思えない残酷かつ貪婪な行為もすべて公認され、大地は原住民の血煙に蔽われ

一五一九年、アステカ王モンテスマ二世はコルテスに捕えられ、四〇万ポンド以上もの価値のある純金など莫大な財宝と引き換えに解放された。一五三三年、インカ帝国を実際に支配した最後の皇帝アタワルパは、大量の金と銀を身代金として提供したにもかかわらず、ピサロによって処刑された(Turner 370; Higgins 361; Womersley 441)。こうした同胞

の悪事に心を痛めたスペイン人神父バルトロメ・デ・ラス・カサス(一四八四〜一五六六年)は、『インディアスの破壊についての簡潔な報告』(一五五二年)などでアメリカ大陸の現地人が受けている虐待を告発した。これは一五八三年に英訳され、英語圏でもいわゆる新大陸におけるスペイン人の残虐行為が広く知られる一因となった。一八世紀初めのイギリスにおいても、コルテスやピサロは悪名を馳せていた。彼らを非難した作家の中にはデフォーもいて、長篇詩『神の法によりて』(一七〇六年)と長大な論考『悪魔の策略の歴史』(一七二六年)におけるコルテスへの批判が、ウーマズリーの注で引用されている(Womersley 439)。しかしもちろん、デフォーによるスペイン人の残虐行為への批判として最も有名なのは、『ロビンソン・クルーソー』に見られるものだろう。自分の島で捕虜の肉を喰らう宴を繰り広げる現地人の姿に衝撃を受け、一時は皆殺しにしようと考えたものの、その計画の誤りに気づいたクルーソーはこう反省する。「ぼくから彼らを攻撃するのに正当性はありえない。これが正当なら、アメリカ大陸でさんざん蛮行を働いたスペイン人のやり方も正当化されてしまう。やつらはそこで何百万もの人びとを殺戮した。その人びとは偶像を崇拝する野蛮人で、その風習のなかには、偶像の生贄として人を殺すような血腥く野蛮な儀式もあったけれど、スペイン人に対しては、なにも悪いことはしていなかった。だから、彼らを地上から絶滅させたことは、今ではスペイン人自身からも、激しい怒りと憎しみをこめて語られている。ましてヨーロッパの他のキリスト教国からは、神にも人にも申し開きのできない、紛うことなき虐殺、血塗られた、自然に反する残虐行為と一斉に非難されている。その残酷さゆえに、スペイン人という名前を聞くだけで、人の道を守り、キリスト教徒らしい同情心をもつ人びとはみな、恐れおののくのだ」(武田訳 245)。

314−13 野蛮な偶像崇拝者たちを改宗させて文明化する

ターナーはこの記述から、インカ帝国のアタワルパ皇帝が、火刑に処されるところを絞首刑に減免してもらうための条件としてキリスト教への改宗を強要された事実を連想している(Turner 361)。

314-14 現代の植民者

原語は*modern Colony*。Colonyはここでは集合的に「植民者」の意味で使われている。問題はmodernの方で、『桶物語』と『書物戦争』における近代派(moderns)への諷刺に見られるように、スウィフトの文章において「モダン」であることは基本的に堕落や腐敗、さらには虚無と結びついている。『ガリヴァー旅行記』でもしばしば軽佻浮薄な近代化は批判されてきた。ここでは、利己的で残酷な植民活動(それを帝国主義運動と呼んでもよいだろう)が近代的な現象として糾弾されていることになる。では、この作品で帝国主義と近代はどうして結びついているのか。それは第六章にあった「上流の牝のヤフーが一匹朝食をとるのにも、それを入れる器ひとつを入手するのにも、この地球全体を最低三周しなくてはならない」[266]という言葉が示唆するような、奢侈の蔓延と交易の発展によって、ヨーロッパ人の欲望が肥大化を続け、世界の富を簒奪するなかで帝国主義が生まれた、とスウィフトが考えているからではなかろうか。このとき、modernという言葉のもう一つの意味、訳文にも出ている「現代の」という意味が重要になる。すなわち、スウィフトは帝国主義の問題を昔の外国の話ではなく、まさにいま起きているグローバルな問題として読者に意識させようとしているのだ。

315-2 そして何よりも、みずからが支配する民衆の幸福と主君たる国王の名誉以外のものには気を取られることのない炯眼有徳の総督を派遣する点において、イギリス国民は全世界の模範となり得るからである。

イングランドの植民地主義を擁護するはずの文章が、スウィフトの手にかかればいかにもうさんくさい響きをもつことになる。特にこの箇所は、アングロ・アイリッシュ(イングランド系アイルランド人)としてイングランド政府の横暴に耐え続ける事実上の属国民だったスウィフトの本心とは到底思えない。もっとも、『ドレイピア書簡』(一七二四年)でスウィフトが激しくイングランド政府を糾弾していた頃のアイルランド総督は二代グランヴィル伯ジョン・カータレット(一六九〇～一七六三年)で、政界におけるロバート・ウォルポールのライバルだったカータレットとやはり反ウォルポールだったスウィフトとは、かつてロンドンで会ったこともあり、互いに親しみを覚えていた(Ehrenpreis, *Swift* ii. 223–26)。

315-9 もちろん、住民たちの言うことを信用しての話ではあるが。

初版(モット版)には、このあと次の文章があった。

ただし、遠い昔、フウイヌム国の山に姿をあらわしたと言われ、一説ではあの獣どもすべての祖先だとされる二匹のヤフーに関しては、議論の余地があるかもしれない。というのも、私の知る限り、この二匹はイングランド人だったのではないかと思われるのだ。ずいぶんと醜く変貌したとはいえ、子孫たちの顔立ちのそこかしこに、そう疑わせるものがあった。だが、何年前まで遡って支配権を主張できるのかは、植民地の法律に詳しい方々にお任せしたい。

この文章は、フォードの書き込みのある修正版では何も手を加えられていないが、フォークナー版では削除された。フォークナー版は初めダブリンで出版されているので、アイルランドを実質的に支配していた(スウィフト自身を含む)イングランド系住民への反感を誘うような記述は避けられたのだろうか。それとも単に、初版では見過ごされていたが、あらためて読むとあまりに直接的なイングランド人への批判なので危険と考えられたのか。しかし、おそらくフォークナー版の編纂に協力したはずのスウィフトが、そのような配慮から文章を削除するのに同意したとは考えにくい。実際、フォークナー版における修正の多くは、(先述のフォードによる修正版を信用するならば)モット版が「配慮」から自己検閲した箇所を元に戻したものである。もちろん、スウィフトなり、(こちらの方がありそうだが)フォークナーなりが慎重を期して削除した可能性を否定はできないが、いまはもっと積極的な意図のもとに削除されたのだと仮定して、その理由を考察したい。

まず、現実的に言って、フウイヌムの記憶をはるかに遡った遠い昔に、彼らの島までイングランド人の男女が漂着する可能性は低かったことが挙げられる。302-13「各種の地図……」の注にもある通り、オーストラリア周辺の地理は『ガリヴァー旅行記』の時代にあってもよく知られていなかった。ジェイムズ・クックがオーストラリアの南東岸に到達し、英国によるオーストラリアへの入植のきっかけを作ったのは一七七〇年だった。一定の「真実らしさ」を維持しながら大法螺を吹くという『ガリヴァー旅行記』の特徴からして、大昔のフウイヌムの島にイングランド人が漂着したというのは、あまりにありえない想像だったのではないか。また、ヤフーの祖先がイングランド人だとすることは、第四篇の諷刺の様態を考えると必ずしも適切ではない。イングランドの宮廷を寓意的に諷刺したことが明白な第一篇とは異なり、第四篇におけるスウィフトの諷刺は近代文明そのもの、さらには人間一般にまで及んでいる。それが最後の最後で「イングランド人」という特定の種族に対象を限定してしまっては、かえって本篇における諷刺を弱めてしまうかもしれない。こういった点を天秤にかけ、あえてここは削ったものと、『ガリヴァー旅行記』の本質を近代批判に見る注釈者(武田)は考えたい。

なお、ウーマズリーも同様の見解を注で示し、その傍証として一七二七年八月にスウィフトが『ガリヴァー旅行記』のフランス語訳者であるデフォンテーヌに送った手紙の内容を紹介している(Womersley 442)。そこには『ガリヴァー旅行記』がイギリスだけではなく人類全体にあてはまる内容をもつこと、そもそも一つの地域や国だけのため、あるいは一つの時代だけのために書く作家はまったく軽蔑すべきだということがフランス語で述べられている(手紙の原文と英訳は Womersley 613–15; *Correspondence* iii. 110 は原文のみ収録)。同じことは、同月にデフォンテーヌに送られた別の書簡でも繰り返され、「一つの町、地域、王国、いや世紀のためにしか書かない作家でも、翻訳に値するほど読まれる価値があるとはいえない」(Womersley 616–17; *Correspondence* iii. 111)と指摘している。

315-17 なるたけ鏡で自分の姿を確認して、できればそのうちに人間という生き物の姿に慣れるようにし

本篇第一〇章で、まだフウイヌムの島に滞在していたガリヴァーは、「たまたま湖や泉に映った自分の姿が眼に入ろうものなら、恐怖と自己嫌悪のために顔をそむけて」いたが［296］、イギリスに戻って覚悟ができたのか、今度は自ら積極的に鏡に映った姿を眺めている。もちろんこの動作は、ガリヴァーをナルシシストと見るフォックスの説によって読むことも可能である(312-5「しかし私の……」の注参照)。

316-4 妻が長いテーブルの反対の端に坐って、私の幾つかの質問に答える(但し、なるたけ簡潔に)ことを許可することになった。

わざわざ長いテーブルを用意しているのは、第四篇第二章に登場する「細長い建物」の描写［241～242］に見られる通り、フウイヌムの社会では身分の高い人が建物の上ではなく奥にいることと対応しているのではないか。すなわち、垂直方向ではなく水平方向の動きによって格差を示すフウイヌムにならい、ガリヴァーはテーブルの長さによって自分の権威を誇示している。

316-5 ヤフーの悪臭のひどさは相変らずなので

ヤフーの臭気が本篇で果たす意味については、243-10「あの汚ならしい……」の注参照。なお、この箇所でガリヴァーが鼻に詰める芸香《うんこう》や煙草やラヴェンダーは、ペストの予防薬として用いられた(Womersley 443)。デフォーの『ペスト』にも同様の記述が見られる(平井訳 166)。

316-7　今のように嚙みつかれやしないか、爪をかけられやしないかという不安を持たずにすむ日がいつか来るのではないかという期待がないわけでもない。

フウイヌムの島で牝ヤフーに襲われたことがトラウマになっているのか、ガリヴァーは人間に襲われるのではないかと妄想している。このとき、人間の歯はともかく、爪まで怖れているのは、ガリヴァーの頭の中で、鋭い鉤爪をもつヤフーと人間とが区別できなくなっているからだろう。フウイヌムの間では、人間である自分はヤフーとは違うと主張したガリヴァーだが、もはやヤフーかフウイヌムかという二項対立の外を想像することはできず、その意味で偏狭なフウイヌム的理性の影響下に置かれている。

すっかりフウイヌム的な狭い了見にとらわれてしまったガリヴァーだが、人間との交渉を一切断っているわけではない。第一一章では、彼を救ってくれたペドロ・デ・メンデス船長にある程度心を開き、ポルトガルに着くと、次のように述べていた。「船長には奥さんはなく、召使も三人きりで、その三人とも食事の席に出てくることは許されていなかったし、きわめて人間味のある理解力があるのに加えて、全体として実に思いやりのある態度なので、同席していても本当に我慢できるようになりだした」〔307〕。さらに、ペドロ船長の配慮によって、徐々に人間に慣れるようリハビリまで施されている。イングランドに帰国して、まず妻の接吻に気絶してしまうガリヴァーだったが、第一二章ではかろうじて夫婦の会話が始まり、「イングランドのヤフーとのつき合いを何とか少しでも耐えられるものにしたい」〔317〕という希望も述べられている。フウイヌムの島を退去する際には、「ヤフーの社会に戻ってその統治下に暮らすなど、考えるだけで背筋が寒く」なるので、「人の住まない小さな島」で「孤独な生活」を送ろうと決意していたのだから〔301～302〕、これでもかなり歩み寄っている（なお、ガリヴァーの孤独の問題については、312-5「しかし私の唯一……」の注参照）。

そもそも、『ガリヴァー旅行記』を刊行することによって人間／ヤフーを改良しようと考えた時点で、彼の人間嫌いは理解者を求める気持ちと隣り合わせだったことが分かる。第一一章にあるように、馬と「日に四時間」〔309〕会話して満足しているならば、何もヤフーなど相手にしなくともよかったはずだ。ここで作品の冒頭に置かれた「刊行の言葉」に戻ると、ガリヴァーは本書の原稿を出版者に渡してから、「郷里ノッティンガムシャのニューアークの近くに小さな土地と手頃な家を購入し、爾来そこでの隠遁生活を始められ、大いに周囲の尊敬を集めて」いるという[13]。ヤフー世界に慣れ、少し偏屈な市井の人として、彼の過去を知らない隣人たちとの生活を始めたのだとすれば、ガリヴァーにとって幸いであろう——いや、本当にそうだろうか。

フォークナー版から付けられた「ガリヴァー船長から従兄シンプソンへの手紙」は、隠遁生活に入ったガリヴァーの心中が必ずしも穏やかでないことを示す。「一七二七年四月二日」と日付けの記されたこの手紙でガリヴァーは、イギリスの人々は「わけの分からない言葉を喋り、裸ではないという以外に」ヤフーと変わらないと断じ、『ガリヴァー旅行記』を出版して「この王国のヤフー族を改良しようなどという馬鹿げた計画」とは「永久に訣別」すると宣言している[11]。しかも『ガリヴァー旅行記』を出版したこと自体、少数の人間、「とりわけ我が家族の者と万やむを得ず交流するうちに、ヤフー的性格につきものの腐敗が多少ぶり返し」たせいだと述べ[11]、後悔しているように思える。

しかし、相変わらず「党派、派閥」、「裁判官」、「弁護士」、「貴族の子弟」、「医者ども」、「牝のヤフー」、「宮廷」、さらには「散文や詩を書き散らして文筆を汚す者」たちの腐敗堕落ぶりを糾弾する[8〜9]彼の口調からは、怒りと失望が滲んでいる。ここでこの手紙のもう一つの大きな主題、すなわち『ガリヴァー旅行記』初版がこうむった改竄への批判を想起するならば、この「手紙」によって、私たち読者は『ガリヴァー旅行記』というプロジェクトが未完成のまま投げ出されていることを感じずにはいられない。モットの初版が実際にスウィフトの原稿を改竄したことは、スウィフトの書簡などの証拠から明らかであるが、修正版であるフォークナー版でわざわざ検閲や改竄の問題を大きく取り上げたのには、『ガリヴァー旅行記』という書物の性格を反映した、スウィフトからのメッセージが込められているように思われる。一言でいえば、本作は楽しい空想物語であるよりも、同時代への怒りの書であり、読者はここで提示された問題を自分のものとして引き受けなくてはならない、ということだ。これを明確にするには、ガリヴァーと「親愛なる読者」との別れは、隠棲者の静けさよりも厭世家の怒りのうちになされねばならないのである。ちなみに、スウィフトからポウプに宛てられた一七二五年九月二九日付書簡には、

> あの理性的動物という〔人間の〕定義の誤りを証明し、そいつは「理性的たりうる」ものに過ぎないと明らかにする論考に向けた材料を集めたところだ。この人間嫌いの大いなる礎の上に(ただしタイモン流ではなく)私の『旅行記』の全体が建てられているのだ。(*Correspondence* ii. 607)

と記されている(タイモンは、シェイクスピア『アテネのタイモン』に出てくる、洞窟に隠遁してひたすら人間を呪う主人公)。

以上をまとめると、フウイヌムの島から帰還したガリヴァーの様子はたしかに滑稽であり、彼の言う「理性」なるものの偏狭さへの批判をそこに読みとることができるものの、それは決してスウィフトが人間の柔軟さを評価したからではなく、ましてヒューマニズムの礼賛へと結びつくものではなく、むしろガリヴァーが狂気という代償を払って展開した人間社会への批判は、読者が継承することで初めて意味をもつということだろう。クロード・ローソンが『ガリヴァーと親愛なる読者』の結びで訴えるように、『ガリヴァー旅行記』とは最後には私たち読者を否応なく巻き込む書物である(Rawson, *Gulliver and the Gentle Reader* 32)。この継承を成し遂げるには、第四篇第一一章でペドロ船長が示すような狂人への「人間的」同情ではなく、むしろ滑稽さを恐れずにガリヴァーの狂気を共有し、スウィフトの怒りと苛立ちにあえて感染することが求められている。

最後に、ダブリンの聖パトリック大聖堂にある、スウィフトの自作の墓碑銘を引用しておこう(原文は『スウィフト博士の遺言』中に読むことができる(*PW* xiii. 149))。

> ここに眠りしは
> この大聖堂の
> 司祭にして神学博士、

ジョナサン・スウィフト
泉下ではもはや
猛然たる憤怒が
心臓を引き裂くことなし、
行け　旅する者よ
そして倣え、できるものならば、
倦むことなく　力の及ぶ限り
自由を擁護せし者を

［解説］

スウィフトの生涯と『ガリヴァー旅行記』の受容

本「注釈篇」では、『ガリヴァー旅行記』全篇にわたって、その細部に見られる作者の想像力や表現手法の特徴、作者が想定している、あるいは実際に体験したと考えられる具体的・現実的な事象、言及したり借用したりしていると思われる古典文学や同時代の言説、そして今日に至るまでの解釈の変容などを、「本文篇」に沿って詳述した。作者の伝記的事項や作品の受容史については、その中でも折にふれて論じてきたが、この「解説」では、作者の生涯と作品受容の概要をあらためて整理し、まとめておくことで、この『ガリヴァー旅行記』の「本文篇」ならびに「注釈篇」を読む読者諸氏の便宜をはかりたいと考えている。「本文篇」を読みながら、あるいは「注釈篇」の個々の注釈に触れながら、この「解説」をあわせて利用していただければ幸いである。

＊

『ガリヴァー旅行記』の作者ジョナサン・スウィフトは、一六六七年一一月三〇日、アイルランドのダブリンに生まれた。父は同名のジョナサン・スウィフト、母はアビゲイル・エリック、生家はダブリン城近くのホイ・コート七番地である。

スウィフトの人生には、奇妙で矛盾に満ちた点が少なくないが、その原因の一つは、彼の出生と幼少時代の数奇な運命にあると言えるだろう。彼はアイルランドのダブリンに生まれた。だがスウィフト家は、もともとイングランドのヨークシャーを基盤とする名家であり、祖父トマスは英国国教会の聖職者であった。言うまでもなく、アイルランドで多数を占めるカトリックではない。ちなみにこの祖父トマスの妻エリザベスは、のちに一七世紀英国を代表する詩人ジョン・ドライデンの祖父エラズマス・ドライデンの姪であった。

スウィフト家は、この祖父トマスの代に没落してアイルランドへ移住している。原因は、トマスが、ピューリタンの革命に際して頑強に国王チャールズ一世を擁護し、そのため聖職を追われたことによる。ダブリンに移ったトマスは息子たちに、宗教ではなく法律の勉強をすすめ、実際、長子ゴドウィンは、法律家として成功を収めてもいる。だが末弟のジョナサンは、生計の資を得る手段もないまま、二四歳の若さでアビゲイル・エリックと結婚、長女ジェインに続いて男子(すなわち、『ガリヴァー旅行記』の作者)をもうけることになる。アビゲイル・エリックもまた、アイルランド出身ではなく、イングランド中部のレスターの生まれであった。やはり地元の名士の家系であったが、暮らし向きは楽ではなく、結婚持参金もほとんどなかったという。後年、スウィフトは、この両親の結婚を「思慮に欠ける」と批判的に述懐している。

とはいえ、父ジョナサンが生まれてくる男子の養育に母アビゲイルとともにあたっていたならば、あるいはスウィフトの人生観も少しは変わっていたかもしれない。だが、ジョナサン父子がこの世で顔を合わせることはなかった。息子の誕生を間近に控えた一六六七年五月、父は病気で急死してしまうのである。生まれたばかりのスウィフトは、主に乳母の手で育てられることになった。母親の影を追う彼の姿の原点はここにある。

スウィフトの自伝的な記述によれば、幼少時代の彼の数奇な運命はまだ続いたようだ。一六六九年、今度は乳母が、遺産相続の可能性のある親族の病気を理由に、故郷であるイングランド北部の寒村ホワイトヘイブンに、幼い彼を連れて帰郷してしまったというのである。この乳母はスウィフトを溺愛し、読み書きなどもよく教えたと言われるが、ともあれ、彼がダブリンで伯父ゴドウィンの庇護のもと、グラマースクールに通い始めたのは、ようやく三年後のことであった。そのときに母がダブリンにいたのか、それともレスターの実家に帰っていたのかは不明。社会的地位のある伯父がいて、母も決して絶縁していたわけではないのに、こうした乳母による強引な幼児誘拐まがいの出来事がなぜ起きたのか、これはスウィフトの思い込みなのか、あるいは作り話なのか、真相は今でもはっきりしない。

一六八二年、一四歳のスウィフトは、ダブリンのトリニティ・コレッジに入学。四年後に卒業するまで名門大学で学生時代を送ることになる。古典や詩、歴史などの勉学にはよく励んだが、神学や哲学、数学にはあまり関心がなかったようだ。

一六八八年、イングランドではいわゆる名誉革命によって国王ジェイムズ二世が追放され、その娘のメアリ(メアリ二世)と夫であるオランダのオラニエ公ウィレム(ウィリアム三世)がともに国王に即位する。当時のアイルランドはいちおう独立国家であったが、イングランドと同じ国王を戴き、実質的にはイングランドから派遣される総督が支配する植民地のような様相を呈していた。この名誉革命に際しては、多数を占めるカトリック勢力がジェイムズ二世の復位を画策、ダブリンは深刻な政情不安に陥った。二一歳になるスウィフトは、この混乱を避けてイングランドに渡り、ひとまずレスターの母アビゲイルのもとに身を寄せ、この母の紹介によって、準男爵ウィリアム・テンプルの秘書となる。

テンプルは、特にオランダとの外交関係に重要な役割を果たした外交官。ウィリアム三世から国務大臣就任を要請されたこともあるがこれを辞退して政界を引退し、スウィフトが秘書となった当時は、イングランド南部の州サリーのムーア・パークで著述を中心に悠々自適な生活を始めていた。アイルランド出身で、スウィフト家とも旧知の間柄であったという。このあとスウィフトは、テンプルが亡くなる一六九九年まで、陰に陽にさまざまな庇護を受けることになる。もっとも、レスターで慎ましく暮らす母の紹介状だけで、一介の青年がこれだけの大物政治家の秘書になるというのはいささか奇妙ではある。スウィフトが、ウィリアム・テンプルの父ジョンとアビゲイルとの間の私生児だったのではないか、という俗説が生まれるゆえんである。

ムーア・パークに住み込んだスウィフトは、やはりテンプル家の家政にたずさわる両親のもとに生まれた八歳になる娘の家庭教師を始める。スウィフトがステラの愛称で呼んだ、エスター・ジョンソンである。二人の関係は、一七二八年、ステラが四七歳でこの世を去るまで続き、その交情はいわゆる「ステラ宛書簡」などを生み出すことになるが、二人が互いに恋人として意識し合うのはもう少し後のことのようだ。むしろ、当時のスウィフトにとっての大きな問題は、一方で、自ら抱く青雲の志をいかに実現するかということであり、他方、激しいめまいなど、終生つき合うことになるメニエール病の症状があらわれ始めたことであった。

一六九〇年、彼はおそらく療養をかねて、いったんアイルランドに帰郷する。当時アイルランドでは、ボイン川の戦いを経て、ウィリアム王軍がジェイムズ二世派を圧倒していた。相変わらず混乱の続くダブリンに留まっていてもしかたがない。彼は再びムーア・パークに戻り、しかるべき官職もしくは国教会の聖職位への就職活動を開始する。なにしろこのムーア・パークは、国王ウィリアム三世が訪れることもあったと言われ、スウィフトも大いに期待するところがあったようだ。詩作を始めたのもこの頃のことだが、こちらの方は、遠い親戚にあたる例のジョン・ドライデンに、「スウィフト君、君は詩人に向かないよ」と一蹴されたという。この偉大なる親戚に、彼が終生敵意を抱くようになった発端である。

一六九二年、テンプルの推薦もあってオックスフォード大学から修士号を受けるが、任官活動の方は思うように進まない。九四年、テンプル家を離れて再びアイルランドへ帰郷。国教会の執事(ディーコン)となり翌年には司祭(プリースト)に昇任して、北アイルランドのベルファースト近くのキルルート教区へ赴任するが、中央から遠く離れた閑職に耐えかね、テンプルの誘いもあって再びムーア・パークへ舞い戻ることになる。その直前、アイルランド出身のジェイン・ウェアリング(スウィフトがつけた愛称はヴァリナ)に求婚しているが、性急な申し出であったため拒絶されている。テンプル家ではステラが一五歳の娘に成長していた。『桶物語』と『書物戦争』の執筆を始めたのはこの頃のことである。

一六九九年、テンプルがこの世を去る。後ろ盾を失ったスウィフトは、バークリー伯爵家付きの司祭となり、アイルランド最高法院判事に就任する伯爵に随行して再びダブリンへ帰郷。翌年、ダブリンの北西郊ララカーの聖職禄を得るとともに、ダブリン中心部の聖パトリック大聖堂参事会員となった。ときにスウィフト三四歳。彼の聖職者、文人としての輪郭がはっきりとしてくるのはこのあたりからである。実際、一七〇一年には、亡きテンプルの著作集を編纂して刊行するとともに、自らの政治パンフレットをロンドンで出版し、ホイッグ派の論客としての頭角をあらわしている。なぜホイッグ派か。それは、ホイッグがウィリアム三世に近く、亡きテンプルを始め、周囲の実力者にもホイッグ派が多くいたためであろう。そのパイプを通じて、有利な官職もしくは聖職位を期待する気持ちもなかったわけではあるまい。若きスウィフトの世俗的関心が見え隠れする。

他方、この年には、ステラとの関係も一歩前に進めている。彼女をダブリンに呼び寄せ、近所に住まわせたのである。もっとも、決して同居はせず、二人だけで会うことも控えていたという。トリニティ・コレッジから神学博士の学位を授与されたのは、その翌年のことである。

以後しばらくの間、スウィフトはダブリンとロンドンを何度も往復しつつ、聖職者として、また文人として、精力的な活動を展開する。一七〇四年にはロンドンで『桶物語』と『書物戦争』を出版。一七〇七年から〇九年にかけては、アイルランド国教会代表団の一員として、いわゆる教会税軽減のための交渉をロンドンの政府との間で行っている。ホイッグ党が政治を主導していた当時のイングランドは、スコットランドを実質的に併合してグレート・ブリテン王国を成立させるとともに、モールバラ将軍のもと、スペイン継承戦争で勝利を重ねていた。ロンドンのスウィフトは、ジョウゼフ・アディソンやリチャード・スティールといったホイッグ派の文人と親交を結び、また、アイザック・ビカースタッフを名乗って(のちにアディソンとスティールによって刊行される定期刊行物『タトラー』の主人公と同名)、インチキ占星術師ジョン・パートリッジを文字通り葬り去るような徹底した諷刺文書を刊行している。もっとも、国教会の主教(ビショップ)への就職活動は、結局、不首尾に終わることになる。

おそらくはそのことの不満が嵩じたためであろう。一七一〇年、ロバート・ハーリー率いるトーリー党が政権を奪取すると、彼はトーリー派の機関紙『イグザミナー』に身を投じ、一転してホイッグ派批判の論陣を張ることになる。これをとらえて彼の政治理念の変節と考えることはもちろんできるが、しかし、トーリー派の実力者からその才能を正当に評価されたということも事実である。トーリー派に転じた彼は、今度は、ジョン・アーバスノット、マシュー・プライアーといった文人との親交を深めていく。これはのちに、アレグザンダー・ポウプ、ジョン・ゲイ、トマス・パーネルらを含む「スクリブリーラス・クラブ」へと発展していく。のちの一七四一年、ポウプの作品集に収録された『マータイナス・スクリブリーラスの回顧録』は、この文学クラブを母体とする作品である。

ロンドンでの滞在が長くなったスウィフトは、一七一〇年以降、ダブリンにいるステラのもとに書簡を送るようになった。内容は、仕事の進捗状況や読んだ本のこと、ときには愛を込めて、である。しかし他方で彼は、ロンドンで、エスター・ヴァナムリ(愛称ヴァネッサ)と出会い、強い愛情を感じるようになってもいた。ヴァネッサは、ダブリン市議会名誉議長も務めたバーソロミュー・ヴァナムリの娘。父の死後はロンドンで暮らしていた。一六八八年生まれだから、ステラより七歳下。ステラへの愛情は、もともと教師と教え子という関係から生まれたものであったが、ヴァネッサにはロンドンで遭遇したそのときから恋愛感情を抱いたようだ。しかしスウィフトは、自分に対するヴァネッサの感情が高まってくると、今度はそれを拒むような行動に出る。結局、彼をめぐる奇妙なこの三角関係は、ヴァネッサが急逝する一七二三年まで続くことになる。

一七一三年、四六歳のスウィフトは、聖パトリック大聖堂の首席司祭(ディーン)に就任し、ダブリンへ帰郷。ただし、首席司祭とは主教の下位にあたる聖職位であり、主教への道は断念せざるをえなかった。

一七一四年、時のアン女王が崩御してステュアート朝が断絶。トーリー党政権も瓦解し、ステュアート朝の開祖であるジェイムズ一世の曾孫でドイツのハノーヴァー選帝侯であったジョージがジョージ一世として国王に迎えられることになった。主導したのはホイッグ党。やがてホイッグ党は、領袖ロバート・ウォルポールが首相となって二〇年以上の長期政権を維持、本格的な議院内閣制を世界で初めて確立することになる。スウィフトが中央政界で活躍する可能性はここで完全に潰えた。彼はダブリンに戻り、しばらくは傷心の日々を送っていたようだ。聖パトリック大聖堂首席司祭として一生を終えることを覚悟する。皮肉にも、彼が「アイルランド人」としてのアイデンティティを強く意識し始めたのはこの頃のことであったと言ってよい。一七一六年、ステラと秘密裏に結婚したとも言われるが、詳細は不明。一七一九年には、ダニエル・デフォーの『ロビンソン・クルーソー』が刊行された。

　スウィフトが文筆活動を本格的に再開したのは、一七二〇年頃のことである。この年、『アイルランド製品を万人が用いるための提案』を刊行、アイルランド擁護の論陣を張ることになる。『ガリヴァー旅行記』の執筆に本格的にとりかかったのは一七二一年。一七二四年には、アイルランドにおける貨幣改鋳の特許をイングランドのウィリアム・ウッドなる金物商が得たことに猛然と反発し、七通の公開書簡を執筆することになる。有名な『ドレイピア書簡』だ。ちなみに当時、貨幣の鋳造は、イングランドやスコットランドでは政府直轄の造幣局がその任にあたっていたが、アイルランドにはそうした造幣局がなく、国王の特許を得た私人が鋳造権を握るという形になっていたのである。『ドレイピア書簡』の効果は絶大で、一七二五年には、ウッドへの特許状が取り消される。いささかの不満をもって終《つい》の棲家《すみか》としたアイルランドで、しかし彼は、その文筆によって英雄と目されるようになるのである。

『ガリヴァー旅行記』がロンドンで刊行されたのは翌一七二六年一〇月二八日。初版初刷は一週間で売り切れ、年内に二度の増刷を行っている。もちろんダブリンでも、いわゆるダブリン版初版がこの年に出版されている。その後も数年間は、旺盛な文筆活動が続いた。なかでも一七二九年に刊行された『慎ましやかな提案』では、アイルランドの窮状を訴える諷刺的舌鋒が冴えわたっている。

　持病の悪化にともない老衰の気配がスウィフトの人生に漂い始めるのは、一七三一年頃からである。彼は六四歳。ステラもヴァネッサもすでにこの世にはいなかった。この年、彼は自ら、「スウィフト博士の死を悼む詩」を記している。一七三五年、スウィフト著作集全四巻がダブリンの出版者ジョージ・フォークナーの手で刊行され、この第三巻に、初版に対するスウィフト自身の訂正を反映した『ガリヴァー旅行記』が収められることになる。七〇歳を迎える頃には、身体も精神も相当衰弱してきたようだ。

一七四〇年、彼は最後の遺言書を執筆。その中で、遺産の一部を、精神を病む者のための病院建設にあて、これを聖パトリック病院と命名するように指示している。何とも痛ましいのは、そういう遺言を残した彼自身が、その二年後には、心神耗弱により社会的活動は不可能であると専門家による委員会によって診断され、後見人の監督下に置かれてしまったということだ。

聖パトリック大聖堂首席司祭の家で彼が息を引き取ったのは、一七四五年一〇月一九日のことである。享年七七歳。大聖堂の一角に埋葬され、その墓碑銘には、自ら記したラテン語の言葉が刻まれている。

ここに眠りしは
この大聖堂の
司祭にして神学博士、
ジョナサン・スウィフト
泉下ではもはや
猛然たる憤怒が
心臓を引き裂くことなし、
行け　旅する者よ
そして倣え、できるものならば、
倦むことなく　力の及ぶ限り
自由を擁護せし者を

＊

『ガリヴァー旅行記』は、一七二六年の初版刊行以来、歯切れのよい文章で語られる奇想天外な主人公の冒険によって読者の心を躍らせるとともに、その激烈な諷刺を通じて、ある種の困惑と嫌悪を読者に与え続けてきた。この世界的名作の本文に二つの重要な版があり、この二つの系統が今日の普及版にも及んでいることは、すでに本「注釈篇」の『『ガリヴァー旅行記』の二つの版」で解説されている通りだが、これも、この作品が同時代の政治状況のみならず、人間社会そのものへの厳しい諷刺を含んでいることによる。だがさらに、この作品が今日までどのように受容されてきたのかを考えるとき、『ガリヴァー旅行記』の本質はより明確にその相貌をあらわすことになる。「スウィフトは、読者を安穏とした気分にさせておくことは決してしない。だからこそ彼は、これまでも、そしてたぶんこれからも、忘れ去られることはあるまい」――今日のスウィフト研究の第一人者の一人であるヘルマン・J・レアル教授はそう説明する(Real, *Reception of Jonathan Swift in Europe* 4)。「読者を安穏とした気分にさせておくこと」は決してなかったこの三世紀間の作品受容と批評史の概要を、ここではごく簡潔にまとめておきたい。

一七二六年一〇月二八日に刊行された『ガリヴァー旅行記』初版初刷が瞬く間に売り切れたことは、すでに述べた。八折本二巻で八シリング六ペンス。当時は、一シリングあれば、ステーキを食べてビール一杯を飲めた、と言われるから、さしずめ上等なランチ一週間分くらいの値段である。それでもそれが飛ぶように売れた。スクリブリーラス・クラブの友人たちも、さっそくその評判に言及している。「誰もがガリヴァーを手にしている」、これはアーバスノットのスウィフト宛書簡(一一月五日付)に見られる一節だ。

スクリブリーラス・クラブの友人たちは、基本的にこの作品を好意的に見ている。しかしそれと同時に注目すべきは、『ガリヴァー旅行記』受容史を予見するような重要な指摘が、すでに彼らの書簡の中にいち早く見出されるということであろう。一つは、ゲイのスウィフト宛書簡(一一月一七日付)に見られる、「高き者から低き者まで、閣議の場から子供部屋まで、あまねく読まれている」という一節だ。この作品が、刊行直後から、おそらくはその諷刺性をいち早く理解した「閣議の場」でも、また、それとはだいぶ性格を異にする「子供部屋」でも読まれていたということである。『ガリヴァー旅行記』が、その強烈な諷刺性をひとまず離れ、子供たちを魅了する児童文学の傑作としても普及していく受容史は、刊行直後から始まっていたのである。もう一つは、「誰もがガリヴァーを手にしている」と記してこの作品を評価した先のアーバスノットが、しかし第三篇の、特に「ラガードの大研究院」の描写には不満を述べていることである。自然科学の研究に関心を寄せていたアーバスノットにとっては、ことさら、この「大研究院」の描写に見られる散漫さと嘲笑が我慢ならなかったと思われるが、いささかぞんざいで統一感を欠いたこの第三篇への批判は、その後も、全体としてはこの作品を高く評価する文人、批評家からもなされることになる。

『ガリヴァー旅行記』刊行直後の評価の声は、もちろん、スクリブリーラス・クラブの友人以外からも聞くことができる。イギリスに滞在していたヴォルテールは、スウィフトを「イギリスのラブレー」と称賛している。しかし、そうした称賛の中でも不協和音が感じられる箇所が、第三篇以外にもう一つあった。第四篇である。例えば、一七二六年に刊行された『ある聖職者から友人に宛てた書簡、レミュエル・ガリヴァー船長の旅行記およびその著者についての解説を含む』という著者不詳の小冊子では、作品全体への好意的な記述とともに、しかし、「まったくたるんでいて活力がなく、怨恨があるばかり」の第四篇について、徹底した批判がなされている。この傾向もまた、『ガリヴァー旅行記』批評史の重要な一角となっていく。一八一四年にスウィフト全集を編纂刊行したスコットランドの文豪ウォルター・スコットもまた、第三篇への違和感とともに、「フウイヌムへの旅は、この作品を編纂する者が苦痛をもってあたらねばならない箇所だ」と記している。

スコットが編集したこの全集は、一九世紀イギリスにおける最も基本的なスウィフト作品の集成として重視されるべきものだが、その編者スコットが、第三篇と第四篇に厳しい評価を下していたことは、やはり注目すべきであろう。このあと、ヴィクトリア朝を迎える一九世紀イギリスにあって、小説の作家たちはおおむねスウィフトに冷淡であった。めぼしい伝記も書かれてはいない。スウィフトの頭には「糞と隔離病院から得られたイメージばかりが横溢している」とは、ヴィクトリア朝を代表する批評家の一人、T・B・マコーリーの言である。「子供部屋」向けの『ガリヴァー旅行記』も、第一篇、第二篇のみをもって構成されるのが一般化してくる。ガリヴァーが小便でリリパットの皇妃宮殿の火事を消す、あの有名な第一篇第五章の場面も、消火する道具が大樽に変更されたり、あるいはそもそもこの場面自体が省略されてしまったりといった具合であった。産業革命を経て近代社会が大いに発展したこの時代、しかしその黎明期に見られた人間社会に対する根本的な問いや苦悩、さまざまな逡巡や紆余曲折への理解は、驚くほど希薄であったと言わざるをえない。

もっとも、そういう一九世紀にあっても、『ガリヴァー旅行記』という作品自体が忘れ去られていたわけでは決してない。児童文学の傑作としての圧倒的な評価が揺らぐことはなかったし、この作品の随所にみられる印象的な場面を挿絵や絵画に表現することで一世を風靡した画家たちも続々と出現している。一九世紀初頭のジェイムズ・ギルレイやクルックシャンク父子を始め、のちに王室所蔵美術品調査責任者などを務めたリチャード・レッドグレイヴ、一九世紀後半から二〇世紀初頭にかけて活躍したアーサー・ラッカムらの挿絵や絵画が、同時代やのちの読者に与えた影響は小さくない。ただ、第三篇と第四篇を含む作品の全体像を踏まえてこれをあらためて評価し、大英帝国全盛期の読者に対して有効な文学的表現に昇華するには、あまりにも人間社会に対する諷刺が厳しく、また作品が体現する作者スウィフトの懊悩が深かったと考えられよう。

一九世紀半ばに鎖国を解いて海外との関係を復活させたわが国にも、『ガリヴァー旅行記』はいち早く紹介された。もっとも、ここでもまずは第一篇のリリパットと第二篇のブロブディンナグが中心で、第四篇までを含む完訳の刊行は、一九二七年の野上豊一郎訳を待たなければならない。松菱多津男氏の『邦訳「ガリヴァー旅行記」書誌目録』によれば、本邦初訳の『鵞瓈皤児回島記』(片山平三郎訳)が刊行されたのは一八八〇年のことであるが、これは第一篇リリパットについてだけであった。第二篇の本邦初訳は、確認されているところでは、一八八七年の大久保常吉訳である。このあとわが国では、現在に至るまで、絵本や童話、再話といったものを除いた、通常の翻訳物だけでも、五〇点をこす『ガリヴァー旅行記』が出版されることになる。

さて二〇世紀を迎えて、イギリスは、そして世界は、あらためてこの作品と向き合うことになる。それは一九世紀に高度に発達した近代社会の抱える深刻な矛盾に直面したためでもあろうし、また二度の世界大戦に代表される悲惨な人間社会の現実に直面したためでもあろう。欧米の大学を中心に「英文科」が整備拡充され、近代社会の黎明期にあって旺盛な文筆活動を展開し、それによって社会の進むべき方向性を模索したイギリスの作家たちの執筆環境と時代状況に関心が集まってきた、という事情も考えられよう。

「注釈篇」にもたびたび登場するウィリアム・エディの研究書 *Gulliver's Travels: A Critical Study* がプリンストン大学出版局から刊行されたのは一九二三年のことだが、『ガリヴァー旅行記』の素材研究に画期的な貢献を果たすことになるこの著書は、もともと、若き英文学徒であったエディがプリンストン大学の博士論文としてまとめたものである。また、やはり「注釈篇」でたびたび言及したアーヴィン・エーレンプライスの浩瀚な三巻本の伝記 *Swift: The Man, His Works, and the Age* の刊行が始まったのは一九六二年のことであった。このエーレンプライスの名を冠してドイツのミュンスター大学に設立されたスウィフト研究センターは、今日、世界的にも注目すべきスウィフト研究の拠点の一つとなっている。

『ガリヴァー旅行記』を始めとするスウィフト作品に傾倒し、自らも『動物農場』や『一九八四年』といった諷刺的性格の強い作品を執筆した二〇世紀イギリスの作家ジョージ・オーウェルは、スウィフトの創造性について次のように述べている。「スウィフトには普通の知恵がなかったけれども、隠された一つの真実を掘り出し、それを拡大、歪曲しうる、はなはだ強烈な想像力があった。信念の力さえその背後にこもっていれば、世界観など正気かどうかのテストにやっと通る程度でも、けっこう偉大な芸術作品は生まれるものだ。『ガリヴァー旅行記』の永続性が、それを証明してくれる」(河野徹訳、「政治対文学――『ガリヴァー旅行記』論考」288)。

危機の時代の文学を強く意識したオーウェルが『ガリヴァー旅行記』の世界に深く共鳴したのは、虚飾に満ちた人間社会の「普通の知恵」ではなく、その奥底に潜む「隠された真実」を読者の眼前に突きつけるスウィフトの鋭利にして豊かな創造性に魅了されたからにほかならない。そしてこの「隠された真実」は、近代社会の歩みのその先に、どんな人間社会の構築が可能なのかを問う現代の読者に、最も重要な考える基盤を提供するものとなっていると言えるのではあるまいか。

二〇一〇年には、ジャック・ブラック主演の3D映画『ガリヴァー旅行記』が封切られ、日本でも多くの映画館で上映された。イギリスから見ると地球を半周した位置にあるこの日本でも、書店の文庫や児童書のコーナーに行けば、まず間違いなく『ガリヴァー旅行記』のすぐれた翻訳数点を手にすることができる。これだけ多くの世界中の読者を魅了し続けるこの作品の奇抜な発想の根底に、オーウェルの言う「隠された真実」が宿っていることを、二一世紀を生きる私たちは今、あらためて考えてみたいと思う。この「本文篇」と「注釈篇」が、そのための縁となることを切望する次第である。

『ガリヴァー旅行記』関連年譜

本年譜は、スウィフトの人生における伝記的事項を年譜の形で分かりやすく整理するとともに、それに関連する社会の動き、およびそれらに材を得たと考えられる『ガリヴァー旅行記』の中の描写や出来事を示したものである。スウィフトが、社会の動きとどのような直接間接の関係を取り結んでいたのか、そしてそれらが作品にどのように投影されているのか、作品中に描かれる登場人物や出来事が、現実にはどのような歴史的広がりをもつものなのか、そういったことを考える見取り図としていただければ幸いである。『ガリヴァー旅行記』における対応箇所」の欄に記された各項目は、それを上へたどっていくと、「社会の動き」ないしは「スウィフトの人生」に関して該当する事項が見出せるようになっているが、作品中の描写は、人物にせよ事件にせよ、一元的にその素材を特定することはむずかしい。詳しくは注釈本文に譲るとして、ここでは、あくまでもその一部を取り出し、読者諸氏に概観していただくことを念頭に置いている。

	社会の動き	スウィフトの人生	『ガリヴァー旅行記』における対応箇所
一四八五	ばら戦争終結。テューダー朝の始まり。ヘンリー七世、イングランド王に即位。		
一五〇九	ヘンリー八世即位(後にアイルランド王を名のり、その習慣が継承される)。		「わが領土は二つの島よりなり、そこに一人の主権者の統べる三つの王国があり」(ブロブディンナグ)。
一五一六	モア『ユートピア』刊行。		ユートピア的社会の描写(ブロブディンナグ、フウイヌム)。 モアを世界史の頂点に立つ六人組の一人に位置づける(グラブダブドリッブ)。

	社会の動き	スウィフトの人生	『ガリヴァー旅行記』における対応箇所
一五三二	ラブレー『ガルガンチュア物語』『パンタグリュエル物語』刊行(〜六四年)。		頻出するガルガンチュア、パンタグリュエル的巨人表象(ブロブディンナグ)。
一五三四	首長令(イギリス国教会成立)。		卵の割り方をめぐる教義論争(リリパット)。
一五三五	モア処刑される。		
一五五三	メアリー一世即位。カトリックを奉じ、国教会を弾圧。		
一五五八	エリザベス一世即位。国教会体制に復す。八八年、スペインの無敵艦隊を破る。		
一六〇〇	ロンドン東インド会社(後のイギリス東インド会社)成立。		スーラト(東インド会社の拠点の一つ)行「三百トンの商船アドヴェンチャー号」に乗り組むガリヴァー(ブロブディンナグへの旅)。植民地を作る際のイギリス国民の「賢明さ」、「炯眼有徳の総督を派遣する点において(中略)全世界の模範となり得る」(フウイヌムから帰国して)。
一六〇三	ジェイムズ一世即位(スコットランド王を兼ねる。以後両国は同君連合となる)。ステュアート朝の始まり。		
一六〇五	火薬陰謀事件。セルバンテス『ドン・キホーテ』刊行(〜一五年)。		帰国後のガリヴァーは、ドン・キホーテ同様、現実を認識できない(ブロブディンナグ、フウイヌム)。
一六一一	近代英語の散文による欽定訳聖書の完成。		
一六一三	徳川家康、イギリスとの通商を許可。		日本に上陸するガリヴァー。

一六二三	アンボイナ事件(アンボイナ島のイギリス商館がオランダに襲撃される)。		ガリヴァー、床をなめる。東洋的専制の表象(ラグナグ)。 アンボイナ号に乗るガリヴァー(日本からの帰途)。
一六二五	チャールズ一世即位。		「苛立たしかったのは御妃様の侏儒の奴」とはチャールズ一世妃ヘンリエッタ・マリアの廷臣ジェフリー・ハドソンのことか(ブロブディンナグ)。
一六二八	ハーヴェイ『心臓と血液の動き』(いわゆる血液循環論)刊行。		
一六四二	いわゆるピューリタン革命が起きる。四九年、チャールズ一世、処刑。国教会の非合法化。五三年、クロムウェルが護国卿となる。		ガリヴァーが最初に運び込まれた王国最大の古い神殿での「おぞましい殺人」(リリパット)。
一六四九	クロムウェルのアイルランド遠征(植民地化、カトリックの弾圧が進む)。		「農園もすべて破壊して、他のものも今風に作り直し」(バルニバービ)。
一六五一	航海条令。オランダの通商を脅かす。その後、第一次英蘭戦争(五二〜五四年)。		頻出するオランダへの敵対的表象(特にフウイヌム、日本)。
一六六〇	王政復古。チャールズ二世即位。国教会体制に復す(反対派にも免責法による寛大な措置)。王立協会創設(六二年、国王勅許、場所はグレシャム・コレッジ)。	父、イングランドからアイルランドへ移住。	「免責法なる逃げ道を使って」(フウイヌム)。 巨大な蜂の針をグレシャム・コレッジに寄贈(ブロブディンナグ)。 ラガードの大研究院に集まるベンチャー事業者たち(バルニバービ)。
一六六五	ロンドンでペストが流行。翌年、ロンドン大火。		皇妃宮殿の火事(リリパット)。

	社会の動き	スウィフトの人生	『ガリヴァー旅行記』における対応箇所
一六六七	ミルトン『失楽園』刊行。	父死す(享年二七)。一一月二七日、スウィフト、ダブリンに生まれる。	「この畜生〔ヤフー〕が二匹、山上に出現した」は楽園崩壊の表象か(フウイヌム)。「両親になぜ子供の教育をまかせられるものではない」(リリパット)。
一六七三	審査律制定(国会議員と官吏を国教徒に限定)。この頃トーリー、ホイッグの二大党派が生まれる。	伯父の援助により、キルケニー・グラマー・スクールへ通い始める。	トラメクサンとスラメクサンの争い(リリパット)。
一六七九	人身保護律(不当逮捕の禁止)制定。		
一六八二	ハレー、ハレー彗星の周期性を発見。	トリニティ・コレッジ(ダブリン)へ進学(八六年、学士号授与)。	彗星におびえるラピュータ人。
一六八五	ジェイムズ二世即位。		
一六八七	ニュートン『プリンキピア』刊行。		ニュートンに敵対的なスウィフトの筆致(ラピュータ、バルニバービ)。
一六八八	いわゆる名誉革命が起きる。ジェームズ二世がフランスへ亡命。八九年、ウィリアム三世、メアリー二世即位。九〇年代にかけて、英仏植民地戦争激化。アイルランドでは、ジェイムズ支持派(カトリック)が掃討される(ボイン川の戦い)。	イングランドへ移住。八九年より秘書としてテンプル家に寄宿。テンプル家の執事の娘ステラ(当時八歳)の家庭教師となる。メニエール病の兆候が初めてあらわれる。	「一人の皇帝は命を落とされ、もう一人の皇帝は王冠を失われた」(リリパット)。フランスへ亡命したジェイムズ二世とブレフスキュへ逃亡するガリヴァーの類似性(リリパット)。ブロブディンナグ国王の原型は、「巨人」と言われたジェイムズ・フランシス・エドワード・ステュアート(ジェイムズ二世の息子)か。九歳の「乳母」グラムダルクリッチとガリヴァーとの親交(ブロブディンナグ)。

一六九〇	ロック『統治二論』『人間知性論』刊行。	アイルランドへ戻る。	「(農家の主の声の)音量たるやわが耳をつんざく水車の如く」はメニエール病の影響か(ブロブディンナグ)。 ムノーディのモデルはテンプルか(バルニバービ)。 イギリスと諸国を往復するガリヴァーのモデルはロンドンとダブリンを頻繁に往復したスウィフト自身か。 時間論、観念連合、フウイヌムの知性と人間の比較など、ロックを意識した記述は多い(リリパット、ブロブディンナグ、フウイヌム)。
一六九一		テンプル家へ戻る。	
一六九二		オックスフォード大学より修士号を授与される。	
一六九四	イングランド銀行設立。	アイルランドへ戻り、イギリス国教会執事となる。	
一六九五		司祭となり、ベルファースト近郊のキルルートに赴任。	
一六九六		ベルファースト在住のジェイン・ワーリングに結婚を申し込むが断られる。テンプル家に戻る。	
一六九七	ダンピア『世界周航記』刊行。デフォー『企画論』刊行。		他の旅行記に対するライヴァル心(リリパット、ブロブディンナグ、ラピュータ、フウイヌム)。 ヤフーのモデルは、ダンピアの記述に登場するアボリジニか(フウイヌム)。

	社会の動き	スウィフトの人生	『ガリヴァー旅行記』における対応箇所
一六九八	ロンドン株式取引所設立。		
一六九九		テンプル死す。アイルランドへ戻り、バークレイ伯爵(アイルランド判事)の司祭となる。	ガリヴァーがリリパットに漂着することになる旅に出たのは、一六九九年五月四日のこととされる。
一七〇〇		ララカー(ダブリンの北西)の教区司祭となり(ステラも近所に住む)、またダブリンの聖パトリック大聖堂参事会員となる。	
一七〇一	スペイン継承戦争勃発(〜一四年)。基本的な対立の構図は、英蘭墺vs.仏西。北米では英仏の植民地戦争(=アン女王戦争)。		リリパットvs.ブレフスキュ。「対フランスの長期の戦争」について語るガリヴァー(フウイヌム)。
一七〇二	アン女王即位。	トリニティ・コレッジ(ダブリン)より神学博士号授与。	ガリヴァー、「アン女王治下のイングランドの状態」を語る(フウイヌム)。 ガリヴァーがブロブディンナグへ漂着することになる旅に出たのは、一七〇二年六月二〇日のこととされる。
一七〇四	サルマナザール『台湾誌』刊行。	『桶物語』、『書物戦争』刊行。	実験に使われる「ふいご」の話は『桶物語』(第八章)にも登場(バルニバービ)。 ガリヴァーがラピュータへ漂着することになる旅に出たのは、一七〇六年八月五日のこととされる(日本滞在は、一七〇九年五月から六月まで)。

一七〇七	イングランドとスコットランドの合同。グレート・ブリテン王国となる。	この頃、ロンドンでアイルランド国教会の活動に従事。ロンドンの文人と交流するとともに、ヴァネッサと親交を結ぶ。	「長らく滞在したことのあるトリブニア王国(土地の人はラングデンと呼んでいた)の話をすることにした」とはイングランドのことか(バルニバービ)。
一七一〇		母死す。政治パンフレットを旺盛に執筆(一〇年を境に親トーリー政権の論調となる)、ロンドンの文人と交流。政府系刊行物『イグザミナー』を編集・執筆。トーリーの大物政治家ハーリー(初代オックスフォード伯)と面会。ステラ宛書簡を執筆。	「おまえはウィッグ党か、それともトーリー党かとお尋ねになった」(ブロブディンナグ)。王妃に「千ギニーまで行くかどうか」の値段で買われるガリヴァーのモデルは、親トーリー派に転向したスウィフト自身か(ブロブディンナグ)。ガリヴァーがフウイヌムへ漂着することになる旅に出たのは、一七一〇年九月七日のこととされる(帰還したのは、一五年一二月のこと)。
一七一二		『英語を正し、改め、定めるための提案』刊行。	自国語の改良に勤しむ研究者たち(バルニバービ)。
一七一三		聖パトリック大聖堂首席司祭となる。ポウプ、アーバスノットらとともにスクリブリーラス・クラブを結成。	
一七一四	ジョージ一世即位(ステュアート朝の終焉、ハノーヴァー朝の始まり)。	アン女王の死、トーリー政権の瓦解を機に、アイルランドへ戻る。ヴァネッサもアイルランドへ移住。	「(皇帝陛下の)治世はすでに七年に及び」とは、ジョージ一世のことか(リリパット)。
一七一五	ジャコバイト騒擾により、ハーリーは訴追される。ウォルポール(ホイッグ)、第一大蔵卿就任(〜一七年)。		ガリヴァーへの弾劾条項(リリパット)。「王国を動かす陰謀」の数々(バルニバービ)。

	社会の動き	スウィフトの人生	『ガリヴァー旅行記』における対応箇所
一七一六		ステラと秘密結婚か？この頃から、アイルランド定住を考え始める。	
一七一九	デフォー『ロビンソン・クルーソー』刊行。		「こんな荒涼とした場所で命をつなぐのは不可能だし、悲惨をきわめる最期を迎えるしかない」というように、ガリヴァーの絶望はクルーソーのそれに似ていることもある（ラピュータ）。
一七二〇	イギリス議会によるアイルランド統治体制の確立（宣言的制定法）。南海会社の破綻（南海泡沫事件）。		イングランドの貴族が関わるとされた「それから先はない最高法院」とは、アイルランドに有無を言わせない統治体制に言及したものか（ブロブディンナグ）。
一七二一	ウォルポール、再び第一大蔵卿（いわゆる首相）に就任（～四二年）。議院内閣制が確立し、長期政権となる。	この頃、『ガリヴァー旅行記』執筆を開始。	フリムナップのモデルはウォルポールか（リリパット）。 綱から墜落したフリムナップを救った国王のクッション（リリパット）。
一七二二	アタベリー陰謀事件の発覚。ウッド、アイルランドでの銅貨鋳造権を得る（二四年、失効）。		不審文書に見られるアナグラム（バルニバービ）。 リンダリーノの反乱のモデルは、ウッドの改鋳へのアイルランドの抵抗を示すものか（ラピュータ）。
一七二三		ヴァネッサ死す。	「グラムダルクリッチのところへ帰りたい」というガリヴァーの思いは、ステラへの愛か、ヴァネッサへの追慕か（ブロブディンナグ）。

一七二四	ウォルポール、ホイッグ党内の反対派カータレットをアイルランド総督とする(実質的な左遷)。	『ドレイピア書簡』刊行。	レルドレサルのモデルはカータレットか(リリパット)。
一七二六		ロンドン近郊トウィクナムのポウプ邸に滞在。『ガリヴァー旅行記』刊行(モット版)。	
一七二七	ジョージ二世即位。ケンペル『日本誌』(英語版)刊行。	最後のロンドン行。	
一七二八	ポウプ『ダンシアッド』(初版)、ゲイ『乞食オペラ』刊行。	ステラ死す。	
一七二九		『慎ましやかな提案』刊行。	「数字を使って民衆の数を計算するというのは奇妙な算術だな」とブロブディンナグ国王に冷笑された人間社会の算術的説明が『慎ましやかな提案』に登場する。「ヤフーの皮で靴や帆を作る」というフウイヌムでのガリヴァーの姿勢は「アイルランドの子供の皮膚はご婦人の手袋によい」(『慎ましやかな提案』)という諷刺に対応するものか。
一七三一		「スウィフト博士の死を悼む詩」(刊行は三九年)。	
一七三五		著作集がダブリンで刊行される。全四巻で、第三巻に『ガリヴァー旅行記』を含む(フォークナー版)。	
一七三七	演劇上演取締法。		

	社会の動き	スウィフトの人生	『ガリヴァー旅行記』における対応箇所
一七三八		メニエール病の症状が顕著になり、衰弱する。	
一七四〇	オーストリア継承戦争勃発(〜四八年)。ヨーロッパ大陸では、マリア・テレジア、フリードリッヒ二世が相次いで即位。リチャードソン『パミラ』刊行(イギリスにおける小説の勃興)。		
一七四二	ウォルポール、首相を辞任。	後見人たちの庇護を受けるようになる。	「少しずつ憂鬱で沈んだ顔になり、八十歳になるまではそれが昂じてゆく」というストラルドブラグの表象は予兆だったのか。
一七四五	ジャコバイト騒擾(ステュアート家の王位復活をねらった最後の企てが挫折)。ウォルポール死す。	一〇月一九日、スウィフト死す(享年七七歳)。聖パトリック大聖堂に、ステラと隣り合って葬られる。	

あとがき

本「注釈篇」は、富山太佳夫訳『ガリヴァー旅行記』(「本文篇」)を基礎に、その細部に注釈をほどこして一本にまとめたものである。この世界的名作が、人間社会に対する深い洞察をもとにしているがゆえに、きわめて多彩な顔をもち、一義的な説明によってはとてもその全容を明らかにすることのできない作品であることは、「注釈篇」のいくつかの注釈をお読みいただくだけでも容易にご理解いただけるであろう。注釈者三名は、つねにそのことを念頭に置いて、最新の研究成果に目を向けつつ、議論を重ねてきた。

『ガリヴァー旅行記』であれば、このような「注釈篇」がどうしても必要なのではないか——そう考えて企画してから、すでに五年の歳月が流れている。調査の上でも解釈の上でも、なお結論の出ない問題は少なからずあるが、このあたりでこれまでの成果をいったん取りまとめ、今後の歩みの礎石にしたいというのが一同の思いである。読者諸氏には、さまざまなご指摘やご教示をいただければ幸いである。

「はじめに」でも触れたように、注釈本文は、すべて全員で検討を加え、記述の整合性と全体の統一を考えて加筆修正を行った。どの箇所にどの程度の規模の注釈をほどこすべきかという問題も、まずは三人で合議の上で決した。したがって、本「注釈篇」は、基本的には、注釈本文の細部に至るまで原田、服部、武田の三人の共著ということになる。ただ、注釈者各自の専門や得意分野が個々の注釈の個性となっている面もあるので、ここにいちおう、執筆の初期段階における分担を記しておきたい。

［フロント・マター］　武田
［地　図］　武田
［第一篇］　第一章……武田、第二、三、八章……原田、第四〜七章……服部
［第二篇］　第一、二、四章……武田、第三、八章……原田、第五〜七章……服部
［第三篇］　第一〜三、九章……武田、第四〜六章……服部、第七、八、一〇、一一章……原田
［第四篇］　第一〜四、一二章……武田、第五〜七、一〇章……原田、第八、九、一一章……服部

もっとも、右記の分担章を越えて、注釈者が互いに加筆し合った部分も少なくない。また、注釈本文以外の、『ガリヴァー旅行記』の二つの版」は武田が、「はじめに」、「解説」、「関連年譜」「あとがき」は原田がそれぞれ最初に原稿を作成した。もちろんこれらについても、三名が相互に閲読し、検討を加えて書き改めたものである。万全を期したが、なお残る誤謬等については、三名の共同責任として粛然と襟を正したいと考えている。

「注釈篇」を仕上げるには、実に多くの方々のお世話になった。特に、この出版企画の最初の段階からご教示をいただき、また注釈の底本となる「本文篇」をご提供いただいたうえで、注釈者の質問にもこころよく応じていただいた富山太佳夫先生には、ここにあらためて深甚なる謝意を申し上げる次第である。

また、当然のことながら、徹底した注釈をまとめていくうえで、『ガリヴァー旅行記』やスウィフトの伝記に関する多くの先行研究からはかりしれない学恩を受けている。心より御礼を申し上げたい。そのすべてをここに記すことはできないが、一部の方々のお名前やご著書を注釈本文や文献表で紹介させていただいた。言及できなかった重要な研究は数多くあるが、この点についてはご寛恕いただきたい。そして何と言っても、このような膨大な注釈の集成という企画に最初からご理解をいただき、際限なく続くかと思われるような注釈者たちの議論にお付き合いいただきながら的確に要所を引き締め、上梓にまで導いてくださった岩波書店編集部の天野泰明氏に、

注釈者一同、深く感謝申し上げる。

二〇一三年七月

原田範行
服部典之
武田将明

Laputa." *Papers on Language and Literature* 4 (1968): 35–50.
Treadwell, Michael. "The Text of *Gulliver's Travels*, Again." *SS* 10 (1995): 62–79.
Turner, Paul. Explanatory Notes. *Gulliver's Travels*. By Jonathan Swift. Oxford: Oxford UP, 1998.
Wagner, Peter. *Reading Iconotexts: From Swift to the French Revolution*. London: Reaktion Books, 1995.
Walker, William. *Locke, Literary Criticism, and Philosophy*. Cambridge: Cambridge UP, 1994.
Washington, Gene. "Swift's *Gulliver's Travels*, Bk. 2, Ch. 1" *The Explicator* 46 (1987): 8–11.
———. "Swift's *Gulliver's Travels*, Bk. 4, Ch. 1." *The Explicator* 52–2 (1994): 75–76.
渡邉孔二『スウィフトの文学的技法』京都修学社，2009.
Watt, Ian. *The Rise of the Novel: Studies in Defoe, Richardson and Fielding*. London : Chatto and Windus, 1957.
Welcher, Jeanne K, et al, eds. *Gulliveriana*. 8 vols. Delmar, New York: Scholar's Facsimiles and Reprints, 1970–88.
Williams, Harold. Notes. *Gulliver's Travels*. By Jonathan Swift. London: First Edition Club, 1926.
———. Introduction. *The Prose Writings of Jonathan Swift*(=*PW*). Vol. 11[*Gulliver's Travels*]. Oxford: Basil Blackwell, 1959. ix–xxviii.
Williams, Kathleen. *Jonathan Swift and the Age of Compromise*. Lawrence: U of Kansas P, 1958.
———. "Swift's Laputans and 'Mathematica'." *N&Q* 208 (June, 1963): 216–17.
———. *Jonathan Swift: The Critical Heritage*. London: Routledge, 1970.
———. "Gulliver's Voyage to the Houyhnhnms." Gravil 136–47.
ウィリアムズ(Williams, Raymond)『田舎と都会』山本和平・増田秀男・小川雅魚訳，晶文社，1985.
Wilson, Peter Lamborn. *Pirate Utopias: Moorish Corsairs and European Renegadoes*. Second revised edition. New York: Autonomedia, 1995.
Womersley, David. Notes. *The Cambridge Edition of the Works of Jonathan Swift*. Vol. 16 [*Gulliver's Travels*]. Cambridge: Cambridge UP, 2012.
Woolf, Virginia. "Modern Fiction." *Selected Essays*. Ed. David Bradshaw. Oxford: Oxford UP, 2008. 6–12.
Worsley, Lucy. *Courtiers: The Secret History of Kensington Palace*. London: Faber, 2010.
四方田犬彦『空想旅行の修辞学——「ガリヴァー旅行記」論』七月堂，1996.

■岩波オンデマンドブックス■

『ガリヴァー旅行記』徹底注釈
注釈篇

2013年 8月29日　第1刷発行
2016年 11月10日　オンデマンド版発行

著 者　原田《はらだ》範行《のりゆき》　服部《はっとり》典之《のりゆき》　武田《たけだ》将明《まさあき》

発行者　岡 本 厚

発行所　株式会社 岩波書店
〒101-8002 東京都千代田区一ツ橋 2-5-5
電話案内 03-5210-4000
http://www.iwanami.co.jp/

印刷／製本・法令印刷

© Noriyuki Harada, Noriyuki Hattori,
Masaaki Takeda 2016
ISBN 978-4-00-730518-4　Printed in Japan

文献表

(「注釈篇」において言及されている著作や研究文献を掲げた．邦訳のある著作については，その訳文を引用したり，出所を示すのに使用した場合に限って，訳書の書誌情報を付記している．スウィフトの選集・著作集その他の書名の略記は「凡例」に，学術雑誌の略記は 4. の冒頭にまとめて示した)

1. 『ガリヴァー旅行記』
    - ▶『ガリヴァー旅行記』のエディション
    - ▶日本語訳
    - ▶外国語訳
2. スウィフトの著作
    - ▶「注釈篇」で言及されている著作
    - ▶選集・著作集
    - ▶蔵書目録
3. スウィフトの時代を中心とする作品群(付：古典古代)
    - ▶古典古代の作品
    - ▶1500 年代から 1850 年までの作品
4. 研究文献ほか(1851 年以降刊行)

1. 『ガリヴァー旅行記』

▶『ガリヴァー旅行記』のエディション(刊行年順)

Gulliver's Travels(1726).

———. Ed. A. B. Gough. Oxford: Clarendon, 1915.

———. Ed. Harold William. London: First Edition Club, 1926.(モット版を復刻したもの)

———. Ed. Arthur Case. New York: Ronald P, 1938.

———. Ed. Herbert Davis. *PW* xi. 1965.

———. Ed. Issac Asimov.(*The Annotated Gulliver's Travels.*) New York: Clarkson N. Potter, 1980.

———. Ed. Paul Turner. Oxford World's Classics. Oxford: Oxford UP, 1998.

———. Ed. Robert DeMaria, Jr. Penguin Classics. London: Penguin, 2001.

———. Ed. Albert J. Rivero. Norton Critical Edition. New York: Norton, 2002.

———. Ed. Clement Hawes. Boston: Houghton Mifflin, 2004.

———. Ed. Claude Rawson and notes by Ian Higgins. Oxford World's Classics.

Oxford: Oxford UP, 2005.
———. Ed. Allan Ingram. Peterborough, Ont.: Broadview, 2012.
———. Ed. David Womersley. Vol. 16 of *Works*. 2012.

▶日本語訳
中野好夫訳『ガリヴァ旅行記』新潮文庫，1951，1992(改版).
平井正穂訳『ガリヴァー旅行記』岩波文庫，1980.
富山太佳夫訳『ガリヴァー旅行記』(「ユートピア旅行記叢書 6」)，岩波書店，2002.［**本書「本文篇」**］
原田範行訳『ヴィジュアル版 ガリヴァー旅行記』(マーティン・ジェンキンズによるダイジェスト版)，クリス・リデル絵，岩波書店，2004.
山田蘭訳『ガリバー旅行記』角川文庫，2011.

▶外国語訳
Voyage de Gulliver. Trans. Jacques Pons (after Émile Pons). Paris: Gallimard, 1976.
Gullivers Reisen. Trans. Hermann J. Real and H. J. Vienken. Stuttgart: Reclam, 2003.

2. スウィフトの著作

(刊行年順. ただし刊行年が推定執筆年(代)と離れている場合は，後者を優先し，年号に下線を付した. 原タイトルと年代の後に，テクストが収録されている選集・著作集とその巻数・ページ数を示し，本「注釈篇」での訳題を末尾に掲げた)

▶「注釈篇」で言及されている著作
"Ode to the King"(<u>1690–91</u>). *Poems* i. 4–10.(「国王頌歌」)
"Ode to Dr. William Sancroft"(<u>1692</u>). *Poems* i. 33–42.(「ウィリアム・サンクロフト博士頌」)
"When I Come to Be Old"(<u>1699</u>). *PW* i. xxxvii.(「年をとったら」)
A Discourse of the Contests and Dissentions between the Nobles and the Commons in Athens and Rome (1701). *PW* i. 193–236.(『アテネとローマにおける貴族・平民間の不和抗争』)
A Tale of a Tub (1704). *PW* i. xxxix–135.(『桶物語』. 深町弘三訳『桶物語・書物戦争 他一篇』岩波文庫，1968)
The Battle of the Books (1704). *PW* i. 137–65.(『書物戦争』. 深町弘三訳『桶物語・書物戦争 他一篇』岩波文庫，1968)
"A Discourse Concerning the Mechanical Operation of the Spirit"(1704). *PW* i. 167–90.(「人工神憑の説」. 深町弘三訳『桶物語・書物戦争 他一篇』岩波文庫，1968，所収)
"The History of the Vanbrug's House"(<u>1706</u>). *Poems* i. 85–88.(「ヴァンブラの家の歴史」)

"A Tritical Essay upon the Faculties of the Mind"(1707). *PW* i. 246–51.(「精神の機能についての平凡な論考」)

"The Story of the Injured Lady"(<u>1707</u>). *PW* ix. 1–12.(「傷つけられた乙女の物語」)

"Predictions for the Year 1708"(1708). *PW* ii. 139–50.(「一七〇八年予報」)

"Remarks upon a Book, Intitled, The Rights of the Christian Church Asserted"(<u>1708 頃</u>). *PW* ii. 65–107.(「『キリスト教会の権利擁護』という著作について」)

"A Project for the Advancement of Religion and the Reformation of Manners"(1709). *PW* ii. 41–63.(「信仰の向上と風儀改善のための一企画」)

"Hints towards an Essay on Conversation"(<u>1710 年代前半</u>). *PW* iv. 87–95.(「会話の技法」)

The Journal to Stella (<u>1710–13</u>). *Journal to Stella*. Ed. Harold Williams. 2 vols. Oxford Clarendon, 1948.(ステラ宛書簡)

"An Argument against Abolishing Christianity in England"(1711). *PW* ii. 26–39.(「キリスト教廃止論を駁す」)

"The Sentiments of a Church-of-England Man"(1711). *PW* ii. 1–25.(「イギリス国教会信徒の心情」)

The Conduct of the Allies (1711). *PW* vi. 3–65.(『同盟諸国の行状』)

"Thoughts on Various Subjects"(1711, 1727, 1745). *PW* i. 241–45; iv. 243–54.(「随想」)

A Proposal for Correcting, Improving and Ascertaining the English Tongue (1712). *PW* iv. 3–21, 285.(『英語を正し，改め，定めるための提案』)

"T_l_nd's Invitation to Dismal to Dine with the Claves' Head Club"(1712). *Poems* i. 161–66.(「カーヴズヘッド・クラブでの晩餐へのト〇ラ〇ド〔トーランド〕から陰気氏への招待状」)

"The History of the Four Last Years of the Queen"(<u>1712–13</u>). *PW* vii. xxix–167.(「女王最晩年の四年間の記録」)

"Some Free Thoughts upon the Present State of Affairs"(<u>1714</u>). *PW* viii. 75–98.(「国家の現状に関する自由な考察」)

"An Enquiry into the Behaviour of the Queen's Last Ministry"(<u>1715 年頃</u>). *PW* viii. 131–80.(「女王最晩年の治世への質問」)

"On Brotherly Love"(<u>1717</u>). *PW* ix. 169–79.(「兄弟愛について」)

"Phyllis"(<u>1719</u>). *Poems* i. 221–25.(「フィリス」)

A Proposal for the Universal Use of Irish Manufacture (1720). *PW* ix. 13–22.(『アイルランド製品の利用についての提案』)

"A Letter to a Young Gentleman, Lately Entered into Holy Orders"(1720). *PW* ix. 61–81.(「最近聖職に就いた若い紳士への手紙」)

"The Progress of Marriage"(<u>1721–22</u>). *Poems* i. 289–95.(「結婚の推移」)

"The Storm"(<u>1722</u>). *Poems* i. 301–06.(「嵐」)

"Upon the Horrid Plot Discovered by Harlequin the B_ of R_'s French Dog"(<u>1722</u>). *Poems* i. 297–301.(「ロ〇〇〇〇〇主〇〔ロチェスター主教〕のフランスの犬ハーレキンが明らかにした恐るべき策謀について」)

"A Letter to a Young Lady, on Her Marriage"(<u>1723</u>). *PW* ix. 83–94.(「非常に若いご

婦人に，その結婚に際して」)

"To Charles Ford Esq. on His Birthday"(1723). *Poems* i. 309–15.(「チャールズ・フォード氏の誕生日のために」)

The Drapier's Letters (1724). *PW* x. 1–141.(『ドレイピア書簡』)

"Wood, an Insect"(1725). *Poems* i. 350–52.(「ウジ虫ウッド」)

"Clad all in Brown"(1725). *Poems* iii. 786–87.(「ディックへ」)

"A Sermon upon the Martydom of King Charles I"(1726). *PW* ix. 219–31.(「チャールズ一世の殉教をめぐる説教」)

"On Lord Carteret's Arms"(1727). *Poems* ii. 423–24.(「カータレット卿の軍隊について」)

"Family of Swift"(1727–29). *PW* v. 187–95.(「スウィフトの家系」)

"An Account of the Court and Empire of Japan"(1728). *PW* v. 99–107.(「日本の宮廷および帝国について」)

Intelligencer (1728–29, with Thomas Sheridan). *PW* xii. 29–61.(『インテリジェンサー』)

"A Dialogue between an Eminent Lawyer and Dr. Swift, Dean of St. Patrick" (1729). *Poems* ii. 488–91.(「高名な法律家と聖パトリック教会司祭スウィフト博士との対話」)

A Modest Proposal for Preventing the Children of Poor People from Being Burthen to Their Parents of the Country (1729). *PW* xii. 109–18.(『慎ましやかな提案』. 深町弘三訳『奴婢訓』岩波文庫，1950，所収．ただし訳題を含めて一部を変更した)

"Short Remarks on Bishop Burnet's History"(1720年代後半〜30年代前半). *PW* v. 183–84.(「バーネット主教の歴史書に対する短評」)

"A Vindication of His Excellency John, Lord Carteret"(1730). *PW* xii. 150–69.(「カータレット卿弁護」)

Memoirs of Capt. John Creichton. Written by Himself (1731，スウィフトが編集協力したもの). *PW* v. 120–81.(『ジョン・クライトン大尉の回想録』)

"Strephon and Chloe"(1731). *Poems* ii. 584–93.(「ストレフォンとクロエ」)

"Verses on the Death of Dr. Swift, D.S.P.D"(1731). *Poems* ii. 551–72.(「スウィフト博士の死を悼む詩」)

"A Beautiful Young Nymph Going to Bed"(1731). *Poems* ii. 580–83.(「寝床におもむく乙女」)

"The Character of Sir Robert Walpole"(1731). *Poems* ii. 539–40.(「サー・ロバート・ウォルポールの品性について」)

"The Lady's Dressing Room"(1732). *Poems* ii. 524–30.(「貴婦人の化粧室」)

"The Life and Genuine Character of Dr. Swift. Written by Himself"(1733). *Poems* ii. 541–50.(「スウィフト博士の人生とその本性について，自ら書き記したもの」)

A Complete Collection of Genteel and Ingenious Conversation (1738). *PW* iv. 97–201.(『お上品な会話の完全集成』)

Dr. Swift's Will(1740). *PW* xiii. 149–58.(『スウィフト博士の遺言』)

The Memoirs of the Extraordinary Life, Works, and Discoveries of Martinus Scriblerus (1741, with John Arbuthnot, Alexander Pope and others). Ed. Charles Kerby-Miller. Oxford: Oxford UP, 1988.(『マータイナス・スクリブリーラスの回顧録』)(＝*Memoirs*)

Directions to Servants (1745). *PW* xiii. 3–65.(『奴婢訓』)

"A Discourse to Prove the Antiquity of the English Tongue"(1765). *PW* iv. 231–39.(「英語の起源の古さを証明する論考」)

"Of Mean and Great Figures Made by Several Persons"(1765). *PW* v. 83–86.(「卑しき者と高貴なる者について」)

"Thoughts on Religion"(1765). *PW* ix. 261–63.(「宗教についてのいくつかの考え」)

▶選集・著作集

The Prose Writings of Jonathan Swift. Ed. Herbert Davis, et al. 16 vols. Oxford: Blackwell, 1939–74.(＝*PW*)

The Poems of Jonathan Swift. Ed. Harold Williams. 3 vols. Oxford: Clarendon, 1958. (＝*Poems*)

The Correspondence of Jonathan Swift, D.D. Ed. David Woolley. 4 vols. Frankfurt am Main: Peter Lang, 1999–2007.(＝*Correspondence*)

The Cambridge Edition of the Works of Jonathan Swift. Ed. Claude Rawson, et al. 18 vols. Cambridge: Cambridge UP, 2010– .(＝*Works*)

▶蔵書目録

Passmann, Dirk F. and Heinz J. Vinken. *The Library and Reading of Jonathan Swift: A Bio-Bibliographical Handbook, Part I: Swift's Library in Four Volumes*. Frankfurt am Main: Peter Lang, 2003.(＝*Library*)

3. スウィフトの時代を中心とする作品群(付：古典古代)

▶古典古代の作品

（作者名の五〇音順．既訳を引用している場合に限って書誌情報を付記した）

アッリアノス『アレクサンドロス大王東征記』

アプレイウス『黄金の驢馬』

ウェルギリウス『アエネイス』(岡道男・高橋宏幸訳，京都大学学術出版会，2001)

――――．『牧歌』(小川正廣訳，京都大学学術出版会，2004)

オウィディウス『変身物語』

カトゥッルス『詩篇』

キケロ『国家について』(「スキピオの夢」)

クセノフォン『ラケダイモン人の国制』(松本仁助訳『クセノポン小品集』京都大学学術出版会，2000，所収)

ソフォクレス『オイディプス王』

ディオニュシオス(ハリカルナッソスの)『ポンペイウスへの手紙』

テオクリトス『牧歌』
パウサニアス『ギリシャ案内記』
フィロストラトス(大)(『絵画像』)
プラトン『国家』(藤沢令夫訳，岩波文庫，1979)
プリニウス(大)『博物誌』
プルタルコス『英雄伝』
「アレクサンドロス」
「アントニウス」
「リュクルゴス」(柳沼重剛訳『英雄伝 1』京都大学学術出版会，2007，所収)
ペトロニウス『サテュリコン』
ペルシウス『諷刺詩』
ホメロス『イリアス』(松平千秋訳，岩波文庫，1992)
――――.『オデュッセイア』
ホラティウス『歌章』
――――.『詩論』
――――.『諷刺詩』
ポリュピリオス(テュロスの)『エイサゴゲ』
ユウェリナス『諷刺詩集』
リウィウス『ローマ建国史』
ルキアノス『空を飛ぶメニッポス』(山田潤二訳，『本当の話』ちくま文庫，1989，所収)
――――.『本当の話』(呉茂一訳，『本当の話』ちくま文庫，1989，所収)
――――.『ルキウスあるいは驢馬』
ルクレティウス『物の本質について』(樋口勝彦訳，岩波文庫，1961)

▶1500年代から1850年までの作品

(作者名のアルファベット順．複数著作は刊年順．作者不詳の作品は原タイトル名で配列した．必要に応じて，使用したテクストの書誌情報を付記し，末尾に本「注釈篇」での訳題を示した．さらに既存の邦訳を使って出所を示したり，訳文を引用している場合に限って，その書誌情報を併記した．なお，シェイクスピア作品の訳文は小田島雄志訳による白水社版全集に拠っているが，文献表での記載は省略した)

Addison, Joseph. “Praelium inter pygmaeos et grues commissum.” *Musae Anglicanae*. 1699.(「ピグミーとツルの闘い」)
――――. *Cato: A Tragedy*. 1712.(『悲劇カトー』)
―――― and Richard Steele. *The Tatler*. 1709–11. Ed. Donald F. Bond. 3 vols. Oxford: Clarendon, 1987.(『タトラー』)
――――. *The Spectator*. 1711–12, 1714. Ed. Donald F. Bond. 5 vols. Oxford: Clarendon, 1965.(『スペクテイター』)
Arbuthnot, John[?]. *Gulliver Decypher'd: Or Remarks on a Late Book Intitled Travels into Several Remote Nations of the World by Capt. Lemuel Gulliver*. 1727.(『ガリヴァー解読』)
――――[?].*Critical Remarks on Capt. Gulliver's Travels: By Doctor Bantley*. 1735.

(『ガリヴァー船長の旅行記への批評的見解』)
The Art of War: In Four Parts. 1707.(『戦術論』)
Bacon, Francis. *New Atlantis.* 1627.(『ニュー・アトランティス』)
Baxter, Richard. *Christian Concord.* 1653.(『キリスト教徒の融和』)
Behn, Aphra. *Oroonoko.* 1688. *Oroonoko, The Rover, and Other Works.* Ed. Janet Todd. Penguin Classics. London: Penguin, 2003.(『オルーノウコウ』)
Berkeley, George. *An Essay towards a New Theory of Vision.* 1709.(『視覚新論』)
———. *A Treatise concerning the Principles of Human Knowledge.* 1710. *Principles of Human Knowledge and Three Dialogues.* Ed. Howard Robinson. Oxford UP, 2009.(『人知原理論』)
———. *Passive Obedience or the Christian Doctrine of Not Resisting the Supreme Power.* 1712.(『受動的服従について』)
———. *Three Dialogues between Hylas and Philonous.* 1713.(『ハイラスとフィロナスの三つの対話』)
Bèze, Théodore de. *Icones.* 1580.(『図像』)
Blackmore, Richard. *A Treatise of the Spleen and Vapours.* 1725.(『憂鬱病と気ふさぎの治療法』)
Boccalini, Trajano. "Advices from Parnassus." *The Works of Boccalini.* 1714.(『パルナッソス山からの報告』)
Bodin, Jean. *Les Six livres de la République.* 1576.(『国家論六篇』)
Boswell, James. *The Life of Samuel Johnson, LL.D.* 1791. Ed. George Birkbeck Hill and Rev. L. F. Powell. 6 vols. Oxford: Clarendon, 1934–50.
Brown, Thomas (trans). *The Circe of Signor Giovanni Battista Gelli.* 1702.(『ジョヴァンニ・バッティスタ・ジェリ氏のキルケ』)
Brown, Tom. *Amusements Serious and Comical, Calculated for the Meridian of London.* 1700.(『娯楽』)
Burnet, Gilbert. *The Historie of the Reformation of the Church of England.* 3 vols. 1679, 1681, 1714.(『英国国教会の宗教改革史』)
———. *The History of My Own Time.* 2 vols. 1724, 1734.(『現代史』)
Burton, Robert. *The Anatomy of Melancholy.* 1621. Ed. Thomas C. Faulkner, et al. 6 vols. Oxford: Clarendon, 1989–2000.(『憂鬱の解剖』)
Campanella, Tommaso. *La città del Sole.* 1623.(『太陽の都』)
Careri, John Francis Gemelli. *A Voyage round the World. A Collection of Voyages and Travels.* Vol. 4. 1704.(『世界周航記』)
Cervantes Saavedra, Miguel de. *Don Quijote de la Mancha.* 1605, 1615.(『ドン・キホーテ』. 牛島信明訳, 全6巻, 岩波文庫, 2001)
Chamberlayne, Edward. *Angliae Notitia: Or the Present State of England.* 1669.(『イギリス案内』)
Cheyne, George. *The English Malady or a Treatise of Nervous Diseases of All Kinds.* 1733.(『イギリスの病——憂鬱病, 気ふさぎ, 精神低調, 心気症, ヒステリーなどあらゆる神経症に関して著者の扱った症例全般からみた治療法』)

Coleridge, Samuel Taylor. Annotations to *The Works of Dr. Jonathan Swift.* 執筆年不詳 . *Marginalia V. The Collected Works of Samuel Taylor Coleridge.* Vol. 12. Ed. H. J. Jackson and George Whalley. Princeton: Princeton UP, 2000. 475–77.

Corolini (Signor). *A Key, Being Observations and Explanatory Notes, upon the Travels of Lemuel Gulliver.* 4 parts. 1726.(『鍵』)

Cyrano de Bergerac. *Histoire comique des etats et empires de la lune.* 1657.(『月世界旅行記』. 赤木昭三訳『日月両世界旅行記』岩波文庫, 2005, 所収)

Dampier, William. *A New Voyage round the World.* 1697.(『最新世界周航記』. 平野敬一訳, 全 2 巻, 岩波文庫, 2007)

Defoe, Daniel. *An Essay upon Projects.* 1697. *The Political and Economic Writing of Daniel Defoe.* Vol. 8. Ed. W. R. Owens. London: Pickering and Chatto, 2000. 27–142.(『企画論』)

———. *An Argument Shewing That a Standing Army with Consent of Parliament Is Not Inconsistent with a Free Government.* 1698. *Political and Econimical Writings of Daniel Defoe.* Vol. 1. Ed. P. N. Furbank. London: Pickering and Chatto, 2000. 61–79.(『議会の承認を得た常備軍は自由な政府と矛盾しないことの論証』)

———. *The True-Born Englishman.* 1701. *Satire, Fantasy and Writings on the Supernatural by Daniel Defoe.* Vol. 1. Ed. W. R. Owens. London: Pickering and Chatto, 2003. 77–122.(『生粋のイングランド人』)

———. *The Consolidator.* 1705. *Satire, Fantasy and Writings on the Supernatural by Daniel Defoe.* Vol. 3. Ed. Geoffrey Sill. London: Pickering and Chatto, 2003. 27–158.(『統合者』)

———. *Jure Divino: A Satyr.* 1706.(『神の法によりて』)

———. *A Relation of the Apparition of Mrs Veal.* 1706.(『ヴィール老嬢の幽霊実話』)

———. *The Family Instructor.* 1715. *The Religious and Didactic Writings of Daniel Defoe.* Vol. 1. Ed. P. N. Furbank. London: Pickering and Chatto, 2005. (『家庭の導き』)

———. *Robinson Crusoe.* 1719.(『ロビンソン・クルーソー』. 武田将明訳, 河出文庫, 2011)

———. *The Farther Adventures of Robinson Crusoe.* 1719.(『ロビンソン・クルーソーのその後の冒険』. 平井正穂訳『ロビンソン・クルーソー』下巻, 岩波文庫, 1971, 2012(改版), 所収)

———. *Serious Reflections during the Life and Surprising Adventures of Robinson Crusoe: with His Vision of the Angelick World.* 1720.(『ロビンソン・クルーソーの敬虔な省察』)

———. *Colonel Jack.* 1722. *The Novels of Daniel Defoe.* Vol. 8. Ed. Maurice Hindle. London: Pickering and Chatto, 2009.(『ジャック大佐』)

———. *A Journal of the Plague Year.* 1722.(『ペスト』. 平井正穂訳, 中公文庫, 1973, 2009(改版))

———. *The Fortunate Mistress*. 1724. *The Novels of Daniel Defoe*. Vol. 9. Ed. P. N. Furbank. London: Pickering and Chatto, 2009.(『ロクサーナ』)
———. *The Political History of the Devil*. 1726.(『悪魔の策略の歴史』)
Diderot, Deni. *Supplément au voyage de Bougainville*. 1796.(『ブーガンヴィル航海記補遺』)
Dryden, John. *The Indian Emperor: Or the Conquest of Mexico by the Spaniards*. 1665.(『インディアン・エンペラー，もしくはスペイン人によるメキシコ征服』)
———. *An Essay of Dramatick Poesie*. 1668.(『劇詩論』)
———. *Amboyna: Or the Cruelties of the Dutch to the English Merchants*. 1673.(『アンボイナの悲劇』)
The Englishman. 1713–14.(『イングリッシュマン』)
Fénelon, François de Salignac de La Mothe. *Les aventures de Télémaque*. 1699.(『テレマックの冒険』)
Fielding, Henry. *The History of Tom Jones, A Foundling*. 1749.(『トム・ジョウンズ』. 朱牟田夏雄訳，全 4 巻，岩波文庫，1975)
Forster, George. *A Voyage round the World*. 1777.(『世界周航記』. 服部典之訳，全 2 巻，岩波書店，2007)
Gay, John. *The Beggar's Opera*. 1728.(『乞食オペラ』)
Gibbon, Edward. *The History of the Decline and Fall of the Roman Empire*. 1776, 1781, 1788.(『ローマ帝国衰亡史』. 中野好夫・朱牟田夏雄・中野好之訳，全 10 巻，ちくま学芸文庫，1995–96)
Gilbert, William. *De Magnete*. 1600.(『磁石論』)
Gildon, Charles. *The Life and Strange Surprizing Adventures of Mr. D_ De F_*. 1719. *Robinson Crusoe Examined and Criticised or A New Edition of Charles Gildon's Famous Pamphlet*. Introduction and Notes by Paul Dottin. London: J. M. Dent, 1923.(『ロンドンのメリヤス商人ダ○○○・デフ○○氏の奇妙で驚くべき冒険』)
Granville, George. *A Letter from a Noble-Man Abroad, to His Friend in England*. 1722.(『在外紳士からイングランドの友へ』)
Grotius, Hugo. *De jure belli ac pacis*. 1625.(『戦争と平和の法』)
Hales, John. *Statical Essays: Containing Vegetable Staticks*. 1727.(『植物研究を含む静力学論集』)
Haywood, Eliza. *Love in Excess; or the Fatal Inquiry*. 1719–20. Ed. David Oakleaf. Second edition. Peterborough, Ont.: Broadview, 2000.(『愛しすぎて』)
———[?]. *Memoirs of the Court of Lilliput*. 1727.(『リリパット宮廷の回想』)
Hobbes, Thomas. *Leviathan*. 1651.(『リヴァイアサン』)
Hooke, Robert. *Micrographia*. 1665.(『顕微鏡図譜』)
Hyde, Edward, first Earl of Clarendon. *History of the Rebellion and Civil Wars in England*. 1702–04.(『内乱記』)
Johnson, Samuel. *A Voyage to Abyssinia*. 1735. *Yale Edition of the Works of Samuel Johnson*. Vol. 15. Ed. Joel J. Gold. New Haven: Yale UP, 1985.(『アビシニア

紀行』)
———. *London: A Poem in Imitation of the Third Satire of Juvenal*. 1738. *Yale Edition of the Works of Samuel Johnson*. Vol. 6. Ed. E. L. McAdam, Jr. and George Milne. New Haven: Yale UP, 1964. 45–61.(『ロンドン』)
———. *Life of Mr Richard Savage*. 1744.(『サヴェッジ伝』)
———. *Irene*. 1749. *Yale Edition of the Works of Samuel Johnson*. Vol. 6. Ed. E. L. McAdam, Jr. and George Milne. New Haven: Yale UP, 1964. 109–239.(『アイリーニ』)
———. *The Vanity of Human Wishes: The Tenth Satire of Juvenal Imitated*. 1749. *Yale Edition of the Works of Samuel Johnson*. Vol. 6. Ed. E. L. McAdam, Jr. and George Milne. New Haven: Yale UP, 1964. 90–109.(『人間の願望のむなしさ』)
———. *A Dictionary of the English Language*. 2 vols. 1755.(『英語辞典』)
———. *Rasselas*. 1759. *Yale Edition of the Works of Samuel Johnson*. Vol. 16. Ed. Gwin J. Kolb. New Haven: Yale UP, 1990. 3–178.(『ラセラス』)
———. "Swift." 1779. *The Lives of the Poets*. Vol. 3. Ed. Roger Lonsdale. Oxford: Clarendon, 2006. 189–214.(「ジョナサン・スウィフト」. 渡邊孔二訳,『イギリス詩人伝』小林章夫ほか訳, 筑摩書房, 2009, 所収)
Jonson, Ben. *Every Man in His Humour*. 1598. *Cambridge Edition of the Works of Ben Jonson*. Vol. 1. Ed. David Bevington. Cambridge: Cambridge UP, 2012. 111–227.(『気質くらべ』)
———. *Every Man out of His Humour*. 1599. *Cambridge Edition of the Works of Ben Jonson*. Vol. 1. Ed. Randall Martin. Cambridge: Cambridge UP, 2012. 233–428.(『気質なおし』)
———. *Bartholomew Fair*. 1614.(『バーソロミューの市』)
———. *The Fortunate Isles and Their Union*. 1625.(『幸福な島々』)
Kaempfer, Engelbert. *Amoenitates Exoticae*. 1712.(『廻国奇観』)
———. *The History of Japan*. Trans. J. G. Scheuchzer. 2 vols. 1727.(『日本誌』)
———. "Heutiges Japan."(「今日の日本」. ケンペルの生前草稿)
King, William. *Dialogues of the Dead*. 1699.(『死者の対話』)
Las Casas, Bartolomé de. *Brevísima relación de la destrucción de las Indias*. 1552.(『インディアスの破壊についての簡単な報告』)
Leslie, Charles. *Delenda Carthago: Or the True Interest of England in Relation to France and Holland*. 1695.(『カルタゴ滅ぶべし』)
———. *Cassandra (But I Hope Not): Telling What Will Come of It*. 2 vols. 1704.(『カサンドラ』)
———. *The Finishing Stroke. Being a Vindication of the Patriarchal Scheme of Government, in Defence of the Rehearsals, Best Answer, and Best of All*. 1711.(『とどめの一撃』)
A Letter from a Clergyman to his Friend, with an Account of the travels of Capt. Lemuel Gulliver: and a character of the author. 1726.(『ある聖職者から友人に宛てた書簡, レミュエル・ガリヴァー船長の旅行記およびその著者についての解説を

含む』)
Linschoten, John Huygen van. *His Discours of Voyages into ye Easte & West Indies*. 1598.(『東西インド諸島紀行』)
Locke, John. *An Essay Concerning Human Understanding*. 1690. Ed. Peter H. Nidditch. Oxford: Oxford UP, 1979.(『人間知性論』)
Mackenzie, Henry. *The Man of Feeling*. 1771.(『感情の人』)
Mandeville, Bernard de. *The Fable of the Bees*. 2 parts. 1705–28.(『蜂の寓話』)
Manley, Delarivier. *Secret Memoirs and Manners of Several Persons of Quality of Both Sexes from the New Atalantis*. 1709. *The Selected Works of Delarivier Manley*. Vol. 2. Ed. Ros Ballaster. London: Pickering and Chatto, 2005.(『ニュー・アタランティス』)
The Memoirs of the Extraordinary Life, Works, and Discoveries of Martinus Scriblerus. 1741. Ed. Charles Kerby-Miller. Oxford: Oxford UP, 1988.(『マータイナス・スクリブリーラスの回顧録』)
Milton, John. *Paradise Lost*. 1667, 1674.(『失楽園』. 平井正穂訳, 全2巻, 岩波文庫, 1981)
———. *Samson Agonistes*. London, 1671.(『闘士サムソン』)
Moll, Herman. *Atlas Manuale: Or a New Sett of Maps of All the Parts of the Earth*. 1709.(『世界地図』)
———. *A New and Correct Map of the Whole World Shewing ye Situation of its Principal Parts. Viz the Oceans, Kingdoms, Rivers, Capes, Ports, Mountains, Woods, Trade-Winds, Monsoons. Variation of ye Compass, Climats, &c.* 1719.(『全世界の新しく正確な地図』)
Montaigne, Michel de. *Les Essais*. 1580.(『エセー』. 宮下志朗訳, 白水社, 2005–)
Montanus, Arnoldus. *Gedenkwaerdige Gesantschappen der Oost-Indische Maetschappy aen de Kaisaren van Japan*. 1669.(『日本地誌』)
Montesquieu, Charles-Louis de. *Lettres Persanes*. 1721.(『ペルシャ人の手紙』)
More, Thomas. *Utopia*. 1516.(『ユートピア』. 平井正穂訳, 岩波文庫, 1957)
The New Art of War. 1726.(『新戦術論』)
Newton, Isaac. *Philosophiae Naturalis Principia Mathematica*. 1687.(『プリンキピア』)
———. *Opticks*. 1704.(『光学』)
Perrault, Charles. *Le siècle de Louis le Grand*. 1687.(『ルイ大王の世紀』)
Petty, William. *Political Anatomy of Ireland*. 1691.(『アイルランドの政治的解剖』)
Poems on Affairs of State: Augustan Satirical Verse 1660–1714. Vol. 7 (1704–14). Ed. F. H. Ellis. New Haven: Yale UP, 1975.(『国事詩集』)
Poole, Matthew. *Synopsis criticorum aliorumque sanctae scripturae interpretum*. 5 vols. 1669–76.(『聖書の批評的解釈者たちの梗概』)
Pope, Alexander. *Pastorals*. 1709. *The Poems of Alexander Pope*. Transferred to Digital Printing. Ed. John Butt. London: Routledge, 2005. 119–38.(『牧歌集』)
———. *An Essay on Criticism*. 1711. *The Poems of Alexander Pope*. Transferred

to Digital Printing. Ed. John Butt. London: Routledge, 2005. 143–68.(『批評論』)
———. *The Rape of the Lock*. 1712–17. *The Poems of Alexander Pope*. Transferred to Digital Printing. Ed. John Butt. London: Routledge, 2005. 217–42.(『髪の毛盗み』)
———. "Peri Bathos: Or the Art of Sinking in Poetry." 1727. *The Major Works*. Ed. Pat Rogers. Oxford: Oxford UP, 2006. 195–238.(『急落法——詩における沈む技術』)
———. "Mary Gulliver to Captain Lemuel Gulliver." 1727. *Minor Poems*. Ed. Norman Ault and John Butt. *The Twickenham Edition of the Poems of Alexander Pope*. Vol. 6. London: Methuen, 1964. 276–79.(「レミュエル・ガリヴァー船長へ，メアリ・ガリヴァーからの書簡」)
———. *The Dunciad*. 1728–43. *The Dunciad in Four Books*. Revised edition. Ed. Valerie Rumbold. Harlow: Pearson Education, 2009.(『ダンシアッド』)
Prior, Matthew. *Dialogues of the Dead*. 1721(執筆). *Dialogues of the Dead and Other Works in Prose and Verse*. Ed. A. R. Waller. Cambridge: Cambridge UP, 1907.(『死者の対話』)
Psalmanazar, George. *An Historical and Geographical Description of Formosa*. 1704.(『台湾誌』)
Rabelais, François. *La vie très horrifique du grand Gargantua, père de Pantagruel /Horribles et épouvantables Faits et Prouesses du très renommé Pantagruel*. 1532–1564.(『ガルガンチュアとパンタグリュエル物語』. 渡辺一夫訳，全5巻，岩波文庫，1973–75；宮下志朗訳，全5巻，ちくま文庫，2005–2012)
Ramsay, Andrew Michael. *An Essay upon Civil Government*. 1722.(『市民政府論』)
Richardson, Samuel. *Clarissa*. 1748–49.(『クラリッサ』)
S., Capt. J. *Military Discipline: Or the Art of War*. 1689.(『軍事教程，もしくは戦術について』)
St John, Henry First Viscount Bolingbroke. *Dissertation upon Parties*. 1733. *Bolingbroke: Political Writings*. Ed. David Armitage. Cambridge: Cambridge UP, 1997. 1–192.(『政党論』)
Sanson, Nicholas. *Atlas nouveau*. 1689.(『新世界地図帳』)
Savage, Richard. "Britannia's Miseries." 1716(執筆). *The Poetical Works of Richard Savage*. Ed. Clarence Tracy. Cambridge: Cambridge UP, 1962. 19–24.(「イギリスの惨状」)
Scott, Walter, ed. *The Works of Jonathan Swift*. Second ed. 19 vols. 1824.
———. *Chronicles of Canongate*. 1827–28. Ed. Claire Lamont. Penguin Classics. London: Penguin, 2003.
Shadwell, Thomas. *The Virtuoso*. 1676.(『似非学者』)
Smollett, Tobias. *The Expedition of Humphrey Clinker*. 1771. *The Works of Tobias Smollett*. Vol. 6. Ed. O. M. Black Jr. Athens: U of Georgia P, 1990.(『ハンフリー・クリンカー』)
Southern, Thomas. *Oroonoko, or The Royal Slave*. 1696.(『オルーノウコウ』)

Sprat, Thomas. *The History of Royal-Society of London*. 1667.
Steele, Richard. *The Tender Husband*. 1705.(『やさしい夫』)
Sterne, Laurence. *The Life and Opinions of Tristram Shandy, Gentleman*. 1759–67.(『トリストラム・シャンディ』. 朱牟田夏雄訳, 全3巻, 岩波文庫, 1969, 2009(改版))
———. *A Sentimental Journey through France and Italy*. 1768.(『センチメンタル・ジャーニー』)
Stukeley, William. *Memoirs of Sir Isaac Newton's Life*. 1752(執筆).(『ニュートンの思い出』)
Sturmy, Samuel. *The Mariners Magazine*. 1669, 1684, 1700.(『航海者の宝典』)
Symson, William. *A New Voyage to the East-Indies*. 1715.(『東インド最新旅行記』)
Taylor, John. *The Old, Old, Very Old Man: Or the Age and Long Life of Thomas Parr*. 1635.(『長寿のトマス・パー』)
Temple, William. "An Essay upon Ancient and Modern Learning." *Miscellanea: the Second Part*. 1690. 3–75.(「古代と近代の学問について」)
———. "Of Heroic Virtue." *Miscellanea: the Second Part*. 1690. 143–278.(「英雄的美徳について」)
———. *The Works of Sir William Temple*. 2 vols. 1740.
寺島良安『和漢三才図会』1712.
Tindal, Matthew. *The Rights of Christian Church Asserted*. 1706.(『キリスト教会の権利擁護』)
———. *The Judgement of Dr. Prideaux in Condemning the Murder of Julius Caesar*. 1721.
Tutchin, John. *The Foreigners: A Poem*. 1700.(『外国人たち』)
Villiers, George, Second Duke of Buckingham, et al. *The Rehearsal*. 1671(初演).(『舞台稽古』)
Virgil (Vergil), Polydore. *Historia Anglica*. 1534.(『英国史』)
Voltaire. *Micromégas*. 1752.(『ミクロメガス』)
———. *Candide*. 1759.(『カンディード』)
Wafer, Lionel. *A New Voyage and Description of the Isthmus of America*. 1695. Ed. L. E. Elliott Joyce. Oxford: Hakluyt Society, 1933.(『アメリカ地峡航海記』)
Wallis, John. *A Geometrick Flat Floor*. 1644.(『幾何学的な平坦床』)
Wharton, Philip James. *The True Briton*. 1723–24.(『真のブリトン人』)
Wilkins, John. *An Essay towards a Real Character and a Philosophical Language*. 1668.(『真性の文字と哲学的言語に向けての試論』)
Wilson, Charles Henry. ed. *Swiftiana*. 1804.(『スウィフティアーナ』)
Woodward, John. *Select Cases and Consultations in Physick*. 1757. *Patterns of Madness in the Eighteenth Century: A Reader*. Ed. Allan Ingram. Liverpool: Liverpool UP, 1998. 63–75.
Wright, James. *The History and Antiquities of the Country of Rutland*. 1684.
遊谷子『和荘兵衛』1774.

4. 研究文献ほか（1851 年以降刊行）

（著者名のアルファベット順．複数著作は刊行年順．学術雑誌名は下記の略記を使用した．邦訳文献を用いた場合には訳書の書誌情報のみを示した）

ELH	*Journal of English Literary History.*
ELN	*English Language Notes.*
HLQ	*Huntington Library Quarterly.*
JEGP	*Journal of English and Germanic Philology.*
JHI	*Journal of the History of Ideas.*
MLN	*Modern Language Notes.*
MLQ	*Modern Language Quarterly.*
MLR	*Modern Language Review.*
MP	*Modern Philology.*
N&Q	*Notes and Queries.*
PQ	*Philological Quarterly.*
SS	*Swift Studies.*

Abse, Leo. *The Bi-Sexuality of Daniel Defoe: A Psychoanalytic Survey of the Man and His Works*. London: Karnac, 2007.

アーレント（Arendt, Hannah）『イェルサレムのアイヒマン――悪の陳腐さについての報告』大久保和郎訳，みすず書房，1994.

Asimov, Isaac. Notes. *The Annotated Gulliver's Travels*. By Jonathan Swift. New York: Clarkson N. Potter, 1980.

バブコック（Babcock, Barbara A.）（編）『さかさまの世界――芸術と社会における象徴的逆転』岩崎宗治・井上兼行訳，岩波書店，1984.

Baker, Sheridan. "Swift, 'Lilliputian', and Catullus." *N&Q* 201 (1956): 477–79.

バフチン（Bakhtin, Mikhail）『フランソワ・ラブレーの作品と中世・ルネサンスの民衆文化』杉里直人訳，水声社，2007.

Barchas, Janine. *Graphic Design, Print Culture, and the Eighteenth-Century Novel*. Cambridge: Cambridge UP, 2003.

Barnes, J. Introduction. *Introduction* [*Isagoge*]. By Porphyry. Oxford: Clarendon, 2003. ix–xxix.

Bellamy, Liz. *Jonathan Swift's Gulliver's Travels*. New York: Harvester, 1992.

Benedict, Barbara M. *Curiosity: A Cultural History of Early Modern Inquiry*. Chicago: U of Chicago P, 2001.

ベルクソン（Bergson, Henri）『笑い』林達夫訳，岩波文庫，1976.

Block, E. A. "Lemuel Gulliver: Middle-Class Englishman." *MLN* 68 (1953): 474–77.

Bonn, Gerhard. *Elgelbert Kaempfer (1651–1716): Der Reisende und sein Einfluß auf die europäische Bewußtseinsbildung über Asien*. Frankfurt am Main: Peter Lang, 2003.

Booth, Wayne C. *The Rhetoric of Fiction*. Second ed. Chicago: U of Chicago P, 1983.

Boyce, Benjamin. *Tom Brown of Facetious Memory*. Cambridge, Mass.: Harvard UP, 1939.

Bracher, Frederick. "The Maps in *Gulliver's Travels*." *HLQ* 8.1 (1944): 59–74.

ブリュア(Brewer, John)『財政=軍事国家の衝撃――戦争・カネ・イギリス国家 1688–1783』大久保桂子訳，名古屋大学出版会，2003.

Brown, Arthur C. L. "*Gulliver's Travels* and an Irish Folk-Tale." *MLN* 19.2 (1904): 45–46.

Brown, Laura. *Ends of Empire: Woman and Ideology in Early Eighteenth-Century English Literature*. Ithaca: Cornell UP, 1993.

———. "Reading Race and Gender: Jonathan Swift." *Critical Essays on Jonathan Swift*. Ed. Frank Palmeri. New York: G. K. Hall, 1993. 121–40.

Brown, William J. "Gulliver's Passage on the Dutch *Amboyna*." *ELN* 1 (1964): 262–64.

Buckley Marjorie W. "Key to the Language of the Houyhnhnms in *Gulliver's Travels*." *Fair Liberty Was All His Cry: A Tercentenary Tribute to Jonathan Swift 1667–1745*. Ed. A. Norman Jeffares. London: Macmillan, 1967. 270–78.

Burke, John J. Jr. "Response Essay: Jonathan Swift's Crimes against Humanity—Crime or Fiction?" *1650–1850: Ideas, Æsthetics, and Inquiries in the Early Modern Era* 10 (2004): 205–16.

Campbell, Robert. *In Darkest Alaska: Travel and Empire along the Inside Passage*. Philadelphia: U of Pennsylvania P, 2007.

Carnochan, W. B. *Confinement and Flight: An Essay on English Literature of the Eighteenth Century*. Berkeley: U of California P, 1977.

Case, Arthur. Notes. *Gulliver's Travels*. By Jonathan Swift. Ed. Arthur Case. New York: the Ronald P, 1938.

———. *Four Essays on* Gulliver's Travels. Princeton: Princeton UP, 1945.

Castle, Terry. "Why the Houyhnhnms Don't Write: Swift, Satire, and the Fear of the Text." Fox, *Gulliver's Travels* 379–95.

Clark, J. C. D. "The Politics of Samuel Johnson." *The Age of Johnson* 7 (1996): 27–56.

Clark, Paul Odell. "A 'Gulliver' Dictionary." *Studies in Philology* 50 (1953): 592–624.

Clifford, James L. "Gulliver's Fourth Voyage: 'Hard' and 'Soft' Schools of Interpretation." *Quick Springs of Sense*. Ed. Larry S. Champion. Athens, GA: U of Georgia P, 1974. 33–49.

クッツェー(Coetzee, J. M.)『敵あるいはフォー』本橋哲也訳，白水社，1992.

Coleborne, Brian. "An Irish Gaelic Source for Swift's Flying Island?" *SS* 2 (1987): 114.

Crane, R. S. "The Houyhnhnms, the Yahoos, and the History of Ideas." *Reason and Imagination: Studies in the History of Ideas, 1600–1800*. Ed. J. A. Mazzeo. New York: Columbia UP, 1962. 231–53.

Davis, Lennard J. *Factual Fictions: The Origins of the English Novels*. New Edition. Pennsylvania: U of Pennsylvania P, 1996.

Degategno, Paul J. and R. Jay Stubblefield. *Critical Companion to Jonathan Swift: A Literary Reference to His Life and Works*. New York: Facts On File, 2006.（=*Companion*）

DeMaria, Robert Jr. Notes. *Gulliver's Travels*. By Jonathan Swift. London: Penguin, 2001.

DePorte, Michael. "Avenging Naboth: Swift and Monarchy". *PQ* 69.4 (1990): 419–33.

デリダ（Derrida, Jacques）『グラマトロジーについて――根源の彼方に』足立和浩訳，全 2 巻，現代思潮社，1972.

Doody, Margaret Anne. "Swift and Women." Fox, *Cambridge Companion* 87–111.

Downie, J. A. "Gulliver's Fourth Voyage and Locke's *Essay concerning Human Understanding*." *Reading Swift: Papers from the Fifth Münster Symposium on Jonathan Swift*. Ed. Hermann J. Real. Munich: Wilhelm Fink, 2008. 453–64.

Eddy, William A. *Gulliver's Travels: A Critical Study*. Princeton: Princeton UP, 1923.

Ehrenpreis, Irvin. *The Personality of Jonathan Swift*. London: Methuen, 1958.

———. *Swift: The Man, His Works and the Age*. 3 vols. Cambridge, Mass.: Harvard UP, 1962–83.

Eilon, Daniel. "Swift's Yahoo and Leslie's Hottentot." *N&Q* 30.228.6 (1983): 510–12.

Erskine-Hill, Howard. *Gulliver's Travels*. Landmarks of World Literature. Cambridge: Cambridge UP, 1993.

———. "Johnson the Jacobite?: A Response to the New Introduction to Donald Greene's *The Politics of Samuel Johnson*." *The Age of Johnson* 7 (1996): 3–26.

Firth, Charles. "The Political Significance of *Gulliver's Travels*." *Essays Historical & Literary*. Oxford: Clarendon P, 1938. 210–41.

Fitzgerald, Robert P. "Ancients and Moderns in Swift's Brobdingnag." *Literatur in Wissenschaft und Unterricht*. 18.2 (1985): 89–100.

———. "Science and Politics in Swift's Voyage to Laputa." *JEGP* 87.2 (1988): 213–29.

———. "The Allegory of *Gulliver's Travels*." *REAL: The Yearbook of Research in English and American Literature* 6 (1988/89): 187–215.

Flynn, Carol Houlihan. *The Body in Swift and Defoe*. Cambridge: Cambridge UP, 1990.

Fox, Christopher. "The Myth of Narcissus in Swift's *Travels*." *Eighteenth-Century Studies* 20 (1986): 17–33.

Franklin, Michael J. "Lemuel Self-Translated: Or, Being an Ass in Houyhnhnmland" *MLR* 100.1 (2005): 1–19.

Frantz, R. W. "Swift's Yahoos and the Voyagers." *MP* 29.1 (1931): 49–57.

———. "Gulliver's 'Cousin Sympson'." *HLQ* 1 (1938): 329–34.

フライ(Frye, Northrop)『批評の解剖』海老根宏ほか訳，法政大学出版局，1980.
Frye, Roland Mushat. "Swift's Yahoo and the Christian Symbols for Sin." *JHI* 15.2 (1954): 201–17.
Gardiner, Anne Barbeau. "Licking the Dust in Luggngg: Swift's Reflections on the Legacy of King William's Conquest of Ireland." *SS* 8 (1993): 35–44.
Gilbert, Jack G. "The Drapier's Initials." *N&Q* NS 10 (1963): 217–18.
Gombrich, E. H. "Icones Smbolicae: The Visual Image in Neo-Platonic Thought." *Journal of the Warburg and Courtauld Institutes* 11 (1943): 163–92.
Gottlieb, Sidney. "The Emblematic Background of Swift's Flying Island." *SS* 1 (1986): 24–31.
Gough, A. B. Notes. *Gulliver's Travels*. Oxford: Clarendon, 1915.
Gould, D. H. "Gulliver and the Moons of Mars." *JHI* 6.1 (1945): 91–101.
Gravil, Richard, ed. *Swift: Gulliver's Travels: A Casebook*. London: Macmillan, 1974.
Grennan, Margaret R. "Lilliput and Leprecan: Gulliver and the Irish Tradition." *ELH* 12.3 (1945): 188–202.
Halewood, William H. "Plutarch in Houyhnhnmland: A Neglected Source for Gulliver's Fourth Voyage." *PQ* 44 (1965): 185–94.
Halsband, Robert. "Eighteenth-Century Illustrations of *Gulliver's Travels*." *Proceedings of the First Münster Symposium of Jonathan Swift*. Ed. Hermann J. Real and Heinz J. Vienken. Munich: Wilhelm Fink, 1985. 83–93.
浜口稔『言語機械の普遍幻想——西洋言語思想史における「言葉と事物」問題をめぐって』ひつじ書房，2011.
原田範行「「かなたに何かある」——航海家たちのイギリス一八世紀」『新しい世界への旅立ち』石原保徳・原田範行著，岩波書店，2006. 153–238.
————.「食卓談義から紙上の饗宴へ——クラブの文化と一八世紀のアンソロジー」『食卓談義のイギリス文学』圓月勝博編，彩流社，2006. 273–310.
————.「「旅立ち」の言語表現」『旅立ちのかたち——イギリスと日本』懐徳堂記念会編，和泉書院，2009. 85–120.
————.「〈テロリズム〉を消費する——亡霊騒ぎと十八世紀イギリスの喧噪」『亡霊のイギリス文学——豊饒なる空間』富士川義之・結城英雄編，国文社，2012. 41–52.
Hart, Vaughan. "Gulliver's Travels into the 'City of the Sun'." *SS* 6 (1991): 111–14.
服部典之『詐術としてのフィクション——デフォーとスモレット』英宝社，2008.
————.「南方へ：“Keep still on SOUTHING”——物語空間としての「南海」の発見」『十八世紀イギリス文学研究 4——交渉する文化と言語』開拓社，2010. 2–18.
Hawes, Clement. Notes. *Gulliver's Travels and Other Writings*. By Jonathan Swift. Boston: Houghton Mifflin, 2004.
Henrion, Pierre. *Jonathan Swift Confesses I. Gulliver's Secret*.[*Jonathan Swift Avoue I: Le Secret de Gulliver*.] Versailles: published by the author, 1962.
Higgins, Ian. "Swift and Sparta: The Nostalgia of *Gulliver's Travels*." *MLR* 78 (1983): 513–31.
————. "Possible 'Hints' for *Gulliver's Travels* in the Voyage of Jan Huygen van

Linschoten." *N&Q* NS 33 (1986): 47–50.
———. *Swift's Politics: A Study in Disaffection*. Cambridge: Cambridge UP, 1994.
———. "Jonathan Swift and the Jacobite Diaspora." *Reading Swift: Papers form the Fourth Münster Symposium on Jonathan Swift*. Ed. Hermann J. Real and Helgard Stöver-Leidig. Munich: Wilhelm Fink, 2003. 87–103.
———. Explanatory Notes. *Gulliver's Travels*. By Jonathan Swift. Oxford: Oxford UP, 2005.(=Higgins)
———. "Jonathan Swift's Political Biography." Review of David Oakleaf, *A Political Biography of Jonathan Swift* (London: Pickering and Chatto, 2008). *Eighteenth Century: Theory and Interpretation* 53 (2012): Supplement. Web. 〈http://ecti.english.illinois.edu/reviews/53/Higgins-Oakleaf.html〉
Holly, Grant. "Travel and Translation: Textuality in *Gulliver's Travels*." *Criticism* 21 (1979): 134–52.
Hunter, J. Paul. *Before Novels: The Cultural Contexts of Eighteenth-Century English Fiction*. New York: Norton, 1990.
Ingram, Allan. Notes. *Gulliver's Travels*. By Jonathan Swift. Peterborough, Ont.: Broadview, 2012.
石橋悠人『経度の発見と大英帝国』三重大学出版会，2010.
Johnson, Maurice O., Muneharu Kitagaki, and Philip E. Williams. *Gulliver's Travels and Japan: A New Reading*. Kyoto: Amherst House (Doshisha University), 1977.
Joyce, James. "Daniel Defoe." *Occasional, Critical, and Political Writing*. Ed. Kevin Barry. Oxford: Oxford UP, 2000. 163–75.
カントローヴィチ(Kantrowicz, E. H.)『王の二つの身体』小林公訳，全2巻，ちくま学芸文庫，2003.
川北稔(編).『イギリス史』(新版世界各国史 11)，山川出版社，1998.
Kelling, H. D. "Some Significant Names in *Gulliver's Travels*." *Studies in Philology* 48 (1951): 761–78.
Kelly, Ann C. "Swift's Explorations of Slavery in Houyhnhnmland and Ireland." *PMLA* 91.5 (1976): 846–55.
Kerby-Miller, Charles. Notes. *The Memoirs of the Extraordinary Life, Works, and Discoveries of Martinus Scriblerus*. By Jonathan Swift, John Arbuthnot, Alexander Pope and others. Oxford: Oxford UP, 1988.
Kernan, Alvin. *Printing Technology, Letters, and Samuel Johnson*. Princeton: Princeton UP, 1987.
Keymer, Thomas and James Kelly. Notes. *Robinson Crusoe*. By Daniel Defoe. Ed. Keymer. Oxford: Oxford UP, 2007.
Knowles, E. H. "Swift's Description of a Storm, in the Voyage to Brobdingnag." *N&Q* Fourth Series 1 (1868): 223.
Landa, Louis A. "The Dismal Science in Houynhnnmland." *Novel* 13–1(1979): 38–49.
レヴィ=ストロース(Lévi-Strauss, Claude)『悲しき熱帯』川田順造訳，全2巻，中公

クラシックス，2001.
Leyburn, Ellen D. *Satiric Allegory: Mirror of Man*. New Haven: Yale UP, 1956.
Liberman, Anatoly. *Word Origins: And How We Know Them: Etymology for Everyone*. Oxford: Oxford UP, 2005.
Lock, F. P. *The Politics of Gulliver's Travels*. Oxford: Clarendon, 1980.
Lorch, Marjorie. "Language and Memory Disorder in the Case of Jonathan Swift: Considerations on Retrospective Diagnosis." *Brain: A Journal of Neurology* 129.11 (2006): 3127–37.
ラヴジョイ(Lovejoy, Arthur O.)『存在の大いなる連鎖』内藤健二訳，ちくま学芸文庫，2013.
Lynall, Gregory. *Swift and Science: The Satire, Politics, and Theology of Natural Knowledge, 1690–1730*. Basingstoke: Palgrave, 2012.
Malcolmson, Cristina. "*Gulliver's Travels* and Studies of Skin Color in the Royal Society." *Humans and Other Animals in Eighteenth-Century British Culture: Representation, Hybridity, Ethics*. Ed. Frank Palmeri. Aldershot: Ashgate, 2006. 49–66.
Martin, John. *Beyond Belief: The Real Life of Daniel Defoe*. Pembroke Dock: Accent P, 2006.
松菱多津男『邦訳「ガリヴァー旅行記」書誌目録』春風社，2011.
McIntosh, Carey. *The Evolution of English Prose 1700–1800: Style, Politeness, and Print Culture*. Cambridge: Cambridge UP, 1998.
McMinn, Joseph. *Jonathan Swift and the Arts*. Newark: U of Delaware P, 2010.
Mezciems, Jenny. "The Unity of Swift's 'Voyage to Laputa': Structure as Meaning in Utopian Fiction." *Jonathan Swift: A Collection of Critical Essays*. Ed. Claude Rawson. Englewood Cliffs, NJ: Prentice-Hall, 1995. 241–63.
Monk, Samuel Holt. "The Pride of Lemuel Gulliver." *Sewanee Review* 63 (1955): 48–71.
Montag, Warren. "Gulliver's Solitude: The Paradoxes of Swift's Anti-Individualism." *The Eighteenth Century: Theory and Interpretation* 42.1 (2001): 3–19.
Moog, Florence. "Gulliver Was a Bad Biologist." *Scientific American* 179.5 (1948): 52–55.
Moore, J. R. "A Defoe Allusion in *Gulliver's Travels*." *N&Q* 178 (1940): 79–80.
———. "The Geography of *Gulliver's Travels*." *The JEGP* 40.2 (1941): 214–28.
Morgan, Kenneth. *Bristol and the Atlantic Trade in the Eighteenth Century*. Cambridge: Cambridge UP, 1993.
———. *Slavery and the British Empire: From Africa to America*. Oxford: Oxford UP, 2007.
Morley, Henry. Introduction. *Gulliver's Travels Exactly Reprinted from the First Edition and Other Works by Jonathan Swift*. London: Routledge, 1890. 11–31.
永嶋大典『ジョンソンの「英語辞典」——その歴史的意義』大修館書店，1983.
中野好夫『註釈 . *Gulliver's Travels*. By Jonathan Swift』(研究社小英文叢書)，全 4

巻，研究社，1950–76.
Nash, Richard. "Of Sorrels, Bays, and Dapple Greys." *SS* 15 (2000): 110–15.
夏目漱石『文学評論』1909. 岩波文庫，全 2 巻，1985.
Nicholson, Colin. *Writing and the Rise of Finance: Capital Satires of the Early Eighteenth Century*. Cambridge: Cambridge UP, 1994.
Nicolson, Marjorie and Nora M. Mohler. "Swift's 'Flying Island' in the *Voyage to Laputa*." *Annals of Science* 2.4 (1937): 405–30.
————. "The Scientific Background of Swift's *Voyage to Laputa*." Nicolson. *Science and Imagination*. Ithaca: Cornell UP, 1956. 110–54.
西山徹『ジョナサン・スウィフトと重商主義』岡山商科大学，2004.
————.「未知の南方大陸を求めて——南海に見出された精神の闇」『旅立ちのかたち——イギリスと日本』懐徳堂記念会編，和泉書院，2009. 37–81.
Norris, John. "The Strait of Anian and British Northwest America: Cook's Third Voyage in Perspective." *BC Studies*, no. 36 (Winter, 1977–78): 3–22.
Novak, Maximillian E. *Daniel Defoe: Master of Fictions*. Oxford: Oxford UP, 2003.
Nuttall, Anthony. "Gulliver among the Horses." *Jonathan Swift: A Collection of Critical Essays*. Ed. Claude Rawson. Englewood Cliffs, NJ: Prentice-Hall, 1995. 264–79.
Ong, Walter J. *Rhetoric, Romance, and Technology*. Ithaca: Cornell UP, 1971.
————. *Orality and Literacy: The Technologizing of the World*. London: Methuen, 1982.
オーウェル(Orwell, George)「政治対文学——『ガリヴァー旅行記』論考」河野徹訳.『新装版オーウェル評論集』3，平凡社ライブラリー，2009. 252–89
————.『一九八四年』高橋和久訳，ハヤカワ epi 文庫，2009.
Page, Nick. *Lord Minimus: The Extraordinary Life of Britain's Smallest Man*. London: HarperCollins, 2002.
Palomo, Dolores. "The Dutch Connection: The University of Leiden and Swift's Academy of Lagado." *HLQ* 41 (1977): 27–35.
Passmann, Dirk F. "Jean de Thevenot and Burials in Lilliput." *N&Q* NS 33 (1986): 50–51.
————. "Gulliver's 'Temple of Fame': Glubbdubdrib Revisited." *Reading Swift: Papers from the Fourth Münster Symposium on Jonathan Swift*. Ed. Hermann J. Real and Helgard Stöver-Leidig. Munich: Wilhelm Fink, 2003. 329–48.
———— and Heinz J. Vinken. *The Library and Reading of Jonathan Swift: A Bio-Bibliographical Handbook, Part I: Swift's Library in Four Volumes*. Frankfurt am Main: Peter Lang, 2003.(=*Library*)
ピカード(Picard, Liza)『18 世紀ロンドンの私生活』田代泰子訳，東京書籍，2002.
Pons, Émile. "Rablais et Swift. A propos du lilliputien." *Mélanges offerts à M. Abel Lefranc*. Paris : Librairie E. Droz, 1936. 219–28.
Pons, Jacques (after Émile Pons). Glossaire des langues Gullivériennes. *Voyage de Gulliver*. Trans. Jacques Pons (after Émile Pons). Paris: Gallimard, 1976. 420–

33.

Porter, Roy. *English Society in the Eighteenth Century*. London: Allen Lane, 1982.

Quinlan, Maurice J. "Lemuel Gulliver's Ships." *PQ* 46.3 (1967): 412–17.

Rawson, Claude, *Gulliver and the Gentle Reader: Studies in Swift and Our Time.* London: Routledge and Kegan Paul, 1973.

———. *Order from Confusion Sprung: Studies in Eighteenth-Century Literature from Swift to Cowper*. London: Allen and Unwin, 1985.

———, ed. *Jonathan Swift: A Collection of Critical Essays*. Englewood Cliffs, NJ: Prentice-Hall, 1995.

———. *God, Gulliver, and Genocide: Barbarism and the European Imagination, 1492–1945*. Oxford: Oxford UP, 2001.

———. "Gulliver and Others: Reflections on Swift's 'I' Narrators." *Gulliver's Travels*. By Jonathan Swift. Ed. Albert J. Rivero. New York: Norton, 2002. 480–99.

———. Introduction. *Gulliver's Travels*. By Jonathan Swift. Oxford: Oxford UP, 2005. ix–xliii.

Real, Hermann J. "'Wise Enough to Play the Fool': Swift's Flappers." *The East-Central Intelligencer* 16.2 (2002): 8–11.

———. *The Reception of Jonathan Swift in Europe*. London: Continuum, 2005.

———. "Gullible Lemuel Gulliver's *Banbury Relatives*." *The Eighteenth-Century Intelligencer* 21.3 (2007): 3–16.

——— and Heinz. J. Vienken. "Swift's 'Trampling upon the Crucifix' Once More." *N&Q* NS 30 (1983): 513–14.

———. "Lemuel Gulliver's Ships Once More." *N&Q* NS 30 (1983): 518–19.

———. Anmerkungen. *Gullivers Reisen*. Trans. Hermann J. Real and H. J. Vienken. Stuttgart: Reclam, 2003.

Reichert, John F. "Plato, Swift, and the Houyhnhnms." *PQ* 47 (1968): 179–92.

Richetti, John. *The Life of Daniel Defoe*. Oxford: Blackwell, 2005.

Rivero, Albert J. Notes. *Gulliver's Travels*. By Jonathan Swift. New York: Norton, 2002.

Rogers, Pat. "Gulliver and Engineers." *Modern Language Review* 70 (1975): 260–70.

———. "Gulliver's Glasses." *The Art of Jonathan Swift*. Ed. Clive T. Probyn. London: Vision, 1978. 179–88.

Rohrbasser, Jean-Marc. "Counting the Population. The Multiplier Method in the Seventeenth and Eighteenth Centuries." *Population and Societies* (409): 1–4. Web. 〈http://www.ined.fr/fichier/t_publication/532/publi_pdf2_pop.and.soc.english.409.pdf〉

坂下史「名誉革命体制下の地方都市エリート——ブリストルにおけるモラル・リフォーム運動から」『史学雑誌』第 106 編第 12 号(1997)：1–34.

セジウィック(Sedgwick, Eve Kosofsky)『男同士の絆——イギリス文学とホモソーシャルな欲望』上原早苗・亀沢美由紀訳，名古屋大学出版会，2001.

仙葉豊「漱石と神経衰弱と退化と」『運動＋(反)成長――身体医文化論 II』武藤浩史・榑沼範久編，慶應義塾大学出版会，2003. 181–201.
Seronsy, Cecil C. "Some Proper Names in 'Gulliver's Travels'." *N&Q* 202 (1957): 471.
Shimada, Takau. "Xamoschi Where Gulliver Landed." *N&Q* NS 30 (1983): 33.
———. "Possible Sources for Psalmanazar's Description of Formosa." *N&Q* NS 30 (1983): 515–16.
———. "Another Possible Source for *Gulliver's Travels*." *N&Q* NS 30 (1983): 516–17.
島田孝右(編)『日本関連英語文献書誌 1550–1800』エディション・シナプス，2012.
塩谷清人『ダニエル・デフォーの世界』世界思想社，2011.
Smedman, M. Sarah. "Like Me, Like Me Not: *Gulliver's Travels* as Children's Book." *The Genres of* Gulliver's Travels. Ed. Frederick N. Smith. Newark: U of Delaware P, 1990. 75–100.
Sobel, Dava. *Longitude: The True Story of a Lone Genius Who Solved the Greatest Scientific Problem of His Time*. London: Harper Perennial, 2005.
Söderlind, Johannes. "The Word Lilliput" *Studia Neophilologica* 40 (1968): 75–79.
Spivey, Niqel.J. *The Ancient Olympics: A History*. Oxford: Oxford UP, 2004.
高尾謙史「驚異の装置」『ガリヴァー旅行記』(もっと知りたい名作の世界 5)，木下卓・清水明編著，ミネルヴァ書房，2006. 85–111.
武田将明「近代国家批判としての言語改革――スウィフト『英語を正し，改め，確かにするための提案』を読む」『英語文化研究』第 1 号(1999)：1–19.
———.「フウイヌムと差異のない世界」『ガリヴァー旅行記』(もっと知りたい名作の世界 5)，木下卓・清水明編著，ミネルヴァ書房，2006. 188–200.
Taylor, Aline Mackenzie. "Sights and Monsters and Gulliver's *Voyage* to Brobdingnag." *Tulane Studies in English* 7 (1957): 29–82.
Thickstun, Margaret Olofson. "The Puritan Origins of Gulliver's Conversion in Houyhnhnmland." *Studies in English Literature* 37 (1997): 517–34.
Thomas, Hugh. *The Slave Trade: The Story of the Atlantic Slave Trade, 1440–1870*. New York: Simon and Schuster, 1997.
Thomas, Keith. "The Meaning of Literacy in Early Modern England." *The Written Word: Literacy in Transition*. Ed. Gerd Baumann. Oxford: Clarendon, 1986.
Todd, Denis. "Laputa, the Whore of Babylon, and the Idols of Science." *Studies in Philology* 75 (1978): 93–120.
———. *Imagining Monsters: Miscreations of the Self in Eighteenth-Century England*. Chicago: U of Chicago P, 1995.
Todd, Janet. Introduction. *Oroonoko, The Rover, and Other Works*. Ed. Todd. London: Penguin, 2003.
富山太佳夫『『ガリヴァー旅行記』を読む』岩波書店，2000.
———.『おサルの系譜学――歴史と人種』みすず書房，2009.
遠山啓『無限と連続』岩波新書，1952，1980(改版).
Traldi, Ila Dawson. "Gulliver and the 'Educated Fool': Unity in the Voyage to